O primeiro último beijo

ALI HARRIS

O primeiro último beijo

Tradução
Sandra Martha Dolinsky

4ª edição
Rio de Janeiro-RJ / Campinas-SP, 2021

VERUS
EDITORA

Editora
Raïssa Castro
Coordenadora editorial
Ana Paula Gomes
Copidesque
Maria Lúcia A. Maier
Revisão
Cleide Salme

Capa
Adaptação da original (© S&S Art Dept)
Ilustrações da capa
© iStockphoto & Shutterstock
Projeto gráfico e diagramação
André S. Tavares da Silva

Título original
The First Last Kiss

ISBN: 978-85-7686-447-9

Copyright © Ali Harris, 2012
Todos os direitos reservados.

Tradução © Verus Editora, 2016
Direitos reservados em língua portuguesa, no Brasil, por Verus Editora. Nenhuma parte desta obra pode ser reproduzida ou transmitida por qualquer forma e/ou quaisquer meios (eletrônico ou mecânico, incluindo fotocópia e gravação) ou arquivada em qualquer sistema ou banco de dados sem permissão escrita da editora.

Verus Editora Ltda.
Rua Benedicto Aristides Ribeiro, 41, Jd. Santa Genebra II, Campinas/SP, 13084-753
Fone/Fax: (19) 3249-0001 | www.veruseditora.com.br

CIP-BRASIL. CATALOGAÇÃO NA FONTE
SINDICATO NACIONAL DOS EDITORES DE LIVROS, RJ

H26p

Harris, Ali
　O primeiro último beijo / Ali Harris ; tradução Sandra Martha Dolinsky. - 4. ed. - Campinas, SP : Verus, 2021.
　23 cm

　Tradução de: The first last kiss
　ISBN 978-85-7686-447-9

　1. Romance inglês. I. Dolinsky, Sandra Martha. II. Título.

15-28739   CDD: 823
　　　　　　 CDU: 821.111-3

Revisado conforme o novo acordo ortográfico

A todos que amaram, perderam e amaram novamente

Oh dá-me beijos mil, depois um cento,
Depois mais outros mil, e um outro cento,
Depois ainda outros mil, e mais um cento.
Depois, quando os milhares forem já muitos,
Erraremos a conta, a não saibamos,
Para que a inveja não nos leve a mal,
Sabendo quanto foi de beijos dado.

— Catulo v
(Tradução de Maria Helena da Rocha Pereira)

5 DE JANEIRO DE 2012
6:11

Não há maneira mais doce de acordar que com um beijo. Infelizmente, esta manhã — a última que vou passar nesta casa —, não sou acordada pelo suave roçar dos lábios de um amante nos meus, mas pelas garras afiadas do gato gordo ronronando deitado em meu peito.

— Bom dia, Harry — murmuro, fazendo-lhe um carinho no queixo e ponderando que hoje não há um homem sarado entre meus lençóis, só um pacote de biscoitos recheados que devorei ontem à noite. — Chegou o grande dia, amiguinho — digo.

Harry parece assustado e lambe as patas freneticamente. Ele anda ansioso com tantas idas e vindas nos últimos dias.

— Ahh, não seja bobo, não vou a lugar nenhum sem você e a sua irmã.

Eu lhe dou um beijo no focinho, o tiro da cama e piso no chão cheio de caixas. Mais uma vez, penso com que rapidez a vida pode ser encaixotada. Isso faz tudo parecer tão transitório. Todas essas coisas a que damos tanta importância para nos sentirmos em casa, cercados de lembranças reconfortantes, quando, na verdade, a maioria dessas coisas é descartável. No fundo, fazer uma grande limpeza tem sido surpreendentemente catártico.

Respiro fundo e penso no que vou fazer primeiro. Está frio demais para tomar banho, uma vez que o aquecimento já foi desligado. Além disso, estou louca por uma xícara de chá. Tenho algumas coisas para encaixotar ainda, antes que a van da mudança chegue. Por um lado, me ressinto de fazer isso sozinha, mas também sei que hoje o dia precisa render, o que, como toda mulher sabe, significa fazer as coisas eu mesma. Empaco um pouco, mas depois sorrio ao perceber que isso é algo que minha mãe diria. Meu eu adolescente ficaria *horrorizado*.

Lá fora, tudo está envolto em negrura subterrânea. Tremo e jogo o roupão por cima da camiseta e da legging, deslizando os pés dentro das botas Ugg e empalidecendo ao me ver no espelho de corpo inteiro, encostado na parede esperando para ser embrulhado em plástico-bolha. Que bagunça. Meus olhos estão inchados, minha pele acinzentada e pálida pela falta de sono e, para completar, meu rosto está coberto por algum tipo de brotoeja.

Paro na porta, em seguida volto e, da tevê no canto do quarto, tiro o DVD a que eu estava assistindo ontem à noite. Eu o coloco debaixo do braço, pego o pacote de biscoitos comido pela metade e desço as escadas. Encontrei o DVD na tarde de ontem, em cima de uma caixa aberta rotulada como "Depósito", e não resisti. Já o vi diversas vezes, mas faz muito tempo. Era o "nosso filme". E todo mundo sabe que não se devem abrir velhas feridas em momentos como esse.

Ando para cima e para baixo pela sala segurando minha caneca de chá, tentando não olhar para a tevê ligada. Está congelada nos créditos de abertura, e estou lutando desesperadamente contra o desejo de apertar "play". Tenho coisas demais para fazer para ficar me distraindo.

Lembro-me claramente de quando me mudei para esta casa. Parece que foi ontem, e que faz uma vida. Era para ser uma Casa para Sempre (maldita Kirstie Allsopp, por me criar essas expectativas elevadas), um lugar para criar raízes. Escondida em uma ruazinha bonita, perto da movimentada Broadway, em Leigh-on-Sea, com suas lojinhas e seus cafés ecléticos, com uma vista deslumbrante do mar da varanda do quarto principal. Mas a casa estava terrivelmente malcuidada. Era perfeita para um jovem casal recém-casado, a definição de "projeto" — um que eu estava ansiosa para assumir. Sempre foi nosso sonho viver em um lugar como este, e amei cada momento passado aqui fazendo da casa um lar, pintando o quarto de azul-claro e colocando sobre a lareira a foto impressa em tela e emoldurada que tirei dos seixos na praia de Leigh. Semanas se passaram arrancando o carpete, lixando e envernizando as tábuas do piso, restaurando as lareiras originais, pintando as paredes com cores vivas e brilhantes, enquanto Take That tocava alto no iPod para me fazer companhia. E então, todos os dias ao anoitecer, não importava o clima, eu caminhava com ele até o The Green, que dá para o mar, e nos sentávamos em nosso banco para meditar sobre o dia que tínhamos passado separados. Falávamos sobre o passado e sonhávamos com o futuro. Era o momento mais feliz do dia.

Vou até o aparelho de DVD. *Não faça isso de novo, Molly,* diz minha "voz da razão". Só mais uma vez não vai doer. Seguro a xícara de chá com força e aperto "play". É a última vez que vou ver. Depois, vou escondê-lo de novo atrás de todas as outras comédias românticas melosas que ocupam as prateleiras da minha sala. Ou pelo menos ocupavam. Olho para a sala agora vazia, desprovida de todos os toques pessoais — a vasta gama de fotos, a abundância de almofadas e velas espalhadas, a cesta dos gatos, as bugigangas e as memórias que fizeram disto uma casa por tanto tempo. E então olho para a tevê.

O som está baixo, mas os acordes empolgantes da música de abertura do filme quebram o silêncio. Aperto o botão do volume e deixo o controle remoto no braço do sofá. Fecho os olhos quando a música arrepiante e crescente do coro enche a sala. Isso sempre me dá uma vontade enorme de chorar como um bebê. Houve uma época em que eu ouvia essa música sem parar enquanto me entregava de corpo e alma à tarefa de fazer desta casa um lar. Se eu não estivesse fazendo alguma bricolagem, estava preparando deliciosos banquetes na cozinha como uma boa esposa, depois comendo esparramada na frente desse filme, enquanto ele brincava comigo dizendo que eu era uma manteiga-derretida.

Reviro os olhos e passo a mão no rosto. Esse filme sempre faz isso comigo, embora eu saiba cada cena de cor. Pego um lenço de papel na caixa ao meu lado e assoo ruidosamente o nariz. Olho de novo para a tela da tevê enquanto o belo e jovem galã observa demoradamente o objeto de sua afeição. Pego o controle e dou pausa quando seus lábios se encontram desajeitadamente pela primeira vez. Então, pego outro biscoito e o engulo como um comprimido, na esperança de que aplaque minha vontade de chorar.

Deixe de ser boba, Molly, eu me repreendo. *É só um filme. Você só está sensível no momento; mudança é uma das coisas mais estressantes que uma pessoa pode fazer. Só se compara a se divorciar e ter um bebê.*

O biscoito de repente parece lixa em minha boca e tenho de forçá-lo a atravessar o nó em minha garganta, tossindo com o esforço. Na mesma hora imagino o momento em que um vizinho me encontra caída no sofá, com os olhos virados para o teto, uma mão apertando o pescoço e a outra segurando a metade restante do biscoito. A geleia de framboesa do recheio estaria reveladoramente ao redor de minha boca escancarada, a evidência sangrenta de meu falecimento. "Que tragédia", diriam meus vizinhos. "A pobre garota morreu de um coração partido... em forma de biscoito."

Volto ao pacote e enfio outro biscoito na boca, tranquila por saber que não tem importância se eu engordar. Não sou mais uma adolescente, e meu coração não pode ficar mais partido do que já está. Quando se passa pelo que eu passei, quando se aposta tudo no amor — e se perde —, nunca se é a mesma de novo. Não de verdade.

Aperto "play" novamente e me recosto para tentar assistir ao restante do filme, mas tudo que vejo em minha mente é Ryan Cooper.

Meu primeiro amor — e aquele que eu esperava que também fosse o último.

O beijo que encerra todos os outros

Dizem que há "um momento" com que toda garota sonha durante a vida inteira. Você sabe: um garoto de joelhos oferecendo-lhe o coração. Bem, eu nunca fui esse tipo de garota. Mas, mesmo se fosse, o momento acabou sendo melhor do que eu jamais poderia ter imaginado.

<<REW 19/11/05

— Não acredito que estamos mesmo aqui!

Bato palmas de emoção e pressiono o rosto contra a janela enquanto absorvo a cidade que estive desesperada para ver por tanto tempo, iluminada como uma placa de circuito na escuridão. Suspiro conforme deixamos a via expressa Brooklyn-Queens e atravessamos a Ponte do Brooklyn. Manhattan surge diante de nós em nosso táxi amarelo; os prédios são inconcebivelmente altos e brilhantes, e sinto que estamos olhando para eles dentro de uma sala de espelhos num parque de diversões. Os arranha-céus, de tirar o fôlego, recortam-se contra o escuro céu noturno, como dentes de ouro em uma boca bocejante. Ryan se inclina e me dá um beijo no ombro, em seguida me abraça, e eu suspiro de contentamento.

— É tão *legal*, como nos filmes! — diz Ryan, maravilhado, mais para si do que para mim.

Eu estava com medo de que essas férias que vínhamos planejando desde que reatamos não tivessem nada a ver com ele. Ryan é mais do tipo sol, areia e mar.

— Estou muito feliz por conhecer esta cidade com você — digo baixinho.

Ele sorri enquanto olha para mim. Seu rosto bonito e bronzeado reflete o choque.

— O quê? Minha namorada cínica finalmente virou uma romântica? Harry *finalmente* se tornou Sally?

— E se for, Cooper? — digo, cruzando os braços, desafiadora, tendo um sobressalto quando os carros ao nosso redor começam a buzinar e nosso taxista grita pela janela.

Eu me aconchego de novo em seu ombro.

— O que você vai fazer a respeito?

Ele ri.

— Você vai ver, Molly Carter! — sussurra, colocando o braço em volta de mim. — Você vai ver...

Franzo os lábios e estreito os olhos para ele. O que Ryan não sabe é que eu também estou aproveitando a oportunidade para estudá-lo. Estou sorvendo seus olhos azuis baleares e seus cílios frondosos, as dunas de areia de seu lábio superior, cercado da barba por fazer dourada e granulada, amontoada sobre a mandíbula para combinar com o loiro cabelo praiano. Tenho feito muito isso nos últimos seis meses. Ainda estou espantada por termos voltado, depois de tudo que aconteceu. Mas Ryan e eu fizemos uma promessa de começar de novo, de encarar isso como o início de um novo relacionamento.

Eu o puxo para mim e o beijo antes de olhar de novo pela janela. A ponte nos carregou por cima do rio Hudson e nos fez descer suavemente dentro das garras da cidade. Por um momento, olho para o borrão de edifícios cintilantes, as luzes, a fila de táxis amarelos brilhantes iguais ao nosso, e sinto que estou em um videoclipe pop futurista acelerado. Levo a câmera fotográfica aos olhos para ver essa incrível cidade da melhor maneira que sei: através de minha lente. E assim fico, com o braço de Ryan jogado por cima de meu ombro, enquanto o táxi acelera ainda mais rumo à metrópole cintilante.

— Sorria! — grito na manhã seguinte.

Ryan está parado em frente à placa da balsa de Staten Island, na gloriosa luz solar da manhã, com um sorriso forçado no rosto e os dedos indicadores apontando para a virilha, onde, por cima da calça jeans, está usando uma tanga fio-dental com a Estátua da Liberdade estampada na frente. Estabelecemos como missão conhecer o maior número possível de locais famosos, e nos desafiamos a encontrar o suvenir mais brega em cada um. Sabendo como Ryan é competitivo, ele provavelmente vai ganhar. Mas eu tenho a determinação e a imaginação a meu favor. A melhor foto ganha um prêmio. Ryan disse que, se ele ganhar, tenho de levá-lo para ver um jogo do New York Giants; se eu ganhar, ele vai comigo fazer o tour de *Sex and the City*. Acho que ele fez o melhor negócio, porque, para ser honesta, provavelmente ele vai gostar disso também.

Começo a rir quando Ryan acrescenta ao conjunto uma coroa de espuma da Estátua da Liberdade e ergue o braço, como a primeira-dama de Nova York, enquanto um grupo de turistas japoneses passa registrando tudo que vê. Sem um pingo de constrangimento, ele posa para eles como se estivesse desfilando roupas de grife. Se os alunos da escola o vissem. Sr. Cooper, o descolado professor de educação física, não tão descolado agora!

Afasto a câmera do rosto e vou até ele, então caminhamos para a balsa atracada. Logo estamos no convés.

— Sabe de uma coisa? — sussurro, beijando seu pescoço e olhando sua roupa ridícula. — Eu nunca senti tanto tesão por você, Ryan Cooper.

Ele me puxa para seus braços, põe uma coroa da Estátua da Liberdade em minha cabeça e me inclina para trás, me beijando ostensivamente nos lábios, enquanto um grupo de turistas japoneses se junta para tirar mais fotos. Fico vermelha e escondo o rosto (nunca fico à vontade com demonstrações públicas de afeto), mas Ryan me levanta de novo e acena para os turistas, que se curvam educadamente e batem palmas.

Ele aponta para sua tanga e sorri para mim:

— Admite a derrota? — pergunta.

Em seguida, tira uma tocha de espuma da calça cargo e a levanta no alto, como a própria Estátua da Liberdade.

Cruzo os braços.

— Ahhh, então era *isso* que eu estava sentindo me pressionar! — digo. — Por um momento achei que estava com sorte...

— Admita que eu já ganhei o desafio — ele sorri, triunfante, brandindo a tocha de formato fálico.

— Nunca — respondo. — Nem se toda a coleção de Manolos da Carrie Bradshaw dependesse disso!

Ele ri.

— É o que diz a garota que alguns anos atrás nem morta usaria outra coisa além de All Star!

— Ei, eu ainda amo meu All Star — digo, olhando para o par vermelho que adorna meus pés. — E, além disso, uma garota pode mudar, não pode?

— Claro que pode... *Harry* — Ryan ri. — Quem poderia imaginar que a menina de quinze anos esquentadinha e sempre pronta para briga, que queria se rebelar contra tudo e contra todos, que achava que o amor era para "fracassados" — ele diz, fazendo aspas com os dedos —, ia virar essa mulher romântica e carinhosa? — Ele faz uma pausa e sorri. — *Minha* mulher.

— Então me puxa para seus braços. — Estou feliz que a minha aposta de alto risco *finalmente* tenha valido a pena!

Aperto os olhos perigosamente.

— Você está insinuando que eu sou *velha*?

Ele assobia e balança a cabeça.

— Não, eu nunca faria isso. Você vai fazer só vinte e seis anos daqui a poucos dias, se bem que agora está oficialmente mais perto dos trinta que dos vinte. — Ele faz uma pausa e sorri, e seus olhos azuis brilham. — E isso também significa que eu sou apaixonado por você há mais de dez anos.

— Você não era apaixonado por mim quando eu tinha quinze anos! — exclamo, aninhando-me em seus braços enquanto o vento assobia por entre meus cabelos e os joga em seu rosto.

Olho para o Hudson cintilante e penso em quando eu era uma adolescente esquisita e problemática, que poderia contar os amigos em um dedo e as habilidades sociais em... nenhum. Eu vivia carrancuda, era desajeitada e estava desesperada para ser diferente, mas só para ser aceita — uma contradição que, apesar do meu afiado olhar fotográfico, eu não era astuta o bastante para reconhecer.

Ele afasta meu cabelo do rosto.

— Eu achava você a garota mais bonita do mundo.

— Você ouvia Prince demais — digo com um sorriso desdenhoso.

— Ah, é? Então — ele acrescenta, tocando meu nariz —, por que foi que eu disse a minha mãe, depois do nosso primeiro encontro, que eu tinha conhecido a futura sra. Cooper?

— Você não fez isso! — rio, esperando que ele ria também, mas sua expressão é séria. Acrescento: — O que a Jackie disse?

— Ela disse que, se eu tinha encontrado mesmo, não podia deixar que nada estragasse isso.

Nós nos encaramos, e a intensidade de nosso olhar é um reconhecimento de nossa recente separação. Em seguida sorrimos. Percorremos um longo caminho desde então. Eu me aconchego ainda mais em seus braços, como se não houvesse lugar melhor no mundo que ali.

O que aconteceu com a ideia de não ficar confinada aos limites de um relacionamento?, grita em minha cabeça meu eu adolescente, esse que causou meu rompimento com Ryan. Penso na lista que colei em minha parede na faculdade, e que eu usava para lembrar por que tinha jurado ficar longe de relacionamentos sérios.

<u>Razões para não querer um namorado sério</u>
1. Eles nos prendem
2. E nos reprimem
3. Depois confundem a nossa cabeça

Era uma lista curta, mas efetiva. E, sim, eu era imatura, revoltada e determinada a não permitir que ninguém mais me machucasse como Ryan Cooper havia feito.

Mas as coisas mudam, as pessoas mudam, assim como as percepções das pessoas, e agora eu respondo em uma linguagem que espero que meu eu adolescente entenda (mesmo sabendo que ele vai revirar os olhos e pôr os dedos na garganta).

Molly Carter + Ryan Cooper = para sempre

Duas horas depois, estamos na frente de uma fila que dá a volta no edifício mais famoso, mais filmado e fotografado do mundo: o número um da arquitetura, o Empire State Building. Aperto a mão de Ryan, e ele sorri para mim enquanto me oferece seu cachorro-quente. Dou uma mordida grande, e ele tira com um beijo a mostarda no canto da minha boca. Sorrio. É como se eu fosse Elizabeth Perkins em *Quero ser grande* e Tom Hanks me mostrasse como a vida pode ser divertida se você não a levar tão a sério. Os últimos dias foram os melhores, não apenas da nossa relação, mas da minha vida inteira. Temos flutuado pela cidade como se estivéssemos em nosso próprio filme romântico.

— *Tarde demais para esquecer* — sugeri a Ryan ontem.

Mas ele não viu esse. Eu já deveria saber que Ryan se recusa a ver ou ouvir qualquer coisa que tenha sido feita antes de ele nascer, especialmente filmes em preto e branco. Tentei descrever a história para ele, mas, quando cheguei à parte em que Deborah Kerr é atropelada por um táxi quando está indo encontrar Cary Grant no topo do Empire State Building, ele só disse:

— Não me parece muito romântico, baby. — E acrescentou: — Se estivéssemos em um filme, acho que seria mais *De repente 30*.

Ele sorriu e pegou minha mão enquanto caminhávamos pela Times Square.

— Afinal de contas, você era uma adolescente esquisita e nada descolada quando eu a notei pela primeira vez, e agora é basicamente a Jennifer Garner! A linda editora da revista *Viva*!

— Editora de fotografia — corrigi, rindo.

Por incrível que pareça, em apenas quatro dias aqui já riscamos quase tudo da minha lista de coisas a fazer em Nova York:

- *Pegar a balsa de Staten Island até a Estátua da Liberdade*
- *Andar de carruagem pelo Central Park*
- *Subir ao topo do Empire State*
- *Comer cupcakes na Magnolia Bakery*
- *Passar uma tarde no MoMA*
- *Ir ao Guggenheim*
- *Ir ao Met*
- *Patinar no gelo no rinque Wolfman, no Central Park*
- *Carnegie Hall*
- *Fazer compras (muitas)*
- *Ver um show na Broadway*
- *Tomar vaca-preta no Serendipity 3*
- *Ir ao Strawberry Fields*

O mais importante é que nos apaixonamos ainda mais; não apenas por esta cidade, mas um pelo outro. Parece que estamos no início de um novo relacionamento. O que é tudo que eu mais queria, depois do que aconteceu.

— Vamos lá! — digo, arrastando Ryan para o elevador e batendo palmas animada conforme subimos. — Mal posso esperar para chegar ao topo! O que acha disso, Cooper? — grito minutos depois, e o vento leva minha voz por cima dos arranha-céus da cidade enquanto faço pose no mirante.

Ryan está parado à minha frente, com a câmera erguida, usando um boné do New York Yankees. Ele tira os olhos do visor e sorri lentamente.

— Linda. A melhor coisa que vi em Nova York.

— Eu disse que o Empire State era incrível! — exclamo.

— Eu estava falando de *você*, Moll — ele diz.

Faço beicinho, sugestivamente, para encobrir meu sorriso, enquanto Ryan tira fotos e mais fotos, até que alguém se aproxima e pergunta se gostaríamos de uma fotografia de nós dois juntos. Ryan entrega a câmera, chega mais perto de mim, vira de costas e me ergue, e eu passo as pernas em volta da cintura dele, descanso o rosto em seu pescoço e dou risada. Fecho os olhos por um segundo. Dizem que a sensação é de estar no topo do mundo aqui, que não dá para se sentir mais alto. E é verdade.

* * *

— Não acredito que é o nosso último dia — digo com tristeza quando saímos do hotel e vamos para a Fifth Avenue, toda arborizada e cheia de lojas. A calçada está lotada de pedestres, a rua é um fluxo constante de carros e táxis amarelos buzinando. O trecho aparentemente interminável de edifícios com fachada de pedra está salpicado de exuberantes pontos coloridos dos outdoors, dos cartazes de teatro e das bandeiras esvoaçantes que lhes servem de acessório. A rua comercial mais famosa do mundo. E a maioria das lojas é tão célebre que merece não apenas bandeiras, mas pontos de exclamação e sua própria fanfarra — Tiffany & Co! Bloomingdales! Harry Winston! Louis Vuitton! Pucci! Prada!

E, por trás de tudo, o imponente Empire State Building jaz como um belo escarpim descartado, com o salto virado para o céu, como se quisesse lembrar ao fluxo incessante de visitantes que *ele* é a estrela da cidade.

Caminhamos lentamente de mãos dadas em direção ao Central Park. Olho para Ryan, de camiseta da Abercrombie, jaqueta jeans e colete. Deslizo a mão enluvada na sua e ajeito meu cachecol. Está um clima excepcionalmente ameno para novembro, mas ainda estou embrulhada como uma múmia em comparação com Ryan. Ele é ativo demais para sentir frio de verdade.

— E o seu aniversário... Você ainda não ganhou seu presente — ele comenta.

— Eu já tive o melhor aniversário do mundo aqui com você — digo.

E é verdade. Historicamente, eu jamais gostei de aniversários; mesmo quando era criança, odiava a pressão que festas implicavam: o que vestir, quem convidar, quem iria aparecer (se é que alguém iria). Assim, sempre fui comedida em relação a isso, especialmente com os mais marcantes. Meu aniversário de vinte e um anos passei no diretório acadêmico, com Mia e Casey. O de vinte e cinco, no The Crooked Billet, restaurante em Leigh-on--Sea, com Ryan e nossas famílias. Mas este... este está sendo maravilhoso.

— Está sendo incrível! — Ryan concorda enquanto caminhamos. — Quero fazer muito mais coisas como essa com você, Moll. Conhecer o mundo, ir a novos lugares. Quero fazer tudo isso. Eu e você.

Aperto a mão de Ryan, com força agora, e suspiro de contentamento quando vejo que estamos quase no Central Park. Seu entusiasmo é contagiante. Ryan deixa tudo divertido. Ele sempre foi assim. Nunca leva a vida muito a sério e encontra prazer nas coisas simples. No passado eu achava isso frustrante, mas agora é a coisa que mais admiro nele. Desde que comecei a trabalhar em revistas, passei a precisar de "diversão validada". Tipo, o novo bar da moda, a melhor bolsa nova, a cidade, o hotel, o restaurante mais estilosos... Mas, às vezes, essa busca incessante pelo "novo" e "legal" me deixa profundamente insatisfeita. Foi isso, em parte, que causou nossos problemas de relacionamento antes: meu desejo constante de algo mais. Mas aprendi a lição, espero. Nesta viagem, adorei descobrirmos a cidade juntos, do jeito dele. Um café escondidinho descoberto por acaso aqui, uma caminhada vagarosa ali, uma refeição em um restaurante italiano despretensioso e romântico em Greenwich Village acolá...

Dou risada quando me recordo de nossos passeios turísticos de ontem. Levei Ryan para almoçar na Katz's, a delicatéssen que aparece em *Harry e Sally: feitos um para o outro*.

— De jeito nenhum — ele disse quando o desafiei a encenar o falso orgasmo de Sally. — Faça você, que é a garota rebelde.

Sua voz assumiu um tom de zombaria, imediatamente me levando de volta aos nossos papéis adolescentes de mais de uma década atrás, ele como o galã da cidade, eu como a antissocial clichê e esquisita. Meu Deus, eu odiava essa fase da minha vida. Queria que minha versão adolescente me visse agora.

Cruzei os braços.

— Mas eu sou o *Harry* — dei um sorriso afetado. — Você sempre disse isso. O que significa que não posso trocar de papel agora. Anda, Ry, estou esperando. Você não está com *vergonha*, está? Está com medo de não conseguir cumprir o desafio? — Sorri, sabendo que Ryan não seria capaz de ignorar a provocação.

E, como eu esperava, ele sucumbiu, e seu eterno bronzeado adquiriu um curioso tom salmão. Rolei de rir ao ver Ryan chegar ao "clímax" e depois dar uma enorme mordida em seu sanduíche de pastrami, o rubor ainda colorindo suas bochechas.

— Ry, eu nunca vou esquecer isso! — Eu ri e me inclinei para beijá-lo, em seguida fiz uma careta. — Eca, que bafo de picles!

Ryan diminui o passo à medida que nos aproximamos do Central Park vindo do East Side e atravessamos a Transverse 79, passando o lago Conservatory e a Fonte Bethesda.

— É muito bonito, não é, Moll? — ele diz baixinho, apertando minha mão enluvada enquanto olhamos a fonte majestosa com sua escultura central, *O anjo das águas*.

É como encontrar o prêmio dentro de um pacote depois de desembrulhar camada por camada de intermináveis presentes para chegar a ele; o lago azul cintilante cheio de barcos a remo e de ocasionais gôndolas à deriva, tudo embrulhado em uma generosa camada de sempre-vivas e cercado pelo brilhante e reluzente acabamento decorativo dos arranha-céus.

Pessoas caminhando, correndo, turistas felizes com suas câmeras fotográficas, ciclistas, mães empurrando carrinhos de bebê, gente passeando com seus cães, executivos e estudantes universitários nos cercam, mas o parque não parece cheio. É como se estivéssemos todos conectados ao iPod do parque; nosso riso e nossa conversa se combinam e se misturam com a brisa, o barulho constante do trânsito e o zumbido das bicicletas que passam, para compor a trilha sonora perfeita para a cidade.

Concordo com a cabeça, porque estou feliz demais para falar. É a experiência romântica definitiva de Nova York. Eu já vi esse parque tantas vezes com Ryan, nas comédias românticas de que ele não tem vergonha de gostar, e nos episódios de *Sex and the City* que eu adoro. Nós testemunhamos alguns dos maiores momentos românticos na história da ficção. Billy Crystal e Meg Ryan percebendo que eram mais que apenas bons amigos em *Harry e Sally: feitos um para o outro*; Clooney e Pfeiffer pisando nas poças d'água com seus filhos em *Um dia especial*; Cusack e Beckinsale patinando no rinque Wolfman em *Escrito nas estrelas*. E agora *nós* estamos aqui. Na vida real. Finalmente.

Suspiro de prazer, levanto a câmera e tiro algumas fotos do sol de inverno se infiltrando pela cortina de árvores; ajusto o ângulo e consigo pegar Ryan iluminado por trás. O jeito como a luz incide sobre seu cabelo loiro o faz parecer angelical. Eu o puxo para mim e seguro a câmera na frente para bater outra foto, de nós dois de bochechas coladas. Baixando a câmera até a cintura e inclinando a lente para cima, acho que posso pegar nós dois e o fundo brilhante dos arranha-céus espiando por cima das árvores. De repente me lembro do que meu pai sempre disse sobre o quadro de John Constable do Castelo de Hadleigh, pendurado na parede da nossa casa em Leigh-on-Sea: "É uma estrutura feita pelo homem e submetida ao poder da natureza". Então, penso em Ryan e em mim, e em como peguei algo forte, construído cuidadosamente ao longo do tempo, e quase o destruí também. E lembro que Ryan tentou me trazer para Nova York antes...

Uma lágrima traidora cai e eu a seco. Ryan e eu juramos não tocar mais nesse assunto.

— Desculpe, Ryan... — soluço, puxando-o para um abraço.

— Que foi? — Ryan está confuso e fica preocupado. — Ei, por que você está chorando?

— Desculpe, é que eu estava pensando que isso aqui é tão perfeito, e que vou me arrepender para sempre pelo que fiz...

Estou chorando descontroladamente agora, e Ryan me toma nos braços e me aperta.

— Ei, ei, ei — ele murmura. — Por favor, não chore, Molly. Pensei que tínhamos concordado que isso tudo é passado.

— E-eu sei — fungo em seu ombro —, mas não consegui evitar...

Ele se afasta e olha para mim, e um sorriso paira em seus lábios.

— Nosso relacionamento está melhor e mais forte do que nunca, Molly, você sabe disso. Precisávamos nos separar para perceber como queremos ficar juntos. Fico feliz por isso ter acontecido, juro! Por favor, pare de olhar para trás. Eu quero que esta viagem, que este momento, seja o começo do nosso futuro. Mas não será se você continuar se castigando. Nós dois erramos, e não sabíamos o que tínhamos até que tudo acabou. Estou feliz porque percebemos a tempo.

Começamos a andar novamente, e Ryan passa o braço em volta dos meus ombros, dizendo como me ama, me fazendo sorrir e depois rir. Caminhamos por alguns minutos quando ele me puxa para si e me beija.

— Pronto — exclama —, assim está melhor! Agora, não sei você, mas eu não consigo dar mais nem um passo sem um café. Eu vi um quiosque ali... Você vai ficar bem se eu for lá rapidinho buscar um café para a gente? O seu é com leite, certo?

Anuo, fungo e levanto a câmera para mostrar que posso me manter ocupada.

Ele me entrega a mochila e me joga um beijo enquanto anda de costas, em seguida começa a correr, atravessando o parque como se fosse um super-herói.

Dou meia-volta, disparando a câmera furiosamente na tentativa de capturar a cor e a beleza deste lindo pedaço do parque. O sol está desaparecendo por trás da copa das árvores, criando no céu tons de coral, âmbar e rubi. Foco a lente em uma placa à esquerda e de repente percebo que estou na entrada do memorial Strawberry Fields. Tremo, tanto pelo peso da história musical quanto pelo frio do inverno. Olho para baixo e vejo o mosaico *Imagine* no chão à frente, feito em homenagem a John Lennon depois que ele foi baleado, em 1980. Vou até ele e o observo. Meu pai adoraria ver isso. Ele ama os Beatles.

Eu me odeio por ter manchado um momento que seja desta viagem perfeita com as más lembranças do passado. Quero consertar isso, focar o hoje; *esse* deve ser meu lema. Focar em como a vida é boa agora. De repente, tenho uma ideia. Largo a mochila e, rindo para mim mesma, rapidamente pego todos os ridículos suvenires que compramos nos últimos dias e visto um por um.

Eu me sinto bem boba parada aqui sozinha, desse jeito, mas vai valer a pena ver a cara dele quando voltar com os cafés. Ajeito a coroa de espuma da Estátua da Liberdade e aceno para uns transeuntes que ficam me olhando com curiosidade. Não creio que eu seja a coisa mais estranha que viram nesta cidade. Olho em volta. Ryan já foi faz tempo. Onde raios ele se meteu?

Eu me ocupo tirando fotos da paisagem ao redor e finalmente aponto a câmera para baixo, para fotografar o mosaico para o meu pai. A ponta do meu All Star vermelho aparece na foto, e ainda estou olhando para baixo quando ouço a voz de Ryan.

— Feche os olhos, Molly. — Sua respiração aquece minha testa quando suas mãos de repente cobrem meus olhos. Posso notar a diversão em sua voz. — Que bom que você se arrumou para a ocasião.

— Que ocas...

Ele coloca o dedo em meus lábios para me silenciar.

— Ryan — sussurro por trás de seu dedo. — Comprou meu café com leite?

— Não, Molly.

— Ei! — protesto, abrindo os olhos momentaneamente. — Estou esperando há séculos!

— Eu disse para fechar os olhos — Ryan repete com firmeza.

— Por que você está sendo tão mandão, Cooper?

— Enquanto fecha os olhos, por favor, pode fechar a boca também? — O riso contido é evidente em sua voz.

— Quanta delicadeza! — E abro os olhos.

— Você nunca vai fazer nada que eu peço? — ele pergunta, claramente exasperado agora.

— Provavelmente não — rio.

Ele me olha suplicante. Relutantemente, fecho os olhos. Suspiro ao me ver envolta em trevas.

— Pronto, e agora?

— Muito bem — ele diz, e o calor em meu pescoço vai desaparecendo, sua voz soando mais distante. — Quero que você abra os olhos e olhe para baixo.

Faço o que ele diz e vejo o mosaico novamente. *Imagine*. Percebo como a palavra é bonita, cheia de esperança, possibilidade e fé.

— Agora — ele diz com a voz meio estranha —, imagine por um momento que estamos aqui sozinhos. Imagine que somos só eu e você. Não tem mais ninguém aqui. Só você, eu, a terra, o céu e o sol, que se estendem infinitamente diante de nós.

— Parece maravilhoso — suspiro. Olho em volta. — E agora?

Fecho os olhos novamente e ouço uma música, os acordes iniciais de uma canção. Começo a cantarolar junto.

— Agora, imagine que estou ao seu lado...

Paro de cantarolar.

— Mas você não está; você está atrás de mim.

— ... o tempo todo — ele continua com determinação. — Ao seu lado o tempo todo. Daqui para frente, para sempre.

Abro a boca, mas fecho novamente.

— Parece ótimo — digo baixinho, tentando bloquear a voz em minha cabeça, que diz: *Ele vai fazer o que você acha que ele vai fazer? Meu Deus! Ele vai! Ele vai!*

E então percebo que a música que eu estava cantarolando é "Imagine", de John Lennon. Está tocando em algum lugar próximo. E não é um iPod. Parece um... um... um quarteto de cordas. Abro os olhos, mas não me viro. Uma pequena multidão se formou e estão todos olhando para mim, sorrindo. Alguns têm câmeras na mão. Pisco e engulo em seco. Quero dar meia-volta, quero desesperadamente, mas algo me diz para esperar a próxima instrução de Ryan.

— Agora — ele diz suavemente —, imagine que eu estou atrás de você, dizendo, Molly Carter, que eu te amo, que sempre amei e sempre amarei, e que aqui mesmo, bem no coração do Central Park, quero lhe perguntar se você aceita o meu coração, se vai cuidar dele para sempre e me deixar cuidar do seu. Pode virar agora...

Levo a mão à boca enquanto as lágrimas escorrem pelo meu rosto; dessa vez minha câmera fica esquecida quando giro para ver os rostos sorridentes do quarteto de cordas, mas ainda nada de Ryan.

— Estou aqui embaixo — ele ri.

E ali está ele, de joelhos, com o braço estendido e uma das mãos segurando uma caixinha de veludo, enquanto a outra paira sobre a tampa fechada.

— Não! — ofego.

Ele ri.

— Para ser sincero, não era bem essa a reação que eu esperava...

— Não! Não, olhe para mim! Estou ridícula! Como você pôde fazer isso? — Eu me ajoelho e bato em seu peito, chorando abertamente agora.

— Eu acho que você está linda — Ryan ri, apontando para o fio-dental com a Estátua da Liberdade estampada.

— Não foi assim que eu planejei estar num momento desses! — eu lamento.

— Você não pode controlar tudo, Molly — ele sorri. — Às vezes, tem que deixar rolar.

Olho para ele e vejo um olhar de determinação silenciosa que reconheço de quando ele está lutando contra uma onda, chutando a gol ou segurando firme a vela de um barco para guiá-lo de volta à costa.

— Molly Carter — ele diz lentamente —, quer se casar comigo?

Ele abre a caixa e há uma linda aliança, um aglomerado de pequenos diamantes em um anel de ouro, brilhando como uma constelação.

— Sim! Sim! — grito, interrompendo-o, rindo em meio às lágrimas.

Eu as seco rapidamente e seguro o rosto de Ryan, e ele o meu, e nos beijamos, e há risos e lágrimas, e tudo parece familiar, mas diferente. Muito, muito diferente.

Porque esse é o beijo que encerra todos os outros. É o beijo que eu nem sabia que estava esperando. Fecho os olhos novamente e aperto "gravar" em minha cabeça, para capturar internamente o momento em que Ryan Cooper coloca um anel de noivado em meu dedo. E é o melhor presente do mundo.

7:47

A caixa de correio faz barulho, e eu me arrasto para longe do DVD até o corredor de adoráveis azulejos vitorianos originais e moldura no teto, ainda de olho na tevê. O pessoal da mudança deve chegar em breve para terminar de embalar as coisas. Parece que há duas vidas aqui: o antes e o depois. Eles não conseguiram terminar tudo ontem. Sorrio quando penso em meu quarto propositalmente minimalista na faculdade, sem nenhuma personalização além da reprodução da fotografia que Annie Leibovitz tirou de John Lennon e Yoko Ono, colada acima da minha cama, e o cartaz do filme *Antes do amanhecer*, em cima da escrivaninha. Meu Deus, eu era tão séria naquela época. Meu edredom era branco, e meu guarda-roupa, cheio de roupas pretas. *Engraçado como as pessoas mudam*, penso e olho ao redor, para minha casa bagunçada. A ideia de manter tudo arrumado agora me faz suar. Bem, a maioria das coisas me faz suar hoje em dia.

Eu me abaixo devagar em direção ao capacho com a bandeira do Reino Unido e registro mentalmente que preciso me lembrar de encaixotá-lo. Pego a pilha de envelopes, olho cada um deles rapidamente e vou murmurando:

— Conta, conta, aviso de conta paga, conta... consulta médica e...

Puxo um pequeno envelope com meu nome e endereço inscritos em letras pequenas e elegantes:

Molly Cooper
7 Avenue Road
Leigh-on-Sea
SS19 4BL

Franzo a testa e o analiso. É meu nome de casada. Ninguém da minha família ou dos meus amigos o usa mais, então quem...?

Rasgo o envelope e tiro um cartão. Depois abro e começo a ler:

Querida Molly,
Como você está? Espero que não se importe de eu escrever, mas encontrei recentemente um conhecido em comum e ele comentou que você

estava se mudando. Não queria que você fosse embora sem que eu tivesse a chance de expressar meus mais sinceros votos de um futuro feliz. Espero que você tenha se lembrado do meu conselho: escolher a felicidade e nunca se arrepender. Penso muito em você, e espero que esteja bem.

Tudo de bom,
Charlie

Sinto meu coração se apertar. O nome evoca sentimentos e memórias que estou tentando ignorar hoje. Olho o cartão novamente. Sei que é um gesto gentil, mas o contato me parece estranho depois de tanto tempo — e depois de tudo o que aconteceu. Traz lembranças, boas e ruins.

O beijo de desabafo

É engraçado como certas pessoas entram em sua vida de forma inesperada e imediatamente fazem você sentir que pode lhes contar tudo, absolutamente tudo. Coisas que você nem sonharia em dizer às pessoas mais próximas e queridas. E, de repente, elas se tornam uma parte intrínseca de sua vida, sem que você saiba quase nada sobre elas. Foi o que aconteceu com Charlie. Eu expus minha alma para ele de uma forma que nunca tinha feito com ninguém.

FF >> 29/05/07

É uma sensação estranha abrir meu coração para outro homem em um bar como este. Parece que tenho "vadia traidora" estampado na testa e que todos sabem que esse homem bonito e atencioso não é meu namorado. E viemos ao pub do bairro, pelo amor de Deus. O que eu estava pensando? Nunca vou conseguir olhar nos olhos do barman de novo.

— Muito bem, o que está acontecendo? — pergunta Charlie, inclinando-se para mim e apoiando os cotovelos nos joelhos.

Seu olhar é tão doce que é todo o incentivo que eu necessito para mergulhar em um monólogo melancólico.

— Desculpe — digo, pela bilionésima vez. — É que às vezes tenho a sensação de que não vou mais aguentar. Olho para ele e não sei quem ele é, não sei o que está pensando ou sentindo. Não estamos nos comunicando direito, entende? Existimos um ao lado do outro, fingindo que está tudo bem, mas não está. Não mesmo. Eu sei o que precisamos fazer, mas não quero ser a primeira a dizer. — Balanço a cabeça, sentindo-me péssima por jogar tudo isso em cima dele. — Desculpe, de verdade. Eu não queria fazer isso...

Olho nervosa para o bar movimentado, cheio de jovens hipsters de Hackney. Eu me sinto velha, murcha, passada, e não tenho nem trinta ainda. Olho para Charlie. Ele não é só lindo; é interessado e interessante. Tão carinhoso e gentil. Sinceramente, gentil demais para ser verdade. Se existissem mais como ele no mundo... Pestanejo.

— Ei, você sabe que pode me contar qualquer coisa — diz Charlie, soltando sua bebida e tocando minha mão suavemente.

Adoro o fato de seus olhos nunca abandonarem os meus enquanto eu falo. É como se ninguém me olhasse desse jeito há muito tempo.

— Estou só esperando que ele faça o primeiro movimento — digo.

Ele me observa, em seguida abaixa os olhos antes de falar. Não gosto quando ele desvia o olhar. As pessoas nunca dizem nada de bom quando desviam o olhar de você.

— Escuta, Molly, eu sei como isso é difícil para você, de verdade. Mas preciso perguntar: quanto mais você acha que aguenta?

Ele me lança um olhar penetrante enquanto espera minha resposta, e dessa vez eu é que não consigo encará-lo. Olho para o teto e pisco furiosamente para conter as lágrimas. Então olho para ele, suplicante. Não quero responder, só quero que ele me abrace, que me aperte.

Ele deve ter lido meus pensamentos, pois estende a mão e pega a minha. Não posso deixar de notar como suas mãos são suaves, sem nem um calo. Abaixo os olhos. Ele tem unhas bonitas. Adoro unhas bonitas em um homem. Mostra que ele se cuida.

— Molly — ele diz suavemente —, eu sei que você não quer tomar nenhuma decisão ainda. Se não estiver pronta, isso pode esperar. Não importa o que eu penso. Se você não consegue enfrentar o que andamos conversando, já pensou em dar um passo menor, ir para a casa dos seus pais ou algo assim? — Anuo. Ele aperta minha mão, e eu recupero o fôlego. — Eu sei que parece desleal, mas nós sabíamos que um dia isso aconteceria.

Ele se levanta e solta minha mão, e de repente me sinto abandonada. Em seguida ele sorri suavemente, e sinto uma urgência de tocá-lo. Quero sentir sua força em meu corpo.

— Pode contar comigo sempre, está bem?

— Eu sei, Charlie.

Olho para ele agradecida e me pergunto como poderia enfrentar tudo isso sem ele. Eu sei que é errado, mas não posso evitar, me inclino para frente e o beijo.

8:30

As garrafas de vinho caem na lixeira fazendo barulho e eu estremeço; por que razão o ato de derramar vinho em uma taça é tão deliciosamente gratificante e melódico, e o ato de se livrar dele cheira a vergonha e discordância? Ainda que eu tenha sido sábia o suficiente para resistir a seus encantos na festa de despedida ontem à noite, ver todo mundo sucumbir definitivamente me fez querer beber. Como um homem que você sabe que não é bom para você — e com certeza já fiz isso antes. Uma imagem dele aparece em minha mente de súbito, exatamente como estava na noite da nossa festa de Natal do trabalho, na Soho House. Aquele sorriso aberto e confiante, que dizia "Você vai ser minha", os intensos olhos velados, a sombra sexy da barba por fazer. Achei que havia me livrado dele anos atrás — por que agora? Aperto a abertura do saco preto e as garrafas de vinho batem ruidosamente, ajeitando-se em uma nova posição. Esse negócio de mudança está mexendo com a minha cabeça. Vou ficar feliz quando acabar. Amarro o saco de lixo rapidamente e o levo para fora pela porta dos fundos.

Neste momento Sally passa, de cauda empinada, toda esnobe. Ela é acolhida com entusiasmo por Harry, que serpenteia ao redor de minhas pernas e ronrona para ela. Sally está meio desgrenhada. Nenhum dos dois está feliz com a mudança, mas estão lidando com isso de maneiras muito diferentes. Sally é a adolescente errante que, para mostrar seu descontentamento, fica fora a noite toda, ao passo que a natureza carente e caseira de Harry se acentuou com a turbulência. Mas eles estão unidos na perplexidade com a mudança. Tentei lhes dizer que confiem em mim, que vamos para um lugar melhor para todos nós, mas não sei se eles acreditam. Eu entendo que é difícil para eles, mas continuo acreditando que o fim de algo pode significar o começo de uma coisa nova. Só espero que eu esteja certa.

O beijo de remorso

É possível uma vida sem arrependimentos? Nunca acreditei nisso. Passamos a vida almejando felicidade e realização no trabalho, no amor e com nossos amigos e familiares, no entanto muitas vezes gastamos energia reclamando de namorados ruins, mudanças erradas na carreira, discussões com amigos e oportunidades perdidas. Ou é só comigo? Eu admito que sou naturalmente do tipo "copo meio vazio", mas sei que arrependimentos são um fardo para a felicidade e estou tentando me livrar deles, pois aprendi que tudo é uma questão de escolha. Você pode *escolher* transformar arrependimentos em lições que mudam seu futuro. Acredite, estou realmente tentando fazer isso. Mas a verdade é que estou falhando. Porque tudo que consigo pensar é: talvez eu mereça. Talvez esse seja o meu castigo.

<<REW 12/12/04

— Casey — resmungo depois de ouvir a mensagem da caixa postal de minha amiga.

Cambaleio pelas ruas do Soho, mais uma dos muitos boêmios de fim de noite que partilharam demais do "espírito natalino".

— Por favor, atenda — gemo, soluçando entre lágrimas. — Eu sei que você deve estar no trabalho, mas preciso falar com você. Preciso muito mesmo falar com você. Eu fiz uma coisa horrível. Uma coisa... imperdoável.

Começo a chorar novamente e aperto o botão para desligar.

Olho para as luzes de Natal. Um Papai Noel atrevido em uma vitrine do Soho me diz uma gracinha, e ao longe alguns bêbados cantam "Santa Claus Is Coming to Town" em voz alta.

Se Papai Noel estiver fazendo uma lista agora, ele vai saber que fui malcriada.

Tropeço pelas ruas de paralelepípedos; não consigo enxergar direito, muito menos andar, e tudo em que posso pensar são os últimos quatro Natais que passei com Ryan. Ele parece criança quando se trata das festas de fim de ano, um filhotinho agitado que lambe os beiços com cada detalhe da tradição: as tortas de frutas e especiarias, que ele começa a comer no início de novembro; o panetone, o vinho quente e outras guloseimas sazonais, que ele prepara com semanas de antecedência, os ricos e condimentados aromas fluindo da nossa cozinha enquanto eu não faço nada além de assistir a *EastEnders*. Depois vêm as decorações, que, no melhor estilo Cooper, são extravagantes, em vez de glamorosas.

Todos os anos, sem falta, chego em casa e descubro que ele decorou secretamente nosso apartamento. Ainda outro dia encontrei festões nos porta-retratos, um Papai Noel inflável no canto da sala e neve falsa pulverizada nas janelas. Até a luminária de flamingo, que não tive como jogar fora porque foi a mãe dele quem nos deu quando fomos morar juntos, entrou na dança com um chapéu de Papai Noel de ladinho, toda garbosa.

— Ora, Molly — Ryan me adulou, passando os braços em volta de mim. — Natal não é para ser fashion, é para ser divertido.

E eu cedi, como sempre faço, porque, embora não acreditasse que fosse possível, Ryan e a família dele fizeram com que o Natal fosse um evento agradável.

Coisas que eu adoro nos Natais dos Cooper
- Ficar na casa de Jackie e Dave e ser completamente mimada
- Assistir a filmes natalinos sentimentais com Ry
- A política de portas abertas (e garrafas abertas) o feriado inteiro
- Ficar aconchegada na cama da adolescência do Ry enquanto ele acorda cedo para dar sua corrida matinal na praia
- Compras de véspera de Natal e na liquidação do dia 26 com o clã Cooper (a vovó Door é um espetáculo nessas situações; seus cotovelos são mais afiados que a língua da Joan Rivers)
- Meus pais vindo para a ceia na casa de Jackie e Dave e sendo forçados a participar do karaokê e dos jogos (vovó Door é a única pessoa que consegue superar a versão de Jackie e Dave de "Islands in the Stream" e o refrão de "Save your Love", de Renée e Renato, com sua interpretação incrivelmente brilhante de "I Got 99 Problems but a Bitch Ain't One", de Jay-Z — a versão dela é "I Got 99 Problems but my Hips Ain't One")
- Perder o discurso da rainha

Mas agora, este ano, tudo estará arruinado. Seco as lágrimas que queimam meu rosto. Sinto que nunca mais vou conseguir me olhar no espelho sem ver o que acabei de fazer com Ryan refletido em meus olhos.

Como diabos vou encará-lo agora?

O beijo vazio

É possível prometer a uma pessoa que ela pode contar conosco para sempre? Eu fiz isso e não consegui manter minha palavra, e agora, anos depois, aconteceu a mesma coisa comigo. Será que essa promessa quebrada se transformou em carma? Acho que é mais questão de aprender que, na vida, as coisas começam e terminam em você. Quer dizer, sim, todo mundo precisa de amor e do apoio dos outros, mas precisamos encontrar isso dentro de nós mesmos primeiro. Somos todos mais fortes do que acreditamos ser. Podemos aguentar mais do que pensamos. Podemos sobreviver ao pior e, de alguma forma, ainda encontrar um jeito de sorrir.

PLAY > 12/12/04 5:54

Não consigo mais ficar no apartamento. Ando pelo quarto na ponta dos pés, tentando não perturbar Ryan. Ele ainda está dormindo, extasiado, da mesma forma que estava quando entrei rastejando ontem à noite. Ele rolou para o lado e esticou o braço forte e musculoso para o meu lado da cama, como se me estendesse a mão durante o sono. Seu cabelo está espalhado sobre o travesseiro; durante a noite a barba passou de grãos de areia a fios de palha. Quero ficar aqui o dia todo olhando para ele, mas não posso. Preciso sair antes que ele acorde. Não posso enfrentá-lo, não ainda. Preciso descobrir o que vou dizer, o que vou fazer. Sei que, se ele acordar agora, vou querer fingir que está tudo bem, vou querer escorregar de volta para debaixo das cobertas, esquecer minha deslealdade, fazer amor com ele, me perder no conforto dele, de nós, da única coisa boa que eu já tive.

Rapidamente escrevo um bilhete para Ryan, para que ele saiba que estive em casa e, mais importante, para que saiba que vou voltar.

Ry, não consegui dormir, então fui mais cedo para o trabalho. Volto para casa mais tarde.
Te amo.

Afasto a caneta do papel, mas resolvo acrescentar:

Desculpe.
Beijos, Molly

Pego minha bolsa e olho para nosso apartamento aconchegante. É como olhar para um álbum de recortes da minha vida. Há a gravura do Castelo de Hadleigh que meu pai comprou e emoldurou para mim, para eu me lembrar de casa quando fui para a faculdade. Eu a coloquei em cima da escrivaninha no canto da nossa sala, com a foto de John Lennon e Yoko Ono pendurada acima. A cadeira Louis Ghost, de Philippe Starck, que demos de presente um ao outro quando compramos este lugar, fica embaixo da escrivaninha. Sobre a lareira está a impressão em tela dos seixos que fotografei quando Ry e eu fomos morar juntos pela primeira vez, na casa de Jackie e Dave, três anos atrás. O sofá é o branco da Ikea que Jackie e Dave colocaram no anexo para nós. Não é mais tão branco, por isso tem uma manta azul-escura em cima. Eu me volto para a porta e sorrio tristemente. Há uma moldura dourada vazia, solenemente pendurada ali na noite em que o último episódio de *Friends* foi ao ar. Isso foi há poucos meses, mas parece que foi há anos. Nada disso parece me pertencer mais. Abro a porta e, ao sair, tropeço no capacho com a bandeira do Reino Unido (outro toque de Jackie) e cambaleio no corredor. A porta se fecha sozinha. É como se estivesse me cuspindo para a rua com nojo.

Meu celular toca na bolsa e o procuro ali dentro, temendo que Ryan tenha acordado, visto meu bilhete e me peça para voltar. Olho para a tela antes de atender, e o alívio é desesperadamente evidente em minha voz.

— Molly? — diz uma voz simpática, mas preocupada.

— Ah, Casey... — respondo, e uma nova torrente de lágrimas se derrama por meu rosto.

— Ei, shhh, Moll, está tudo bem, amiga! Seja o que for, vai dar tudo certo — ela diz suavemente.

— Não vai, Casey, não vai.

Soluço e olho para nossa porta enquanto desço a escada.

— O que foi? O que aconteceu? — ela pergunta.

— Posso passar aí? — imploro, de repente sentindo a necessidade de estar longe de Londres, da cena do crime.

Não posso ir trabalhar. Não hoje. Não me importa se vai pegar mal. Preciso falar com ela, ver a praia, respirar o ar que vem do mar, tirar um tempo para pensar e descobrir o que vou fazer, e ela é a única pessoa que pode me ajudar, a única pessoa que conhece a mim e ao Ryan bem o suficiente.

Estamos caminhando pelo píer de Southend, de um quilômetro e meio de extensão. É um caminho que já fizemos um milhão de vezes. Casey está segurando meu braço, como fazia quando éramos adolescentes. Naquela época isso me fazia sentir forte, necessária, mas agora me sinto confortada pela presença dela, como se Casey pudesse me levar de volta a um momento em que Ryan e eu ainda éramos felizes.

Comecei a chorar quando ela me pegou na estação de trem um pouco depois das oito horas. Ela ainda estava de pijama, a cara dela: um short de flanela bonitinho, que ela juntou com polainas e uma blusa de moletom grande e rosa da Gap, contrastando perfeitamente com sua pele greco-italiana cor de oliva e seu cabelo de granito preto. Voltamos para sua casa, ela me fez uma xícara de chá, e eu me sentei em seu sofá rosa-choque e chorei enquanto lhe contava tudo. Depois ela vestiu roupas mais quentes e disse que íamos caminhar um pouco para tirar as teias de aranha.

— Sabe de uma coisa? Estive pensando e acho que não é tão ruim quanto você pensa — Casey diz depois de um raro momento de silêncio, induzido pelo vento que, literalmente, tira nosso fôlego.

— Você acha? — Olho para ela com ar de dúvida. — Mesmo? Você acha que o Ryan vai me perdoar?

É só um momento de esperança fugaz, varrido pela expressão solene de Casey e nosso entorno desolador, à beira do mar no inverno.

Faz um dia cinzento horrível. Nuvens negras rolam ameaçadoras sobre o estuário, espectros assustadores que parecem estar vindo atrás de mim, do meu relacionamento. Eu sempre pensei em Ryan como o sol; o verão é a estação em que ele é mais feliz, pois pode fazer tudo que ama: natação, vela, surf. Verão é praia, é comer amêijoas e beber vinho no jardim, é navegar além do estuário ou ficar deitados na praia ensolarada, que foi onde nos beijamos de verdade pela primeira vez. No inverno, ele parece recuar, diminuir. Tudo fica mais pálido, mais retraído nele.

Pergunto a Casey novamente:

— Você acha que ele vai me perdoar?

Ela pega minha mão e me olha com seus cílios longos e seus enormes olhos castanho-escuros.

— Não, Molly — diz suavemente. — Se você contar a ele o que aconteceu, estará tudo acabado. Mas o que eu acho, e eu sei que você não quer ouvir isso, é que talvez não seja tão ruim, entende?

Sinto um nó no estômago de angústia e mal consigo parar em pé. A dor sobe até meu peito e o aperta tanto que não posso mais respirar.

— Eu sei que não é isso que você queria ouvir, amiga — diz Casey. — Sei que vocês se amam, mas faz tempo que não estão felizes. Vocês começaram muito novos, novos demais, e eu sei que isso é difícil de ouvir, porque o Ryan é o melhor cara que existe. O MELHOR — conclui enfaticamente.

Choro em seu ombro. Dobro o corpo de um jeito esquisito para criar espaço entre nós. Quero que ela me conforte, mas não quero a proximidade física que isso exige, pois me faz sentir que não tenho controle sobre a situação. Eu nunca precisei da ajuda dela assim antes, e quero fingir que ainda não preciso. Porque, no momento em que eu me deixar sucumbir à sua compaixão, estarei aceitando que fiz a maior besteira do mundo. Casey acompanhou meu relacionamento com Ryan desde o início, e ouvir isso dela acabou com qualquer esperança que eu tinha de resolver as coisas. Desde o que aconteceu ontem à noite, só consigo pensar em Ryan. Ele. Nós. Como éramos felizes e como eu não dei valor a isso.

Casey ainda está falando, mas não é tão reconfortante quanto eu esperava. Para ser sincera, parece estranho receber conselhos dela sobre meu relacionamento. Normalmente sou eu que a ajudo a recolher os cacos depois que alguém termina com ela, a lidar com as consequências de suas infinitas infidelidades (ela já traiu, já foi traída, mas na maioria das vezes é A Outra).

— Sabe? É engraçado — ela diz, pensativa. O que é sempre perigoso: pensar antes de falar ou agir é uma raridade em Casey. — Quando a gente era adolescente, você e o Ryan eram tão diferentes. Nunca imaginei que vocês ficariam juntos.

Olho para o parque de diversões Pleasure Pier. Casey e eu passamos vários fins de semana felizes aqui na nossa adolescência, jogando nos caça-níqueis, comendo algodão-doce e indo aos brinquedos. Mas ele parece deprimentemente sombrio agora.

Ela fala novamente:

— Sei que ficar com um cara como o Ryan ajudou com a sua autoestima quando éramos mais novas, mas você não é mais uma menina, amiga. Talvez vocês dois tenham apenas crescido. E seguido cada um para um lado — ela acrescenta e me olha de soslaio.

— Eu não tinha nenhum problema de autoestima! — exclamo, estridente. — Eu era uma adolescente extremamente autoconfiante!

Casey inclina a cabeça, meio condescendente, e cruza os braços. Ela parece uma modelo parada ali, no píer varrido pelo vento; seu rabo de cavalo preto e lustroso dá chicotadas em volta de seu rosto, e alguns fios de cabelo ficam colados em seus lábios com gloss. Ela é o melhor exemplo que eu já vi de patinho feio que vira cisne.

— Ora, eu sei que você se fazia de durona para me proteger e para fazer as pessoas pensarem que não ligava, mas você estava totalmente *desespe-*

rada para ser alguém diferente. Se bem que o seu caso não era tão ruim quanto o meu. — Ela ri e me cutuca. — Lembra dos meus óculos e do aparelho? E do meu problema grego de pelos no rosto? Sem falar da obsessão da minha mãe em me fazer comer moussaka todos os dias! Graças a Deus existe aeróbica e step. E depilação! Mas você, Molly, você se esforçava para ser diferente, mas tudo o que queria era ter o que as outras meninas tinham: seu próprio estilo, amigos, um namorado. Você fingia que odiava todas aquelas Heathers da escola, mas eu via o jeito como olhava para elas. Mesmo que fossem umas megeras com a gente, no fundo você queria ser como elas. Todas nós queríamos. E o Ryan era o alvo final. Odeio dizer isso, mas você mudou para se encaixar na vida dele, e foi aí que as coisas começaram a dar errado. Você e o Ryan deviam ter sido só uma aventura, um romance de verão, e depois você devia ter ido para Londres, morar sozinha, ser fotógrafa, viajar, fazer todas as coisas que você dizia que ia fazer...

Eu me volto, não quero ouvir mais nada. Mas Casey me faz virar para encará-la.

— Só estou dizendo tudo isso porque me preocupo com você, Molly. — Seus olhos estão brilhando, e ela segura forte meus braços. — Você beijou o cara do trabalho e foi adiante porque não está feliz. Você quer uma desculpa para terminar seu relacionamento e, bêbada ou não, foi o que procurou. Eu sei que você não chegou a ir para a cama com ele, mas seja honesta: você queria, não é? E não é quase a mesma coisa? Não me olhe desse jeito, só estou tentando impedir que você continue se enganando. Não desperdice mais anos da sua vida com a pessoa errada só porque parece seguro. Existe alguém lá fora que é perfeito para você, do jeito que o Ryan nunca vai ser. E alguém para ele também. Por que não dar a vocês dois a chance de encontrar essa pessoa?

Olho para longe, em direção ao mar. Quero bloquear as palavras dela, enfiar os dedos nos ouvidos e cantar "Lá-lá-lá", como fazia quando minha mãe tentava me falar algo que eu não queria ouvir. Tento me afastar de Casey, mas não consigo, porque ela está apertando meus braços com força. Mas são suas palavras que me machucam mais, pois sei que são verdadeiras. Olho para o céu bem no momento em que as nuvens negras e coléricas liberam numa torrente a chuva que estava ameaçando cair.

— Preciso ir para casa — digo, cambaleando para me afastar dela. — Tenho que falar com o Ryan.

— Molly! — ela me chama e me olha com uma preocupação tão desesperada que volto e dou um beijo rápido em seu rosto chicoteado pelo vento, agradecendo por ela ter me ajudado, embora não tenha me feito sentir melhor. Mas é um beijo vazio, porque é assim que me sinto: vazia por dentro. Sei que tenho que contar a Ryan o que fiz, e também sei que contar significará o fim do nosso relacionamento.

Coisas que não saram com um beijo

"O beijo é um adorável truque inventado pela natureza para interromper a fala quando as palavras se tornam supérfluas." Foi o que Ingrid Bergman disse certa vez, e é verdade. Nós nos beijamos para cumprimentar, para evitar silêncios, para demonstrar saudade, para mostrar que estamos contentes de ver a pessoa. Nós nos beijamos para interromper brigas ou uma conversa que não queremos continuar. Também usamos o beijo quando queremos fingir que está tudo bem. Tenho feito muito isso ultimamente. Mas acontece que algumas coisas simplesmente não saram com um beijo.

PLAY > 12/12/04

Abro a porta da frente e imediatamente sou engolida pelo calor e pelo cheiro de castanhas e vinho quente com canela do Ryan em nosso apartamento. E pelos sons familiares de panelas e frigideiras, e do Ryan cantando "Stay Another Day" com o East 17. Fico paralisada na porta e tenho de me controlar para não virar e ir embora.

Entro na sala e vejo o ambiente prodigamente decorado com a árvore de Natal espalhafatosa e os enfeites que parecem ter a culpa gravada nos rostos mal pintados. Até as bolas brilhantes da árvore estão se esmerando para refletir minha vergonha.

— Molly? — Ryan grita da cozinha. — Só um minuto, já vou!

Prendo a respiração e fico de cabeça baixa, esperando sua chegada. Sei que ele vai saber na hora o que eu fiz. Está escrito no meu rosto.

Mas ele entra sorrindo alegremente, vestindo o moletom que lhe dei no último Natal. Parece feliz como sempre quando me envolve em um enorme abraço, e me agarro a ele, sem querer largá-lo nunca mais. Mas então endureço e me afasto, sabendo que o que estou fazendo é egoísta, que o estou enganando mais uma vez, fazendo-o pensar que está tudo bem quando não está.

Ryan se inclina para trás, olha para mim com os olhos apertados de preocupação e acaricia meu rosto.

— Molly, sobre a noite passada, o jeito que eu falei ao telefone... Descul...

— Não, Ryan — interrompo, não querendo que ele use a palavra que *ele* merece ouvir de mim. — Por favor, não se desculpe. — Começo a chorar e desabo no chão. — Eu não quero fazer isso, Ry. — Olho suplicantemente para ele. — Você tem que acreditar em mim. Mas...

Ele despenca também, olhando confuso para mim.

— O que está acontecendo, Molly? Foi só uma discussão boba, mas eu sei que fui longe demais, você tinha todo o direito de sair com seus colegas depois do almoço de Natal. Eu devia ter ligado para você hoje, mas queria fazer uma surpresa para me desculpar. Eu cozinhei! Vamos ter sopa de abóbora, castanhas assadas, risoto de panceta, salada de rúcula com lascas de parmesão e pinhão e, para terminar... Merda, por favor, pare de chorar, Moll, você está me assustando. Sei que eu fiz promessas que não cumpri, por isso...

— Ry...

— Não, me deixe terminar! — ele diz, lenta e deliberadamente.

Olho para ele em desespero, silenciosamente implorando que pare de falar. Ele esfrega a cabeça, desgastado.

— Eu sei que a nossa vida virou rotina. Sei que ando estressado e cansado, e que estou descontando em você. Sei que fui egoísta. Sei que esperava que você vivesse a vida que eu queria, não aquela que você sonhou, e estou determinado a mudar isso. Então... — Ryan passa os dedos pelos cabelos e me olha, como uma criança que tem um segredo e está desesperada para contá-lo. — Eu ia esperar até o Natal, mas...

Ele sai correndo da sala e eu abro a boca, tentando falar para impedir que ele continue. Mas ele volta antes que eu possa formar uma palavra e escorrega no chão ao meu lado, como um labrador, ofegando, ansioso, com o rosto brilhando de amor, esperança e lealdade. Em seguida coloca um envelope em minhas mãos.

— Aqui, Molly, está a resposta para todos os nossos problemas — ele diz. — Não é um bilhete premiado de loteria nem uma viagem ao redor do mundo, nada disso, mas é uma promessa de que as coisas vão mudar. De que a nossa vida vai ser diferente a partir de agora. Muito bem, ande, abra!

Fico olhando sem expressão para o envelope; o papel treme em minhas mãos. "If You Leave Me Now", do Chicago, está tocando no rádio. Penso que poderia ser um sinal, mas foi Ryan quem pôs na Heart FM. Eles só tocam malditas canções de amor. Ergo os olhos, desesperada para que Ryan perceba que está dificultando as coisas. Se eu abrir o envelope, tudo vai ser muito pior.

— Ryan, eu não posso... — tento devolver o envelope para ele.

— Por favor, Molly.

Ele me olha suplicante, e seus olhos denunciam que a vida que ele conhece está escapando de suas mãos, e que, se eu abrir o envelope, ele vai conseguir segurá-la por mais tempo, salvar tudo de novo.

Ele se recusa a pegá-lo e o envelope cai no chão.

— Ryan, eu preciso dizer uma coisa, preciso lhe contar algo.

Ele esfrega a mão no cabelo, do jeito que sempre faz quando está frustrado e ansioso, e balança a cabeça.

—- Não, escuta, você não está entendendo! Vou abrir o envelope para você! — Ele estica a mão e suspira, impaciente, enquanto seus dedos se atrapalham com o envelope, tentando abri-lo, rasgando o papel e empurrando o conteúdo para mim enquanto se levanta. — São duas passagens para Nova York, com partida agora, na véspera de Ano-Novo! Quero que a gente comece o ano em um lugar aonde eu prometi que iríamos. — Sua mão ainda está estendida. — Eu devia ter feito isso há séculos, mas estava tão ocupado pensando no futuro que esqueci de olhar para a nossa vida agora. Eu me acomodei, amor.

Ele exala, frustrado.

— Isto — ele empurra as passagens para mim de novo —, isto é a minha promessa. Pode me cobrar. Pode me cobrar qualquer coisa, Molly. Molly?

— Me abraça... — digo, soluçando, quando as passagens caem no chão.

—- Molly? — Ele me segura e eu mergulho nele.

O que eu mais quero é que Ryan me abrace, e quero dizer sim, que eu vou para Nova York com ele, que nossa vida vai ser diferente, que nosso relacionamento vai ser melhor, que nada mudou.

Quero lhe dizer que, agora que estou na iminência de perdê-lo, vejo como era importante o que eu tinha. Que isso é tudo que eu poderia querer e que eu devia ter percebido há muito tempo. Quero dizer que me transformei em uma pessoa egoísta, materialista e superficial, e que ele é um homem melhor do que eu mereço, que em três anos ele me ensinou a ser muito melhor do que jamais pensei que pudesse ser. Mas, ainda assim, isso não é bom o suficiente. Eu não sou boa o suficiente. Quero lhe dizer que não preciso de Nova York, nem de nenhuma outra coisa. Que o que eu fiz me mostrou que só quero a ele, para sempre. Quero nosso apartamento acolhedor, com a decoração de Natal maluca. Quero as coisas dele espalhadas por todo lado. Quero recolher suas meias — até as brancas horríveis — todos os dias, pelo resto da vida. Quero ser a namorada perfeita, a namorada que nunca fui e que ele merece. Quero fazer tudo isso. A partir de agora. Quero lhe mostrar minha lista de razões pelas quais nossa relação não é perfeita e, depois, a lista de por que vale a pena lutar por ela. Mas, em vez disso, minha conversa com Casey me vem à cabeça e digo:

— Eu te traí, Ryan. Eu te traí e peço desculpas. — E então choro e beijo seu rosto todo enquanto sussurro as palavras com que espero curar a dor que acabei de lhe infligir: — Foi só um beijo, não fiz mais nada, me desculpa...

Neste momento, ele me empurra e cambaleia cegamente para cima da árvore de Natal, e faz tudo desabar. Os enfeites, as luzinhas, Rudolph, tudo se racha e se quebra entre nós. Chocada, olho em volta e percebo que só o flamingo ainda está em pé. O maldito flamingo.

— Vou correr um pouco — diz Ryan.

E então ele sai, e a porta bate antes que eu possa piscar.

Ligo para a pessoa com quem mais quero falar no mundo e, quando Casey não atende, ligo para minha mãe. Sei que ela vai me fazer sentir pior do que já estou, mas, de uma forma doentia, é exatamente o que eu quero.

— Alô, residência dos Carter. É você, Molly querida? Tudo bem com você? — ela diz, quando começo a soluçar.

— Não, não estou bem. O Ryan e eu terminamos. — E explodo em uma nova torrente de lágrimas.

— O que aconteceu? — ela pergunta bruscamente. — Ele fez alguma coisa?

— Não foi ele. Nunca é ele. Foi só mais uma pisada na bola da minha parte. Para somar às muitas outras.

— Ah, Molly, o que...

— O que as pessoas vão pensar? — completo com rispidez sua frase tão comum. — Curiosamente, mãe, eu realmente não me importo.

— Molly, não era isso que eu ia diz...

Mas desligo antes que ela possa terminar.

Depois de um tempo que pareceram horas, Ryan voltou e se trancou em nosso quarto. E eu fiz o que qualquer britânico faria numa situação dessas: preparei duas xícaras de chá e me sentei olhando para a parede, esperando que ele saísse. Levou duas horas. E, quando saiu, ele parecia diferente, não o Ryan que eu conheço, mas o que eu costumava ver de longe quando era uma adolescente confusa e ele era o garoto com quem todas queriam sair. Descolado, relaxado, descontraído, totalmente inacessível para uma garota como eu. Ele estava fechado. Havia tirado o moletom que comprei para ele, e eu soube que estava tudo acabado.

Ele se sentou na extremidade oposta da sala — o mais longe possível de mim — e começou a atirar perguntas como dardos.

— Quem?

— Quando?

— Por quê?
— Como?
— Foi bom?
— Você transou com ele?
— Quis transar com ele?
E, chorando, eu respondi:
— Foi um cara do trabalho.
— Ontem à noite.
— Não sei, porque eu estava bêbada... Não... porque eu fiquei curiosa. Não sei, Ry, acho... Talvez eu só quisesse experimentar algo diferente... Eu errei. Não quero nada diferente, só quero você.
— Como? Como assim? Na boca... Não sei, simplesmente aconteceu, não sei como. Estávamos conversando, e aí...
— Sim. Não! Não foi bom! Por mais que eu achasse que queria que isso acontecesse, eu me senti mal. Quantas vezes? Só uma. Só. Uma.
— Não! Eu não transei com ele! Quem você pensa que eu sou?
Não pude responder à pergunta final. Não com a verdade.
Ele se deixou cair para trás, exausto pelo interrogatório que tinha acabado de fazer. Seu rosto estava branco. Passou pela minha cabeça que eu conhecia cada pixel daquele rosto lindo, e que agora sua expressão estava reduzida a uma polaroide desbotada. Ele não olhou para mim. Nem uma vez.
— Ryan? Diz alguma coisa... por favor.

Digo isso de novo agora para tentar avançar a situação. Estamos sentados aqui há quase duas horas e não nos falamos, não direito. Tentei me aproximar, mas ele não deixou. Pela primeira vez foi ele quem não quis contato físico. Nunca percebi como isso pode fazer você se sentir isolada. Eu venho de uma família que não abraça nem demonstra afeto de qualquer tipo. Achei que estivesse acostumada. Fora Casey, que por algum motivo foi uma exceção à regra, eu sempre me irritava quando minhas amigas ou colegas tentavam andar de braços dados comigo. E nem me fale do "beijinho no ar". Já acho difícil beijar as pessoas que eu amo, imagine as que mal conheço. Quando conheci Ryan, foi difícil me acostumar com o carinho desenfreado da família dele. Melhorei ao longo dos anos, mas isso me faz perceber de novo que tipo de namorada eu sou, com meus problemas de intimidade, minha incapacidade de esbanjar afeto naturalmente, como ele faz. Agora percebo que Ryan está pronto para conversar.

— Olha — ele diz, com olhos de aço que eu desconheço. — Ainda não entendo por que você fez isso, Molly, mas, sabe... talvez você tenha feito um favor para nós. Acho que não estamos felizes faz tempo. — Ele abaixa a cabeça, respira fundo e olha para mim com um sorriso triste. — Acho que a gente era novo demais para tudo isso. — Ele indica com o braço nosso pequeno apartamento, agora nosso lar desfeito.

— Talvez você e eu sejamos muito diferentes — digo lentamente. — Nós não somos como o seu irmão e a Lydia. Quer dizer, de cara todo mundo enxergou os dois como um casal. Eles começaram ao mesmo tempo que a gente, e agora estão noivos, e nós estamos... — Olho para ele interrogativamente.

— O Carl disse que na hora soube que eles combinavam — diz Ryan, olhando pela janela.

Olho para fora e noto que está nevando. Os flocos estão suavemente se acumulando na vidraça, ficando ali só por um tempo antes de serem arrastados pelo vento. Essa fragilidade me parece um mau sinal.

— Eu também achava que nós combinávamos. — Ele olha para mim com tristeza. — Mas você precisa explorar o mundo, descobrir o que te faz feliz, e eu... — Ele engasga, e sua respiração fica presa na garganta.

Eu me levanto e pego sua mão, sentindo necessidade de dizer uma última coisa para explicar.

— Eu queria que a gente tivesse se conhecido cinco anos mais tarde, Ry. Eu queria... queria ser diferente. Queria estar preparada para isso, para você. Tenho medo de nunca mais ter nada parecido com isso, de ter jogado fora o grande amor da minha vida.

Ryan pega minha cabeça entre as mãos e acaricia suavemente meu rosto, enxugando minhas lágrimas enquanto as suas ainda estão caindo.

— Eu sempre vou estar ao seu lado, Molly, sempre. Eu vou te amar para sempre, mesmo que a gente não fique juntos.

E então ele puxa meu rosto até o seu, e ficamos unidos como ímãs aproximados por uma força maior à qual é impossível resistir. Sua testa parece uma fornalha, e sinto sua respiração aquecer meu rosto, acender minha pele e atrair meus lábios em direção aos seus, como um girassol. Então ele me beija suavemente, mas é diferente das centenas, dos milhares de beijos de antes. Porque é o beijo de despedida.

O beijo desperdiçado

> A luz do sol toca a terra
> E a lua beija os mares:
> De que valem esses beijos
> Se tu não me beijares?
> — Percy Bysshe Shelley

Quantos beijos desperdiçamos, limpamos, jogamos fora, e depois, quando não estão mais ali, quantas vezes desejamos poder revivê-los infinitamente? Isso me assombra às vezes, quando estou no fundo do poço, me perguntando o que Ryan está pensando, o que está fazendo. Lembro-me de quando pensar em Ryan beijando outra pessoa era a pior coisa que podia acontecer. Agora eu sei que não é.

FF >> 31/12/04

— Vamos! — Casey diz, me fazendo levantar.

— Nãããao. — Eu me agarro desesperadamente ao edredom da Hello Kitty de Casey, como um bebê a seu cobertorzinho. Fora do trabalho, ele tem sido meu companheiro constante nas últimas duas semanas. Tenho certeza de que meu corpo está impresso nele, como o Santo Sudário.

— Não me interessa o que você diga, Moll, vamos sair hoje à noite, quer queira, quer não! É véspera de Ano-Novo! Você se mudou para cá há duas semanas e, quando não está no trabalho, só fica choramingando pelos cantos. Você está acabando com o meu estilo. Olha só! — Ela aponta para o teto. — Esse globo espelhado está refletindo sua cara triste pela sala toda, e não suporto isso nem mais um minuto! É hora de se despedir do ano velho, e dos homens velhos, e dar as boas-vindas ao novo! Vista roupas alegres e vamos sair. *Agora!*

Debilmente, permito que ela me arraste para o quarto; é o mínimo que posso fazer por obrigá-la a passar por essas duas últimas semanas comigo. Quando Casey me ofereceu seu sofá para dormir, aproveitei a oportunidade. Eu queria ficar longe de Londres, longe da garota em quem a cidade havia me transformado. Combinamos que Ryan ficaria no nosso apartamento até o vendermos, porque ele entra mais cedo que eu no trabalho e muitas vezes fica até mais tarde para coordenar vários clubes esportivos.

Mas eu também sabia que ele ia passar todos os fins de semana com os pais e precisava me sentir perto dele, mesmo que não pudesse estar com ele. Então arrumei as malas e vim morar com Casey, em seu novo apartamento. O que foi estranho, porque sempre foi ela quem dormiu no meu sofá. Eu não sabia como lidaríamos com a nova dinâmica do nosso relacionamento.

E Casey ficou tão animada que, convenientemente, pareceu esquecer que eu não seria uma companhia muito agradável. Nem lidaria necessariamente bem com o fato de encontrar seus peguetes às sete horas da manhã na fila do banheiro. E, pior, na véspera de Ano-Novo, que é a noite mais deprimente para os solteiros depois do Dia dos Namorados. Pelo menos no Dia dos Namorados você não é obrigada a ficar até o fim. Mas Casey está mais feliz do que nunca, por isso suponho que pelo menos algo de bom está resultando disso.

Ela parece ter usado essa situação como uma oportunidade de voltar no tempo e está festejando as delícias de ter a melhor amiga de volta. Mas também acho que ficou decepcionada com minha reação ao fim do relacionamento.

Ela esperava que eu fosse um estereótipo soluçante, que ficasse deitada de pijama no sofá devorando doces, me lamentando porque eu nunca seria amada de novo. Mas eu não fiz isso. Nem farei. Sei que tenho de superar, e vou. Bem, exceto quando estou sozinha, debaixo do edredom da Hello Kitty em seu sofá-cama. É quando as lágrimas realmente vêm. Mas, fora isso, eu me joguei no trabalho. Até me ofereci para trabalhar entre o Natal e o Ano-Novo — principalmente porque não suportaria passar mais tempo na casa dos meus pais. Felizmente, eu sabia que *ele* não estaria lá. Ele, aquele que não pode ser nomeado. Ele não está mais na *Viva*, foi promovido a um novo cargo na editora Brooks, por isso não fica mais em nosso escritório.

A verdade é que eu sei que sou forte o suficiente para lidar com isso sozinha, mas Casey anseia por lágrimas e drama. Sei que não é fácil de entender para quem não é como eu, então tento lhe dar um pouco do que ela quer só para ter alguma paz e sossego.

Deixamos o apartamento de Casey. As pessoas passam com chapéus de festa e línguas de sogra, e uns óculos idiotas e malucos no formato de 2005. Como se atrevem a se divertir quando estou me sentindo assim? Eu estou parada, tremendo, na entrada da Players, a boate onde Casey trabalha, enquanto ela conversa com os porteiros e acena para pessoas na fila, que parecem conhecê-la — alguns homens muito bem, aliás, a julgar pelo jeito que ela se inclina sobre eles para cumprimentá-los. Ela confirma isso sussurrando suas "notas" para mim quando volta. Casey faz mais sucesso com os homens agora, mais velha, do que quando era uma adolescente desajustada. Lembro o momento exato em que tudo mudou. Quando, aos dezessete anos, seus seios aumentaram, seu corpo se esticou e seu cabelo se alongou, tudo ao mesmo tempo.

Ela pode conseguir homens hoje, só não consegue mantê-los. E finge que está tudo bem, mas eu sei que daria qualquer coisa para que alguém a amasse como Ryan me ama. Quer dizer, como me *amava*.

Engulo em seco quando a imagem dele aparece em minha mente, e corajosamente tento engolir as lágrimas. Não posso chorar aqui. Não na véspera do Ano-Novo. Estou aqui para me "divertir", para descontrair, como Casey diz, para fazer todas as coisas que mulheres solteiras devem fazer: dançar, beber e paquerar. Todas as coisas que eu achei que estava perdendo quando estava com Ryan, e que não suporto fazer agora que não estou. Minha mãe estava certa. Molly Do Contra, essa sou eu.

Enquanto as lágrimas fazem meus olhos arderem, eu me pergunto onde ele está agora. Provavelmente no bar com todos os seus amigos. Eu os vejo tão claramente quanto os mamilos de Casey através de sua blusa de seda colante. Eu tentei lhe dizer para pôr um sutiã tomara que caia, mas ela não quis nem saber. E, para ser sincera, ela está incrível. Percebo que eu não tenho nem ideia de como me vestir para uma balada. Casey insistiu em me emprestar roupas suas, de modo que agora eu pareço alguém saído do programa *Footballers' Wives*, em um vestido laranja com decote até o umbigo e saltos brilhantes, totalmente ridículos e que não têm nada a ver comigo. Mas acho que essa é a ideia.

Sinto Casey me cutucando. Eu a ignoro, querendo manter Ryan na cabeça. Tenho certeza de que ela só quer me mostrar outro cara que "conhece". De repente, eu me sinto puxada para dentro da balada, atravessando a entrada VIP em direção a uma área isolada com cordão vermelho, onde há uns sofás grandes, exuberantemente coloridos, e chaises longues de veludo amassado. Algumas pessoas já estão sobre eles, seus bronzeados artificiais e dentes brancos brilhando sob a luz negra.

Casey está elétrica. Acena freneticamente e me conduz até um lugar no canto.

— Sente aqui, amiga! — ela diz empolgada, com uma voz estridente. — Eu vou... eu vou pegar umas bebidas para a gente.

E desaparece, deixando-me sentada, sozinha. Um cara imediatamente se aproxima, elaboradamente equipado com uma camiseta branca justa de marca e óculos de sol Gucci pendurados na gola em V. A camiseta está esticada e enfiada dentro da calça jeans justa e desbotada, presumivelmente para destacar seu corpo malhado de academia e revelar o ostensivo cinto Hermès. Nada disso esconde a expressão vaga que ele usa como principal acessório.

— Ei, mulheeer, você é bonita demais para ficar sozinha — diz o cara, olhando para seus amigos e erguendo o polegar.

Arqueio a sobrancelha.

— E você é burro demais para perceber que é assim que eu quero ficar.

Ele parece surpreso, mas insiste:

— Como é seu nome?

— Caifora. — E sorrio com os dentes apertados.

— Que bonito! Caifora! Nunca tinha ouvido. É sueco?

Rio com desdém e agito a mão, mandando-o embora. Ele volta para seus amigos, parecendo mais do que um pouco confuso.

Casey chega com uma garrafa de champanhe.

— Pronto! Pensei em começar a festa com um espumante! — Seus olhos flutuam ao redor e depois se voltam para mim. — Um brinde a ser jovens, livres e solteiras... e... a conhecer *novos* homens.

Ela me enche uma taça e eu viro de uma vez. Vou precisar disso esta noite.

Uma hora depois, já bebi praticamente uma garrafa inteira e estou na pista de dança, fazendo alguns movimentos ao som de "Crazy in Love". E estou me saindo muito bem! Na minha cabeça, com uma garrafa de champanhe nas veias e esse vestido, acho que posso passar pela própria Beyoncé. Agora estou recriando o videoclipe, com o cara da Hermès feliz no papel de Jay-Z. Fui meio grossa com ele antes, mas o cara é realmente muito, muito legal, e eu estou bem gostosa, então por que Casey fica tentando me tirar da pista de dança? Agora entendo por que ela fica chateada quando tento impedi-la de se divertir. Eu achava que estava sendo protetora, agora percebo que é só irritante.

— Ei — digo enquanto ela tenta me levar de volta para a área VIP. — O que você está fazendo? Estou me divertindo demais, dançando com aquele cara ali. Quer ver?

Começo a rebolar, mas acrescento os movimentos de pernas e braços que Mia e eu criamos na faculdade.

— Uhuu! — Canto desafinada enquanto me esgueiro de novo para a pista de dança. — É táãão divertido, Casey! Olhe para mim, estou me divertindoooo!!! — E, por alguma razão que só eu conheço, começo a dançar feito um robô.

Ela balança a cabeça e me chama de volta.

— Anda, Moll — implora. — Vamos sentar. Comprei outra garrafa para a gente!

— Oba! — grito. — Mas vou acabar de dançar primeiro, tá bom? Porque eu sou *muito boa* nisso! Olha só! — E começo a agitar os braços, me sentindo livre e desinibida como há muito não me sentia. São onze da noite, véspera de Ano-Novo, e eu sou jovem, livre e solteira!

— Por favor — Casey implora, tentando me arrastar. — Molly, por favor, venha comigo antes que você veja...

— Antes que eu veja o q... ah.

Estou com uma mão em volta do tornozelo e a outra atrás da cabeça quando me viro e o vejo. Ryan. Do outro lado da pista de dança. Beijando alguém. Uma garota. Uma garota alta, linda, loira.

Uma garota que não sou eu.

— Sinto muito — Casey diz tristemente, passando o braço pelo meu e tentando me levar para longe, mas estou grudada no chão. — Eu tentei avisar.

Tudo parece parar, a música, as pessoas, e posso jurar que estamos só ele e eu no salão.

Ah, e ela.

Fico olhando por um momento e o vejo erguer os olhos para mim. Ele para de beijá-la e se afasta. Ela diz alguma coisa, mas ele balança a cabeça. Ela vai embora. Em seguida, ele leva a mão à testa, a esfrega e a passa pela cabeça, como faz quando está ansioso. Então, olha para mim com tristeza. Não consigo me mexer; quero, mas não consigo. Fico ali, apoiada em uma perna como um... flamingo, encarando-o, enquanto a música muda e Casey tenta me tirar dali.

— Não se torture — ela diz, colando minha cabeça na dela e me forçando a olhá-la. — Você estava indo tão bem. Vamos, Molly, vamos embora.

Abaixo a perna ainda olhando para ele. Queria não ter visto isso, mas ele é solteiro, pode fazer o que quiser. Então só aceno para ele e dou meia-volta. Quando olho para trás, ele leva a mão aos lábios, como se fosse me mandar um beijo. Mas, em vez disso, Ryan deixa cair a mão, o beijo desaba no piso e ele desaparece. Quero correr até lá e fuçar pelo chão, como faço quando estou procurando uma lente de contato perdida. Eu quero esse beijo. Eu quero Ryan. Por que estraguei tudo?

Choro no ombro de Casey no táxi, enquanto ela acaricia meu cabelo. Parte de mim pensa que pelo menos ela finalmente conseguiu o que queria: sua melhor amiga se descabelando para que ela possa cuidar.

— Eu sei que você não quer ouvir isso — ela diz, ainda acariciando meu cabelo —, mas talvez tenha sido melhor assim. Agora você pode finalmente seguir em frente e aceitar que tudo acabou entre vocês, não é?

Anuo, mas a verdade é que eu teria preferido viver feliz na ignorância, na esperança de que ele estivesse no mesmo estado que eu, sentindo minha falta desesperadamente, tanto quanto eu sinto a dele.

9:11

Aperto "pause" no aparelho de DVD e tiro Harry, visivelmente melindrado, do meu colo, repentinamente oprimida pela culpa de tanta coisa que tenho para resolver. Que diabos estou fazendo, me distraindo com um filme? Parece aquela época em que eu era criança e minha mãe me fazia arrumar meu quarto todo sábado de manhã, e em vez disso eu ficava assistindo a *Going Live* escondida.

Tiro os pelos de gato de minha legging e vou até a cozinha, ponho minha caneca na pia e pego a caneta que deixei no balcão na noite passada. Preciso etiquetar algumas caixas embaladas ontem à noite com meu sistema claro e simples: "Doar", "Despachar" ou "Depósito".

E então sinto o cheiro. Fecho os olhos e inalo o odor pungente, como petróleo, quando tiro a tampa da caneta. Ryan passava as noites esparramado no chão da nossa sala, elaborando em grandes folhas de papel branco várias formações de jogadores para as próximas partidas de futebol da escola, enquanto eu lia meus livros de fotografia.

Esse aroma é, de certa forma, mais forte e mais indutor de memórias que a loção pós-barba da Hugo Boss que Ryan usava, e durante muito tempo depois que ele foi embora, quando sentia esse perfume, eu me via dando meia-volta na rua e seguindo a pessoa, pensando que podia ser Ryan, até perceber o que eu estava fazendo e apressadamente recuar.

Mas, ao contrário daquele, este cheiro traz prazer, bem como dor, porque não me faz pensar só em Ryan. Ele me leva de volta aos meus dias de escola; Casey e eu rindo durante as aulas e depois escrevendo bilhetinhos uma para a outra em nossos livros de exercícios sobre os meninos de que gostávamos. E, claro, me faz lembrar de casa. Meus pais. O cheiro de tinta que permeava nossa casa quando eles corrigiam incansavelmente as tarefas dos alunos com canetas vermelhas.

Olho dentro de uma caixa sem etiqueta no balcão da cozinha, cheia de artigos culinários, e rabisco "Doar" na lateral. Pode parecer que estou jogando fora uma vida inteira de memórias, mas é para abrir caminho para novas.

O pior primeiro beijo

Há algumas certezas quando se trata de se apaixonar. O primeiro beijo, por exemplo. Ninguém nunca escreveu sobre um verdadeiro amor que começa com um beijo terrível, não é? Julieta teria se apaixonado por Romeu se ele tivesse enfiado a língua na garganta dela, em vez de fazer todas aquelas coisas na varanda? Ou Rose por Jack, se ele tivesse babado em cima dela, bêbado, naquela festa no convés inferior, em vez de beijá-la com ternura enquanto eles fingiam voar na proa do navio? Ainda teria sido o filme de maior bilheteria de todos os tempos? Talvez Shakespeare e todos os escritores românticos contemporâneos dele (e James Cameron) achassem que um primeiro beijo ruim era um sinal óbvio demais de que o relacionamento estava condenado desde o início. Às vezes, eu me pego pensando a mesma coisa.

<<REW 10/12/94

— Ah, meu Deus, ele não! — murmuro sombriamente, notando a figura familiar de Ryan Cooper se aproximar enquanto tento desesperadamente me esconder atrás de minha mãe.

É um sábado de manhã frio e cinzento, e minha mãe me arrastou para fazer compras de Natal em Southend, numa tentativa de se "conectar" comigo. Estou odiando, porque geralmente faço de tudo para evitar ser vista em público com meus pais, tão embaraçosos e deprimidos.

Eles nem sempre foram tão infelizes, mas as coisas recentemente degringolaram, e me irrita *muito* que nenhum deles tenha coragem de acabar com meu tormento e ir embora. Mas meu pai é o diretor da Westcliff, escola que eu frequento, e minha mãe é professora de inglês na Thorpe Hall, a escola particular onde Ryan Cooper estuda. Os dois são bem conhecidos na comunidade.

Eles só estão juntos por causa de algum sentido deturpado de posição social (e porque ninguém mais iria querê-los). Não conseguem nem ficar no mesmo cômodo mais. Minha mãe está sempre na cozinha, cozinhando, corrigindo lição, se lamentando comigo. Meu pai está sempre no escritório, olhando suas pinturas e seus livros, mas principalmente olhando pela janela, como se quisesse estar em qualquer lugar, menos aqui conosco. E eles continuam com essa ridícula teia de fingimentos. Quanto mais velha eu fico, mais percebo isso, e mais odeio ter de ficar perto de qualquer um deles.

Mas minha mãe não desiste. Ela insiste em tentar descobrir o que "me faz vibrar". (Um dia vou dizer "sexo, drogas e rock and roll", só para vê-la pirar.) E eu sei que ela só quer fazer compras comigo para tentar me convencer a usar roupas que ela aprove (docksides, saias rodadas, blusas de gola alta). Não sei quantas vezes tenho de lhe dizer que eu gosto dos meus velhos jeans rasgados, do meu All Star surrado, da minha coleção de camisas de flanela, dos meus suéteres do exército e das minhas minissaias.

— Vamos à Topshop, querida? Ou à Mrs. Selfridges? — Ela sorri desesperadamente para mim agora e tenta pegar meu braço. Rapidamente me desvencilho.

— É *Miss* Selfridge — sibilo. — E nem morta quero ser vista lá dentro.

Levanto minha Nikon F50, permanentemente pendurada no pescoço, até o rosto. Foi um presente de Natal antecipado, e a tentativa deles de comprar minha aprovação. Pelo menos agora posso escapar da minha vida miserável e concentrar a atenção (e a lente) em minha futura carreira de fotógrafa. É tudo que eu sempre quis, desde que me lembro. Meus pais dizem que quase não existem fotos minhas de quando eu era criança, porque eu sempre corria para quem estava tirando a foto e ficava atrás da câmera também, desesperada para ver o que a pessoa estava vendo. Peguei uma câmera pela primeira vez aos quatro anos de idade. Era Natal, e ainda me lembro de olhar pelo quadradinho e, secretamente, amar o fato de saber exatamente o que fazer, sem que ninguém me forçasse a aprender. Eu não precisava de aulas, ao contrário do balé, que eu era obrigada a frequentar uma vez por semana, desde que tinha três anos. Com a fotografia, era só olhar e clicar. E parecia que eu compreendia instintivamente como fazer tudo direito. Não havia cabeças decepadas em minhas fotos, mesmo nessa idade. A câmera se tornou meu terceiro olho. Eu andava por aí olhando através dela o tempo todo. E me lembro de pensar, quando tinha uns sete anos, que a lente era como os óculos do meu pai: me fazia enxergar melhor. Agora percebo que era porque minhas fotos capturavam emoções reais, em vez das falsas que as pessoas pareciam sempre fingir para os outros. Isso me fazia sentir poderosa, como se ninguém pudesse guardar segredos de mim enquanto eu estivesse olhando através da lente. Mas eu não tirava fotografias de verdade sempre. Meus pais racionavam meus filmes a dois por mês, mas eu fingia, focava, visualizava, ajustava, enquadrava. Quando fiquei mais velha, eu fazia anotações em um caderno sobre luz, sombra, composição e foco, e fiquei obcecada por fotógrafos famosos, como Henri Cartier-Bresson, um mestre da fotografia espontânea, que desenvolveu um estilo de fotojornalismo de rua no qual eu me inspirava.

E, agora, ver a High Street de Southend chuvosa e molhada através de meu visor faz com que o dia — para não dizer este buraco desta cidade litorânea — pareça mais radiante de alguma forma, transformado de algo deprimente em algo bonito. Às vezes eu queria poder ter a câmera permanentemente ligada aos meus olhos. A vida parece muito melhor com ela. Além disso, há o fato de que ela esconderia bastante meu rosto para que Ryan Cooper não me reconhecesse.

— Sra. Carter! — ele chama, jogando a mochila no ombro e apertando o passo ao dar um gole, de modo bastante sensual, de uma garrafa de isotônico.

Merda. Ele nos viu. Eu me mantenho ocupada trocando o filme da câmera, assim não preciso notar sua presença.

— Alguém gritando para mim na rua? — minha mãe murmura. — O que as pessoas vão pens... Ryan *Coopah*! — ela trina quando ele surge à nossa frente. Minha mãe usa seu melhor sotaque britânico sempre que está perto de colegas professores, de alunos ou dos pais deles.

— Tudo bem, sra. C?

Ryan sorri, iluminando a rua com seu sorriso, e depois olha para mim. Ele não faz meu tipo — arrumadinho demais —, mas tenho de admitir que está sexy de blusa de moletom, calça jeans e tênis. E ele cheira bem também. Como quem acabou de tomar banho. Olho para sua mochila da Puma. Deve ter tido um jogo hoje de manhã.

— Oi, Molly. Faz tempo que não te vejo. Tudo bem?

Não respondo. Dou meia-volta, levanto a câmera e finjo estar ocupada tirando fotos.

— Você não devia estar em casa fazendo suas tarefas, Ryan? — minha mãe diz firmemente.

— Hoje é sábado — ele responde educadamente, olhando para mim através de seus longos cílios. — Acabei de jogar futebol e pensei em vir até a cidade.

— O tempo e a maré não esperam por ninguém — minha mãe responde. — Todos nós sabemos que você tem um futuro brilhante pela frente no mundo dos esportes, Ryan. A escola tem orgulho dos seus feitos, mas você precisa do suporte de uma boa educação caso sua carreira no futebol não vingue, não é mesmo?

Minha pele arde de vergonha. Ela não pode desligar o modo professora nem por um segundo? Não vê que estou literalmente *morrendo* de vergonha aqui, na frente do cara mais gostoso da cidade?

— Os exames estão aí — ela continua, toda séria —, e seus trabalhos recentes sugerem que...

Obviamente, não.

— Mãe, para com isso — sibilo, furiosa. — Você não está na escola.

Ela olha para mim com os lábios contraídos e as bochechas vermelhas — um forte contraste com sua pele normalmente pálida, sem maquiagem.

— Não tem problema — Ryan sorri. — Sua mãe está certa, eu estou *sempre* treinando. Meu sonho é jogar profissionalmente por Southend quando tiver dezoito anos, então só me resta um ano! — Ele balança a cabeça educadamente para minha mãe. — Mas a sra. C tem razão. Preciso me dedicar esse semestre. Quero ir bem nas provas e, com uma excelente professora como a sua mãe, espero conseguir uma boa nota pelo menos em inglês! — Ele sorri para nós duas e eu me volto para ela, balançando a cabeça ao ver a surpresa dominar seu rosto e sua expressão enrugada se suavizar em um sorriso.

— Ah, Ryan, você é muito gentil — ela cora.

Jesus, ele está jogando charme para minha mãe. Não há limites para os poderes desse cara?

Ela toca o braço dele suavemente.

— É o sonho de todo professor inspirar seus alunos...

Ah, meu Deus, sinto um momento *Sociedade dos poetas mortos* chegando.

— Como o grande Joseph Conrad já disse: "O homem é um trabalhador. Se não for, então ele não é nada".

— Nunca uma frase foi tão verdadeira, sra. C — Ryan responde com sabedoria, e eu balanço a cabeça por trás do ombro de minha mãe.

Ele deve estar brincando. Tento captar seu olhar, mas ele parece ocupado ouvindo o discurso apaixonado de minha mãe, de modo que não percebe.

— Sabe de uma coisa, sra. C? A senhora deve estar exausta andando pela cidade depois de uma semana tão agitada na escola — Ryan diz quando ela termina seu monólogo. — Por que não vai tomar uma xícara de chá em algum lugar? A Molly e eu podemos fazer hora na Topshop, e encontramos a senhora mais tarde. Não seria legal?

Previsivelmente, minha mãe parece surpresa e negativa. Mas então olha para mim, depois de volta para Ryan.

— Bem, sim, seria leg... quer dizer, seria ótimo. Confesso que estou um pouco cansada. Talvez eu vá dar uma espiada na livraria. Sim, vou fazer isso...

Ela puxa seu embaraçoso lenço sintético estilo vovozinha sobre a cabeça, fecha o casaco e vai me beijar na bochecha, mas eu me esquivo; então se vira e sai pela rua encharcada de chuva.

Permaneço parada, meio desconcertada com a situação em que me encontro.

— Enfim sós — Ryan pisca para mim quando ela se vai.

— Foi uma jogada esperta — digo enquanto vou descendo a High Street, na esperança de que ele entenda o recado e desista. Mas não.

— É, eu tenho jeito com as mulheres — ele ri, me alcançando com facilidade. — Especialmente com professoras. Elas me adoram.

Eu o vejo olhar para o próprio reflexo na vitrine de uma loja e vomito por dentro. Meu Deus, ele se ama. Não sem razão, mas mesmo assim...

— Achei que o grande Ryan Cooper estaria muito acima de puxar o saco dos professores.

— Não se isso me fizer ficar sozinho com uma menina de quem eu gosto — ele sorri.

— Seus amigos não estão aqui, Ryan — digo. — Não precisa fingir.

Ele franze a testa e dá de ombros, como se não soubesse do que estou falando. Dou meia-volta e tiro uma foto de um casal se beijando na frente de um café.

— Você está tirando fotos de quê? — ele pergunta.

— Das coisas. Eu tiro fotos de tudo.

— E de mim? — Ele pula na frente da câmera e faz uma série de poses de catálogo cafonas, rindo sem constrangimento.

Abaixo a lente e o encaro com firmeza.

— Desculpa, eu devia ter sido mais clara. Eu tiro fotos de tudo... que me *interessa*.

Levanto o queixo e passo por ele.

— Ai, essa doeu — ele diz, segurando o estômago e cambaleando como se eu o tivesse esfaqueado.

Tento não sorrir enquanto ele se aproxima de novo.

— Está a fim de ir à Topshop comigo? Quero algo novo para vestir hoje à noite, para ir ao The Grand. — Ele para e afasta o cabelo loiro do rosto com a mão. — Você vai?

— Não tenho permissão para ir — digo, recriminando-me mentalmente.

Um sorriso surge em seus lábios.

— Pelo que ouvi dizer, isso nunca te impediu antes.

Ele tem razão. Vou a bares e clubes desde que tinha catorze anos. Não que meus pais saibam. A calha que passa ao lado da janela do meu quarto é muito útil, e eles estão sempre ocupados demais fazendo suas correções, ou lendo, ou ouvindo suas velhas músicas embaraçosas dos anos 60 para notar que eu saí. Dou meia-volta e caminho em direção à Topshop, mordendo o lábio para esconder a alegria enquanto Ryan me segue.

— Irgh. — Finjo enfiar os dedos na garganta quando Ryan sai do provador vestindo um macacão jeans.
— Qual o problema? — ele pergunta, na defensiva.
— Por que uma das alças fica caída no seu ombro desse jeito? Dá para ver seu mamilo!
Ryan parece ofendido.
— Mas está na moda — ele faz um lindo beicinho. — O Robbie Williams ficou bem legal com um desses no clipe de "Pray", e as meninas amam o cara.
— Nem *todas* as meninas — respondo, fazendo careta. — Sério, siga o meu conselho e tire isso. Não aqui! — Agito as mãos e cubro os olhos quando ele começa a tirar a outra alça.
Ryan sorri.
— Eu sabia que você não ia conseguir resistir a mim.
Tento conter um sorriso.
—– Volta para o provador, anda! — ordeno.
— Decida-se, Molly Carter. Você me quer ou não? — Ele sorri.
Consigo fazer cara de paisagem, apesar dos inesperados fogos de artifício entre minhas pernas, e Ryan dá de ombros e entra no provador.
Enquanto examino meu esmalte descascado cor de ameixa na tentativa desesperada de acalmar meu ritmo cardíaco acelerado pelo pensamento de Ryan tirando a roupa, digo:
—– Eu achava que as *meninas* é que eram obcecadas por compras, não aspirantes a estrelas do futebol.
Ele põe a cabeça para fora do provador e vejo um flash de peito nu antes de ele vestir uma camisa de camurça cor de areia. Posso sentir o rubor se espalhando em meu rosto, e me inclino imediatamente para examinar de perto meu fiel All Star surrado, que personalizei, e que estou usando com uma saia longa preta e um collant de veludo amassado preto. Eu gosto de preto. E não só porque é a única cor que não destoa do meu cabelo pintado de henna, que eu mesma cortei.
— Eu não sabia que a Topshop fazia seu estilo — ele responde com um sorriso.

Cruzo os braços.

— Você acha que saca tudo de mim, não é, Cooper?

Ele balança a cabeça.

— Não. Eu não tenho a menor ideia sobre você, Molly. É por isso que gosto de você, baby.

— Eu não sou sua *baby* — respondo irritada.

Ele ergue uma sobrancelha e seus olhos azuis cristalinos brilham maliciosamente, conforme cruza os braços e olha para mim.

— Não, você não é. — Em seguida faz uma pausa e sorri. — *Ainda* não — diz e fecha a porta atrás de si de novo.

Dou meia-volta, pego duas camisas xadrez de flanela penduradas na arara e enfio a mão pela porta, virando o rosto para o lado. Mas não antes de ter um vislumbre do peito macio e bronzeado mais uma vez.

— Toma, experimente essas. Use abertas com uma camiseta por baixo para parecer mais grunge. Quem sabe assim você fica com menos cara de um garoto de Essex. Sem querer ofender.

— Não ofendeu. — Sinto sua mão roçar a minha quando ele pega as camisas, e uma descarga de desejo corre pelo meu corpo. — Sei que você me ama do jeito que eu sou.

Balanço a cabeça e dou meia-volta, esperando que ele não note que eu não o corrigi.

Meia hora depois, estamos sentados em um café perto da High Street. Tenho vontade de me beliscar para ter certeza de que isso está realmente acontecendo. E belisco.

— Ai!

Puta merda. É verdade.

— Tudo bem? — Ryan pergunta.

— Ah, sim... é que... bati o tornozelo na mesa.

Respiro fundo e esfrego a perna. Ele olha por baixo da mesa e pisca.

— Posso ajudar?

Fico vermelha. *Controle-se, Molly Carter! Emily Davison não se jogou na frente do cavalo vencedor do Derby de Epsom para que você fique aí se desmanchando por um garoto.*

— Não, está tudo bem — respondo, séria. — Do que estávamos falando?

— Você estava me falando sobre os seus pais — ele diz, inclinando-se para frente e apoiando os cotovelos na mesa.

Não sei como, mas ele conseguiu me fazer falar coisas que nunca imaginei que fosse revelar para alguém, além do meu diário. Ele parece ter o dom de fazer as perguntas certas, como se já soubesse as respostas. Talvez seja porque, com dezessete anos, ele é quase dois anos mais velho que eu. É muito mais maduro que os meninos da minha idade. Adoro o jeito como ele escuta atentamente, com a cabeça levemente inclinada, fazendo com que seus cabelos cor de areia cubram os olhos; o rosto descansando na mão, de modo que seus cílios roçam os dedos; os lábios um pouco afastados, como se fossem oferecer palavras de conforto ou ânimo a qualquer momento.

— Posso perguntar uma coisa? — digo, girando meu canudinho dentro da Coca-Cola, já que não tomo bebidas quentes.

— Manda.

Ryan sopra seu chocolate quente antes de tomar um gole, e uma nuvem de espuma cobre seu lábio superior. Resisto ao impulso irresistível de lambê-lo. *Controle-se, Molly!*

— Por que você age como um machão idiota, quando na verdade é bem sensível? — Ergo os olhos e o vejo sorrindo para mim.

— Eu respondo se você me explicar por que se veste como se fosse feia, quando na verdade é linda. — Ele se inclina para frente e tira suavemente meus óculos.

Eu os pego de volta, para que ele não perceba que as lentes são falsas.

— Você é tão piegas, Ryan Cooper!

— Só quero olhar para você sem nada entre nós.

Caio na risada e bato a mão na mesa. Meus anéis de prata e pedra da lua fazem um ruído satisfatoriamente alto.

— Essa foi a pior cantada que eu já ouvi. De onde você tirou isso? De alguma comédia romântica horrorosa dos anos 80?

— E se for? — Ele se inclina para trás e apoia o braço no banco de couro. — Posso lhe contar um segredo, Molly Carter?— diz, inclinando-se para frente, e seus lábios ficam a centímetros dos meus. — Mas você tem que me prometer que não vai contar para ninguém.

Ergo a sobrancelha pintada, ansiosa.

Ele respira fundo e olha em volta furtivamente.

— Sou viciado em comédia romântica — sussurra com ar dramático e os olhos brilhando maliciosamente.

Não consigo evitar e começo a rir. Ele me olha, fingindo-se de ofendido.

— Ei, é sério! Ninguém pode saber, tudo bem? — sussurra, olhando ao redor de novo.

— Por quê?

— Achei que fosse óbvio!

— Não. — Dou risada. — Por que você gosta de comédias românticas?

— Quer mesmo saber por quê? Eu gosto porque a gente sabe como tudo vai acabar, porque não tem grandes surpresas. As pessoas seguem o coração e dá tudo certo.

Eu o provoco do outro lado da mesa.

— Qual é a sua comédia romântica favorita?

Ele responde sem hesitar:

— *Top Gun*, obviamente. Tom Cruise é o cara.

Reviro os olhos e ele rapidamente acrescenta:

— Mas pode falar qualquer uma que eu já assisti. *Harry e Sally, Uma linda mulher, Sintonia de amor.* E você? Qual é a sua favorita?

Olho para ele com firmeza.

— Nenhuma. Eu não acredito nessas coisas de amor.

— Sério? — Ele sorri. — Acho que você não pode falar sem conhecer — murmura.

Abaixo os olhos e sorvo alto minha Coca-Cola.

— Quero construir uma carreira, e não ficar presa em casa sendo esposa de alguém. Ficar limpando as bagunças de outra pessoa não me parece um final muito feliz.

— Uau. — Ryan assobia. — Essa é a coisa mais cínica que já ouvi. Você me faz lembrar alguém de um filme... — Ele estala os dedos. — O Harry. É isso aí! Você é igualzinha ao Harry Burns!

— Não sou nada.

— É sim.

— Não sou.

— Você acha que não, Molly.

— Não acho.

— Acha sim... Rá! — Ele estala os dedos e aponta para mim.

Olho para ele intrigada.

— Você está sorrindo. Por que está sorrindo?

— Eu *sabia* que você gostava de comédias românticas também.

— Eu não gos...

Ele ainda está sorrindo.

— Não? Então por que estamos representando uma cena de *Harry e Sally: feitos um para o outro*? — pergunta triunfante, batendo a mão na mesa e apontando para mim.

Tento alegar inocência, mas ele me interrompe:

— Harry — adverte, com o sorriso ainda evidente no rosto —, peguei você no pulo. Acho que a sua implicância contra comédias românticas é tão falsa quanto esses óculos que você usa.

Ele pisca para mim e eu fecho a boca.

Caminhamos pela cidade, e paro para tirar fotos dos reflexos brilhantes das lojas nas poças d'água — e das pessoas que passam ao redor. Adoro isso; parece que a cidade está flutuando na água, como uma versão menos romântica de Veneza. Imagino os créditos em uma galeria de arte: *Southend no mar*, de Molly Carter.

Ryan espera pacientemente ao meu lado.

— Acho que não preciso perguntar que carreira você quer seguir. — Ele ri, cruza os braços e inclina a cabeça.

Concordo num movimento, levanto a câmera, foco e rapidamente tiro várias fotos de seu rosto, fazendo o melhor para capturar a suavidade de sua expressão, a forma como o cabelo loiro emoldura perfeitamente suas feições, a intensidade de seus olhos azuis e os lábios macios e carnudos...

— Você vai poder vender fotos minhas quando eu for um jogador de futebol famoso.

Ergo a sobrancelha, como Casey me ensinou.

— Claro que sim — digo secamente. — Esqueci que estou na presença do próximo Gary Lineker.

Ele sorri e começa a correr sem sair do lugar.

— Primeiro o Southend United, depois a seleção da Inglaterra! — Então se inclina para perto de mim e acrescenta: — E eu sou bem mais bonito que o Gary Lineker, certo?

Reviro os olhos.

— Vaidade não vai te levar a lugar nenhum, meu amigo.

Ele se vira.

— E o que vai me levar a algum lugar, Molly?

Levanto a câmera para cobrir o rosto e começo a fotografá-lo, capturando uma sequência de fotos dele tirando o cabelo dos olhos. Ele se inclina para frente, e suas feições enchem meu foco. Fotografo assim também. Isso é o mais próximo de beijá-lo que posso imaginar.

— Achei que você tinha dito que não tirava fotos de coisas que não te interessam — ele ri.

Espio por detrás do visor e me pego sorrindo.

— Não mesmo.

Casey e eu estamos em frente ao principal pub de Leigh-on-Sea, o The Grand, tremendo de nervosismo e de frio. Ela está com um top branco bordado que mal contém suas curvas, uma gargantilha preta e uma calça azul justa na qual costurou uns remendos. E um par de botas de amarrar até os joelhos. Fez um topetinho no cabelo escuro, e a maquiagem é toda olhos de bronze, bochechas e lábios vermelhos profundos. A não ser pela boca cheia de metal e pelos óculos, ela está absolutamente linda.

Em contraste, estou tão arrumada quanto possível para meus padrões, com um vestido simples de cetim preto até os tornozelos, que comprei em um bazar de caridade, por cima de uma camiseta preta desbotada do The Smiths e meu fiel All Star. Fiz um coque com meu cabelo ruivo e esvaziei uma lata de laquê nele, e ainda estou usando meus óculos de armação escura — só para provar que não estou tentando ficar bonita para o Ryan. O efeito que pretendo é tipo "Kate Moss grunge", mas, obviamente, menos supermodel que ela. Não sou tão iludida assim.

— Será que eles já chegaram? — Casey pergunta, tentando espiar pela janela.

— Não sei, mas precisamos agir naturalmente, certo?

Estou blefando. Estou terrivelmente nervosa por ver Ryan. E meio que com medo de como ele vai se comportar na frente da Casey e dos amigos dele. E de como a Casey vai se comportar. Nenhum menino jamais demonstrou interesse por nenhuma de nós, o que foi uma das coisas que nos aproximaram quando ela entrou na Westcliff, há dois anos.

— Claro! Eu não sei agir de outro jeito! — ela diz, ficando vesga e ofegando como um cachorro no cio.

Sorrio e aperto sua mão.

— Lembra da nossa música de BFFs? — ela pergunta, fazendo cara de séria.

Então estende o dedo mindinho, e eu o engancho ao meu. Eu escrevi nossa música no ritmo de "Together in Electric Dreams". Eu estava tentando fazer nossa lista de regras de melhores amigas na primeira vez em que fui à casa dela, e sua mãe estava ouvindo essa música, e a melodia pareceu se encaixar. Canto agora sem constrangimento, porque: a) não tem ninguém por perto; e b) tomei duas doses de Southern Comfort, que pegamos no extenso armário de bebidas da mãe de Casey. Ela acaba tão rápido com a garrafa que nunca percebe quando bebemos um pouco. Mesmo que percebesse, não se importaria. Sorrio para Casey e começo a cantar, desafinada:

> *We've only got each other right now*
> *But we'll always be around*
> *Forever and forever no matter*
> *What they say (they say, they say)*
> *We'll never let love get in the way*
> *Or spend another day*
> *Without saying "I love ya"*
> *And we always will (we will, we wi-ill)*
> *Dum dum de* DUUUUUH...*

Casey se junta a mim no refrão inalterado da música, e nós duas rachamos de rir. Em seguida, damos as mãos e entramos. O pub está lotado, e imediatamente somos engolidas pela multidão ofegante e pelo ar enfumaçado. O The Grand é o pub mais popular entre os adolescentes de Leigh. É um impressionante edifício vitoriano na Broadway Street. Meu pai me disse que os comediantes Laurel e Hardy, já falecidos, se apresentaram aqui ou algo assim. Meu pai é cheio de fatos interessantes como esse.

O local está repleto de gente da nossa idade, então nos misturamos bem. Olho ao redor e detecto imediatamente Nikki Pritchard e sua gangue, as Heathers, como Casey e eu as chamamos, rosnando para nós. Elas estão re-

---

* "Nós só temos uma à outra agora/ Mas sempre estaremos por perto/ Para sempre e para sempre, não importa/ O que eles digam (digam, digam)/ Nunca deixaremos o amor entrar no caminho/ Nem passaremos mais um dia/ Sem dizer 'eu te amo'/ E sempre diremos (diremos, direeeemos)/ Dum dum de DUUUUUH..." (N. da T.)

bolando sugestivamente ao som de uma porcaria qualquer da Kylie Minogue, e se esforçam para chamar a atenção de todos os garotos. É patético. Não acredito que já fui amiga delas. Foi por um breve período, antes de Casey entrar na Westcliff e me salvar. Mas foi tempo suficiente.

— É melhor a gente ir — Casey diz segurando minha mão, e sei que as viu também.

Desde que elas a encurralaram em sua primeira semana na escola, sinto necessidade de protegê-la.

— Nunca vamos encontrar os garotos aqui, de qualquer maneira — ela grita em meu ouvido, puxando-me para trás.

E então ouvimos uma voz que se eleva por sobre a música, e localizo Ryan acenando para nós. Em seguida olho para as Heathers, que testemunharam a cena e estão nos lançando olhares de reprovação.

— Ai, meu Deus! — Casey grita alegremente. — Isso está mesmo acontecendo?

— Aqui, Molly! — Ryan nos chama.

Dou meia-volta e arrasto Casey para o bar.

— Aonde estamos indo? — ela pergunta, confusa, esticando o pescoço para trás para ver Ryan Cooper e companhia. — Não vamos lá com eles? Ai, meu Deus, não acredito que Ryan Cooper está nos chamando! Essa é a melhor noite da minha vida... Oi! OI, RYAN! — ela grita e acena para ele, enquanto tento puxar seu braço para baixo. — Ei, por que você fez isso?

— Precisamos agir naturalmente, Casey! — eu a censuro. — Dois Southern Comforts com limonada — digo ao barman, que mal me olha antes de me servir.

Casey sorri quando lhe passo a bebida.

— Entendi.

Ela ajeita o top para aprofundar ainda mais o decote exuberante. Olho para ela com ar de dúvida enquanto ela nos conduz até os cinco garotos que compõem o grupo de Ryan.

— Oi, meninos — Casey fala arrastado e empina o peito, numa tentativa descarada de imitar os outdoors da Wonderbra de que todo mundo está falando.

Essa é sua versão de agir naturalmente? Vou puxá-la, mas então vejo seu sorriso brilhante e amigável, livre de qualquer constrangimento ou arrogância, e percebo que eu poderia aprender muito com ela. Casey é espontânea, e eu a amo por isso. Tenho um pouco de inveja também.

Vejo Casey conversando afavelmente com Alex Slater, um garoto alto de cabelos escuros que tem covinhas quando sorri e por quem as meninas parecem loucas. Inclusive Casey, ao que parece, a julgar por sua linguagem corporal. Ele está ao lado de um garoto mais baixo, mais largo, de cabelo espetado loiro-escuro, que parece um pouco com Ryan, mas é muito mais forte. Quando chegamos e os vimos, Casey sussurrou que ele é Carl, irmão do Ryan, antes de me abandonar para ir conversar com Alex. Tem também um menino de chapéu, dando em cima de todas as garotas na pista de dança. Ele se chama Gaz, eu acho, e há um outro, bonitinho, de cabelo bagunçado, sósia de Mark Owen, chamado Jake. Está dançando ao som de "Let Me Be Your Fantasy", do Baby D. Casey olha ao redor e aponta com a cabeça em direção a Ryan. Aperto minha bebida desesperadamente e vou até ele. Está um pouco afastado do grupo. *Pense como a Casey. Seja como a Casey*, murmuro baixinho.

Empino o peito e levanto a saia para mostrar um pouco do tornozelo, mas logo a solto de novo. Ah, meu Deus, eu desisto. Eu sou basicamente a minha mãe. A genética é muito forte. Vou ser virgem *para sempre*.

— Oi, Ryan — falo com uma voz rouca e arrastada. Depois grito com entusiasmo acima da música, bem quando ela acaba: — Legal te ver aqui.

Ryan está usando a camisa de flanela que escolhi para ele na Topshop. Puxo sua manga sem jeito.

— Ficou beeem em vocêêê — digo, minha voz de repente assumindo um tom agudo nada natural.

— Hum... obrigado — ele responde, sorrindo passivamente e se balançando um pouco.

Seus amigos sorriem com malícia uns para os outros. Tomo um gole da minha bebida e olho ao redor, sem jeito.

— Não achei que você viria — Ryan diz.

Seus olhos perdem um pouco o foco quando ele se aproxima. Tomo outro gole de coragem líquida. Claramente ele já bebeu mais do que eu.

— Não? — respondo com meu melhor estilo de flerte. — Achei que você sabia que eu dou um jeito de sair quando quero.

Outro silêncio. Alguém bufa e dá um tapa no ombro de Ryan, que se volta e ri abertamente. Vejo um deles — Carl, eu acho — sussurrar algo para Ryan. Eu me inclino para frente e posso adivinhar o que ele está dizendo: "Duvido você beijar essa garota..."

É uma aposta? Cambaleio para trás. Humilhação e raiva percorrem meu corpo enquanto me castigo mentalmente. *Burra, idiota.* Olho feio para ele, dou meia-volta e saio o mais rápido possível.

— Molly, espera! — Sinto uma mão apertar meu braço e ele me puxa. Seus amigos ainda estão rindo, e ele parece envergonhado. — Desculpa, é bem difícil com meus amigos aqui e tal, mas eu queria dizer...

Por uma fração de segundo, vejo seu rosto vir em minha direção e lembro como ele foi meigo antes, e como eu quis beijá-lo. Então, sua boca escancarada vem em minha direção, seu nariz bate no meu e seus lábios aterrissam nos meus de um jeito estranho. Ele me puxa para perto e me beija com urgência, com firmeza, e fica girando a língua como um hamster em uma roda. Fecho os olhos bem apertados e tento curtir meu primeiro beijo, mas só o que sinto são ondas de consternação por sua embriaguez, pela arremetida pública, tão diferente da experiência sensível, romântica e suave que já vi nos filmes.

Eu o afasto enquanto seus amigos zombam e aplaudem, formando um círculo ao nosso redor. Ryan olha para mim confuso e assustado, tentando se concentrar em mim.

— O que foi, Molly? — ele fala enrolado.

Olho para a multidão que se reuniu à nossa volta, para o desdém no rosto das Heathers, e vejo que elas estão cercando a Casey e a provocando por causa de seu peso e de suas roupas. Eu não devia tê-la deixado sozinha.

Lágrimas fazem meus olhos arderem, e minha garganta incha tanto que não consigo falar. Estão todos rindo da grega gorda e da gótica idiota que achou que tinha uma chance com o garoto mais bonito da cidade. Dou uma guinada em direção a Casey, seguro sua mão com força e saio empurrando a multidão, tentando chegar o mais longe possível de Ryan Cooper, de seus amigos e dessas vadias. Saímos pela porta, e a brisa fresca e salgada do mar crava suas garras em minha pele exposta. Enquanto Casey e eu vamos cambaleando em direção ao ponto de ônibus, eu o ouço chamar: "Molleee, Molleee", e, com as risadas ainda ecoando nos ouvidos, juro a mim mesma que nunca mais vou confiar em ninguém além da Casey.

9:45

O telefone está tocando há pelo menos um minuto, e, ofegando por causa do esforço repentino de descer as escadas correndo, levo a mão ao peito. Olho para baixo e percebo que ainda estou segurando um dos meus velhos diários, depois de encontrar uma caixa cheia deles. Estive revivendo minha adolescência durante a última meia hora, em vez de arrumar as coisas. *Ah, Molly*. Foi hilariante e comovente ler minhas anotações angustiadas. Olho para a página aberta e a releio.

3 de março de 1995
Vi RC na saída da escola. Ele estava com sua gangue habitual, fazendo pose para aquelas idiotas do último ano da Westcliff, que ficavam babando por eles como se fossem o maldito Brat Pack. C ficou toda animada e disse que RC olhou para a gente. Ela acha que ele gosta de uma de nós. Eu não disse a ela que ele olhou porque as Heathers estavam passando naquele exato momento e fizeram chifrinhos com os dedos sobre a nossa cabeça. C é tão iludida... eu a deixo viver em sua bolha, porque é um lugar muito melhor que a minha. Ela é minha melhor amiga, mas às vezes eu me pergunto como pode ser tão ingênua. Eu a invejo, às vezes. Tudo bem, eu sei que ela enfrenta muita coisa com a mãe dela e tal, mas ninguém sofre mais do que eu. Minha vida é uma merda.

15 de maio de 1995
Minha mãe e meu pai brigaram de novo. Queria que eles parassem de nos torturar e se divorciassem de uma vez. Afinal, para que ficar casados se eles se detestam? A vida seria muito mais fácil para mim se eles se separassem. Eu seria popular, ganharia um monte de presentes no Natal e minha mãe TERIA que me deixar

pôr piercing. Eu ameaçaria ir morar com o meu pai se ela não deixasse. (Apesar de que, conhecendo-a do jeito que conheço, provavelmente ela aceitaria a ideia.)

Eu juro, aqui e agora, que NUNCA vou me casar. Vou ser uma mulher bem-sucedida profissionalmente e ter um monte de namorados, que vou usar para transar e depois vou descartar. Só preciso de um para começar. É tão deprimente! Tenho quase dezesseis anos e nunca namorei. Não vejo a hora de me livrar dessa virgindade irritante. Até a Casey já transou. A culpa é do RC. Ele me fez parecer ainda mais leprosa do que antes. EU ODEIO ESSE GAROTO!!

O telefone ainda está tocando, e atendo ofegante:
— Alô? — digo e fecho o diário.
Minha cabeça ainda está cheia de meu pobre e irritado eu adolescente.
— Tudo bem, Molly querida? — diz uma voz com sotaque de Essex, rouca mas afável, do outro lado da linha.
Por um momento apavorante acho que é o pai do Ryan — talvez ele pense que eu tenho mais coisas do filho. Mas logo percebo que é só o homem da mudança.
— Como está indo? — ele pergunta.
Olho ao redor da casa e me sinto culpada, na esperança de que minha mãe tenha secretamente aparecido na última meia hora em que estive vagabundeando. Não, tudo ainda está em estado de caos absoluto.
— Humm, as coisas estão indo bem por aqui, muito bem! — respondo em um tom alegre que entrega o puro pânico que estou sentindo.
Prendo o telefone debaixo da orelha enquanto empurro um monte de papéis para dentro de uma caixa. Depois a fecho com um pouco de fita adesiva e marco: "Despachar".
— Então, quando você acha que vai chegar? — acrescento levianamente, como se não me importasse nem um pouco com isso, porque sou muito organizada.
— Estou ligando por isso, querida — ele diz alegremente. — Estaremos aí em quinze minutos, certinho?
— ÓTIMO! Até já, então — guincho com entusiasmo.

Largo o telefone, respiro fundo e me tranquilizo com o pensamento de que provavelmente é um risco ocupacional para o pessoal da mudança encontrar as pessoas nesse estado. Não posso ser o pior caso que eles já viram. E se for... que se dane, tenho coisas mais importantes com que me preocupar. Como abandonar meus amigos, minha família, minha *vida inteira* por um capricho maluco. Estou ficando louca? Que diabos estou fazendo?

O beijo de "não me deixe ir"

Sabe essas pessoas que pensam na vida como momentos de um filme? Que caminham pela rua com uma trilha sonora tocando internamente, ou se imaginam como o personagem de uma comédia romântica quando têm um encontro? Bem, eu não sou assim. Até conhecer Ryan, nunca pensei que minha vida pudesse ter qualquer coisa de cinematográfico, e depois, quando ficamos juntos, parecia confortável demais para ser epicamente romântica. Às vezes eu ficava desesperada, se é que posso dizer isso, para me apaixonar loucamente. Talvez isso se devesse ao meu trabalho em revistas femininas, mas eu, Molly Carter, estava hipnotizada pelo maior inimigo da mulher: o fim de conto de fadas.

FF >> 14/05/05

Nada como passar vinte e quatro horas em um avião para ter tempo de verdade para refletir sobre a vida. Apesar dos meus esforços para parar de pensar em Ryan e no que eu fiz da nossa relação assistindo a três filmes em dez horas (*Meninas malvadas*, *Orgulho e preconceito* e *O segredo de Brokeback Mountain*), fazendo duas refeições (ambas professavam ser frango, mas tinham gosto de papelão) e bebendo duas garrafinhas de chardonnay australiano (o vinho sobe mais quando se está a nove mil metros de altura?), estou pensando muito mais do que é aconselhável quando se está sentada no meio de um bando de estranhos, enfrentando a perspectiva de um futuro solitário e vendo um caubói de coração partido sofrer em um trailer.

Seco uma lágrima e penso nas três semanas que acabei de passar com minha melhor amiga da universidade, Mia. Marquei a viagem depois de ver Ryan beijar aquela garota na véspera de Ano-Novo. Precisava me afastar por um tempo. Ficar com Mia, organizada e esperta, com seu ótimo emprego, seu estilo de vida incrível e sua indiferença em relação ao amor. Ela não acredita nem remotamente nele, mas admitiu que *até ela* pensava que Ryan e eu ficaríamos juntos para sempre. Ela me disse que, se eu achava mesmo que terminar foi um erro, devia dizer isso a ele. Então eu disse. Por e-mail, o que deve ter sido o jeito errado, mas não importa, porque eu sei que não vai fazer nenhuma diferença.

Ele não me respondeu.

Tenho de encarar o fato de que Ryan e eu terminamos e seguir em frente. Coloco a máscara para dormir e tento desesperadamente adormecer para esquecer o estrago que causei.

Chego ao desembarque com meus colegas de longa viagem, exausta demais, ocupada demais tropeçando em minha estúpida saia indiana (comprada em um surto de loucura) e nem penso em erguer os olhos. E, quando estou esfregando meu tornozelo dolorido, olho em volta e percebo todas as pessoas que estão sendo recebidas por seus entes queridos. Posso imaginar a sequência de fotos dos casais se cumprimentando, mas resisto a pegar minha câmera, concluindo que não estou a fim de fotografar reencontros felizes de outras pessoas.

Suspiro, bagunço a franja e puxo o cabelo para trás, fazendo um rabo de cavalo frouxo na nuca. Cansada, pego a alça da minha mala enorme, pensando na próxima etapa da minha viagem e me perguntando como vou juntar energia para pegar o metrô e voltar para o apartamento da Casey. E, depois, voltar ao trabalho amanhã.

Trabalho. Quase esqueci como é. Minha mala bate no tornozelo de novo e praguejo baixinho. Em seguida, levo rapidamente minha câmera aos olhos, incapaz de resistir dessa vez. Começo a tirar fotos das pessoas se cumprimentando, dos abraços, dos gritos de alegria...

E então, através do visor, eu o vejo.

Ele está ao lado de um homem alto e robusto que segura um enorme cartaz com os dizeres "Eu te amo!", para o qual Ryan está apontando.

Olho espantada para Ryan. Ele está sorrindo para mim. Olha para mim um instante e em seguida aponta de novo para o cartaz, antes de abrir os braços devagar. Ele sorri, e de repente estou correndo, rindo, chorando, tropeçando, xingando, mas principalmente chorando. Corro arrastando minha mala enorme e sanguinária atrás de mim, com a câmera batendo no peito e o coração quase saindo dele. A alça do meu sutiã desliza sobre o ombro, minha saia se enrosca em volta dos joelhos, e, se eu não tomar cuidado, vou cair de cara no chão na frente de todo mundo. Mas nada disso importa, porque agora... agora estou de volta aos braços do meu Ryan.

Jogo meu corpo contra o dele, entrelaço as pernas e os braços ao seu redor, como se ele fosse uma árvore, um magnífico carvalho, e eu fosse um pássaro que reencontrou seu ninho. Estou colada nele e não consigo falar.

— Eu estava te esperando — Ryan sussurra por fim.

— Há quanto tempo?

— O dia todo, seis meses, a vida inteira...

— Eu também — respondo.

Olho para ele, para aquele rosto que eu conheço melhor que o meu, para aqueles olhos, mais azuis que o céu de Sydney, para aqueles lábios que já beijei tantas vezes, mas ainda não o suficiente.

— Não quero ficar nem mais um dia sem você, Ryan — digo finalmente. — Você é tudo que eu quero, tudo que eu sempre quis, mas algumas coisas... entraram no caminho. Eu... eu me arrependo tanto pelo que fiz...

— Shhh — ele diz e sorri, e sei que me perdoou. — Vamos começar de novo, tudo bem?

Concordo com a cabeça e afasto a câmera dentre nós quando Ryan me beija.

— Nunca vou esquecer esse beijo — murmuro em seus lábios ao segurar a câmera e fotografar o momento com que eu não ousava sonhar.

— E eu nunca mais vou deixar que você vá embora — Ryan diz.

E então eu esqueço a câmera e, em vez disso, saboreio seus lábios de uma forma que nunca fiz antes, e juro para mim mesma que vou fazer mais e mais.

Selado com um beijo

Sabe quando, num certo ano, parece que todo mundo que você conhece vai se casar, e você acaba indo, bêbada, de um casamento a outro, dançando loucamente, comportando-se mal, secretamente imaginando quando isso vai acontecer com você? Bem, eu nunca tive isso. Só fui a um casamento antes do meu. E, mesmo estando muito feliz por voltar com Ryan, eu ainda conservava um pouco do meu ceticismo intrínseco, típico dos Carter, em relação ao casamento. Mas esse era o casamento de um Cooper, feito à maneira dos Cooper. Eu voltei com meu primeiro amor, e pouco a pouco, durante esse dia lindo e emocionalmente carregado, fui compreendendo todo o alvoroço e a sensação de que talvez, só talvez, eu pudesse fazer todo esse negócio de "aceito" também. Um dia...

FF >> 10/09/05

Estamos no quarto de adolescente do Ryan, na casa de Jackie e Dave, nos preparando para o casamento de Lydia e Carl. Ela está usando como suíte nupcial o anexo onde Ryan e eu morávamos (foi só há quatro anos mesmo?), para depois irmos ao local do evento. Eu enfio rapidamente meu vestido enquanto ela termina de se maquiar, depois vou voltar lá para ajudá-la a se vestir.

— Melhor você ter cuidado, ou vai ofuscar a noiva. — Ryan beija meu pescoço, aperta minha bunda e pisca para mim no espelho. Eu rio quando ele me faz girar para encará-lo, e meu vestido pink quase cai.

Coloco as mãos em seu peito enquanto ele roça os lábios nos meus e geme, antes de esfregar o nariz em meu pescoço.

— Meu Deus, queria que estivéssemos em um hotel — ele murmura, passando as mãos pelo meu corpo. — Queria arrancar esse vestido agora e...

— Já chega, mão boba! — digo, incorporando a Baby de *Dirty Dancing*, mas me sentindo mais como a Julia Roberts antes do banho de loja em *Uma linda mulher*, com meu vestido superjusto.

Somos interrompidos pela voz melodiosa da mãe de Ryan:

—— Ry! Molleeee! Desçam para tomar uma taça de champanhe conosco, queridos! Já está quase na hora de ir.

— Vai lá — digo a Ryan, beijando-o nos lábios e ajustando sua gravata rosa, que realça seu bronzeado adquirido nas férias, velejando, jogando futebol e, para minha contrariedade, ficando estirado em câmaras de bronzeamento artificial. — Preciso fazer meus deveres de dama de honra. Pronto! — Dou um tapinha em seu pescoço e olho para ele com aprovação. — Vejo você no altar, padrinho.

Aceno com os dedos para ele e desapareço do quarto, deixando-o com a longa tarefa de arrumar o cabelo.

Desço correndo as escadas, passo a extensa galeria de fotos em preto e branco dos Cooper, agora incluindo Lydia e eu. Ainda não consigo acreditar que estou ali. Perguntei a Ryan se fui excluída durante nossa breve separação, mas ele jurou que Jackie me deixou ali. E, pelo jeito como ela me recebeu da primeira vez que vim, com um grande abraço e um enfático "É tão bom ter você de volta, minha querida!", eu acreditei nele. E, apesar dos meus receios iniciais, me sinto honrada por ser madrinha de Lydia também.

— Tem certeza? — falei quando ela me convidou, há quatro meses. — O Ryan e eu acabamos de voltar...

— Vocês não estão pensando em se separar de novo, estão? — ela convidou com naturalidade, afastando os apliques loiros dos ombros nus enquanto comíamos pizza no Ugo, nosso restaurante local favorito, numa tarde de sábado.

— De jeito nenhum! — respondi enfaticamente e dei um grande gole de vinho.

— Então, é claro que eu tenho certeza. Além disso, você não vai ser a única... Serão oito! — Comecei a rir, e ela se inclinou e sussurrou: — Vai ser uma cerimônia digna de uma celebridade!

Estou nervosa enquanto esperamos em frente ao Leez Priory, observando o bando de pavões contratados que passam por nós. ("Foi ideia maluca da Jackie!", Lydia disse quando saiu do Cadillac cor-de-rosa.) Estamos esperando o aval do notário para atravessar o corredor (e por corredor quero dizer "tapete rosa"). Estou nervosa por Lydia. Sei quanto tempo ela esperou por esse momento. Ela e Carl ficaram noivos por dois anos e tiveram um bebê. Mas também estou nervosa porque sei que este é o momento em que todo mundo vai descobrir que Ryan e eu estamos firmes, que voltamos definitivamente.

À medida que as notas de "You're Beautiful", de James Blunt, começam a ser tocadas pelo quarteto de cordas ali dentro, não posso deixar de rir com sua audácia de escolher essa música como marcha nupcial. É típico da Lydia ser tão maravilhosamente despreocupada e confiante. Ela se vira e pisca para todos nós. Eu nino o pequeno Beau, um doce de menino (que, estranhamente, está vestindo um macacãozinho rosa, para combinar com a cor tema), e começamos a caminhar.

Não posso negar: adoro ver a cara de todas as mulheres quando nos veem entrar. Especialmente quando noto que Nikki Pritchard está ali. Solteira e mãe de três filhos, ela trabalhava com Lydia no salão de beleza. A mesma Nikki Pritchard da Westcliff, que era líder das Heathers. Amo os suspiros de perplexidade com o vestido branco de Lydia, "com um toque especial". O toque especial é que é justo e curto, tem uma faixa pink e mostra suas pernas brilhantes e seus luminosos sapatos rosa Jimmy Choo.

— Eu não paguei quinhentos dólares nessas maravilhas para escondê-las debaixo de um enorme vestido de bolo — ela disse quando fez o ajuste do vestido.

Então, vejo minha mãe e meu pai, e eles sorriem para mim com carinho, o que me dá vontade de chorar. Depois vejo Ryan ao lado de Carl, e, para minha surpresa, minha respiração trava na garganta e meu peito arfa dentro do vestido decotado por todo o amor que sinto por ele. Pisco para espantar as lágrimas enquanto percebo como Carl se esforça para ficar calmo. Vejo Ryan colocar a mão no ombro do irmão mais velho, que aperta seus dedos por um momento. Em seguida Ryan o leva para Lydia, que segura a mão de Carl e praticamente o arrasta para lhe dar um beijo apaixonado. Ryan olha para mim, e seus olhos dançam de felicidade.

— Hora do café da manhã de casamento! — chama Jackie, uma figura de fúcsia, toda pomposa ao lado dos pavões no gramado em frente à tenda, com seus saltos altos e seu enorme chapéu, e os cabelos loiros penteados com perfeição.

É muita ostentação, mas completamente adorável, porque Lydia e Carl estão tão felizes e apaixonados que não dão a mínima para o que todo mundo pensa. Até meus pais parecem estar gostando, à maneira deles. Jackie insistiu que eu os convidasse.

— Você é praticamente da família Cooper, minha querida, o que significa que eles também são!

Eu os vi brevemente apertando as mãos durante a cerimônia, e ainda sorriram diante das piadas grosseiras dos discursos, entre goles hesitantes da única taça de champanhe que cada um se permitiu. Pena que eles não viram Dave enchendo suas taças cada vez que eles olhavam para o outro lado.

Sorrio quando minha mãe se aproxima com passos estranhamente instáveis.

— Molly, querida — ela diz, tocando seu chapéu, arrumado com exatidão em seu cabelo curto. — Você acha que é hora de eu comprar outro desses?

Ela dá uma piscadela e eu rio, e aponto o dedo para ela como se fosse a professora. Eu nunca vi minha mãe piscar assim. Eu devia entupi-la de champanhe com mais frequência. Penso em como ela desaprovava Ryan, e em quão longe eu e ela chegamos em nosso relacionamento desde minha desajeitada adolescência, e sei que é a Ryan e a sua família que temos de agradecer por nossa relação, hoje mais fácil e calorosa.

Observo enquanto ela cambaleia de volta para onde meu pai está. Mas não fico sozinha por muito tempo.

— Tudo bem, Molly? — diz a encantadora vovó Door, entregando-me uma taça de champanhe.

Sorrio quando a pego, genuinamente contente por ter a oportunidade de conversar com ela. Ela sempre foi minha aliada mais próxima. Vovó Door desliza a mão pelo meu braço e andamos até uma mesa para nos sentar. Ela está adorável com um terninho azul-claro, e eu a elogio.

— Ah, a cor combina com os meus olhos, boneca! E com a tintura do meu cabelo!

Ela está se depreciando. Digo que ela fez uma ótima combinação com o par de sapatos prateados e o grande lenço de seda, e ela sorri serena, claramente satisfeita com o elogio genuíno.

— Bem, eu sigo o estilo da Jane Fonda, querida. Seus vídeos de ginástica ainda me mantêm jovem, sabia? Entre isso, meu assoalho pélvico e uma viagem mensal para Champneys, estou em ótima forma! Mas chega de falar de mim. E você, Molly? Você parecia meio perdida ali, se não me engano.

— Não, vovó, eu só estava absorvendo tudo...

Ela se inclina mais perto e pisca; um dos seus cílios postiços se soltou.

— Pensando no que você e o Ry vão fazer diferente no seu grande dia, hein, querida?

— Não! — exclamo e depois rio, porque estava, mais ou menos.

— Não se envergonhe disso, boneca — diz ela, tomando um gole de champanhe e estalando os lábios rosados. — Às vezes precisamos perder alguém que amamos para perceber exatamente o que temos. Claro que o ideal é nunca perder, mas isso nem sempre é tão fácil, não é, querida? — Sua voz parece se perder, e sei que ela está pensando em seu Arthur. Seguro seu braço e ela abre um sorriso luminoso. — Vamos dançar? Eu amo essa música!

— Ei, belezura — Ryan diz, meio bêbado, enquanto me leva de novo para a pista de dança, mais tarde. (Eu precisava de um descanso depois de dançar com vovó Door. Ela estava incansável.)

Aceno com a cabeça quando minha mãe passa girando com Dave ao som de "Gold Digger", de Kanye West, e meu pai com Jackie.

— Olha só o John! — Ryan ri.

Nesse momento, Dave gira minha mãe e a entrega nos braços de meu pai, bem a tempo de uma música lenta: "Hey Jude".

Ryan aperta minha cintura enquanto olhamos para eles, claramente muito mais felizes dançando sua valsinha juntos do que com os movimentos floreados dos Cooper. Minha garganta dói quando percebo que o casamento deles é exatamente isso: uma valsa lenta que eles, à sua maneira, vêm desfrutando ao longo dos anos. Eu é que sempre desejei que eles dançassem mais rápido e com mais floreios.

— Humm, Ry, Molly — diz Carl com sua voz de Fonzie, cambaleando em nossa direção e jogando os braços em volta de nossos ombros. Ele vem seguido de perto por Alex, que claramente pensa que é Patrick Swayze, e Gaz, que parece marchar pela pista de dança como Doody em *Grease*. — Este não é o melhor dia do mundo? Quando é que vocês vão fazer o show, hein?

— Eu adoraria fazer o show com *ela* — diz Gaz com uma gargalhada, inclinando seu chapéu na direção da dama de honra de Lydia. — Observem. — E vai até ela, que está girando no meio da pista de dança. Vemos Gaz dar um tapinha no ombro da garota, e ela imediatamente se vira e lhe dá um beijo molhado.

— Não acredito! — grita Alex.

Todo mundo cai na gargalhada.

— Não pense que isso significa que você vai escapar da pergunta, irmãozinho — diz Carl, bagunçando o cabelo de Ryan.

Nesse momento, Lydia vem dançando e joga os braços em volta de nós.

— Vamos lá — diz ela, pulando quando o DJ toca "We Are Family". — Todos os Cooper juntos!

Ryan me dá um beijo na cabeça, e nós três começamos a saltitar.

— Mas eu não sou uma Cooper! — protesto, sentindo meus pés se erguerem do chão quando Jackie e Dave se juntam a nós.

— *Ainda* — Lydia sussurra e eu coro.

— HORA DO BUQUÊ! — Jackie grita para a pista de dança no final da canção.

Uma onda de convidadas passa por mim como um relâmpago de bronzeados artificiais, latindo animadamente, feito uma matilha de chihuahuas.

Lydia sobe no palco em frente à banda segurando seu buquê de flores rosa e pompons. Ryan me cutuca com o cotovelo.

— Você não vai lá? — sussurra.

— Não, acho que estou mais segura aqui — digo, cruzando os braços para dar sorte.

— Estão PRONTAS?! — grita Lydia, segurando o buquê como se fosse a tocha olímpica. — Um, dois, TRÊÊÊS!

Vejo o buquê subir em câmera lenta sobre a cabeça de todas as mulheres, de faces brilhantes e esperançosas, e logo em seguida frustradas, depois decepcionadas, quando ele voa além de seu alcance. E então sinto Ryan me empurrar e passar por mim, e assisto com espanto quando ele pula atleticamente e o pega. Ryan aterrissa e se vira, agitando o buquê e abrindo um largo sorriso para mim. Ele vem e o põe em meus braços, antes de dar uma volta pelo ambiente como se tivesse acabado de ganhar a Copa da Inglaterra. Aparece diante de mim de novo, me abraça e me beija. O lugar irrompe em aplausos.

Cubro o rosto de vergonha, e ele afasta minhas mãos para poder me beijar. Lydia acena para mim do palco, encantada, e Carl ergue o polegar. Vejo Jackie e Dave em outro canto pulando e batendo palmas. Sinto minha pele formigar e meu rosto ficar da mesma cor do vestido.

Ryan ri.

— Desculpe, amor, não pude resistir.

— Não pôde resistir a se exibir! — censuro, mas sorrio e pego sua mão. Ele pisca.

— É que eu sei como você é ruim em esportes. Nunca ia conseguir pegar o buquê! A maioria das mulheres me agradeceria.

— Ah — interrompo —, mas você esqueceu, Cooper, que eu não sou como a maioria das mulheres...

Ele sorri, envolve meu queixo com as mãos e me puxa para um beijo.

— Eu sei, Molly Carter. É isso que eu amo em você.

10:01

Vago por meu quarto vazio enrolada em uma toalha. Fico olhando ao redor. Pode não parecer muito agora, com o colchão no chão e tudo encaixotado, mas, de todos os cômodos da casa, é deste que vou sentir mais falta. Foi meu refúgio nos últimos anos. Quando ficamos juntos pela primeira vez, Ryan e eu brincávamos dizendo que, se não fosse pelo trabalho, ficaríamos na cama para sempre. Não sei se ele esperava que eu cumprisse essa ameaça. Depois que ele se foi, fiquei deitada aqui por dias a fio, semanas. Quando me recompus e consegui sair de casa, ainda passava as noites aqui, olhando álbuns de fotos antigas. Como eu tinha pintado o quarto do mesmo azul-claro de nossa antiga cozinha, quase podia fingir que ainda morávamos no apartamento — antes de tudo dar errado.

Mudei a decoração uns dois anos atrás. Eu queria recomeçar, encontrar Molly *Carter* de novo, então pintei o quarto de um amora suntuoso. Ficou confortável, como um útero. Dizia "solteira", não "deprimida". As janelas da varanda, agora nuas, foram emolduradas por grossas e lustrosas cortinas douradas; sobre a cama, o mesmo pôster de John e Yoko que tenho desde a faculdade. Ao redor do quarto, pilhas de livros de fotografia e de arte. Minha penteadeira ficava ao lado das portas da varanda. E, para completar, duas fotos emolduradas que não embrulhei ainda. Uma é do dia do casamento dos meus pais. Eu a pego. Olho criticamente a foto. Eu odiava a expressão séria deles, mas agora reconheço como o casamento é difícil, quanta coisa um casal tem de enfrentar durante a vida. E como a relação tem de ser sólida para perdurar por todos esses altos e baixos. Eu os admiro. Não só por ficarem juntos, mas por terem sido tão fortes para mim.

Arranco um pedaço de plástico-bolha do rolo caído no chão e olho a foto mais uma vez antes de embrulhá-la, observando como meu pai olha para a câmera com seu sorriso melancólico, que eu sei que é sua versão de felicidade inebriante. Coloco a foto em uma caixa marcada como "Despachar" e olho pela varanda.

A manhã de janeiro recolheu sua manta de escuridão e o vasto céu está de um azul desbotado agora, com a luz do sol, brilhante e branca, espreitando. Vai ser um dia bonito. Sorrio e abro as portas, indo até onde minha mesa de ferro fundido ficava, antes de ser embalada com as duas cadeiras. Eu me sentei ali por horas incontáveis durante os últimos anos, não importava o clima. A mudança das estações refletia a mudança do meu estado de espírito. A chuva de inverno se misturou às minhas lágrimas, a brisa da primavera levou embora minha tristeza, o sol de verão curou meu coração partido.

Entro de novo e vou até o guarda-roupa. Abro a porta e começo a procurar algo para vestir. Meu jeans está jogado de qualquer jeito, de uma forma que faria uma vendedora da Gap desmaiar. Minha calça skinny cinza favorita já está embalada, então reviro o armário em busca da outra opção segura: meu macacão jeans. Eu sei, eu sei, é a peça de roupa menos estilosa de todas, mas é *tão* confortável. E, como minha mãe diria: "Você está se mudando, minha querida, não indo a um desfile de moda". É engraçado como, com o tempo, realmente começamos a nos transformar em nossa mãe. E o mais surpreendente é que não nos importamos.

Eu me visto e me olho no espelho encostado na parede. Mal me reconheço. Tudo bem, eu *achava* que macacões eram confortáveis e fofos, de um jeito irônico, meio "Demi Moore em *Ghost* nos anos 90", mas agora percebo que pareço mais a Meryl Streep em *Mamma Mia*. Rio com o pensamento e, sem vergonha nenhuma, imito alguns movimentos do Abba em frente ao espelho, cantando baixinho o refrão da música tema do filme. Sou interrompida pela campainha, bem quando chego à parte do coração partido.

O beijo de boas-vindas

Eu nunca entendi a expressão "no seio da família" até que conheci a do Ryan. Provavelmente porque o "seio" da minha família sempre me pareceu minguado em comparação com a maioria; o amor era pequeno, contido, mais para o seio de uma Kate Moss do que os bustos ao estilo *Baywatch* que eu desejava. O amor deles não parecia me aconchegar ou proteger nem ser demonstrado abertamente. Quando eu era mais nova, ficava imaginando se um dia conheceria as demonstrações ostensivas de afeto que as famílias "normais" pareciam ter. E, ao descansar a cabeça no colo farto dos Cooper, senti que finalmente tinha isso. Eu me sentia em casa. Desde então, percebi que o amor da minha família sempre esteve ali. E ainda está, a um passo. Eu é que não chegava perto o suficiente para notá-lo.

<<REW 26/09/01

Estou parada, nervosa, na porta dos pais de Ryan, na rua agradável de Marine Parade, a parte rica de Leigh-on-Sea. A casa é uma impressionante propriedade eduardiana de fachada dupla, isolada, com uma enorme entrada de pedra e dois grandes leões também de pedra que guardam a porta da frente. Há até uma fonte na frente da casa. Não admira que ele ainda more com os pais. Ele deve ter sua própria ala. Não era nada disso que eu esperava. De repente, fico petrificada. Meu dedo paira sobre a campainha enquanto reúno coragem para apertá-la, silenciosamente amaldiçoando meu namorado de uma semana. O que ele tem na cabeça para já me convidar a vir aqui? E por que diabos eu aceitei?

Aperto a campainha e respiro fundo. Sinto que estou vestida de forma inapropriada. Eu me recusei a abandonar meu All Star quando Freya, a editora de moda, tentou me fazer usar salto. No entanto, concordei em dispensar a parka e usar um casaco cinza de gola alta. Bagunço a franja para que cubra meus olhos um pouco, jogo os ombros para trás, ajeito o sutiã e seco as mãos na calça jeans. Seguindo o conselho de Lisa, a editora de beleza que divide a mesa comigo e que está determinada a me fazer aperfeiçoar minha rotina de maquiagem, dei uma leve afeminada em minha aparência geral, abrindo mão do delineador pesado e passando gloss rosa nos lábios e blush nas bochechas. Quando saí do meu apartamento, achei que estava quase bonita, mas agora percebo que pareço ridícula. Queria ser simplesmente eu; porém, mais que isso, gostaria de ter dito "não" a Ryan quando ele me convidou para vir aqui.

Ouço alguém vindo em direção à porta. Isso é loucura. Estou quase me virando e tomando o caminho de volta quando a porta se abre e uma visão glamorosa de cabelos loiros descoloridos, vestindo um conjunto de agasalho da Juicy Couture, surge à minha frente. Ela parece mais Los Angeles que Leigh-on-Sea.

— Molly? Oi! Eu sou a Jackie, mãe do Ryan. Estou tão feliz por finalmente conhecê-la, querida!

Ela estende os braços e me abraça.

Finalmente? Só estou saindo com seu filho há uma semana!
— Molly? — ela repete, dando um passo para trás com um sorriso branco ofuscante, mas caloroso. — Venha, querida. Não fique parada aí na porta! Você está fazendo o lugar parecer bagunçado!

Ela ri enquanto me conduz para dentro. O ouro de seu relógio e do colar com medalhão de coração da Tiffany brilha como o sol.

Observo o corredor, esperando desesperadamente que Ryan apareça, quando Jackie me envolve em outro abraço espontâneo e altamente perfumado. Não é assim que as jiboias matam suas presas? Quando acho que vou desmaiar, ela se afasta, mas segura forte meus braços e me avalia. Deslizo os olhos para a esquerda e para a direita, tentando captar algum sinal de Ryan com minha visão periférica. E então ela me solta, e eu resisto ao impulso de esfregar os braços.

— Querida — ela sorri enquanto se dirige para a gigantesca escadaria —, desculpe por eu ainda estar vestida assim — e aponta para seu agasalho rosa. — Eu estava providenciando o almoço. Agora vou passar um pouco de maquiagem...

Essa é a aparência dela sem maquiagem?

— ... me trocar e já desço. — E desaparece escada acima, gritando: — Fique à vontade, querida.

Olho em volta. Onde diabos está o Ryan? Bem, além de estampado em todas as paredes? Para onde quer que eu olhe, há enormes retratos da família. Vários são dos pais de Ryan se abraçando; em um, parecem estar se beijando de língua. Há fotos de Carl e Ryan ao longo dos anos. No corredor, há fotos gigantescas de estúdio de cada um deles quando bebês, pelados e sentados em algo felpudo, como os pôsteres da loja de arte Athena. Tem uma bonitinha de Ryan criança na praia, de sunga, ao lado de Carl. Lá estão eles na praia de novo, adolescentes, ambos correndo na areia com o vento agitando os cabelos depois de andar de barco. E uma sequência de Ryan sorrindo travessamente com seu uniforme de futebol, segurando vários troféus. Em uma delas, o braço de Carl descansa protetor, com orgulho, sobre o ombro de seu irmão. Há fotografias da família toda, bronzeada e sorridente, de férias, e outro retrato de estúdio, dessa vez de todos os quatro vestindo camisa branca e calça jeans. Vê-se claramente que eles não conseguiam ficar parados por tempo suficiente para que o fotógrafo tirasse uma foto clássica, de modo que estão rindo meio histericamente, como se alguém tivesse contado uma piada. *Ou então eles olharam para suas roupas iguais*, ressalta meu (grosseiro) eu adolescente.

Fico ali parada, sem graça, olhando para todos eles, e praticamente desmaio de alívio quando Ryan por fim aparece.

— Molly! Eu não sabia que você já tinha chegado. Mãe! — ele berra.

— Você devia ter me avisado que a Molly estava aqui!

Jackie espia pela balaustrada no topo da escadaria em espiral, dessa vez enrolada em uma toalha e brandindo vários pincéis de maquiagem. Desvio o olhar rapidamente.

— Desculpe, Ry-Ry, achei que você soubesse. Mas a Molly já está crescidinha, e eu disse que ficasse à vontade. Ela é parte da família agora, não é, querida? Ah, apresente-a para a vovó Door!

E desaparece de novo.

Olho de soslaio para Ryan.

— *Ry-Ry?* — murmuro.

— Ignore — ele sorri, bem-humorado. — Ela só está tentando me envergonhar.

Uma hora depois, Ryan já me mostrou tudo. Durante a turnê, ele me contou que Dave e Jackie compraram a casa vinte anos atrás e a aumentaram, por isso agora ela tem cinco dormitórios, uma bela copa-cozinha com uma enorme ilha no meio e superfícies brilhantes de granito, bem como uma cavernosa sala de estar, sala de jantar, cinema/sala de jogos e academia, além de um solário. Se minha mãe visse isso, literalmente vomitaria com um misto de inveja, por não viver em um luxo desses, e imenso esnobismo em relação ao estilo de decoração. Há uma variedade de mesinhas de centro de vidro com arranjos de flores frescas, imensos aparelhos eletrônicos modernos, um enorme cinema e um sistema de som de última geração, uma banheira de hidromassagem gigantesca no jardim, grandes sofás de couro preto e poltronas ousadas de grandes dimensões. É tudo espalhafatoso e absolutamente não é do meu gosto, mas, estranhamente, funciona.

Voltamos para a sala e Ryan me apresenta a vovó Door, uma septuagenária vivaz, viúva há dez anos, de olhos azuis cor de oceano e um sorriso igual ao do Ryan. Ela mora na mesma rua e é ferozmente independente, mas vem almoçar com eles todos os fins de semana.

— Olá, benzinho, meu nome é Doreen — ela diz, abaixando o jornal e se levantando de um trono rosa —, mas pode me chamar de vovó Door.

Todo mundo me chama assim. Coisa ridícula — ela reclama da cadeira enquanto se levanta. — Quem a Jackie pensa que é, a Posh Spice?
— Vovó Door! — Ryan a repreende, rindo.
Não consigo evitar e rio também.
— Eu ouvi, mamãe! — Jackie grita de outra sala.
Vovó Door gargalha maliciosamente.
— De qualquer forma, prazer em conhecê-la, Molly. Confesso que você não é como eu esperava. Achei que ia se parecer com a Helen, do *Big Brother*. Ah, ela me faz rir. Você assistiu, boneca? — Ela finge um sotaque galês e arregala os olhos. — "Eu amo piscar, amo mesmo!" Hahaha! — gargalha.
— Ahh, essa foi clássica, não foi? — Ela ri de novo, então se aproxima e me analisa com seu olhar penetrante. — Mas você é mais bonita que ela, querida. Todas as outras namoradas do Ryan eram loiras, não é, Ryan querido? E meio vazias no... — ela dá um tapinha na cabeça — departamento cerebral. Mas você parece esperta!

Ela sorri com adoração para o neto, que paira sobre ela. Ryan passa o braço pelos ombros da avó, beija o topo de sua cabeça e a leva para a sala de jantar, onde o almoço está sendo servido.

Jackie está com um minivestido que parece de lurex, preto, com um cinto de cobra dourado em torno da cintura impressionantemente fina para sua idade. Dave chegou do trabalho e foi se trocar, voltando com um suéter rosa-pálido da Ralph Lauren e calça jeans, e Carl chega com sua nova namorada cabeleireira, Lydia. Ele está absolutamente apaixonado por ela, e com razão. Ela tem uma presença marcante, não só pela aparência incrível. Meu eu adolescente definitivamente não aprovaria. Se eu a tivesse conhecido na escola, provavelmente a teria rotulado como mais uma Heather. Mas estou surpresa por me sentir imediatamente encantada com ela. Nós nos sentamos na sala de jantar inundada de luz, e Jackie traz uma variedade de comida pronta. E, quando digo comida pronta, quero dizer, literalmente, refeições prontas, compradas em caixinhas de alumínio na delicatéssen. É meio que um alívio.

— A primeira coisa que você deve saber sobre Jackie — anuncia Dave orgulhosamente, enquanto escava um marmitex colocado em uma grande bandeja de prata — é que ela não cozinha. Na verdade, nós a incentivamos a não cozinhar. Em primeiro lugar, porque ela fica muito ocupada colocando todos nós na linha, se mantendo linda, fazendo suas obras de caridade, fazendo minha contabilidade e deixando a casa agradável. Mas também porque ela é *terrível* na cozinha!

— Que bom — rio, tocando o joelho de Ryan. — Pelo menos ele não vai esperar muito de mim. Eu também não sei cozinhar!

Jackie sorri, bem-humorada.

— Muito bem, Molly! — E se volta para Dave.

— Você vai se encaixar bem aqui, menina — diz vovó Door, mergulhando em seu prato transbordante como se não comesse há semanas. — Todo fim de semana venho aqui rezando para que a minha Jackie não tenha tentado cozinhar nada sozinha. Não sei de quem ela puxou isso.

Seu sorriso perverso sugere que ela sabe exatamente.

— Bem, com ou sem habilidades culinárias, isso não me impediu de me apaixonar por ela, não é, Jacks? — diz Dave, dando uma piscadinha carinhosa para a esposa.

— Ah, Dave, seu grande molenga... — Jackie balança a mão, e sua aliança de diamantes capta a luz.

— Eu soube disso assim que a vi andando pelo píer de Southend com suas amigas. Era 1969, e ela estava com um vestido minúsculo e botas brancas de verniz.

— E ele tinha um cabelo comprido sedoso e usava uma blusa justa de gola alta com calça boca de sino — acrescenta Jackie, sonhadora. — E disse que eu era estilosa, me ofereceu um cigarro e depois me beijou.

— Eu tinha só dezessete anos, mas sabia que havia encontrado a garota com quem queria me casar — continua Dave.

Noto que eles contam a história se revezando de maneira fluida, como corredores de revezamento.

— Quando a gente sabe, sabe mesmo, não é, Jacks? — ele diz, passando-lhe o bastão.

— Sabe sim, Dave — ela concorda com um sorriso. — E nós sabíamos.

— Pai, aposto que, se você soubesse que a mamãe não sabia cozinhar, teria mudado de ideia sobre se casar com ela — diz Carl com uma risada profunda.

Mas Dave só olha amorosamente para sua esposa do outro lado da mesa. É como se o restante de nós não estivesse mais na sala.

— Nada teria me feito mudar de ideia sobre essa garota — ele diz solenemente. — Assim que a vi, sabia que estava perdido.

E tira o guardanapo do colo, se levanta e joga um beijo para a esposa. Sem acreditar, e meio horrorizada, vejo Jackie se levantar, fingir pegar o beijo e colocá-lo dentro do decote. Quero rir, mas sinto que seria totalmente errado fazer isso. Então, Dave balança a cabeça, como se tivesse acabado de sair de um transe, e sorri largamente para todos nós enquanto se senta de novo na cadeira com encosto de camurça.

— Dizem que o caminho para o coração de um homem passa pelo estômago, mas eu sou a prova viva de que isso não é verdade. — E pega os talheres, como se com essas palavras acabasse de ganhar status de filósofo.

— A única prova viva que vejo é de que fast-food não é bom para sua cintura — interrompe vovó Door com uma gargalhada.

E todos riem, inclusive Dave.

— O Ryan aprendeu a cozinhar por necessidade, mais do que qualquer outra coisa, não é? — diz Carl, revirando os olhos para o pai. — Ele já cozinhou para você, Molly?

Sorrio.

— Não... Muito papo, mas nenhuma ação até agora...

— Ooooh! — Jackie e Dave dizem em coro.

— Não, eu quis dizer que... — Minha voz falha e olho desesperadamente para Ryan, mas ele está ocupado demais rindo para me salvar. Vovó Door estende a mão para mim e a aperta.

— Nós rimos muito nesta família, querida. Você logo vai se acostumar.

E então começo a rir também.

Não é necessário muito tempo para perceber que, apesar da falta de habilidade na cozinha, Jackie não deve ser subestimada. Depois do almoço, observo com espanto enquanto ela marcha de forma eficiente pela casa. Ela organiza o calendário de estudos e treinamento depois da escola de Ryan, arquiva as faturas de Dave enquanto aconselha Carl na negociação de uma hipoteca de taxa fixa da casa de três dormitórios que ele quer comprar. Uma hora e meia depois, ela já analisou a planta do imóvel, propôs uma ampliação, encontrou um horário livre na agenda de Dave para que sua empresa faça a construção, ligou para o advogado e pediu que representasse Carl, organizou um evento de caridade na escola, chamou o jardineiro para cortar a grama da casa da vovó Door e entrou em contato com uma loja de móveis da cidade, pedindo que mandassem amostras de carpete e tecidos para a futura casa de Carl. Que ele ainda nem comprou. Ela é uma banda de uma mulher só, e não toca uma única nota errada.

— Sua mãe é uma força da natureza — digo a Ryan no final da tarde, quando estamos descansando no sofá de couro da sala de estar.

— Sim — ele sorri —, ela é incrível.

Ergo a cabeça de seu peito e olho para ele.

— Você acha que eles gostaram de mim? — pergunto, repentinamente desesperada para ser aceita no seio caloroso dessa família amorosa, tão distante da minha.

— Tenho *certeza* que sim — ele responde e acaricia meu rosto com o dedo, atraindo-me para um beijo.

Quando vou me despedir, à noite, Jackie me puxa para seus braços mais uma vez, enquanto Ryan está ocupado dando um abraço de urso no pai e trocando provocações sobre futebol com Carl. Mas dessa vez estou pronta para o abraço. Fico surpresa ao descobrir que até gosto.

— Foi um prazer finalmente conhecê-la, querida — ela sorri e tira uma mecha de franja de meu rosto, de maneira tão maternal que me dá vontade de chorar.

Não sei se já deixei minha própria mãe fazer isso. Da última vez que a deixei tocar meu cabelo, ela estava tentando fazer duas tranças apertadas. Foi pouco antes de eu cortar e tingir meu cabelo de ruivo, ao estilo Molly Ringwald.

— Foi um prazer conhecer vocês também — respondo com um sorriso tímido. — Agora eu entendo por que o Ryan sempre foi tão relutante em sair de casa...

Olho pelo corredor de novo, e, em vez de ver a exposição de fotografias gigantescas com desprezo, fica claro para mim que esta é uma família realmente feliz. Minha garganta arde quando penso na única foto, meio artificial, do casamento dos meus pais, que fica sobre a lareira, ao lado de uma foto da escola particularmente horripilante na qual eu pareço a Wandinha Addams.

Jackie ri e me abraça outra vez.

— Meus meninos são a minha vida — ela diz e me afasta, segurando meus braços e estudando meu rosto cuidadosamente, como fez antes. Seus lábios rosados, caprichosamente pintados, agora formam uma linha séria.

— Eu só espero que você esteja pronta para o Ryan. Ele está apaixonado por você, Molly querida, e não quero que ele se machuque. Meu menino não está acostumado a ter o coração partido. Ele saiu do meu ventre sorrindo, e quero que continue assim.

Balanço a cabeça obedientemente, querendo muito agradá-la.

Jackie sorri e me dá um beijo no rosto, deixando uma marca rosa, e se volta para o filho.

— Ela é uma boa menina, Ry.

Ele não responde; se aproxima a passos largos e me beija nos lábios, enquanto sua família aplaude e comemora ao redor.

— Essa vai para a parede! — diz Jackie, batendo palmas de alegria. — Pegue a câmera, Dave!

Talvez tenhamos mais em comum do que eu imaginava.

— Façam de novo! — ela grita.

E Ryan e eu nos beijamos perto da porta. Nunca pensei que diria isso, mas talvez eu possa me acostumar com essas demonstrações públicas de afeto, afinal de contas.

Enquanto ele me acompanha até o carro, com sua mãe logo atrás, percebo que acabamos de nos tornar oficialmente um casal. Mas não sei bem quem tomou a decisão: se foi Ryan ou a mãe dele.

Não consigo ficar longe dos seus beijos

É impossível para qualquer um entender a completa atração do amor enquanto não o sentir na pele. Antes de Ryan, eu tinha fobia de compromisso. Havia jurado a mim mesma que nunca me entregaria completamente a um homem, que manteria minha independência, que guardaria a maior parte de mim para mim mesma, minha carreira e minha melhor amiga, Casey. Minha principal preocupação na vida era ter liberdade, entusiasmo, aventuras e viagens — não amor.

Engraçado como as coisas podem mudar num piscar de olhos, não é? Porque, de repente, Ryan estava ali, e tudo o que eu queria era estar com ele o tempo todo. Ele era inebriante, viciante. Naquelas primeiras semanas, estar com ele era mais sedutor que qualquer outra coisa que eu pudesse imaginar; se alguém me oferecesse um voo para a Lua, eu não iria se para isso tivesse de ficar longe dele.

Sei que algumas pessoas duvidam que alguém possa mudar tão radicalmente, mas aposto que elas simplesmente não passaram por isso ainda. Não sentiram essa emoção primordial de conhecer a pessoa com quem querem passar cada minuto de cada hora de cada dia. Alguém que nos entende mais em poucas semanas do que as pessoas que nos conhecem a vida inteira.

Mas eu sempre achei que esse tipo de relação súbita e intensa não era para uma garota como eu. Eu simplesmente não acreditava que merecia.

Agora? Agora eu daria qualquer coisa para me sentir assim de novo. É por isso que o melhor conselho que posso dar a alguém é que não tenha medo de apostar todas as fichas no amor. Mesmo que você acabe ferido, é — como Tennyson bem observou e eu devidamente percebi, ainda que tarde demais — "melhor ter amado e perdido do que nunca ter amado".

FF >> 29/09/01

Estou no lugar que se tornou o mais natural e confortável do mundo para meu corpo nas últimas quatro semanas: aconchegada nos braços de Ryan em seu sofá de couro preto, tomando uma vitamina de frutas vermelhas que ele preparou. Bem, não é o sofá dele, mas de seus pais. É sábado à tarde e estamos na casa de Ryan. É onde estivemos nos últimos três sábados, passando cada delicioso momento do dia juntos. Depois de desperdiçar tantos anos, agora somos como crianças que ganham doces, nos empanturrando do prazer da companhia um do outro.

— Molly... — Ryan diz baixinho em meu ouvido. — Posso te perguntar uma coisa?

— Claro que sim — digo, virando o rosto em sua direção.

Ele acaricia meu cabelo e passa os lábios pelo meu pescoço, e fecho os olhos diante do prazer arrebatador.

— Você sabe que eu adoro ficar com você assim, não sabe? — ele sussurra.

— Hummm — respondo, e ele beija meu pescoço de novo.

Eu também adoro. Abro os olhos e espio o filme do qual me distraio tão facilmente. Os sábados se tornaram nossos dias de filmes. Hoje já vimos *10 coisas que eu odeio em você*. Agora estamos assistindo a *O campeão*, que aparentemente é um dos favoritos de Ryan.

Viro o corpo para ficar de frente para ele, e percebo que ele chorou. Ryan funga.

— Esse filme sempre me emociona. E aí fiquei pensando em como estou feliz com você, e isso me fez imaginar... Molly, eu estive pensando o que você acharia de...

Eu me sento quando Dave entra.

— E aí, campeão! Você não está chorando com esse filme de novo, está? — Ele ri e esfrega a cabeça do filho mais novo com carinho.

— Para com isso, pai! — Ryan o empurra, bem-humorado, e Dave se movimenta ao redor do sofá, fingindo acertá-lo no estômago.

— Vamos, filho, mostre o seu melhor!

— Você sabe que eu nunca bateria em um velho fora de forma! Agora, pai, você pode nos dar licença um minuto?

— Velho?! — Dave exclama, ignorando o pedido.

Ryan revira os olhos e me dá um sorriso de desculpas. Estou desesperada para saber o que ele ia me perguntar.

— Eu só tenho quarenta e sete anos, rapaz! E estou em minha melhor forma!

— Pai, você está envergonhando a Molly, para com isso! — Ryan ri. — Se parasse de comer tanto no café da manhã, você estaria bem para a sua idade. Mas precisa começar a se exercitar. Você montou uma academia em casa, por que não usa?

— Ahhh, esses viciados em ginástica, Molly, estão sempre tentando converter todos nós, que estamos perfeitamente felizes como somos, estou certo?

— Concordo, Dave, concordo. — Sorrio para Ryan com insolência. — Só porque ele passa a vida correndo em volta de um campo de futebol dizendo para as pessoas o que fazer, acha que pode fazer o mesmo com a gente!

— Sorrio, pensando em como é fácil sempre estar aqui, como me sinto à vontade. Percebo que Dave está olhando confuso para o filho, de sobrancelhas erguidas, e, quando olho para Ryan, eu o vejo fazendo uma cara desesperada de "deixe a gente a sós, por favor!".

— Bem, é isso então... — diz Dave, retirando-se da sala. — Vou deixar vocês, crianças, porque... bom, tenho coisas para fazer. Ocupado, sempre ocupado, esse sou eu, não é, Ryan? Trabalhando duro para manter essa casa grande que poderia facilmente acomodar mais pessoas... haha. Bom, é melhor eu ir!

Dou risada e volto para os braços de Ryan no sofá. O filme está pausado, e por um momento ficamos em silêncio. Ryan tosse e olho para ele.

— Desculpa por isso — ele sorri.

— Não se preocupe. Seu pai é ótimo.

— Sim, é mesmo. — Ele pega minha mão. — Então, Molly... Tem uma coisa que eu realmente preciso falar com você.

— Olá, queridos! — Jackie aparece na porta e Ryan geme e enterra o rosto nas mãos. — Querem tomar um drinque?

— Não, obrigado, mãe — ele responde, estranhamente impaciente.

— Tem certeza? — Ela vem e se empoleira entre nós no sofá. — Uma tacinha atrevida de vinho num sábado à tarde? Ou uma cerveja? Chá, café? Coca-Cola? Leite?

— Não, obrigado, mãe. Estamos bem só *conversando*, sabe?

Seja qual for a indireta que Ryan está tentando dar à sua mãe, ela não está entendendo.

— Podemos pedir comida chinesa e assistir a *Quem quer ser milionário?* juntos hoje à noite — ela diz, entusiasmada. — Faz séculos que não temos uma noite em família direito.

Ryan se inclina para frente e sorri para a mãe.

— Seria legal, obrigado. *Mais tarde* seria bom.

Ele olha diretamente nos olhos dela, e Jackie leva a mão à boca e ri.

— Claro! Que boba eu, quase esqueci! Preciso ir e... — ela olha para Ryan desesperadamente — fazer o jantar. — E sai da sala.

Encosto no sofá de novo e, quando vou reiniciar o filme, Ryan me impede.

— Você se importa de ficarmos em casa hoje à noite? — ele pergunta, acariciando meus dedos.

— Claro que não! Você sabe que eu sou apaixonada pela sua família.

Vou reiniciar o filme mais uma vez, mas Ryan me impede de novo. Ele se inclina sobre mim e me beija suavemente.

— Que bom. Porque... bom, eu estava pensando...

Ele olha para a porta para confirmar se não vai ser interrompido outra vez.

Acaricio seu cabelo.

— O que está acontecendo, Cooper?

— É que estou com uma vontade louca de te perguntar uma coisa, Molly. Eu queria falar antes... É algo em que venho pensando, e eu sei que não faz muito tempo, mas...

Eu me endireito, apoiando a cabeça na mão, e olho seu rosto com curiosidade.

— O que é?

— Vem morar comigo, Molly.

— O QUÊ?

Estou chocada. Eu não esperava por isso. Estamos namorando há um mês. O melhor mês da minha vida, mas é só um mês. E eu não pretendo namorar sério. Especialmente alguém que conheço desde os quinze anos. Isso não faz parte da minha lista de sonhos.

Ryan vira o meu rosto e me olha nos olhos, sem nenhum sinal de que está brincando.

— Entregue as chaves do seu apartamento e venha morar comigo, amor. Quero ficar com você o tempo todo.

— Você está louco! — exclamo.

— Não estou louco! — ele ri. — Estou apaixonado. Eu te amo.

Meu queixo cai. Tenho certeza de que estou babando. Estou sem palavras pela primeira vez na vida. Ele me ama! Logo a mim! A leprosa social, com um péssimo corte de cabelo e ar de desafio! Eu! A menina cuja câmera era sua melhor amiga até a Casey aparecer. A garota que tinha certeza de que seu primeiro beijo foi uma aposta humilhante. A menina que pensou que nunca ia conseguir ficar com o cara. *A garota que sonhava com mais do que um homem poderia lhe dar*, recorda meu eu adolescente. *Não mais*, eu digo a ela. *Isso foi antes. Agora, tudo o que eu quero é o Ryan.*

— Então, o que me diz? — ele pressiona.

Não sei de onde isso veio, não sei como nem por que não estou escutando meu instinto, que me diz que eu sou muito nova, que ainda tenho muita coisa para fazer, muita coisa para conquistar. Mas, de alguma forma, sem pensar, pela primeira vez me deixando levar pelo coração, e não pela cabeça nem pela boca, minha resposta é:

— SIM!

Nós nos beijamos e eu me sinto uma milionária.

O beijo na soleira da porta

É estranho ter seu futuro todo embrulhado para presente e amarrado com um laço quando você tem só vinte e dois anos. "Aqui está seu homem perfeito, sua vida perfeita, sua casa perfeita!" Mas eu agarrei tudo aquilo porque sei reconhecer uma coisa boa quando a vejo. Não havia nenhuma dúvida na minha cabeça, pelo menos não na época.

FF >> 19/01/02

Estamos parados na longa entrada de carros da casa dos Cooper, diante da enorme garagem que Dave passou os últimos dois meses transformando em um apartamento de um dormitório para mim e Ryan. Jackie sorri para nós.

— Declaro a garagem... quer dizer, o anexo do Ry e da Molly oficialmente inaugurado!

Ela corta a fita vermelha que colocou atravessando a nova porta, e Ryan, Dave, vovó Door, Carl, Lydia e eu aplaudimos e ovacionamos. Apesar do frio de janeiro, uma onda de calor corre pelo meu corpo. Jackie aguarda o clamor passar e os gritos de Carl — "Motel!" — se acalmarem para falar de novo.

Dave está a seu lado em silêncio, de braços cruzados sobre a ampla barriga, e seus olhos azuis brilham com um misto de diversão e orgulho.

— Ry e Molly — ela começa, juntando as mãos, como se fosse a rainha fazendo seu discurso anual. — Quero aproveitar a oportunidade para lhes dar as boas-vindas a nossa casa. — Dave olha de soslaio para ela, que entende a indireta. — Quer dizer, à casa de vocês. E a sua nova vida juntos como casal! Meu Dave e eu queremos desejar a vocês todo o amor, toda a sorte e toda a felicidade do mundo, meus queridos. E dizer que vocês sabem onde estamos se precisarem de nós...

— Sim, perto demais! — Carl grita.

Rio. Dave descruza os braços e belisca de brincadeira a nuca do filho mais velho.

Ryan pega a chave que Jackie amarrou na ponta da fita vermelha, destranca a porta da frente e entramos.

— Então, o que acham? — Dave sorri para nós quando entramos em sua antiga garagem. Olhamos em volta, maravilhados com o bonito e moderno espaço que ele criou.

— Pai, que irado! — Ryan exclama e o abraça.

Eles trocam tapinhas nas costas e se voltam para mim com o braço ainda nos ombros um do outro.

— Ficou incrível, Dave! — Eu lhe dou um beijo no rosto e ele me aperta com força. Ficou adorável, de verdade. Foi tão gentil o que fizeram por nós... Ainda não consigo acreditar que apenas dois meses atrás entreguei as chaves do meu apartamento e me mudei para o quarto de Ryan, na casa de seus pais.

Eu sempre disse que preferiria morrer a voltar para Leigh, mas só precisei ficar doente. Isto é, doente de amor. Mas nem todo mundo ficou tão feliz com essa nossa decisão quanto achei que ficaria.

No sábado depois que Ry me pediu para ir morar com ele, passei no café da mãe de Casey. Achei que ela ficaria muito animada quando eu lhe contasse a grande novidade. A correria do almoço acabou, e Toni, a mãe dela, disse que ela podia fazer um intervalo rápido. O fato de Casey ainda trabalhar lá me chateia. O lugar está sempre cheio (mais pelas habilidades de paquera de Toni e Casey do que pelas coisas que elas servem). Sei que ela não tem um histórico escolar bom o suficiente para entrar na faculdade, mas ela é esperta, engraçada, e tenho certeza de que pode conseguir muito mais do que ser a escrava do pé-sujo de sua mãe.

— Você acha que é uma boa ideia? — ela perguntou baixinho, encarando sua xícara de chá, quando lhe dei a notícia.

Inclinei a cabeça e olhei para ela.

— Como assim?

— Não me leve a mal, mas... foi meio rápido, não foi? Vocês estão juntos faz só algumas semanas!

Fiquei irritada. Irada, na verdade.

— Mas, Case, a gente se conhece há *anos*! Ele não é um qualquer que eu conheci numa boate e levei para a cama.

Eu não tive a intenção de acusar, mas, assim que aquilo saiu da minha boca, percebi que foi o que pareceu. Casey corou diante das minhas palavras; sua pele cor de oliva ficou de um vermelho-escuro que combinava com as paredes do café. Agitei as mãos, me desculpando.

— Desculpa, não foi isso que eu quis dizer.

Ela sorriu graciosamente.

— Está tudo bem, Moll, eu sei que vou para a cama com os caras quase que instantaneamente, principalmente porque tenho medo de que eles mudem de ideia. Mas é justamente o que eu quero dizer! Eu vou correndo para a cama deles, não para a *casa* deles. E, especialmente, não para a casa dos *pais* deles.

— Sei que foi rápido, Case, mas é como se a gente já devesse estar junto há muito tempo. E, agora que estamos, nenhum dos dois quer perder mais tempo.

— Tudo bem — ela sorriu para mim, mas sem aquele brilho habitual. — Eu só estou cuidando de você, amiga. Melhores amigas para sempre, lembra?

— Ela engancha seu dedinho no meu, e sorrio pensando em nossa infância, em nossa mútua devoção infantil. — Só quero ter certeza de que você sabe o que está fazendo. Você nunca quis morar com um cara antes, e é um *grande* passo. Você sabe como ama a sua liberdade. Tem certeza que vai conseguir estar com alguém vinte e quatro horas por dia, sete dias por semana?

— Nós dois vamos passar o dia fora, no trabalho. Não vai ser tão diferente, afinal — falei, radiante.

Casey só ergueu as sobrancelhas escuras e olhou para mim. Seu silêncio incomum falou alto.

— E seus pais? — ela perguntou depois de uma longa pausa. — Eles já sabem?

Neguei com a cabeça.

— Não! Faz um século que não falo com eles! Você sabe como é, eu e meus pais, haha! — Eu estava tentando melhorar o clima, porque odiava o fato de que era Casey quem estava me desanimando. Eu esperava isso dos meus pais, não dela. — O Ryan quer contar para eles logo. Ele não quer que a minha mãe descubra por outra pessoa. Ficaria chato na escola para ele, já que agora eles trabalham juntos e tal.

Ainda acho estranho que Ryan seja professor. Ryan Cooper, professor! Professor de educação física. É como se Danny Zuko acabasse se tornando o treinador Calhoun.

— Então, quando vocês vão contar a eles? — ela pressionou.

— Logo, hoje, agora. Argh! Posso beber algo mais forte que Coca-Cola antes de ir? — gemi. — Vou precisar.

— Eles vão aceitar numa boa. O Ryan é um rapaz de ouro, e é professor. Não tem muito do que reclamar.

— Sim, mas nós não somos *casados*... — Fiz o sinal da cruz e revirei os olhos. Casey sabe como eu sofro com as crenças religiosas dos meus pais.

Ela riu e me abraçou quando me levantei.

— Estou feliz se você está feliz, amiga. Só achei que eu seria a primeira. Você ia seguir uma carreira, e eu ia ter um marido, lembra? — Ela se afastou e me olhou atentamente. — Só não esqueça uma coisa: você só tem vinte e dois anos, não precisa ter pressa nenhuma... — e apontou para minha barriga.

— O quê? NÃO! — exclamei. — Não seja louca, Case! Só vou morar com ele. Tem um monte de coisas que queremos fazer antes de pensar nisso!

— Vocês já falaram sobre isso, então? — ela perguntou em voz baixa.

Eu corei. Não queria admitir que Ryan e eu tínhamos planejado toda nossa vida numa noite, quando estávamos na cama — todos os lugares aonde queríamos ir, todas as coisas que queríamos fazer, o nome dos nossos filhos, dos nossos gatos, até quantos netos teríamos. Tínhamos anotado tudo, feito uma lista em meu diário. "Lista de sonhos de Molly e Ryan." Ele achou que era hora de fazermos uma nova, já que a que eu tinha feito na faculdade estava meio desatualizada. E eu não tinha mudado muito da lista original. Quase nada. Rimos para valer enquanto revezávamos a caneta e ajustávamos os comentários um do outro.

Lista de sonhos de Molly e Ryan!
- *Ia para a Austrália*
- *Morar em Nova York — ir para Nova York*
- *Ver as lojas, os pontos turísticos e os museus e ver um jogo do New York Giants!*
- *Ser fotógrafa!!!*
- *Ir à final da Copa da Inglaterra (humm, você pode fazer isso sozinho!)*
- *Ver o Take That ao vivo (impossível, só se você voltar no tempo, Ry. Eles se separaram e o Robbie NUNCA vai voltar. Supere!)*
- *Ir a uma pré-estreia no cinema!!*
- *Conhecer o Tom Cruise (Ry, você não é e nunca será o Goose para o Maverick do Tom Cruise.)*
- *Comprar um apartamento em Londres (ou em Leigh?!!)*
- *Depois, comprar uma casa em Londres (ou em Leigh ☺)*
- *Ter filhos algum dia em breve, pelo menos dois. Um menino e uma menina!*

E então a provocação começou:

— Tudo bem, Ry, nome de menino. Valendo!

— Champ!

— De jeito nenhum! Iam fazer bullying com ele.

— Sim, baby, Champ Cooper. Você tem que admitir que é nome de campeão! Tudo bem, e que nome você daria se fosse menina?

— Xanthe.
— Saúde. Mas e o nome da menina?
— Ha-ha, muito engraçadinho. Esse é o nome dela, Ry. Xanthe. Xanthe Carter. É legal e diferente. Não é sem graça como Molly.
— Tudo bem, se você acha... Mas seria Cooper. Champ Cooper e Xanthe Cooper, tudo bem?
— Fechado. E os cachorros?
— Prefiro gatos. O que acha de Harry e Sally?
— Ahhh, gostei!

Olhei para Casey. *Não, melhor não contar isso para ela*, pensei.
— Pense um pouco, Case! — falei, envolvendo-a em um abraço caloroso. — Nós duas vamos nos ver muito mais agora!
Ela assentiu com a cabeça, deu um sorriso forçado e se livrou do meu abraço. Depois virou as costas para mim e começou a encher a lava-louça.
Contar aos meus pais não foi muito melhor. Mesmo que Ryan tenha ido comigo e usado seus abundantes encantos para amolecê-los, elogiando a "linda casa", perguntando à minha mãe sobre a escola e ao meu pai sobre exposições de arte, o clima ainda ficou decididamente gelado. Olhei para meus pais, perfeitamente alinhados, decorosamente portados e precocemente envelhecidos, sentados à nossa frente. Ficamos de mãos dadas, sorrindo para eles, enquanto olhavam seriamente para nós, segurando suas xícaras de chá com seus biscoitos digestivos equilibrados nos pires. (Ah, como eu queria que pelo menos uma vez, só uma, minha mãe comprasse um biscoito interessante, divertido, como, digamos, uma bolacha recheada sabor morango.) De repente, senti minha boca se contrair e bufei, tentando lutar contra um terrível e incontrolável desejo. É uma reação instintiva minha quando me sinto constrangida. Por sorte, Ryan já está acostumado.
Quando ele explicou que íamos morar juntos, minha mãe apenas franziu os lábios e olhou incisivamente para meu dedo anelar (nu) da mão esquerda, e meu pai alisou os cabelos e olhou pela janela, como se nem estivesse ali. Como sempre.
— Presumo que você saiba que nós não aprovamos que um casal more junto antes do casamento — minha mãe disse, expondo para Ryan seu ponto de vista lascivo e primitivo.
Ele sorriu e acenou com a cabeça.

— Eu entendo, sra. Carter, e respeito suas crenças, de verdade. E espero que saiba que eu sinceramente acredito que o casamento será nosso próximo passo. Eu amo sua filha e nos vejo juntos por muito, *muito* tempo.

Olhei para ele, meio assustada com o rumo da conversa. Somos jovens demais para falar de casamento! Mas Ryan apertou minha mão suavemente e me senti imediatamente mais calma. Ele não ia me pedir em casamento nem nada, graças a Deus; apenas sabia como lidar com meus pais. Decidi deixá-lo continuar. Se eu abrisse a boca, a conversa acabaria em discussão. Como sempre.

— Bem, Patricia, minha querida, parece que esse é o jeito moderno — disse meu pai devagar, alisando seu topete de novo e abrindo seu livro.

Para ele, a conversa havia acabado. Meu pai é um homem de poucas palavras. Quando fala, sempre parece que ele passou horas ruminando as palavras antes de formar uma frase. Algumas vezes isso o faz parecer quase um profeta; outras, um mudo.

Minha mãe estalou a língua e ficou mexendo em seu crucifixo.

— Imagino que não posso impedi-los. Conheço minha filha o suficiente para saber que isso só a deixaria ainda mais determinada a me desobedecer... Eu nunca consegui controlá-la. Mas não posso dizer que não estou decepcionada. — Ela fez uma pausa e olhou ao redor da sala antes que seus olhos cinza-claros fitassem os meus. — Eu esperava muito mais para você, Molly querida.

Que ousadia. O que poderia ser melhor que Ryan? Abri a boca para retrucar, mas ele riu e colocou o braço em volta de mim.

— Essa é uma das coisas que eu amo na Molly, sra. Carter. Sua filha tem grandes sonhos, e, confie em mim, eu não pretendo de modo algum refreá-la.

— Viva! — Dave abre uma garrafa de Moët e enche nossas taças. — A Ryan e Molly!

Todos nós brindamos enquanto olho nossa linda casinha. Só falta aquela estrelinha de brilho de desenho animado saindo de cada superfície. É tudo tão novo. Pintura nova, piso de madeira novo, móveis novos. Tudo tão novo quanto nosso relacionamento.

— Ah, quase esqueci! — diz Jackie, pousando a taça na mesinha de centro e nos entregando um presente. — É um presentinho de casa nova, meu e do Dave.

— Eu não tenho nada a ver com isso! — ele interrompe, erguendo as mãos. — Eu construí isso aqui, esse é o meu presente! — Ele pisca para nós e se recosta no sofá novo e branco da Ikea.

— Ahhh, obrigado, mãe — Ryan diz quando ela lhe entrega o presente.

— Não precisava.

— Não, Jackie, não precisava *mesmo* — acrescento, tentando esconder meu horror quando Ryan rasga o papel.

É uma luminária de mesa de plástico, grande, rosa, brilhante, em forma de flamingo.

Ela grita e bate palmas.

— É engraçado, não? Achei que ficaria maravilhoso aqui. — Jackie a coloca ao lado da tevê, também conhecido como "o lugar onde ninguém pode deixar de notá-la". — Comprei porque é rosa, e achei que este lugar precisava de um pouco de brilho. Dave não me deixou à vontade para decorar, disse que eu devia pôr só o "mínimo" para que vocês dois pudessem fazer do seu jeito.

Olho para Dave agradecida, e ele pisca para mim de novo. Em seguida, sorve silenciosamente seu champanhe, deixando a esposa falar, como de costume.

— Também pensei que era apropriado — continua Jackie, com um sorriso emocionado no rosto —, porque flamingos são companheiros para a vida toda. — Então pega nossas mãos e as aperta. Uma única lágrima cai de seu olho. Ela é tão dramática.

— Achei que fossem os cisnes — diz Carl, parecendo confuso.

Jackie funga e agita a mão.

— Cisnes, flamingos, é tudo a mesma coisa!

Minha boca se contrai um pouco e olho para Ryan, mas ele está encarando a mãe, agradecido. Nos últimos três meses, aprendi a aceitar o que Jackie diz ou faz como o Evangelho. O que significa que — *ai, meu Deus* — o flamingo vai ter de ficar.

— Que pensamento bonito, mãe — diz Ryan. — Nós adoramos, não é, Moll?

— Áhã — digo, tomando um gole de champanhe para afogar minha resposta.

Eu nunca soube mentir muito bem.

10:05

Abro a porta com um sorriso radiante.

— Entrem, entrem! — digo animada aos dois homens já conhecidos, decidida a não mencionar de jeito nenhum o atraso.

Tenho medo de pensar em que estado eles teriam me encontrado se não tivessem se atrasado. Sinto um cheiro vago mas nítido de gordura neles, o que me dá vontade de gritar. Mas consigo me conter.

— Chá, uma colher de açúcar, certo, Bob?

Ele ergue o polegar.

— E para você duas, Ian? — Sorrio para seu filho adolescente, rezando para que recusem. Afinal de contas, eles não precisam de uma pausa para o chá quando acabaram de chegar, não é?

Erro de amadora, Molly. Amadora.

— Seria ótimo, moça — diz Bob. — Foi uma manhã daquelas.

Vou para a cozinha. Quando volto para o corredor, eles já começaram a carregar as caixas.

—- Rapazes — digo, batendo as mãos, o que os faz largar imediatamente as caixas, como eu esperava. — Então, meu plano é terminarmos lá em cima hoje, se estiver tudo bem para vocês. Tem algumas coisinhas para encaixotar no banheiro e nos dois quartos, precisamos tirar o colchão, e tem caixas lá em cima também. Algumas estão rotuladas como "Depósito"; peguem essas primeiro. Meu pai vai encontrar vocês lá para guardar tudo. As outras vão ser despachadas. Falem comigo se tiverem alguma dúvida sobre qualquer coisa. Está tudo organizado segundo um sistema — gorjeio. — Mesmo que não pareça!

Eles olham a bagunça da casa como se dissessem: *Você chama isso de sistema, querida?* Posso imaginar o que pensam. Há todo tipo de coisas aleatórias espalhadas pelo lugar, para não falar do DVD que está rodando de novo ao fundo. Não parece que estou levando esta mudança a sério, mas estou.

Estou me mudando — e seguindo em frente.

O beijo de felicidade doméstica

Na universidade, eu costumava ficar deitada na cama, na casa que dividia com Mia e três garotos encardidos, pensando nos anos que tinha pela frente para viver sozinha e feliz na solidão. Sonhava em morar em um pequeno apartamento ao norte de Londres, ou em um loft no East End, me deleitar em meu estilo minimalista, beber vinho branco no sofá e tomar banhos de espuma à luz de velas, como fazem as mulheres solteiras nos filmes e nos livros. Tudo isso parecia muito mais emocionante do que a ideia de morar com um cara, o que, pelo que eu podia dizer, começava com uma aventura metafórica no departamento de dormitórios da Ikea e acabava na terceira idade (ou em divórcio), com cachorros-quentes e biscoitos suecos. Essa perspectiva não me parecia particularmente desejável. E então surgiu Ryan...

FF >> 22/02/02

— Ryan, cheguei!
— Estou no chuveiro — ele grita.
Entro pela porta da frente da nossa garagem reformada, jogo as chaves dentro da linda concha que Ryan me deu em Ibiza e que orgulhosamente coloquei no aparador Ikea do hall. Noto que tem um novo arranjo floral espalhafatoso ali também. Jackie continua aparecendo uma vez por semana e "dando uma de Elton", como gosto de chamar. Ela diz que toda casa precisa de flores frescas. Eu digo que toda casa precisa de um sinal de "Não perturbe". Obviamente, não digo isso de verdade, só penso.

Entro na sala e me jogo no sofá branco, exausta depois de tanto ir e vir a semana toda, mas muito feliz por estar em casa. Estamos aqui há apenas um mês, e, sinceramente, não há sensação melhor do que entrar por essa porta todas as noites. Passei as últimas semanas transformando o lugar em nosso, pintando as paredes do tom exato de azul-claro que Ryan e eu queríamos e montando cuidadosamente colagens de fotos, que pendurei na parede da escada: fotos minhas com Ryan, dele com os amigos, de mim e de Casey, das nossas férias incríveis. Noto como estou diferente desde que conheci Ryan. Estou mais sociável atualmente. Ryan diz que está em seus planos fazer com que eu me entrose mais, e não só com seus amigos e familiares, mas também com os meus. Casey e eu estamos nos vendo bastante de novo. Eu até me esforço mais com meus pais.

Mas ainda gosto do meu próprio espaço. A maior parte dos fins de semana, passo vagando por lojas de artigos para casa, enquanto Ry está no futebol ou no pub; encontro pequenos vasos e almofadas e dou os toques finais em todos os cômodos, e tudo parece ter saído diretamente das páginas de uma revista. Adoro este lugar, mas ainda não parece um lar. Não quero soar ingrata, mas sinto que estamos brincando de adultos em uma casinha de bonecas no quintal de Jackie e Dave.

Pego os sapatos de Ryan na porta, recolho suas meias jogadas na sala. Sacudo o tapete de pele falsa e o coloco de volta no chão, ajeito os castiçais sobre a lareira e endireito a foto ampliada dos seixos na praia de Leigh que tirei no dia em que me mudei e dei a Ryan de presente. Eu adoraria ter um apartamento no estilo *Elle Decor*, com móveis vintage excêntricos, mas já aceitei que este anexo não é o lugar para fazer isso. Especialmente porque é, de fato, o novo anexo de Jackie e Dave. Sei pelo jeito como ela o checa meticulosamente sempre que passa por aqui, ocasionalmente adicionando uma foto emoldurada dela e de Dave, ou de um dos meninos. Assim, a decoração é mais deles do que minha. Mas tudo bem. Sei que não vou ficar aqui para sempre. Fico olhando a foto dos seixos por um momento, orgulhosa do cuidado com que a criei. Eu queria algo que representasse o local onde Ryan e eu crescemos, onde vivemos e nos apaixonamos. Gravei nossas iniciais em cada pedra e as fotografei quando ele não estava olhando. Depois, guardei-as no bolso antes de voltarmos para casa. Foi minha maneira de combinar nosso jeito de recolher memórias: o físico (dele) e o fotográfico (meu). Essas pedras são o ponto de partida de nossas memórias em comum. Podemos continuar aumentando a coleção, criando mais e mais memórias.

Ryan ficou sem palavras. Ele não é particularmente criativo fora da cozinha, por isso fica admirado com o que eu faço (palavras dele, não minhas). As pedras estão em sua mesa de cabeceira agora.

— Eu não tenho nenhuma ideia original — ele disse uma vez, quando o elogiei por me fazer mais um banquete surpreendente. — Posso fazer uma receita igualzinha à original, comprar uma roupa legal que vi numa revista ou citar a fala de um filme, mas não consigo criar nada sozinho. Você tem um jeito incrível de ver o mundo, Molly. É uma das coisas que eu mais amo em você.

Aceitei o elogio, sem saber direito se concordava. A visão de Ryan do mundo é como um piscar de olhos em um dia ensolarado de férias. É brilhante, simples e completamente clara. Já a minha é em preto e branco, fortemente carregada de emoção, e de composição complexa. Mas acho que, quando essas fotografias são colocadas lado a lado, formam um álbum perfeitamente equilibrado.

Eu o sinto antes de vê-lo. Seus braços sinuosos envolvem minha cintura, seu nariz encontra um vãozinho em meu pescoço, onde se encaixa perfeitamente.

Viro e sorrio. *Lar*, penso, quando nossos lábios se encontram. Eu me afasto e olho para ele, ainda maravilhada pelo fato de ele ser meu. Ele acabou de tomar banho depois da escola e está pronto para sair. Seu cabelo está bem curto, e ele usa uma camiseta de decote V justa e calça baggy verde, com um par de tênis Adidas branco novinho. Está lindo. Mas eu o amaria mesmo se ele fosse gordo, careca e feio. Tenho certeza de que as pessoas acham que Ryan Cooper só pensa em aparência, mas eu sei que não. Sei disso porque ele escolheu ficar comigo, Molly Carter, a ex-adolescente proscrita. Por isso, acredite: se ele só pensasse em aparência, não estaria comigo. Uma parte de mim não consegue evitar se perguntar por quê. Minha vida é como um filme adolescente que se torna realidade. Se cuida, Molly Ringwald. Não precisei de *Gatinhas e gatões*, nem de Jon Cryer, nem de um vestido rosa. Só precisei de Ryan Cooper.

Olho para a mesa da sala de jantar, coberta de chuteiras de futebol enlameadas e peças de uniforme, sua papelada da escola espalhada por todo lado, uma garrafa de cerveja precariamente equilibrada em cima de tudo, e resisto ao desejo de sair arrumando o ambiente. Precisei ficar menos obsessiva desde que me mudei para cá, não só porque Ryan é terrivelmente bagunceiro, mas porque simplesmente ama coisas. Ele guarda *tudo*: canhotos de ingressos, recibos, revistas, tem até uma coleção de borrachas velhas de quando era criança. Por todo canto há pilhas de coisas que eu sugeri jogar fora ou "editar", mas que Ryan insiste em manter. É como se ele estivesse enfeitando nosso ninho com todas as suas antigas memórias. É fofo, na verdade.

— Você não ia ao pub com os meninos? — pergunto quando ele me puxa para seus braços para me beijar de novo.

Ryan anui.

— Sim, mas eu não podia ir sem vir te ver primeiro. Como foi seu dia? — Ele se joga no sofá e toma um gole de cerveja antes de entregá-la a mim. Eu me aconchego a seu lado.

— Foi ótimo! A Jo, a editora de fotografia australiana, disse que eu posso ir com ela assistir à sessão da foto de capa da próxima semana — digo, animada. — Fiz um monte de coisas para a sessão: encontrei a locação, sugeri um fotógrafo, mas nunca pensei que poderia ir. Assistentes de fotografia geralmente não vão, e eu só estou no cargo há quatro meses!

— Que demais, amor — Ryan sorri. — É alguém famoso?

Balanço a cabeça e tomo um gole de cerveja.

— Não, é um modelo fotográfico, mas vai ser uma experiência fantástica. O fotógrafo é alguém que eu admiro faz muito tempo. Ele trabalhou para todas as grandes revistas e fez algumas campanhas de moda incríveis.

Vai ser ótimo ver um profissional assim trabalhando. — Eu me viro e olho para ele. — Bom, e você? Conseguiu que os alunos do último ano fizessem os trabalhos no prazo?

Com a cabeça, Ryan indica a pilha de papéis em cima da mesa.

— Por pouco. Estou preocupado porque alguns deles não estão levando tão a sério quanto deveriam. Acho que vou precisar pegar mais pesado com eles.

— Só acredito vendo! — dou risada.

Ryan tem uma relação ótima com seus alunos. Ele diz que não quer ser um professor chato, com quem eles não possam conversar. Fica mais à vontade correndo em volta de um campo, melhorando o desempenho deles e os incentivando a amar os esportes. Dar bronca por não prestarem atenção na aula de anatomia não é seu forte.

O telefone toca. Ryan veste a jaqueta e bebe o resto da cerveja. Depois deixa a garrafa em cima da lareira e me dá um beijo de despedida. Pego sua mão e vou com ele até a porta, arfando quando o ar frio de fevereiro nos envolve. Ele me beija de novo, murmura "eu te amo", e eu atendo o telefone assim que ele desaparece na névoa.

— Case! — grito, segurando o telefone com o queixo e indo para o freezer tirar umas pizzas. — Quando você vem? Agora? Legal! Não, o Ryan saiu com os meninos, estou solteira hoje à noite! — Rio e pego uma garrafa de chardonnay na geladeira. — O quê? Não, é claro que eu quero que você venha. Que parte do "solteira" você não entendeu? Eu tenho pizza, vinho e estou pronta para uma noite só de meninas com a minha melhor amiga. A semana foi longa! Tudo bem, te vejo em meia hora!

Desligo o telefone, jogo batatas fritas em uma tigela com alguns molhos ao lado, umas azeitonas, e sirvo uma taça grande de vinho. Quando Ryan não está para cozinhar para mim, meus hábitos alimentares voltam ao estilo universitário de devassidão nutricional.

— Case! — exclamo quando abro a porta e lhe dou um grande abraço antes de fazê-la entrar.

— Oi, Moll — ela sorri. — Uau, o lugar está incrível! — Dá meia-volta e olha para as paredes cobertas de fotografias e quadros, como se procurasse algo em particular. — Onde eu estou? Ah, você pendurou essa, Moll? Que lindo, mas eu pareço totalmente chapada!

— Você *estava* chapada — rio.

— Tudo bem, é verdade. Mas pelo menos pendure aquela em que estou chapada porém bonita. Eu sei que você tem várias dessas! — Ela ri e sai bisbilhotando o apartamento. — Humm, você deixou alguma vela na igreja para a missa de domingo? — ela brinca ao ver a lareira falsa com uma pilha de velas acesas dentro.

— Ha, ha. Pois saiba que velas de igreja são muito estilosas — digo.

— Prefiro um globo espelhado — responde Casey. — Ou luzes de discoteca! Sim, é o que vou ter se um dia sair da merda da casa da minha mãe!

— Vinho? — ofereço, pegando a garrafa.

— Ahh, mas que dona de casa! — ela ri, largando a bolsa Burberry falsa e andando pelo apartamento. — Tem vodca? É sexta-feira e eu quero ir dançar mais tarde. Vinho me dá sono. É a bebida da meia-idade.

— Humm, não sei... talvez no armário — digo, apontando para a cozinha. — Mas achei que a gente fosse ficar aqui hoje.

— Sim, por enquanto, mas a noite é uma criança. Só porque você ficou séria e chata, não significa que todo mundo tem que ficar também! Você não pensou que a gente fosse ficar aqui a noite toda, não é? — Ela olha para mim, incrédula, com os olhos pesadamente maquiados. Ainda não se deu conta de que é bonita naturalmente. Isso é o que acontece quando um patinho feio se transforma em cisne; leva algum tempo para se adaptar. Queria poder deixá-la nas mãos de Freya, nossa editora de moda, para que a vestisse de um jeito menos... espalhafatoso. Depois eu esfoliaria o bronzeado artificial de que ela não precisa com essa pele greco-italiana linda, e a faria se livrar das luzes vagabundas no cabelo.

— Humm, achei que podíamos comer pizza e ver um velho filme dos anos 80, como fazíamos antigamente, tipo *Clube dos cinco*, *O primeiro ano do resto de nossas vidas* ou algo assim, beber um pouco de vinho e fofocar, como nos velhos tempos!

— Que tédio! — Casey boceja, igualzinho a quando tínhamos quinze anos. — Sem querer ofender, amiga, você pode estar mergulhada em felicidade conjugal, mas algumas de nós tivemos uma semana difícil de trabalho e precisamos relaxar. Minha mãe me deu uma rara noite de folga e não vou desperdiçá-la! — Ela pega uma garrafa de Smirnoff e despeja uma grande dose em um copo alto antes de adicionar um tiquinho simbólico de suco de laranja. — Então que se dane! — diz, erguendo o copo antes de beber metade. — E aí, como é a vida de casada?

Eu coro.

— Para com isso, Case, nós não somos casados!

— Dá na mesma — ela pisca e olha em volta. — Eu me sinto como se estivesse sentada na réplica de um ambiente da Ikea!

Concordo com a cabeça timidamente, tomando isso como um elogio.

— Nunca pensei que diria uma coisa dessas, mas estou amando, Case! Não poderia ser mais perfeito. Adoro voltar para casa e encontrar o Ryan, acordar com ele; amo nossas pequenas rotinas de fim de semana. No último domingo, até tentei fazer um frango assado — digo com orgulho. — Queimou completamente. Mas pelo menos tentei!

Casey quase engasga com sua bebida.

— Puta que pariu, agora você está me assustando. — Ela segura meu rosto e olha em meus olhos. — Onde está a minha melhor amiga, aquela que não sabia cozinhar, que dizia que nunca ia sossegar e viver com um homem? O que aconteceu com a sua ideia de viajar pelo mundo, de ser independente? Daqui a pouco você vai me dizer que *gosta* de morar em Leigh!

Ela olha para mim e faço uma expressão de culpa.

— Ah, pelo amor de Deus! — Casey engasga.

— Não vou mentir, eu gosto mesmo! — Eu me sirvo mais uma taça de vinho e volto para o sofá com um pedaço de pizza.

Ela balança a cabeça, descrente.

— Não sei, talvez seja só porque é novidade, mas eu realmente gosto. Só não quero que seja para sempre. Quando pudermos pagar, vamos fazer um upgrade para um apartamento em Londres.

— Um upgrade? — ela diz melancolicamente.

— E como estão as coisas com a Toni? — pergunto, subitamente me dando conta de como é diferente a vida doméstica de cada uma de nós. Pobre Casey, sei que ela está desesperada para ter sua própria casa e sair da sombra de sua mãe.

Ela dá de ombros.

— Na mesma. Ela fica ocupada com todos os seus homens e me deixa cuidando do café. E dos meninos. Sem mim, aqueles merdinhas nunca iriam para a escola. — Ela ergue os olhos por trás dos cílios escuros e sorri. — Mas tenho uma novidade. Arranjei outro emprego.

— É mesmo? Onde? Para fazer o quê? — pergunto, animada.

— Na Players, a nova balada em Southend! — ela grita e se serve outra grande dose de vodca. — Vai ser demais! Vão abrir no mês que vem, e querem fazer dele um lugar descolado, bem exclusivo, sabe, tipo as boates de West End. Eles precisam de duas garotas para ficar na porta, cuidar da lista de convidados e tal. E uma delas vou ser eu! Eles gostaram do fato de eu morar aqui a vida toda, ter experiência no setor de serviços, conhecer a área e muita gente. Mal posso esperar para começar! Pensa, Moll, meu trabalho vai ser ficar na balada! Não é demais?

Ergo minha taça de vinho para brindar por seu novo emprego e tomo um gole. Ela está tão feliz. Não quero estragar sua alegria dizendo que não sei se trabalhar em um ambiente desses é o melhor para ela.

— Agora, que tal você se trocar e sairmos para dar uma olhada na concorrência? Posso chamar de pesquisa de mercado!

— O que tem de errado com a minha roupa? — pergunto, indicando meu vestido preto até o tornozelo e as botas que usei para trabalhar hoje.

— Vamos ser honestas: o que tem de certo com a sua roupa? Você tem vinte e dois anos e está vestida como uma freira!

— A Freya, nossa editora de moda, disse que isso está muito na moda agora, Case! Longo é o novo curto, sabia?

Ela faz uma voz empolada:

— Mas "Freya, nossa editora de moda", não mora em Essex, não é? Vamos lá — ela implora —, mostre essas suas pernas incríveis, coloque um salto e vamos para a balada! Vamos dar risada, como nos velhos tempos, quando você era *divertida*...

O beijo agridoce

Assim como pessoas criativas sempre dizem que só se lembram das críticas, nunca dos elogios, descobri que, em tempos de crise, as coisas ruins ficam com a gente mais do que as boas. Da mesma maneira que nunca esqueci (nem esquecerei) o terrível primeiro beijo entre mim e Ryan, agora não consigo me livrar das lembranças ruins. É tão frustrante. Só consigo pensar nas discussões que comecei, nas vezes em que peguei no pé dele desnecessariamente ou lhe ofereci um dos meus silêncios de pedra quando ele fez algo que me irritou. Está tudo aqui, gravado em meu cérebro. Eu me sinto como uma adolescente que se corta: sei que deveria parar, mas não quero. Cada memória que traz alguma dor parece boa, como se eu merecesse, porque, na verdade, nunca mereci o Ryan.

<<REW 10/11/98

Grito quando "Bitter Sweet Symphony", do The Verve, começa a tocar no bar do diretório acadêmico, e sem querer derramo meu drinque no meu All Star.

— Eu AMO essa música, meninas! — digo com a voz pastosa, abraçando Casey e Mia. — Obrigada por ter vindo, Case, e por ter feito meu aniversário de dezenove anos ser tão maravilhoso! Não teria sido a mesma coisa sem você!

Levanto a câmera acima de nossa cabeça e tiro uma foto de nós três; sei que esse é sempre o ângulo mais favorável. Especialmente depois de beber tanto assim. Fecho os olhos, jogo as mãos para o alto e começo a pular. Mas é difícil, pois meus tênis estão colados no chão sujo de cerveja, e minha bebida se derrama em mim. Abro os olhos de novo. Ao meu redor, há estudantes de cabelos compridos, roupas largas e escuras e olheiras. Eu me encaixo aqui. Pela primeira vez, pertenço a algum lugar. Só minhas amigas parecem se destacar. Casey, com sua minissaia de vinil preta e sua camiseta rosa-bebê, e Mia, minha nova melhor amiga, que conheci aqui na primeira noite. Ela está com uma camisa branca feita sob medida, calça preta bootcut com pregas e botas vermelhas de bico fino. Literalmente, não poderíamos ser mais diferentes.

Aceno para Mia, que ergue a taça de vinho branco e balança os cabelos loiros cortados ao estilo Posh Spice.

— Tim-tim! — ela ri.

— Ei, Mi — grito, cambaleando um pouco para frente.

— Que quente! — ela diz.

— O QUÊ? — Casey berra, mas nós a ignoramos.

— É, está meio quente demais aqui — grito de volta, imitando seu sotaque cheio de estilo.

Ela larga a taça e se aproxima, e olhamos uma para a outra antes de berrar:

— Não, eu é que estou quente!

E caímos na risada. Mia se dobra ao meio, praticamente caindo de tanto rir.

Mia foi a primeira pessoa que conheci no diretório acadêmico, há seis semanas, e imediatamente fiquei encantada com ela. Ela estava lendo a *Vogue* no bar, tomando um gim-tônica. Fui até ela, pedi uma vodca com Coca--Cola e, antes que eu pudesse dizer uma só palavra, ela abanou o rosto com a mão e disse:

— Que quente.

— É, está meio quente aqui — respondi educadamente, sem saber direito como continuar a conversa. Minhas habilidades sociais ainda eram meio subdesenvolvidas.

Então ela abriu seu sorriso megabrilhante e disse:

— Não, eu é que estou quente!

Nós duas caímos na gargalhada, com o gelo inicial devidamente quebrado.

Seis semanas depois, essa é nossa frase-assinatura — agora acompanhada por uma dancinha da galinha cambaleante.

Casey nos olha sem expressão, dá de ombros e sai. Quando acabamos de passar vergonha em público, Mia vai pegar novamente sua bebida.

— Ei, sumiu! — diz.

Então olha para o outro lado do salão e vê Casey de boca colada com o cara que Mia estava paquerando. E segurando a taça de vinho dela acima do ombro, como um troféu.

— Essa garota é um problema, sabia? — Mia diz, de cara fechada, e vai para o bar.

Ela não é tão fria como aparenta. É divertida, mas também uma fortaleza. Mia é filha única, como eu. Seus pais são advogados bem-sucedidos, por isso ela foi criada por uma série de babás. Ela só fala com eles uma vez por mês, mas isso não parece incomodá-la. Tem um namorado de longa data em casa, mas perdeu o interesse por ele logo depois que chegamos aqui.

— Eu sou muito nova para me amarrar a um homem, a menos que seja na *cama* — ela disse no domingo de manhã, no fim da semana dos calouros, quando estávamos deitadas vendo Ruth beijar Kurt Benson em *Hollyoaks*.
— De agora em diante, quero os meus homens do mesmo jeito que as minhas bebidas.

— Humm, puros?

Mia é radical para beber, não gosta de nada misturado. Ela é aquela que sempre vira doses de tequila no bar e ainda está em pé no fim da noite.

— Não. Mais uma chance — ela sorriu.

— Humm, com gelo? — tentei de novo.

— Não, Molly — ela respondeu com um sorriso atrevido —, superfortes e que não durem muito. Na verdade — disse ela, se sentando —, acho que vou ligar para ele agora mesmo e dizer que está tudo acabado entre nós.

— Tem certeza? — perguntei, puxando minha velha camiseta dos Smiths sobre os joelhos cruzados. — Vocês estão juntos há três anos... você perdeu a *virgindade* com ele...

Ela me encarou com seu olhar arregalado e inocente.

— Certeza absoluta — disse enfaticamente. — Eu sempre soube que não seria para sempre. — Então pegou seu Nokia 6160 e cruzou as pernas enquanto desferia rapidamente o golpe fatal em seu primeiro relacionamento.

Fiquei chocada, mas também me identifiquei com seu distanciamento emocional. Não em relação a qualquer experiência real de relacionamento — eu nunca havia namorado sério —, mas eu sentia o mesmo em relação ao garoto com quem havia perdido a virgindade, aos dezesseis anos. Foi totalmente premeditado da minha parte, e uma grande merda.

O problema é que eu ainda não me dispus a fazer isso de novo. Obviamente, tive *muitas* oportunidades durante a semana dos calouros, mas, depois de ser tão imprudente da primeira vez, achei que talvez devesse me guardar para alguém de quem eu pelo menos goste.

Eu o vejo do outro lado do salão olhando para mim enquanto tento impedir que Mia arranque Casey pelos cabelos de cima do garoto que está beijando. Um cara alto, magricelo, de cabelos escuros, sósia do Richard Ashcroft, está encostado na parede, com o cigarro pendurado no canto da boca e os braços magros chegando quase até os joelhos. Seus olhos são azul-claros, e seus lábios, apesar de mais finos do que eu gostaria, são realmente muito bem desenhados. Ele acena para mim. Ou está abrindo espaço para enxergar através do cabelo oleoso dividido ao meio. Em seguida olha para baixo, e outra grande mecha de cabelo cai sobre seus olhos. Movida a álcool e à minha autoconfiança recém-descoberta, por ser uma universitária muito adulta de dezenove anos, cutuco Mia e murmuro:

— Fique olhando.

E então tropeço em direção a ele, rebolando enquanto puxo para cima meu minivestido de cetim preto comprado no bazar de caridade, revelando os buracos em minhas meias finas, e para baixo as mangas de meu suéter surrado de mohair, para mostrar os ombros.

Não conversamos muito. Só o suficiente para trocar nomes (Marcus, mas ele pronuncia Mar*coos*), de onde somos (ele: Buckinghamshire; eu: Londres — não consegui suportar a ideia de dizer "Essex"), classificação nos exames pré-universidade (eu: três As — eu sei, já era minha pose de rebelde; ele: três Bs) e nosso curso (eu: fotografia; ele: belas-artes). Em seguida, ele se inclina para baixo para chegar à altura do meu rosto — o que é difícil, dada nossa diferença de estatura —, como se fosse um pelicano tentando pegar um peixe, e me beija.

É uma sensação curiosa. Curiosa porque, nesses cinco minutos em que o vi, me aproximei e conversei com ele, eu estava realmente a fim do cara. Ele faz totalmente meu tipo, de acordo com a lista que elaborei antes de vir para cá:

Coisas que quero em um namorado
- Inteligente
- Legal
- Não ser de Essex (MUITO IMPORTANTE)
- Boca bonita
- Olhos azuis
- Não ser emocionalmente retardado
- Nem culturalmente desfavorecido

Mas seu beijo me deixa frustrada, não porque é ruim, mas porque a imagem de Ryan Cooper aparece na minha cabeça e me sinto perseguida pela lembrança de quando ele me beijou no The Grand. E, apesar de ter sido terrível e humilhante, não posso evitar: queria que Marcus fosse ele. O que é inacreditavelmente irritante. Sério, eu não penso nesse cara há semanas. Quer dizer, há dias. Sem contar hoje mais cedo, quando estávamos no bar pegando bebidas e Casey mencionou que o viu na cidade, acompanhado de sua turminha animada de valentes companheiros. Bem, ela mencionou isso porque eu perguntei casualmente...

— Ahá! — disse ela, com seus olhos verdes brilhando enquanto tomava um gole de cooler e ao mesmo tempo inspecionava o ambiente atrás de alguma vítima. — Ainda pensando em Ryan Cooper, mesmo cercada por toda essa carne fresca?

— Até parece! É claro que não! — respondi na defensiva.

— Então você não está interessada em saber que ele perguntou de você quando o vi no Tots uma noite dessas?
— Ele perguntou? — Quase deixei cair meu drinque.
— Só para se aproximar de mim, *obviamente* — disse ela, rindo e piscando com malícia. — Quem é que pode resistir aos encantos de Casey Georgiou?

E, atualmente, é verdade. Em uma verdadeira transformação de estilo, digna dos filmes dos anos 80, Casey está realmente maravilhosa. No verão passado ela emagreceu e seus genes gregos finalmente despertaram. Aqui na faculdade, onde (fora Mia) somos todos pálidos e nos vestimos só de preto, ela é como um raio de sol. Se Mia e eu somos "quentes", ela é escaldante.

E, de acordo com ela, eu não esqueci Ryan Cooper — mesmo que esteja beijando outro cara. É evidente que preciso agir rápido para tirá-lo da cabeça de uma vez por todas.

Pego Marcus pela mão.
— Vem — murmuro. — Vamos sair daqui.
Ele não protesta.

Gostaria de poder dizer que a terra tremeu, mas enquanto estou aqui, deitada de costas e abraçada por Mar*coos*, penso que descobri da pior maneira que o tipo artístico elegante não é necessariamente o melhor amante. Muito anseio, muitos olhares profundos e pouca ação. Quase nada de ação, na verdade. Levanto o pulso e olho o relógio. Meu Deus, durou oito minutos? Não pareceu tanto tempo assim. Ah, não, espere, a parte em que ele chorou deve ter feito parecer mais longo.

Olho de cabeça para baixo para o pôster de John Lennon enrolado em Yoko Ono, pendurado acima da minha cabeceira, e depois para Marcus. Seu corpo magro, pálido, trêmulo, está enrolado em volta de mim, e observo sua respiração; ele dorme com a boca aberta, parecendo um cantor de coral. Estou deitada aqui, dura como uma tábua, me perguntando se por acaso já não conheci o John para a minha Yoko e só não percebi ainda. Será que devo lhe dar outra chance? Pode não haver paixão ainda, mas ele cumpre todos os outros requisitos da minha lista. E passou por momentos difíceis ultimamente. Seus pais se separaram quando ele estava fazendo os exames (por isso só tirou Bs, segundo ele) *e* precisaram vender o chalé nas montanhas da França para ajudar a pagar o divórcio.

Ah, por favor! Quem estou tentando enganar?

Olho para cima de novo, não para Yoko e John dessa vez, mas para o pôster de *Antes do amanhecer*. Só que, em vez de Ethan Hawke, tudo o que vejo é Ryan Cooper. Penso em nosso primeiro — e último — beijo.

O beijo perdido

> Um beijo desperdiçado é um momento de amor perdido para sempre.
> — MOLLY CARTER, hoje

Imagine se você contasse os beijos que jogou fora. Sabe, quando deu o rosto em vez dos lábios, virou para o outro lado na cama depois de uma discussão, correu porta afora sem tempo de se despedir. De uma forma irritante, quando você não está mais com a pessoa, *esses* são os beijos que você sempre recorda. Tantos beijos perdidos... Para onde eles vão? Eu os imagino como uma coleção de cruzes na areia; um cemitério de beijos, cheio de tesouros enterrados. Alguns roubados, outros perdidos ou ignorados, alguns negligentemente jogados fora, todos esperando para ser encontrados.

FF >> 05/04/03

Largo a bolsa na mesa, tiro a jaqueta de couro e solto o lenço enrolado no pescoço antes de ligar o computador. O grande e normalmente movimentado escritório está estranhamente vazio. Sem todo o pessoal da moda, a música e as fofocas que fluem por aqui, de repente noto como é cinza, sombrio e profissional.

Eu me sento à minha mesa e me deleito com o silêncio. Não ando tendo muito disso ultimamente, e percebo como me faz falta. Além do trajeto de ida e volta ao trabalho, literalmente nunca estou sozinha, e estar em um trem lotado não conta como "tempo para mim mesma". Portanto é um prazer de verdade para mim. Ninguém chega à *Viva* antes das nove e meia da manhã, então sei que tenho o espaço todo para mim por pelo menos uma hora antes de o táxi chegar para me buscar. Tenho uma importante capa para fotografar hoje para a revista — meu maior desafio criativo desde que virei editora de fotografia, há nove meses —, em um estúdio em Kentish Town, e quis passar no escritório primeiro para ter certeza de que estou devidamente preparada.

De repente, sou atingida pelo meu eu adolescente, me repreendendo. *Que chatice, Molly Carter! O que aconteceu com a garota que não ia se acomodar? Parece que nos transformamos na* MAMÃE.

Eu não! Eu não me transformei na minha mãe. Olho para meu reflexo no espelho.

Um lenço no pescoço, Molly! Sério?

É um lenço de seda de grife!, respondo mentalmente, na defensiva. Paguei metade do preço!

Grande coisa. Daqui a pouco você vai usá-lo na cabeça!

Tiro o lenço, sentindo calor de repente, pego meu café com leite e bebo um longo gole enquanto espero o computador iniciar, torcendo para que a cafeína exerça seus poderes de rejuvenescimento rapidamente.

Café com leite, Molly? Nós ODIAMOS *café com leite! Tem gosto de ranço, sempre dissemos isso!*

Largo a bebida e esfrego os olhos. Foi tão difícil levantar de madrugada e deixar o Ryan roncando na cama, mas isso tem acontecido muito nos últimos tempos. Fui lhe dar um beijo na boca, mas ele rolou para o outro lado, resmungando algo que acho que foi um "tchau", e afundou de volta no edredom em um sono profundo. Ele tem essa capacidade incrível de mal notar quando saio de casa ultimamente. Seis meses atrás, dávamos um jeito de tomar o café da manhã, ou pelo menos uma xícara de chá na cama, antes de eu sair, e definitivamente nos beijávamos (prometemos nunca dizer "tchau" ou "boa noite" sem um beijo). Mas sua carga aumentada de trabalho e minhas recentes entradas mais cedo fizeram com que isso caísse no esquecimento. Sinto falta desses beijos, fico meio perdida sem eles. Parece que minha nuvem matutina leva mais tempo para se dissipar e eu não funciono tão bem. É estranho pensar que uma única pessoa pode ser a mediadora da sua felicidade. Mas ele é totalmente o árbitro do nosso amor, a única pessoa que me acalma, não importa quanto varie meu humor. Ele é capaz de me fazer sentir uma campeã quando minha confiança se abala. Ele me levanta acima da rede sempre que estou para baixo. Ele...

Metáforas esportivas, Molly? Nós odiamos esportes! Não conseguimos acertar uma bola! Nunca pegamos uma raquete de tênis na vida!

Enquanto espero meu computador ligar, resisto à tentação de telefonar para ele. De qualquer forma, Ryan está indo de bicicleta para o trabalho agora. Às vezes acho que ele não entende como é difícil ter de viajar todos os dias para trabalhar. Em comparação, parece tão fácil para ele. Mas eu ganho uma bela refeição caseira todas as noites quando chego em casa — como Casey faz questão de destacar —, por isso não tenho muito do que reclamar. Ele é perfeito mesmo. Bem, exceto pelo ronco. E por ficar zapeando sem parar na tevê. Ontem à noite, juro que assistimos a quatro programas diferentes ao mesmo tempo. Ah, e pelas meias, que ele larga por todo lado.

Tiro os pensamentos sobre Ryan da cabeça e olho a planilha que descansa em minha mesa; respiro fundo para me acalmar. Esse vai ser o dia mais estressante que já tive na *Viva*. É meu primeiro grande projeto desde que Christie me promoveu a editora de fotografia. Vamos fotografar oito estrelas da nova geração para a capa da edição especial de agosto. A equipe de entretenimento garantiu os maiores nomes jovens da música, do cinema e da tevê, e passei o último mês pendurada ao telefone com os empresários deles para reuni-los todos no mesmo estúdio, no mesmo dia e na mesma hora. O que não é nada fácil, como qualquer um que já tenha lidado com uma celebridade sabe. Para ser sincera, por mais fascinante que pareça, essa é a parte do trabalho de que eu menos gosto. Prefiro retratar pessoas reais, que conquistaram algo ou superaram algum tipo de adversidade. São essas pessoas que devem inspirar uma geração de mulheres, não um monte de celebridades vazias. Nem sei dizer quantas vezes já senti verdadeira admiração por mulheres que fotografamos, que fundaram empresas, superaram problemas de saúde, ajudaram outras pessoas ou iniciaram campanhas. Mulheres que fizeram algo de valor. E gosto de pensar que sei fazer com que se sintam confortáveis em frente à câmera. Adoro vê-las relaxar, baixar a guarda e abandonar a insegurança diante de mim e do fotógrafo. Não posso negar que eu mesma gostaria de tirar as fotos, mas, por enquanto, estou aprendendo. Nas sessões, estou sempre absorvendo o que o fotógrafo faz, enquanto desempenho meu próprio papel. Às vezes é difícil estar tão perto do meu sonho, mas sei que tenho sorte por ter essa experiência prática.

De qualquer forma, por causa dessas fotos, há semanas entro no trabalho de madrugada na maioria dos dias e fico até tarde, cuidando das mudanças de locação, da desistência das celebridades, tentando trazê-las de volta, garantindo o melhor fotógrafo, fazendo reuniões com Seb, o diretor de arte, e Christie, para tratar de questões conceituais. Mas o trabalho duro vai valer a pena. Pelo menos é o que continuo dizendo a mim mesma, enquanto meus níveis de estresse continuam subindo. Sei que o Seb, particularmente, tinha dúvidas se eu deveria assumir o comando desse projeto. Ele é experiente e muito legal, mas também é do tipo melancólico e silencioso. Acho que ele me via como novata demais, e tive de me esforçar muito para conquistar sua aprovação. Mas acho que já provei que o que me falta em experiência eu compenso em criatividade e dedicação. E estamos ligados pelo ódio em comum da música do escritório (nós dois amamos Jeff Buckley e Radiohead), e ele tem me falado sobre umas exposições que foi ver. Percebo que talvez eu tenha julgado mal o Seb. Ele não é arredio e distante, só é menos sociável do que a maioria das pessoas.

Abro o Outlook só para ver se não há nenhum e-mail de última hora das nossas estrelas da capa caindo fora. É bem difícil usar o teclado com os dedos cruzados. Expiro ao ver que só tem um e-mail. E é bem-vindo.

Molly!!!!
Como você está?!!!??? Como está a *Viva*, como vai o Ryan? E a Casey? Estou com saudades, mas não o suficiente para voltar! Acredita que em setembro

vai fazer dois anos que estou aqui? A vida é maravilhosa aqui na ensolarada Sydney, como um feriado prolongado. Sei que você adora listas, então pensei que isso poderia ajudá-la a perceber por que você TEM que vir para cá o mais rápido possível:

Razões pelas quais Oz é melhor que a velha e chata Blighty

O clima é quente (e os homens também)

As ondas são grandes (e os homens também)

As praias são lindas (e os homens também)

As baladas são bárbaras (e os homens também)

A cultura é... Ah, foda-se a cultura, Molly, os homens são incrivelmente MARAVILHOSOS!

Você pode pegar uma cor naturalmente, em vez de fazer o bronzeamento artificial de Essex com que vocês estão tão acostumados!

Dou risada; a Mia sabe que eu nunca fiz bronzeamento artificial na vida. Penso em sua lista, depois olho para aquelas que repousam sobre minha mesa e me sinto extremamente deprimida. Uma delas é minha lista de trabalho; a outra, uma lista geral de afazeres. Leio a segunda e, com a caneta na mão, adiciono um item:

Lista de afazeres
- *Pegar roupa na lavanderia*
- *Ligar para os meus pais*
- *Comprar presente de aniversário para a Jackie (algo rosa?)*
- *Ligar para a empresa de empréstimo estudantil*
- *Ir ao mercado (leite, chá, suco de laranja, peixe)*
- *Conta de gás (dar bronca no Ryan, ele devia ter pagado)*
- *Impostos*
- *Renovar licenciamento do carro*
- *Renovar cartão mensal do trem*
- *Lavar o uniforme de futebol do Ryan*
- *AGENDAR AS FÉRIAS — AUSTRÁLIA?*

Fico olhando para as últimas palavras que escrevi, odiando o ponto de interrogação que adicionei no final. Não sei por que nossos planos de fazer uma grande viagem juntos têm sido deixados sempre de lado. Outra noite, o Ryan mencionou de passarmos as férias com os pais dele em Portugal este ano. Parte de mim está começando a achar que ele não quer mais fazer uma grande viagem.

Suspiro e olho a lista de coisas que preciso organizar para a sessão de fotos de hoje. Para ser sincera, olhar é igualmente deprimente. Especialmente quando vejo a lista da Mia. Não ajuda em nada meu eu adolescente ficar me espreitando.

Como a nossa vida ficou tão sem graça, Molly? Nós tínhamos tantos planos incríveis!

Isso se chama crescer, respondo. A vida de todo mundo é assim. Eu me recosto e leio o restante do e-mail da Mia, na esperança de que ele me faça sentir melhor enquanto espero o táxi; mas, no fundo, sei que não vai.

A revista está indo maravilhosamente bem, Moll. Ainda amo meu trabalho, mesmo estando aqui há dois anos, e a editora é incrível também — e está grávida! O que significa que estou na fila para substituí-la! Dá para acreditar? Eu, editora? Eu só tenho 24 anos!!!

Por que, por que, POR QUE você não reservou sua passagem ainda? Quero te levar para sair e se divertir em Oz! VENHA PARA A AUSTRÁLIA! (Desculpe, é a última vez que digo isso, juro!) Lembra das nossas listas de sonhos? Bom, preciso ir, tenho uma matéria para editar antes das cinco da tarde. Depois disso, hora de ir à praia e aos bares!

Te amo, estou com saudades (reserve sua passagem AGORA!!!).

Beijos,

Mia

Fico olhando o penúltimo parágrafo por um tempo, visualizando a lista de sonhos que Mia e eu fizemos numa noite de bebedeira no primeiro ano da faculdade:

<u>Lista de sonhos da Molly</u>
- Viajar pela Austrália — com a Mia!!!!!
- Morar em Nova York

- Ser fotógrafa
- Fazer uma exposição bem-sucedida
- Ter um lugar só meu
- Ficar solteira até realizar todos os meus sonhos

<u>Lista de sonhos da Mia</u>
* Viajar pelo mundo (pela Austrália? Com a Molly!!!!)
* Ser editora de revista até os trinta anos
* Ter um lugar só meu
* Ficar solteira... para sempre!

Viu, Molly? A Mia está fazendo as coisas da lista de sonhos dela. Está fazendo o máximo com seus vinte anos. E você? Presa em Leigh, para onde jurou nunca mais voltar depois da faculdade. O que aconteceu?

A vida aconteceu, tá bom? O amor aconteceu. Não tenho culpa se o Ryan e eu nos apaixonamos antes dos vinte e poucos anos. Você acha que estamos ofendendo as pessoas com nossa felicidade conjugal? E daí que eu só transei com três caras na vida? De quantos mais eu preciso?

Meu Deus, por que estou pensando nisso agora? Balanço a cabeça e fecho o e-mail, sem responder. Olho para o relógio. Cinco minutos até que o táxi chegue. Abro rapidamente o Google e digito: "voos para Austrália". Só quero olhar, verificar os preços, ver quais são as possibilidades.

Meu coração palpita de emoção; começo a anotar datas, horários e preços de voos. Vou falar sobre isso com Ryan quando chegar em casa hoje à noite. Ou posso agir espontaneamente e reservar já nossa passagem! Olho para meu ramal quando ele toca e suspiro.

— O táxi chegou? Tudo bem, obrigada, já vou descer.

Pego minha bolsa e saio apressada, deixando meu computador luminoso como um farol.

— Vai ser um dia cheio. — Seb sorri enquanto luto para atravessar as portas do estúdio carregando tantas malas e sacolas. — Espero que esteja preparada, novata.

— Tanto quanto você, *veterano* — retruco. — Não vai me ajudar com tudo isso?

— Não. Sinto muito, Molly, mas sou importante demais para carregar bagagem.

Ele afunda de volta no sofá de couro, coloca os pés vestidos de Adidas na mesinha de centro de vidro e continua a ler a *Esquire*.

— Com a quantidade de garotas que você arranja por onde passa, Seb, achei que estava acostumado a "carregar bagagem" — digo descaradamente. Aprendi que a melhor maneira de lidar com ele é fazendo piadas. É a única língua que ele entende.

— A única "bagagem" que eu carrego é do nível Louis Vuitton — ele diz, referindo-se, presumivelmente, a seu gosto por mulheres, não por bolsas.

— Ah, entendi — digo, levando as malas para o vestiário. — Cara demais e exibida, você quer dizer?

Ele sorri com malícia, mostrando os dentes brancos. Seus olhos cinzentos brilham como os de uma raposa que acabou de detectar sua presa.

— Quero dizer do seu nível... — E olha para mim.

Dou meia-volta, com o coração acelerado e as bochechas vermelhas.

— Vamos começar, Seb? — digo. — O dia vai ser cheio hoje.

Ele se recosta, com os braços no encosto do sofá e um sorriso confiante no rosto.

— Pode apostar que sim.

— O que você acha, Moll? — Seb pergunta.

Olho na tela do computador as últimas fotos de James, o fotógrafo, enquanto ele e Seb ajustam as luzes antes da chegada da próxima celebridade.

— Ótimo, mas acho que na próxima precisamos fazer tudo parecer mais urbano. — Penso por um segundo. — E se usarmos aquela parede de tijolos como fundo, em vez do fundo branco tradicional? Ou... — começo a tagarelar conforme as ideias vão surgindo — a varanda do lado de fora? — Corro para a escada de incêndio e abro a sacada. — Dá vista para o East London, um cenário incrível, meio Meatpacking. Lembra um pouco aquela foto da Jean Shrimpton que o David Bailey fez para a *Vogue*. O que vocês acham?

Seb se volta lentamente e olha para mim. Seus olhos percorrem meu corpo de um jeito desconcertante e param nos meus.

— Moll, é uma ideia FODA! Bonita *e* inteligente, hein?

Fico contrariada por sentir uma pontada de satisfação, mesmo com sua observação sexista. Ele aponta preguiçosamente para mim e sorri.

— Acho que você acabou de se formar, novata.

Finjo jogar o capelo no ar, animada com seu elogio. Quando olho para trás, ele ainda está me encarando. Observo enquanto ele e James começam a ajeitar o equipamento e as luzes. Adorei o fato de ele ter captado minha ideia instantaneamente. É bom estar na mesma sintonia criativa de outra pessoa, especialmente alguém tão experiente e talentoso como ele. Isso me valida, faz com que me sinta mais confiante e no controle.

Acho que meu eu de quinze anos ficaria orgulhoso. Isso é glamoroso e emocionante! Fotografar celebridades para a revista feminina número um da Inglaterra!

Celebridades?, meu eu adolescente sibila. *Glamoroso? Não estamos exatamente mudando o mundo, não é?*

Mas poderíamos quase estar em Nova York agora!

Mas não estamos, estamos em East London.

Mas parece Nova York!

E não estamos tirando as fotos.

Mas estou praticamente dirigindo a sessão, o que é *ainda melhor*, certo?

Errado.

Ah, desisto. Não dá para encarar meu eu de quinze anos. Não admira que meus pais me achassem um pé no saco.

São sete da noite, e Seb, o fotógrafo James, a maquiadora Lauren, Freya e eu estamos jogados no sofá, bebendo prosecco e celebrando o fim de um dia brilhantemente bem-sucedido.

— Conseguimos! — exclama Freya, exausta, encostando a cabeça no ombro de Lauren. — Fomos lá e fizemos. Oito celebridades em um dia. Com certeza é um recorde!

— Acho que a *Vanity Fair* não concordaria — rio, tomando um longo e prazeroso gole de prosecco e fechando os olhos para poder apreciar a sensação do álcool entrando em minha corrente sanguínea.

Meu Deus, como eu preciso dessa bebida. Percebo que estou absolutamente tensa há semanas. Sinto uma vontade súbita de ligar para Ryan. Quero compartilhar com ele meu sucesso. Dou uma fugida do grupo e faço a ligação do corredor.

Nosso telefone toca algumas vezes antes de cair na secretária eletrônica, e sei imediatamente onde ele está. Então, ligo para a casa de seus pais.

— Alô? — atende uma voz rouca quase igual à de Ryan.

— Oi, Carl! — digo, animada. — É a Molly. Seu irmão está aí?

— Ryly! — ele diz alegremente.

Ele nos deu esse apelido quando decidiu, certa noite no pub, que Ryan e eu somos uma versão peculiar de "Bennifer" em Leigh-on-Sea.

— Por favor, você sabe que eu só atendo por "Molly from the Block" — digo sorrindo.

Adoro as brincadeiras entre mim e Carl. Ele parece o irmão que eu nunca tive.

Carl dá gargalhadas.

— Ha, ha, clássico! O Ryan está aqui, sim. Estou dando uma surra nele no Subbuteo.

— É o único jeito de você ganhar dele no futebol — rio.

Carl teve de aceitar, muito tempo atrás, que as habilidades esportivas de Ryan superam em muito as dele. Felizmente, seu ego ficou bem com isso.

— Essa doeu, Molly, machucou muito. Fale aqui com a sua pior metade. Até mais.

A porta do estúdio se abre e eu saio do caminho quando Seb aparece segurando minha taça de prosecco.

— Oi, baby, e aí? — Ryan diz ao pegar o telefone.

Murmuro "obrigada" a Seb quando ele me entrega a taça. Ele fica por ali um instante, a meu lado. Tento abafar o som do meu coração batendo no peito. Provavelmente é só a adrenalina pós-sessão de fotos.

Ah, claro, Molly, ou talvez você só o imagine sem calça.

Tomo um gole de minha taça e a descanso em meus joelhos, olhando firmemente para ela e não para Seb. Preciso não olhar para Seb.

Seb e Molly, dois namoradinhos, só falta...

Digo mentalmente a meu eu adolescente para calar a boca.

— Tudo bem... As fotos ficaram ótimas! — digo meio alto, de um jeito animado demais.

Seb roça meu tornozelo com o pé e olho para ele, que sorri e ergue o polegar enquanto se apoia na porta, sem disfarçar que está ouvindo minha conversa. Meu Deus, como sua arrogância é sexy.

— Ah, a sessão foi HOJE?! — Pela voz de Ryan, percebo que ele está jogando enquanto fala comigo. Claramente seu jogo idiota de futebol de botão é mais importante que minha carreira.

— Sim, Ry, foi hoje — digo, revirando os olhos para Seb.

— Namorado? — ele murmura.

Anuo. Ele finge ter um grilhão no tornozelo, e eu rio e lhe dou um tapa. Quando puxo a mão de volta, noto que está levemente trêmula.

— Molly? — diz Ryan. Percebo que ele me fez uma pergunta. — Perguntei como foi, se valeu a pena tanto trabalho.

— Acho que vai ser a nossa melhor capa! — respondo, sufocando uma risadinha quando Seb finge atirar uma flecha e depois junta as mãos acima da cabeça, em pose de vencedor.

— Que legal! — diz Ryan, ainda jogando Subbuteo. — Então você já está no trem?

— Não, acabamos agora. Estamos tomando um drinque aqui, depois vou para casa.

— Ahhh, baby, eu queria sair com você hoje à noite. A gente mal se viu nas últimas semanas...

— Eu sei, Ryan, desculpe — digo, pensando que nos vemos muito mais do que a maioria dos casais que conheço.

Cruzo as pernas a minha frente, batendo distraidamente a ponta das botas macias de camurça marrom uma na outra, desgastando-as um pouco. Olho para Seb e reviro os olhos. Ele levanta a sobrancelha, faz uma careta e volta para o estúdio, arrastando o falso grilhão atrás de si. Descanso a cabeça na parede, mas virada para o estúdio, onde posso ver todo mundo rindo. Seb está de braços cruzados, balançando a cabeça ao som de White Stripes. Adoro essa banda. Olho para o relógio.

— Ry, eu... preciso desligar. Ainda tenho algumas coisas para arrumar. — Não é verdade, mas quero curtir também. — E... acho que vai demorar um pouco, então não se preocupe com o jantar para mim...

De repente, sinto vontade de passar a noite fora e tomar um porre. De um jeito que não faço há meses.

Porque você virou uma pessoa entediante pra cacete — ah, desculpa, quero dizer "responsável".

Isso se chama estar apaixonada.

Isso se chama ser submissa.

Quem lhe perguntou, afinal?

— Tudo bem — ele suspira. — Sinto muito a sua falta, amor. Que merda que nós dois estamos trabalhando tanto ultimamente.

— É mesmo, Ry — digo, de repente vendo uma oportunidade. — Talvez devêssemos tirar umas férias.

— O quê? — diz Ryan. Eu o ouço comemorar um gol e Carl xingá-lo ao fundo.

— Eu disse que precisamos de umas férias!

— Vamos para a casa dos meus pais em Portugal, com eles e o Carl e a Lyd, lembra? Podemos chamar a Casey também, se você quiser. Vai ser muito divertido!

— Eu estava pensando em algum outro lugar, na verdade... — digo timidamente. — Só nós dois.

— Ibiza de novo, então? — ele sugere alegremente. — Ou as Canárias. — Sua voz reage ao esforço de cada jogada. — As ilhas, não o time de futebol, obviamente, haha!

— Mas nós falamos de ir para a Austrália este ano, lembra? Na véspera do Ano-Novo? Dissemos que definitivamente tínhamos que ir.

— Não, Moll*eeey*! — ele diz, e sua voz se agita ao, supostamente, chutar a gol. — Dissemos que *podíamos* ir, mas você acabou de ser promovida. O que acha que a sua editora vai pensar se você pedir seis semanas de férias?

— Então o que você sugere? — respondo, mal-humorada. — Que a gente não tire férias?

Ele ri, irreverente, o que de repente me irrita.

— Calma, amor! Como eu disse, vamos viajar com os meus pais este ano.

Mal posso conter a raiva que sinto de Ryan no momento.

O rosto de Seb aparece na janela e ele gesticula, mostrando outra garrafa recém-aberta de espumante.

— Não vamos falar sobre isso agora — recuo, para não dizer algo de que possa me arrepender. — A gente se vê mais tarde, tudo bem?

Olho para meu celular por um momento depois de desligar, em seguida esvazio minha taça e volto para o estúdio. Seb me serve mais e sorri para mim quando bebo metade.

— Está a fim de sair um pouco? — ele ergue uma sobrancelha escura e grossa e me encara desafiadoramente.

Penso em Ryan na casa de seus pais, jogando Subbuteo como um adolescente.

— Sim, Seb — digo, tomando outro grande gole. — Muito a fim.

Várias horas depois, abro nossa porta furtivamente, deixando minhas chaves sobre o aparador, ao lado de um arranjo particularmente espalhafatoso de gérberas. As luzes estão todas apagadas no andar de baixo — todas, exceto uma. O flamingo. Eu o tiro da tomada e o jogo na lixeira da cozinha. De repente me sinto como uma adolescente rebelde de novo, e é divertido. Mas, assim que me viro para subir a escada, travo, imaginando o rosto tragicômico de Jackie quando vir que a luminária não está mais ali. Volto lentamente, pego o flamingo e o coloco de novo ao lado da tevê. Fico olhando para ele com um olhar acusatório antes de subir silenciosamente para me deitar.

O beijo de concessão

Quando eu era mais nova, não gostava da palavra "concessão". Meus pais a utilizavam muito, mas, para mim, significava aceitar menos que o melhor, não ser corajoso o suficiente para ir atrás do que se quer realmente.

Agora, aprendi que fazer concessões é o que une as pessoas. Ceder é partilhar e conciliar, é ser gentil, amoroso e altruísta. É abrir os braços para outra pessoa e dar um passo até o meio do caminho entre o que você quer e o que a outra pessoa deseja e sonha.

FF >> 15/09/03

— Aqui estamos, em nossa casa nova! — gesticulo descontroladamente por nosso novo apartamento de um dormitório, que é NOSSO mesmo, e depois olho pela janela. — Olá, Hackney!

Dou meia-volta e abro um amplo sorriso para Ryan, que, com seu pai e seu irmão, está carregando a última caixa por nossa (NOSSA!) porta da frente. Jackie desapareceu. Sem dúvida, está bisbilhotando o local. Tento não ficar tensa, mas não consigo. Este lugar é nosso, e quero que Ryan e eu tenhamos a chance de fazer do nosso jeito desta vez. Meus pais estão aqui também, visivelmente desconfortáveis, como sempre. Minha mãe está segurando a bolsa na frente do corpo e mexendo em seu lenço de seda enquanto olha em volta e se esforça ao máximo para não mostrar desaprovação. Fico muito grata, tanto que quero abraçá-la, mas não faço isso. Meu pai está sorrindo inexpressivamente, e sei que, embora seu corpo esteja aqui, sua cabeça está em outro lugar. Provavelmente em alguma exposição no Tate Britain. Observo a família de Ryan olhando tudo, esboçando sorrisos desajeitadamente, como quando uma criança imita a felicidade com giz de cera. Já eu sou como a menina na Disneylândia pela primeira vez, explodindo de emoção e felicidade. *Isso* é o que eu queria.

— É muito... é... — Carl começa, mas desiste.

Dave assume a liderança.

— É realmente... bem, é muito... — ele tenta, mas não consegue encontrar algo positivo para dizer.

Ouço Jackie andar pela cozinha, depois ela entra na sala de estar com seu conjunto de agasalho rosa, de nariz empinado, como um poodle olhando para uma casinha particularmente indesejável.

— Aqui não é apropriado para se viver, meus queridos! — ela exclama, sem meias palavras. — Tem umidade nas paredes e sujeira no chão, os quartos são minúsculos, e vocês viram o banheiro? Não tem *chuveiro*! Meu menino não pode viver nessas condições! Vocês têm que voltar para casa! Não vou conseguir dormir sabendo que deixamos vocês aqui, não concorda, Patricia?

Minha mãe fica rígida e me olha, puxando o lenço com os dedos.

— Tenho certeza de que a Molly e o Ryan vão deixar o lugar aconchegante, Jackie — ela responde, nervosa.

Jackie balança a cabeça tristemente e brinca com seu pingente de coração, chamando atenção para seu decote bronzeado.

— Ainda não entendo por que vocês não nos deixaram ajudar. Assim poderiam comprar algo melhor. — Ela olha para Dave desesperadamente em busca de apoio.

— Jacks... — ele adverte ao captar minha expressão enfurecida.

Ryan também percebe, então coloco rapidamente um sorriso no rosto. Não quero chateá-lo. Mas é que às vezes Jackie ultrapassa a linha da intromissão. Felizmente Ryan intercede. É um apoio incomum, mas bem-vindo.

— Porque queremos fazer isso sozinhos, mãe — ele diz pacientemente, largando a caixa e se aproximando para segurar minha mão. — Vocês nos ajudaram muito, muito mesmo, nos últimos anos, deixando a gente morar no anexo sem pagar aluguel. Isso é o melhor que podemos pagar, e não é para sempre. Não estamos pensando em ter filhos aqui. Apesar de que... podemos concebê-los aqui!

Ryan ri e, a seguir, nota minha expressão perplexa.

— Olha, mãe, os problemas são só estéticos, e temos dinheiro para consertar. Sinceramente, não é tão ruim quanto você acha.

— Vai ficar muito melhor com as coisas deles aqui, Jacks — concorda Dave, apertando carinhosamente o ombro da esposa.

— *Se* couberem — diz ela fungando, olhando em volta com desdém e mexendo de novo no colar.

Não sei como não notei isso antes, mas Jackie pode ser tão esnobe quanto minha mãe. Pelo menos minha mãe não tenta disfarçar. Mas Jackie se apresenta como uma mulher do povo — desde que o povo sejam os novos-ricos.

— É, talvez a gente precise se livrar de algumas coisas, Jackie — digo, pensando na repulsiva luminária plástica de flamingo e me controlando para não festejar. — Mas, sinceramente, você não acha maravilhoso que tenhamos conseguido comprar um ótimo apartamento no térreo, com jardim, numa rua boa, numa área emergente de Londres? Kirstie e Phil ficariam orgulhosos! — Faço referência aos apresentadores do programa de TV sobre compra de imóveis e olho para ela, suplicante. — Esperávamos que Jackie e Dave também ficassem.

Não acredito que recorri a isso. Ela adora que se refiram a ela na terceira pessoa.

Dave ri e nos abraça.

— Estamos orgulhosos de vocês, sem dúvida. Só estamos tristes porque vão nos deixar. — Ele se volta para Ryan com o mesmo sorriso irresistível que passou para o filho mais novo. — Acho que a sua mãe esperava que vocês morassem em casa para sempre, Ry. Eu também, para ser sincero, companheiro.

Procuro no rosto de Ryan sinais de angústia; mesmo que tenha tentado esconder, eu sei que ele temia o momento de abandonar finalmente o ninho dos Cooper. Mas tenho de reconhecer que ele concordou com meu pedido de nos mudarmos para Londres. Coro ao lembrar o argumento que usei depois que o confrontei por ele não querer ir para a Austrália. Eu disse que estava entediada, que Leigh e seus pais estavam me sufocando e que, se não fizéssemos algo drástico, logo eu iria explodir. Parece tão duro agora que penso... mas eu estava muito decepcionada com ele. Se dependesse dele, ficaria na casa dos pais para sempre, passando todas as noites de sexta no mesmo pub, com os mesmos amigos, até seus últimos dias, indo ao futebol todos os sábados... Eu o estava salvando de si mesmo. A vida em Londres seria muito melhor para nós.

— Eu tenho vinte e seis anos, pai. — Ele me abraça. — Eu e a Molly precisamos seguir nosso próprio caminho.

Ele olha para mim e dá um sorriso frouxo. Parece cansado, mas é porque não tivemos férias de verão este ano, procurando um novo emprego para ele, um apartamento para nós, comprando-o e, em seguida, fazendo a mudança. Quando eu disse que ele estava certo, que ir para a Austrália não era a solução para nossos problemas, mas que nos mudarmos para Londres era, ele concordou. Decidimos que, embora ele pudesse facilmente ir e voltar entre Hackney e Leigh, o melhor para nós como casal seria morar e trabalhar na mesma cidade. E, com sua experiência em uma escola como a Thorpe Hall, ele poderia conseguir um novo emprego com bastante facilidade.

— Vou sentir falta das crianças — ele disse com tristeza. — E de ver os caras nos fins de semana, e de almoçar com você e os meus pais aos domingos... — Então sorriu. — Mas, no longo prazo, vou ter mais tempo para ficar com você, assim tudo vai valer a pena.

— Nós podemos voltar aos fins de semana — falei timidamente, querendo lhe oferecer uma concessão, algo para compensar o fato de levá-lo para longe da nave-mãe.

Ele visivelmente se iluminou, ficou radiante, daquele jeito irresistível que fez um milhão de corações se derreterem antes do meu. Eu o abracei forte, agradecendo a minha estrela da sorte pelo namorado maravilhoso e pelo companheiro que eu tinha, e tentando conter a emoção por finalmente nos mudarmos para a cidade grande.

— Vamos ter o melhor dos dois mundos! E comprar um apartamento em Londres vai ser um investimento no nosso futuro! É hora de parar de depender dos seus pais para tudo.

Ele anuiu e me beijou.

— Você está certa. Quero que você seja feliz, e, se for preciso me mudar para Londres para isso, é o que vamos fazer. É o acordo perfeito!

— Eu te amo, Ryan — falei, oferecendo-lhe meus lábios. Ele se abaixou e me deu um beijo sério.

E faz o mesmo agora, enquanto meus pais, Jackie, Dave e Carl saem do nosso prédio. As vozes dos Cooper retumbam como um bando de gansos grasnando enquanto se dirigem a seu Mercedes branco, que se destaca na cinza e decrépita rua de Hackney.

— Bom, aqui estamos, meu amor — diz Ryan, enquanto me puxa e os olha com tristeza pela janela, partindo, cantando pneus, buzinando, com o som do rádio explodindo para fora do carro.

Sorrio, fecho os olhos e avidamente inalo o silêncio. Sinto como se estivesse faminta disso há anos. Olho ao redor, para a sala de estar vazia, o quarto que já posso visualizar com uma parede escura se destacando, algumas fotos ampliadas, cores mais ousadas que aquelas do anexo, mais de mim, mais de nós. Eu me aconchego em Ryan e passo os braços ao redor de seu pescoço. Ele me levanta pela cintura com um meio-sorriso, enquanto o beijo ansiosamente.

— Vamos ser muito felizes aqui, Ry, tenho certeza disso — digo, afastando-me e olhando em seus olhos.

Posso ver a dúvida se instalando nele. Eu conheço Ryan. Conheço cada mancha, cada sarda, cada pinta. Posso sentir suas emoções mudando com cada palavra, cada piscar de olhos, cada respiração, cada beijo. Sei que ele está inseguro. Não em relação a mim, mas à vida aqui. Sei que está preocupado com seu novo emprego em uma escola de East London. Esse é o maior desafio que Ryan já enfrentou. Mas sei que essa mudança vai ser boa para ele. E para nós.

O beijo adulto

Ouvi uma música no rádio recentemente, de uma banda americana chamada The Ataris. A letra diz que crescer é muito melhor que ser adulto, e percebo que, embora meu eu adolescente provavelmente fosse querer debater isso com veemência, neste exato momento concordo plenamente. Ser adulto é uma merda.

FF >> 11/11/03

— Amor, cheguei — digo ao bater a porta atrás de mim e tirar a jaqueta de couro e o cachecol.

Entro na pequena cozinha onde Ryan está preparando algo. Sinto o cheiro. Humm, curry tailandês.

Estou tentando não pensar na pré-estreia do último *O senhor dos anéis* e na festa depois a que fui convidada hoje à noite. Recusei porque as noites de quinta são "nossas noites". De segunda a quarta, Ryan tem vários clubes esportivos e treinos de futebol para ministrar, ou precisa supervisionar os alunos em detenção depois da escola. Mas as quintas-feiras são sagradas, porque às sextas ele volta para Leigh para ver seus amigos e jogar futebol no sábado. Esse foi um dos termos do nosso acordo de mudança. Era para eu ir toda semana também, e ocasionalmente vou com ele (principalmente para sair com Casey), mas, francamente, nós duas nos divertimos mais aqui, então, quando ela não está trabalhando na Players, vem para cá e sai comigo e com meus colegas de trabalho. Eles a acham hilária. Todo mundo adora a Casey.

— Desde quando você ficou tão sociável? — Ryan provocou na semana passada, quando eu disse que não poderia voltar para Leigh com ele porque ia sair com meus amigos.

— Desde que comecei a seguir suas regras — respondi. — Número um: família sempre em primeiro lugar.

— Correto — ele disse, com um sorriso de aprovação.

— Número dois: a diversão deve *sempre* prevalecer sobre as finanças. Você não vai se importar com seu saldo bancário...

— ... no seu leito de morte — recitou Ryan.

— Número três: o prazer proporcionado pela companhia dos amigos não tem preço. Nunca recuse uma oportunidade de vê-los, mesmo se não estiver muito a fim.

Ele acrescentou com uma risada:

— Contanto que você não esqueça que a pessoa com quem mais tem que sair sou eu!

Sorri, porque sabia que ele não estava brincando. É engraçado, porque às vezes parece que ele queria que eu fosse mais sociável, mas, agora que sou, nem sempre ele sabe lidar com isso. Achei que precisava lembrá-lo de que isso é importante não só para mim, mas para minha carreira.

— Número quatro: networking é a melhor maneira de progredir na vida.

Ryan assentiu.

— Mas nem sempre é a melhor maneira de ser feliz — ele acrescentou com um tom sério. — Veja a regra número um: família em primeiro lugar.

Franzi a testa, contrariada. Sei que ele preferiria que eu voltasse para Leigh com ele, mas todos os meus amigos estão aqui, e as sextas-feiras são uma oportunidade de provar que sou mais que uma velha e chata Charlotte — a personagem toda certinha de *Sex and the City*. Meus colegas me deram esse apelido depois que recusei mais um happy hour. Não importa quanto eu diga que sou, na verdade, a antiCharlotte, que simplesmente aconteceu de eu encontrar alguém que me fez mudar de ideia, não consigo dissuadi-los. Não sem provar que sou capaz de me divertir *e* de manter um relacionamento. Então, é isso que estou fazendo.

É difícil, porque eu sou a única pessoa na editora com um relacionamento sério. Seb é um galinha, Freya troca de namorado com mais frequência que de roupa, e até nossa editora, Christie, é solteira. E ela já tem trinta e poucos anos. Para eles, eu sou uma criatura exótica com um estilo de vida alienígena.

E, para ser sincera, isso às vezes parece bem estranho para mim também. Ou pelo menos para meu eu adolescente de quinze anos, que ainda não acredita que *esta* é a minha vida. Ela aparece no trabalho, geralmente quando estou tentando resolver algum problema de orçamento ou de funcionários. E sinto a necessidade de explicar para ela que os sonhos que se tem quando se é adolescente não são necessariamente os mesmos de adulto.

Aqui está ela de novo agora, olhando para mim com desprezo enquanto me sento à espera do jantar.

Que vidinha aconchegante, segura e confortável essa nossa! Por que diabos não vamos à pré-estreia? Teria sido demais! Que tipo de aberração burguesa escolheria isso em vez daquilo?

Às vezes, ela aparece quando saio com Ryan; aponta a câmera para nós, depois olha, incrédula, como se fôssemos o casal mais estranho que ela já viu. E murmura: *Esse aqui? Jura?* E revira os olhos, apontando para as mulheres que se voltam para olhar para ele enquanto caminhamos, e sofro um ataque de paranoia de novo. Sei que a questão é que ela, meu eu adolescente cínico, não achava que eu era boa o suficiente para alguém como Ryan Cooper. Mas não penso assim hoje. Sei que sou eu que ele quer. E é ele que eu quero.

A fumaça gira pela sala de paredes coloridas, como nuvens sobre um céu azul-claro, e abano o braço tentando fazer as duas desaparecerem ao mesmo tempo. Meu eu adolescente desaparece, não sem antes fazer uma careta para a cena doméstica.

— Humm, que cheiro delicioso! — digo animada, abraçando Ryan e passando o nariz em seu moletom marinho, bebendo seu cheiro e tentando dissipar a deslealdade que sinto quando a Molly adolescente está presente.

Espreito por cima de seu ombro para ver a panela que está exalando aromas deliciosamente picantes e perfumados.

— Eu estava me sentindo meio gripado, então pensei em fazer meu caldo tailandês especial — ele diz, tomando um gole de cerveja direto da garrafa.

— Seu ou do Jamie Oliver? — respondo com um sorriso malicioso. — E é gripe normal ou gripe *masculina*? — Eu sei por experiência própria como o Ryan fica mal quando está realmente gripado.

— Engraçadinha.

Ele se vira e cutuca minha barriga antes de me dar um beijo na testa.

— Cadê a solidariedade e a gratidão por eu estar trabalhando feito um escravo para fazer esse *pucker tucker*, hein?!

— Ah, é a receita do Jamie, então — rio, entusiasmada.

— É, tudo bem — ele admite. — Mas acrescentei um toque "Ryan Cooper"! Vieiras, tofu e meu ingrediente secreto cremoso...

Ergo a sobrancelha e ele revira os olhos.

— Experimenta, Moll!

Pega um pouco da panela e me oferece com um sorriso expectante. Noto que a pele ao redor de seus olhos se enruga como ráfia. Estamos ficando velhos.

Abro a boca e sorvo, de um jeito — espero — sexy.

— Humm — gemo, sentindo o caldo perfumado deslizar pela garganta e pelo meu corpo, me aquecendo de dentro para fora.

De repente, sinto uma onda avassaladora de luxúria me dominar. Nunca deixo de me surpreender por isso acontecer quando já se está com alguém há dois anos. Coloco a colher de volta na panela e me penduro em seu pescoço.

— Que tal saciar meu apetite *antes* do jantar? — murmuro, levo a mão a sua virilha sugestivamente e o beijo na boca.

Ele responde ao meu beijo, mas, quando pressiono meu corpo contra o dele, se afasta.

— Vamos, Moll, vamos comer — diz. — Não quero que o meu caldo tailandês extraespecial, que me deu tanto trabalho, estrague.

— Hããã... tudo bem, *mamãe* — digo em tom de brincadeira, tentando não me incomodar por ele preferir sopa a sexo.

Ele dá meia-volta e pega uma garrafa aberta de vinho na geladeira de aço inoxidável para mim. Pego uma taça na prateleira de carvalho e duas das nossas lindas tigelas e hashis na gaveta, e começo a arrumar o balcão.

— Vamos comer na sala? — diz ele. — Podemos sentar nas almofadas no chão em volta da mesa de centro e fingir que estamos em um restaurante japonês.

— Comendo comida tailandesa?! — rio. — Tem certeza de que você é professor, Ry?!

— Você entendeu o que eu quis dizer — ele retruca bruscamente. Ele detesta quando o critico. Ryan pode ser demasiadamente sensível às vezes.

— Ei, eu só estava brincando — digo, rindo.

— Bom, não brinque.

Levanto as mãos, surpresa com seu tom defensivo.

— Tudo bem, calma, desculpa. Nunca mais faço isso.

Ele olha para mim e sorri, se desculpando.

— Desculpa, Molly, só estou cansado... Esse novo emprego está exigindo muito de mim. As crianças... Bom, digamos que não é exatamente um grupo fácil. Não, isso não é justo, a maioria é... É que não são como os alunos a que estou acostumado. Mas eu não devia descontar em você.

Ele vem e me beija nos lábios suavemente, em seguida começa a servir nosso jantar. Apoio o corpo nos armários e o observo se mover pela cozinha com a facilidade com que passa a bola no campo de futebol. Ele é um chef natural, confiante e seguro o tempo todo, e, vendo-o agora, não posso deixar de pensar de novo como tenho sorte por tê-lo. Por ter isso tudo.

Estamos aqui há três meses, mas esse lugar parece muito mais um lar que o anexo. Sobre a lareira vitoriana acesa em nossa sala, está o quadro dos seixos que dei a Ryan quando nos mudamos para o anexo, para que ele se lembre de sua cidade natal. Na parede oposta, acima do extenso sofá, ampliei uma foto que tirei de nós em uma praia de Southend — o vento jogava meu cabelo sobre o rosto, e estamos rindo histericamente. E ali, ao lado da TV, a luminária de flamingo. Tentei tirá-la discretamente em muitas ocasiões, mas ela sempre parece encontrar o caminho de volta, como um bumerangue.

Apesar da monstruosidade rosa, este apartamento é cem por cento nós, e é por isso que o adoro. E Ryan parece ter adaptado seu próprio estilo nos últimos meses também. Já era tempo — ele tem vinte e seis anos e ainda se vestia, e vivia, igual a quando tinha dezessete. Viver aqui o tornou mais singular, mais interessante, mais adulto, o que o deixou mais sexy do que nunca. Mas tenho de admitir que ele também está mais estressado. Seu novo trabalho é muito diferente do da Thorpe Hall, e sei que ele está sentindo isso.

Eu me sento na almofada que ele colocou no chão para mim, com o rosto pairando sobre minha tigela fumegante de sopa.

— Tive um dia infernal hoje... — suspiro.

— Eu também — ele interrompe, olhando para sua tigela e mexendo o caldo lenta e metodicamente. — Estou muito preocupado com um aluno meu.

Olho para o sofá, onde pilhas de livros e papéis estão espalhados; dá para ver que ele estava corrigindo tarefas antes de parar para fazer o jantar. Mesmo eu não tendo mais que viajar para trabalhar, ele ainda chega em casa bem antes.

— Quer falar sobre isso? — pergunto timidamente, temendo a resposta, pois sei que estou prestes a ter uma noite de discurso apaixonado de professor, em vez de sexo apaixonado com o professor.

E, quando Ryan começa a me contar tudo sobre seu dia, tomo um longo gole de vinho e o ouço. Percebo que é assim que os pais devem se sentir, pois ele fala de seus alunos como se fossem seus filhos.

Às dez horas da noite, cansada, irritada e com nossa noite romântica claramente arruinada, vamos para a cama. Estou deitada com meu pijama (desabotoado) novinho, listrado de azul e branco, esperando Ryan voltar do banheiro, na expectativa de que possamos salvar a noite. Ergo um pouco a cabeça quando ele entra só de cueca branca e sinto um arrepio de desejo. Sorrio. Ele se volta, veste uma calça de moletom e pega seus papéis, que agora percebo que ele deixou em sua mesa de cabeceira. Depois lança um olhar rápido para mim e sorri antes de começar a cantar "Walking in the Air" em um falsete ao estilo Aled Jones e a corrigir as tarefas de seus alunos.

Olho para meu pijama, motivo da cançãozinha debochada, pego minha revista e bato nele com ela antes de fechar os botões. Então, com um suspiro pesado, começo a folhear as páginas sem absorver coisa alguma. Meu corpo está na cama, mas meu cérebro está metade no sexo e metade lá fora, na grande pré-estreia e na festa com meus colegas. Na diversão. Como pessoas de vinte e quatro anos costumam fazer.

— Boa noite, Ry.

Eu me inclino e trocamos um selinho rápido, como ocasionalmente vi meus pais fazerem. A seguir, ele volta para suas correções.

Dou C para nós. Poderia ser melhor. Mais esforço da próxima vez.

11:18

— Vamos começar o outro quarto agora!

— Obrigada, Bob! — grito para ele, apertando a revista que estou segurando.

Fungo e enxugo uma lágrima. Quem diria que uma caixa de revistas velhas me faria chorar? É uma edição da *Viva* de dezembro de 2004. Acho que estou chorando mais por causa da linda modelo da capa, rindo, com um vestidinho justo e curto de lantejoulas e um chapéu de aniversário, tão distante de mim e da minha vida que bem poderia ser minha *filha*. Quando foi que envelheci? E por que diabos eu não usava vestidos assim quando tinha corpo para isso? O que é ainda mais irritante é que me lembro de Freya me forçando a experimentar esse mesmo vestido de lantejoulas. Não tirei o All Star e disse a ela que me sentia ridícula, mas lembro que fiquei surpresa ao ver como ficou bom. Meu Deus, eu queria ter provas fotográficas disso. Hoje em dia, o vestido não passaria dos meus joelhos.

Jogo um biscoito recheado na boca (estou determinada a acabar com o pacote) e fico folheando a revista. Não acredito que já se passaram oito anos desde que trabalhei nessa edição. Passo as páginas, maravilhada por saber exatamente que notícia, personalidade ou propaganda de moda vem a seguir. É notável quanto de nosso passado fica conosco sem percebermos. Entendo que a gente se lembre de grandes acontecimentos com detalhes, como casamentos, noivados, festas de aniversário, férias... Mas esse foi um mês da minha vida profissional, há quase uma década. E todas as memórias dele ainda estão aqui, claras como o dia. As sessões fotográficas, o trabalho e o enorme esforço que demandou, as reuniões que fizemos para escolher a modelo da capa, a música que ouvimos no aparelho de som do escritório. Como trabalhávamos próximos como equipe...

Largo a revista como se estivesse pegando fogo quando, de repente, percebo que era a edição de Natal. Apressadamente pego outra. Bem melhor. Outubro de 2000. A primeira edição em que trabalhei depois de entrar na *Viva* como estagiária. Eu tinha acabado de sair da faculdade, era jovem, ambiciosa e estava pronta para conquistar o mundo.

O beijo de nunca mais

Sabe essas revistas que acham que, quando você tem vinte e poucos anos, precisa ficar o tempo todo riscando itens da "lista de coisas a fazer antes dos trinta"? Bem, e se tivéssemos também uma "lista de coisas a *não* fazer antes dos trinta"?

A minha é fácil; seria assim:

Nunca mais parar de beijar Ryan Cooper

O que é estranho, porque, quando eu tinha vinte anos, teria sido assim:

Nunca mais beijar Ryan Cooper

E, claro:

Nunca colocar um garoto antes da sua melhor amiga

<<REW 10/06/2000

— EEEEEE! Ai, meu Deus, ai, meu Deus, você voltou! Não acredito que você está aqui de verdade! Como foi a viagem de trem? A que horas você chegou? O que tem feito? Eu sou a primeira pessoa que você encontra? Onde...

— Ei, ei! Posso entrar antes que chegue minha formatura? — Rio, entrando pela porta da casa de Casey, tão familiar quanto a minha.

— Bom, pelo menos você *vai* se formar! Quais são as fofocas? Algum garoto que eu deva saber ou que preciso conhecer? Você ainda está saindo com o Mar*coooos* ou tem mais alguém? Quero saber todos os detalhes sórdidos, *especialmente* os sórdidos! Não esconda nada! Menos as aulas chatas. Já tenho chatice suficiente trabalhando no café!

Eu rio, já me sentindo zonza. Casey me abraça e me aperta forte. Pega minha mala e me arrasta para dentro da casa.

— Ah, e você precisa me dizer quando exatamente vai se tornar uma fotógrafa mundialmente famosa, como eu sempre soube que seria. Preciso checar minha agenda para planejar as viagens ao redor do mundo que quero fazer com você! Meu Deus, Moll, temos tanta coisa para conversar! Senti tanto a sua falta desde a última vez que fui te visitar! Foi muito divertido, não foi? Apesar de a Mia não gostar muito de mim, mas tenho certeza que é só ciúme, porque nós duas somos BFFs!

Estanco diante da frase infantil.

— Você viu aquele garoto que eu beijei, aquele de quem ela gostava? — Casey ri. — Sabe, aquele que trabalhava no balcão, bonitinho, irlandês. Qual era o nome dele? Michael? Mickey? Mark? Sei lá. Ele fazia um curso estranho. Alguma coisa a ver com artes... Belas-artes, isso. Pau enorme. Esse era o cara, ha, ha, ha! Mas não importa, quero saber tudo sobre você!

Ela se joga no sofá manchado, derrubando pratos sujos de comida e roupas dos meninos — e também de alguns homens. Dá para ver que Toni trouxe alguém para casa. De novo.

Observo a casa de Casey, que ela ainda divide com a mãe, os dois irmãos, que devem ter onze e treze anos agora, e os vários roedores que eles têm (chinchilas, gerbos, hamsters — o lugar fede). Para não falar dos vários animais com quem a mãe dela sai em esquema de rodízio (o lugar fede a eles também). A família vive em uma casa térrea, pequena e abarrotada em Belfairs. Há coisas por todos os cantos: consoles de videogame, DVDs, CDs, livros, roupas, jogos. Minha mãe surtaria com esse caos, e tenho de admitir que sempre me contive para não sair arrumando, limpando ou lavando a louça.

Mas essa é uma batalha constante minha, de qualquer maneira. Minha mãe passou os primeiros doze anos da minha vida inculcando sua natureza organizada em mim, e passei os últimos oito tentando me livrar dela. Tenho certeza de que, quando chegar aos vinte e cinco, terei conseguido. Tudo começou quando finalmente me recusei a continuar usando aquelas tranças horríveis. Lembro vividamente o momento em que jurei ser eu mesma, porque foi a manhã seguinte àquela em que ouvi meus pais discutindo. Fiquei acordada até tarde, estudando para alguma prova na qual queria desesperadamente ir bem, quando os ouvi conversando na sala. Eles disseram que estar juntos era um erro, "exceto por Molly". Falaram sobre a separação, e me lembro claramente de estar sentada na escada de dedos cruzados, ouvindo a voz estridente e elevada de minha mãe reverberar pela sala, desejando o momento em que um deles acabasse com nossa infelicidade e dissesse: "Vamos nos divorciar".

Essa não é uma reação normal para uma criança de doze anos, é? Mas eu via o divórcio como uma oportunidade de ser mais como as outras meninas da escola — e como uma desculpa para extravasar minha angústia adolescente. O divórcio traz compaixão, atenção e amigos. O divórcio deles poderia me definir, me tornar menos pária. Sim, eu seria o fruto de um lar desfeito, porém a meus olhos ele já estava precariamente unido. Mas a seguir as vozes se calaram e minha mãe disse algo do tipo: "Acho que devemos ficar juntos, para o bem da Molly", e acrescentou: "Afinal, o que o padre e o conselho da escola pensariam?" No dia seguinte, foi como se nada tivesse acontecido.

Naquele momento, tive um instante de clareza causticante. Olhei para minhas tranças, para minhas roupas terríveis, pensei na minha falta de amigos, nas provocações implacáveis das Heathers e na minha falta de liberdade, e de repente me ocorreu que, se as escolhas de vida dos meus pais eram tão erradas, as que eles faziam para mim eram uma merda também. Eles escolheram ficar juntos por causa do desespero equivocado para sermos vistos como a "família perfeita". Então eu teria de viver sob a penitência de suas crenças carolas. Eu não os respeitava mais, e queria que eles soubessem. Eu seria eu mesma a partir daquele momento. Depois de uma mudança de imagem envolvendo muitos gritos entre mim e meus pais, uma saia mais curta para a escola, um monte de maquiagem e uma postura de desafio, passei algumas semanas instáveis tentando me encaixar com as Heathers, quando elas demonstraram um interesse passageiro em minha mudança. Mas logo percebi que eu era só o brinquedinho delas. Alguém para cutucar, mexer e provocar, e para fazer o trabalho sujo para elas, como furtar coisas. Eu me senti tão idiota, tão manipulada. Odiava o fato de elas terem me atraído para sua panelinha imbecil. Eu só queria uma amiga com quem pudesse ser eu mesma. Depois que descobrisse quem "eu" realmente era.

E Casey Georgiou apareceu.

Ela entrou na escola como uma grande lufada de ar fresco. Casey "Not-so-Gorgeous" foi como as Heathers imediatamente a apelidaram. Mas a meus olhos ela era linda, porque não tinha vergonha de suas curvas, e aparentemente era imune às provocações cruéis e estúpidas. Ela parecia tão feliz, com suas fivelas plásticas malucas no cabelo e sua mochila rosa brilhante. As piadinhas desagradáveis pareciam ricochetear nela; ela parecia tão despreocupada e divertida, completamente diferente dos manequins vazios que tive de aturar por tanto tempo; e, mais importante, ela era tão diferente de mim, toda séria e introvertida. Ela me fascinava. Eu estava desesperada para conhecê-la, mas Casey fazia apenas duas aulas comigo: artes e design têxtil. No resto eu estava adiantada. Ela sorriu para mim muitas vezes, mas sorria para todo mundo.

Na primeira semana, fiquei gravitando em torno dela; escolhi uma mesa perto, mas não ao lado, ainda não acreditando que eu era digna de fazer uma amiga sozinha, mas sentindo que ela era a melhor opção que eu já tivera. Eu adorava o fato de ela estar sempre rindo e conversando na sala de aula, sempre com um sorriso radiante no rosto. Eu tinha certeza de que ela espantava amigos feito moscas, ao contrário de mim. E então aconteceu. Uma tarde, eu estava passando pelo playground, com a câmera nos olhos, como de costume, tentando parecer ocupada em vez de sozinha, quando ouvi um grande tumulto. Olhei e vi as Heathers cercando alguém. Seus braços subiam e desciam, de punhos cerrados. Vi suas caras feias conforme elas levantavam as mãos, prontas para o próximo golpe. Eu não conseguia enxergar a vítima, mas, de repente, vi a mochila jogada e a reconheci imediatamente. Desci os degraus com a câmera batendo contra o peito, tão rápido quanto meu coração. E então, com uma força que eu não sabia que tinha, fui para cima do grupo. Nunca vou esquecer como ela estava quando me aproximei. Seus longos cabelos pretos estavam esparramados no chão como um derramamento de óleo. Não pude ver seus olhos, pois suas mãos os cobriam, mas o lábio estava cortado e sangrando, a camisa rasgada, expondo o corpo e o sutiã para a escola inteira. Ela puxou as pernas roliças até a barriga e ficou deitada ali, parecendo um pobre camarão descartado. Gritei "ASSASSINATO!" com todas as minhas forças (foi a primeira coisa que me veio à mente) para abrir espaço ao seu redor. Funcionou; todas elas fugiram, eu caí de joelhos e peguei um monte de lenços e uma garrafa de água na bolsa. Limpei sua boca e sussurrei que ia ficar tudo bem, e lentamente ela foi baixando as mãos e se sentando. Em seguida piscou para mim, antes de seus lábios machucados se abrirem em um sorriso dolorido.

— Você salvou a minha vida! — ela arfou e me abraçou.

Mas, enquanto eu a ajudava a se levantar, ameaçando quem se atrevesse a chegar perto, senti que ela é quem tinha salvado a minha.

A partir desse momento nos tornamos inseparáveis. Esperávamos uma à outra depois da aula, passávamos todos os intervalos juntas, eu até baixei de propósito as notas em algumas matérias para que pudéssemos cair na mesma turma. Eu já pensava em fazer isso, de qualquer maneira, só para irritar minha mãe, e agora tinha uma razão ainda melhor. Eu a ajudei na escola, e ela me ajudou a relaxar e a ser eu mesma. Pela primeira vez, alguém gostava de mim por mim mesma. Foi uma revelação.

— Molly! — Casey grita agora, apontando o pequeno espaço ao lado dela no sofá. — Você está demais!

Olho para a camiseta preta justa e a saia jeans longa que estou usando com — sim, você adivinhou — All Star. Meu estilo ainda é basicamente o mesmo, quase todo preto, quase todo longo, mas hoje em dia gosto de mostrar um pouco o corpo também.

— Ahhh, adorei seu cabelo! Está comprido! Você está quase morena natural de novo! Se desse uma repicada e fizesse luzes, ia ficar igual ao da Rachel!

— Faço uma careta. Não é o estilo que pretendo ter. — Mas você ia precisar do meu nariz grego.

Ela cola o rosto no meu e nos viramos para o espelho do corredor. Não posso deixar de rir.

— Viu? Eu disse! — ela exclama. — Ah, podemos ver um monte de episódios de *Friends* nas férias. É a minha série favorita!

Ela faz uma pausa, mas só para respirar.

— Estou louca para ver *Quem vai ficar com Mary*! Eu amo a Cameron Diaz, queria ser como ela, você não? Me dá vontade de cortar o cabelo curto! E talvez tingir de loiro. — Ela balança a juba longa e escura.

— Você é linda do jeito que é, Case — digo e sorrio.

— É que você sempre espera me ver de aparelho, cabelo ruim e aquela barriga greco-italiana! Ei! — Ela estala os dedos. — Eu sou a Monica da sua Rachel.

— Você nunca foi gorda, Case — aponto. — Só... curvilínea.

— Bom, graças a Deus pela aeróbica! E pelos dentes retos! Eu passei por uma das Heathers na rua outro dia, a Nikki, lembra? Ela está grávida! De novo! Quem é "Not-so-Gorgeous" agora, hein? Ha, ha, ha!

— Fazia tempo que eu não ouvia esse nome — digo, rebobinando mentalmente os meses desde que saí de Leigh para fazer faculdade em Londres.

— Meu Deus, sinto TANTA falta de você! — Casey se inclina e me aperta com força. Seu cabelo está preso com um monte de piranhinhas coloridas, que se cravam em minha bochecha. Eu me afasto.

— A gente se viu há poucas semanas!

Ela faz beicinho.

— Sim, mas é bastante tempo. A gente se via todos os dias!

Eu a aperto para que saiba que sinto saudades também. Ela sabe que não sou de demonstrar emoções.

— Molly! — exclama a mãe de Casey quando vem da cozinha, projetando o quadril e mascando chiclete.

— Oi, Toni — sorrio educadamente.

Sei que Casey tem vergonha dela, porque ela não é como as outras mães.

— Faz uma xícara de chá para a Moll, mãe, por favor — pede Casey, quando me jogo em seu sofá.

— Faça você mesma, querida, vou sair. Tenho um encontro ardente.

— Outro? — Casey resmunga, emburrada.

— Não fique triste só porque a sua mãe se diverte mais que você! Não posso fazer nada se os homens me acham irresistível. Estou indo para um chá de produtos Ann Summers naquela casa chique perto na marina. Qual é o nome da dona da casa? Jackie Cooper. — Meu peito se contrai ao ouvir esse nome. — Ah, o marido dela está bem em forma, eu pegaria!

— Afff — diz Casey quando sua mãe bate a porta ao sair. — Sério, Moll, agradeça por seus pais serem do jeito que são. Dá para imaginar ter uma mãe como a minha, que só fala em transar o tempo todo? É tão constrangedor! E aí, vai ficar até quando? — ela pergunta animadamente, jogando as pernas sobre as minhas e se espreguiçando languidamente.

Ela sorri para mim com tanta expectativa que tenho medo de responder.

— Só uns dias, para ser sincera, Case...

— Ah, você não vai embora para ficar com o Mar*coos*, vai? — ela pergunta fazendo biquinho. Ela nunca o aceitou.

Balanço a cabeça.

— Não, eu terminei. Só consegui ficar com ele por oito meses! Acho que foi meu primeiro e último relacionamento longo.

— Então você está solteira?! — ela grita.

Concordo com a cabeça.

— E pronta para socializar?

— Acho que sim.

— Oba! Vamos nos divertir muito! Mas espera, por que você não vai ficar aqui mais tempo, se não está mais com ele?

— Começo um estágio de um mês e meio em uma revista em Londres na próxima semana, então vou ficar na universidade durante o verão.

— Uma revista?

— É bom para ganhar experiência com edição de fotografia. E uma oportunidade de fazer muitos contatos na área também.

— Ah, eu sei — ela diz, sentando-se sobre os joelhos e batendo palmas animadamente. — Eu também poderia trabalhar na revista! Poderia ser uma daquelas pessoas que fazem compras profissionalmente! Ou, melhor ainda, correspondente de festas. — Ela adota um sotaque americano e leva o controle remoto da tevê até a boca, como se fosse um microfone. — Aqui é Casey Georgiou, falando diretamente do Oscar, onde no momento estou beijando o Brad Pitt.

Ela cola uma almofada nos lábios e finge beijá-la loucamente. Dou risada.

— Falando em Brad Pitt — diz ela, devolvendo a almofada no lugar —, conheço um cara com quem todas as meninas sonham, e que está ansioso para te pegar... quer dizer, para te ver.

— Quem?

Vasculho meu cérebro tentando pensar em alguém de Leigh que pudesse querer me ver. Estar longe de casa me fez perceber como eu era revoltadinha. Quase insuportável.

— Um certo astro do futebol que dirige um carro legal e é *muito* gostoso.

— Ah. ELE. Ele ainda mora aqui? — bufo.

— Uau, Molly, não conheço ninguém que guarde rancor tão bem quanto você. — Casey levanta a sobrancelha perfeitamente delineada. *Quando foi que ela aprendeu a se maquiar tão bem?*, eu me pergunto.

— Na verdade, não penso nele há *séculos* — digo na defensiva. — Eu estava namorando, lembra? — Olho para minhas mãos, para que ela não perceba que estou mentindo. — Além disso, tenho direito de guardar rancor. Ele me humilhou totalmente.

— Ele só te beijou, Molly.

— E mal.

— E isso é crime? Se fosse, todo adolescente devia ser preso!

— Tudo bem, vou reformular. Ele me beijou mal por causa de uma aposta, na frente de todo mundo!

— Certo... tá bom — ela continua, agitando a mão com desdém —, é *óbvio* que você não pensa nele desde então.

Faço uma careta para ela.

— Não mesmo. Nada além de recordar a dura humilhação, cravada dentro de mim como uma estaca de pedra de Southend. Fora isso, mal consigo lembrar o nome dele.

— Uau — Casey diz —, ele te fez mal *meeeesmo*! Bom, acontece que eu sei que ele está disponível, e em uma maré ruim...

— Ah, é? — respondo, repentinamente intrigada.

Ela balança a cabeça e passa hidratante nos lábios.

— Ele não pode mais jogar futebol, se machucou nos testes para o Southend. Ainda mora com os pais e teve que fazer um monte de fisioterapia e tal. Que fisioterapeuta sortuda! — Ela ri. — Ei, talvez seja um bom trabalho para mim. — Então agita as mãos. — Dar um bom uso para esses dedos mágicos! Enfim, é triste para ele, mas bom para você, né, Moll? Porque ego ferido deixa os caras vulneráveis. Pelo menos é o que eu percebo quando junto os cacos que outras garotas deixaram. Eles ficam profundamente agradecidos. — Seu rosto se nubla, mas ela abre um sorriso radiante. — Quando se trata de animar homens, eu sou a santa de Leigh-on-Sea, santa... mãe... sei lá o nome dela. Aquela velha, acho até que já morreu, que sempre usava um chapéu azul e branco.

— Madre Teresa? — sugiro, lutando para acompanhar o raciocínio de Casey. Estou fora de forma.

— Essa mesma! Sim, eu sou ela, porém mais jovem e mais gostosa, com maquiagem e menos roupa! Então, se você não quiser o cara me avise, porque eu, santa Casey Georgiou, vou lá colocar as *minhas* mãos milagrosas sobre ele...

— Casey! — rio, tentando esconder a irritação com sua persistência. — Que obsessão é essa com o Ryan Cooper? — pergunto, me recostando no sofá e fechando os olhos. — Muda o disco.

— Tá bom! Não está mais aqui quem falou. E ele provavelmente nem estaria mais interessado em você, com esse seu novo cabelo, sua futura carreira em revistas e esse seu jeito londrino. Os caras de Leigh gostam das garotas daqui, lembra? Eles sempre ficam perto de casa.

Reviro os olhos, reconhecendo essa verdade.

— Então, amiga — ela continua —, o que vamos fazer hoje à noite?

— Que tal o Sun Rooms, ou o Club Arts, em Southend?

Casey geme.

— Ah, não, aquele antro de música alternativa velha aonde você sempre insiste em ir não.

— É melhor que o Tots.

— Se por "melhor" você quer dizer "menos divertido"...

— O que você sugere, então?

— Eu estava pensando em um pequeno passeio pela rua da memória...

— Não acredito que você me trouxe aqui!

Casey e eu estamos no The Green, em Leigh-on-Sea, olhando para os barcos atracados. Grupos de adolescentes se espalham sobre o gramado, e é possível ver silhuetas nebulosas de pessoas na praia e nos barcos. O sol vespertino de junho banha tudo com uma luz suave, cítrica, e parece que acabei de entrar em um álbum de fotos que eu não tinha muita pressa de abrir, porque mostra um monte de cortes de cabelo e roupas terríveis, além de lembranças ruins. Pego minha Canon EOS e a seguro perto de mim, mais para me dar apoio e conforto do que por qualquer outra coisa. Esse gramado foi palco de tantos momentos embaraçosos... meus pais insistindo em fazer piqueniques aqui comigo, com cadeiras, toalha xadrez e agasalhos, enquanto todo mundo fumava com os amigos. Sem falar das rejeições, dos meninos que riam de mim e da Casey, das meninas que nos xingavam. Parece muito cedo para voltar aqui; esses anos, essas memórias, ainda estão muito próximos. Passei os últimos dois anos tentando apagá-los com minha nova e reluzente vida em Londres.

— Bom, é verão, aonde mais iríamos além do convés superior do *Bembridge*? Nós nos divertimos tanto aqui, não?

Casey sorri. Eu levanto a sobrancelha e sorrio — um truque que ela me ensinou —, animada com sua capacidade de sempre ver a luz do sol por trás das nuvens.

— Podemos dizer que sim, Case — respondo secamente.

Ela olha para a câmera que ainda estou segurando, não para tirar fotos, mas para me esconder. Este lugar me faz sentir uma adolescente vulnerável e esquisita, em vez da mulher confiante, extrovertida e vivida em que a universidade me transformou.

Casey se pendura em meu braço.

— Tire uma foto minha, Moll. Você pode colocar no mural de fotos do seu quarto, ao lado daquela sua com a Mia! Ou na capa da revista chique onde vai fazer estágio! Como se chama? *Viva Forever*.

Ela começa a cantar a música das Spice Girls e dança em volta de um velho poste de luz vitoriano. Enquanto rimos, ela faz beicinho para a câmera e tiro uma série de fotos dela com o mar cintilante ao fundo. Então, já entediada, ela pega a bolsa.

— Tenho tudo de que precisamos. — Ela abre a bolsa para revelar uma grande garrafa de sidra e quarenta Marlboros Light. — Vamos, Molly, como nos velhos tempos!

Ela estende a mão e, para meu constrangimento, começa a cantar algo de outra vida. Olho em volta na esperança de que não tenha ninguém perto para ouvir.

— *We've only got each other right now, but we'll always be around, forever and forever no matter what they say...* Anda, Molly, canta comigo!

— *They say, they sa-ay* — murmuro obedientemente, não querendo magoá-la, mas na esperança de que ela siga meu exemplo e baixe o volume.

Ela sorri e continua cantando alto. Depois pega minha mão; no início, eu a puxo de volta e balanço a cabeça, mas em seguida desisto, jogo a câmera nas costas e corremos morro abaixo, rindo, enquanto ela canta o refrão alto e as pessoas abrem caminho para nós.

Estamos deitadas no convés superior do barco, sentindo a familiar e nebulosa felicidade da sidra habitando nosso corpo enquanto olhamos as estrelas.

— Dá para acreditar que temos vinte anos? — diz Casey, assombrosamente. — Quase vinte e um! Somos tão velhas! Adultas já. Parece que foi ontem que estávamos deitadas aqui, imaginando se um dia arranjaríamos um namorado...

— E agora aqui estamos nós, pensando a mesma coisa! — Rio, levando o cigarro aos lábios. Apesar de meus receios anteriores, estou realmente começando a curtir esta noite.

— Fale por você! — Ela cora e fica em silêncio por um segundo, de maneira nada característica.

Fico boquiaberta.

— Que foi?

— Ah, nada... É que a gente não precisa de homens. Nós temos uma à outra! E isso é tudo que necessitamos, certo? BFFs para sempre!

Eu me sento e a sacudo pelo braço.

— Você está saindo com alguém? — Seu rosto está tomado de culpa. — Por que não me contou? É do café?

Apesar de eu ficar atazanando-a para que ela faça outra coisa, Casey ainda trabalha no café de sua mãe. Sei que é porque há um fluxo contínuo de jovens funcionários do sexo masculino na cozinha, que Toni emprega para trabalhar ao lado dela e da filha. Tenho certeza de que é isso que mantém Casey lá.

— Não, não é.

— Então onde vocês se conheceram? Em uma boate, no bar, onde?

— É alguém que eu conheço faz algum tempo, na verdade — diz Casey, estudando suas francesinhas postiças. Olho para meu esmalte escuro descascado e sento sobre as mãos para escondê-lo.

Dou risada e apago o cigarro. Então a cutuco gentilmente.

— Anda, pode contar tudo, amiga. Senão vou pensar que você não quer que eu saiba quem ele é.

Casey parece constrangida.

— Bom, ele tem trinta e nove anos...

— Um homem mais velho? — digo, incapaz de esconder a desaprovação na voz. — Que surpresa.

Casey é absolutamente previsível. A ausência do pai criou nela um fascínio por figuras paternas.

— E o que ele faz?

— É encanador. — Ela está sendo reticente, o que é incomum nela.

— De onde ele é? — forço.

— Humm, é daqui, na verdade.

Franzo a testa.

— Mas a gente conhece praticamente todo mundo aqui. — Olho para ela. — Eu o conheço?

Casey não diz nada, só olha longe, na direção oposta.

— Qual é o nome dele? Casey?

Tento virar seu rosto para mim, mas ela olha para o céu.

— Ah, olha, Molly! As estrelas lá em cima! Não são lindas e brilhantes, como diamantes?

— Casey... — interrompo.

— Tudo bem. — Ela suspira e olha para mim, insegura. — É Paul Evans. Levo um segundo para registrar o nome.

— O quê?! O encanador *casado* e pai de *dois filhos*?

— Sim — ela responde antes de acrescentar, na defensiva: — Tudo bem, ele é casado, mas eles não são felizes há séculos. Há anos, na verdade. Ele disse que vai largar a esposa.

Reviro os olhos e pego outro cigarro.

— Não faça essa cara de desaprovação, Moll — Casey resmunga. — Parece a sua mãe. E não julgue enquanto não vir a gente junto. Você precisa ver como ele olha para mim.

— Posso imaginar — respondo secamente.

Passo o braço em torno dela. Minha doce, linda e ingênua amiga, desesperada para ser amada...

— Só toma cuidado, Case, não quero que você se machuque de novo. Você sabe que tem o costume de se deixar atrair pelo tipo errado.

— Não posso fazer nada se gosto de homens mais velhos. Eu prefiro caras maduros, sabe? Eu teria te contado antes, mas sabia que você não ia aprovar. Você despreza tudo que tem a ver com Leigh ultimamente... ainda mais do que antes.

— Eu acabei de ir embora.

— Foi embora e me largou — ela murmura.

Fico boquiaberta, horrorizada, e a abraço com força.

— Não seja boba, Case! — digo, desejando saber melhor como consolá-la.

— Eu sinto a sua falta, sabia, Molly? — ela diz baixinho.

Aperto a mão dela, me sentindo culpada por terem se passado tantas semanas sem que eu ligasse ou muito menos viesse vê-la.

— Eu também. E estou feliz por você, Case, de verdade. Mas lembre-se, eu sou sua melhor amiga, por isso acho que nenhum homem jamais será bom o suficiente para você.

— Eu não disse que ele era o cara certo, mas é melhor do que nada, entende? Além disso — ela continua —, preciso de algo para preencher todo o tempo livre que tenho, agora que você está na *faculdade* e é uma *estudante* chata que *estuda* o tempo todo com seus *novos amigos* geniais...

Casey me olha por cima do ombro e sorri, e sei que ela está só brincando. Ela nunca consegue ficar brava ou guardar rancor por muito tempo. É uma das coisas que eu adoro nela, e uma das muitas razões porque somos tão diferentes.

— E ele não é do jeito que você lembra, Moll — ela diz em tom suplicante. — Sim, ele é adulto, mas eu também sou agora. Nós somos. Quer dizer, você também não é mais a menina que saiu correndo do The Grand depois que o Ryan Cooper te beijou.

— Graças a Deus! — rio.

Uma figura surge das sombras no barco.

— Graças a Deus por quê?

Casey se atrapalha toda para levantar.

— Ryan! E-eu, é... eu não sabia que você vinha aqui hoje!

Olho para ele e para o horizonte atrás dele com desdém. Estou abalada, mas não surpresa, com sua aparência. É só mais um lembrete do motivo pelo qual me mudei para longe deste lugar. Nada mudou. As mesmas pessoas, anos diferentes.

— Que surpresa! — Casey exclama, no pior caso de reação exagerada que já vi. — O Alex está aqui também? E os outros? Gaz, Carl, Jake? Ah, lá estão eles! — Ela acena para eles e depois fica olhando incisivamente para Ryan. Não sei o que ela está esperando. Ele sorri para mim, a seguir olha para seus amigos.

— Oi, Case.

— E aí, Ryan? — ela abre um sorriso afetado, enquanto reviro os olhos.

— Acho que o Alex quer falar com você.

E, antes que eu possa piscar, muito menos lhe pedir que fique, ela sai.

— Casey! — chamo, mas ela não olha para trás.

Olho para Ryan. Não lembrava que ele era tão alto. E largo. Nos dois anos desde a última vez em que o vi, ele cresceu. Tem braços de quem pratica iatismo, marcados e fortes, que ele exibe usando uma camiseta regata. A pele está bronzeada, e os cabelos anos 90 foram substituídos por um penteado com gel, ao estilo de David Beckham. Não posso negar, ele ainda é muito gostoso. Mas, como digo firmemente a mim mesma, prefiro caras com o cérebro maior que os bíceps, que sabem mais sobre arte e cultura do que sobre quem está no topo da liga de futebol.

Ele sorri para mim timidamente.

— Ora, ora, ora, Molly Carter. — Olho para longe, na esperança de demonstrar desinteresse. — É bom te ver. — Ele se abaixa e cutuca meu joelho. — Fazia muito tempo.

Afasto as pernas e me ocupo ajustando as configurações da câmera.

— É, eu não volto muito para Leigh. Moro em *Londres* agora — acrescento pomposamente, de repente sentindo a necessidade de me reafirmar.

Ele sorri.

— Que legal.

— É — respondo bruscamente. — É legal.

Olho em volta, desesperadamente tentando encontrar uma desculpa para ir embora. Ryan, obviamente, tem outras ideias. Ele se senta ao meu lado e se apoia nos cotovelos, de um jeito que sugere que não pretende sair logo dali.

— E o que você faz em Londres? — pergunta, tomando um gole de cerveja.

— Estudo fotografia na Faculdade de Impressão de Londres.

Estou me exibindo, mas não me importo.

— Existe uma faculdade inteira dedicada a *impressão*? — ele ri, e eu o encaro solenemente. — Estou brincando. É irado pra caramba. É uma faculdade boa, não é? E significa que você está um passo mais perto do seu sonho de ser fotógrafa. Que legal!

— Obrigada — digo, chocada por ele se lembrar da nossa conversa de tantos anos atrás.

Olho em volta desesperadamente procurando Casey e percebo que estamos cercados por casais se beijando. O *Bembridge* sempre foi um refúgio para adolescentes apaixonados em Leigh. O que faz com que estar aqui com ele seja ainda pior. Traz lembranças ruins.

— E você, o que anda fazendo? — pergunto com educação, mas sem interesse, pensando: *Não muita coisa, se ainda está por aqui.*

— Vou começar o curso para ser professor — ele sorri.

— Existe uma faculdade inteira dedicada ao ensino? — replico com sarcasmo, e ele ri e levanta as mãos.

Olho para ele, intrigada. Garotos como Ryan Cooper não viram professores.

— Por que você quer fazer isso? — rio, mas sua expressão de dor me faz lembrar o que Casey me contou sobre sua lesão. — Quer dizer, professor, uau! É muito... nobre da sua parte.

— Bom — ele começa devagar, olhando para mim intensamente. — Eu acredito que as crianças são o nosso futuro.

Ele faz uma pausa e se levanta lentamente, com os olhos brilhando cheios de malícia para mim. Aí começa a cantar em voz alta a canção de Whitney Houston, fazendo alguns casais pararem de se beijar, com a língua no meio do caminho.

Eu o puxo para baixo e o mando se calar, socando-o no braço, e ele ri alegremente.

— Agora você está zoando — digo, com a mão mais distante agitando a sidra e a outra apoiada no deque, tentadoramente perto da dele. — O que aconteceu com o seu sonho de ser jogador de futebol? — pergunto, pensando em nossa conversa de muito tempo atrás, quando estava com minha mãe, cruzei com ele e fomos tomar um café.

Não é nada surpreendente que, naquela época, isso tenha parecido a melhor coisa que já me acontecera. Que patético.

— Eu me machuquei feio durante uma seletiva, um tempo atrás — ele diz com naturalidade. — Rompi a cartilagem do joelho e tive que fazer uma cirurgia. Isso acabou com meus planos de ser profissional.

— Nossa, que coisa horrível! — exclamo, me perguntando por que ele não parece mais chateado. Pelo que Casey falou, foi uma tragédia em Leigh.

Ele dá de ombros e sorri.

— Acontece. Não é o fim do mundo.

Uma sombra tremula em seu rosto momentaneamente.

— Além disso — ele se inclina para sussurrar —, não sei se eu era tão bom quanto todo mundo achava. Pensando bem, acho que era mais autoconfiança que talento.

— Se for como o seu beijo, acho que é verdade.

Merda. Eu disse mesmo isso?

Ryan ri.

— Ah, então vamos falar do elefante no... barco. Sobre aquela noite no The Grand, só posso pedir desculpas. — Ele faz uma pausa e olha para mim com sinceridade. — Mas não foi como você pensou.

— O que você quer dizer, absurdamente ruim? — digo com sarcasmo.

Ele olha para mim e sorri, meio triste.

— Estou falando da aposta. Não foi uma aposta.

— O que foi, então? Uma competição? Ou talvez um teste prático? — replico. — Porque, se foi, você não passou.

Adoro zoar esse cara. É tão fácil.

— Caramba! — Ryan aperta o peito e arrasta os pés no chão. — Bem no coração, e no ego. Não sei em qual deles dói mais. — Ele olha para mim e sorri descaradamente. — Vai me dar um beijo para sarar?

— E por que *raios* eu faria isso?

Ele pisca.

— Porque, se o primeiro foi o pior, deve significar que o segundo vai ser o melhor.

Olho em volta à procura de Casey. Onde ela está?

— Então, há... o que você vai fazer no verão? — pergunto sem jeito.

— Vou passar dois meses na Austrália — ele diz com entusiasmo. — Vou trabalhar em um barco que vai contornar as ilhas Whitsunday. Parto daqui a duas de semanas. Vai ser demais!

— Uau — exclamo, realmente impressionada. — Eu sempre quis ir para a Austrália. Eu e minha amiga, a Mia, queremos morar em Sydney um dia. Deve ser uma cidade incrível, com um monte de coisas para fazer!

— É — ele sorri. — Pensei que era melhor me divertir do outro lado do mundo, assim não preciso me controlar. Vou ter que me comportar quando o sr. Cooper for oficialmente apresentado ao mundo. Ou às crianças de Essex, pelo menos! — Ele ri e olha para mim. — Começo a faculdade em setembro, logo depois de voltar de Oz. Estou ansioso para começar também. Lecionar não está tão longe do que eu queria fazer, se você for pensar... — Olho para ele com ar de dúvida. — Nunca se sabe... posso acabar formando o próximo Gary Lineker, em vez de ser ele!

Sua boca generosa esboça um sorriso bonito. Nós nos olhamos, lembrando um momento do passado. Um silêncio constrangedor desce como a brisa da noite, esfriando o ar.

— Vem, vamos dar uma caminhada — diz Ryan, levantando-se e estendendo a mão para mim.

— Estamos em um barco — rio —, não tem para onde ir.

— Vamos só olhar a vista.

Eu me levanto e pisco, repentinamente percebendo como a sidra me subiu à cabeça.

— Opa — digo, balançando um pouco.

— Ei — Ryan estica o braço para me firmar. — Tudo bem?

— Sim, só fiquei um pouco tonta — dou uma risadinha. — Mas estou bem agora.

Vamos andando, e percebo que ele não retirou o braço. Fico meio rígida. Estou bêbada, mas nem tanto. Se ele acha que vai se aproveitar de mim de novo, que vai me envergonhar na frente de todas essas pessoas, está muito enganado.

— Sabe — Ryan murmura, e sinto seu hálito quente em minha orelha —, sempre me arrependi pelo que aconteceu naquela noite no Grand.

— Eu também — digo enfaticamente. — Eu esperava que fosse ruim, mas foi o pior primeiro beijo do mundo! — Dou uma risadinha de novo. Eu *nunca* dou risadinhas. O que há de errado comigo?

Ryan fica atônito.

— Foi o seu *primeiro* beijo?

— Áhã. — Concordo com a cabeça, mas paro quando percebo que qualquer movimento vigoroso faz tudo rodar. Devo estar realmente bêbada. — Você não adivinhou?

Ele balança a cabeça, e eu cutuco seu peito com o dedo.

— Bom, Cooper, ao contrário do resto dos meninos dessa cidade, você não deve ter percebido que, quando eu era adolescente, não era a *gostosa* que sou agora.

Ryan começa a rir.

— Ei, não é engraçado! É verdade. Eu sei que você me beijou por causa de uma aposta. E também sei que eu desabrochei nos anos seguintes... Ah, sim... — Balanço meus novos cabelos, mais longos e mais escuros, e cutuco seu peito de novo. — Aposto que você está arrependido agora, hein? — Pisco os olhos pesadamente delineados para aumentar o efeito cômico.

Ryan pega meu dedo e puxa minha mão para seu peito.

— Eu não beijei você por causa de uma aposta, Molly Carter — ele murmura. — Foi isso mesmo que você pensou? Que foi uma brincadeira idiota?

Anuo com a cabeça e tenho um ataque incontrolável de risadinhas de novo.

Ryan não me acompanha.

— Eu te beijei porque realmente gostava de você — ele diz solenemente. — Só que não fiz direito. Os caras nunca me deixaram esquecer isso. "Cooper beijo de merda" é como eles me chamavam. Criativos, não?

— Me parece adequado — sorrio e imediatamente estreito os olhos para ele. — Mas não venha jogar charme pra cima de mim agora, Cooper. Não vou sentir pena de você.

Ele ergue as mãos.

— Eu juro, Molly, eu gosto... quer dizer — ele tosse —, eu *gostava* de você.

Cruzo os braços e olho incisivamente para ele.

— Então por que você se arrepende daquele beijo? — Eu o provoco novamente, com entusiasmo. — Rá! Quero ver você sair dessa com esse papo agora!

Ryan dá meia-volta, passa a mão com suavidade pelo meu rosto e depois dá um tapa no meu traseiro.

— Porque, sua *gostosa*, o que eu ia dizer, se você me deixasse terminar, é que, se eu pudesse, apagaria aquele momento seis anos atrás, quando te beijei tão vergonhosamente mal, e faria tudo de novo. E — ele se inclina lentamente — posso garantir que seria muito, *muito* melhor.

Começo a rir da cafonice do que ele falou e fico horrorizada quando noto que um pouco da minha saliva foi parar no rosto dele. Mas Ryan não parece notar.

— O movimento suave das ondas seria a música de fundo...

Contenho o riso e o transformo em um sorriso dissimulado.

— Aqui é um estuário, não tem ondas.

Ele me olha por um momento, e seus olhos se perdem na distância.

— A gente olharia para as luzes cintilantes de Leigh-on-Sea...

— Não é exatamente Paris, é? — digo, cruzando os braços e contraindo a boca no esforço de disfarçar o sorriso.

Ryan se aproxima um passo, descruza meus braços e aperta levemente meus pulsos, levantando-os. Sinto um riso de nervoso querendo brotar.

— Eu seguraria seus braços assim, para você sentir o vento no rosto, como o Leonardo DiCaprio fez com a Kate Winslet em *Titanic*...

— HAHAHAHA! — Explodo em risos, mas paro quando Ryan, ainda segurando meus braços, desliza seu corpo atrás de mim. Tremo quando ele se pressiona suavemente contra minhas costas; a vontade de rir desaparece completamente. Ele tem um cheiro tão bom. *Hugo Boss*, penso. — O *Bembridge* fica sempre atracado — murmuro, tentando não demonstrar como estou afetada por seu toque, seu cheiro e a sensação de sua respiração em meu pescoço. Eu me sinto enfeitiçada. — Não teria vento nenhum...

Ele me ignora.

— E aí — diz, me fazendo virar para encará-lo e colocando o dedo sobre meus lábios —, eu me inclinaria para frente... assim... pegaria seu rosto com as mãos... assim... e bem devagar...

— Ryan! — uma voz estridente interrompe nosso momento. — Eu te procurei por todo lado!

Sinto o ar fresco bater em meu corpo quando Ryan se afasta rapidamente. Uma loira alta se aproxima e coloca a mão em seu braço, demarcando território.

— Estamos esperando aquelas bebidas que você prometeu. — Ela desliza o dedo pelo braço dele, por sua cintura, e o engancha no passante de cinto da calça. Então puxa, mas ele não se move.

— Já vou, Stacey. Estou... é... estou conversando com uma velha amiga.

Ela o puxa de novo e olha para ele suplicante, então aproveito a oportunidade para fugir quando ele se vira para falar com ela.

Essa foi por pouco, penso enquanto corro pela Ponte Gypsy até o The Green. Não paro nem para avisar Casey que estou indo. Ele quase conseguiu de novo, me atraindo com sua lábia como um pescador para a rede. E eu fiquei ali parada, na palma de sua mão, toda agitada, ofegante, de olhos esbugalhados. Quase acreditei em sua encenação de jogador de futebol ferido que se transformou em professor sensível. Por um momento, pensei que ele pudesse ser mais do que o bronzeado artificial e os tênis brancos. Mas eu devia saber.

Uma vez jogador, sempre jogador.

Estou furiosa comigo mesma. Tentar recriar o *Titanic*? Que patético. Odeio esse filme, de qualquer maneira. Veja só onde a Kate Winslet foi parar: agarrada a um pedaço de madeira, no meio do oceano Atlântico. E se *isso* não é uma metáfora adequada para o amor, não sei o que é.

11:55

Lavo as coisas de cozinha que ainda não encaixotei. Uma panela, talheres, canecas e todas as taças de vinho de ontem à noite. Seco tudo e depois embalo cuidadosamente cada objeto em plástico-bolha. É tão estranho empacotar tudo assim... especialmente neste cômodo, que sempre foi tão cheio de coisas. Estranho, mas libertador. Termino de secar a máquina de macarrão que usei para fazer ravióli na noite passada e limpo os restos de comida do ralo. Noto alguns pedaços de massa presos na máquina que não lavei direito. Raspo tudo com a esponja de aço e, quando estou convencida de que está brilhando, eu a embalo na caixa original. Quando olho para a máquina, sou atingida por uma lembrança tão vívida que me transporta para outro tempo, outro lugar.

O beijo de "as garotas só querem se divertir"

Você pode me fazer um favor? Quebre uma regra hoje, enlouqueça, viva o momento. Abra seu coração. Depois, abra mais um pouco. Ame muito, ame mais ainda. Não tenha medo de se expressar, de gritar, de ser ouvido. Diga EU TE AMO. Aposte todas as fichas. Aposte todas as fichas no amor. Por mim. Porque eu não fiz isso. E agora não posso mais.

Isso é tudo.

(Mas não o suficiente.)

FF >> 30/10/04

A campainha toca insistentemente, e largo a máquina de macarrão que acabei de esfregar furiosamente com uma esponja de aço. Amo o ravióli do Ryan, mas odeio lavar a maldita máquina. Seco as mãos em meu jeans skinny cinza e abro a porta da frente. O dia nublado de outubro entra, assim como o raio de luz que é Casey. Não importa o tempo que faça, sempre se pode contar com ela para que fique ensolarado. Ela tem isso em comum com Ryan. Será que é por isso que fui atraída por ambos? Em muitos aspectos, eles são bem parecidos.

Ela sorri para mim e depois abre os braços, revelando a mochila rosa brilhante e uma garrafa de champanhe. Está usando um vestido decotado e curto verde-esmeralda, com as pernas de fora, e botas acima dos joelhos. Um pouco demais para um almoço de inverno entre garotas, mas combina com ela.

— Vamos começar a festa! — Casey grita, batendo os pés e levantando a garrafa acima da cabeça.

— Case, nem é hora do almoço ainda! — rio quando nos beijamos na boca de brincadeira, e pego sua mochila.

Um carro que passa buzina, e ela imediatamente se vira e se apoia no batente da porta, com um braço em cada lado e um joelho dobrado e puxado para o peito. O carro, com dois rapazes na frente, para, e eu a arrasto para dentro. Rimos descontroladamente, feito duas adolescentes.

— Estou tão animada por você estar aqui! — grito e lhe dou um abraço.

— Eu sei, Moll! — ela sorri.

Seu cabelo está muito comprido e liso, tingido de loiro. Ela sustenta o visual, mas simplesmente não se parece com ela. Prefiro seu cabelo escuro natural. Faz com que ela se destaque.

— Nem acredito que tenho o fim de semana inteiro de folga! Que loucura! Ei, o Ryan não está?

Ela entra na sala e olha ao redor; está perfeitamente arrumada — a maior prova da ausência dele.

— Ele foi para Leigh passar o fim de semana. Tem um jogo do Southend FC hoje, e eles estão na II Liga da Taça Coca-Cola. Estão se saindo muito bem desde que o Tilson foi nomeado técnico, no ano passado. O Ryan acha...

Olho para Casey, que revira os olhos e boceja.

— Moll, eu não vim aqui para falar de futebol. Vim para ver você, beber e achar um homem para mim. Pode me ajudar com isso, ou a Molly chata, que fez lavagem cerebral, veio para ficar?

— Desculpe — sorrio para Casey. — Nem percebo mais que estou fazendo isso.

A obsessão de Ryan com seu time de futebol infantil me deixou entendida por osmose. Acho que sou capaz até de compreender a regra do impedimento. Mas não creio que Casey se impressionaria.

— E aí, o que você quer fazer? Eu queria muito ver a exposição do Edward Hopper no Tate Modern; o jeito como ele pinta a luz é tão inspirador, é quase fotográfico... — Começo a rir ao ver o biquinho e a expressão petulante de Casey. — Estou brincando, Case, calma. Eu vou sozinha depois.

Quando Ryan vai para Leigh, eu acordo no sábado, leio a seção "Weekend" do *Times* enquanto a máquina de café aquece e decido a que evento cultural vou. Depois tomo banho e vou até a cidade, e sempre entro em um mercado: no Broadway, quando estou a fim de uma vibe jovem e moderna; no Spitalfields, se quero algo um pouco mais sofisticado; ou no Borough, quando quero surpreender Ryan com algum ingrediente especial para um de seus pratos incríveis.

Minha câmera é minha única companheira nessas incursões. Curto esse tempo sozinha para entrar na vida movimentada da cidade aos fins de semana, tornando-me invisível para poder fotografar esse quadro rico, um pedaço do coração de Londres. Almoço um sanduíche, visito uma galeria ou uma exposição, ou faço um passeio pela Serpentine, ou vou a algum lugar para observar as pessoas vivendo e respirando o pulso da cidade: os skatistas no Southbank, as pessoas fazendo compras na Sloane Street. Então me sento em um pequeno café na calçada, como o Bar Italia, no Soho, e tomo um espresso enquanto olho as fotos do dia antes de ir para casa. Ligo para Ryan e depois saio com as meninas do trabalho, ou, quando Casey está aqui, vamos tomar uns drinques e depois a alguma balada. Sinto falta do Ryan, mas adoro esse tempo também. É um dia em minha semana em que me sinto mais eu.

Às vezes a culpa me tortura e a dúvida me queima, quando penso que prometi a Ryan, na época em que nos mudamos para Londres, que voltaríamos todos os fins de semana. Mas não consigo. É muito sufocante. E um de nós deve aproveitar o que Londres oferece aos fins de semana, certo? E só prometi voltar porque achei que, quando estivesse aqui, ele mudaria de ideia. Mas é como se ele tivesse um cordão umbilical que o puxa de volta para Leigh-on-Sea. Sempre que reclamo, ele solta seu discurso "família em primeiro lugar".

E, além disso, a ausência faz o amor crescer. Todo mundo diz isso.

A verdade é que Ryan e eu percebemos que gostamos de fazer coisas diferentes. E tudo bem. Nós ainda temos muito em comum. Como... a nossa *história* e... bem, você sabe, sei lá, muitas outras coisas.

Balanço a cabeça para me concentrar em meu fim de semana com Casey.

— Vamos nos divertir! — ela grita.

— Sim! — exclamo, batendo palmas, animada. — Por que não vamos para Camden passear, tomar alguma coisa, depois voltamos e nos arrumamos para sair mais tarde? Estou tão animada por sair no sábado à noite! Faz tempo que não saio!

— Legal — diz Casey, deitada no sofá langorosamente. — Deixe eu me curar da ressaca primeiro. Saí ontem à noite com as meninas e vim direto para cá.

— Sério? — digo, sentindo uma pontada inesperada de inveja.

Acho que isso explica a roupa.

Ela se inclina sobre a mesinha de centro para pegar um copo de água que deixei lá e logo despenca para trás, derramando um pouco no chão. Rapidamente me levanto e vou para a cozinha pegar um pano, secando ao redor de seus pés enquanto ela os levanta, como uma adolescente. De repente, lembro de minha mãe fazendo o mesmo e jogo o pano no chão, com nojo.

Duas horas depois, Casey e eu estamos vagando por Camden.

— Não admira que você goste daqui — diz ela, rindo e apontando para uma barraca que vende bolsas franjadas, espelhadas e de paetês.

— Ei! — digo, pegando uma bolsa e jogando por cima do ombro. — Saiba que estão super na moda atualmente! A Kate Moss tem uma exatamente assim!

— Dez anos tarde demais para você, amiga — Casey ri. — Você não teve uma dessas quando tinha catorze anos?

— Não posso fazer nada se sempre estive à frente do meu tempo, meu bem — digo de modo artificial e pomposo, e caio na gargalhada.

É ótimo estar com Casey, mas, desde que Ry e eu nos mudamos para Londres e nós duas nos vemos menos, só ficamos realmente à vontade falando do passado, das memórias compartilhadas da nossa adolescência, quando o vínculo entre nós era tão forte que não podíamos imaginar que alguém ou alguma coisa pudesse interferir. Mas a verdade é que a vida interferiu. Tudo bem, eu admito, minha relação com Ryan contribuiu para isso. Preciso me esforçar mais para passar um tempo de qualidade com Casey. Mas é estranho; às vezes fico nervosa com essa perspectiva. Como se eu fosse entediá-la, ou fôssemos acabar sem nada para conversar. Nossa vida é tão diferente há tanto tempo que é difícil produzir novas memórias. Talvez por isso nos agarremos tanto ao passado, usando-o para preencher os momentos atuais, quando se torna óbvio que simplesmente não nos conhecemos mais como antes. E, na verdade, em metade do tempo eu não consigo acompanhá-la. Se ela não está trabalhando até tarde, está na farra. Casey tem horários de vampiro e não parece precisar de descanso. Confesso que às vezes fico preocupada com ela. Mas sinto que tenho que me preocupar com Casey, porque ninguém mais vai fazer isso.

Devolvo a bolsa e continuamos caminhando em silêncio pelo mercado; pego alguma coisa ocasionalmente, para o apartamento ou para mim. Gosto das saias longas, estilo cigana, em camadas, mas, quando mostro para Casey, ela finge vomitar o macarrão que comemos. Pega uma minissaia de camurça e põe na frente do corpo. Observo Casey conversando animadamente com o vendedor, flertando com confiança, como é comum nela. A garota sabe conversar, essa é a verdade. Eu a observo agora, jogando a cabeça para trás e o peito para frente, e rindo com total abandono, enquanto o jovem atraente olha para ela com lasciva aprovação. Ele toca seu traseiro e ela não se mexe, mas *eu* sim. Ela só pisca de forma provocativa e se aproxima mais um passo. Talvez eu seja puritana, mas esse tipo de coisa me deixa constrangida. Estou com Ryan há tanto tempo que nem lembro mais como é. Estou ficando velha e chata?

Como assim, "ficando"? Odeio lhe dizer isso, mas você já é faz tempo.

Sinto o frio aperto da dúvida em meu coração e desvio o olhar, tomando um gole de café para parecer ocupada enquanto Casey conversa. Penso em Ryan e me pergunto o que ele está fazendo agora. Então percebo que não preciso imaginar; eu sei. Porque eu sempre sei o que ele está fazendo, conheço sua rotina — nossa rotina — de cor. Todo santo dia.

Então faça algo diferente! Algo louco! Seja inconsequente uma vez na vida, aja conforme a sua idade, não conforme o número do seu sapato!

De repente, sinto necessidade de fazer algo louco e espontâneo. Vou até Casey e o vendedor. Tiro a saia da mão dela e a abraço de forma possessiva.

— Dá pra parar de dar em cima da minha namorada? — digo, toda vampiresca, apoiando meu rosto no dela.

Casey olha para mim e sorri.

— Ah, baby — diz ela, arfando e olhando de soslaio para o vendedor, que agora está salivando por nós duas. — Achei que você ia gostar de me ver usando uma dessas; eu sei que minissaias te deixam excitada... — E me dá um beijo nos lábios, para efeito pleno.

Então saímos, e conseguimos dar cerca de cinco passos antes de ter um acesso de riso. Pego minha câmera e a inclino acima da nossa cabeça, e, ainda rindo, posamos tocando as línguas.

Nesse momento, faço um juramento: é hora de começar a me divertir de novo, de começar a viver.

Saímos do metrô para a luz do sol na estação de Waterloo. O cinema Imax se sobressai na cidade de concreto cinza. Começou a chover, e Casey olha para cima, levanta os braços e começa a rodar até ficar zonza, como fazem as crianças. Eu me junto a ela e começamos a rir, enquanto as pessoas passam por nós com expressão confusa. Paramos e nos abraçamos.

— O que estamos fazendo aqui? — diz Casey, olhando em volta com desaprovação.

Admito que é uma das partes menos atraentes de Londres, aonde quase nunca vou, mas por isso me parece linda. Faz com que eu sinta como se pudesse estar em qualquer lugar. Por exemplo, Nova York. Meu Deus, eu adoraria morar lá. *Ainda tem tempo*, penso. *Tenho só vinte e cinco anos.*

Só vinte e cinco.

Seguro seu braço e começo a andar pelas ruas, decidida. Não tenho certeza de que sei aonde estou indo, mas parte da aventura é a viagem, não o destino. Ryan sempre pareceu o destino final para mim, o ponto de descanso. Ele foi meu primeiro destino, de modo que não viajei muito para encontrá-lo. Desde então, temos andado depressa em volta do tabuleiro do Banco Imobiliário da vida, perdendo as cartas da sorte e nos acomodando em uma casa no primeiro quarteirão onde caímos.

Tento ignorar meu eu adolescente, mas, recentemente, sua voz está ficando mais alta e mais persistente, me perguntando se o que tenho é suficiente. E não estou pedindo uma vida equivalente a um hotel na Park Lane, mas não posso deixar de me perguntar se não me acomodei cedo demais, se tenho a Old Kent Road quando poderia ter tido a Regent Street. Afasto esse pensamento terrível e desleal da cabeça. Está tudo bem, de verdade, só preciso de um pouco de diversão.

— Chegamos! — exclamo diante de uma portinha.
Casey olha em volta, claramente confusa.
— Humm, onde? — pergunta, em dúvida.
— Aqui é... o limite do mundo! — digo vagamente, abrindo os braços de forma dramática, dominada por uma onda de empolgação. — Vem — digo, segurando a mão dela.
— Molly, de que raios você está falando? — Casey resmunga enquanto me segue. — Pensei que íamos fazer compras, ou beber.
— Nós *vamos* beber — respondo. — Ao redor do mundo! — Aponto para a placa e sorrio para ela, de repente insegura quanto à minha decisão. — Bem-vinda à... Vinopolis! — digo, debilmente.
Degustação de vinhos? Isso é ser louca, selvagem e espontânea?
Sigo em frente de qualquer maneira, desesperada para provar que minha ideia é boa, ainda que eu mesma tenha dúvidas.
— Você entra, compra uma passagem e viaja ao redor do mundo provando vinhos! — explico. Casey não responde. — Eu... eu achei que seria um jeito cultural e divertido de passar a tarde! Sempre quis vir aqui, mas o Ry não gosta de vinho, então...
— Você me trouxe aqui sabendo que eu gosto? — Casey ri com naturalidade. — Não me importa de onde venha — ela acrescenta —, vou beber o álcool que você puser na minha frente!
— Bom, prepare-se para ser instruída, Case — sorrio. — Nunca se sabe, você pode sair daqui perita em vinhos.
Ela olha para mim com uma expressão vazia em seu belo rosto.
— Amiga, você já viu como eu bebo vinho?
E rio enquanto ela finge virar uma garrafa goela abaixo.

Estamos na ala da França, experimentando uma seleção de burgundys, indo contra o conselho bem conhecido de cuspir o que se prova na degustação.

— Humm — diz Casey, fazendo rolar um grande gole de vinho dentro da boca de maneira supostamente profissional e refinada. Ela engole e ergue os olhos, como se procurasse a analogia perfeita. — Tem gosto de... Sinto um toque de... uma pitada definitiva de... sim, já sei... UVA!

Estamos praticamente rolando pela ala da Espanha quando sinto alguém tocar meu ombro.

— Que bom te ver aqui, novata!

Franzo a testa para Casey, que ergue a sobrancelha para mim, e me viro rapidamente. Seb está ali parado, com dois amigos e um largo sorriso para mim e Casey. Eles estão vestidos quase igual, de calça jeans, tênis de grife e suéter com monograma e decote V. Com os cabelos bagunçados, parecem trigêmeos.

— Oi, Seb — sorrio, realmente feliz por encontrar alguém que conheço. Pelo menos a Casey vai ver que eu também tenho vida social. — O que vocês estão fazendo aqui?

— Ah, absorvendo um pouco de cultura. Gostamos de fazer coisas diferentes nos fins de semana, por isso temos um clube de almoço aos sábados — ele explica. — Cada um escolhe algo diferente para fazer a cada semana, algo que ninguém fez antes. Minha escolha foi vir aqui. Adoro degustar vinhos, e você?

— Na verdade, eu nunca tinha feito isso antes — respondo, envergonhada por admitir e impressionada com a proposta inspiradora dos rapazes para passar os fins de semana. Ninguém veria Ryan e seus amigos fazendo isso.

Ao meu lado, Casey limpa a garganta e olho para ela. De repente seu bronzeado me parece artificial demais, seu vestido curto demais, suas botas altas demais para uma tarde de sábado. Fico constrangida.

— Esta é a minha m-me... velha amiga, Casey — digo. A palavra "melhor" fica presa em minha garganta na primeira sílaba. Casey não nota. Ela ergue uma sobrancelha e a mão na direção de Seb e lhe dá um longo e sexy sorriso.

— Muito prazer — ronrona. — E quem são seus amigos?

— Ah, desculpe — ele diz, balançando as mãos. — Molly, Casey, estes são o Nick e o Matt.

— Oi — eles dizem em coro, descontraídos, nos dando sorrisos fáceis.

— Já passaram por muitos países? — Seb pergunta, cruzando os braços.

— Só Ibiza — Casey responde, antes que eu possa impedir. — E eu sou meio italiana, meio grega, mas não vou contar que parte é de onde — ela pisca. — Vocês já foram lá? À Itália ou à Grécia, claro, não às minhas partes...

Olho para ela horrorizada, mas todos riem da piada, de modo que rio também.

— *Aaaahhhh!* — grito.

Estou sentada na garupa de uma Vespa italiana, andando pelas ruas de Roma com as mãos na cintura de Seb. Estou, se não bêbada, muito, *muito* alegre. Estamos na Itália há séculos. Na verdade, saímos uma vez, para ir à África do Sul e a Portugal, e a seguir decidimos que gostamos tanto da Itália que queríamos voltar para beber mais chianti e dar outra volta de Vespa.

— É igual *A princesa e o plebeu*! — diz Seb por cima do ombro.

— É?

— Você não viu? Gregory Peck, Audrey Hepburn... Você deve ter visto!

— Não — respondo —, mas sempre quis ver.

E é verdade. Estava em minha lista de filmes para ver antes de eu conhecer Ryan, mas depois começamos a namorar e, apesar de conseguir fazê-lo assistir a alguns filmes de que gosto, ele se recusa a ver qualquer um que seja em preto e branco.

Seb gira sobre a Vespa e ficamos de frente um para o outro. Eu me endireito no banco e engulo em seco, subitamente consciente de nossa proximidade. Olho em volta à procura de Casey, mas lembro que ela disse que ia levar os rapazes à Grécia.

— Ei! — exclamo, apontando para a tela, que ainda nos mostra andando pelas ruas de paralelepípedos de Roma, apesar de Seb, o piloto, estar de frente para mim. — Condução perigosa!

— Dane-se — ele sorri, cruzando os braços e me olhando atentamente.

— Quero saber como uma mulher que trabalha em revista, ninguém menos que uma editora de *fotografia*, nunca viu *A princesa e o plebeu*... É um clássico! Belíssima fotografia!

Dou de ombros, de repente me sentindo incrivelmente constrangida.

— Não sei — respondo, baixando os olhos. — Acho que deixei passar.

— Mas você já esteve em Roma, certo? — Seb pergunta com curiosidade.

Balanço a cabeça, me sentindo mais tola e culturalmente inepta do que nunca, sem vontade de entrar em pormenores sobre a infância que passei sendo arrastada a cidades do litoral britânico, de uma pousada sombria a outra. Ou sobre minhas férias com a família de Ryan em Portugal. De repente tudo me parece tão provinciano... Seb fica boquiaberto; seus olhos cinza-esverdeados mal escondem a descrença.

— Mas você ama fotografia, certo? — ele pergunta.

Concordo com a cabeça.

— Então você tem que ir para Roma fotografar a Piazza San Pietro, a Capela Sistina, as vistas e os sons da cidade, os italianos extravagantes tomando espresso no mercado, os amantes se beijando em frente à Fontana di Trevi...

Fico olhando para Seb, que fala com tanta paixão sobre essa bela cidade, e me sinto oprimida pelo desejo. Não por Seb; desejo de ver mais do mundo, mais da *vida*.

Ele obviamente percebe que fiquei quieta. A taça que estou segurando, que continha um delicioso montepulciano, está vazia, e ele a pega, pula da Vespa e a coloca em cima da mesa no meio do salão. Depois segura minha mão, me tira da Vespa e me leva para o salão seguinte.

— Vamos lá, novata — diz, me dando um beijo na testa. — Vou te mostrar o resto do mundo!

Seb me leva à Califórnia e me entrega uma taça de zinfandel.

— Você não sabe o que está perdendo — diz.

Ele bate sua taça na minha e bebe tudo de um gole só, depois balança a cabeça e ri, exalando perigo e emoção.

E, com um arrepio e uma pontada de arrependimento, percebo que Seb entendeu errado; o problema é que eu sei *exatamente* o que estou perdendo. E, agora que vejo isso, não sei se posso voltar à feliz ignorância em que vivia.

— O que está acontecendo? — Casey sussurra para mim.

Estamos sentadas no Century, o bar privativo na Shaftesbury Avenue, do qual Seb é membro. Estamos em um canto com Nick e Matt, tendo uma das melhores noites dos últimos tempos.

— Como assim? — pergunto inocentemente, sorrindo, meio embriagada, ao ver Seb trazer uma garrafa de champanhe e depois voltar para o bar.

Olho para Nick e Matt à nossa frente. Seb está conversando com outro amigo no bar.

— Vamos ao jardim da cobertura um instantinho, rapazes — diz Casey.

— Não morram de saudades!

Ela pega minha mão e me leva para o elevador. Lá em cima, me faz sentar e me olha:

— Sério, amiga, o que está acontecendo? Você parece bem... diferente. Está tudo bem com você?

— Ãhã — concordo com a cabeça, sem convicção, e desvio o olhar.

— O que quero dizer é: está tudo bem entre você e o Ryan?

Ela me dá um tapinha no ombro, e, quando a encaro, sei que ela pode ver, só de olhar para mim, toda a frustração e a dúvida que de repente sinto sobre meu relacionamento.

— Caramba — diz Casey, balançando a cabeça. — Pensei que vocês dois fossem inabaláveis. O casal perfeito.

— Ninguém é perfeito, Case... — digo com tristeza.

— Você ainda quer ficar com ele?

Descubro que não sei a resposta. Tudo que consigo pensar é: O que aconteceu com aquele jovem casal perdidamente apaixonado? Ficamos acomodados, foi isso que aconteceu. Acomodados em nosso emprego, em compromissos e responsabilidades, em uma hipoteca aos vinte e poucos anos, quando deveríamos estar nos divertindo. E agora não posso deixar de pensar que, se ainda estou no tabuleiro do Banco Imobiliário, talvez seja hora de usar a carta de saída livre da prisão.

O beijo de adeus à dignidade

Por que será que precisamos saber o que queremos ser e com que tipo de pessoa queremos estar antes de sequer sabermos exatamente quem somos? Eu dei as costas a tantas oportunidades, experiências e caminhos de vida... Passei a maior parte do tempo fingindo saber o que estava fazendo, agindo de forma "madura", sendo adulta. Queria ter passado mais tempo sendo livre, buscando aventuras, fazendo coisas erradas, em vez de tentar controlar tudo. Queria não ter tentado viver a vida riscando itens de uma lista de coisas a fazer, mas ter apenas focado o presente. Talvez assim estivesse mais preparada para as coisas da vida adulta que vieram muito antes do que eu esperava. Sei que não devemos nos arrepender de nada, mas esse é o meu arrependimento.

<<REW 19/07/01

— Não acredito que estamos aqui! Ibizaaaaaa! — exclama Casey, pronunciando a última palavra exatamente como diz "tequilaaaa!", e com o mesmo falso sotaque mexicano.
 Ela abandona a mala ao lado da porta e se joga em uma das camas de solteiro no quarto de hotel parcamente decorado. Rola e põe as mãos atrás da cabeça; seu cabelo escuro se espalha sobre o lençol branco e seu piercing de umbigo brilha em sua pele bronzeada. Com a parte de cima do biquíni e uma saia de brim branca, parece que Casey se vestiu para ir à balada, não para pegar um avião. Mia incorporou a Liz Hurley com uma cara calça bootcut branca, sandálias plataforma de cortiça e uma blusa semitransparente de chiffon floral com um top branco por baixo. Eu sou a mais descontraída das três, de short jeans cortado, meia-calça do tipo legging (não vou mostrar minhas pernas pálidas por aí), uma regata e meus óculos de sol favoritos, verde-esmeralda de bolinhas.
 — Vai ser um feriado incrível, meninas! — grita Casey. — Tomar sol de dia, ir para as baladas à noite, conhecer homens, beber, nenhum trabalho de faculdade para vocês se preocuparem, nada de ser garçonete para mim, só diversão, diversão, diversão! Ahhh, mal posso esperar para ir ao Eden! Já ouvi falar tanto desse lugar, e depois tem as festas de espuma, o El Divino.
 — Acho que eu e a Molly somos mais do tipo Café del Mar/Pacha, em vez de "explorando Ibiza", sabe? — diz Mia, de maneira meio calculada.
 Casey faz uma careta para ela e depois sorri para mim.
 — Vamos lá, Moll! — Ela se levanta e arrasta minha outra mala para cima da cama ao lado dela. — Vai começar a desfazer as malas ou não? É hora de festaaaa!
 Rio, animada por seu entusiasmo, e permito que ela me arraste para a outra cama.
 Mia passa pela porta e olha para o sofazinho com cara de desconfortável na parede perto da varanda.
 — Ah, desculpa, Mia — diz Casey, seguindo o olhar dela, mas sem lamentar de verdade. — Pegamos as melhores camas, né? Mas podemos trocar no meio da semana.

Mia sorri, rígida, sabendo que isso nunca vai acontecer, em seguida entra e começa a desfazer sua mala e a arrumar suas coisas com perfeição dentro do guarda-roupa. Além de ser classuda, inteligente e serena, Mia também é extremamente organizada. Ela não poderia ser mais diferente de Casey. O ambiente está tenso, e não posso evitar me perguntar se não foi uma péssima ideia minha. Eu esperava que o feriado aproximasse minha duas melhores amigas. Pelo amor de Deus, Mia e eu acabamos de nos formar! Era para ser *divertido*. Mas definitivamente não vai ser se eu tiver de passar a próxima semana no meio das disputas das duas. Sei que Casey ficou meio contrariada quando sugeri que Mia viesse conosco, mas achei que a tinha convencido de que três jovens solteiras juntas poderiam se divertir muito mais que duas.

Acho que cada uma de nós pode ensinar às outras algumas coisinhas sobre ser solteira, já que convergimos de diferentes ângulos. Mia é solteira por escolha própria; eu, por causa das minhas altas expectativas; e Casey não tem problema nenhum para arranjar rapazes, e sim para mantê-los. Esse feriado não é só para comemorar minha formatura e a da Mia. É para celebrar nossa *liberdade*. Homens não são necessários. A brisa suave da ilha levanta as cortinas de gaze finas e as puxa para a varanda, abrindo-as um pouco. Sinto uma vontade súbita de ver o mar e a beleza da ilha. Vou até a janela e abro as cortinas. E então, com horror, olhamos nossa vista.

Não é um mar azul-turquesa ou o pôr do sol flamejante de Ibiza. É um...

— PINTO! — Casey berra.

— PINTO! — Mia engasga.

— PINTO! — eu grito, apontando para a parede do prédio em construção em frente à nossa janela, que exibe o desenho de um inconfundível e enorme pênis, com pelos pubianos espetados.

Nós três rolamos no chão, gargalhando histericamente.

— Vamos, meninas — diz Mia quando por fim nos acalmamos. — Vamos ficar bêbadas.

Ela pega o braço de cada uma e nos espremmos para passar pela porta do hotel. Sinto um calor agradável, não só por causa da umidade da noite, mas pelo pensamento de que esse feriado pode dar certo, afinal.

A música toca alta no bar pequeno e abafado, um dos muitos bares pequenos e abafados que se alinham na rua principal de San Antonio. Estamos em pé ao redor de uma mesa alta com uma grande jarra de sex on the beach à nossa frente, o que atrai uma quantidade patética de cantadas de homens de diferentes idades e graus de atratividade. Obviamente, eu os mandei para aquele lugar, o que foi recebido com vaias e zombarias — de Casey e Mia. Parece que a única coisa com que elas concordam é que estão a fim de ver ao vivo um pouco do que vimos da janela do hotel. Já era a semana de estreitar os vínculos entre amigas.

— Fala sério, Molly — Casey implora quando dispenso mais um grupo de rapazes. — Você não quer que a gente não converse com nenhum cara, né? Pense em quantos casos de férias poderíamos ter! Tem alguns caras bem bonitinhos aqui. Olha aquele ali!

Casey sorri e morde seu canudinho de um jeito sedutor quando o velho sórdido proprietário do bar pisca para ela e a chama. Seguro seu braço quando ela ameaça ir; é um reflexo natural meu. Já saí muitas noites com Casey, e ela sempre encontra um jeito de ficar com os caras mais velhos/sórdidos dos lugares. E só porque somos mais experientes agora, não significa que vou parar de tentar protegê-la.

— Não, Casey! Sério, você não tem ideia de por onde ele andou. E ele é velho demais para você.

— Duvido que tenha mais que trinta e cinco anos. Imagina só a experiência de vida que ele tem... — Ela suspira e acena com os dedos para ele, ao estilo Marilyn Monroe.

— Eu imagino — digo, fazendo cara feia e baixando sua mão. — E é justamente isso que me dá nojo. — Eu me viro para Mia, que está olhando para ele de cara feia. — Me ajuda aqui, Mia. Você concorda comigo, certo?

Ela dá de ombros, indiferente.

— Depende. Quer dizer, se ela estiver só procurando uma transa...

— Mia! — exclamo.

— Que foi? São dois adultos, e se for de comum acordo... — Ela brinca com o canudo distraidamente. — Ela só se sente atraída por ele porque o pai dela foi embora. Isso se chama fixação paterna, ou ansiedade de abandono, ou algo assim. Talvez uma boa trepada com o senhor Nojento ali a faça superar essas questões. Nunca se sabe, talvez ela economize uma fortuna em terapia quando estiver na casa dos trinta. — Ela faz uma pausa e bebe quase o drinque todo, depois se serve mais. — Mas, se ela tiver qualquer ilusão ridícula que ele vai se apaixonar por ela e eles vão viver felizes para sempre, então é ainda mais burra do que pare...

Dou uma cotovelada em Mia, mas é tarde demais. Casey olha furiosa para ela e depois desvia o olhar, ressentida. Não há nada que ela odeie mais do que ser chamada de burra.

— Acho que é hora de fazer um brinde! — digo radiante. — Às minhas melhores amigas! — E começo a cantar minha música e da Casey para acalmá-la. — *We've only got each other now and we'll always be around*...

Achei que isso fosse melhorar o humor da Casey, mas ela só olha feio para mim e depois para Mia, que me encara como se eu fosse maluca. Paro de cantar no meio da frase e bato em suas taças.

— Um brinde a um maravilhoso feriado só de meninas. E lembrem-se...

— Que somos quentes? — diz Mia, balançando braços e pernas enquanto Casey revira os olhos.

— *Claro* que sim, mas o que eu ia dizer é que não vamos deixar nenhum cara atrapalhar, certo?

Casey anui, mas só quando a cutuco. Mia faz o mesmo, porém logo em seguida empurra seu copo para mim quando um rapaz se aproxima. Dou meia-volta, coloco nossas bebidas em cima da mesa, e, quando olho para trás, ela está dando uns amassos no sujeito. Ótimo. Eu me viro para Casey, mas ela desapareceu. Olho em volta quando aplausos emergem do meio da pista de dança, e de repente a vejo dançando ali, para o deleite de todos os homens que a cercaram. Suspiro, me sirvo de mais bebida da jarra e esvazio o copo de uma vez.

— Ughh — gemo.

Nós três estamos deitadas na praia, no calor do meio-dia, tentando queimar o álcool do corpo e as memórias da nossa noite de bebedeira da mente. Não está dando certo.

Tiro os óculos de sol e os deixo ao meu lado.

— Por favor, digam que eu não peguei aquele feioso de dezoito anos que ficou atrás de mim a noite toda.

Mia sai de sua graciosa posição de adoração ao sol, deitada em sua toalha com os braços cuidadosamente colocados nas laterais do corpo, as palmas das mãos voltadas para cima, as pernas afastadas e viradas para fora, como na segunda posição do balé, as alças do biquíni enfiadas debaixo dela.

— Não, Molly, você definitivamente, absolutamente não pegou o Gerard, o feioso de dezoito anos com cara de pizza e problemas de transpiração — ela responde com sarcasmo, deslizando a mão para dentro da minha bolsa e pegando um pedaço de papel com o nome, o endereço, o número de telefone e o e-mail de Gerard.

Casey gargalha, se senta e segura a cabeça entre as mãos.

— Ai! Eu não devia ter me mexido tão depressa. — Ela põe um chapéu e se apoia nos cotovelos, fazendo a barriga parecer impossivelmente firme. — E depois você definitivamente, absolutamente não beijou o melhor amigo dele, causando uma briga e fazendo com que fôssemos todos expulsos do bar.

Levo as mãos ao rosto.

— Meu *Deus*! — gemo. — A culpa é de vocês duas. Vocês são uma péssima influência para mim. Essa era para ser uma viagem só de meninas, sem homens, lembram?

— Humm — diz Mia, contraindo-se ao abrir um olho e levantando um dedo. — Em primeiro lugar, precisa falar tão alto? — Ela finge girar um botão de volume, e eu estendo a mão e bato nela. — Em segundo lugar... Ai. Dói falar. — Ela abaixa o braço. — Para ser sincera, Molly, meu objetivo é ter o máximo possível de ação horizontal durante a próxima semana. Assim que passar a vontade de vomitar.

— Bom, eu ainda acho que vocês me decepcionaram — resmungo. — Se não tivessem me abandonado com uma jarra de álcool, eu nunca teria acabado nessa confusão.

— Corrigindo — diz Mia, balançando o dedo —, você *mesma* se decepcionou.

— E esqueceu a calcinha — Casey acrescenta alegremente. — Lá na espreguiçadeira, lembra?

— NÃO! — grito e me sento, lutando para amarrar as tiras do biquíni e proteger meu pudor. — Nem vem! Eu tenho certeza que não fiz isso! Eu ia lembrar, não ia? Não?

Ambas olham para mim com falsa compaixão.

— Calma, amiga — diz Casey, e elas começam a rir. — Estamos brincando. Você precisaria de mais do que seu peso corporal em álcool para perder o controle a *esse* ponto.

— Bom, de qualquer maneira, é isso — digo decidida, pegando meu livro e batendo em Casey com ele. — Chega de encontros bêbados para mim.

— Então o que você vai fazer? — pergunta Mia, erguendo os óculos de sol e arqueando a sobrancelha imperiosamente.

— Ter um lindo e romântico caso de amor de férias — diz Casey rindo, sabendo que isso é totalmente improvável para mim.

— Não. Nenhum dos dois. Isso — aponto meu corpo coberto pela saída de praia — está fora de alcance. Especialmente aqui — aponto o coração.

— Você não quer dizer ali? — Casey pisca e aponta para o triângulo preto de pano que cobre minhas partes íntimas, visível por baixo da saída de praia.

Mia ri, estico os braços e bato nas duas.

— Aqui também — digo na defensiva. — Agora, se não se importam, vou ler meu livro.

Tento abafar a incessante tagarelice de Casey sobre o bartender espanhol gostoso, e me perco completamente em *Reparação*.

Mais tarde, estou deitada em meu colchão de ar no oceano, com a cabeça virada para o lado e os olhos semicerrados. O sol de fim de tarde aquece minhas costas, e fico estupidamente vendo meus dedos criarem intrincados padrões de ondulação na água, ouvindo o barulhinho que a água faz, acompanhado pelo bater suave das ondas contra o plástico. Parece que estou no meio de uma grande orquestra da natureza, com o sol como regente e o mar como a seção de cordas. Na areia distante, o riso e as conversas melodiosas fazem o coro de fundo. É agradável aqui, sem ninguém para interromper. Estou sozinha com meus pensamentos, à deriva na infinita calma do oceano. Só eu...

— ARGH! — grito ao ser jogada sem a menor cerimônia de meu colchão de ar quando algo bate nele.

Emerjo da água e me seguro na boia inflável com os olhos ainda fechados, batendo as pernas e cuspindo ao tirar o cabelo dos olhos e a água do nariz.

— Puta que...

— Pariu! Desculpa! — diz uma voz masculina.

Ouço um mergulho e alguém nadando. Então sinto um par de mãos agarrando meu corpo.

— Tire as mãos de mim! — grito, piscando freneticamente e esfregando os olhos por causa da água salgada enquanto tento nadar de volta para o colchão, afastando as mãos de meu agressor invisível, que, para ser sincera, parece que só está tentando impulsionar minhas pernas de volta para a boia.

Simultaneamente tento acertá-lo e segurar a parte de baixo do meu biquíni, que está descendo de um jeito alarmante.

— Pare com isso! — cuspo depois de engolir mais água. — Eu posso subir sozinha!

— Tudo bem! Eu só estava tentando ajudar.

Subo no colchão e me sento, tentando recuperar um pouco da dignidade ao tirar o biquíni do meio do traseiro.

— Você podia pelo menos pedir desculpas por bater com seu colchão em mim — diz a voz logo atrás.

— Bater em *você*? — digo, irritada. — Está de brincadeira?

Olho indignada por cima do ombro e finalmente vejo o idiota do outro colchão que está na água perto de mim.

— Ryan?! — exclamo.

Ele ergue os olhos e começa a rir.

— Puta que pariu! Molly Carter!

Seus ombros largos e bronzeados brilham acima da superfície. Seu cabelo loiro está curto, fazendo-o parecer mais velho e mais forte, agora que perdeu as últimas dobrinhas do rosto. Sua pele é cor de noz, de alguém acostumado a passar muito tempo ao sol, com uma parte mais pálida sob os pelos cor de areia da barba rala. Seus cílios loiros estão molhados e grudados, e os olhos são azul-turquesa, da cor do mar que nos cerca. Noto umas leves marquinhas de expressão que começam a surgir ao redor de seus olhos.

— Eu devia saber que era você, Cooper — digo friamente. — Você estava sempre se exibindo em seu Golf GTI. Não admira que não consiga manobrar direito nem um colchão de ar.

— Ei, pelo que vi, você estava de olhos fechados — ele retruca. — Tenho certeza que isso daria reprovação imediata no exame de condução de colchões de ar. Não leu o Código de Condução Marítima antes de pegar seu veículo? Pelo menos eu sou um marinheiro qualificado.

Eu me lembro de nosso último encontro, um ano atrás, quando ele estava prestes a embarcar para Sydney. Queria poder dizer que não pensei nele desde então, mas estaria mentindo. É estranho... Aquela noite no *Bembridge* me marcou, mais do que achei que fosse possível. Meu coração bate de forma incontrolável agora, não acredito que nos encontramos aqui em Ibiza, entre tantos lugares. O que isso significa? Estamos sendo atraídos um para o outro, como o equivalente romântico das placas tectônicas? Ou é coisa da Casey de novo?

Olho para a praia e vejo uma figura distante de biquíni amarelo brilhante, em pé, com o braço estendido como um marinheiro, olhando para o mar. *Hummm.*

Ryan sorri para mim, em seguida sobe de volta em seu colchão de ar com facilidade. Tento não olhar, mas não posso deixar de notar como os músculos bem definidos de seu abdome se contraem quando ele faz isso. Há um punhado de pintas no meio de seu peito que tenho vontade de tocar. Coloco a mão no mar e jogo água no rosto para tentar evitar ficar vermelha. Talvez seja tarde demais.

— Que diabos você está fazendo aqui? — pergunto, remando com as mãos, especialmente para lhes dar algo para fazer, mas também para tentar me aproximar mais da costa. Percebo que nos afastamos um pouco.

— Estou aqui com os caras — ele responde, passando as mãos na cabeça e deixando gotinhas de diamante brilhando em seu cabelo dourado. — A gente vem aqui já faz uns quatro ou cinco anos, desde que tínhamos dezoito anos.

— Ah, claro — respondo com sarcasmo, olhando para baixo e ajeitando a parte de cima do biquíni preto para garantir que cubra meus seios direito.

— O que você quer dizer com isso? — pergunta Ryan, cruzando os braços e olhando para mim.

Paro de remar e ponho a mão acima dos olhos ao estreitá-los e olhar para ele.

— Nada, é que... uma turma de homens em Ibiza... é meio clichê, não?

Ele balança a cabeça e estala a língua.

— Você não mudou nada, Molly. Ainda gosta de ficar por cima, mesmo quando está montada em um colchão de ar, não é? — ele diz, batendo a mão na água e espirrando em meu rosto.

— Ei! — rio e espirro água de volta. — Você só está na defensiva porque sabe que é verdade!

— A gente vem aqui por causa das praias, na verdade.

Rio com desdém.

— Ah, tudo bem, pelas mulheres também — ele acrescenta. — E o que tem de errado nisso? Somos jovens, livres, solteiros...

Tique, tique, tique, eu me pego pensando, lembrando minha lista de "Coisas que quero em um namorado" secreta e atualizada. É tão secreta que não mostrei nem para Mia nem para Casey. Está escondida em meu diário. Venho aprimorando-a há anos.

<u>Coisas que quero em um namorado</u>
- Jovem. Não demais; dois anos mais velho está bom
- Sem amarras, que possa fazer o que quiser, ir a qualquer lugar, viajar o mundo etc.
- Solteiro. JAMAIS roubar o namorado de ninguém (ver lista BFF)
- Gostoso. Sou fútil, me julgue
- Carreira emocionante. (O que combina com fotógrafa? Roadie? Não, eles são sempre velhos, suados e gordos. Produtor musical? Pode ser. Artista? Não, precisa ser um trabalho que seja...)
- Bem remunerado. Sou fútil, me julgue (de novo)
- Que leia bastante. Não quero namorar nenhum idiota
- Culto
- Que saiba cozinhar? Porque eu não sei. E não quero morrer de fome
- Família legal? (Não é tão importante assim, mas seria um saco se fosse tão sem graça quanto a minha.)
- Gostoso. No nível Ryan Cooper

Meu Deus, como Ryan Cooper é gostoso.
Para com isso, Molly. Para.
— E você? — ele pergunta. — Veio com quem?
— Duas amigas...
— Ah, sim. Uma turma de *mulheres* em Ibiza, é? — ele provoca. — Alguém que eu conheço?
— Uma amiga da faculdade e a Casey. — Noto Ryan se remexer um pouco quando menciono o nome dela. — Ah, você veio com o Alex, não é? Eu soube que as coisas não acabaram tão bem entre eles ano passado.
Ele balança a cabeça.
— É, ele achou que era algo casual, mas ela pensou que era sério e ele pirou.

Exatamente.

— Eu não estava por perto quando eles terminaram, mas sei que a Casey ficou muito chateada — digo enquanto remo. — Ela acha que ele deu um fora nela sem motivo. Será que é melhor a gente garantir que um não saiba que o outro está aqui?

— Nah — diz Ryan, passando a mão no rosto e no cabelo, e a luz do sol bate em seu relógio e o faz brilhar. — Nós somos adultos. Não quero que a gente tenha que correr para fora de um bar quando vocês entrarem. A Casey e o Alex se veem direto em Leigh. Tenho certeza que vai ser tranquilo.

— Esqueci o que é uma cidade pequena — digo com ironia, inclinando-me sobre meu colchão de ar e remando mais para ganhar impulso. — Todo mundo sempre sabe da vida de todo mundo. É uma das razões de eu ter saído de lá.

— E uma das razões de eu ter ficado — Ryan ri. — Gosto de conhecer todos na cidade, gosto que as pessoas se preocupem com a minha família, que ajudem quando estamos com problemas ou lembrem de mim da escola. Gosto que meus amigos todos ainda morem virando a esquina. — Ele faz uma pausa. — E, particularmente, gosto que a minha mãe lave a minha roupa!

Eu rio e jogo água nele.

— Descobriu que é difícil lavar as próprias cuecas na Austrália, não é? Sem a mamãe por perto para fazer isso por você?

Ryan se inclina no colchão de ar e sorri descaradamente.

— Na verdade, não. Eu não uso cueca.

Tento não corar.

— Estou surpresa por você ter voltado — digo. — Deve ter sido difícil.

— Na verdade — ele sorri de novo —, eu acabei não indo.

Olho para ele em busca de sinais de que está brincando, ou pelo menos envergonhado por admitir, mas ele está sorrindo para o sol, absorvendo os raios como um super-herói que os usa como fonte de poder. Como ele pôde não ter ido? Que oportunidade desperdiçada. Deve ter tido um grande motivo.

— Ah, que pena — digo, solidária. — Aconteceu alguma coisa? — Faço uma pausa, esperando que ele me conte sobre uma oportunidade de trabalho incrível, e em seguida percebo que pode ter sido algo mais sério, como uma doença na família, um ataque cardíaco, câncer ou algo assim. Ou talvez a lesão do futebol... de novo. Coitado...

Ryan olha para mim e balança a cabeça.

— Não, eu decidi não ir. Sabia que ia sentir muita falta da minha família e dos meus amigos, então fiquei em Leigh no verão. Foi demais. Treinei os cadetes na vela e fui técnico do time de futebol infantil. Sabia que arranjei um emprego de professor também?

Balanço a cabeça. *Ele desistiu de um verão na Austrália para ficar em Leigh? Qual é o problema desse cara?*

— Onde?

Ryan abre um sorriso largo.

— Na Thorpe Hall.

Fico de queixo caído enquanto ele finge apertar a gravata.

— Eles não resistiram a contratar um ex-aluno famoso. Começo em setembro. Ei, sua mãe ainda trabalha lá?

Concordo com a cabeça em silêncio, ainda tentando digerir as informações.

Ele ri e toca meu joelho.

— Ela vai ser minha colega de trabalho agora. Estranho, não?

Muito estranho.

— É — ele prossegue —, vou ter que me controlar para não ir para o refeitório dos alunos na hora do almoço, em vez de para a sala dos professores. Felizmente, como professor de educação física, acho que não vou precisar me envolver muito na política dos professores. E pretendo ser tão amigo dos alunos quanto professor. Mal posso esperar.

Arregalo os olhos e balanço a cabeça, ainda sem acreditar que Ryan Cooper vai mesmo ser *professor.*

— Meu Deus, que loucura — digo, rapidamente mudando de assunto. — A gente se encontrar justo aqui, em Ibiza! — De repente, um pensamento me ocorre. — Será que a Casey e o Alex armaram isso? De nós dois nos encontrarmos aqui?

— Por que eles fariam isso? — ele franze a testa.

— Sei lá, a Casey sempre foi obcecada por nos ver juntos, por alguma razão que eu desconheço. — Tenho certeza de que estou corando. — Acho que ela tinha ideias de nós quatro saindo juntos, quando ela e o Alex ainda estavam namorando.

— Que loucura — Ryan responde —, a gente mal se conhece.

Ele está certo. Nós só nos encontramos algumas vezes nos últimos anos. Mas, apesar disso, vê-lo sempre mexe com alguma coisa inexplicável dentro de mim. Não é só desejo... é algo mais, como se ele pudesse me enxergar por dentro.

Na primeira vez em que fomos tomar um café e eu lhe contei como me sentia em relação a meus pais, contei meus segredos mais íntimos, compartilhamos nossos sonhos e medos, senti que ele me conhecia melhor que a maioria das pessoas. Apesar de todos os anos que se passaram, quando ele me olha como agora, ainda sinto exatamente a mesma coisa. Sinto que tenho quinze anos de novo, que sou uma adolescente. Uma adolescente... apaixonada.

Desvio o olhar, desesperada para voltar para as meninas. De repente me sinto perdida. Mas a praia dourada beijada pelo sol e a baía poderiam muito bem ser a lua, de tão longe que parecem.

Começo a bater as mãos desesperadamente, como um cachorro.

— Não estamos saindo do lugar — digo, olhando para o mar à nossa frente.

— Não? — Ryan responde, entrando na água. Em seguida faz uma pausa e ergue a sobrancelha. — Talvez seja melhor mudar de direção.

Ele nada até mim com seus braços fortes e apoia a mão no travesseiro do meu colchão de ar.

— Pode deitar, Molly — diz suavemente.

— Aposto que você diz isso para todas — brinco, balançando um pouco. Ele revira os olhos, mas sorri.

— Faz o que eu pedi, pode ser?

Obedeço. Eu me inclino para frente e percebo que seu olhar permanece mais tempo que o necessário em meu peito pálido, quando me deito sobre a barriga ainda mais pálida. Não reclamo. Em vez disso, digo:

— Você não dá uma folga, hein?

— Nunca — ele responde.

Há uma pausa prolongada, e olhamos um para o outro.

–– Está pronta? — ele pergunta.

Anuo. A seguir, ele dá meia-volta e, com o braço forte e definido, nada e me puxa, e já não estou à deriva, sozinha no meio do vasto oceano.

O beijo de Judas

Você já quis tanto um beijo que achou que não poderia suportar não saber como era? Já passou horas imaginando o momento em que ia acontecer, aquele delicioso alentecimento do tempo e encurtamento da respiração conforme o espaço entre os dois diminui, a vertigem de antecipação e falta de ar e desejo e expectativa? Já imaginou a sensação dos lábios de alguém, da língua, a respiração se misturando com a sua?

E então já se viu nessa exata situação, e descobriu que a expectativa era muito melhor que o ato em si? Que o *não beijo* é que era totalmente inebriante?

E depois chegou à conclusão de que transformar uma fantasia tola em realidade foi o maior erro da sua vida?

FF >> 11/12/04 19:07

— Uhuuuuuuuu!
Um grito alto reverbera pelo restaurante quando Christie se levanta, com o chapéu de aniversário levemente inclinado na cabeça perfeitamente penteada. Ela sorri largamente, e seu gloss brilha como uma das bolas coloridas que enfeitam a árvore do restaurante. Toda a equipe editorial da *Viva* está na The Gaucho Grill, uma churrascaria argentina escondida em um porão, numa pequena rua lateral perto de Piccadilly, para nosso almoço de Natal. O restaurante é o pior pesadelo de um vegetariano — e de um tradicionalista do Natal (não tem peru). Os assentos são cobertos de couro, e gordos pedaços de carne foram servidos a todos, com purê cremoso, batata frita, grandes tomates grelhados e espetinhos de cogumelos. Intermináveis garrafas vazias de vinho — um excelente sauvignon da região de Norton que Christie escolheu e um malbec ainda melhor, escolhido por Seb — estão espalhadas sobre a mesa comprida, ao lado de chapéus de festa. Já recolheram a sobremesa, e Seb e seu assistente, Dominic, fumam charuto, enquanto o restante de nós passa para as caipirinhas. Seb fez questão de explicar cada marca a Dom, e lhe mostra exatamente o que fazer enquanto fala apaixonadamente sobre suas viagens pela América do Sul. Habilmente, ele corta a extremidade dos charutos Cohiba que escolheu para os dois, acende e entrega um a Dom, que começa a tossir e a cuspir em meio às tragadas, tentando recuperar a aparência de descolado só segurando o charuto, sem fumar, pelos próximos dez minutos, enquanto Seb fuma, conversa, brinca, graceja e solta fumaça como um especialista. Não que eu estivesse olhando atentamente ou algo assim. Ah, quem estou tentando enganar? Eu *não paro* de olhar para ele, ou de pensar nele, ou de imaginar como seria beijá-lo, desde aquele dia na Vinopolis, há dois meses. Tento pensar em Ryan e em nosso relacionamento, amarrar as pontas soltas de novo para descobrir se só estou tendo uma crise dos vinte e poucos anos (isso realmente existe, fizemos uma matéria sobre na edição do mês passado). Mas ainda me sinto atraída por ele.
Só Casey sabe sobre minhas dúvidas. Ela me ouviu e me aconselhou quando liguei para ela no meio da noite, na boate, ou quando a acordei com

meus problemas. Eu me sinto péssima só de falar sobre isso com ela. É como se eu tivesse traído Ryan só por expressar minhas dúvidas. Parte de mim quer saber o que estou esperando; se eu tivesse certeza, já teria ido embora? Mas ele é a única pessoa que já amei e, na vida real, é perfeito para mim. É só no papel que as coisas vão mal. Até escrevi uma lista outra noite, enquanto ele dormia tranquilamente ao meu lado, com o braço jogado possessivamente sobre meu corpo.

<u>Motivos pelos quais Ryan e eu não somos compatíveis</u>
- Ele gosta de esportes, eu de cultura
- Ele gosta de ficar em casa, eu de sair
- Ele gosta de cozinhar, eu de beber
- Eu gosto de viajar, ele... de voltar para a casa dos pais

Rasguei a lista com a sensação de que estava traindo Ryan. Saí da cama e liguei para Casey imediatamente, sabendo que ela ainda estaria acordada, para perguntar o que ela achava.

— Eu não sei, Moll — ela disse suavemente. — Eu sempre achei que você e o Ryan foram feitos um para o outro. Mas talvez não seja para sempre.

Não consigo tirar essa frase da cabeça desde então.

A garçonete traz mais três baldes de gelo e os coloca ao longo da mesa. Christie sorri beatificamente para todos nós enquanto bebo meu drinque.

— Como uma típica americana inibida, sei que não sou dada a fazer discursos... — ela começa, e todos riem. Christie adora o som da própria voz, mas pelo menos entende de ironia. — Mesmo assim pensei em tentar. Enfim, eu só quero agradecer a todos vocês pelo trabalho incrível este ano. O sucesso que a *Viva* alcançou é inédito.

— Uhuuu! — gritamos de novo enquanto a garçonete começa a servir champanhe.

Christie faz uma pausa, esperando que ela termine, para continuar seu discurso.

— Mas essa não é a única razão pela qual eu quis dizer algumas palavras hoje. — Ela respira fundo. — Como tenho certeza que vocês já sabem, fizemos algumas reuniões a portas fechadas recentemente...

Um murmúrio de risos nervosos corre entre nós, reconhecendo que sabíamos que algo estava acontecendo. Mas, por seu sorriso largo, sabemos que não é notícia ruim.

— A diretoria da editora Brooks decidiu que, para garantir o futuro da *Viva*, precisamos estar em constante transformação. Sites e blogs estão se tornando parte crucial da indústria. Os leitores querem conteúdos mais instantâneos, por isso a equipe técnica está em processo de desenvolvimento de um site para a *Viva*, que será lançado com o formato semanal da revista, em março. Estivemos trabalhando no boneco nos últimos dois meses, e ele foi aprovado. A partir de janeiro, a *Viva* será uma revista semanal.

Christie ri ao ver cerca de trinta queixos caídos ao redor da mesa. Olho para Seb, que pisca para mim com cumplicidade. Evidentemente, ele soube desse segredo antes de nós. Sorrio e olho para Christie, tentando ignorar o aumento em meus batimentos cardíacos. Seb parece estranhamente à vontade no ambiente, fumando um charuto como se tivesse nascido para isso, reclinado em uma cadeira de couro enquanto a fumaça ondula sensualmente na escuridão, como um jovem Matt Dillon.

Eu tento, mas não posso evitar um segundo olhar desinteressado, e, quando olho, ele me encara atentamente, e as sombras que dançam em seu rosto fazem seus olhos parecerem ainda mais intensos e velados. Ele passa a mão no queixo e sorri preguiçosamente. Sorrio também.

Christie ainda está falando, e me concentro de novo nela, sabendo que isso é muito importante para o meu trabalho e o meu futuro.

— Além do novo formato da revista, a Brooks está apostando tudo no lançamento digital, para transformá-lo no site número um para jovens mulheres do Reino Unido. — Ela faz uma pausa e olha para todos nós ao redor da mesa. — Obviamente, isso significa mais trabalho para todos vocês, sem muita recompensa no início. Enquanto não contratarmos uma equipe digital, o conteúdo virá de vocês. Quem melhor que a equipe premiada da *Viva* para levar seus conhecimentos, sua criatividade e sua inspiração ao site?

Um gemido audível corre pela mesa quando traduzimos suas palavras: mais trabalho, o mesmo dinheiro.

— Serão meses emocionantes e desgastantes na editora — Christie olha animada para todos nós —, mas não quero falar sobre trabalho árduo em nosso almoço de Natal. Hoje é dia de celebrar uma equipe brilhante, uma revista incrível e um futuro emocionante. — Ela ergue a taça. — *Viva* 2005!

Quando todos ovacionamos e nos juntamos ao brinde, não posso deixar de sentir uma onda de animação. Sinto que estou no coração de algo grande, cheio de potencial e possibilidades. Neste momento, amo meu trabalho, meus colegas, minha chefe, o champanhe, o Natal... Procuro o celular na bolsa.

São seis e meia da tarde, e tenho mensagens de Ryan, todas perguntando onde estou e quando vou chegar em casa, enquanto ele está fazendo o jantar.

Merda. Esqueci de dizer que tinha o almoço de Natal da editora hoje. Respondo à mensagem:

> Almoço de Natal do trabalho. Sem fome, não precisa me esperar. Bjs, M.

Aperto enviar, pego minha taça de champanhe e imediatamente meu telefone toca.

Eu me espremo para deslizar do banco de couro, corro até a escada e saio na noite fria. Atendo a tempo. Estou ofegante quando digo:

— A...

— Por que você demorou tanto para atender?

— Iô... — concluo e fico atordoada, em silêncio, pelo tom seco de Ryan.

— E então? — ele pergunta.

Balanço a cabeça, tentando me concentrar na conversa.

— Eu estava no porão do restaurante, vim para fora, porque é muito barulhento lá embaixo, e...

Mais uma vez, ele não me deixa terminar.

— São quase sete horas, Molly, e eu já fiz o jantar. Por que você não me avisou antes que não vem jantar em casa?

— Desculpe — digo, imediatamente irritada comigo mesma por me desculpar. Lembro-me dos ridículos toques de recolher da minha mãe. — Esqueci que era hoje o almoço de Natal da editora e perdi a noção da hora...

Um grupo de foliões cambaleia ao passar por mim na rua. Quatro garotas de braços dados, com minúsculos vestidos e grandes sorrisos. Parecem jovens, mais do que eu — ou talvez não. Olho mais de perto. Não, devem ter vinte e poucos anos também, só parecem mais jovens. Não têm preocupação alguma no mundo. Não têm que estar em nenhum outro lugar, ninguém as está esperando em casa para jantar.

Tremendo, saio do caminho delas e fico em frente à saída de emergência. Percebo que devia ter trazido meu casaco. Não só para me proteger do ar frio da noite, mas do clima dessa conversa também.

— Bom — resmunga Ryan —, você está voltando para casa agora?

Olho para o relógio e de repente sou sacudida pelo que vejo: não apenas o horário, sete horas da noite, mas...

O *tempo*: século XXI.
O *tempo*: meu relacionamento de três anos.
O *tempo*: meus vinte e poucos anos.
Era para ser a melhor época da nossa vida, Molly. É meu eu adolescente de novo. *Diga que não vamos voltar para casa ainda.*
De repente, eu me sinto dominada pela vontade de rir histericamente. Deve ser o álcool, porque não é engraçado.
Respiro fundo e, animada pela emoção da notícia de Christie, pela possível diversão que a noite pode proporcionar, mas, acima de tudo, pela última taça de champanhe, digo a palavra que deveria dizer a Ryan com muito mais frequência:
— Não — respondo, desafiadora. — Não estou voltando para casa ainda, Ryan. Estou com meus colegas me divertindo na festa de Natal do trabalho. É cedo, então vou sair com eles depois, coisa que não faço com muita freq...
— Ha! — diz Ryan, ríspido.
— O que isso quer dizer? — replico perigosamente calma, em parte porque vi dois colegas saírem sorrateiramente para fumar.
De repente, sinto o desejo de me juntar a eles, apesar de não fumar desde que estou com Ryan. Eu me afasto, fujo para a escuridão, porque não quero que eles ouçam minha discussão, mas também porque não sou de gritar. Eu sempre fui mais calada, taciturna, enquanto Ryan gosta de falar sem parar, geralmente com um sorriso no rosto, o que só me irrita ainda mais.
É por isso que, quando lhe peço para explicar exatamente o que seu "ha!" significa, sei que o estou levando para um canto escuro. Ryan claramente não percebe. Se percebe, prefere ignorar.
— Quer dizer que você sai o tempo todo. Drinques depois das sessões de fotos, pré-estreias, reuniões de trabalho... Você quase nunca está em casa. Só fica aqui quando eu volto para a casa dos meus pais.
— Não é minha culpa se você continua correndo para a casa da mamãe e do papai aos fins de semana — retruco. — A maioria dos caras de vinte e sete anos já largou a barra da saia da mãe e quer sair com a namorada aos fins de semana, não com os pais.
Ele ri, mas não de um jeito feliz.
— Puta que pariu, Molly, eu *quero* sair com você. Meu Deus! Mas quero sair com você em casa, em Leigh, como você prometeu, lembra? Você não está querendo fazer nenhuma concessão.

Desrespeito minhas próprias regras e levanto a voz:

— Caso você não tenha notado, Ryan — sibilo —, a nossa casa é em Londres, já faz mais de um ano. E eu fiz concessões, sim. Muitas.

— É isso que você realmente acha, baby? — ele diz.

— Não me chame de baby — retruco.

— Nós fizemos um acordo, *Molly* — ele enfatiza meu nome com sarcasmo. — Eu me mudei para Londres por causa da sua carreira, não da minha. Você não acha que eu prefiro morar na minha cidade natal, onde estão todos os meus amigos e a minha família, onde estava a minha vida? Eu trabalhava em uma escola onde não precisava me preocupar com possíveis facadas todos os dias. Mas não moro lá, porque sei que viver aqui te faz feliz. Mas você se comprometeu a voltar para Leigh comigo nos fins de semana. E não volta há meses. E aí, numa noite que podemos passar juntos, você me avisa em cima da hora que vai sair com os seus colegas de trabalho? Meu Deus!

Ele soa como aquelas vozes de desenho animado ao telefone, ou como o Woodstock, de *Peanuts*. Uah, uah, uah, uah. Entendo que nem sempre cumpri minha parte do acordo, mas não vou admitir, porque seu tom implicante me faz ficar mais teimosa do que nunca. Além disso, não posso admitir que a única razão pela qual concordei com a proposta de dividir nossa vida entre Londres e Leigh, que Ryan fez quando compramos nosso apartamento, foi porque não achei que ele fosse mesmo querer voltar para lá o tempo todo. Pensei que Londres estimularia seu espírito de aventura. Que ele faria novos amigos, como eu. Achei que ele conheceria caras como Seb e Dom, ou Matt e Nick, que Casey e eu conhecemos um tempo atrás. Caras interessados em mais do que ir ver seu time de futebol jogar toda semana e sair com os amigos de escola. Pensei que Londres reacenderia o amor de Ryan por viajar, que ele veria o tanto de mundo que existe e isso o inspiraria a conhecer mais: mais cidades, mais países, mais lugares. Mas não. Ryan não mudou; se mudou em algo, foi que Londres fez suas aspirações ficarem menores do que nunca. Tudo o que ele quer é seu velho emprego, sua velha casa.

De repente, percebo que Ryan nunca vai mudar. Não mesmo. Porque não só a Austrália, mas *qualquer lugar* seria longe demais de Leigh — inclusive Londres. Não, a única pessoa que mudou nessa relação fui eu. Mudei por Ryan, porque queria desesperadamente ficar com ele. Pensei que, se voltasse para Leigh, eu poderia querer menos, aspirar a menos. Mas não. Agora eu quero sair. Quero me divertir, quero abraçar a cidade onde moro e as oportunidades que ela me oferece. Quero seguir em frente. Quero isso mais que qualquer coisa.

Mais do que Ryan?, pergunta baixinho meu eu adolescente.

O silêncio crepita entre nós. O discurso de Ryan acabou; eu o ouço batendo panelas e frigideiras pela cozinha como um aprendiz demente de Marco Pierre White.

— Merda! — ele diz de repente.

— Que foi? — pergunto entediada, distraída com o que estou sentindo e pensando.

— Queimei a porra da minha mão escorrendo a porra do linguine — ele murmura, petulante.

E não posso evitar. Rio alto. Tento disfarçar, mas pela primeira vez não consigo. Não posso deixar de me impressionar com essa discussão ridícula. Com o ridículo que somos nós dois.

— Não acredito que você acha isso engraçado, Molly — Ryan diz friamente.

— E eu não acredito que você não acha — respondo.

E, com isso, desligo.

É a primeira vez que desligo o telefone na cara dele. Eu me sinto rebelde, como quando cortei minhas tranças e pintei o cabelo de vermelho, muitos anos atrás.

Dá uma sensação boa, não dá?

Sim, penso. *Dá sim.*

E, quando desço as escadas e volto para o restaurante no porão fracamente iluminado, sou arrastada pela onda dos meus colegas subindo.

— Molleeeee! — eles gritam. — Estamos indo para a Soho House! Você vem?

Capto os olhos de Seb. Ele pisca preguiçosamente e enrola o cachecol Paul Smith listrado em volta do pescoço, encaixando as pontas na voltinha. Quando concordo, juro que, a partir de agora, eu, Molly Carter, vou fazer o que me der na telha.

Três horas mais tarde, depois de beber mais, rir mais, falar besteira e flertar decididamente com Seb, que retribui com vontade, sinto que não só mereço me divertir, como quero mais; não, *preciso* de mais.

Finalmente você me escutou!
Meu eu de quinze anos estava certo o tempo todo. Relacionamentos cortam nossas asas, nos amarram, nos transformam em velhos antes do tempo. Assim como meus pais. Por que não viver um pouco? Eu sou jovem, relativamente atraente, e agora percebo que, basicamente, tenho vivido como uma esposa de *Mulheres perfeitas*.
Então tome uma atitude! Ninguém pode te culpar. Você merece! Você merece um pouco de diversão!
O álcool que ingeri conseguiu jogar sombras escuras sobre meu relacionamento, mas me banhar em uma luz de deusa. Agora me sinto a garota mais sexy e mais bonita do mundo. E pode acreditar, a menos que eu esteja com Ryan, essa não é uma sensação familiar para mim.
Não diga o nome dele, nem pense nele! Você é uma mulher do século XXI que pode fazer o que quiser, quando quiser e não tem de dar satisfação para ninguém além de si mesma! Isso é feminismo! Foi por isso que as sufragistas lutaram, lembra?
Somente quando estou parada na Old Compton Street, depois de sair para tomar um ar fresco com Seb, levo esse pensamento um passo adiante. Eu estaria mentindo se dissesse que nunca dormi ao lado de Ryan imaginando este momento, mas nunca pensei que tomaria uma atitude. Agora, porém, não consigo imaginar demorar nem mais um segundo. Seb e eu estamos conversando, em seguida ele se aproxima, se inclina, e por um momento sei que tenho escolha, uma fração de segundo para fazer o que é certo ou o que é divertido.
Pestanejo, sorrio, e então ele segura minha cabeça, a puxa e pressiona os lábios nos quais penso há semanas contra os meus, deslizando a língua para dentro da minha boca. E eu correspondo com todo o entusiasmo de uma mulher que não beija os lábios de um homem que não seja seu namorado há três anos. Fecho os olhos e o cérebro, e por um momento me torno alguém que não é Molly Carter. Pela primeira vez sou atrevida, sexy, espontânea e rebelde, sou Molly Ringwald em *Clube dos cinco*, sou Demi Moore em *O primeiro ano do resto de nossas vidas*. Pressiono meu corpo avidamente contra o de Seb, querendo esse beijo, esse momento, para me transportar para um lugar excitante, aventureiro, algum lugar diferente da vida estável e segura na qual estou presa há tanto tempo. Percebo que beijar Seb assim me faz sentir jovem pela primeira vez em anos.

FF >> 12/12/04 3:12

Só depois de ter me jogado, bêbada, em um táxi ao lado de Seb, com os braços enlaçados em sua cintura enquanto ele praticamente me carrega porta adentro; só quando estou seminua e de pernas abertas debaixo dele em seu sofá, e a névoa de álcool e adrenalina diminui, percebo que, ao contrário dos de Ryan, os lábios de Seb são finos, pouco generosos e nem um pouco sensuais. E o beijo agora não parece divertido nem rebelde, e sim vergonhoso, repulsivo até.

Eu me afasto, engasgando um pouco ao sentir que o hálito de Seb tem um gosto amargo, de álcool e charuto rançoso. E então sou atingida por uma onda de tristeza tão grande que tenho de empurrar Seb de cima de mim. Mandá-lo parar. Dizer que isso é um erro.

— Desculpa, Seb, eu não quero... Achei que quisesses. Por um momento estúpido, idiota, eu pensei que queria algo diferente, e quero, mas não desse jeito. Não quero fazer isso com meu namorado. Ele não merece.

Seb tenta me puxar de volta para ele, mas eu o empurro e começo a chorar convulsivamente. Ele se afasta e me olha como se eu fosse louca. Não o culpo, porque pareço louca, uma mulher maluca que não tem ideia do que quer. Que perdeu a noção de tudo que é importante para ela. O que de fato aconteceu.

Então, cambaleio e me levanto, coloco os sapatos, o vestido e o casaco e saio tropeçando pela porta de seu apartamento, para a rua de uma área de Londres que eu não conheço. Qualquer cuidado com minha segurança desapareceu no momento em que traí meu namorado.

— Molly, pelo menos me deixa chamar um táxi — Seb grita da porta.

Mas, neste momento, como uma intervenção divina, uma luz âmbar brilhante surge na rua. Estico a mão e entro no táxi, dou ao motorista meu endereço e, a seguir, à medida que me afasto, olho para trás com culpa por um segundo, para ver Seb sacudindo a cabeça e batendo a porta. Inclino a cabeça no banco e fecho os olhos. Mas tudo começa a girar e os abro de novo. Começo a revirar a bolsa à procura do celular, mas não o encontro. Por um momento terrível, que me faz querer vomitar, penso que o perdi, ou que o deixei no bar, que vou ter de voltar para a casa de Seb, e começo a soluçar.

— Perdi — choro, e sei que não estou mais falando do celular.

Ainda estou chorando e revirando a bolsa quando, tonta de alívio, encontro o celular e procuro o nome na agenda, com os dedos duros de frio e o coração congelado de pesar. Ligo para a única pessoa que pode me ajudar. A única pessoa que vai entender, que vai ouvir sem me julgar. Minha melhor amiga no mundo inteiro, Casey.

12:10

Coloco a máquina de macarrão na caixa onde se lê "Doar" e olho a cozinha. Ainda não sou uma ótima cozinheira, provavelmente nunca serei, mas, com a ajuda de Ryan e de alguns amigos (Jamie, Delia, Nigella, Gordon), dá para passar. Não vou ganhar o *Masterchef*, mas sei me virar, fazendo cozidos substanciosos e massas frescas para alegrar meu coração. Uma vez que nunca foi terminada, a cozinha se tornou o verdadeiro coração desta casa. Por um tempo, não havia nenhuma foto aqui. Todas estavam embaladas embaixo da escada, em parte por causa da redecoração em curso (as marcas dos testes de tinta ainda estão na parede, mas nunca decidi), e em parte porque eu não tinha mais necessidade de olhar para elas todos os dias. Mas depois, gradualmente, elas foram se arrastando de volta, até que muitas delas cobrissem as paredes, em uma impressionante montagem emoldurada. Mas essa nova parede de memórias tinha uma grande diferença: abarcava apenas os últimos dezoito meses. Era minha maneira de olhar para o futuro. Duas fotografias ainda permanecem. Eu as tiro da parede agora e depois da moldura. Deixei-as por último porque quero levá-las na bolsa, por segurança.

Olho a que está em minha mão: três mulheres em um casamento, se divertindo horrores. Uma está particularmente radiante, parecendo uma deusa grega de vestido branco. Penso em Casey e imagino o que está fazendo agora. Queria que ela estivesse aqui. Mas não adianta pensar nisso neste momento, eu decidi fazer isso sozinha.

Guardo a foto na bolsa e pego a outra, granulada, em preto e branco. Eu a observo com cuidado, tentando visualizar a pessoa nela, e a coloco na bolsa também.

Depois me sento à mesa de fórmica estilo anos 50, cheia de papéis. Passei tantos momentos neste ambiente, olhando minhas fotos no notebook, selecionando cuidadosamente as favoritas entre as editoriais, ou só para meu portfólio. Vejo as faturas do cartão de crédito que estão em cima da pasta de plástico. Refeições, bebidas, noites em hotéis por todo o país, viagens para galerias de arte, viagens ao exterior; é o cartão de crédito de uma mulher determinada a viver a vida enquanto pode. Penso em quanto já acumulei em tão curto espaço de tempo.

O telefone fixo toca de novo e apressadamente largo a fatura e fecho a caixa. Por que ainda me comporto como se estivesse arrumando meu quarto e minha mãe fosse aparecer a qualquer momento e dizer: "Como está indo?", sabendo que estou enrolando? Tenho quase trinta e três anos, pelo amor de Deus!

— Alô — atendo.

— Molly. — O simples som de sua voz profunda e tranquilizadora me faz tocar instintivamente meu colar e o girar entre os dedos, como se isso pudesse me aproximar dele. — Só quis ligar para ver como está indo. Estou me sentindo mal por ter te abandonado, mas você sabe como é...

Claro que sei. Sei que sempre haverá alguém que precisa dele mais do que eu. Mas tudo bem.

— Está tudo bem! De verdade. Não tem muito mais o que fazer agora — digo animada.

— Escuta, baby, eu sei que isso deve ser muito difícil para você.

— Está tudo bem — rio. — Já estou acostumada. — Percebo como soa. — De verdade — acrescento suavemente. — Não se preocupe comigo. Já sou bem grandinha. — Faço uma pausa. — Como estão as coisas no hospital?

— A que horas os caras da mudança vão chegar?

Noto como ele muda habilmente de assunto de novo.

— Eles já estão aqui, estão terminando lá em cima. Como eu falei, está tudo sob controle.

Quero lhe dizer para não se preocupar, que é algo que preciso fazer sozinha, mas não consigo.

— Obrigada por ligar — digo.

— Molly — ele diz baixinho.

— Sim? — pergunto, esperançosa.

— Até mais tarde. Eu te amo, tá?

O beijo único

"Molly Do Contra", é como minha mãe costumava me chamar. Eu decidia que queria alguma coisa, e então, assim que conseguia, mudava de ideia na mesma hora. Aulas de balé aos cinco anos se transformaram em aulas de equitação aos cinco anos e dois meses, que passaram à natação e depois ao balé de novo. E os animais de estimação? Eu queria um coelho, depois um gato, depois um cachorro (não tive nenhum, pois a essa altura meus pais já estavam acostumados com a minha volubilidade). Minhas únicas constantes eram a câmera e Casey. As únicas coisas a que me apeguei.

E então surgiu Ryan. Meu homem perfeito, o amor da minha vida. Eu o quis, eu o tive, aí fiquei meio entediada e joguei tudo fora. Precisei ir até o outro lado do mundo para descobrir que tudo que eu sempre quis estava me esperando em casa.

FF >> 24/04/05

Nossos gritos reverberam pelo aeroporto de Sydney, aparentemente abafando os alto-falantes. Pessoas nos pedem silêncio e apuram os ouvidos, enquanto Mia e eu pulamos nos braços uma da outra e giramos. Estou chorando, Mia não. Ela sempre foi emocionalmente durona — até mais que eu. É seu lado elegante. Ela me disse que só chorou uma vez desde que era criança. Quando foi para um colégio interno, aos onze anos. Desde então, nem uma única lágrima. Essa foi uma das muitas coisas com que me identifiquei imediatamente: ela não precisa das pessoas e, mais importante, ela não precisa de mim. Mas quis ser minha amiga mesmo assim.

Sofri uma mudança emocional desde que Ryan e eu terminamos e o vi beijando aquela garota na boate. Não consigo *parar* de chorar. A coisa mais boba pode servir de gatilho: uma propaganda na tevê, uma comédia romântica piegas, porque me faz lembrar de Ryan, que secava alegremente os olhos durante nossas maratonas cinematográficas aos sábados. Agora sou eu que choro toda vez que vejo pessoas apaixonadas, seja na rua, na tevê, em um filme, em um videoclipe; chorei até quando Brad e Jen anunciaram a separação. Choro quando passo por uma família feliz sentada em um restaurante, choro nos finais felizes e nos trágicos. Choro ao ver cães fofos e bebês chorando. Às vezes me pergunto se Ryan também sofreu uma transformação emocional. Talvez ele tenha se tornado um homem duro, cínico, que não acredita no "felizes para sempre" e em encontrar a pessoa certa, porque ela vai traí-lo, como eu o traí. Esse pensamento me rasga ao meio; uma parte de mim não suporta a ideia de que fui capaz de fazer isso com ele, mas a outra espera secretamente que seja esse o caso. Pelo menos isso significaria que ele não vai se apaixonar de novo tão facilmente. Por mais que eu venha tentando tocar a vida nos últimos meses, meu maior medo é ouvir que Ryan está namorando outra pessoa. Depois de ver aquele beijo, sei que é só uma questão de tempo.

— Molly Carter, você está CHORANDO? — Mia pergunta, espantada.

É incrível como ela está diferente — ainda linda e refinada, mas muito mais descontraída e feliz.

— Não, sim, não, merda, é que foi um voo longo. Estou exausta — digo passando a mão nos olhos, constrangida, e pondo os óculos de sol.

Solto um soluço involuntário e abafo outro quando olho em volta e vejo todo o amor, todos aqueles momentos verdadeiros em que os viajantes, felizes, abraçam seus amigos e seus entes queridos. Fungo de um jeito nada atraente, enquanto as lágrimas fluem de novo. Isso não vai cair bem com a Mia.

— Você andou muito tempo com a Casey. Acho que chegou aqui na hora certa.

Ela pega minha mala e me puxa até a saída. Mia nunca viu essa Molly antes, que chora por qualquer coisa e teve de ir morar com a Casey, justo em Southend, entre todos os lugares, porque não conseguia ficar sozinha. Era para eu ficar em nosso apartamento, mas, no fim, Ryan concordou em ficar lá, porque eu simplesmente não podia suportar a ideia de estar lá sem ele. Mas estar em Southend, tão perto de nossa cidade natal, um lugar que é totalmente Ryan, é insuportavelmente difícil também. Sei que ele está lá todo fim de semana. E, como é uma cidade pequena, surgiram vários rumores... garotas com quem ele saiu, garotas que queriam sair com ele, mas nada sério até agora. Eu ouvia de tudo. Era torturante, mas eu não queria que parasse. Pelo menos, enquanto estivesse ouvindo falar dele, ele faria parte da minha vida. Não ouvir nada também seria insuportável. Eu até fiz uma lista em meu notebook para descobrir o que fazer, e tudo apontou para cá.

Meu plano de recuperação

1. Fazer algo drástico (Cortar o cabelo? Emagrecer? Engordar? Mudar de emprego? Mudar de país? Ver lista de sonhos, por exemplo, Nova York/Oz)
2. Me cercar de boas amigas, que não me deixem sentir pena de mim mesma (Casey? Meninas do trabalho? Mia)
3. Ficar o mais longe possível do Ryan (Oz?). De preferência, tomar um pouco de sol (Oz)

Fiz uma pausa antes de escrever o item final, e então digitei com letras maiúsculas e grifei:

4. COMPRAR PASSAGEM PARA OZ

— Ei — diz Mia, me sacudindo bruscamente. — Molly, controle-se! — Ela parece minha mãe, e é estranhamente reconfortante. — Você está na Austrália agora, *ninguém* chora aqui. Não tem necessidade, porque o sol está sempre brilhando. Nas próximas três semanas você vai se divertir! Nada de depressão! Nada de preocupação com o trabalho, você vai conhecer homens em Manly, beber cerveja na praia de Bondi e, se depender de mim, transar em Sydney.

Devo estar com uma expressão de horror no rosto, e só percebo porque Mia cobre a boca.

— Ah, não! Isso soou estranho, não foi? Obviamente não quero dizer que vou transar com você, só que vou te incentivar... não enquanto você estiver no ato... como uma líder de torcida sexual... Ah, não... ugh.

Não posso deixar de rir; Mia também sorri.

— Assim está melhor, é isso que eu quero ver! Risos! Felicidade! Você está de férias na Austrália! Finalmente! Já pode riscar isso da sua lista de sonhos! Uhuuu!

Imito seu grito, mas com menos entusiasmo. Saímos do terminal para o sol escaldante, apesar de estar, segundo minha amiga, uma temperatura "média" de inverno.

— Olha — ela gesticula com evidente paixão pelo país que adotou, orgulhosa e animada ao mostrá-lo para mim. — Você está na Austrália agora, terra da liberdade! E você é livre, Molly, livre e solteira! Espere só até ver os homens daqui. Eles são absurdamente definidos.

— Sei. Bom — digo, de maneira meio puritana —, acho que não estou aqui para isso. Eu só quero passear com você e...

Mia me interrompe com um grito de desaprovação.

— Arggh, para de ser tão britânica, Molly! Você é solteira, e, para ser sincera, acho que uma boa traaan... — Ela vê minha expressão e muda o rumo da frase para algo menos gráfico. — Uma boa diversão é o que você precisa!

Depois avalia minha aparência e deixa claro que estou aquém de seus padrões. Sei que estou péssima, especialmente depois de vinte e quatro horas dentro de um avião.

Já a Mia... Os anos que viveu aqui a transformaram de uma britânica tensa e perfeitamente correta no epítome do glamour australiano: radiante, descontraída, com seu jeans branco — sua marca registrada —, um top frente-única e, dessa vez, Havaianas em vez de salto. Seu cabelo ainda é longo, bem escovado, num tom loiro-mel. As unhas são bem cuidadas, perfeitas, tanto das mãos quanto dos pés, e o rosto está relaxado e brilhante, exibindo total confiança, esplendor, descontração e felicidade. Evidentemente, a vida na Austrália combina com ela.

Da mesma forma que a vida de garota infiel, solteira e um caco emocional não combina comigo.

Mia segura meus braços e me olha nos olhos com uma sobrancelha expressivamente erguida, numa combinação de compaixão e frustração.

— Você, Molly Carter, relaxou e parou de se cuidar.

Concordo com a cabeça. É duro, mas justo.

— Sei que você teve meses difíceis, mas é hora de levantar e recomeçar. Quero que essa viagem traga de volta a antiga Molly, a Molly que abraça a vida e as oportunidades.

Ela aperta minha mão com força e assume aquela expressão determinada nos olhos que eu via na faculdade, na tentativa de me animar.

— Minha missão será esta: mandar você de volta para a Inglaterra mais forte, mais feliz e mais segura de si do que nunca — diz com determinação. Então seu rosto se suaviza por um momento, e ela pega minha mão. — Não suporto ver você assim, Molly... Não é você.

Meu lábio inferior treme. Sorrio e passo a mão pelo cabelo comprido e sujo, que afastei do rosto fazendo trancinhas. Eu devia tirar uma foto para minha mãe, ela ia adorar.

— Esse é o problema, Mia — digo com tristeza. — Eu não sei quem sou sem ele.

Ela torce os lábios e me aperta com força.

— Você é uma mulher forte, talentosa, apaixonada, linda e independente, Molly. Muita coisa está acontecendo, você tem muito a oferecer. Tem o mundo a seus pés, todo um leque de possibilidades. Você não tem nada que te prenda, sabe como isso é maravilhoso? Ter vinte e cinco anos e poder fazer o que quiser? Pare de mergulhar no passado e foque no futuro. Porque *existe* um futuro sem o Ryan, eu juro que existe.

Mia aperta minha mão, pega a alça da minha mala e me leva para a luz do sol escaldante, que aquece minha pele, se não meu espírito.

* * *

Duas semanas depois, me sinto totalmente integrada ao fã-clube da Austrália. Mia adorou me mostrar sua vida, e eu adorei vê-la. De seu lindo apartamento em Manly, um pequeno subúrbio cosmopolita do outro lado do mar e da agitação da cidade, à incrível vista para o mar da janela de seu quarto; do simpático bar que serve os melhores drinques à adorável delicatéssen onde ela compra sua vitamina todas as manhãs. Depois, a praia incrível, paradisíaca, que fica a poucos minutos de sua porta, e a pitoresca viagem de barco sob o sol que ela faz para ir trabalhar todas as manhãs.

— Melhor que o metrô, não é? — ela sorriu.

Eu estava sentada, com o cabelo esvoaçante, olhando para a deslumbrante Ponte da Baía de Sydney e para a Opera House, com suas características velas brancas que parecem flutuar sobre a água azul. E a vista panorâmica de edifícios cintilantes da cidade se estendeu diante de nós como uma miragem. É a vista que durante muito tempo eu sonhei em ver. E os sorrisos descontraídos e satisfeitos no rosto das pessoas ali mostram que é algo que elas agradecem por ver todos os dias.

— Com certeza — respondi.

E achava mesmo. Esta cidade é tudo que eu imaginava. Incrivelmente bonita, cosmopolita e amigável. Ela me abraçou como um velho amigo, fez com que eu me sentisse parte dela, mesmo sendo uma mera desconhecida, e me transformou em uma pessoa mais feliz do que era quando cheguei. Corri na praia todas as manhãs, fiz aulas de mergulho enquanto Mia estava no trabalho, comprei produtos frescos no mercado e os preparei de maneira que nunca pensei que pudesse, talvez porque Ryan estava sempre ocupado demais fazendo isso. Passei horas sozinha na cidade, tirando centenas de fotos que mandei para Christie e para as meninas do trabalho. Fui sozinha a exposições de arte e fotografia, e Mia me levou a seus restaurantes favoritos para almoçar, e à cornucópia de bares legais que ela frequenta. Até tirou uns dias de folga para que pudéssemos fazer um passeio de barco em volta das ilhas Whitsunday. Eu me senti mais leve que nos últimos meses.

Adoro o jeito como me sinto livre aqui. Não tenho uma família para me fazer sentir culpada, Casey não fica insistindo para sair, não tem colegas de trabalho com quem preciso me esforçar para estar (ou evitar, no caso de Seb). Foi a primeira vez que me senti feliz em anos. E sei por que gostei tanto. É também o primeiro lugar onde não senti a pressão de fazer outras pessoas felizes.

Aqui você está livre de pressão. Se alguém lhe perguntar onde você estava, e sua resposta for "na praia" ou "fazendo um passeio de escuna", tudo bem. Tudo bem passar a tarde em um bar ou um mercado. Não importa se você ainda não viu a última exposição ou não visita seus pais há três meses. Aqui não existe norma que diga que você deve trabalhar dez horas por dia, todos os dias. Eu não fiz uma única lista de afazeres desde que cheguei aqui. A regra de vida australiana número um parece ser: se o tempo estiver bom, é *claro* que você deve ir surfar e deixar todo o resto para depois.

É um jeito alegre e relaxante de viver, e entendo por que Mia ama tanto tudo aqui.

E ter tempo para tirar fotos me fez perceber quanto eu perdi. Sei que essa é a próxima coisa que preciso focar da minha lista de sonhos. Depois de esquecer o Ryan.

E ficar longe da minha família me fez sentir falta dela também. Até telefono para os meus pais logo que acordo — acho que é a primeira vez que faço isso.

Minha mãe está preparando o prato favorito do meu pai: torta de carne com batatas.

— Eu só faço essa receita para tirar seu pai do escritório — ela diz bruscamente. — Ele passaria o dia todo lá se pudesse, em seu mundinho, cercado por seus confortos, seus livros e sua arte. Mas tudo bem — acrescenta, benevolente —, se isso o faz feliz.

De repente, percebo que Leigh-on-Sea é o quadro de Constable de Ryan, o lugar onde ele se sente mais feliz e inspirado. Pisco e uma lágrima rola. Pelo menos minha mãe deixou meu pai ficar com o quadro. Eu levei Ryan para longe do dele e o fiz se sentir culpado sempre que tentava voltar.

— Mãe, queria te perguntar uma coisa — respiro fundo. — Você é feliz com o que tem? Quer dizer, meu pai, eu? — pergunto rapidamente.

— É claro que sim — ela ri.

Não é a resposta que eu esperava. Preciso de mais, preciso derrubar a fachada da minha mãe, que ela mostra para todo mundo.

— O que quero dizer é se a sua vida foi o suficiente para você — digo baixinho, já sabendo a resposta. — Porque nunca me pareceu ser.

Ouço sua respiração travar; ela fica sem fôlego diante de minhas palavras.

— Sério? Bem, eu... eu... eu não quis...

— Seja honesta comigo, mãe. Pare de representar. Posso enxergar além disso. Sempre pude.

Ela imediatamente assume sua voz de professora.

— Molly Carter, deixe de ser ridícula!

— Mãe, eu ouvi você e o papai dizerem que iam ficar juntos por minha causa. Ouvi vocês conversando — digo baixinho. — Eu tinha onze ou doze anos... Estava sentada na escada, e você e o papai estavam discutindo. Bom, você estava gritando com ele, dizendo que deviam se separar, e ele estava só ouvindo, como sempre.

— Ah, é isso? — diz minha mãe. — Aquilo foi uma bobagem. Resolvemos tudo naquela noite e eu me desculpei. Seu pai sabia que eu não estava falando sério, e na manhã seguinte já estava tudo esquecido.

Fico olhando para o fone em minha mão e balanço a cabeça.

— Mas... mas... eu pensei... pensei que...

— Molly, seu pai e eu nunca nos separaríamos, nem em nossos piores momentos. E, sim, houve alguns. Nossa luta para ter outro filho foi um deles.

Fico verdadeiramente chocada, depois triste com essa confissão. Eu sempre achei que eles não quiseram mais filhos além de mim. Como pude não olhar além do meu umbigo?

— Seu pai e eu combinamos. Do nosso jeito estranho, combinamos. Nós não demonstramos ostensivamente, como a Jackie e o Dave; provavelmente não somos os pais mais emocionantes do mundo. Sei que eu era bastante rigorosa e seu pai muito despreocupado. E, sim, isso causou tensão. Eu ficava estressada com o trabalho e descontava no seu pai quando ele não reconhecia que minha profissão, minha posição, era igual à dele. E que eu também tinha que fazer todas as coisas que as mães fazem: cozinhar, fazer você comer, levá-la para as aulas de balé e música, ou de equitação, ou a qualquer hobby que você decidisse adotar em determinado mês. Eu tinha que comprar suas roupas, costurar etiquetas com seu nome, lavar o uniforme da escola, fazer fantasias para as peças escolares. Ele só precisava trabalhar... e sonhar. E, às vezes, vê-lo sonhar era muito frustrante para mim. Foi por isso que concordamos que ele ia fazer isso no escritório, para que eu não o visse ali, sentado, sem fazer nada, enquanto eu estava tão ocupada fazendo tanta coisa. Mas, como ele me disse, era minha escolha ser ocupada. Eu poderia ter feito menos coisas, teria sido mais fácil mesmo para mim... e para você. Sei como sou exigente com todo mundo. E sei que isso tornou a vida difícil. Mas eu só queria o melhor para você.

— E você acha que conseguiu o melhor para si mesma? — pergunto baixinho. — Você não teve o emprego dos seus sonhos, não se casou com um homem rico nem teve a casa que sonhou. Nem a família que sonhou — acrescento, pensando na criança que eles não conseguiram ter.

— Não — minha mãe admite —, mas tive a única coisa que todos querem mais do que tudo... — ela tosse.

Sei que falar sobre isso é difícil para ela.

— O quê, mãe?

— Amor, Molly querida.

Cubro a boca para abafar meus soluços enquanto ela continua falando.

— Amar alguém significa saber que você não vai ser feliz o tempo todo, que ninguém pode fazê-la feliz o tempo todo. Essa é uma expectativa totalmente irreal. E às vezes, em um casamento ou um relacionamento longo — ela faz uma pausa, e sei que está dirigindo essa parte da conversa a mim —, você precisa aprender isso. Quando seu pai está cansado, ele vai para o escritório ou para Londres ver alguma exposição. E, quando volta, ele me dá um beijo e está tudo bem. Ele sabe que sou geniosa, é um dos meus defeitos. Mas também sabe que metade do que eu digo é da boca para fora.

Não respondo, porque de repente tudo faz sentido.

— Não importa quanto eu me sinta frustrada às vezes, sempre tive certeza de que não queria nada diferente. E o seu pai sempre soube disso. Desculpe se não transmiti isso para você.

— Mas como você sabe que não queria nada diferente? — pergunto, de repente desesperada para saber seu segredo.

Minha mãe fica quieta por um momento.

— Porque, Molly, seu pai sempre me fez muito mais feliz que infeliz. Eu não sou professora de matemática, querida, mas acho que essa é a melhor equação possível. Não é muito romântico, eu sei, mas é verdade. — Ela funga, e me pergunto se está chorando também. — E qualquer um poderia se considerar sortudo se tivesse uma fração da felicidade que eu tive.

Estou chorando. Estou a mais de quinze mil quilômetros de distância e de repente tudo que desejo é um abraço dela.

— Você sente muita falta dele, não é? Do Ryan — minha mãe diz timidamente, e cada palavra é um passinho em minha direção.

Não estamos acostumadas a conversar desse jeito. Fungo e limpo o nariz.

— O que é que eu faço? — choro.

— Diga a ele, Molly querida. Diga a ele.

E assim, naquela manhã, desligo o telefone e abro o notebook de Mia. Pela primeira vez desde que eu usava tranças e um vestido marinheiro idiota, faço o que minha mãe diz. Agonizo sobre cada palavra, cada vírgula, cada frase. Apago dois parágrafos e começo de novo. Tento explicar por que fiz o que fiz. Tento pedir desculpas no começo, e no fim também. E então apago o arquivo. Porque não consigo colocar em palavras o que sinto. De repente me dou conta. Procuro freneticamente no desktop de Mia as fotos antigas que olhamos na outra noite, e que, por ser absurdamente organizada, ela digitalizou e salvou em arquivos mensais e anuais em seu computador. Fotos da faculdade e de baladas, de sua festa de despedida quando veio para a Austrália. Abro a pasta "julho de 2001", olho as fotos daquele feriado em Ibiza que mudou minha vida e encontro a série que ela tirou de Ryan e de mim na praia, jogando vôlei, ele me abraçando, nós dois olhando um para o outro como se fôssemos náufragos em uma ilha deserta. Jovens, despreocupados e desavergonhadamente felizes. Abro o e-mail, digito o endereço de Ryan, escrevo apenas "Amor" no assunto e anexo as fotos. Não escrevo mais nada. Só assino meu nome, com um único beijo embaixo. A seguir, com um clique, envio o e-mail.

12:51

Abro o armário embaixo da escada e solto um palavrão quando o esfregão e o balde caem em cima de mim.

— Ai! — grito, massageando o nariz.

Seguro o esfregão contra a porta e observo tudo que guardei ali há cinco anos e esqueci. Encaixotar tudo às vezes me parece um misto de roleta-russa e caça ao tesouro, com lembranças boas e dolorosas escondidas por todo lugar. Vai ser um alívio quando tudo acabar.

Prendo o cabelo em um rabo de cavalo. Retiro uma caixa e fico de cócoras, olhando as centenas de canhotos de ingressos, recibos, programas, folhetos e cartões. Pego um. É do Rossi. Sorrio: a data é 6 de agosto de 2001. Nosso primeiro encontro de verdade. A seguir, acho os ingressos para o show de reunião do Take That, na Arena Wembley, em 2006. Foi uma noite maravilhosa. Eu nunca tinha visto o Ryan tão feliz. Tem também alguns canhotos de ingressos de cinema. Pego um e sinto os olhos arderem quando vejo que é do último filme a que fomos assistir juntos: *Ligeiramente grávidos*. Foi hilário, e triste, e comovente, e irônico, tudo ao mesmo tempo. Lembro que eu apertava a mão do Ryan e chorava, mas não sabia se de tristeza ou de tanto rir. Devolvo o canhoto e fecho a caixa. Não procuro mais nada. Não preciso. Lacro a caixa e escrevo "Depósito". Então a arrasto para o corredor. É muito pesada, e eu nunca fui lá muito forte, mesmo quando era mais jovem; imagine agora. Eu a levanto um pouco e a puxo, ofegando pelo esforço e sentindo meu precioso colar bater em mim a cada puxão que dou, como um dedo me cutucando, me lembrando de sua presença em minha vida. Eu o seguro e sorrio.

O beijo de "até que a morte nos separe"

Para uma garota que achava que não acreditava em casamento, quando me acostumei com a ideia, eu me perguntei que raios havia me impedido por tanto tempo. Eu tinha medo da permanência da instituição, do caráter definitivo, absoluto.

Uma única pessoa pelo resto da vida.

Agora eu sei que isso nem sempre é possível.

FF >> 22/04/06

Acordo com a alvorada espetando minhas pálpebras e forçando-as a se abrir, entrando em ação imediata quando meu corpo instintivamente responde ao que minha mente não foi capaz de esquecer a noite toda. Vou me casar hoje. Eu me sento e fecho as mãos sobre o peito, tentando conter um grito de emoção. Vou me casar hoje!

Olho para minha companheira de cama e fico tentada a acordá-la, mas Casey está tão serena ao meu lado, parece tão pacífica com um braço graciosamente jogado acima da cabeça, que sei que não posso. Ainda não. Eu me inclino para a mesa de cabeceira e pego o bloco de papel que deixei ali ontem à noite.

Lista do dia do meu casamento (MEU CASAMENTO!)
- *Tirar fotos do nascer do sol*
- *Manicure e pedicure*
- *Casar!*
- *Tomar café da manhã com minha mãe, meu pai etc.*
- *Casar!*
- *Colocar lembrancinhas de agradecimento no quarto de hotel dos meus pais, da Lydia, da Jackie etc.*
- *Casar!*
- *Dar para o Carl o presente do Ryan*
- *Casar!*
- *Fazer maquiagem*
- *Casar!*
- *Colher flores do campo para o buquê e para os corsages e as faixas de cabeça das damas de honra*
- *Casar!*
- *Lembrar de levar os presentes das damas de honra para a recepção*
- *Mandar mensagem para o Carl perguntando se ele pegou as alianças*

- PÔR O VESTIDO
- *Casar!!!*
- *Casar!!!*
- *Casar!!!*

Olho para o relógio. Ainda não são seis horas da manhã, mas deslizo para fora da cama e vou até a janela. Uma pontinha dourada de sol espreita timidamente por trás do mar, deixando tudo o mais em silhueta, como se o restante da natureza se curvasse diante de seu poder. Quero desesperadamente capturar sua entrada triunfal em uma fotografia, para que esse dia seja sempre meu, para que eu possa me recordar dele para sempre.

Arranco rapidamente o short do pijama e fico com a blusinha de renda com que dormi. Visto o jeans branco estilo Audrey Hepburn que usei ontem à noite no jantar com minhas damas de honra e meus pais. Amarro um lenço como cinto e prendo o cabelo, calço meu All Star (algumas coisas nunca mudam), pego minha câmera e saio sorrateiramente do quarto. Casey se mexe e se vira na cama; prendo a respiração, mas ela não abre os olhos. Fecho a porta silenciosamente e saio pelo corredor com meu longo rabo de cavalo voando do alto da cabeça, desesperada para capturar o momento antes que ele termine.

Saio do hotel e vou para a praia. Quando levo a câmera aos olhos, parece que a cada flash minha cabeça é um arquivo de memórias que rodam furiosamente pelos anos que nos levaram, a mim e ao Ryan, a voltar para este lugar, onde demos nosso primeiro beijo *de verdade*. Algumas consigo encontrar imediatamente, outras estão misturadas e exigem uma pesquisa mais metódica em minha memória. Outras ainda eu perdi propositalmente ou guardei em caixas velhas e empoeiradas no fundo da mente, porque não quero que nada de ruim estrague esse dia perfeito. Eu sempre fui boa em colocar as coisas em listas e caixas, agora mais do que nunca.

Quando o sol nasce, sua luz ilumina o céu de Ibiza em glorioso technicolor, contornando as poucas nuvens de dourado, fazendo com que pareçam usar alianças celestiais de casamento. Eu me sento num banco de areia e abraço os joelhos, sorrindo enquanto penso em tudo o que vem pela frente, na vida em que vou embarcar como esposa do Ryan.

Olho a praia e vejo dois windsurfistas além da baía, e sei, sem dúvida alguma, que se trata de Carl e Ryan. Ryan desejaria começar esse dia exatamente assim, e eu reconheceria em qualquer lugar a inclinação de seu corpo enquanto ele para longe da vela, a curvatura de suas pernas, sua pegada. Eu o vi fazer isso tantas vezes ao longo dos anos, em tantos feriados, e, ainda assim, muitos mais virão. Sorrio e observo os irmãos por um momento, sentindo uma emoção ilícita enquanto vejo meu futuro marido no dia do nosso casamento. Sou tomada por uma superstição. Será que isso dá azar? Acho que não conta, se eles não me virem.

Viro a cabeça, por via das dúvidas. Não quero saber de azar nenhum. Eu me levanto, espano a areia do jeans e pego os tênis, mas não resisto a dar uma última olhada neles. Parece que estão navegando na cauda do sol, tentando pegá-lo enquanto ele sobe do mar ao céu — e não me surpreenderia se Ryan conseguisse. Rio, sentindo um nó no estômago, escalo o banco de areia e volto para o hotel, de repente desesperada para fazer esse casamento acontecer.

— Bom dia — Casey boceja e se espreguiça quando volto para o quarto com uma bandeja de frutas e café.

— Ei, dorminhoca, hora de levantar. Hoje é o dia do meu casamento!

Largo a bandeja e pulo na cama, enquanto ela geme e tenta puxar o lençol sobre o rosto.

— Meu Deus — diz, mal-humorada. — Se você está animada assim às... — olha para o relógio — 6h22 da manhã, vai estar totalmente insuportável à tarde!

— Hoje eu *posso* ser insuportável — rio. — Eu sou a *noiva*, lembra?

Eu lhe entrego uma caneca de café, e ela se senta e bebe lentamente.

Alguém bate à porta, e Mia e Lydia entram gritando. Ambas estão de blusa de moletom rosa da Gap. Queria estar com minha câmera; nunca pensei que veria Mia tão Essex.

— Você vai se casar! Você vai se casar! — elas cantam.

Jackie, minha mãe e vovó Door as seguem. Jackie está de roupão de cetim rosa e com uma máscara de olhos no alto da cabeça. Já está de maquiagem, ou talvez não tenha tirado a da noite passada. Sei que ela, Dave, Ryan e Carl saíram para jantar com os meninos em algum lugar em Old Town. Vovó Door já está vestida, mas espero que não seja a roupa que vai usar no casamento, considerando que parece ser um conjunto de agasalho de veludo rosa. Minha mãe está com uma camisola de flanela, um suéter rosa e um sorriso envergonhado. Tenho a impressão de que Jackie a arrastou para cá, especialmente porque minha mãe nunca apareceria, de bom grado, de camisola em público. Quero abraçá-la, mas Jackie mergulhou na cama e está tentando fazer uma guerrinha de travesseiros comigo. Toda vez que tento falar com minha mãe, levo uma travesseirada na cara.

— Jack-Jackie, pare com isso, você vai derramar meu caf... — Desisto. Lydia, Mia e Casey resolveram aderir, mas, no meio da carnificina, consigo deslizar para fora da cama e vou até minha mãe. Eu lhe sirvo um café preto, exatamente como ela gosta, depois a pego pelo braço e vamos para o terraço.

Ela olha a vista espetacular do Mediterrâneo e penso que nunca passei dias assim com ela. Por isso sei que meu casamento, a frívola festa em uma ilha ensolarada, está completamente fora de sua zona de conforto. Mas estou realmente emocionada por, mesmo depois de sua decepção inicial e óbvia por não nos casarmos na igreja, ela não ter criticado nossas escolhas nem tentado estragar nosso dia.

— Como está se sentindo? — ela pergunta, e seus lábios pálidos, sem batom, se curvam gentilmente.

— Nervosa, animada, mal posso esperar para me casar com ele — respondo com sinceridade.

Minha mãe anui e tamborila as unhas cuidadosamente cortadas no parapeito da varanda.

— Bom, isso é tudo que uma mãe poderia pedir — ela diz.

Concordo com a cabeça e sorrio. Ela puxa o suéter ao redor do corpo, mesmo não estando frio, e olha para o horizonte. Sei que se sente desconfortável e exposta de camisola.

— Molly, você já deveria saber que o meu ponto de vista sobre o amor sempre foi muito prático. A lista de coisas que eu queria era a seguinte — ela limpa a garganta e começa a recitar, como uma lista de compras. — Alguém bom e gentil, leal e de confiança, com estabilidade financeira e que acreditasse nas mesmas coisas que eu. — Ela ergue os olhos cinzentos afiados, levemente marejados. — Seu pai é tudo isso, e o amor é isso para mim. E é mais que suficiente.

Ela funga e enxuga os olhos.

— É a maresia... — Então olha para mim de novo. — Algumas pessoas querem paixão, um grande amor romântico. — Ela levanta suavemente a mão e toca meu rosto. — E algumas pessoas realmente merecem isso. Você tem muito para dar, e você e o Ryan são ótimos um para o outro. Você o ama de verdade, não é, Molly?

— Sim — digo, treinando para quando estiver no altar, afirmando minhas próprias crenças. E repito, porque gosto de como soa: — Sim. Até me assusta às vezes como eu o amo, mãe. Nunca mais quero perder o Ryan.

Fico surpresa ao perceber que estou chorando.

— Bem, isso é bobagem — ela adverte, passando a mão no meu rosto para secar as lágrimas como se fossem seus alunos indisciplinados. Mas há gentileza em sua expressão e em sua atitude. — Sei que ele é um bom homem, mas acredite, Molly, ele não é perfeito. Ninguém é. — Ela faz uma pausa. — O segredo de um casamento sólido, Molly, é não se perder nele. Nós viemos para esta vida sozinhos, e vamos deixá-la sozinhos. A única verdadeira constante é você mesma — ela conclui, mas sei que em sua cabeça acrescenta: "e Deus". Mas ela sabe que se dissesse isso em voz alta me irritaria.

— Essa é a coisa mais triste que eu já ouvi, mãe — digo, balançando a cabeça.

— Não é não, Molly — minha mãe continua, com um sorriso que eu achava que era de carola, mas que agora vejo que é simplesmente convicto. — Significa que ser feliz para sempre só depende de você. Não coloque essa pressão sobre o Ryan ou sobre o seu casamento. É o erro que muitas pessoas cometem.

Ela se inclina e me dá um beijo no rosto. É rápido e seco, como se ela não lembrasse mais como se faz.

— Agora — ela bate palmas como se estivesse chamando a atenção dos alunos —, é melhor irmos, não? Queremos que você esteja... — ela para, esforçando-se para encontrar a palavra adequada para descrever sua única filha.

— Acho que a palavra que você está procurando é *linda* — digo, pegando seu braço e me voltando para as portas da varanda.

Minha mãe nunca elogia com facilidade. Eu teria odiado ser sua aluna. Mesmo sendo filha, eu tinha de me matar para conseguir um "muito bem".

Ela acaricia suavemente minha mão e balança a cabeça quando olha para mim.

— Você já é linda, Molly. Sempre foi. E inteligente, criativa, extremamente sensível e sábia. Mas hoje vai estar *radiantemente* linda.

Seco uma lágrima e deixo que ela me leve de volta para o quarto.

Jackie, vovó Door e as meninas estão rindo, conspiratórias, em um canto. Casey está agora de moletom rosa; reviro os olhos, subitamente desconfiada de que algo está acontecendo. Os olhos de Jackie se iluminam quando nos vê, e ela se adianta e me entrega um pequeno pacote.

— Um presente de casamento adiantado para você, querida! Abra, abra!

Minha mãe entra e fica na expectativa com elas enquanto rasgo o papel e pego um belo quimono branco de cetim. Minhas iniciais, MC, estão caprichosamente bordadas na frente. Adoro o fato de que elas não vão mudar depois de casada. Não tem muita diferença entre Carter e Cooper, de modo que pretendo adotar o sobrenome de Ryan. Eu sempre disse que nunca faria isso, e não sei o que me fez mudar de ideia. Talvez seja porque eu sei como isso é importante para o Ryan. E porque eu gosto de fazer parte do clã Cooper.

— Que lindo! — digo, atônita.

E é mesmo. É evidente que é seda da mais alta qualidade, lindamente cortada, e as iniciais estão bordadas, aparentemente, com cristais Swarovski.

— Olhe do outro lado! — grita Jackie.

Vejo minha mãe torcer os lábios, mas algo me diz que é porque está tentando disfarçar um sorriso, não porque desaprova. Retorço as mãos para poder ver a parte de trás: está bordado "Sra. Cooper" com cristais também. Começo a rir ao olhar para trás e ver que estão todas lado a lado e de costas para mim. Cada peça de roupa que vestem — até o suéter rosa-pálido da minha mãe — foi personalizada com palavras diferentes. Jackie está na extremidade esquerda da fila. Seu roupão é de seda como o meu, só que é pink e diz "SPS" atrás.

Levo a mão à boca e caio na risada.

— O que significa esse acrônimo? — pergunta minha mãe, inclinando-se para poder enxergar de onde está.

— O que é "acrônimo"? — pergunta Lydia, franzindo o nariz.

— É o mesmo que sigla — explico enquanto minha mãe resmunga algo sobre "a juventude de hoje" e "o que aconteceu com a educação".

— Humm, Trish, significa... "Sogra Para Sempre" — diz Jackie.

Vovó Door é a próxima. Ela pisca para mim por cima do ombro enquanto leio a inscrição nas costas de seu agasalho de veludo.

— Vice-sogra! — Rio. — Perfeito!

— Foi ideia minha — diz ela com orgulho.

— O meu diz "BFF" — revela Casey.

Sorrio para ela.

— O meu diz "Dama sem honra" — é a vez de Mia, e minha mãe estala a língua audivelmente. — Porque quero que todos saibam que sou solteira e disponível.

Lydia usa os dois indicadores para apontar para as costas de seu moletom, que diz "Supercunhada".

Por fim, no suéter de minha mãe, se lê MDN.

— Este *acrônimo* — ela diz incisivamente — significa "Mãe da Noiva".

Dou risada, ponho meu quimono sobre os ombros e me junto a elas, entrando na fila e as abraçando. Jackie e minha mãe engancham o braço livre e nos amontoamos, formando uma rodinha. Sinto que começo a lacrimejar nesse abraço coletivo.

— Obrigada a todas. Adorei.

— Que bom, querida — diz Jackie. — Era isso ou aquele vibrador cravejado de strass, não é, vovó Door?

E todas caímos na risada. Inclusive minha mãe.

Meus pais, eu e as damas de honra tomamos um belo café da manhã no terraço do hotel, e cada um foi para o seu quarto se arrumar. Pedi à minha mãe que entregasse meu presente a Ryan — um relógio com nossas iniciais gravadas e um beijo —, e Lydia dá os retoques finais em minha maquiagem. Casey está se arrumando no banheiro. Vou pôr meu vestido a qualquer momento. O casamento será daqui a pouco menos de uma hora, e sinto um nó no estômago. Recebi uma mensagem de Ryan hoje de manhã — simplesmente a tela cheia de beijos.

— Pronto! — diz Lyd ao terminar de passar um pouco de iluminador em minhas bochechas, abaixo das sobrancelhas e no arco dos lábios. — Uma perfeita noiva praianà!

Olho no espelho e suspiro. Minha cara cansada e estressada se transformou com seu toque mágico, e minha pele agora parece dourada e fresca; meus olhos, antes pesados, estão enormes, e o verde-mar de minhas íris se destacou com as pinceladas de sombra cor de areia cintilante que ela passou em minhas pálpebras. Meus cílios estão inexplicavelmente longos e escuros, destacados com o rímel para que pareçam molhados de mar. Meu cabelo cai em ondas soltas, repartido ao meio, chegando um pouco abaixo do peito, e a parte da frente foi afastada do rosto por duas trancinhas (um detalhe que adicionei especialmente para minha mãe), presas atrás da cabeça e decoradas com as mesmas flores do buquê. Tanto tempo se passou desde meu eu adolescente esquisito, de cabelos vermelhos e roupa preta, até isso. Viro a cabeça e jogo o cabelo sobre os ombros para poder ver a cascata em minhas costas. Eu me levanto e olho para Lydia.

— Pronta para colocar o vestido, meu bem? — ela pergunta com um sorriso.

Concordo com a cabeça e olho para o vestido, pendurado na porta do armário. Vou até ele devagar, com reverência, e cuidadosamente o pego e o coloco na cama. Então, deixo cair o roupão e chamo Casey. Ela está no banheiro há séculos.

— Vou pôr o vestido agora, Case! — digo, animada.

— Estou indo! — ela grita.

Ouço a descarga, mas ela não aparece.

— Você me ajuda? — peço a Lyd, desesperada para pôr o belo vestido e incapaz de esperar mais.

— Claro. Mas não devíamos tirar fotos? Onde está a fotógrafa?

Balanço a cabeça para Lyd. Decidi que não quero fotos do "antes". Quero que o dia comece quando eu sair com meu vestido, pronta para me casar com Ryan.

Lydia segura o vestido de noiva com cuidado, para que eu o vista. Olho para o banheiro de novo, mas nada de Casey. Espero que ela esteja bem. Espero que hoje não seja demais para ela. Não depois de tudo que ela passou recentemente.

— Agora entre aqui — diz Lyd.

Tremo quando a gaze leve do vestido marfim de estilo grego desliza sobre meu corpo, e fecho os olhos quando Lyd o fecha atrás.

— Ah, Molly — ela suspira e se afasta um pouco.

Minhas mãos tremem incontrolavelmente e respiro fundo três vezes antes de abrir os olhos e me olhar no espelho. O vestido é tudo que sonhei. Romântico, descontraído, mas bem nupcial também. O estilo grego me faz sentir como uma deusa, adoro as alças recolhidas e enroladas e a saia esvoaçante, feminina, com o decote V profundo. Tem também duas faixas de seda flutuantes que saem dos ombros, e não da cauda, e nas costas um detalhe especial, uma pequena homenagem às minhas raízes.

Ouço a porta do banheiro se abrir e me volto.

— Molly! — diz Casey, colocando as mãos na boca. — Você está linda!

Sorrio e estendo a mão para ela, querendo que ela saiba que também está. Lágrimas brotam em meus olhos quando penso em tudo o que tivemos de passar para chegar até aqui, e quanto tempo levou para que pudéssemos aprender a ficar à vontade em nossa pele.

Olho para o espelho, e ela vem e pega minha mão. Ficamos as duas na frente dele. Eu me viro para Casey e pego suas mãos, abrindo os braços; ela olha para os pés, envergonhada. É a primeira vez que a vejo com um vestido que escolhi para ela, e sinto uma onda secreta de alegria por ter escolhido bem. Eu o encontrei logo depois que voltei de Nova York. Antes de saber se ela estaria no casamento, e muito menos que seria minha dama de honra.

— Você está incrível, Case — digo através das lágrimas.

A explosão brilhante de laranja fica perfeita em sua pele oliva e contrasta com seus olhos cor de mel. Seu cabelo escuro — natural de novo — está preso em um coque bagunçado, com pontas soltas, e a cascata coral de chiffon que cai das alças finas ao redor do pescoço até as coxas a faz parecer recatada mas bonita, de um jeito que ela sempre disse que não conseguia. Especialmente depois do que aconteceu naquela noite. Posso imaginá-la agora, como pude quando o comprei, andando descalça na areia, deixando um rastro flamejante, como uma borboleta-monarca. Ela ainda parece a minha Casey, mas em uma versão adulta.

Percebo que eu não poderia ter me casado sem ela. Não seria certo. Todos os meus sonhos, todas as minhas aspirações de futuro estão tão ligadas a ela quanto a Ryan. Ela passou por tudo comigo. E por outras coisas mais, que eu jamais saberei. Ainda estamos nos olhando no espelho quando Lyd dá um passo para trás. Sei que ela percebeu que precisamos de um momento a sós.

— Vou colocar meu vestido. Mas nunca vou ficar tão bem quanto você de laranja, Case!

Então dá um beijo em nós duas e sai do quarto.

Ficamos em silêncio por um momento, só nos observando no espelho. É como se víssemos dois reflexos. Em um somos nossos eus adolescentes, Casey com suas fivelas de cabelo e sua mochila de plástico rosa, e eu olhando através de minha franja mal cortada e tingida, batendo a ponta do pé no chão, de mau humor. E depois o reflexo de nós agora: adultas, felizes, bonitas, de mãos dadas — BFFs para sempre, como prometemos.

— Você vai se *casar* — Casey sussurra, e aperto sua mão.
— Eu sei. É estranho, não é?
— Não é estranho — ela diz, enxugando uma lágrima. — É certo. Era para ser você. Fala a verdade, nós duas sabíamos que eu nunca seria a primeira a casar.
— Acho que você só está vendo como eu faço, para fazer melhor depois — eu a cutuco, e ela concorda.
— Para começar, vou usar muito mais brilho, *bem* mais — ela ri.
— Ei, eu tenho brilho! — digo com um sorriso.

Eu me viro para que Casey veja a parte de trás do meu vestido, onde tem uma corrente Swarovski com um pingente em forma de ossinho da sorte, deslumbrante, que desce dos ombros até o fim do decote V nas costas. Algo que eu sabia que Ryan — e sua mãe — ia gostar.

— Você pode tirar a garota de Essex... — rio.
— É perfeito, Moll — diz Case, com lágrimas escorrendo pelo rosto. — Você é a noiva mais linda que eu já vi.

Eu me inclino para frente e pego um objeto na penteadeira. Sorrio, endireito os ombros e levanto o queixo, e Casey imita meus movimentos. Seus olhos estão vidrados de lágrimas quando tiro gentilmente uma mecha de cabelo de seu rosto e a prendo com uma linda fivela de borboleta cor de laranja, para que pareça que está voando em seu cabelo.

— Repita comigo — digo baixinho. — Eu sou linda...
— Eu sou... — ela não termina.
— Linda — digo com firmeza.
— Linda — ela sussurra.
— E, assim como esta borboleta — continuo —, eu sou livre.

As palavras de repente ficam presas em minha garganta; uma lágrima cai de seus olhos enquanto ela repete a primeira parte da frase.

— Livre para amar e *ser amada* — concluo, acariciando seus cabelos e tomando sua mão. Ela não diz nada, só olha para baixo. Aperto suas mãos.
— E você *vai* ser amada, Casey, eu prometo que vai. E não só por mim e pelo Ryan.

Ela balança a cabeça, em seguida olha para mim como se fosse a primeira vez.

— Ah, Moll, você vai se casar!

E caímos no choro.

— *Não!!!!* — grita Lydia, correndo para o quarto com seu vestido curto de cetim laranja. — Vocês vão estragar a maquiagem! Rápido!

E começa a enxugar meus olhos furiosamente enquanto Casey e eu nos abanamos com as mãos para tentar deter as lágrimas e, rindo, corremos para o banheiro para nos certificar de que a maquiagem não borrou.

Em frente ao espelho, ainda rindo, os anos retrocedem de novo e somos só eu e Casey, duas adolescentes desajeitadas que precisavam uma da outra mais que de qualquer outra pessoa no mundo.

— Pronta? — pergunta Mia, apertando minhas mãos enquanto nos preparamos para ir à praia e fazer a longa caminhada em direção à baía, onde Ryan está esperando com Carl.

Olho para as três meninas ali paradas, com seus belos vestidos, e sorrio, animada.

— E o senhor, sr. Carter? — pergunta Casey.

Meu pai gagueja um pouco, não acostumado a que lhe perguntem nada, ou a ter a chance de responder, sem minha mãe presente.

— Ah, sim, estou, certamente. Mas... tem um banheiro por aqui?

— Pai! — gemo, deslizando a mão pelo seu braço. — Você devia ter ido antes.

— Ah, sim, é verdade, certamente. Deve ser o nervosismo. Ou, hum, a idade...

— Respire fundo, você vai ficar bem — digo.

— Não sou eu quem deveria lhe dar conselhos? — ele pergunta. — Na verdade, eu preparei algo... — Ele revira o bolso, pega os óculos meia-lua, esfrega a testa e os coloca de volta. — Sei que você não é... hum... uma garota *tradicional*, mas... é responsabilidade minha como pai da noiva... então sinto que... hum... devo dizer algumas palavras. — Ele continua revirando o bolso.

— Não precisa dizer nada, pai — digo suavemente.

— Sim, mas eu quero. Quero lhe dar alguns conselhos sobre o casamento. Apesar de que eu... hum... roubei estes de alguém que poderia dá-los de forma muito mais eloquente do que eu.

Olho para meu pai e sinto uma onda de amor. Meu pai, sério e introspectivo, que sofre de aversão social, que me frustrou durante anos, mas é mais parecido comigo do que eu jamais estive preparada para admitir. E estou apostando nele agora, na esperança de que encontre as palavras certas, que deem sentido ao nosso relacionamento, ao seu casamento, a este momento. É muita expectativa.

— Maldição — meu pai diz, tirando um monte de coisas do bolso. — Perdi. Ah, bem, acho que consigo lembrar... sim... consigo.

Ele se vira para mim e seus olhos brilham.

— E-eu tomei a liberdade de mudar o pronome pessoal, de "eu" para "você".

Ele limpa a garganta e começa a recitar:

Permita-se viver sua vida ano após ano,
Com o rosto para frente e a alma aberta;
Não tenha pressa, não se desvie da meta;
Não chore pelas coisas que desaparecem
No passado obscuro, nem fique parada, com medo
Do que o futuro lhe reserva; mas com o coração
inteiro e feliz, que paga seu preço
Da Juventude à Velhice e viaja com entusiasmo.
Deixe que a estrada suba ou desça o morro,
Seja áspera ou suave, a viagem será de alegria:
Ainda buscando o que sonhava quando era um meni...

(Ele engasga um pouco.)
— Hum, quer dizer:

... quando era uma menina,
Novas amizades, grandes aventuras e uma coroa,
Seu coração manterá a coragem da busca,
E espero que o último trecho da estrada seja o melhor.

Eu lhe dou um beijo no rosto, seguro sua mão e a aperto forte. Começamos a caminhar em direção a meu marido, a meu futuro, murmurando o velho e sábio refrão de meu pai para o casamento, para a vida, para a felicidade:

— Seja áspera ou suave, a viagem será de alegria...

Passamos por minha mãe, que sorri para mim. Passo por Jackie, que soluça, e Dave, radiante. Freya e Lisa; Jo, que veio de Oz, e até Christie, que veio com o marido. Alguns amigos da faculdade estão aqui, e, claro, Jake, Gaz, Alex e alguns colegas de Ryan da Thorpe Hall e da escola de Hackney. Mas eu praticamente não registro a presença de nenhum deles, porque tudo que vejo é Ryan. Ele está lindo como sempre, de terno azul-claro e camisa branca, e uma flor cor de laranja na lapela.

Paro ao lado de Ry, e ele olha para mim com um sorriso no rosto.

— Então você veio — murmura.

— Você achou que eu não viria? — pergunto, meu coração subindo até o céu.

Ele ergue uma sobrancelha.

— Eu estaria mentindo se dissesse que não, mas isso só porque estou aqui desde o nosso primeiro beijo.

— Segundo — recordo, curvando os lábios em um sorriso irônico e olhando para a costa, onde nos beijamos pela segunda e melhor vez.

— Primeiro — ele insiste e sorri. — Eu sabia desde o início. Você levou um pouco mais de tempo para entender, *Harry*...

Balanço a cabeça, pego sua mão e nos viramos de frente para o pastor.

— Eu não sou Harry — digo. — Harry não existe mais. Só Molly. Molly Cooper. Agora, vamos casar?

Clique!

Nós nos beijamos de novo, para outra câmera, outra foto, outro vídeo feito por um convidado. Tantas fotografias, tantos momentos capturados: a areia quente entre meus dedos dos pés, o vestido esvoaçando atrás de mim, os braços de Ryan ao meu redor, o sol batendo em nossas costas quando começa a se pôr atrás de nós, uma taça de champanhe em nossas mãos. As pessoas vêm para conversar, dar os parabéns, beijar, abraçar. Casey, Mia, Jackie, Carl, Lydia, meu pai, nossos maravilhosos amigos e familiares. Até minha mãe vem e pega nossas mãos. E então se volta para Ryan e sorri com benevolência.

— Engraçado pensar que agora eu sou sua SPS, Ryan querido! — minha mãe diz, orgulhosa, acariciando a mão dele.

Ele olha para ela e depois para mim, incapaz de disfarçar que não entendeu nada. Não consigo conter o riso. Eu o arrasto para longe, e então corremos de mãos dadas, tentando não derramar champanhe no vestido, a caminho do hotel, onde luzinhas pendem das árvores, e acima de nós brilha um dossel de estrelas ao pôr do sol de Ibiza. Um jantar íntimo para quarenta pessoas, aperitivos descontraídos, nossos amigos, nossa família, nós dois. É tudo que eu sempre quis.

— Você se sente diferente? — pergunto quando nos sentamos de madrugada na praia, com uma garrafa de champanhe entre nós. São quatro da manhã. Dançamos, nos beijamos, rimos, nos beijamos, dançamos, nos beijamos um pouco mais. Alguns convidados se recolheram, outros foram para a balada. Nós fomos para a cama, depois levantamos de novo, não querendo que nosso dia acabasse. Decidimos vir à praia para ver o nascer do sol em nosso primeiro dia de casados. Estou bêbada e delirantemente feliz. Bêbada de amor.

Eu o provoco:

— Já não me ouve mais, é? Não demorou muito para se acomodar à vida de casado! — Rio. — Perguntei se você se sente diferente.

— Sim, é estranho — Ryan diz, inclinando a cabeça, pensativo. Observo seus lábios se moverem lentamente conforme fala. Ele esfrega o tornozelo. — Parece que tenho um peso enorme aqui — e o segura e geme, fingindo ter uma bola de ferro presa a uma corrente.

— Ei!

Bato em seu braço e subo em cima dele, curtindo a sensação da areia fria entre os dedos dos meus pés e o calor de seu corpo.

— Vou lhe mostrar o que é peso — rio, sentando de pernas abertas sobre sua cintura e prendendo seus braços no chão.

— Ah, faça isso, sra. Cooper — ele geme. — Por favor, faça isso...

E então ele me derruba na areia e rola para cima de mim.

— Molly Cooper — diz suavemente, sorrindo —, a sensação é diferente porque agora parece que é... para sempre... — Ele faz uma pausa, à espera do que vou falar em seguida. — Entendeu?

— Sim — sorrio e acaricio sua testa. — Entendi.

13:10

— Ei, moça. Moça, onde vai isso?

Olho para o rosto manchado e marcado de Bob, que desce alegremente a escada com o que parece ser minha penteadeira nas costas, enquanto seu ajudante, mais jovem, carrega uma única caixa como se fosse a coisa mais pesada do mundo. Ouço meu celular tocar na cozinha e fico tentada a atender, mas quem quer que seja vai ter de esperar.

— Tudo bem aí, Bob? — pergunto, correndo para ajudá-lo, mas ele me dispensa com a mão.

— Tudo bem. Estou acostumado a levantar mais peso que isso. Só me diz onde pôr.

— Ah, sim, desculpe. Na van. Vai para o depósito.

— Não precisa mais de uma penteadeira, querida? — ele diz e dá uma piscadinha.

— Eu sou mulher, sempre vou precisar de uma penteadeira como essa — rio. — Só que não posso levá-la para onde eu vou.

Ele cambaleia porta afora e, minutos depois, está de volta.

— Bom, querida, essa era a última coisa lá de cima. E agora?

Olho para meu relógio, depois para seu rosto vermelho e para meu estômago, que ronca de fome.

— Almoço! — respondo.

Seu rosto se ilumina ainda mais, dessa vez de alívio.

— Isso é música para os meus ouvidos, querida — ele sorri. — Vou sentar na van e ler o jornal.

— Pode ficar aqui, se quiser; vou fazer uns sanduíches...

— Não, não se preocupe, minha marmita está na van. Minha esposa preparou para mim, Deus lhe pague. Mas, se eu não voltar, é porque ela colocou arsênico na comida, ha, ha, ha!

Abro a porta para deixá-lo sair bem quando alguém ia bater. Dou um gritinho e beijo minha cunhada, então conduzo Bob para fora. Eu a aperto, depois abaixo e pego meu sobrinho.

— Beau-Beau! — eu o domino para abraçá-lo, mas ele reluta.

Com sete anos e meio e toda a indiferença de um garoto com o dobro de sua idade, ele se considera grande demais para um abraço especial da tia Molly. Felizmente, minha sobrinha de cinco anos, Gemma, não é tão exigente. Ela agarra minhas pernas e dá um grito alegre. Fecho os olhos e beijo seu cabelo loiro, tentando absorver o momento para lembrar no futuro.

Beau me avalia com seus penetrantes olhos azuis, como os de Jackie e de seu tio, e dá seu veredicto sobre mim, como Simon Cowell depois de um *X Factor* particularmente complicado.

— Você parece triste — diz ele honestamente.

— Beau! — censura Lydia. — Não se diz isso às pessoas!

— Tudo bem, Lyd — digo, rindo, e me agacho. — Olha, Beau — respondo com a mesma sinceridade e um esboço de sorriso —, você está absolutamente certo. É porque eu vou sentir saudades de todos vocês. Mas também estou animada, porque sei que vou ser muito feliz na minha nova casa.

— Que nem o tio Ryan? — Beau diz sem pestanejar.

Olho para Lydia e ela desvia o olhar. Concordo com a cabeça e os conduzo para dentro.

— Beau, quer um suco de maçã e um biscoito recheado? Se é que sobrou algum — acrescento, com peso na consciência, quando vejo na sala o pacote de biscoitos que esvaziei de manhã.

— Não vamos demorar — diz Lydia, tirando a jaqueta de couro e deixando-a em um dos dois banquinhos estilo anos 50, cromados e vermelhos, que estão diante da pequena ilha da cozinha. Serão doados ao bazar de caridade. — Eu estava passando pela Broadway e resolvi vir aqui, porque simplesmente não podia aceitar que a noite passada seria a última vez que eu ia te ver. E o Beau implorou para vir também. É sério — acrescenta ela.

Rimos e olhamos para a sala. Ele não poderia parecer menos interessado em me ver. Nos cinco minutos em que estamos conversando, ele desligou o aparelho de DVD, encontrou o Playstation que comprei especialmente para suas visitas e a caixa já fechada que contém todos os jogos. E... ah, sim, ele a abriu.

— Fique à vontade, Beau-Beau, a casa é sua! — Lyd diz com ironia, depois balança a cabeça se desculpando.

— Não se preocupe, Lyd, eu sei que ele só me ama pelos meus equipamentos — digo.

Bem nesse momento, Beau vem correndo para a cozinha, gritando:

— Tia Molly! Você pode fazer um suco para mim naquela coisa especial? Ahhh, e que tal fazer sorvete, que nem da última vez? Seria tão legal!

— Viu? — rio, pegando a chaleira que acabou de ferver e despejando água quente nas duas únicas xícaras que ainda não foram embaladas.

Percebo que uma diz "Keep calm & carry on", e a outra, "The only way is Essex". Foram presentes de despedida de Lydia.

— Beau! — ela o repreende. — Eu disse que a tia Molly está muito ocupada hoje arrumando a mudança. Nós viemos ver se podemos ajudar, não desempacotar as coisas dela de novo!

Ela se volta para mim quando lhe entrego uma xícara de chá.

— Gem, vá lá jogar com seu irmão.

Gemma vai obedientemente, com o rabo de cavalo loiro saltitando.

— Tem alguma coisa que eu possa fazer, querida? — pergunta Lydia.

— Não — balanço a cabeça e olho para o relógio.

— Você não parece estressada — diz ela, quando me sento em uma cadeira da cozinha e ponho as pernas em cima de outra. — Como está se sentindo, de verdade?

— Ah, você sabe... triste, estranha, meio anestesiada.

Criei o hábito de descrever minhas emoções. Agora, vejo cada sentimento como uma foto que vai passando instantaneamente, cada uma sendo substituída pela próxima na sequência. Aprendi, da maneira mais difícil, que as emoções podem ser descartáveis, como aquelas velhas câmeras Kodak de plástico que usamos para tirar fotos nas férias. A felicidade é tão transitória quanto a tristeza.

— Bem, isso é perfeitamente compreensível — diz Lydia de um jeito animado, característico dela. — Mas eu sei que tudo vai dar certo!

— Eu também — digo, um pouco na defensiva. Nem eu sabia que me sentia assim, mas passa tão rapidamente quanto chega. — Não me interprete mal, Lyd, eu estou pronta para isso, mas mesmo assim...

— Eu sei, Moll — ela diz baixinho, coisa incomum nela, inclinando-se sobre a mesa e acariciando minha mão.

— Só estou com medo de me sentir muito sozinha, entende?

— Você está *louca*? — ela responde, rindo com a autoridade de quem sabe o que diz. — Sozinha é a última coisa que você vai ficar. Pode acreditar. Sei que é assustador ir para um lugar novo, mas você já conhece as pessoas lá e vai fazer novos amigos rapidamente. É o que sempre acontece. *Nós é que vamos ficar sozinhos sem você.*

Ela olha para as mãos e uma lágrima cai de seu olho. Ela passa o dedo debaixo dos olhos e os vira para o céu.

— Desculpe, eu jurei que não faria isso. É que sinto que estou perdendo você também...

— Não, Lyd, não está.

Eu me levanto, vou até o armário no canto e abro a gaveta.

— Tenho uma coisa que vai ajudar a gente a manter contato. — Pego minha velha Canon digital SLR. — Quero que você fique com isto.

— Ah, Moll, eu não posso...

— Pode sim, eu tenho uma nova. Quero que tire fotos de você, do Carl e das crianças, fotos bobas, de coisas do dia a dia, e depois faça o upload delas aqui uma vez por semana.

Pego meu notebook. Digito alguma coisa e, rapidamente, aparece um Tumblr com as palavras "Blog da Lydia" na parte superior. Tiro uma foto dela, conecto o cabo USB da câmera no notebook e faço o upload da imagem. Ela está fazendo uma careta, e o rímel está borrado.

— Está horrível! — bufa.

— Não faz mal. Só eu vou ver e ler. Você pode postar fotos, se quiser, ou, se precisar falar sobre qualquer coisa, escreva, e eu prometo que vou responder assim que puder, tudo bem? Vai ser como se eu ainda morasse na mesma rua.

Aperto a mão de Lyd e ela dá um sorriso fraco, antes de pegar a maquiagem para retocar.

— Ah, quase esqueci. Esse é o meu! — Abro outro blog, viro a câmera, faço uma careta e rapidamente faço o upload da imagem. — Vou postar fotos de tudo que eu fizer. Vai ser ótimo!

— É, acho que você é especialista nisso. — O lábio de Lydia treme, e as lágrimas brotam de novo. — Não vai ser a mesma coisa, Molly, mas é melhor do que nada. É uma ótima ideia, obrigada, Moll.

Ela me dá um beijo no rosto e nos sentamos de mãos dadas por um momento.

— Tem mais uma coisa que eu quero lhe dar, Lyd, algo que quero que guarde com carinho. Faz tempo que eu queria fazer isso.

Solto a mão dela, coloco a minha em cima da mesa com a palma virada para cima e a abro. Nela se encontra um antigo anel de diamante.

— Ah, Molly, seu anel de noivado não! — Lydia chora e balança a cabeça. — Eu não posso, simplesmente não conseguiria!

— Escuta, Lyd — digo com firmeza, pressionando a aliança em sua mão. — Eu faço questão. Este anel é uma herança dos Cooper, por isso eu não posso ficar com ele.

— Mas o Ryan deu para você...

— E por isso eu posso dar a quem eu quiser. Só porque as coisas não saíram como eu esperava... bem, não quero tirá-lo da família, da vovó Door e da Jackie. Imagine se eu o perder na mudança? Elas me matariam! O anel é parte desta cidade, assim como o Ryan. — Faço uma pausa. — Talvez o Beau queira um dia, quando se apaixonar. Acho que ele vai ser meio destruidor de corações também...

Lydia concorda com a cabeça, e então nossas lágrimas realmente brotam.

— Não acredito que acabou — ela diz, levantando-se e parando ao lado da porta.

Eu a puxo para mim, principalmente para que Beau não nos veja chorando, mas ele está muito ocupado jogando Angry Birds no iPhone dela.

— Isso não é um adeus. Lembre-se dos nossos blogs. E vocês têm que ir me visitar!

Ela funga, com os olhos brilhando.

— Pode ter certeza. — Em seguida me beija rapidamente no rosto, olha para mim por um momento e depois sorri, colocando o braço em volta dos ombros do filho. — Vamos, Beau, Gemma, hora de ir! Falem "tchau" para a tia Molly.

Beau olha para mim, abre aquele irreprimível sorriso insolente dos Cooper e se joga em meus braços. Fecho os olhos e me lembro de todos os abraços que vieram antes desse, quando ele era um bebê e depois um garotinho. De quando seus gritos animados de "ABAÇO!" eram o único aviso antes de se jogar em minha cama, na época em que fiquei na casa de Lydia e Carl.

Eles se afastam, e ouço Lydia pedir o celular de volta.

— Ah, mãe, achei que ia poder jogar até a gente chegar em casa! — ele reclama.

— Eu nunca disse isso! Mas que folgado! — ela exclama enquanto cambaleia sobre os saltos altos, levando consigo o ruído, a vibração e a vida, mas não minhas doces memórias.

O beijo apressado

Os beijos desaparecem, como polaroides, se não prestarmos atenção neles? Eu beijei e fui beijada tantas vezes, mas poucos beijos ficaram gravados na minha memória. Da infância, só dois ou três permanecem, mas sei que devem ter sido muitos mais.

Os que recordo, guardo como se fossem joias preciosas. O beijo orgulhoso que minha mãe e meu pai me deram simultaneamente, um em cada bochecha, quando fiz a primeira comunhão. Lembro que estava ali com meu vestido branco e o véu, torcendo, nervosa, os dedos dos pés dentro das sapatilhas de balé de cetim, quando seus lábios pressionaram cada uma das minhas bochechas radiantes. Era como se seus beijos secassem e ficassem para sempre impressos ali, como as flores que eu colocava entre as páginas dos livros.

E, se eu fechar os olhos, posso conjurar os vários beijos suaves e delicados que minha mãe deu em minha bochecha e em minha testa febril quando tive catapora. Pareciam asas de anjos curando minha pobre pele cheia de feridas. E me lembro nitidamente do beijo gigante que lhe dei nos lábios (com um leve gosto de tortinhas Bakewell) quando corri para ela depois do meu primeiro dia de escolinha. Ela foi pega tão de surpresa que caiu para trás. Eu nunca tinha visto minha mãe esparramada de braços abertos, de uma forma deselegante, em lugar nenhum, e fiquei horrorizada. Mas, para minha surpresa, ela riu, se levantou e depois me deu um beijo no topo da cabeça. Minha mãe tem me surpreendido bastante ultimamente. Toda vez que penso nela, sinto um calor gostoso no peito.

E há os beijos apaixonados e românticos da minha vida — a maioria com Ryan. Numa noite particularmente difícil, eu me deitei na cama contando quantos beijos tinha compartilhado com ele nos anos em que estivemos juntos (sim, sim, eu sei que estou triste; me julgue, como eu dizia quando era adolescente), e o número chegou a milhares. Mas será que consigo me lembrar realmente de todos eles? Claro que lembro os mais importantes: quando nos conhecemos, quando fomos morar juntos, quando ficamos noivos, quando nos casamos... Mas e os beijos do dia a dia? Aqueles com os quais dizíamos um ao outro, sem palavras, sem cenários sofisticados nem cerimônias ostensivas, quanto nos amávamos? Assim como os inúmeros fatos e imagens que aprendi na escola desapareceram da minha mente, poucos desses beijos permanecem. A única conclusão a que posso chegar é que eu não estava concentrada o bastante.

<<REW 28/02/06 7:42

— Pode olhar isso antes de ir? — peço, enquanto Ryan anda pelo apartamento desviando de seus livros, de suas chuteiras e de seu capacete de bicicleta.
Ele enfia meia fatia de pão na boca e vem em minha direção. Depois me dá um beijo no rosto, puxa seu diário de classe, e percebo que estou sentada em cima dele. Eu me inclino para que ele possa pegá-lo e balanço minha lista na frente do seu nariz, desesperada para que ele olhe. Não é uma lista qualquer que quero lhe mostrar. É a lista oficial do casamento, ou, como diz Ryan, a lista de todas as listas. Eu a fiz quando comecei a perceber que estava me perdendo na organização do casamento. Essa lista oficial divide as tarefas entre mim, Ry, Carl e Jackie, e abrange tudo. Se eu conseguisse fazer com que o Ryan a olhasse...
— *Por favooor*, Ry! Vamos nos casar daqui a menos de dois meses e ainda tem muita coisa para fazer!
Ele faz cara de quem pede desculpas e joga o resto da fatia na boca.
— Não posso — diz, mastigando, e empurra tudo com um gole de suco de laranja. — Estou atrasado. Preciso ir para a academia antes da reunião dos professores. Achei que você fosse.
— Eu sei, mas já fui duas vezes na academia esta semana, e quero ficar pelo menos uma hora vendo coisas do casamento antes de ir trabalhar. Dois meses não é muito tempo para fazer tudo, sabia, Ry?
— Para mim é — ele diz, me mandando um beijo rápido e sem graça, com pasta de amendoim nos lábios. — Por mim a gente casava amanhã. De qualquer forma, achei que ia ser um casamento simples e descontraído.
— E vai! — respondo, mas acho que pareço uma mulher da série *Noivas neuróticas*, porque ele ri, tira as migalhas da barba e olha o relógio.
— Desculpe, tenho mesmo que ir. Ah, e vou voltar tarde também. Estou fazendo treinamento extra de futebol.
— Sério? — Largo a lista e me sento no sofá. — Essas crianças têm muita sorte de ter você, Ry. — Eu me levanto, beijo suavemente seus lábios e acaricio seu pescoço. — Vê se se cuida, hein? Você não é invencível, embora pense que é.

Às vezes, como agora, parado à minha frente de agasalho Adidas, ainda vejo o garoto de dezessete anos por quem eu tinha uma queda anos atrás. Daí pisco e percebo como ele mudou. Ele parece cansado agora, meio abatido e mais velho. Foi um mês estressante de trabalho, e planejar o casamento é uma pressão a mais. Mas eu tentei ajudar, organizando quase tudo com a Jackie. Formamos uma grande equipe. (Eu faço as listas, ela faz as coisas das listas.) Ainda assim, é difícil organizar tudo em tão pouco tempo — especialmente com uma dama de honra na Austrália e a outra sumida.

Penso no distanciamento de Casey e sinto uma onda de tristeza. Foi logo depois que eu liguei para ela de Nova York para dar a notícia do noivado. Eu esperava gritos de emoção, lágrimas, risos, esses momentos de amizade que nos ligam para sempre, quando sua amiga de infância vê que você conseguiu seu "felizes para sempre". Por isso telefonei para ela primeiro, antes de ligar para os meus pais, para Mia ou qualquer outra pessoa.

— Case? — falei animadamente quando ela atendeu ao terceiro toque, acenando para que Ryan baixasse o volume da tevê do nosso quarto de hotel.

Nós tínhamos acabado de voltar do Central Park, e ele estava sentado na ponta da cama vendo um jogo de basquete. Entrei no pequeno banheiro sem janelas, segurando o telefone na orelha, olhando e acariciando minha mão esquerda, agora ornada com um lindo e antigo anel. Esse fora o anel de noivado da vovó Door. Ela o deu a Ryan quando reatamos, e ele decidiu me pedir em casamento com ele. Depois que eu aceitei, ele ofereceu comprar outro.

Olhei em seus olhos azul-claros, tão parecidos com os da vovó, e balancei a cabeça, dizendo que não queria outro anel, que queria aquele. Ele era especial para o Ryan e para toda a família dele, por isso era melhor que qualquer um que pudéssemos comprar.

— Toda vez que eu olhar para este anel, vou me lembrar de como tenho sorte de ser a sra. Cooper — eu havia dito, e ele me beijara de novo, e de novo.

Gritei quando Casey disse "alô".

— Case, tenho uma coisa maravilhosa para contar!

— Comprou as botas UGG que eu te pedi e estavam ainda mais baratas do que eu imaginava? — disse ela.

— Nããão, algo muito melhor.

Ela engasgou.

— Você me comprou um par de *Manolos*? Ah, Molly, não precisava!

— Não, sua boba. — Dei risada. — O Ryan acaba de me pedir em casamento!

Silêncio.

Esperei, esperei, esperei. Os gritos de alegria, o riso. Era a cena de um milhão de filmes que eu já tinha visto uma centena de vezes. Eu disse a mim mesma que Casey estava só em estado de choque. Era compreensível; afinal, não fazia muito tempo eu estava chorando até dormir no sofá da casa dela. Sua felicidade viria quando caísse a ficha.

Mas não veio. Tudo que veio foi o longo bipe de uma chamada desligada.

Olhei para o telefone em minha mão, me perguntando que diabos havia acontecido, aonde ela tinha ido. *Será que a ligação caiu?* Esperei o telefone tocar, mas não tocou.

Então liguei de novo, mas o celular dela parecia estar desligado.

Voltei para o quarto e contei para o Ryan o que tinha acontecido. Ele não tirou os olhos da tevê.

— Talvez o celular dela tenha ficado sem bateria — ele sugeriu distraidamente.

— Talvez — respondi e afundei na cama, sentindo a mão fria da dúvida apertar minha garganta.

Dois dias depois ela me ligou de volta, disse que tinha sido só uma ligação ruim e que, quando tentou me ligar de novo, não conseguiu o número certo, o hotel passou a ligação para o quarto errado e ela não se lembrava de como fazer uma ligação internacional para um celular britânico. Eram coisas que a avoada da Casey faria, de modo que acreditei nela. E também acreditei quando ela disse que estava feliz por mim, então, animadamente, contei que estava pensando em me casar em abril, cinco meses depois do pedido e quase cinco anos desde o nosso primeiro beijo de verdade, e exatamente no mesmo lugar — aquela pequena enseada da praia de Ibiza aonde ele me levou. E a convidei para ser minha dama de honra.

Não tenho notícias dela desde então.

Ryan fica dizendo para eu não me preocupar, que ela vai aparecer. Que está só achando difícil encarar que sua melhor amiga vai se casar, e que ela ainda mal teve um namorado sério na vida. Mas não posso evitar, sinto falta dela. Quero que Casey participe disso. Não posso me imaginar fazendo isso sem ela. Mas, ao mesmo tempo, estou furiosa por ela agir assim. Pensei que ela, mais que qualquer outra pessoa, ficaria feliz por Ryan e eu estarmos juntos de novo. Ela viu como eu fiquei sem ele. Sinto falta dela e rancor ao mesmo tempo.

E não ajuda em nada o fato de que, embora todos os outros tenham ficado radiantes com a notícia, só Jackie e Dave, à sua maneira tipicamente otimista, tenham nos ajudado e acreditado que poderíamos planejar tudo em cinco meses. Meu Deus, eu os amo por isso.

— *Claro* que dá para fazer, querida! — exclamou Jackie. — Só precisamos marcar algumas provas de vestido, encontrar um organizador de casamentos em Ibiza para preparar a cerimônia na praia e alugar um local para a festa. Deixe isso comigo, querida! O mais importante é o seu vestido. Marque alguns horários na Harrods, na Browns e na Liberty. Em todos esses lugares você vai encontrar vestidos prontos que podem ser ajustados. Quer que eu marque alguns horários para sábado? Você está livre? Claro que está, querida! O que poderia ter de mais importante para fazer? Ah, vai ser tão emocionante! Você já ligou para a sua mãe? Ela precisa ir com a gente, é claro, e vovó Door quer ir também... O que foi, mamãe? Ah, ela quer falar com você...

— Molly, querida! — a voz áspera de vovó Door ecoou na linha. — Como ficou meu anel no seu dedo? Meu Arthur ia ficar orgulhoso. Agora, sobre o vestido, pensei que talvez você devesse procurar algo como o que a Jordan usou para se casar com o adorável Peter Andre. Ah, eu amo os dois. Você viu quando ela comeu bolas de canguru em *I'm a Celebrity*? Foi clássico!

Ouvi Jackie voltar ao telefone.

— Como você pode ver, querida, a vovó Door já tem a opinião dela! E tenha certeza de que sempre vamos dizer honestamente o que pensamos. É disso que você precisa quando está escolhendo um vestido de noiva! Então ligue para sua mãe agora e peça que nos encontre na estação de metrô da Oxford Street, no sábado. Vamos à Liberty primeiro. — Eu a ouvi digitar no computador. — Estou vendo aqui que eles têm uns Vera Wangs incríveis no estoque... Ficariam simplesmente *divinos* em você, e dinheiro não é problema. É claro que o Dave e eu vamos arcar com as despesas do casamento, eu sei que os seus pais não podem pagar...

Nesse ponto, eu a interrompi.

— Não, Jackie. O Ryan e eu temos o suficiente guardado. Nós queremos pagar, fazer do nosso jeito — acrescentei, mas ela não pareceu registrar.

— Que bobagem! — riu, e sua risada ecoou no telefone. — Por que fazer uma coisa simples se pode ser grandiosa?

Afastei o telefone e fiz um gesto para Ryan, que estava corrigindo provas no balcão da cozinha.

— Fale para ela, Ry — implorei.

Ele sorriu e tomou o telefone de mim.

— Porque nós *queremos* que seja simples, mãe — disse Ryan com firmeza. — Não! Sem discussão. Claro que você pode ajudar, nós precisamos da sua ajuda com o planejamento de tudo. Temos cinco meses, e a Molly está pirando. Mas *não* queremos que assuma tudo, e não vamos aceitar dinheiro de jeito nenhum. Estou falando sério, mãe. A Molly e eu queremos fazer do nosso jeito.

Ele me devolveu o telefone e eu sorri, agradecida.

— Tudo bem, querida — Jackie suspirou —, só me diga o que você quer fazer. Meu filho já deixou bem claro o que ele quer! — E fungou dramaticamente.

Tentei não rir.

— Jackie, eu *adoraria* que você me ajudasse a escolher o vestido. Você poderia marcar alguns horários, como disse, por favor?

Ela suspirou de prazer.

— Ah, obrigada, Molly querida, você sabe que isso significa muito para mim, especialmente porque eu não tive meninas. Você e a Lyd são as filhas que eu nunca tive! — E começou a chorar.

Ryan me beijou na testa em agradecimento, e eu me sentei enquanto Jackie disparava perguntas sobre tons de branco, comprimentos, véus e tiaras, até fazer minha cabeça rodar.

Admito que seria impossível para mim planejar o casamento sem ela. E fazê-lo no exterior, em nosso lugar favorito, Ibiza, foi uma escolha inspirada. Foi ideia do Ryan, e, logo que ele sugeriu, pude imaginar tudo. Andar descalça na areia em direção a ele; Mia, Lydia e, claro, Casey andando atrás de mim com seus belos vestidos de damas de honra. E isso significava cortar pela metade a lista de convidados. Ninguém da família da minha mãe iria. Ela disse que eles nos achavam hereges por não nos casarmos na igreja.

— E o que você disse? — perguntei quando ela me contou isso sobre sua família rigorosa.

— Que tenho orgulho por minha menina sempre fazer as coisas do jeito dela, não como os outros acham que ela deve fazer — minha mãe disse bruscamente.

— Inclusive você? — perguntei com um sorriso irônico.

— Especialmente eu — ela respondeu. — Você é dona do seu nariz, minha querida, e isso me deixa orgulhosa.

Esse foi o maior elogio que ela já me havia feito. A seguir, acrescentou:

— Agora, Molly, o que é que uma pessoa veste para ir a um casamento na praia?

— Não se preocupe — respondi. — A Jackie vai te ajudar! E, quando ela acabar, você vai estar num vestido de babado rosa e coberta de diamantes.

— Tem certeza de que não tem um segundinho para olhar? — digo desesperadamente quando Ryan se dirige para a porta. — É muito importante...

Ele dá meia-volta e faz uma cara de sofrimento.

— Baby, eu te amo, mas como "corsage" pode ser importante se eu nem sei o que é isso!

— Típico de homens — murmuro com petulância. — Nunca pensam nos detalhes.

Ele suspira e volta.

— Escuta, vamos fazer isso no fim de semana, e não quando eu estou atrasado para sair, tudo bem, Moll?

Concordo com a cabeça e engulo em seco.

— Eu só não queria sentir que o nosso casamento é a última coisa na sua lista...

— Você sabe que eu nem faço listas, Moll! — Ele me beija no nariz e sorri. — No fim de semana — reitera. — A gente resolve tudo isso no fim de semana.

— Vou viajar a trabalho na sexta, lembra? — digo em tom monótono. — Los Angeles, sessão de fotos da capa...

— A maioria das pessoas ficaria se achando por causa disso — Ryan ri, fazendo cócegas no meu queixo.

— Bom, a maioria das pessoas não vai se casar em sete semanas — retruco, me defendendo.

Ele me toma em seus braços e eu me derreto neles, como sempre.

— Molly, eu prometo que vai dar tudo certo. Nós não precisamos de corsages nem nada parecido. Só precisamos de nós e dos nossos votos. Nada mais importa.

E não posso deixar de sorrir. Sei que ele está certo, de verdade. E sei que só estou me sentindo vulnerável porque nós dois estamos muito ocupados. Ryan continua me dizendo para não me preocupar. Só não quero que cometamos os mesmos erros de novo, que não passemos muito tempo juntos e deixemos outras coisas atrapalharem. Devo ter dito essa última parte em voz alta, porque Ryan vem e me dá um abraço rápido. Fecho os olhos.

— Pense só, Moll, daqui a sete semanas vamos estar casados, e então vamos viajar em lua de mel. Um mês na Nova Zelândia, lembra? Foque nisso. Vai ser incrível. O início da nossa vida juntos. Mas até lá vai ser estressante. Agora, sinto muito, amor. — Ele se inclina e me beija na testa. — Mas realmente preciso ir...

E, antes que eu possa retribuir o beijo, ele já saiu.

O beijo de saudade

Você já beijou alguém e sentiu a pessoa escapando entre seus dedos? Já imaginou que um dia esses lábios não seriam mais seus para beijar? Alguma vez fechou os olhos e tentou desesperadamente se agarrar àquele beijo, àquele momento em sua mente e em seu coração, para poder recordá-lo para sempre? Talvez o beijo não tenha sido com seu amor, mas com seu filho, um amigo, seu pai ou sua mãe...

Ultimamente eu me vejo abraçando minha mãe e a apertando com tanta força, sorvendo seu aroma cítrico familiar, sentindo sua pele suave e envelhecida contra a minha, e me pergunto se ela faz o mesmo, se pensa em um futuro não muito distante, quando não vai mais poder me abraçar. Talvez ela ainda possa fechar os olhos e se lembrar de quando eu era um bebê e ela me ninava, ou possa conjurar meus primeiros beijos. Será que ela tentou saborear cada um deles, sabendo que poderia chegar um momento em que eu não estaria a fim ou — Deus nos livre — não poderia mais beijá-la? Será que ela me amava tanto que estava sempre com medo de me perder? Será que cada beijo era como se eu estivesse mais um passo longe dela? Minha mãe sempre disse que a maternidade é um longo beijo de despedida, e às vezes não posso evitar sentir isso em relação à vida.

Cada beijo, não importa quão irrelevante seja — um beijo rápido de "oi", um beijo de agradecimento ou de "até logo" —, é recebido como se fosse o último. É como uma ferida permanente que eu sei que nunca vai cicatrizar.

FF >> 08/03/06 18:25

— Meu Deus, que saudade — digo, abraçando meu noivo.
Ele me dá um longo beijo nos lábios.
— Hummm... Como foi o voo de volta?
— Eu só conseguia pensar, o tempo todo, que vou ser a sra. Cooper daqui a um mês e meio!
Sorrio, e ele pressiona os lábios nos meus de novo, com tanta força que eles ardem de prazer, e nos beijamos até minha boca doer. Tento recuperar o fôlego antes de abrir os olhos e vejo que temos público.
— Arghh! — grito e dou um tapa nas costas de Ryan.
Ele não parece se incomodar com o fato de nos beijarmos desse jeito diante de Carl, Lydia, Beau — já não tão bebê —, Gaz, Alex e Jake.
— Eu não sabia que vocês estavam aqui!
— Não se preocupem com a gente — Carl sorri. — Continuem! É lindo de ver. O amor não é o máximo, Lyd? — Ele a pega pela cintura, a inclina para trás e a beija na boca enquanto Beau cambaleia por ali, segurando o Bisonho que Ryan e eu lhe demos de Natal.
— Isso é o melhor que você pode fazer, cara? — diz Ryan, me pegando no colo e me beijando sem parar.
Então Carl joga Lyd por cima do ombro.
— Homens... — ela diz, tentando puxar a saia minúscula para baixo. — Sempre tão competitivos. Eu e a Molly não somos bolas de futebol!
— Você quase me enganou! — Carl diz, aproximando-se dos peitos de Lydia com os dedos abertos.
— Carl! Na frente do bebê não! — ela diz, quando ele imita uma buzina e enterra a cabeça no decote dela.
— Tem pipoca, Moll? — Gaz pergunta, se recostando no sofá na frente deles.
Eu me desvencilho dos braços de Ryan e corro atrás de Beau pela sala para poder cobri-lo de beijos. Sinceramente, ele é o menino mais adorável do universo. Não acredito que já está com um ano e meio. Eu o pego por fim e lhe faço cócegas, até que ele grita, rindo, erguendo os olhos e sorrindo para todo mundo.

— Tudo bem com vocês, rapazes? Não deixaram meu noivo se sentir sozinho? — digo, voltando até Ryan e o abraçando, incapaz de ficar longe dele por muito tempo agora que voltei para casa.

Ele sempre insiste que os amigos fiquem em casa quando eu viajo a trabalho. Eu já não entro em pânico com a perspectiva de companhia constante, mas Ryan ainda odeia ficar sozinho. Isso nunca vai mudar.

— Ah, sim, ficamos de conchinha na sua cama de casal enquanto ele chorava até conseguir dormir — diz Carl, balançando a cabeça.

Eu lhe dou um aperto fraternal.

— Bom, e quem pode culpá-lo? — digo fazendo pose, depois suspiro e balanço a cabeça, como se o peso de ser tão maravilhosa fosse demais para suportar.

3:45

TRIIIIIIIM!!

Eu me sento no escuro, totalmente desorientada, e olho o relógio; gemo. Por causa do jet lag, só peguei no sono há meia hora. Passei o resto do tempo baixando as fotos de capa que o fotógrafo me enviou para que eu pudesse olhar antes de segunda-feira. Ryan, claro, não notou a campainha.

TRIIIIIIMMMMMMMMM! A insistência prova que não é um bêbado qualquer, como às vezes acontece, já que moramos em uma rua movimentada. Saio da cama, tentada a acordá-lo, mas ele parece tão em paz. Não há razão de acordarmos os dois, a menos que seja alguma coisa grave. Ele só vai entrar em pânico e começar a procurar objetos para bater no intruso. Da última vez que isso aconteceu, eu o peguei brandindo um secador de cabelo.

— O que você ia fazer? — eu lhe perguntei depois. — Secar o cabelo dele até dominá-lo?

Vou até o interfone.

— Quem é? — digo bruscamente.

— Molly? Você pode d-descer?

Fico em choque ao reconhecer instantaneamente a voz, apesar de não a ouvir desde que Ryan e eu ficamos noivos. Rapidamente abro a porta do prédio para que ela entre, atravesso correndo a sala e o pequeno corredor.

Abro a porta da frente, desço apressada as escadas e a encontro subindo. Casey me lança um olhar embotado. Seu cabelo está todo revirado, os olhos inchados e roxos, de lágrimas e...

— Casey? O que aconteceu?

Eu a puxo porta adentro e a abraço. Ela parece tão dolorosamente pequena, magra e indefesa em meus braços. Posso sentir o cheiro de fumaça em seu cabelo e álcool em seu hálito. Eu me afasto e a seguro pelos braços. Ela tenta se esconder em meu ombro, então noto que o roxo não é só de cansaço. Olho para baixo e vejo círculos vermelhos ao redor de seus braços e marcas em sua garganta.

— Que diabos aconteceu com você, Casey? — digo, sentindo as lágrimas brotarem em meus olhos.

Ela escorrega para o chão como uma boneca de pano. Sua bolsa cai ao seu lado, e tenho a vívida lembrança de Casey no playground, caída, desamparada, indefesa. Eu me abaixo e a levanto, embalando-a em meus braços. Não sei o que aconteceu; preciso levá-la para cima. Ela abre os olhos e me dá um sorriso débil.

— Estou tão feliz por você estar aqui, Molly — sussurra. — Fiquei com medo que não estivesse... Não quero ficar sozinha...

— Não precisa ficar sozinha, Casey. Vou cuidar de você agora. — Limpo a garganta e passo a mão nos olhos. — Vamos, amiga, vamos lá para cima...

Subimos lentamente as escadas e entramos no apartamento.

— Ry! — chamo em voz alta, a palavra presa na garganta. Quero a ajuda dele, não sei como lidar com a situação sozinha.

— Não! — ela diz, balançando a cabeça e olhando para mim com olhos suplicantes. — Por favor, não chame o Ryan. Não quero que mais ninguém me veja.

— Mas ele vai saber o que fazer, Case — respondo suavemente, ciente de que eu não sei.

Não sei mesmo. Levo-a para a sala e percebo como é acolhedora, convidativa e segura, tão distante de onde quer que Casey tenha vindo. Eu a vejo absorver o cenário confortável com um brilho nos olhos cansados e turvos; os tênis de Ryan e meu All Star jogados no chão ao lado do sofá, a pasta do casamento aberta em cima da mesa de centro, restos de uma aconchegante noite a dois. De repente, percebo como minha vida é diferente da dela.

Levo lentamente minha melhor amiga — de quem não tenho notícias há dois meses e que era mais próxima de mim que uma irmã — para o sofá.

Como isso aconteceu? Quem fez isso com a Casey? Ela estremece de dor e segura as costelas, e tento não chorar por causa do que vejo.

Ouço Ryan descer as escadas com o jeans que vestiu apressadamente, sacudindo uma raquete de tênis como arma. Meu futuro marido, esportivo até em autodefesa. Ele esfrega os olhos turvos quando entra na sala mal iluminada.

— Que foi, Moll?

Ele parece em choque e fica horrorizado ao vê-la. Observa enquanto levo Casey para o sofá. Ela olha para Ryan, e ele corre e se ajoelha na frente do sofá.

— O que aconteceu, Case? — ele pergunta, levantando delicadamente o queixo dela.

Os olhos de Casey, negros e roxos, feridos, estão sem alma, vazios. Ela enterra a cabeça em uma almofada.

— Ei, Case — ele diz gentilmente. — Nós vamos cuidar de você, mas, querida, quem fez isso não pode escapar.

Seus ombros chacoalham para cima e para baixo, mas seu rosto continua enterrado. Ele puxa o cabelo dela para trás, lhe dá um beijo no rosto e lhe acaricia a cabeça.

Sento na beira do sofá e acaricio o cabelo de Casey também. Está úmido, mas morno, de suor misturado com o fluxo constante de lágrimas e... isso é sangue? Ah, meu Deus.

— O que aconteceu, Case? Você pode me dizer? — pergunto gentilmente, com a voz trêmula de medo e choque.

Ela ergue levemente a cabeça da almofada e olha para mim. Seu rosto está borrado, como se houvesse esfregado jornal na pele. Suas mãos tremem incontrolavelmente. Noto que há sujeira debaixo de suas unhas. Posso vê-la através do esmalte rosa. Acaricio sua cabeça, e ela a abaixa de novo. Ryan pega uma manta dobrada na lateral do sofá, e eu a cubro gentilmente.

— Eu estava s-saindo do trabalho... — ela soluça. — Era um grupo... Foi uma noite movimentada no clube. Muita gente na porta, puta da vida por não poder entrar. Acabei cedo e tomei alguns drinques para relaxar depois do trabalho. Estava indo para casa sozinha... — Sua voz vai desaparecendo, e balanço a cabeça para incentivá-la a prosseguir. Ela continua: — Elas apareceram do nada. As garotas... E começaram a me s-socar e me c-chutar. Não consegui fazer nada... — Casey fala baixinho, parando e retomando, tropeçando nos detalhes, incapaz de recordar a ordem exata dos acontecimentos.

Olho para ela horrorizada e aperto a mão de Ryan enquanto acariciamos seus cabelos. Ela tenta explicar como a atacaram quando voltava para casa a pé. Elas chutaram e socaram seu rosto, a chamaram de vagabunda e a deixaram jogada na frente de casa. Ela ficou em pânico de entrar em seu apartamento, pensando que elas poderiam voltar, então se arrastou até o carro e veio direto para cá. Ela disse que as reconheceu. Southend é uma cidade pequena.

Eu a embalo em meus braços enquanto ela chora. Estou morrendo de raiva, não só delas, mas de mim também. Por que eu não estava lá para protegê-la, como sempre fiz? Antigamente eu não saía do seu lado, mas agora, quando ela precisou de mim, eu não estava lá. E eu prometi que sempre estaria. Por que fiquei tão centrada em mim, na minha vida e no meu casamento, e a deixei tão sozinha? Casey não pode se cuidar, eu sempre soube disso. Ela não é forte o suficiente para viver sozinha, ou para trabalhar em uma boate como essa. Eu sabia disso, mas não fiz nada para protegê-la.

O que aconteceu com BFFs para sempre?

— Eu não tive intenção de provocar isso, Molly — ela diz, chorando. — Você tem que acreditar em mim. Eu sei que sou burra e irresponsável, mas não foi culpa minha, não foi... sinceramente... — Ela olha para mim, implorando. — E eu não tive intenção de ficar tanto tempo sem te ligar, desculpa, Molly, por favor, desculpa...

— Shhh, não precisa se desculpar por nada, Case, a culpa é minha. Eu sou a única culpada aqui, não você. Fui negligente com você. Eu devia estar ao seu lado, não só hoje à noite...

Ela se enterra em meu pescoço e chora, e então eu choro junto, por ela e por nós. Pelas crianças ingênuas que fomos, que achavam que a vida seguiria sempre na mesma direção para nós.

— Senti sua falta, Moll — ela chora.

— Shhh — repito e lhe dou um beijo no alto da cabeça, e fico ali sentada, acariciando seus cabelos, pelo que parecem horas, até que ela adormece.

O beijo de "queria que você estivesse aqui"

Por que existe essa tradição ridícula de passar um fim de semana longe do noivo às vésperas do casamento? Afinal, se você vai se casar, é porque quer ficar junto *para sempre*. Desse dia em diante.

Em meus piores momentos, fico obcecada com o fim de semana da minha despedida de solteira. Às vezes eu me deito na cama, fecho os olhos e imagino que Ryan e eu passamos esse fim de semana em Paris, ou em Roma, ou escondidos em alguma pousadinha na costa, juntos, ou em uma cabana de madeira, deitados na frente da lareira enquanto a neve caía do lado de fora, falando sobre o futuro empolgante que tínhamos pela frente. Às vezes até nos imagino no anexo de Jackie e Dave, em Leigh-on-Sea. Em qualquer lugar, desde que não seja separados.

Mas não demora para que as palavras que minha mãe disse na manhã do meu casamento permeiem meus sonhos. "Ser feliz para sempre só depende de você, Molly", e percebo que nada me foi roubado. Como posso pensar no que perdi, se ganhei tanto? Em vez de desejar que *ele* estivesse aqui, só preciso agradecer porque *eu* estou.

FF >> 15/04/06

— Uhuu! Que divertido! — grita Lydia. Ela pega duas garrafas, despeja doses gigantescas de tequila e vodca na coqueteleira, um pouquinho de suco de laranja, depois pega um mirtilo e o põe no drinque. — Vou chamar esse de "lábios frouxos da Lyd" — e ergue a sobrancelha.

— Você é pura classe, Lyd! — Rio enquanto faço um martíni de framboesa, como o barman me ensinou, pestanejando ao erguer meu drinque, pronto para a inspeção dele.

— Está perfeito — ele diz com um sorriso de astro de cinema.

— Igual a você — Mia diz disfarçadamente, fingindo beliscar a bunda dele quando ele vira de costas para nós.

Ela bebe seu martíni e bate o copo no balcão.

— Ei, ele é meu! — protesta Lydia.

— Eu vou te espancar por... — Mia morde o lábio e olha para Casey.

Rapidamente seguro a mão dela e a aperto. Alguns ferimentos leves já estão curados, mas as feridas emocionais daquela noite ainda estão abertas.

— Desculpa — diz Mia, tocando-lhe o braço machucado. — Falei sem pensar.

Casey tira os olhos de seu drinque não alcoólico e dá um sorrisinho forçado.

— Tudo bem, Case? — murmuro, como faço aproximadamente a cada três minutos desde que minha despedida de solteira começou.

Ela concorda com a cabeça e sorri para mim, mas sem o brilho habitual.

— Tudo bem, amiga, estou feliz por estar aqui.

Toco seu braço.

— Você sabe que não precisava — digo.

— Eu não perderia isso nunca — ela diz, com o queixo e o nariz erguidos.

Ainda estou espantada por ela conseguir. Ela está ficando na nossa casa desde aquela noite — meu Deus, já se passou um mês? Parece que foi ontem. Nós só voltamos para o apartamento dela para pegar algumas coisas. Ela não quis ir para a casa da mãe, o que é compreensível. E não tenho certeza se a Toni se daria o trabalho de acolher a filha; ela está com um novo namorado. Então, Ry e eu imediatamente lhe oferecemos nosso sofá. Até o trocamos por um sofá-cama, para que ela ficasse mais confortável.

Ouvimos gritinhos quando Freya e Lisa brindam com suas taças do outro lado do balcão. Sorrimos e fazemos o mesmo.

— Às amigas, ao futuro de vocês e à diversão — Casey diz com esforço, e engulo uma lágrima diante de sua bravura.

Mia nos abraça e passo meus braços pelo delas, muito feliz por estarem aqui. Minhas melhores amigas.

Ainda não consigo acreditar que minha despedida de solteira está finalmente acontecendo, que daqui a uma semana serei a sra. Ryan Cooper. Parece que estou sonhando, e mesmo assim está demorando demais. Beijei Ryan esta manhã ao me despedir. Ele e os rapazes vão mais cedo para Ibiza, para a despedida dele.

Olho para minhas duas melhores amigas, uma de cada lado, e para as outras garotas — Lydia e as meninas do trabalho; só convidei algumas porque queria ter a oportunidade de passar um tempo de qualidade com todas, e não me sentir parte de um circo. E, mais que qualquer coisa, eu não queria fazer uma festa que fizesse Casey se sentir estranha. É fato que ela não se dá bem com outras amigas minhas, e, embora ela e Mia estejam se entendendo há alguns anos, tenho certeza de que é só porque Mia se mudou para a Austrália. Acho que, na cabeça da Casey, Mia não pode ameaçar nossa proximidade morando a mais de quinze mil quilômetros de distância. O que é engraçado, porque, apesar de Mia viver do outro lado do mundo, em muitos aspectos nós nos aproximamos mais ao longo dos anos. Talvez seja porque entendemos o trabalho uma da outra, ou porque não exigimos muito uma da outra, ou a distância nos impeça de ter os mesquinhos altos e baixos da maioria das amizades. A Mia é minha rocha.

— Muito bem, meninas — diz o barman gostoso. — Prontas para a próxima trans...

— Ah, sim!!! — gritamos em coro.

— ...formação? — ele conclui e caímos na gargalhada. Depois revira os olhos, bem-humorado, e agita sua coqueteleira ao estilo Tom Cruise, enquanto todas nós ficamos embasbacadas e suspiramos de prazer, como se estivéssemos assistindo a uma queima de fogos.

— Muito bem — ele diz preguiçosamente —, agora vou fazer um drinque criado especialmente para uma pessoa. Moll... Flangers? É isso mesmo?

Grito e começo a rir, enquanto Mia pisca e aponta para mim do outro lado do bar.

— E um virgem para a moça bonita de vestido preto — ele sorri largamente para Casey.

Ela está firme em sua decisão de parar de beber desde a noite do ataque. Casey levanta a taça e pisca; seu olho ainda está com pontos (um salto de sapato o cortou no canto; ela teve sorte de não perder o olho). Por um momento, com seus dois olhos fechados, percebo que, sem o bronzeamento artificial, com o longo cabelo preto sem escova (ela não pode levantar os braços por muito tempo) e a pele cor de oliva pálida e ainda ferida do ataque, ela parece fantasmagórica, quase etérea.

— Estou longe de ser virgem, como qualquer um pode ver! Ha, ha, ha! — ela deixa escapar, brincando, numa tentativa desesperada de entrar no espírito da despedida. — Mas sem chance de pegar alguém com essa cara toda quebrada!

Trocamos olhares, sem jeito, e uma onda de constrangimento se espalha pelo grupo. Lydia garantiu que não é nada que não possa ser disfarçado com maquiagem no grande dia. Ela agora está determinada a ser o destaque das damas de honra do meu casamento. Pego a mão de Casey e a aperto de novo, tentando lhe mostrar que ela não precisa fazer isso, que não esperamos que ela tente fazer piadas só porque estamos em uma despedida de solteira. Já é suficiente ela estar aqui e ainda querer estar presente no meu grande dia.

— Ora — diz ela —, admitam que é meio engraçado! Podem rir!

E obedecemos. Se é o que ela precisa para se sentir a mesma de novo, para recuperar a confiança, não me importa o que os outros pensem, vou rir até ficar com dor de barriga.

Casey começa a brincar, dançar, fazer piadas, e sei que ela está se esforçando por mim. Quero que ela saiba que a amo e que faria qualquer coisa por ela. Posso ter sido um pouco negligente com ela nos últimos anos, mas, se pudesse ter levado esses chutes e socos por ela, se pudesse tê-la salvado, como fiz quando éramos adolescentes, eu o faria. Só vou me assegurar de que, como jurei a mim mesma na noite em que ela apareceu em casa, estarei sempre a seu lado a partir de agora.

* * *

Na manhã seguinte àquela noite, depois que a levamos ao pronto-socorro, Ryan, Casey e eu fomos andar ao longo do Southbank. Acho que ela esperava que o vendaval que subia do rio varresse a lembrança do incidente. Mas, quando eu disse a Casey como me sentia mal por ela ter ficado sozinha, como gostaria de ter estado lá para deter as garotas, percebi que, ao ouvi-la falar sobre aquele momento pavoroso, eu estava pensando em como isso afetava *a mim*. Disse isso a ela também, e me desculpei profusamente.

— Molly — ela disse baixinho, e seus olhos castanhos, vidrados de tristeza, eram um reflexo do Tâmisa lamacento mais além —, você já fez tanto por mim. Você é a pessoa menos egoísta que eu conheço. Vocês dois — acrescentou.

Ela sorriu para mim primeiro, depois para o Ryan, e nos abraçou, com uma clara expressão de dor, por dentro e por fora.

— Você sabe que pode ficar com a gente quanto tempo quiser, certo? — falei enquanto atravessávamos a Ponte Waterloo.

Falei sem consultar o Ryan primeiro, mas eu sabia que ele concordaria.

— Mas o casamento... vocês não vão querer que eu... — ela começou, com os dedos pairando sobre o rosto machucado.

— Ah, pode parar — eu a interrompi, cobrindo sua boca com a mão, mas ela instintivamente me repeliu.

Horrorizada, levei a mão à minha própria boca, ao perceber que aquelas garotas deviam ter feito exatamente isso na noite anterior, enquanto ela gritava de dor.

— Case, desculpe! — solucei.

Então a abracei e ficamos ali, na ponte, com Ryan nos observando. Eu queria desesperadamente que um tornado nos varresse para longe, de volta ao passado, antes de que tudo isso acontecesse com ela.

Casey vem se recuperando lentamente nas últimas cinco semanas. No quarto dia, ligou a tevê. No décimo, sorriu ao assistir a um episódio antigo de *Friends*. No décimo terceiro, foi passar dois dias na casa da mãe. Voltou e disse que tinha largado o emprego — e a bebida.

— Eu quero assumir o controle. Não quero mais ser a Casey que só pensa em diversão. Tenho vinte e oito anos, amiga. Preciso crescer. Quero começar a tomar decisões boas para mim. E a primeira é parar de beber. Mesmo que seja só por um tempo, para me ajudar a clarear as ideias. Estou tentando ver o lado positivo disso tudo. Molly, por favor, você me ajuda?

— É claro que sim — falei. — Vou fazer o que você quiser, é só dizer.

— Obrigada. Só espero poder retribuir um dia — ela disse, acrescentando caprichosamente: — Mas a sua vida é perfeita. Sempre foi...

O triste fantasma de um sorriso pairou em seu rosto, iluminando ainda mais suas feições agora frágeis.

— Você conseguiu o seu "felizes para sempre" — ela concluiu melancolicamente.

— Não sei se isso existe — respondi, sentindo um lampejo momentâneo de meu Harry cínico interior. — Afinal, nunca se sabe o que o futuro nos reserva, não é?

Ela balançou a cabeça tristemente, concordando, depois a descansou em meu ombro enquanto continuava assistindo a *Friends*.

Desde então, concordou em ser minha dama de honra, e eu lhe mostrei o vestido que havia comprado para ela em uma mostra de designers quando não estávamos nos falando, caso ela mudasse drasticamente de ideia. Nunca discutimos sua reação ao meu noivado. Eu sabia que ela estava com ciúme e, depois do que aconteceu, achei razoável que ficasse ressentida com o casamento. Mas, estranhamente, aconteceu o oposto.

Saímos do Lab Bar, no Soho, nos sentindo deliciosamente relaxadas. Não tenho ideia do que foi planejado para o dia. Mia cuidou de tudo.

— Aonde vamos agora? — pergunto, segurando o saco de dormir que me mandaram levar.

— Você vai ver — Mia sorri, indo com confiança até a rua e parando dois táxis pretos.

Casey e eu entramos em um, e o restante das garotas no outro. Mia entra depois de mim e se senta atrás do motorista.

— Knightsbridge, por favor, amigo.

— *Amiiigo* — Casey e eu imitamos o sotaque australiano afetado de Mia e rimos.

— Que foi? — ela diz inocentemente, tirando da bolsa um estojo de pó da Bobbi Brown e retocando o batom.

— Você — digo. — Aliás... — Olho para Casey e dizemos com sotaque australiano: — *Vocea!* Você anda muito australiana ultimamente; está parecendo nativa, Mi.

Ela ergue a sobrancelha.

— Parecendo nativa? — diz imperiosamente, apontando para suas Havaianas, o jeans desbotado e a camiseta regata.
— É — digo alegremente.
— Bom, estou de férias.
— Você se veste assim para trabalhar também. Eu vi — respondo.
— Ah, bom... eu gosto. Eu gosto de não precisar me esforçar tanto. Gosto de não perder tempo fazendo escova no cabelo ou ficando obcecada com que bolsa eu deveria usar. Eu ainda gosto de me arrumar, mas estou ocupada demais me divertindo para me preocupar com roupas. Mesmo no trabalho. Ah, olha, chegamos!
— Ah, meu Deus, é INCRÍVEL, Mia!
— É — ela sorri. — E não se preocupe, consegui de graça, fazendo uma matéria para a revista. Mas você vai ter que fazer uma na *Viva* também. Imagino que a sua chefe não vai se importar!

Observo nossa elegante cobertura no hotel The Berkeley quando irrompemos pela porta, conversando animadamente com a perspectiva de passar uma noite nesse apartamento de dois quartos que Mia arranjou. O lugar é um oásis de classe e calma; cortinas brancas caem das janelas, e por todo lado é um mar de cinza-acastanhado, bege e cru — exatamente o oposto do que se esperaria de uma despedida de solteira. Adorei.

Depois de nos trocarmos e de fazer as unhas com a manicure — no quarto —, Mia nos levou até a sala de cinema do hotel, onde assistimos a *Cocktail*. A seguir, vimos algumas mensagens que ela filmou de pessoas que não puderam estar ali conosco. Havia uma de Jo, minha primeira editora de fotografia, que agora trabalha com Mia em Sydney. Minha mãe disse algumas palavras empoladas, mas doces, do conforto de sua cadeira com encosto forrado de renda, dizendo para eu ser boazinha e não me meter em problemas, porque "o que as pessoas vão pensar?". Todo mundo riu, especialmente Case. Até Jackie apareceu na tela em toda sua glória pink, passando a mão nos cabelos e tentando enxergar seu reflexo na lente da câmera. "Estou bem, querida?", podíamos ouvi-la perguntando à Lydia, que estava filmando.

Ríamos histericamente ao final do discurso gloriosamente irreverente da Jackie, no qual ela me deu dicas para a primeira noite de sexo e me ofereceu uma caixa com seus produtos Ann Summers. E em seguida, nem bem nossa barriga parou de doer e enxugamos as últimas lágrimas de alegria, a querida vovó Door estava diante da câmera gritando: "*Big Brother*, aqui é a vovó Door, não xinguem, ha, ha, ha!" E então começou a gargalhar, tanto que quase caiu do trono da Jackie, onde estava tentando se sentar. Ela se recompôs, bateu em Dave, que estava tentando ajudá-la, e, com seus olhos azuis brilhantes de lembranças, amor e sabedoria, alisou o cabelo, olhou momentaneamente para longe da câmera e disse algo que fez minha garganta se apertar e meu coração inchar e se encolher, desejando que Ryan estivesse ali para ver aquilo: "Meu único conselho para você, Molly querida, é o que aprendi nos trinta e cinco anos maravilhosos que passei com o meu Arthur, e nos dezoito que passei sem ele. Saboreie cada momento, cada palavra, cada beijo". Então o vídeo ficou distorcido e o rosto sorridente do meu noivo apareceu. Aparentemente, aquilo era obra da Casey.

— Vocês estavam gravando isso quando me expulsaram do apartamento na outra noite! — exclamei e a abracei.

Ela só balançou a cabeça.

"Oi, Harry", disse Ryan, e seu sorriso iluminou toda a tela. "Semana que vem você será a sra. Molly Cooper, e vai prometer me amar, honrar e, claro, o mais importante de tudo, me obedecer para sempre!"

— Nunca! — gritei, e todas rimos quando Ryan revirou os olhos.

"Você acabou de gritar 'nunca'?", ele perguntou para a câmera. "Bom, não se preocupe, fico feliz por você prometer nunca me obedecer, desde que prometa nunca me obedecer enquanto nós dois vivermos." Ele piscou e sorriu. "Eu te amo, Molly Carter-quase-Cooper. Divirta-se em sua despedida de solteira, não deixe que essas meninas te corrompam, e nos vemos na semana que vem, no lugar onde tudo começou. Mal posso esperar, amor!" E concluiu com um beijo.

Desde que o vi na tela, sinto mais saudade dele do que nunca. Quero falar com ele, mas não quero que as meninas saibam. Elas me proibiram de fazer contato, mas agora só quero que ele saiba como o amo. Então, ligo a câmera do meu celular novo, viro-a para mim eu lhe mando um beijo. Em seguida, anexo o vídeo na minha mensagem:

> Mal posso esperar para ser a sra. Cooper. Te amo para sempre. Bjs

E clico "enviar".

14:07

A chamada não atendida que pisca na tela é de Mia. Ela não deixou mensagem de voz, mas mandou um SMS:

> Você está quente! Bj, M.

Sorrio enquanto habilmente digito a resposta:

> Não tanto quanto você... Bj

Outra mensagem chega imediatamente:

> Mas vai estar. Em breve!

Meu celular toca quase segundos depois de eu clicar "enviar".
— Mia! — grito e começo a descer as escadas.
— *Oulá*, querida! — Já estou acostumada com suas inflexões australianas. — Dá para acreditar? Hoje é o grande dia!
— Pois é! — exclamo. Eu me sento no último degrau, sorrindo ao ouvir o som da voz da minha melhor amiga. — Estou surpresa por você ter lembrado!
— Ei, posso estar num fuso horário totalmente diferente, mas *às vezes* consigo me lembrar de acontecimentos importantes da vida da minha melhor amiga, sabia? — ela responde, bufando.
— Tipo o meu aniversário? — provoco.
— Tudo bem, talvez isso não — ela admite —, mas eu ia acrescentar que consigo me lembrar especialmente dos acontecimentos importantes que *me* envolvem. E, quanto ao seu aniversário, Molly, estamos praticamente no meio dos trinta agora, e achei que tivéssemos combinado de fingir que esse acontecimento particularmente deprimente não acontece mais.
— É justo — rio.
— Mas isso! Isso é mais emocionante que o Natal! Vai ser maravilhoso, Molly! Eu e você juntas de novo. Como na época da faculdade. Lembra

daqueles drinques horríveis que a gente inventava? Qual era o nome daquele que tinha gosto de peixe?

— Moll Flangers — respondo, e morremos de rir.

— Pense só, vamos poder sair o tempo todo! Mal posso esperar para te ver — ela diz mais baixo. — Estou me sentindo uma inútil.

— Você já ajudou mais do que imagina.

Não é a primeira vez que agradeço por minhas amigas. Honestamente, não sei o que faria sem elas. Eu só queria que a Casey... Eu me controlo antes de começar a ficar sensível de novo. *Controle-se, Molly*, digo a mim mesma. *Você não vai estar sozinha.*

O beijo de celebração

Pense em quantas vezes nos beijamos para celebrar o novo: um novo emprego, um bebê, a casa nova, um casal recém-casado. Tantos beijos para celebrar, tantas coisas "novas". Mas cada beijo não deveria ser uma celebração? Velho ou novo, apressado ou saboreado. Devíamos festejar cada um.

<<REW 14/07/02

Aperto os olhos, sonolenta. A luz do sol amarelo-ovo entra pelas cortinas e se espalha sobre nossa cama, nos envolvendo em seu calor.

— Bom dia! — murmura Ryan.

Como sempre, seu corpo nu está enrolado em volta do meu; mesmo depois de quase um ano juntos, ainda dormimos em posição pós-coito, com os membros tão inextricavelmente entrelaçados que não sei onde acabam os dele e começam os meus. Viro a cabeça e nos beijamos, um beijo longo e preguiçoso que rapidamente se transforma em algo mais. Rolo para ele e encontramos nossas posições naturais, sem palavra ou direcionamento consciente. A boca de Ryan tem um gosto misto de quem acaba de acordar e de luxúria, e mergulho em seu calor, feliz como um hipopótamo no pântano, segurando-me em seus ombros enquanto nos entregamos juntos ao prazer. Depois emergimos sem fôlego e com calor, esparramados na cama, ofegantes, rindo de alegria.

Ryan vira a cabeça e olha para mim.

— Feliz aniversário, amor — ele sorri e eu rolo de lado.

Corro o dedo pelas pintas de seu peito e me aconchego mais perto dele.

— Mas ainda não é nosso aniversário, Ry.

— Faz um ano desde o nosso primeiro beijo de verdade — ele diz, beijando minha testa e acariciando meu cabelo úmido. — Em Ibiza, lembra?

Olho a data no despertador e percebo que ele está certo. Eu não deveria estar surpresa; Ryan tem uma capacidade incrível de lembrar acontecimentos afetivos nos mínimos detalhes. Ele pode recontar nossa conversa no café, quando éramos adolescentes, palavra por palavra; ou o que eu estava usando quando ele me viu no *Bembridge*. Mas lhe peça para não esquecer de passar no mercado ou pagar a conta do gás, e ferrou.

— Como vamos comemorar? — pergunto, acariciando seu peito e enterrando o rosto em seu pescoço.

— Acabamos de comemorar, não foi? — diz Ryan, e bato nele de brincadeira. — Tudo bem! — Ele se senta na cama e me leva junto. — Que tal se eu te levar para jantar hoje à noite, depois do trabalho? Eu pago. E escolho o lugar.

— Sei exatamente aonde a gente podia ir — digo, pensando no novo restaurante de Londres sobre o qual li na *Time Out*, mas ele me interrompe.
— Deixa comigo, Moll. Eu cuido disso.

Chego ao escritório tropeçando e desabo na cadeira.
Jo sorri para mim.
— Que horas são essas, hein? Só porque estou saindo, não significa que você pode tomar liberdades, sabia?
Jo é uma australiana muito legal e direta, a quem admiro; ela viajou o mundo, se casou com seu amor de infância e está prestes a se tornar diretora de criação da *Shine*, a revista feminina mais vendida na Austrália. Estou arrasada porque ela vai voltar para Oz. O que é que há com esse país? Eu sempre quis ir para lá, mas todas as pessoas que conheço acabam indo, e eu não.
Meu computador liga com um gemido. Aceno com desdém e sorrio.
— Pode reclamar à vontade, Jo. Você só tem mais um dia como minha chefe!
Ela ri e dá um tapinha no relógio.
— Meio dia, você quer dizer.
— Hahaha.
Fico séria ao abrir um e-mail, enviado há dez minutos pela chefona:

Molly, você pode vir até minha sala, por favor? Preciso discutir um assunto com você. Christie

— Ai, meu Deus! Sério? — grito. — Você quer que eu seja a nova editora de fotografia?! Tem certeza?
Christie ri e anui atrás de sua mesa. Eu amo a Christie. Ela não só é incrivelmente talentosa — ganhou um monte de prêmios desde que lançou a *Viva*, há dois anos — como também é muito legal, coisa bastante rara para um editor nessa indústria.
— Você fez um trabalho incrível no último ano, e a Jo disse que não consegue pensar em ninguém melhor para ocupar o cargo dela. Então, o que me diz?
Fico olhando para ela.

E o sonho de ser fotógrafa? Não se deixe sugar pela máquina corporativa!
— E-eu pensei que você estivesse entrevistando um monte de gente realmente experiente.
Nós dissemos que nunca íamos trabalhar num escritório, que isso era temporário!
— E entrevistamos — Christie sorri. — Mas nenhum dos candidatos é tão bom quanto você. Você conhece a revista, participou de sessões fotográficas de capa, a Jo disse que você se dá maravilhosamente bem com a nossa equipe de fotógrafos e que até fez alguns novos contatos sozinha. Você tem um olhar criativo maravilhoso, ótimas ideias visuais e é uma grande embaixadora da revista.
Sinto que estou corando. Eu não sabia que a Christie gostava tanto de mim. Tenho de admitir: uma promoção e um aumento salarial seriam úteis agora. Isso significa que Ryan e eu podemos começar a economizar para comprar um lugar só nosso. Eu amo nosso pequeno anexo na casa de Jackie e Dave, mas é basicamente uma extensão do quarto dele. Jackie ainda nos traz café na cama às vezes, já que tem a chave. Eu me concentro de novo em Christie.
— A *Viva* é uma revista nova, e quero que a equipe seja jovem, ativa e apaixonada. E acreditamos que você é assim. Então, o que me diz? Podemos anunciar oficialmente para o resto da equipe seu novo cargo de editora de fotografia?
Diga não! Diga não! Não é isso que queremos!
— Sim! — exclamo.
Não! O que aconteceu com os nossos sonhos criativos?
Um aumento salarial foi o que aconteceu.

Estou esperando Ryan em frente à revista. Ele disse que ia me pegar depois do trabalho no local de costume, às sete horas, mas está atrasado. Deixei para lhe contar minha incrível novidade durante o jantar. Mal posso esperar para ver a cara dele.
Observo a agitação do Covent Garden, as centenas de pessoas que flutuam pelas ruas banhadas pelo sol, como balões coloridos soltos para celebrar esta bela noite de verão. Amo Londres nesta época do ano. É um festival de cores em constante movimento que ataca os sentidos. Entendo perfeitamente por que Dick Whittington pensou que as ruas eram pavimentadas de ouro.

Estou fazendo uma lista mental de razões pelas quais faz sentido nos mudarmos para cá, e já estou na número oito quando meu celular toca. Sorrio ao atender.

— Muito bem, Cooper, onde você está? É melhor não me dar o bolo no nosso aniversário.

— Ei, estou aqui. E você?

— Eu também estou aqui! — exclamo. Fico na ponta dos pés e olho em volta, ergo a mão e aceno. — Espera, estou acenando, pode me ver? Estou em frente à revista. Você acabou de sair do metrô?

— Revista? Metrô? Do que você está falando, Moll? Estou em Leigh! Não me diga que você ainda está no trabalho!

— O quê? Mas eu pensei que você ia me levar para jantar! Você disse para a gente se encontrar no local de costume.

— Eu quis dizer no Crooked Billet, amor! — Ryan ri e cai na real.

— Ah — digo. — *Esse* local de costume...

— Não se preocupe, baby. Se você se apressar, ainda chega aqui às oito e meia. Vou pedir uns mariscos para nós e te esperar com uma taça de vinho na nossa mesa de sempre, aqui fora. Cuidado para não perder o próximo trem. Te amo!

Estamos sentados à nossa mesa habitual, do lado de fora de nosso pub habitual, cercados pelas pessoas habituais, com nossas bebidas habituais, comendo mariscos do Osborne Bros, de palitinho. A noite está quente, o mar brilha diante de nós e o ambiente se enche com o barulho de conversas, risadas, música de fundo, o tilintar de copos de todo mundo que curte a noite de verão, menos eu.

Ryan joga o braço em volta de mim, mas fico rígida, incapaz de abrandar minha frieza, apesar do calor da noite e do abraço dele.

— Nenhum restaurante chique de Londres supera o peixe fresco daqui! — ele diz com todo o entusiasmo de um fã ferrenho do local. Olha de soslaio para mim, mas estou firmemente olhando para longe. — Pensei em irmos ao Rossi tomar um sorvete depois, como fizemos no nosso primeiro encontro, o que você acha?

Ele dá outro beijo em meu ombro nu, e não posso deixar de sorrir. É uma ideia tão doce que me sinto mal por ser tão superficial. Ainda não lhe contei minha novidade, porque estou ocupada demais ficando de mau humor. Meu Deus, como sou idiota às vezes!

— Saúde, amor — diz Ryan, erguendo a garrafa de cerveja. — Ao ano mais feliz da minha vida!

— Ry — limpo a boca com o guardanapo e sorrio —, eu tenho uma notícia. — Faço uma pausa dramática. — Você está olhando para a nova editora de fotografia da *Viva*!

Ele para com o palito a meio caminho da boca.

— Caramba, que demais! Estou muito orgulhoso de você! — Ele se inclina e me beija nos lábios. Depois se recosta na cadeira e sorri largamente para mim. — Fico muito feliz por eles também perceberem como você é especial.

Engulo o impulso de dizer que gostaria que ele tivesse pensado em algum lugar mais "especial" para o nosso aniversário. E então percebo: este *é* especial. É o lugar especial de Ryan. Se ele fosse Peter Pan, pensaria em Leigh-on-Sea para voar, ao passo que eu sempre senti que este lugar cortava minhas asas. Este é o lugar a que Ryan pertence, ao sol, à beira-mar. Ele brota quando o sol nasce. Olho para ele agora, vejo sua pele naturalmente bronzeada, sem esforço, e seu cabelo, já loiro, com fios dourados. Seus ombros largos estão relaxados; seu corpo, ao contrário do de tantos homens, fica ótimo em roupas de verão. O short valoriza suas pernas fortes e musculosas, o peito parece mais largo sob a camiseta. Seu corpo foi feito para ser visto. Coisa que aquele bando de meninas ali está comprovando.

Talvez eu possa aprender a amar este lugar tanto quanto ele. Ergo a mão quando o garçom passa.

— Outra taça do branco da casa, por favor, e uma cerveja.

E às vezes talvez seja melhor ficar com o que você já conhece.

O beijo de um futuro brilhante

Ryan me disse um dia que me beijar pela primeira vez foi exatamente igual a fazer um salto duplo de paraquedas — tão emocionante quanto assustador, arriscando seu coração e se lançando no desconhecido com alguém que mal conhecia. Eu entendi exatamente a analogia. Mas, para mim, beijar Ryan era como estar em um mirante à beira de um penhasco — não foi assustador, só bonito ver o mundo esparramado abaixo de mim. E eu sabia que poderia ter tudo isso com Ryan. Com ele, era como se eu pudesse tocar o céu, mas eu também sabia que ele nunca, nunca me deixaria cair.

FF >> 31/12/02 21:10

Um grito animado explode em nossa mesa de canto no Crooked Billet quando Dave, Jackie e vovó Door entram no pub quente e convidativo. Estamos aqui há cerca de uma hora, conversando, curtindo o clima e a expectativa do Ano-Novo. Ryan está em sua melhor forma, contando as melhores piadas, comprando garrafas de champanhe, fazendo com que todos sintam como se este fosse o único lugar para se estar no Ano-Novo.

— Olá, queridos! — Jackie exclama e se aproxima para beijar Ryan, Carl, Lydia e eu, um de cada vez. Depois cumprimenta o restante da turma. Ela parece jovial como sempre, com uma calça de couro e botas acima dos joelhos.

Casey, Alex, Gaz e Jake estão aqui também, e alguns amigos de Ryan da escola. Até meus pais vieram. Não tenho ideia do que vão fazer com Jackie e Dave em público (eles são ainda mais sociáveis em público do que em particular). Os Cooper estão agora no bar, pagando uma rodada de champanhe para todos no pub e claramente prontos para a diversão. Eles já se encontraram antes, porque Jackie insistiu que meus pais almoçassem lá no domingo (felizmente, Ryan cozinhou), mas nunca conseguimos fazer com que saíssem todos juntos antes. Ryan os persuadiu, como sempre, com seu charme e entusiasmo, e *aquele* sorriso. Sei que minha mãe tentou não aprovar que eu fosse morar com meu namorado, mas ela sempre teve uma queda pelo Ry. A maioria das pessoas tem.

Sorrio quando vejo meu pai alisando o cabelo, pensativo, enquanto conversa com Dave. Minha mãe está sentada ereta ao lado do meu pai, saboreando um drinque sem álcool e ocasionalmente tirando pelinhos invisíveis de sua saia de tweed. Queria que ela relaxasse.

Neste momento, noto Jackie se sentar ao lado de minha mãe e lhe entregar uma taça de champanhe. Minha mãe ergue a mão e recusa, antes de começar a mexer no camafeu preso em seu suéter bege de gola alta. Observar esse encontro estranho é tão fascinante quanto assistir a um programa sobre a natureza. Na minha cabeça, estou comentando como os narradores de documentários do canal National Geographic: "A primorosa e rara borboleta esvoaça sobre a crisálida, como se a desafiasse a brotar, mostrando-lhe as possibilidades do que ela poderia ser..."

— Vamos, Patricia! Posso chamá-la de Trish? — ouço Jackie dizer, persuasiva. — Vamos, Trish, é véspera de Ano-Novo! Faço questão que você beba uma tacinha de champanhe para relaxar!

Ela se acomoda ao lado de minha mãe e cruza as pernas forradas de couro. Está ótima para sua idade. É difícil acreditar que minha mãe e ela nasceram no mesmo ano. Elas poderiam ser de décadas diferentes. Ou de séculos.

— Eu já contei a você sobre essa coisa nova que estou fazendo? — Jackie continua tagarelando.

Vejo minha mãe sacudir a cabeça, perplexa; olhando para Jackie, a mão de minha mãe flutua até tocar o próprio cabelo grisalho, em um sutil reconhecimento inconsciente da diferença entre seu corte prático e o de Jackie, totalmente produzido, em camadas platinadas.

— Chama-se chá de Ann Summers — prossegue Jackie com um largo sorriso, que se estende até os olhos fortemente delineados.

Seu gloss brilha nos lábios generosos, e tenho certeza de que, se minha mãe olhasse bem de perto, veria seu reflexo no brilho. Minha mãe murmura algo em resposta e Jackie ri.

— Eu sei, Trish querida! É meio estranho, porque eu não me chamo Ann, mas, aparentemente, não posso chamar de chá de Jackie Cooper. — Ela se inclina e sussurra: — Mas, claro, todo mundo aqui o chama assim. Todo mundo sabe que ninguém faz um chá como JC! Você precisa ir na semana que vem, não vou aceitar não como resposta!

Por experiência própria, eu sei que isso é verdade. Quero dizer à minha mãe que aceite e acabe logo com isso. JC sempre vai ganhar, no final.

— A coisa está esquentando com elas, não? Eu sabia que iam se dar bem — Ryan murmura em meu ouvido.

— Contanto que não pegue fogo... — rio, recostando-me nele, e seus lábios acariciam meu pescoço.

— Não vai pegar — ele responde. — Elas já têm algo maravilhoso em comum...

— O quê? — pergunto, olhando para as duas mulheres diametralmente opostas do outro lado da mesa.

— Nós! — Ele sorri e dá um longo gole de champanhe.

Eu me viro e sorrio para meu namorado, o eterno otimista.

* * *

Estou no bar, esperando para pegar bebidas e tirando fotografias da cena tão alegre. Sorrio e converso com as pessoas, e me sinto meio envolvida nesse clima festivo e caloroso, mas também um pouco deslocada, como um presente de Natal de uma criança, desembrulhado e largado num canto. Minha cabeça faz uma retrospectiva desse último ano que vivi aqui em Leigh, e vejo noites como esta repetidamente. Acho que isso é o que acontece quando você tem tudo o que sempre desejou.

Mas nós não desejamos isso!

Balanço a cabeça. Ela sempre aparece e tenta estragar as coisas quando estou feliz. Tudo ainda é tão maravilhoso com Ryan, e estou começando a fazer coisas incríveis no trabalho. A vida é boa.

A vida é previsível, você quer dizer.

Sim, previsível, mas boa.

Sorrio para Dave quando pago as bebidas e olho de novo para o grupo de pessoas que se tornou minha vida. Ergo outra vez minha câmera nova — Ryan me deu de Natal — e começo a tirar fotos de todos. Jackie está sentada no colo de Dave, com um braço em volta dele e outro em Gaz, que parece estar lhe fazendo uma serenata. Casey recebe a atenção de praticamente todos os homens. Só Ryan não olha para ela, porque está olhando diretamente para minha lente. Para mim. Ele sorri e me chama, mas levanto a câmera e continuo focando, querendo capturar essa cena, porque representa minha vida agora. Confortável, calorosa, convidativa, fácil...

Previsível.

Fico paralisada, com o dedo pairando sobre o botão, ao sentir o que essa palavra realmente significa.

Largo a câmera pendurada no pescoço e viro novamente para o bar, sentindo o coração bater e se contrair em pânico, como se eu estivesse tendo uma convulsão. De repente, o barulho, o calor, tudo é muito sufocante. O que estou fazendo aqui, em minha pequena cidade natal, à qual jurei nunca mais voltar? Fazendo almoços de domingo para a família dele e a minha. Eu jurei que seria diferente, mas fui sugada também.

— Minha mulher me deixou depois de dizer que eu penso mais em futebol do que nela. Fiquei arrasado, estivemos juntos durante cinco temporadas!

O pub estoura de rir da piada de Ryan.

— Você está bem, amor? Parece meio... distraída. — Ele passa o braço em volta do meu ombro e me aconchego nele.
— Tudo bem. — E esse é meu problema.
— Está se divertindo? — ele pergunta.
Anuo com entusiasmo de novo.
— Bem e me divertindo — digo, e Ryan ri.
Acho que ele pensa que estou bêbada. Mas não estou. Estou sóbria como um juiz.

Estamos jogando "Quem sou eu?", e todos têm pedaços de papel colados na testa. Já descobri que sou Annie Leibovitz; Ryan a escolheu para mim, e isso só me fez perceber que não sou ela. Nem de longe.
— Eu sou... David Beckham? — Ryan adivinha depois de uma pergunta, e todo mundo aplaude.
Saímos do pub conversando e rindo para ir nos amontoar em volta de uma mesa de piquenique para ver o Ano-Novo ao ar livre. Foi ideia do Ryan, claro; ele não perde uma oportunidade de estar ao ar livre. O ar frio corta meu rosto, o vento do estuário queima e atravessa as camadas de roupa. Mais além a água negra aguarda, bocejando avidamente, como se quisesse engolir toda esta pequena cidade pesqueira, com suas lojas de artesanato, seus bares pitorescos, seus barcos de pesca e suas barracas de mariscos.
Ryan e eu nos sentamos lado a lado. Seu braço possessivo está sobre meus ombros, me transmitindo calor. Dezenas de pessoas vêm conversar com ele, atraídas por nosso grupo estridente. Velhos conhecidos, pais de alunos, parceiros de futebol, companheiros, colegas de vela; parece que ele conhece cada pessoa desta cidade. De repente, sinto uma vontade desesperadora de ficar só com ele, para variar. Só nós dois. Sozinhos.
Alguém joga outro braço sobre meu ombro e uma cabeça aparece entre nós; tenho certeza de que parecemos um animal mitológico de três cabeças.
— Minhas duas pessoas fa-vo-ri-tas no mundo *toooodoooo*! — diz Casey, enrolando a língua, rindo e nos beijando. Depois abaixa a cabeça e nos aperta. — Amo vocês, muuuuito!
— Nós também te amamos, Casey — diz Ryan, rouco.
Nós sempre brincamos dizendo que Casey é nossa filha adotiva; muitas vezes ela se joga em nosso sofá depois de seu turno na Players e fica lá o dia todo, enquanto vamos trabalhar.

— Agora pode nos deixar respirar? Eu gostaria de viver para ver 2003! Casey para de nos apertar, e ambos expiramos forte e rimos. Ela se apoia em nossos ombros para se levantar e passa a mão na boca.

— Vamos para a balada depois? Posso fazer todo mundo entrar de graça na Players. Vai ser divertido! Não fazemos isso há séculos! Eu, vocês dois, o Alex, o Carl e os outros caras!

— Legal, Casey.

Olho o relógio. Faltam dez minutos para a meia-noite, e sei muito bem que é melhor não dizer não a Casey quando ela está assim. Não quero começar o ano novo com uma cena.

— Bom, não posso ficar a noite toda com vocês, pombinhos! Tenho que arranjar alguém para beijar à meia-noite. — Ela cutuca o peito de Ryan com o dedo e o olha com os olhos semicerrados: — Ainda não decidi qual dos seus amigos vai ser o sortudo!

— Tem alguém que você ainda *não pegou*? — diz Ry, rindo.

Casey pisca para mim.

— É melhor que tenha sobrado alguém, Cooper, senão vou ter que vir atrás de você. Aí não vai faltar ninguém. Vocês, rapazes, são como aqueles cofrinhos de porquinho que eu colecionava quando criança. — Ela franze a testa. — Pensando bem, eu só tinha dois. Nunca soube guardar dinheiro... nem homens! Ha, ha, ha!

E, com esse comentário, ela cambaleia para arrebanhar alguns potenciais parceiros de balada.

— Você quer mesmo ir para uma boate? — Ryan pergunta, erguendo a sobrancelha.

— Claro que não! Só não quis falar isso para ela.

— Você é uma mulher inteligente, Molly. — Ele ri e suspira, feliz. — É muito bom estar aqui com todo mundo, não é, amor?

— Áhá — digo, tomando um gole da minha bebida.

Meu celular vibra e abro a mensagem. É da Mia.

> FELIZ ANO-NOVO, QUERIDA! Que tal fazer de 2003 o ano do canguru e vir me visitar? Sydney precisa de você! Bjs

Meu coração se alegra e imediatamente se aperta quando penso em Mia. Não acredito que já faz mais de um ano que não a vejo. Ela está em um momento ótimo na Austrália; foi promovida a editora-assistente da *Shine*. De repente, invejo sua liberdade do outro lado do mundo. Mia é livre para tomar as decisões que quiser, sem os olhos de outra pessoa sobre ela. Eu não posso nem fazer uma almofada nova sem que Jackie comente. Aonde quer que eu vá, estou cercada de pessoas que me conhecem, conhecem meu relacionamento e sabem o que eu faço todos os dias. Às vezes parece que vivo em um jardim zoológico; Ryan é o majestoso leão sentado no topo da falsa colina, rei da pequena selva que ele supervisiona, e eu sou a leoa que ronda, anda para cima e para baixo diante do público, esperando uma oportunidade para fugir... ou atacar — e ninguém, nem eu mesma, sabe qual das duas opções vai ser.

— Podemos sair daqui um pouco, Ryan? — suspiro.

— Mas é quase mei...

— Por favor! — imploro, e ele se levanta com rapidez. Acho que percebe o desespero em minha expressão.

— Que foi, amor? Está tudo bem?

Nós nos afastamos um pouco da multidão, em direção à praia. O mar bate incansável na areia, como um bebê inquieto; as estrelas, consoladoras, pairam acima, como se estivessem penduradas em um móbile no céu de tinta preta.

— Sim... não... mais ou menos. Ryan, preciso lhe dizer uma coisa...

— O quê, amor, o que foi?

Ele sente a urgência em minha voz e fica petrificado. Ryan, com todas as suas maravilhosas qualidades tranquilas, odeia cenas inesperadas. Ele entra em pânico. Imagina o pior. É desconcertante para ele, como se esperasse um ataque. E agora sou eu que estou com o machado na mão.

— Não é nada ruim, Ryan, é que... é que... — Meu Deus, não sei como dizer isso. — Eu só preciso de um tempo.

— De mim? — O rosto de Ryan se desmancha como cera em uma vela derretida. Suas feições normalmente esculpidas de repente ficam caídas.

Seguro sua cabeça e olho profundamente em seus olhos.

— Não! Não de você. Eu te amo! Sou ridiculamente feliz com você... Só preciso de um tempo daqui. Sinto como se estivéssemos em um aquário. Preciso sair, conhecer o mundo, fazer algo diferente.

— Mas onde? — Ele parece confuso, como uma criança acusada de roubar o brinquedo de um bebê quando está só tentando devolvê-lo.

Olho para ele animada, ao pensar que sei exatamente aonde devemos ir e o que devemos fazer.

— Vamos para a Austrália, como sempre planejamos! Vou fazer vinte e quatro anos. Vinte e quatro anos, Ry! Meu último ano antes de precisar ticar a temida categoria "vinte e cinco a trinta e quatro"! Quero me divertir com você, curtir a juventude enquanto ainda podemos! Só temos uma chance de não ter responsabilidades. Podíamos tirar seis semanas sabáticas no verão, quando você vai estar de férias. Podemos ir para a Austrália, para a Tailândia, viajar por aí. Só eu e você. Eu quero estar com você sempre, Ryan, mas não quero que seja sempre isso — indico com a mão a paisagem do estuário, as luzes cintilantes de Leigh Old Town atrás de nós, brilhando como um holofote através do nevoeiro, e os risos da nossa família e dos nossos amigos.

Ryan segura minhas mãos quando a contagem regressiva começa.

"Dez!"

— Eu não quero que você perca *nada* da vida, meu amor — diz ele, por fim.

"Nove!"

— Eu estou feliz por estarmos aqui, mas...

"Oito!"

— Quero que você seja feliz também.

"Sete!"

— Eu te prometi o mundo, e quero dar isso para você...

"Seis!"

— Vamos para onde você quiser...

"Cinco!"

— Eu faço o que você quiser, Molly...

"Quatro!"

"Três!"

— Ano novo, vida nova juntos, tudo bem?

"Dois!"

"Um!"

— A partir de agora!

Eu rio através das lágrimas quando Ryan se inclina para mim, e os aplausos estouram ao redor quando ele me leva em seu beijo. Ele gruda os lábios nos meus, como se carimbasse a intenção de mudar nossa vida, selando nossa decisão de sair daqui. Nós nos afastamos e vemos todo mundo em volta se abraçando e se beijando. Casey olha para nós e ergue o copo, embriagada, depois de se afastar de sua vítima.

E então, como o ar sugado para dentro de um balão, somos atraídos para o centro do pub, onde nos damos as mãos e começamos a cantar "Auld Lang Syne". Luto contra as lágrimas enquanto seguro as mãos de Ryan e de minha mãe, e observo essa mistura encantadora e aleatória das pessoas que se tornaram minha família. E, quando começamos a substituir palavras, incapazes de lembrar qualquer coisa além do refrão da música, minha mãe vai tropeçando, levemente bêbada, com seus mocassins marrons sérios, para o meio do grupo, ainda se segurando em meu pai.

— Eu sei a letra! — ela grita.

E, em sua voz aguda de meio-soprano, começa a cantar:

We two have run about the slopes and picked the daisies fine;
But we've wandered many a weary foot, since auld lang syne.
We two have paddled in the stream, from morning sun till dine;
But seas between us broad have roared since auld lang syne.
And there's a hand my trusty friend! And give us a hand o' thine!
A right good-will draught, for auld lang syne.

Aperto a mão de Ryan enquanto minha mãe canta e os fogos de artifício explodem no céu acima de nós. Sei que, não importa onde esteja, quero ficar com ele para sempre.

14:50

O telefonema de Mia me deu um renovado senso de propósito. Não posso mais ficar enrolando. Assim que acabar aqui, preciso fazer algumas despedidas finais. Meu celular toca de novo e atendo rapidamente.

— Molly? — A voz de minha mãe é cortante, mas preocupada.
— Tudo bem, mãe?
— Sim, mas o mais importante: e você?
— Tudo bem. — Pausa. — *De verdade.*

Já estou acostumada a tranquilizar as pessoas, garantindo que não vou desabar. Fica evidente que minha resposta foi satisfatória.

— Que bom. Como está indo? — Ela faz uma pausa. — Espero que não esteja... se distraindo.

— Não! — protesto, mentindo. — Não sou mais criança, mãe.

— Hmm — ela murmura, e posso notar o sorriso em sua voz. — Você passou dos trinta, mas eu a conheço o suficiente para saber que não mudou muito, querida. Enfim, eu só queria dizer que estaremos aí em meia hora, mais ou menos, para fazer a limpeza.

— Que ótimo! — respondo, mas ela já desligou.

Balanço a cabeça. Sorrio quando ouço Bob e seu filho cantarem alto e sem pudor com o One Direction no rádio. Isso me faz lembrar de Ryan na hora. Ele e suas malditas boy bands, ouvindo-as o tempo todo para me enlouquecer. Mas agora? Ouvir essa música melhora instantaneamente meu humor. Sorrio e começo a cantar o refrão enquanto subo para verificar o quarto. Sinto um nó no estômago ao vê-lo tão vazio e desolado. Fecho os olhos, respiro fundo e imagino meus ombros sendo massageados, em estado de total relaxamento. Imediatamente me acalmo. Vou até a lareira e passo os dedos pelo console. Eu a deixei à mostra, depois que os antigos proprietários inexplicavelmente construíram uma parede em volta dela. Está empoeirada e vazia; as luzinhas estão embaladas, e a lenha que havia aqui está agora no jardim. Franzo a testa ao detectar algo brilhando atrás da grade. Eu me curvo lentamente e pego a concha, virando-a em minha mão, sentindo suas bordas e sulcos. É pequena e não particularmente bonita, mas já foi a coisa mais preciosa para mim neste vasto mundo. Eu me sento no chão de pernas cruzadas e a estudo por um momento. A concha se encaixa perfeitamente no meio da minha palma; sua cor coral pálida brilha um pouco à luz do sol, que inesperadamente acaba de irromper pela janela; as linhas da minha mão a transportam como as ondas que a trouxeram para a terra. Engraçado, achei que a tivesse guardado anos atrás...

O primeiro beijo de verdade...

... e o último.

<<REW 19/07/01

— Olha só quem eu encontrei — digo, pingando água de propósito em Mia e Casey, que parecem estar dormindo.

— Não é o cara de pizza de ontem, é? — Casey abre um olho e depois se senta, ereta. — Ah! O...

— ...lá! — Mia termina a frase, enquanto espreita por baixo do chapéu de sol e se senta lentamente. — Quem é esse?

— Ryan! — Casey grita, dá um pulo e o envolve em um abraço excessivamente caprichado, considerando que ela está completamente nua da cintura para cima.

Rapidamente ela joga o longo rabo de cavalo preto sobre as costas, como Angelina Jolie em *Tomb Raider*. Reprimo um sorriso ao ver Ryan com expressão de pânico. É bom ver o sr. Confiante de repente perder o rebolado.

— Que legal te encontrar aqui! — ela grita, pondo as mãos nos quadris e posando como uma modelo da *Playboy*. — O Alex está aqui também? Meu DEUS, não acredito! Que coisa maluca! Metade de Leigh está em Ibiza! Quando vocês chegaram? Quando vão embora? Onde estão? — Ela atira perguntas em Ryan como frisbees, sem parar para deixá-lo responder.

Olho para Casey desconfiada, enquanto ela continua falando. Ainda não estou convencida de que ela não orquestrou todo esse "encontro acidental". Bem, lembro que essa viagem foi sugestão minha, mas talvez ela tenha me feito uma lavagem cerebral. Sorrio ao pensar isso. Casey, capaz de uma farsa inteligente e orquestrada? Nunca.

— Tudo bem, Case? — Ryan tosse, desviando os olhos do corpo dela. — Faz tempo que não te vejo, e agora parece que estou vendo bastante...

Pego a parte de cima de seu biquíni amarelo e jogo para ela, enquanto Ryan sorri para mim, agradecido.

— É... Bom, o seu melhor amigo me deu um fora, de modo que não nos cruzamos muito por aí — ela diz enquanto vou colocando seu biquíni.

Mas então ela se vira e descaradamente pede a Ryan que a ajude, enquanto Mia e eu ficamos embasbacadas. Estou acostumada com a falta de decoro da Casey, mas isso é ridículo.

— Não, você estava ocupada demais com o seu próximo namorado — digo.

Não quero que Ryan massageie o ego de seu amigo dizendo que ela ainda está apaixonada por ele. Sei como são os homens.

— Mas como você está, baby? Não tenho te visto muito em Leigh.

Ela estava procurando?

— Andei ocupado, estudando — Ryan sorri.

— Ah, outro não! — ela revira os olhos, bem-humorada. — Você é inteligente demais, isso não é bom. Ele está aqui? — Ryan e eu nos entreolhamos com cautela. Presumivelmente, "ele" significa Alex. — Ele sabe que eu estou aqui? — Casey pergunta, nem sequer tentando ser blasé.

— Sim, ele está aqui — Ryan diz, hesitante, e seus olhos cintilam para os meus. — Estamos todos. Meu irmão Carl, Gaz e dois outros caras — ele explica, protegendo os olhos do sol para tentar localizar seus amigos na praia. — Eles estão ali, em algum lugar. Devem achar que os abandonei.

— Ou que pegou alguém — sugiro docemente. — Deve ser o mais provável quando um de vocês desaparece. Vocês não têm um código para esse tipo de coisa? Ou um gráfico? Não, espera, já sei! Uma tabela de pontos. É o que a maioria dos caras tem em Ibiza, não é?

Ryan ergue sua sobrancelha grossa e balança a cabeça.

— Você é cínica demais, isso não é bom. EI! PESSOAL! — ele grita com as mãos ao redor da boca e acena para os amigos, o que faz seu estômago se contrair e seu torso ficar todo definido.

Mia, Casey e eu não podemos deixar de rir quando vemos que os rapazes, ao longe, percebem que seu amigo está com um grupo de garotas. Eles correm pela areia muito rapidamente, antes de tentar se aproximar fingindo indiferença. Infelizmente, na pressa de cada um tentar chegar primeiro até nós, eles acabam parecendo os The Monkees.

— Muito bem, Ryan. O que temos aqui? — Alex se destaca do grupo; suas longas pernas e a pura determinação o fazem chegar primeiro. Sua frase e seu sorriso largo morrem quando vê Casey, seminua, fazendo beicinho, provocativa, para eles. Ela estreita os olhos para ele à luz do sol e projeta o quadril sugestivamente.

— Oi, Alex, que bom te ver por aqui — diz.

Tenho certeza de que ela não tem a intenção de parecer maníaca, mas, de alguma forma, parece. Noto que Alex olha alarmado para Ryan, que intervém rapidamente.

— Bom, pessoal — ele diz, gesticulando —, encontrei umas amigas. Alex, obviamente você já conhece a Casey, mas lembra da melhor amiga dela, a Molly?

Alex sorri para mim e dá um soco no ombro de Ryan.

— Cooper beijo de merda! — os garotos dizem em coro e caem na gargalhada.

Vejo o rosto bronzeado de Ryan ficar de um interessante tom de lagosta. E não é queimadura de sol. Surpreendentemente, acho fofo.

— Acho que essa é a técnica do Ryan, não é? Pegar e correr? — digo divertida.

Alex ri, joga o braço em volta do pescoço de Ryan e esfrega os nós dos dedos na cabeça dele.

— Ela te pegou, companheiro.

Ele ri, e Ryan e eu também. Olho para Alex. Ele está exatamente como me lembro: tentadoramente bonito, para quem gosta desse tipo — Casey, evidentemente, gosta. Gaz se volta para Mia, que está sentada em sua toalha de praia, com o chapéu de sol inclinado sobre um olho, a maquiagem perfeita, como se fosse modelo de um catálogo de praia.

— E você, como se chama? — ele pergunta com entusiasmo. Em seguida cai de joelhos, de modo que seu calção colorido fica no nível dos olhos de Mia.

Ela ergue os olhos, imperiosa, por baixo da aba do chapéu, e olha para o lado como se simplesmente não pudesse ser incomodada. Nem *imagino* por que os homens a chamavam de "arisca"...

— É Mia — respondo por ela, chutando-a de leve e sugerindo que seja legal. Isso é muita coisa vindo de mim. Não sei por quê, mas gosto desses garotos, eles parecem legais.

— Mia! — repete Gaz, rindo.

Ela olha para mim, depois para ele, revira os olhos e se deita de bruços graciosamente, descansando o rosto nas mãos, voltado para a direção oposta. Gaz vai para o outro lado e continua tentando impressioná-la com seu papo.

Carl dá um passo à frente e levanta a mão, em uma saudação descontraída.

— Eu sou o Carl, o irmão mais velho, mais bonito e mais bem-sucedido do Ryan.

Ryan olha para mim, depois para o irmão, e em seguida tenta derrubá-lo na areia. Mas Carl, que tem trinta centímetros a mais que Ryan e pesa bem mais, o levanta facilmente acima do ombro, corre até a margem e o joga no mar.

Todos nós rachamos de rir.

— Ei — Carl sorri quando volta, com Ryan logo atrás —, aonde vocês vão hoje à noite? Não querem encontrar a gente num bar mais tarde?

— Na verdade, estávamos pensando em jantar num lugar tranquilo... — começo, mas sou interrompida.

— Nós adoraríamos!

Casey puxa minha orelha até sua boca e sussurra:

— Nós não viemos aqui para jantar num lugar tranquilo! — E levanta a sobrancelha sugestivamente.

— Mia? — pergunto, não querendo concordar com nada sem o consentimento de todas.

Ela olha lentamente para cada garoto por baixo da aba do chapéu, sem pressa nem vergonha de avaliá-los. Em seguida, deita-se de costas lentamente.

— Se for necessário...

— Parece que sou minoria — rio.

Ryan sorri para mim, e parece que os raios do sol caem sobre nós. De repente, é como se todos os meus verões chegassem de uma só vez.

É a última noite da nossa viagem. Casey, Mia e eu estamos sentadas no Café del Mar, olhando satisfeitas para o horizonte além da praia. O sol é uma bola de âmbar incandescente no céu. Chegamos cedo para conseguir uma mesa e desfrutar o pôr do sol em nosso último dia. Tivemos uma semana maravilhosa. Ficamos só com Ryan e seus amigos desde que trombei com ele em meu colchão de ar. Tornou-se um ritual noturno nos encontrarmos todos. E, claramente farta dos espanhóis, Casey logo voltou a atenção para alguém mais perto de casa: Carl. Ele resistiu por um tempo, mas, como a maioria dos homens, a oferta de uma noite sem compromisso com uma garota como Casey era muito difícil de recusar. Não que ela achasse que fosse isso. Casey chegou a dizer que podíamos acabar sendo cunhadas.

— Não seria incrível, Molly? — disse ela, rindo, uma noite no quarto do hotel depois que saímos com eles. — Imagina se a gente casasse com os irmãos Cooper? Teríamos o mesmo sobrenome! Casey Cooper... soa bem, não acha?

Eu não quis salientar que Carl a evitara o dia todo e que Ryan, na verdade, não tinha tentado nenhuma aproximação. Não sei por quê. Não que não tivesse tido oportunidade. Estou começando a me perguntar se ele não ficou brincando comigo a semana toda. Ou se está interessado em outra pessoa. Comento isso com Casey, e ela gira a cabeça em minha direção.

— Você acha? Bom, acho que é possível... Ibiza está cheia de meninas bonitas, mas eu pensei...

Sua frase morre; não sei se ela só perdeu o interesse no assunto, ou se não quer ferir meus sentimentos.

— Não acredito que é nossa última noite — diz Mia, levando o copo de margarita aos lábios e dando um longo gole.

Ela está linda, de jeans branco e tomara que caia de lenço pink com paetês espelhados, que deixa à mostra seu piercing de umbigo recém-adquirido — e que Casey a convenceu a pôr. Depois de um começo difícil, no terceiro dia Mia e Casey selaram um cessar-fogo e se uniram no desejo comum de atenção masculina. Elas eram as selvagens, e eu a puritana que as reprimia. Mas eu não me importava. Pelo menos elas estavam se dando bem.

— Logo, logo, de volta à realidade — Casey suspira.

— Não para a Mia — digo com inveja. — Ela vai atravessar o mundo.

Mia sorri para mim.

— Já disse que você pode vir comigo.

Penso com pesar nos grandes planos que tínhamos quando estávamos na faculdade. Nossas listas de sonhos. Nossos planos de viajar pelo mundo juntas, morar em Sydney... mas me dei conta de que era apenas um sonho. Quando o impulso vem, eu não sou rebelde para assumir o risco. Quando eu disse a Mia que não iria, ela ficou arrasada. Mas não desistiu, como imaginei — e desejei — que faria. Eu vou sentir demais a falta dela; não posso me imaginar vivendo em Londres sem ela, mas sei que Mia tomou a decisão certa. Só não sei se eu tomei. Agora é tarde demais.

Sorrio com tristeza.

— Você sabe que eu adoraria, mas consegui o Santo Graal para um aluno com dívidas a pagar: um emprego de verdade! Eu seria louca se jogasse isso fora.

— Pois bem — diz Casey na defensiva, tentando competir com nossas circunstâncias. — Vocês podem ir para a Austrália, mas eu não acho que nenhum lugar seja melhor que Leigh-on-Sea. Eu nunca vou embora.

E o triste é que eu sei que ela não vai mesmo, não porque não quer, e sim porque tem medo. E estou decidida a não deixar que o mesmo aconteça comigo.

Vejo os rapazes andando na nossa direção. Casey acena desesperadamente para eles, e Mia levanta a mão muito bem cuidada. Inspiro fundo quando vejo Ryan andando até mim. Ele está de camisa branca, com os dois últimos botões abertos acima do cinto. O vento ergue as pontas da camisa levemente, revelando um flash de sua barriga bronzeada. Engulo em seco.

— Olá, princesas — diz Gaz, piscando para Mia.

Ele se senta ao lado dela e lhe dá um beijo no pescoço. Ela revira os olhos, mas o beija mesmo assim. Eles ficaram juntos na primeira noite que saímos. Ele olha ao redor da mesa.

— Vocês estão deslumbrantes.

— Obrigada, Gaz.

Sorrio e olho para os outros, evitando contato visual com Ryan, pois sei que vou corar. Mas ele se inclina sobre mim, e sinto seus cabelos roçando meu pescoço quando se aproxima.

— Ele está certo, estão mesmo — sussurra.

Não quero lhe dizer que tomei cuidado especial com minha aparência hoje. Meu vestido de seda amarelo, longo, cai perfeitamente em meu corpo; as tiras delicadas mostram meus ombros bronzeados, e meu cabelo ficou dourado de sol. Pela primeira vez eu me sinto realmente bonita, e sei que Ryan nota. O frisson entre nós tem crescido durante toda a semana, mas nenhum dos dois tomou uma atitude. Houve olhares significativos e mãos se roçando, e nada mais. Não sei se nossa história passada atrapalha, ou se são as circunstâncias, mas é como se tivéssemos medo do que poderia acontecer se nos beijássemos de novo. Poderia ser incrível, ou terrível, e nenhum dos dois parece estar disposto a correr o risco. Não sei quanto a ele, mas, a partir do momento em que conheci Ryan, ele ficou na minha cabeça de um jeito que nunca achei que fosse possível. Encontrá-lo aqui e passar a última semana com ele só piorou as coisas. Fico doente de empolgação e de incerteza. Uma grande parte de mim quer correr para o mais longe possível, porque não estou pronta para ele; estou começando meu plano de vida. Mas, ao mesmo tempo, estou totalmente paralisada por causa dele. Quando estou com Ryan, não consigo me imaginar desejando outra coisa além dele, para sempre.

Quando o sol finalmente desaparece e o céu fica de um roxo profundo, Ryan se inclina em minha direção.

— Está a fim de uma caminhada? — sussurra.

Todo mundo está olhando para o horizonte, bebendo, conversando e curtindo o ambiente. Sorrio e anuo quando ele pega minha mão por baixo da mesa. Só Casey se volta e nos vê. Ela levanta a sobrancelha para mim, e eu inclino a cabeça e dou de ombros, mordendo o lábio e sorrindo para mostrar meu nervosismo e prazer antes de lhes dar as costas.

— Quero te levar para um lugar que descobri, uma praia que não é tão agitada quanto essa — Ryan diz, ainda segurando minha mão. — É uma caminhada de quinze minutos, tudo bem?

Concordo com a cabeça. Neste momento, se ele dissesse que íamos andar quinze dias, eu iria com ele.

— Que semana louca, não? — Ele ri enquanto caminhamos à vontade um ao lado do outro. Bem, à vontade se eu não levar em conta o zumbido em meus ouvidos, as batidas de meu coração, o tremor de minhas mãos e pernas. Fora isso, estou completamente relaxada em sua presença. — Ainda não consigo acreditar que bati em você com aquele colchão de ar.

Ele se volta para me encarar. Não sei o que dizer; todas as palavras que conheço parecem ter desaparecido. O ar ameno da ilha — e talvez algo mais — nos envolve em uma bolha impenetrável de calor. Por fim, chegamos a uma pequena baía tranquila, encravada nas falésias escarpadas, que não poderia ser mais diferente do burburinho agitado de Calo des Moro.

— Estamos mesmo aqui? — digo deslumbrada, olhando ao redor.

Ryan acena com a cabeça.

— Esse lugar se chama Cala Gracio. É uma das baías que descobri quando estava fazendo windsurf hoje. A outra é por ali.

— O que você está esperando, seu lerdo!

Passo por baixo de seus braços e corro pela praia em direção à margem, gritando enquanto ele me persegue. Quando chego à beira da água brilhante, beijada pela lua, eu me volto e ele me pega no colo e me olha, seus olhos azuis fixos com determinação nos meus. Ele me deixa escorregar por seus braços até que meus pés estão de volta em terra firme, mas ainda me sinto flutuar.

Ele se abaixa e pega alguma coisa. Depois abre minha mão e a coloca em minha palma.

— Esta é a primeira coisa preciosa que eu vou te dar — Ryan diz solenemente —, e prometo que não será a última.

Olho para a linda e frágil concha, que cintila em minha mão, e fecho os dedos em torno dela. Então ele me abraça. Ele afasta o tronco para me olhar e levanto a cabeça. Ele acaricia meu rosto; seus dedos roçam meu queixo suavemente, e ele me leva pela margem. Escalamos as rochas juntos. Nossos pés deixam pegadas que brilham como diamantes, até que chegamos a uma segunda enseada, menor. Não há ninguém aqui.

— Vou te beijar agora, Molly Carter — ele diz.

E, quando seus lábios macios e quentes se derretem nos meus, e sua língua se movimenta suave como as ondas que lambem melodicamente meus pés, sinto que o mundo parou de girar, que somos nós que estamos rodando, totalmente em harmonia um com o outro e com o mar que nos envolve. Sinto que estou me afogando, mas não tenho medo.

15:09

Estou sentada na cozinha, em silêncio, virando a concha em minha mão. Olho para ela, depois para a tevê, ainda congelada na cena final do DVD. Fecho a mão em volta da concha, vou para a sala de estar e ejeto o filme. Desconecto tudo, assim Bob pode colocá-lo na caixa que sobrou, onde se lê "Depósito". Coloco o DVD de volta na caixinha e o levo para a cozinha, onde está meu notebook. Introduzo o disco no drive. Sei que deveria guardar isso agora, está chegando o momento, mas acho que só preciso de mais uma pequena dose. E então pronto. Estou prestes a apertar "play" quando a campainha toca. Dou um pulo, me sentindo culpada. Minha mãe. Desesperada, olho ao redor e percebo que, na verdade, está tudo bem organizado, e é com certo alívio que sigo para a porta da frente. Tenho trinta e três anos, e essa mulher ainda é capaz de me fazer sentir como se tivesse treze. Isso é que é poder.

Uma senhora pequena e risonha, de olhos brilhantes, sorri para mim.

— Vovó Door! — exclamo com alegria e a abraço antes de ajudá-la a subir o degrau da frente. — O que está fazendo aqui? Eu ia te ver mais tarde. Queria tomar uma última xícara de chá na sua casa, pelos velhos tempos.

— Bem, pensei que *você* poderia fazer algo para bebermos, para variar, boneca!

A vovó sorri, insolente, e tira seu casaco de pele e o chapéu combinando. Seus olhos azuis brilhantes continuam grandes, embora seu corpo esteja encolhendo e a audição não seja tão boa quanto antes.

— Além disso, eu tinha uma coisa para lhe trazer.

Franzo a testa.

— Chega de presentes, vovó, a senhora já me deu muitos. Estou louca para ver o DVD *Big Brother: The Best Bits* no notebook no avião.

— Ah, sim, você vai rir bastante — diz ela, seguindo para a cozinha.

Vou atrás e ponho a chaleira no fogo enquanto ela se senta à mesa de fórmica.

— Ufa, atualmente minhas pernas não servem mais para nada! — ela exclama, esfregando os músculos da panturrilha.

— E a senhora insiste em usar saltos altos assim, vovó. — Sorrio, olhando para seu escarpim cor-de-rosa. — A senhora não fica atrás da Tamara Mellon.

— Tamara Melão?

— Não — rio. — Tamara Mellon. Ela é tipo a embaixadora da Jimmy Choo.

— Jimmy quem?

— Deixa pra lá.

Presto atenção no chá.

— Enfim, boneca, como eu estava dizendo, queria lhe dar uma coisa. A Lydia me contou o que você fez...

Eu me volto rapidamente, horrorizada de pensar que posso tê-la chateado ou ofendido.

— Ah, vovó Door, espero que não tenha ficado chateada. A senhora sabe como aquele anel é precioso para mim, mas me pareceu certo dar para a Lydia.

Eu me sento ao lado dela e coloco as duas xícaras de chá diante de nós. Já perdi a conta de quantos bebi hoje.

Ela dá um tapinha em minha mão. Seus olhos estão levemente marejados.

— Molly, eu entendo, claro que sim. Mas também sei como deve ter sido difícil para você. É por isso que eu queria lhe dar isto.

Ela pega uma caixa de veludo azul e a desliza sobre a mesa em minha direção.

— O que é?

— Abra e descubra — sorri.

Abro a caixa lentamente. Dentro tem um são Cristóvão de prata, levemente manchado pelo tempo, mas em perfeitas condições. Olho para ele com curiosidade, e as lágrimas já fazem meus olhos arderem.

— Minha avó me deu quando eu era bem pequenininha — vovó Door diz. — São Cristóvão é o santo padroeiro dos viajantes. — Ela faz uma pausa e aperta minha mão. — Sei que já tem alguém olhando por você. Duas pessoas, na verdade... Garota de sorte. — Sorrio e seco uma lágrima. — Mas queria que você soubesse que estarei sempre pensando em você, está bem, querida?

Concordo com a cabeça, incapaz de falar.

— Agora — ela continua —, sou uma velha e tenho que pensar nessas coisas racionalmente. Talvez eu nunca mais a veja na vida, Molly querida.

Mas, se mantiver isso por perto, vai saber que estarei sempre olhando por você também.

Não consigo falar, por isso a abraço e soluço. Depois de tudo o que aconteceu, eu lutei para manter meu relacionamento com a maioria das pessoas da família Cooper. Foi muito difícil. Especialmente com relação à vovó Door. Eu não suportaria não vê-la mais. Passados cinco anos, nossa relação é ainda mais forte agora do que antes, e esse adeus é o único que eu realmente temia.

Somos interrompidas por Bob, que aparece de repente na cozinha.

— Precisamos vir para cá depois, querida, e então acabamos, tudo bem?

Vovó Door puxa um lenço velho da bolsa e enxuga os olhos. Em seguida sorri para mim, reconfortante.

— Sim, claro, rapazes — digo. — Não liguem para nós!

Olho para vovó Door, que está se levantando. Eu me levanto também, e ela passa o braço em volta de mim e me aperta enquanto caminhamos em direção à porta. Depois veste o casaco e olha para mim.

— Agora, chega de lágrimas. Já choramos mais que o suficiente para uma vida inteira. — Ela dá um sorriso radiante e coloca a mão no meu rosto. — Você merece a felicidade sem fim, Molly querida.

E com isso vai embora.

O beijo depois da lua de mel

Só depois que o Ryan foi embora percebi como a minha vida esteve intimamente ligada a ele. Não estou falando só das fotos e dos objetos da nossa casa, tipo nossas coleções de CDs e DVDs, mas os lugares também. Nosso pub local, The Crooked Billet, e nosso restaurante tailandês favorito na Broadway, todos tinham o rótulo "nós", e agora são só "eu". Isso também aconteceu com o "nosso banco" no The Green, onde trocamos tantos beijos; o Rossi, em Southend, onde tivemos nosso primeiro encontro. Nem o Castelo de Hadleigh, o lugar que me acalmava na minha adolescência inquieta, era mais opção para confortar meu coração partido. E então os amigos que compartilhamos, e que já não sabiam como ser amigos de apenas um de nós. Nossas famílias. Por muito tempo eu me agarrei a tudo e a todos, sem me importar se aquilo era constrangedor para mim ou para eles. Ficava segurando uma taça de vinho durante horas em "nossa mesa" no pub, ignorando os olhares de pena que me lançavam. Quando eu não estava rondando a casa deles, ligava para a mãe de Ryan e me lamentava, dizendo como ainda o amava, tentando entender a qualquer custo por que ele me deixara. Eu me agarrei a tudo isso porque tinha muito medo do que seria deixado para trás se eu superasse. Mas, aos poucos, com o tempo, ficou mais fácil guardar tudo o que tinha a ver com Ryan em caixas com a inscrição "passado". E, no fim, houve só duas coisas que eu não pude abandonar: vovó Door e "nosso filme". Sei que um dia vou ter de dizer adeus aos dois. Mas ainda não. Ainda não estou preparada.

FF >> 11/10/06

— Revista *Viva* — atendo o telefone mecanicamente, divagando quando o assessor de imprensa do outro lado da linha começa a falar.

É justo dizer que eu não ando tão... *concentrada* no trabalho desde que Ryan e eu voltamos da nossa incrível lua de mel. Olho para a foto que ganhou o lugar de honra em minha mesa desde que voltamos, há seis meses. Nós dois deitados sobre a geleira Franz Josef, na Nova Zelândia. Parecemos bonecos Michelin com as roupas de neve, as bochechas rosadas pressionadas uma contra a outra, os olhos brilhando como a antiga formação de gelo onde deitamos depois de explorar as espetaculares cavernas e os pináculos resultantes de avalanches.

Nós achávamos que, com toda a experiência de Ryan com escaladas e suas habilidades gerais para o atletismo, ele me superaria, mas, na verdade, ele passou metade do tempo caindo de bunda. Ele estava cansado depois de tanto esquiar em Queenstown enquanto eu descansava no spa. Mas isso não me impediu de debochar dele.

— Dá para ter um reembolso de casamento? — falei, rindo, depois que ele escorregou na minha frente pela sétima vez. — Pensei que estava me casando com um jovem em plena forma, um atleta, não com esse descoordenado à minha frente!

— É que eu ainda estou de ressaca depois da degustação de vinhos que você me fez fazer outro dia — balbuciou Ryan, usando minhas pernas para se segurar e se levantar de novo sobre os patins. — Não estou acostumado.

— Desculpas, desculpas — retruquei.

Fui tentar ajudá-lo, mas ele me puxou e ficamos caídos ali, abraçados, rindo, enquanto eu tirava uma das nossas fotos de recordação favoritas.

Nossa lua de mel foi o perfeito equilíbrio entre nós dois. Teve toda a euforia que Ryan queria; escalamos geleiras, andamos de helicóptero e de caiaque. Fizemos trilhas cheias de adrenalina, vimos lagos espetaculares e reservas cercadas de paisagens excepcionalmente bonitas para contemplar. Fizemos skydive em Wanaka, coisa que nunca esteve na minha lista de sonhos, mas o Ryan disse que não era mais assustador do que se apaixonar, que bastava confiar na outra pessoa e nos equipamentos. Ele estava certo. Estou muito feliz por ter feito isso. Ele me faz fazer coisas que nunca sonhei.

Mas também nos aconchegamos em hotéis acolhedores na neve, onde fui a spas, a degustações de vinhos, onde o Ryan descobriu que, na verdade, gosta de vinho (mas só de branco), vimos baleias e sonhamos acordados com o conteúdo do nosso coração. Passamos quatro semanas felizes, viajando pelas ilhas Norte e Sul num 4 x 4, revezando-nos na direção e no controle do iPod. Ele batia os dedos no volante quando tocavam suas músicas pop favoritas — do Maroon 5 e do Keane. Depois eu assumia o volante, atravessando a bela paisagem enquanto escutava minhas músicas favoritas; "de cortar os pulsos", segundo o Ryan.

Foi maravilhoso; desgastante, mas maravilhoso. Agora estamos de volta à realidade. Nós dois estamos trabalhando muito, e isso tem cobrado o seu preço, especialmente para ele. Nos últimos meses, ele tem ficado acordado até tarde e se arrasta para ir trabalhar de manhã; não consegue pensar em encarar a academia. Está ganhando barriga. Brincamos dizendo que é "a expansão do casamento".

— É porque você está muito feliz — digo para animá-lo. — E eu adoro. Tem mais lugar para eu pôr as mãos!

Ontem à noite ele chegou da escola tarde, cansado. Jogou a mochila no sofá e depois desabou. Nem sequer sorriu quando eu disse que tinha feito macarrão. Não posso culpá-lo. Minha versão não era o ravióli fresco recheado com favas, muçarela e um toque de limão que o Ryan teria cuidadosamente preparado. Não. Era um fusilli passado do ponto com uma lata de atum e um pote de molho de tomate. Ficou nojento, e até eu decidi me concentrar em terminar minha taça de sauvignon em vez de comer aquilo. Ryan deixou a maior parte também. Ele suspirou e colocou a bandeja com o resto da comida no chão.

— Ei, algo errado com o serviço de quarto, Cooper? — perguntei em tom de brincadeira. — Ou está só tentando emagrecer?

Ele olhou para mim e sorriu, mas parecia que alguém tinha diminuído sua luz.

— Não... — suspirou. — Só mais um dia difícil no trabalho.

Massageei seus ombros.

— Você está sendo muito exigente consigo mesmo, Ry. Precisa desligar às vezes. A maioria dessas crianças precisa de pais melhores, não de professores de futebol melhores. Não tem muito o que fazer.

Ele recuou um pouco, como se minhas palavras e meu toque o machucassem. Estava realmente tenso.

— Você sabe que eu não ensino só futebol. Eu tento preparar esses garotos para a vida, fazer com que percebam que podem fazer muito mais coisas no mundo. E, porque eles vivem nesse ambiente de merda, eu não posso desligar. Tenho que impedir que se metam em confusão, inspirá-los a manter o foco nas provas tanto quanto no esporte, mas o tempo todo fico tentando equilibrar isso com os malditos relatórios para o Departamento de Educação e um monte de papelada, o que torna difícil fazer a única parte do meu trabalho que eu realmente amo.

Ele exalou lentamente e fechou os olhos, enquanto eu continuava a massageá-lo.

— E tem a liga de futebol interescolar. O nono e o décimo anos vão precisar de muito treino extra se tivermos chance de chegar às finais. Eles nunca chegaram nas etapas preliminares, e estou determinado a fazer com que consigam.

— Só tome cuidado, Ry — falei, terminando a massagem. — Não quero que você fique doente.

— Amor — Ryan sorriu debilmente e apertou minha mão —, eu sou o cara mais em forma que você conhece.

E pegou o controle remoto, zapeando os canais mais rápido do que nunca e puxando mais trabalhos escolares para o colo. Mesmo relaxado, ele está em movimento.

Toquei seu braço suavemente.

— Ryan, por favor. Dá para ver que você está cansado; pare um pouco, descanse um minuto.

Eu me sentei ao seu lado e acariciei seus cabelos. Ele se encolheu, mas depois relaxou, e um sorriso breve se esboçou em seu rosto.

— Desculpe, Moll, você tem razão.

Colocou os papéis no chão e se aconchegou para que eu fizesse carinho nele, descansando a cabeça em meu colo. Cinco minutos depois, ele roncava pacificamente, me deixando sozinha assistindo a um episódio de *Holby City*.

Acabo de me sentar quando chega um e-mail da Christie me chamando em sua sala. Eu me livro da conversa com o assessor de imprensa e me levanto, percebendo que não pensei no texto da capa ainda, e que Christie provavelmente quer discutir isso comigo antes da reunião oficial, daqui a uma hora. Essa é a parte que me irrita em meu cargo de editora associada. Quando eu era editora de fotografia, sabia que era boa de verdade. Agora são só orçamentos, problemas com funcionários, reuniões de publicidade. Com essa promoção, fiquei um passo mais longe da fotografia. Passo mentalmente as matérias da edição de abril e as seções de moda e beleza enquanto vou à sala dela, tentando ter ideias originais. Baile da Primavera como matéria principal em moda? Péssimo. E quanto a beleza... vejamos... "Tire o passado do pastel?" Argh!

Caminho desanimada, tentando reunir entusiasmo para o meu trabalho.

— Oi, Molly — Christie sorri e larga a caneta assim que entro em sua sala. Adoro isso nela: sempre dá toda a atenção para as pessoas, não importa que outros assuntos urgentes esteja resolvendo. — Como estão as coisas? Você está feliz com tudo? — pressiona.

— É... sim — minto.

Não sei o que dizer além disso. Posso ter falado com Ry sobre largar tudo, mas não quero ser demitida. Estou começando a entrar em pânico. Talvez eu tenha interpretado mal a situação. Meu entusiasmo no trabalho diminuiu recentemente, e acho que ela notou.

— Humm... — Ela bate a caneta na mesa e pega seu café. — Tenho a sensação de que seu novo cargo não é tão bom para você como esperávamos.

— Bem... — Começo a mexer os dedos de um jeito estranho, imaginando como consertar as coisas. — Admito que algumas partes são desafiadoras e...

— Chatas? — sugere Christie.

Ela não parece contrariada, só interessada. Decido ser honesta. Faço cara de sofrimento, como uma adolescente quando lhe fazem uma pergunta difícil na aula de matemática.

— Não é chato, Christie, só está fora da minha zona de conforto.

Ela balança a cabeça.

— Foi o que pensei. Por isso, tive uma ideia. — Ela se volta para me encarar. — Gostaria que você fizesse um blog, um blog fotográfico — esclarece. — Sei que você adora fotografia, Molly, e já vi alguns trabalhos seus. Você tem estilo, é criativa e conhece os leitores da *Viva* melhor do que muita gente aqui. Quero que as pessoas entrem no seu blog para encontrar um momento interessante, instigante ou engraçado, lindamente capturado. Não precisa ter texto, talvez só uma legenda. — Ela está em pé agora, agitando as mãos, como faz nas reuniões quando surgem ideias. — Ou será que precisa de mais? Vou deixar isso com você. O que acha?

Sorrio e sinto um frio na barriga pela perspectiva de ser paga para tirar fotos interessantes todos os dias, que centenas ou até milhares de pessoas poderão ver online.

Estou explodindo de emoção.

— Meu Deus, Christie, seria incrível! E já tenho muitas ideias que vão servir muito bem para um projeto assim.

Saio de sua sala e vou até minha mesa, onde minha câmera está definhando na gaveta. Volto correndo para a sala de Christie e passo as fotos, mostrando-lhe todos os pequenos momentos que capturo todos os dias. Meu foco são as pessoas, sempre foram; sozinhas ou com amigos, família, amantes, filhos. Adoro ver as nuances das relações enquadradas em minha câmera, remover a fachada e ver a verdade da emoção através da lente.

Saio do escritório para a noite escura sentindo uma nova emoção, com minha câmera batendo contra o peito, ansiosa pelas possibilidades do que eu poderia capturar na viagem de volta para casa. Reviro a bolsa à procura do celular e vejo que tenho uma chamada perdida e duas mensagens de texto do Ryan; uma diz que ele vai se atrasar de novo, e a outra que o boiler está quebrado. Nem isso estraga meu bom humor. Respondo rapidamente quando sinto um toque em meu ombro.

— Casey, oi! — digo, surpresa, mal a reconhecendo com suas roupas chiques de trabalho.

Ela está mais bonita do que nunca ultimamente. Seus cabelos negros chegam abaixo dos ombros, sem luzes nem alongamento, e têm o brilho lustroso de uma propaganda. Sua pele é puro brilho grego, sem produtos de bronzeamento. Casey diz que não pode comprá-los agora que é estagiária e, além disso, prefere seu novo visual natural. As unhas postiças vagabundas e as roupas chamativas desapareceram também; em vez disso, ela usa um vestido elegante de corte clássico cor de vinho e escarpins altos, com minúsculas pedrinhas douradas. O único defeito em sua aparência é a cicatriz abaixo do olho. Mas até isso parece tragicamente lindo, como uma única lágrima que cai de seus cílios, e, para mim, um lembrete constante de sua vulnerabilidade. Eu a observo um instante antes de lhe dar um abraço.

— Você está maravilhosa, Case. Como está o trabalho?

— Bom! Muito bom, Molly — ela diz com os olhos brilhando, como há muito tempo eu não via.

Sua vida está voltando aos trilhos. Ela quase não vai a Essex, muito menos à boate, desde o ataque. Ela nos disse que parecia que a cidade a atacara naquela noite, tanto quanto aquelas garotas, e que Londres era o único lugar onde ela queria estar. Então, nós nos sentamos uma noite, pouco depois que Ryan e eu voltamos da lua de mel, e pensamos no que ela poderia fazer. Eu fiz uma lista de todos os seus pontos fortes — dá para resolver tudo com uma lista —, e depois ela fez um teste vocacional pela internet. Surgiram várias opções que se enquadravam com seu tipo de personalidade, mas a que mais se destacou foi a de relações públicas.

Dei um tapa na mesinha de centro e fiz a chama da vela perfumada tremer e o vinho pular em minha taça.

— É PERFEITO, Case! Tenho um monte de contatos no mundo da RP, posso lhe arranjar alguma coisa!

— Você acha? — disse Casey, e seu velho sorriso voltou e iluminou seu rosto. — Mesmo? Seria incrível, Molly!

E então ela jogou os braços em torno de mim e de Ryan e nos apertou, até quase nos sufocar.

Estranhamente, ela não parecia tão entusiasmada depois que lhe dei a tarefa de fazer seu currículo e listei todas as empresas para as quais queria que ela mandasse e-mails. No fim, escrevi o e-mail para ela. E consegui compor seu currículo de modo que o extenso conjunto de habilidades que eu tinha listado disfarçasse sua falta de experiência.

Uma semana depois, ela recebeu uma oferta de trabalho temporário de dois meses em uma conhecida empresa de RP na área de moda e estilo de vida, chamada Myriad.

— Estou amando de verdade. Honestamente, acho que é um trabalho que eu posso fazer. Não, não é um trabalho: é uma *carreira*. Uma carreira de verdade, Molly! E acho que posso me dar muito bem! Isso se me derem um emprego, o que pode não acontecer, mas, ah, meu Deus, imagina se eu conseguir? Seria demais!

— Que ótimo, Case! Estou muito feliz por você — digo, pegando seu braço enquanto descemos a Long Acre.

— Graças a você, Moll — diz ela. — Foi sua ideia e seus contatos que tornaram possível essa experiência de trabalho na Myriad. Sinceramente, o que eu faria sem você? — brinca. — Primeiro você me deixa ficar no seu apartamento, depois me arranja uma nova carreira — e sorri. — A única coisa da lista que falta é me arranjar um marido.

— Eu te empresto o meu, se quiser — digo, rindo.

Casey suspira dramaticamente, e suas unhas escuras e elegantes cobrem seus lábios cuidadosamente pintados.

— Por quê, o que ele fez?

— Ah, nada, só não se preocupou em chamar o encanador quando nosso boiler quebrou hoje de manhã! Reclamações normais de uma esposa. — Sorrio para mostrar que estou brincando mesmo. — Se ele fizesse uma lista, como vivo dizendo...

— Não — responde Casey alegremente. — Eu *nunca* tive um namorado que durasse mais de dois meses, lembra? Mal consigo fazê-los tomar café da manhã comigo, muito menos fazerem o meu jantar e cuidarem do meu encanamento... sem duplo sentido. Para ser sincera, acho que você deve se considerar uma mulher de sorte, Moll. A maioria das mulheres faria qualquer coisa para ter um marido como o Ryan. Inclusive eu.

— Você tem razão. Agora preciso encontrar um encanador que atenda emergências, para não congelar no apartamento hoje à noite.

Telefono rapidamente para um, aceito a cruel taxa de urgência e o valor cobrado por hora, e em seguida mando uma mensagem rápida para o Ryan:

> Boiler resolvido. Bj

Trabalho em equipe. Esse é o segredo.

Pego o braço de Casey de novo e vamos para casa.

Beijar e correr

Se eu pudesse escolher onde beijar Ryan agora, correríamos de volta para onde ele queria estar, e não aonde eu estava sempre querendo chegar. Correríamos de volta, sem parar para respirar até chegarmos. Ao lugar que sempre o fez feliz. O lugar onde devíamos ter ficado. E, quando eu o beijasse, nunca mais pararia. E então talvez nada disso tivesse acontecido.

FF >> 21/01/07 9:25

— Ahhh, Moll, você tem mesmo que ir?
Ryan puxa minha manga e faz meu coração se apertar quando se apoia no batente da porta da nossa sala de estar, só de jeans da Diesel, segurando um copo de suco fresco de goji berry (sua última mania saudável). Ele me observa enquanto checo a lista de coisas que preciso levar ao aeroporto, esvazio minha bagagem de mão para ter certeza de que peguei tudo e depois checo minha outra lista, a de viagem a trabalho, vasculhando as malas para me assegurar de que está tudo lá. Verifico meu passaporte na bolsa pela septuagésima vez e ergo os olhos para ver seus lábios formando um beicinho petulante. Seu novo cabelo espetado o faz parecer mais magro, mais esculpido e mais forte que o habitual. Deus, como eu queria que tivéssemos tempo para um último adeus. Três semanas é muito tempo sem ele. Talvez seja o estresse do trabalho dos últimos meses que se mostra em seu rosto, ou talvez seja seu trigésimo aniversário chegando, mas Ryan não tem mais a maciez ao redor das bochechas e o ar de eterna juventude. Seu rosto tem olheiras escuras que o fazem parecer mais duro. E mais sexy do que nunca. Talvez eu possa ligar para a companhia aérea e pedir para segurar o avião na pista enquanto me permito um pouco de entretenimento antes do voo.
Dizem que os homens envelhecem melhor que as mulheres, mas, quando me olho no espelho do corredor, não fico muito decepcionada com minha aparência. Sei que estou bem bonita com minha "roupa de aeroporto" — jeans skinny, botas vintage de caubói pretas, camiseta branca justa, um grande lenço Louis Vuitton (prerrogativa da imprensa) e óculos Ray-Ban Wayfarer estilo anos 80, totalmente descolados, que comprei em Camden. Aperfeiçoei minha maquiagem: blush rosa, batom claro e pouco rímel. Meu cabelo encontrou seu melhor estilo depois que o cortei chanel, com bico na frente e franja, quando voltamos da lua de mel. Chega de ser "noiva de cabelo comprido".
Ponho a bolsa no ombro e penduro a câmera no pescoço, e ela repousa sobre meu lenço. Ela vive pendurada em meu pescoço desde que comecei o blog na relançada Vivamag.co.uk. E ainda não consigo acreditar no

sucesso que tem feito. Fui citada como "blogger sobre a cidade" em um dos suplementos de fim de semana. É bizarro, mas maravilhoso. Isso permitiu que Ryan e eu fizéssemos coisas incríveis juntos, bem como separados, graças a viagens que assessores de imprensa me arranjam porque querem que eu tire fotos legais e interessantes e cite nos créditos seus hotéis ou resorts. Ficamos em uma luxuosa tenda beduína em Marrakesh como parte da minha série "Vida de mercado". As fotos que tirei dos mercados incrivelmente coloridos por onde passeamos, felizes, durante um fim de semana, ficaram ótimas justapostas às de Londres. Como a que eu tirei dos vendedores de comida no Mercado Borough e dos que vendem flores no vibrante e movimentado mercado de flores da Columbia Road. Ficamos hospedados em hotéis lindos em Veneza, San Francisco e Praga, porque eu tive a ideia de fazer uma série de fotos que registrassem casais se beijando em pontes famosas. Um dos meus favoritos foi um post chamado "Amor nas alturas", que contou com uma série de cenas de telhados que me deram a chance de fotografar Londres, em toda sua glória, de vários ângulos surpreendentes. Ryan e eu pegamos uma cabine privada na London Eye, e foi incrível. Coloquei a câmera no tripé e fiz um retrato de nós dois, de costas para a câmera, olhando para o cintilante e enluarado horizonte de Londres. Foi absolutamente mágico.

Eu me sinto a mulher mais sortuda do mundo agora que Ryan e eu estamos vivendo a vida que eu sempre quis para nós. Naturalmente, não podemos fazer tudo juntos. Estou indo para Nova York por três semanas, pois a editora da *Viva* de lá me convidou para fazer uma série de posts sobre a cidade, com uma matéria fotográfica na edição de abril. Christie achou que seria uma grande divulgação para o blog e nos garantiria ainda mais visitantes — que, até agora, parecem se traduzir em mais leitores para a revista. As coisas não poderiam estar melhores. Obviamente, não é ideal ter de abandonar Ryan por três semanas, mas ele não pode ficar afastado da escola por tanto tempo.

— Só não entendo por que você tem que ficar tantos dias — ele diz, esfregando a mão no peito.

Suspiro, coloco a bolsa no chão e passo o braço em volta de sua cintura, colocando o outro em seu peito, em cima de suas pintas. Ele enfia a cabeça em meu pescoço e beijo seu cabelo. Tem gosto de ar livre, e de pomada.

— Prometo que vai passar voando — digo baixinho, tanto para mim quanto para ele.

— Não me deixe aqui com ela — ele me olha suplicante. — Ela vai me enlouquecer.

Casey está sentada de braços abertos no sofá, comendo torradas e assistindo a um episódio gravado de *Heroes* — que ela e Ryan amam — em nossa sala, que se tornou seu quarto improvisado.

— Você vai estar tão ocupado com os simulados que quase não vai sentir a minha falta.

Ryan sorri, e seus olhos se voltam para a tevê.

— Ei, Cooper, aqui — digo.

Puxo seu queixo de volta e seus olhos azuis encontram os meus. Ele parece cansado. Eu lhe dou um beijo longo e forte nos lábios, usando a língua suavemente. Ele se afasta quando ouvimos a buzina do táxi.

— Tenho que ir, Ry — digo me aproximando mais, porque não quero deixá-lo.

Ele me beija de novo, mas dessa vez eu me afasto.

— Comporte-se! — Eu lhe dou um beijo, pego minhas malas e saio correndo. — Eu ligo do JFK — falo por cima do ombro enquanto fecho a porta atrás de mim, depois corro para o carro com a câmera batendo contra o peito, como uma segunda pulsação do meu coração. — Heathrow, por favor — digo radiante, e o taxista pega a Kingsland Road.

Imediatamente reviro minha bagagem de mão, pego meu livro, os detalhes do meu voo, a escova de cabelo, o iPod, o celular, até que finalmente encontro meu passaporte. Só então me lembro de olhar pela janela para o apartamento e vejo a sombra distante do rosto de Ryan com uma mão levantada. Aceno furiosamente, mas não sei se ele ainda pode me ver.

Rapidamente lhe mando uma mensagem, com letras maiúsculas e centenas de beijos.

> EU TE AMO MUITO BJSSSSSSSSSSSSSSSSSSS

Oito horas depois, após filas no aeroporto e tumulto na imigração, saio do JFK e pego a fila de táxi mais longa que já vi. Pesco o celular e ligo para Ryan. Ele não atende, nem no fixo nem no celular. Digito rapidamente em meu BlackBerry:

> Cheguei bem. Me ligue quando receber esta mensagem. Bjs

Quando a mensagem é enviada, volto para as mensagens antigas e sorrio ao ver uma de Casey. Eu a leio antes de continuar a busca pelo apartamento no Soho que a divisão norte-americana da editora Brooks alugou para mim.

> Divirta-se!!!!!! E não se preocupe com nada aqui!!!!! Bjssss

Penso que alguns meses atrás essa mensagem teria me enchido de pavor. A velha Casey era um caminhão desgovernado; se eu não tivesse notícias dela por alguns dias, sempre tinha de ligar, como se fosse sua mãe, para checar como estavam as coisas. E, mesmo quando eu tinha notícias suas, cada mensagem dizendo "não se preocupe" me levava a fazer exatamente o oposto. Mas agora Casey é uma nova mulher, forte, controlada, madura, que valoriza sua carreira recém-descoberta, com propósito e confiança renovada, que nunca vi nela antes. Minha amiga passou por algo ruim e saiu mais forte e melhor do que nunca, e isso me deixa muito feliz.

Vou andando com a fila do táxi e penso que 2006 pode ter sido o ano em que finalmente tudo deu certo para todos nós, e que 2007 será ainda melhor. Resolvo desfrutar completamente a viagem a Nova York. Fazer esse blog me fez começar a ver o mundo — e o meu mundo — de um jeito novo, e percebo que finalmente estou pronta para a próxima aventura. Talvez a maior de toda a minha vida.

Ryan e eu realizamos todos os meus sonhos: nos mudamos para Londres (✓), compramos um apartamento (✓), casamos (✓), viajamos para lugares incríveis (✓), morei com minha melhor amiga (✓), viajo o mundo todo a trabalho (✓) e até comecei a fotografar para viver (✓). Pela primeira vez, a Molly adolescente está de bico fechado.

Na verdade, ela tem ficado quieta desde que Ryan e eu voltamos. Talvez seja porque ele é um homem diferente daquele com quem saí pela primeira vez, quando eu era uma garota diferente. Antes de nos casarmos, tivemos uma longa conversa sobre como fazer o relacionamento dar certo. Nenhum de nós queria correr o risco de sofrer de novo, de modo que tínhamos que ter certeza de que estávamos fazendo a coisa certa. Eu até fiz uma lista de perguntas para nós dois, como um teste de compatibilidade de casais. Havia partes sobre casamento, filhos, viagens, casa e trabalho, com perguntas para que cada um de nós respondesse. Ryan me conhecia bem o suficiente para saber por que eu queria fazer isso. E não foi diferente daquela minha lista de sonhos de tantos anos atrás. Era apenas uma versão atualizada, para que nós dois tivéssemos certeza de que nossa cabeça e nosso coração estavam em sintonia em relação a tudo.

E foi um jeito ótimo de respondermos a todas as nossas "grandes questões da vida". Na seção "casa", tínhamos de dizer onde gostaríamos de morar no longo prazo. Ryan colocou Leigh, e eu coloquei Londres, então conversamos sobre isso e ele disse que poderia ser feliz morando em Londres pelo futuro próximo e que se esforçaria mais para abraçar esse estilo de vida (e não voltar para casa todo fim de semana). Mas disse que, definitivamente, gostaria de voltar para lá antes que nosso primeiro filho entrasse na escola. Eu nem precisei pensar antes de dizer que sim. Isso nos daria pelo menos mais cinco anos em Londres, e, a essa altura, eu sabia que estaria pronta para voltar.

Desde que reatamos, parece que finalmente encontramos um meio-termo e nos transformamos em um time com o mesmo objetivo, em vez de adversários. E agora percebo que a próxima meta é a família. Estou com vinte e oito anos, bem casada, realizada profissionalmente e pronta. Minha vida finalmente está condizente com minha idade, e mal posso esperar para lhe dizer que estou preparada. Estou exatamente no mesmo ponto que ele. Quero começar a tentar engravidar.

Ergo os olhos e agradeço a quem está lá em cima por me dar tanto. Não creio que seja possível ser mais feliz que isso.

O beijo de "e se..."

Existe um breve momento, antes de se render totalmente a um beijo, em que você toma a decisão quase consciente de se deixar levar. Mas e se um dia, nesse exato momento, você perceber que não pode se deixar levar? E ficar desesperadamente presa? É como eu me sinto agora: presa a esse beijo por toda a vida.

FF >> 17/02/07

— Como assim, ele está "estranho" desde que você voltou?

É sábado à noite e estou deitada em minha cama, conversando com Mia ao telefone. Ryan foi ao aniversário de um amigo professor.

— Não sei, Mia. Ele anda mal-humorado e não quer ficar em casa, o que não é típico dele.

Seguro o telefone entre a orelha e o ombro enquanto faço upload de novas fotos que tirei ontem à noite; um close-up em preto e branco da mão de um pai segurando sua filha. Minha lente 50 mm pegou cada linha da mão dele e a suavidade da dela. Na foto, a mão dele está puxando para frente, como se estivesse guiando, mostrando o caminho para a filha. Faz parte do meu post "Dia dos Namorados alternativo", que homenageia o amor entre não casais. Tirei fotos de amigas conversando e tomando café no Covent Garden, com os rostos iluminados pelo riso. Uma das minhas favoritas é a de duas senhoras caminhando de braços dados pelo píer de Southend. Eu as peguei bem na hora em que uma delas jogou a cabeça para trás numa gargalhada.

Eu me concentro de novo em minha conversa com Mia.

— É como se ele não suportasse ficar sozinho comigo.

— Ou *não sozinho* com você... — ela diz incisivamente.

— Como assim? — pergunto e paro de passar as fotos.

— Estou falando da Casey — ela protesta, obviamente desesperada para tocar nesse assunto. — Há quanto tempo ela está com vocês? Nove, dez meses? Ter sua melhor amiga como inquilina não é exatamente propício para um casal recém-casado, é? Especialmente alguém tão carente quanto ela. Talvez ele só esteja farto de...

— De mim? — digo com tristeza.

— Não de você, sua anta! Da Casey!

Rio, mas debilmente.

— Mia, você anda tão australiana que, da próxima vez que nos encontrarmos, imagino que vai estar de permanente no cabelo, óculos estilo Dame Edna e calças cáqui de caçador de crocodilos!

— Você anda me espionando? — ela ri. — Escuta, só estou dizendo que acho ótimo você ajudar a Casey a se reerguer, mas é hora de focar em você e no seu marido. Vocês precisam de espaço, só os dois. Sinceramente, acho que é por isso que ele anda estranho.

— Não sei — digo baixinho.

Penso nas últimas poucas vezes em que estivemos juntos desde que voltei de Nova York. Como ele não consegue me olhar nos olhos. Como anda estranhamente calado, arranja desculpas para não ficar sozinho comigo, mesmo eu tendo passado quase um mês fora. Eu estava tão animada para voltar para casa e dizer que me sentia pronta para começar a tentar ter um filho com ele. Mas não surgiu oportunidade para dizer isso. Muito menos para fazer. A Mia tem razão, a Casey está aqui todas as noites, praticamente colada em mim. Parece até que ela sentiu minha falta mais que o Ryan.

Tento contar o número de vezes que Ryan e eu ficamos sozinhos desde que voltei, há duas semanas; exceto na cama, acho que posso contar nos dedos de uma mão. Casey estava aqui até no Dia dos Namorados. Perguntei a Ry se podíamos sair para jantar, mas ele disse que não queria que ela se sentisse constrangida, de modo que fomos todos ao cinema. Até minha recepção de boas-vindas não foi como eu imaginava. Ele não foi me esperar no aeroporto, como eu desejava secretamente, e, enquanto eu atravessava a área de desembarque, senti saudades de quando ele me surpreendeu no dia em que voltei da Austrália. Tudo isso parece tão distante. Para ser justa, não somos mais recém-casados agora, então ele não precisa fazer tanto esforço. Mas, ainda assim, estamos casados não faz nem um ano. Todo o romance já acabou?

— Humm — diz Mia. — Bem, querida, acho que isso é um mistério para mim. Você sabe que gosto dos meus homens como gosto do meu café.

— Espera, não diga! Acabado logo de manhã?

— Exatamente — ela responde. — Você foi rápida. Realmente Nova York te fez bem.

— Sim, mas fez mal ao meu casamento.

Ouço um barulho; eu me volto e aceno para Casey, que está na cozinha de pijama... o *meu* pijama. Meu favorito, listrado de azul e branco, que Ryan diz que me faz parecer o garotinho de *The Snowman*. Sei que Casey e eu sempre dividimos tudo, mas o limite é meu pijama favorito. Será que nada é sagrado? Ela vai até a geladeira, pega o suco de laranja e bebe direto da caixa. De repente, tudo parece liberdade demais. Casey mora aqui, sem pagar aluguel, há meses. Ela nunca ofereceu pagar, e eu nunca disse nada por causa de sua situação financeira e tudo o mais, mas agora ela tem um emprego, é assistente numa empresa de relações públicas (graças a mim) e ainda não ofereceu nenhum tipo de contribuição.

Ryan já mencionou isso comigo no passado, mas eu sempre a defendi ferrenhamente. Agora, estou tão irritada com ela parada à minha frente, vestindo meu pijama (que fica melhor nela do que em mim, como uma modelo vestindo um pijama de homem) e descaradamente bebendo o suco — não, *acabando* com o suco — que Ryan e eu compramos. Eu a vejo ir até a lixeira e atirar a caixa. Ela erra e nem se preocupa em recolhê-la. Em seguida, senta em cima do balcão da cozinha e mexe a boca, perguntando "Quem é?" e apontando para o telefone.

— É a Mia — digo em voz alta.

— O quê? — diz Mia do outro lado da linha.

— Ah, é que a Casey está aqui — digo. — Eu estava dizendo para ela que é você no telefone.

— Oi, Mi-Mi! — grita Casey, cruzando as pernas bronzeadas e acenando para o telefone, como se Mia pudesse vê-la. — O que está acontecendo por aí? — ela pergunta. — E não me refiro à sua vida sexual!

Mia estala a língua e fala:

— Diga a ela que a Mia mandou perguntar por que ela ainda está aí.

— Não posso falar isso — respondo.

— Fala — ela ordena.

— A Mia mandou perguntar por que você ainda está aqui — digo a Casey.

Ela ri, indiferente como sempre, escorrega do balcão e pega o telefone.

— Porque a Molly e o Ry ficariam entediados sem mim! Eu sou a assistente de casamento deles!

Ela me devolve o telefone, me dá um beijo no rosto e sai.

— Ela já foi? — Mia pergunta baixinho.

— Sim — digo, sentindo a irreconhecível onda de irritação diminuir.

Sei que prometi que ela sempre poderia contar comigo, mas isso já está ridículo. A Mia tem razão, preciso focar em minha própria vida, me concentrar em meu marido, que está trabalhando demais, e em nosso futuro. Não quero começar a tentar engravidar com ela em casa. Ter Casey aqui é como ter um bebê recém-nascido.

— Acho que chegou a hora de ter uma conversa com a Casey — digo em voz alta.

— Uhu! — ela assobia. — Boa sorte!

Volto para a sala, onde Casey está esparramada no sofá. Suas coisas estão espalhadas por todo lado também, mais ainda que as de Ryan — e ela sabe como isso me irrita. Cada canto parece ter um pouco de Casey. Ela ergue os olhos quando eu entro e, obviamente, nota minha expressão contrariada. Então se senta rapidamente e puxa o edredom para deixar um espaço para mim no sofá. No *meu* sofá. E dá um tapinha nele.

— Aqui, amiga, senta e me conta tudo. Eu ouvi você dizendo para a Mia que você e o Ry estão com problemas. Bom, eu tenho notado que as coisas estão meio estranhas entre vocês há algum tempo, mas não queria dizer nada. — Ela faz uma carinha inocente. — Não é da minha conta, mas você sabe que estou aqui para ouvir. Vou entender melhor do que ninguém, especialmente a Mia. Afinal, ela não conhece o Ryan como eu e, pensando bem, não conhece você como eu conheço. Nós somos melhores amigas desde os treze anos! Somos como irmãs de alma, não é?

Olho para Casey, aconchegada debaixo do edredom, com seu cabelo escuro preso longe do rosto com uma bandana — a *minha* bandana —, parecendo tão carente e desamparada como sempre, e sinto uma pontada de culpa. Ela mal começou a se reerguer. Como posso esperar que pague aluguel se provavelmente nem tem salário e benefícios ainda? E ela vive assim porque foi criada desse jeito. Ninguém lhe ensinou a ser diferente. Sua mãe estava ocupada demais caçando homens para cuidar dela.

Olho para o chão e vejo um monte de sacolas de compras — Topshop e Zara. Fico irritada. Como ela pode comprar roupas se não ajuda a pagar o aluguel? Mas então lembro que ela disse que precisava de roupas novas para seu novo emprego. Se bem que está pegando emprestado um monte das minhas. Digo a mim mesma para não esquecer de lhe pedir que me mostre as roupas, e para lembrar de trazer algumas peças grátis do trabalho, assim como fiz com alguns produtos de beleza para ela. Sei que Casey faria o mesmo por mim se a situação fosse contrária.

— Então vamos lá — ela diz, pegando minha mão. — Me conta tudo.

E, de repente, quero compartilhar tudo com ela. Do jeito que costumávamos fazer. Quero que ela cuide de mim, para variar, que me faça lembrar por que Ryan me ama. Que me diga que somos um casal que ela admira, e que ela deseja fazer parte da nossa vida. Que estamos mais fortes do que nunca. Casey tem razão, ela nos conhece melhor do que ninguém.

— Não sei, Case — suspiro, apoiando a cabeça no encosto do sofá. — É que o Ryan parece distante desde que voltei de Nova York. É como se fosse um homem diferente. Alguma coisa o está incomodando, algo importante, eu sei. Só não sei o que é.

— Ahh! Você acha que ele teve um caso ou algo assim? — ela diz de forma leviana, como se estivéssemos falando de alguém que não conhecemos.

Esqueço que o barômetro de relacionamentos da Casey está permanentemente configurado para o nível mais baixo de expectativa.

— Não, não. Por quê? Tem algo que eu deva saber?

Solto uma risada superficial. Estou brincando; mais ou menos. Bem, achei que estava, mas de repente ela plantou a semente da dúvida.

Ele teria me traído? Ao pensar nisso, percebo que esse assunto sempre foi um medo que jaz adormecido no fundo da minha mente. Medo de que um dia ele faça o que eu fiz. Olho por olho, dente por dente.

— Meu Deus, NÃO! — Casey exclama, rindo. Eu não a acompanho. — O Ry não. Ele nunca faria isso com você... faria? Bom, eu sei que você fez isso no passado, e que alguns homens podem sentir a necessidade de, sabe, de se vingar, por causa do ego. Mas o Ryan nunca foi assim. Ele não tem ego!

De repente, minha voz adolescente está de volta, e mais alta do que nunca.

É CLARO que ele tem, e o ego dele lhe disse que era hora de se vingar! Olho por olho e tal...

Cale a boca, penso, *cale a boca, cale a boca!* As malditas inseguranças adolescentes sempre voltam para me assombrar quando acho que já as superei. O Ry não faria isso. Ele não é como os outros homens. Ele é mais, muito mais.

Engulo em seco; um mal-estar e a dúvida de repente me sufocam. Eu fiquei fora quase um mês, isso é tempo demais em qualquer relação, especialmente no primeiro ano de casamento. Será que estamos tão ocupados tentando consertar os erros do passado que não nos certificamos de que não houvesse mais no futuro?

Casey ainda está falando, e sintonizo nela de novo, na esperança de que ela dissipe meus temores.

— Muita água rolou por debaixo da ponte — diz ela —, por que ele faria qualquer coisa agora? Se ele quisesse te enganar, tenho certeza de que teria feito isso há muito tempo. Se bem que... — Ela morde o lábio e seus olhos escurecem.

— Se bem que o quê? O quê, Casey? — pergunto com urgência.

De repente, é como se Casey tivesse todas as respostas para o nosso relacionamento. Ela tem visto cada um de nós individualmente nos últimos meses, mais do que eu tenho visto Ry e vice-versa. E ela passou um mês com meu marido enquanto eu estava do outro lado do Atlântico. Talvez tenha captado algum sinal que eu não vi porque não estava aqui. Parece uma sorte tê-la aqui, afinal.

— É que... — ela balança a cabeça. — Ah, provavelmente não é nada. Na verdade, tenho certeza de que não é nada. Sinceramente, Molly, não me dê ouvidos, você sabe que eu nunca penso antes de falar. Honestamente, não acho que signifique alguma coisa.

Não quero saber, mas preciso acabar com isso logo. Do mesmo jeito que a gente arranca um band-aid em vez de tirá-lo devagarinho. Vamos, Casey, agora não é hora de parar de falar. Continue falando. *Continue falando.*

— Que coisa, Casey? Que coisa? — pergunto, apertando seus dedos com tanta força que sua pele fica pálida.

Ela exala e olha para mim, insegura.

— É que, bom, teve uma noite... pouco tempo depois que você viajou... Eu lembro porque fiquei aqui a noite toda, à toa. Tinha sido uma semana muito cheia, e era o primeiro episódio de *Benidorm*. Foi muito engraçado, teve uma parte em que eles estavam cantando karaokê no Netuno e...

Pela primeira vez perco a paciência com a incessante tagarelice vazia de Casey.

— Não me interessa o que aconteceu no programa, Casey. Por favor, vá direto ao ponto e me diga o que o Ryan estava fazendo.

— Eu não sei — ela murmura, evitando me olhar nos olhos. — Não sei porque ele não voltou para casa. A noite toda.

Levo a mão à boca. Lágrimas ameaçam inundar meus olhos, mas eu as engulo e aperto os dentes. Balanço a cabeça, então me levanto e caminho lentamente até o quarto.

Ele. Não. Voltou. Para. Casa.

De repente, desejo ter deixado o band-aid no lugar.

* * *

Estou deitada na cama, olhando para o teto, quando ele entra. Parece cansado; rolo para o meu lado, de frente para a porta, e suspiro para que ele saiba que estou acordada. Tenho esperança de que Ryan fale, mas ele não diz nada, só deixa suas roupas no chão e deita na cama, se enrolando feito uma bola de frente para mim, em vez de deitar em nossa posição habitual, de conchinha. Eu não me aconchego nele como normalmente faria. Não consigo me mexer. Estou paralisada pelo que sei. É como se essa nova informação em meu cérebro desligasse a parte que controla meus movimentos.

O silêncio pesa no espaço entre nós, como um corpo a mais na cama (existiu um corpo a mais nesta cama?). Ryan está tão diferente que parece um estranho para mim.

Ele cheira a álcool, seu novo corte de cabelo, bem curto, endureceu de novo suas feições, afundando seus olhos em buracos negros e transformando suas marcas de riso sexy em rugas de estresse. Quero acariciar seu cabelo, quero muito acariciá-lo, mas meu cérebro não consegue fazer meu braço se mexer. Tudo o que faço é levantar a mão e apoiá-la na cabeça dele, como se o estivesse abençoando ou perdoando, como o padre faz na confissão.

Reze dez ave-marias e dois pais-nossos por não voltar para casa enquanto sua esposa estava viajando.

Meus medos me corroem. De repente vejo nosso bebê, que passei as últimas semanas imaginando, desaparecer em uma nuvem de fumaça.

— Molly — ele sussurra.

E então traz seus lábios até os meus e arrasta o corpo para perto de mim. Começa a me beijar apaixonadamente, de um jeito que quero que faça há semanas, mas ele estava sempre muito cansado, estressado ou simplesmente sem vontade.

Fico impressionada e contrariada por meu corpo responder instintivamente, ainda em total sintonia com Ryan para fazer qualquer outra coisa.

Ele geme e, enquanto me beija, pressiona seu corpo contra o meu. Deixo escapar um gemido involuntário também. Ainda olhamos um para o outro, como se tentássemos descobrir o que o outro está pensando. Antes nós sabíamos. De repente, penso na canção do filme favorito de Ry, *Top Gun*. Aquela que fala de não fechar os mais olhos quando você beija. Ele me olha e engulo em seco, e me concentro ao máximo para beijar Ryan, para tornar o beijo o mais desejável possível, como se eu brincasse de ser sexy. Mexo a língua e passo os dentes pelo seu lábio, roço minha boca em seu maxilar e respiro pesadamente, mas todo o tempo me sinto uma fraude. As lágrimas queimam meus olhos, a vergonha inunda meu corpo, porque não posso evitar imaginar: E se os últimos lábios que tocaram os de Ryan não foram os meus? Recuo um pouco. E se esse beijo que ele está instigando agora não nasceu de um desejo ou de uma necessidade, e sim de um sentimento de culpa?

Beijo seu pescoço, seu peito, qualquer lugar, menos seus lábios.

Ele não pode ver minhas lágrimas caindo na escuridão. Aperto os olhos e me concentro. Talvez fazer amor faça tudo melhorar. Assim que me convenço de que isso vai nos curar, os beijos de Ryan se tornam cada vez mais leves. E então ele roça minha bochecha suavemente, rola e me deixa deitada aqui, acordada e sozinha, querendo saber: e se... e se... e se... até um ponto que acho que vou enlouquecer.

É oficial: ele perdeu aquele sentimento de amor. Ou, pior, ele o encontrou em outro lugar.

15:17

Estou sentada comendo uma rosquinha na sala, com o notebook, com o DVD dentro, ao meu lado. Sei que não devia — minha mãe vai chegar a qualquer momento —, mas não tenho certeza de que posso me conter. Estou prestes a apertar "play" quando vejo um novo e-mail em minha caixa de entrada. Eu o abro.

Oi, Molly,

Espero que você esteja bem. Só para confirmar que sua exposição será definitivamente transferida de Londres para uma galeria em Sydney no início do próximo mês. Também recebemos ofertas de Nova York e Milão. Você foi convidada para falar em outro jantar de angariação de fundos no fim da semana. Está disposta? Sei que isso não lhe dará tempo para se instalar com calma. Me avise e eu respondo ao convite o mais rápido possível.

Boa sorte com tudo.

Até breve,

Jane

Disparo uma resposta rápida, sem sequer pensar.

Jane, sobre o jantar, seria uma honra. E obrigada por tudo. Estou impressionada com a resposta à exposição. Gostaria de conversar em breve sobre futuras ideias e projetos de angariação de fundos. Tudo bem por aqui. Deixei tudo para a última hora, como sempre, mas não estou estressada. Vai dar tudo certo!

Beijos,

Molly

Clico em "enviar" e fecho meu e-mail. Passo a setinha sobre o ícone "Desligar" no canto da tela, mas, em vez disso, encontro meu dedo movendo o mouse e pressionando "play" sobre o ícone do DVD. Viro a concha em minha mão.

Só mais uma vez e depois eu guardo. Para sempre.

* * *

Bob aparece na sala, onde ainda estou sentada com meu notebook, afogando minhas mágoas com a última rosquinha na boca. Ponho o filme no mudo e sorrio debilmente para ele. Ver vovó Door de novo e assistir a isso realmente me derrubou. Mas então lembro o que ela disse sobre encontrar a felicidade, e a culpa desaparece.

— Acabamos, querida — ele diz. — Só mais uma caixa para o depósito, que vou levar para a van quando estiver saindo.

— Obrigada — respondo, com a boca ainda cheia de rosquinha.

Ele sorri para mim, um sorriso alegre que aquece meu coração. Depois acena com a mão, levando o *The Sun* enrolado debaixo do braço.

— A que horas é o seu voo?

— Só à noite. Tenho algumas coisas para fazer primeiro.

— Bem, então vamos te deixar fazer, querida.

Olho para o DVD que está rodando silenciosamente em meu notebook. Está quase no fim, mas aperto "stop" de qualquer maneira; sei que chegou a hora.

— Desculpe, Bob, essa última caixa está fechada? Tenho só mais uma coisa para pôr nela.

Vamos até o corredor e ele arranca a fita adesiva que fechava a caixa.

— É algo que quero guardar, mas não precisa mais ficar comigo — murmuro mais para mim do que para ele, enquanto coloco a fina caixa do DVD dentro.

Bob pega a fita adesiva do bolso e habilmente a passa em volta da caixa, antes de levantá-la com cuidado acima do ombro — como um caixão, penso por um instante, mas logo descarto esse pensamento inoportuno. Em seguida, ele a leva embora.

O beijo de "diga que não é verdade"

Você já tentou apagar algo com um beijo? Deletar uma experiência, minimizar um erro, uma lembrança, um momento, valendo-se da boca? Já fechou bem forte os olhos e desejou que seus lábios tivessem o poder de afastar uma notícia ruim, de eclipsar o mundo inteiro, que acabou de desabar a seus pés? Já fez um pedido, não a uma estrela cadente, mas a um beijo?

Eu já. E queria poder dizer que o que eu desejei se tornou realidade.

FF >> 26/02/07

> Preciso te contar uma coisa. Estou em Leigh. Por favor, vem para cá agora. Vou te buscar. Bj, R.

Estou no trabalho quando recebo a mensagem de texto dele. É a mensagem que tenho esperado, morrendo de medo. Mas também é quase um alívio que chegue. Em breve vou saber por que ele está saindo de casa e indo na direção oposta à escola nos últimos dias. Quem é a pessoa que fica ligando em seu celular, fazendo-o se afastar para atender. Por que ele não consegue ficar no mesmo ambiente que eu. Sei que é uma má notícia, mas nada pode ser pior do que não saber. Não saber está me matando.

Vou à sala de Christie e digo a ela que tenho uma consulta médica e que vou me ausentar pelo resto da tarde, antes de voltar à minha mesa para desligar meu computador. Respondo de forma rápida e simples enquanto pego minha bolsa:

> Tudo bem. Saindo agora. Bj

Eu me sento no trem com o rosto encostado na janela fria, pensando na revelação que Ryan está prestes a me fazer. Estou preparada para o pior. Mas me ocorre que pode ser um cenário ainda pior do que o que estou imaginando. Pode não ser só um beijo ou um caso de uma noite; ele pode estar apaixonado. Ele pode ter voltado para uma antiga namorada. Talvez seja por isso que ele está em Leigh... Quem era aquela garota que ele namorava antes de mim? Aquela que eu conheci no *Bembridge*. Qual era o nome dela? Stacey. Ou talvez seja alguém que eu conheço, mas não tão bem, como uma das amigas animadas da Lydia, quem sabe? Meu cérebro está a mil por hora; os pensamentos correm por minha cabeça como a paisagem em volta, sempre mudando, e ainda a mesma vista infinitamente deprimente. O céu está escuro, como meus pensamentos. Vou ser uma daquelas mulheres com um casamento e um divórcio no currículo antes dos trinta. Vou ser motivo de chacota para sempre, um exemplo do fracasso do amor moderno. Talvez minha mãe estivesse certa. Eu nunca deveria ter escolhido o amor apaixonado e infinito em detrimento do tipo prático.

    Balanço a cabeça, me repreendendo por ter me tornado tão ingênua em relação aos homens, como eu acusava Casey de ser. É uma ironia cruel o fato de meu casamento estar à beira do colapso e, para todo lugar que olho, eu me lembre do meu grande dia. A garota ali, protegendo-se com um exemplar da revista *Brides*, com seu anel de diamante cintilando. Seu rosto está luminoso de amor e possibilidades; seu anel ainda brilha com a promessa, não manchado pelas labutas diárias que o fazem cintilar um pouco menos a cada dia. Olho para minha mão esquerda agora, para o anel de vovó Door, com os belos diamantes repousando sobre o aro simples de platina. Até agora, eu gostava do fato de ele não ser perfeito, de ter visto a vida, sobrevivido a um casamento inteiro de cinquenta anos, com todos os seus altos e baixos; como Ryan e eu, ele passou por muita coisa. Eu gostava do fato de ele não gritar "novo", porque Ry e eu não éramos novos. Estamos juntos há muito tempo, nos criamos juntos, crescemos juntos, e este anel representou isso perfeitamente. Eu me lembro de timidamente mostrá-lo a vovó Door, logo depois que Ry e eu voltamos de Nova York. Ela segurou minha mão e passou delicadamente seus dedos artríticos sobre os diamantes, com os olhos fechados, como se as pedras preciosas guardassem a história de amor de sua vida. Quando ela abriu os olhos de novo, me puxou para perto. Vovó Door não é conhecida por sua fala mansa, mas dessa vez tive de me abaixar um pouco para ouvir o que ela estava dizendo.

    — Os homens Cooper sempre foram sentimentais, boneca, e também escolhem bem suas mulheres. — Ela olhou para mim com conhecimento de causa, com seus olhos azul-lavanda entrando e saindo de foco, como se tivesse um pé no passado e outro no presente. — Quando Arthur e eu namorávamos, lembro que eu achava que não era boa o suficiente para ele. Ele era devastadoramente bonito, assim como o Ry. Mas, assim que tive o anel em meu dedo, soube que não importava minha aparência, o que eu sentia ou o que as pessoas pensavam. Eu era mais que suficiente para ele.

    Ela me deu um tapinha de leve na mão.

    — Este anel vai lhe trazer muita felicidade, e você merece. Sei quanto o meu menino a ama, Molly, e ele escolheu bem. Você é uma mulher forte, linda, carinhosa, perspicaz. Uma verdadeira Cooper. Agora, só falta você acreditar.

Eu a abracei e chorei. Parecia que ela me via por dentro, como Ryan havia feito em nosso primeiro encontro de adolescentes, muitos anos antes. Eu não precisava mais fingir.

Mas agora, enquanto giro o aro entre os dedos, lamento que este anel, que eu sempre amei tanto, não seja perfeito. Tem os arranhões e desgastes de um casamento anterior; um casamento, não, uma vida que terminou cedo demais. Talvez nunca tenha brilhado tão fortemente como o da garota ali, e me pergunto se nosso casamento ficou manchado antes mesmo de começar. Simplesmente não suporto mais não saber. Não quero lidar com isso sozinha, mas tem de ser. Ninguém mais vai entender. Paro quando percebo que tem alguém, sim; sempre teve alguém que me entende completamente, talvez até mais que Ryan. Pego o celular na bolsa e rapidamente escrevo para Casey:

> O Ryan quer conversar comigo. Vou para Leigh agora. Estou mal. Bj

Quero que ela me diga para não me preocupar, que tudo vai ficar bem. Recebo a resposta imediatamente:

> Ah, Molly, sinto muito. Bjs

Meu coração cai aos meus pés como uma pedra chutada de um penhasco. Ela também sabe que é o fim. Ela pode vê-lo chegando, assim como eu. Meu celular toca de novo. É outra mensagem dela:

> Por favor, me perdoa.

Franzo a testa e olho pela janela, para as sombrias casas geminadas. *Perdoar a Casey?* Por quê? Por me contar? Ou por algo mais? Por que ela está dizendo isso se não tem nada a ver com ela? Típico da Casey. A menos que ela saiba mais...

Minhas mãos tremem; rapidamente percorro a agenda e faço a chamada. Ela atende imediatamente e começa a chorar.

— Casey — minha voz é dura e fria. — O que sua mensagem significa?

Ela soluça. Não digo nada. Só espero até que ela se recomponha e consiga formar uma frase.

— Ah, Molly, desculpa, é que eu vi... a sua... mensagem... e... eu sei o que o Ryan vai te contar, mas preciso que você saiba co-como aconteceu. Não foi minha culpa, eu juro...

— O que aconteceu? — interrompo.

Preciso de respostas rápidas. Preciso saber que diabos está acontecendo.

— Você está me dizendo que sabe que aconteceu alguma coisa?

— S-sim! — ela soluça.

Faço uma pausa quando um pensamento terrível me ocorre pela primeira vez. Pior do que a pior coisa que eu poderia ter imaginado.

— Entre *vocês*?

— Não foi minha culpa, Molly — ela gagueja. — Juro que não foi! Você precisa acreditar em mim. Precisa!

Aperto os lábios e olho pela janela. O trem está saindo de Benfleet, estamos a minutos da minha estação. Vou acabar com isso agora. Quero que essa conversa, que essa amizade, chegue ao fim.

— Não sei mais em que acreditar, Casey.

E desligo.

Ryan está me esperando na estação com o carro do pai. Fico olhando para ele por um momento. Ele está sentado no Mercedes, no banco do motorista, com o braço esticado sobre o banco do passageiro e a cabeça virada, olhando pela janela. Posso ver seu rosto no retrovisor. Vendo seu perfil assim, eu me lembro de quando íamos até perto do Castelo de Hadleigh, na época em que namorávamos, e ficávamos ali sentados, conversando e nos beijando. Mas sua expressão agora é triste, assustada... culpada?

Encorajada por uma explosão de energia e pelo desejo de deixá-lo em choque, como acabei de ficar, corro para o carro, escancaro a porta e começo a socá-lo com as mãos.

— Seu filho da puta, seu merda, filho da puta! Como você pôde? Como você pôde?

Ele sai do carro e me segura quando caio de joelhos, apertando o peito e gemendo de dor, como se tivesse levado um tiro no coração.

— Molly? O que... Molly!

Ele me ergue pelos braços e me segura na frente dele como uma boneca de pano. Seus olhos azuis se alternam entre os meus. Estão brilhando, como quando o sol bate em uma onda, e eu me recordo como olhar para ele sempre me fez sentir imediatamente transportada para um dia de verão. Mas não agora. Agora, estou no meio de uma tempestade.

— Molly? O que está acontecendo?

— Você me diz, seu filho da puta!

Bato os punhos furiosamente contra ele, chorando mais a cada golpe. Ryan segura meus pulsos.

— Ei! Molly, o que é isso? Sinceramente, não sei do que você está falando!

— Da Casey — choro. — Estou falando de você e da Casey.

Vejo um flash de entendimento em seus olhos, mas não há nenhuma culpa neles, só alívio.

— Ah, é isso...

Ele suspira, cansado, e solta minhas mãos. Depois se senta de novo, apoiando a cabeça no encosto, como se não conseguisse sustentá-la sozinho. Sei como ele se sente. Eu me seguro no carro, sabendo que minhas pernas não são capazes de fazer seu trabalho sozinhas agora.

— Não foi nada, Molly, de verdade — ele diz, sem rodeios. — Nada que eu não esperasse, pelo menos. Eu disse que ela estava maluca, e só.

— Você está dizendo que ela... Não você... E que você não...

Ele concorda com minhas três frases inacabadas. A próxima eu termino:

— E por que eu deveria acreditar em você, Ryan? — murmuro.

Ele olha para mim com os olhos marejados.

— Porque você sabe que é verdade.

Sim. Penso em meus votos. *Sim*. Sei que ele está dizendo a verdade. Ela flertou com todos os amigos dele, e com todos os amigos dos meus namorados; ela transou com homens comprometidos e casados. Suas escolhas românticas sempre foram totalmente indiscriminadas. E, no fundo, acho que eu sempre soube que a Casey era apaixonada pelo Ryan. Sei disso desde as férias em Ibiza. Talvez até antes. Eu vi como ela olhava para ele, mas nunca pensei, nunca pude imaginar que ela faria isso comigo...

Eu me encosto na porta do carro e me seguro ali. Olho para Ryan, meu salvador, aquele que sempre me mantém à tona.

— Então você realmente não ficou com ela? — digo baixinho.

E, quando as palavras deixam minha boca, já sei que ele não faria isso. Nunca.

— Não! Claro que não! Eu nunca faria isso... — Ele estica o braço e pega minha mão; dá um sorriso frouxo enquanto passa o polegar sobre as alianças de noivado e casamento. — Você é a única mulher para mim, Molly, sempre foi... e... sempre será... — Ele se afasta e esfrega a testa, e vejo que seus ombros estão tremendo. Ele está chorando.

Eu me sinto tão idiota. E tão confusa. Sei que tem algo mais. Contorno o carro correndo e me sento no banco do passageiro.

— O que foi? Fala. — Estou chorando agora. — Não quero te perder, Ry... Eu faço qualquer coisa. Quando eu estava em Nova York, percebi que quero a mesma coisa que você. Estou pronta. Quero viver aqui, comprar uma casa, ter filhos. Já fiz tudo que sempre sonhei em fazer, e não quero que nada me afaste de você, nunca mais. Estar com você é mais importante que qualquer outra coisa. Eu te amo tanto, Ry! Por favor, podemos superar o que aconteceu, o que quer que você tenha feito. Sei que podemos. Eu... eu te amo tanto!

Estou chorando porque, de alguma forma, parece que o estou perdendo de novo, e não posso suportar isso.

Ry leva a mão até meu queixo e sorri.

— Eu sei que você me ama, Moll, sua boba.

Ponho a mão sobre a dele e acaricio. Ficamos sentados ali por um momento, olhando-nos nos olhos. Algo está diferente nele, mas não sei o que é.

— Então o que é, Ry? — sussurro com urgência. — Qual é o problema? Por que você anda tão distante desde que eu voltei? Por que me trouxe aqui? Eu ando com tanto medo, não saber o que está acontecendo está me matando. Por favor, pode falar. Vamos dar um jeito, seja qual for o problema.

Eu me agarro a ele e aperto suas mãos. Ele olha nossas mãos tão fortemente entrelaçadas que é impossível dizer qual pertence a quem. E então ergue os olhos e os anos desaparecem. De repente, ele parece o adolescente por quem me apaixonei. Ele respira fundo; sua voz é suave, mas sai com dificuldade. Ele não consegue olhar para mim. Olha para nossas mãos, para a aliança que brilha para nós mais que o sol.

— Moll, enquanto você estava viajando, eu fiquei na casa dos meus pais uma noite, e a minha mãe notou uma pinta nas minhas costas. Era meio estranha, e ela me fez ir ao médico. Eu disse a ele que me sentia constantemente cansado e que achava que estava gripado, porque minhas glândulas pareciam inchadas... — Ele olha para mim e eu olho para ele em silêncio.

— Eu não te contei porque não queria estragar a sua viagem, nem que você se preocupasse com algo que provavelmente não é nada.

Provavelmente. Odeio essa palavra. Ele fala de novo, mas dessa vez sua voz é fraca e trêmula.

— Bom, eu pensei que era só tirar a pinta e pronto. Muitas pessoas têm pintas cancerígenas, não é? — Ele aperta minha mão e dá um sorriso radiante. — Os médicos tiraram e disseram algo sobre o aumento dos gânglios linfáticos que pode ocorrer na cirurgia, e os exames mostraram que era estágio 3. Eles disseram que queriam fazer uma tomografia computadorizada hoje. Mas tenho certeza que o resultado vai mostrar que está tudo bem.

Pestanejo.

— O-o que você está dizendo, Ry? — sussurro.

— Tenho certeza que eles vão ver que o câncer era só na pinta, e eu tenho uma consulta hoje para pegar os resultados do exame dos gânglios linfáticos. Mas não estou preocupado. — Ele ergue os ombros e, em seguida, os deixa cair de novo, como se não tivesse mais energia para fingir.

Câncer.

Quero falar, mas não consigo. Não consigo falar porque não consigo respirar.

Balanço a cabeça, tentando tirar a palavra de dentro dela.

Uma palavra.

Câncer. Câncer. Câncer.

Coloco as mãos nos ouvidos para abafar a palavra, que ruge seu nome como se fosse o Grúfalo do livro favorito de Beau, nosso sobrinho.

Olho para ele suplicante, depois incrédula, depois desafiadora.

— Não — digo baixinho, depois mais alto. — Não acredito nisso. NÃO!

Seguro suas mãos de novo, entrelaço meus dedos nos dele, fecho os olhos e beijo cada dedo, cada articulação, cada centímetro de sua pele. Abro os olhos e apoio o rosto em nossas mãos frias. Ryan beija minha cabeça.

— Amor, vai ficar tudo bem. Prometo que vou ficar bem.

Balanço a cabeça para mostrar que acredito nele. Eu sou uma Cooper agora, o que significa que sou otimista. Somos otimistas. O ratinho *pode* derrotar o Grúfalo.

O primeiro último beijo

Por que ninguém me avisou que cada beijo é uma contagem regressiva para o adeus? Só agora, que os trato como se fossem as coisas mais preciosas na face da Terra, percebo que cada beijo é como um grão de areia que escorrega por entre meus dedos e que não consigo segurar, por mais que eu tente. Como faço para deter as areias do tempo?

Como posso fazer com que um beijo dure uma vida inteira?

PLAY > 26/02/07

Meia hora depois, estamos na frente do hospital particular, em silêncio, segurando o chá e os biscoitos de aveia que Ryan parou para comprar antes de virmos para cá. Chegamos cedo e estamos esperando até o último minuto para entrar na consulta que vai nos dar os resultados da tomografia. Nenhum de nós quer se sentar na sala de espera, então informamos à recepcionista que chegamos, depois saímos para o ar fresco.

Ainda não consigo falar. As palavras "câncer de pele", "melanoma maligno" e "estágio 3" martelam em meu cérebro como pés correndo incansavelmente em uma esteira. Agarro Ryan com a mão livre, como se minha vida dependesse disso.

Entre o estacionamento da estação de trem e o hospital, falamos sobre tudo isso, e fui armazenando as informações que ele me dava como um esquilo que junta nozes para o inverno. Quanto mais eu sei, menos minha cabeça pode imaginar.

Tenho dificuldade para aceitar que Ryan e seus pais sabem disso há semanas. Eu sou a esposa dele. Deviam ter me contado. Mas eu estava em Nova York, vivendo meus sonhos de forma egoísta, enquanto meu marido vivia um pesadelo. Fecho os olhos e tento voltar para a reunião em que Christie me perguntou se eu queria passar um mês na *Viva* de Nova York.

Não, quero gritar, e não é a primeira vez hoje.

NÃO!

Tomo um gole de chá e tento comer o biscoito que Ryan comprou para mim, mas fica preso na garganta. Não tenho saliva, meu corpo está seco; tenho certeza de que chorei todos os meus líquidos. Que bom, porque não pretendo mais chorar. Serei positiva. Jogo o biscoito na lixeira ao lado.

— Ei! Que desperdício! — diz Ryan. — Eu teria comido.

Sempre pensando em comida.

— Não quero um marido gordo — digo com voz estridente, que não parece a minha. — Você percebeu que a pinta tinha mudado? — pergunto baixinho.

Ele confirma com a cabeça.

— Faz um ano, mais ou menos, eu acho. Sinceramente, não sei. Não achei que fosse algo errado, só parecia meio... disforme, maior talvez, mas não pensei muito a respeito.

— Por que não me contou? — pergunto. — *Eu* teria dito para você ir ao médico.

As palavras saem como um grito, um gemido. Um gemido obcecado. Ryan ri. (Como ele pode rir? Como vamos poder rir de novo algum dia?) Ele põe o chá de lado, bagunça meu cabelo carinhosamente e me abraça.

— Achei que não era nada — ele diz suavemente. — Depois, quando achei que talvez tivesse crescido, estávamos sempre tão ocupados com o trabalho, indo de lá para cá, que simplesmente não tive tempo de ver. — Ele aperta o punho, pressiona contra a testa e fecha os olhos. A seguir os abre e sorri para mim. — Mas tudo bem. Vai dar tudo certo! Os médicos tiraram a pinta depois da tomografia.

— Mas por que você não me contou quando a sua mãe percebeu?

— Porque eu não queria que você se preocupasse, Moll, você estava em Nova York, e eu tinha removido o... *melnoma maigno*... — Ele faz uma pausa. As palavras saem desajeitadas de sua boca. — ... quase imediatamente. Em uma semana! Tudo bem, os resultados dos exames de sangue mostraram uma contagem elevada de glóbulos vermelhos, mas eu me sinto bem! Em forma, como sempre!

Ele não me olha quando diz isso, e eu sei que não é verdade. Ele não se sente bem há meses. Anda cansado e apático, exausto só de subir as escadas para nosso apartamento, mas eu achava que era só o excesso de trabalho. Ou a idade. Ele tem quase trinta anos...

Apenas quase trinta anos.

Isso não deveria estar acontecendo. Não com ele! Ele é professor de educação física! Ele toma suco todos os dias! Corre maratonas! Já escalou montanhas! Já saltou de paraquedas!

Ele fez bronzeamento artificial durante anos.

A voz dela é baixa, discreta, reverente, mas completamente indesejável, como sempre.

Suma, suma, suma! Eu odeio você, sua cínica com pensamentos negativos que são tão cancerígenos quanto o próprio câncer.

Pego a mão de Ryan; ele ergue os olhos e dá um sorriso radiante.

— Tenho certeza que o resultado da tomografia vai mostrar que acabou. Foi por isso que não lhe contei — ele continua —, porque podia não ser nada... *ainda* pode não ser nada.

— Câncer estágio 3 não é *nada* — respondo. A palavra "câncer" é hostil em minha boca.

— Não vai ser nada quando eu acabar com ele. — Ryan finge chutar uma bola para longe e leva a mão até a orelha, como se esperasse o som dela batendo no chão. Então esfrega as mãos e segura meu rosto. — Olhe para mim: estou em forma, do jeito que você gosta! Não existe a possibilidade de uma pintinha idiota ter qualquer outro efeito sobre essa máquina superafiada!

Ele dá um pulo para trás, passa a mão pelo corpo, flexiona os músculos e faz pose, como um fisiculturista, então sorri e corre no lugar.

— Você vai ter que me aguentar por muitos anos ainda, Moll, por isso não comece a pensar que existe outra saída...

— Não brinque com isso, Ryan, por favor, eu não posso...

Estou chorando e me odeio por isso, mas não estou pronta para brincar. Não enquanto não ouvir os médicos dizerem que acabaram com tudo.

Não, que *nós* acabamos com tudo.

— Ei... — Ele seca minhas lágrimas com o polegar. — Molly, pare. — Ryan segura meus pulsos com cuidado e me faz olhar para ele. — Ei, escuta. Eu *sei* que esses resultados vão mostrar que está tudo bem. Na pior das hipóteses, algumas sessões de quimioterapia, algumas de radioterapia talvez, para ter certeza, e estarei novo em folha!

Olho para meu marido, tão positivo e otimista, tão forte e doce, protegendo-me pelo máximo de tempo possível porque não queria me preocupar. Não sei muito sobre câncer, e os detalhes que sei vêm da leitura de relatos da vida real de entrevistados da nossa revista. Eu sei que estágio 4 é ruim, então estágio 3 deve significar que existe uma chance? Talvez, se o câncer estiver restrito à pinta, ele possa ser curado? Pensando bem, uma vez fizemos uma matéria com uma garota que teve câncer de pele. Ela retirou a pinta, fez químio e já fazia cinco anos que estava curada. Era estágio 3? Provavelmente! Isso só mostra que definitivamente pode ser curável! É quase certo, na verdade! O câncer não é mais uma sentença de morte. E tem tanta coisa que os médicos podem fazer. Realmente, não devemos ficar preocupados. Vou pesquisar medicina alternativa, independentemente do tratamento que os médicos decidam receitar. Vou fazer uma lista. Já ouvi falar de pessoas que se curaram de câncer só com dieta. Obviamente, vou precisar aprender a cozinhar primeiro. Mas posso aprender reflexologia. Fazer um curso disso, ou algo assim. Ou ir à Holland & Barrett e comprar um monte de óleos essenciais. Vou comprar alguns livros sobre o assunto na Amazon assim que chegarmos em casa. Talvez *eu* cure o câncer dele, não os médicos. Provavelmente ele nem vai precisar de tratamento. O Ryan só precisa de mim agora. E talvez de outra pessoa...

— Que bom — sorrio quando pego sua mão —, porque nós não vamos ter tempo para o câncer se formos tentar ter um bebê...

Seu rosto se ilumina com o maior sorriso que eu já vi. Sua pele se enruga ao redor dos olhos e as linhas se estendem em direção às têmporas como flechas disparadas de um arco.

Ele pega minhas mãos e me puxa para um abraço.

— Você está pronta de verdade? — ele sussurra em meu ouvido. — Ou está dizendo isso só por causa do... câncer?

Eu me afasto e olho para ele com atenção. Preciso que ele saiba que essa decisão não é uma reação instintiva.

— Ry, eu venho tentando lhe dizer isso desde que voltei de Nova York. Ficar longe me fez perceber que estou pronta para a próxima etapa da nossa vida. Estou mais que pronta! Quero ser mãe, mais do que qualquer outra coisa.

Ele sorri, e então sinto uma centelha de esperança. Um dia, vamos olhar para trás e perceber que foi por um triz, que tivemos uma segunda chance; não, uma terceira chance. Já superamos obstáculos antes, vamos conseguir de novo.

— Então vamos entrar agora e deixar que eles nos deem a boa notícia, tudo bem?

Ryan não responde. Só balança a cabeça e engole em seco, e seu pomo de adão sobe e desce em sua garganta, como uma boia. Estendo a mão para ele e sorrio, um sorriso maior, mais amplo e mais brilhante do que nunca. Sinto a positividade inundando meu corpo como a luz do sol, agora filtrada através das nuvens. Tudo vai dar certo. Eu sei. Simplesmente sei.

Estamos sentados em silêncio na sala de espera do consultório, olhando fixamente para o relógio, mas os dígitos mal se movem. Estamos aqui há apenas cinco minutos, mas parecem cinco horas. O tempo foi ficando devagar, quase até parar. Espero que isso seja um sinal de que temos tempo. Bastante. Porque, de repente, sinto que perdi muito tempo.

Ergo os olhos e tudo fica em câmera lenta quando a porta se abre e lá está ele. Tenho certeza de que é uma cabeça, ligada a um corpo, dentro de umas roupas. Talvez haja um jaleco branco. Não percebo porque tudo o que vejo é seu sorriso. Um sorriso gentil, persuasivo, encorajador.

Isso é um ótimo sinal. Tenho certeza. Sua boca flutuante me faz lembrar do sorriso do gato de Alice, e fico paralisada enquanto ela se transforma em um "oooh" ao falar.

— Sr. Coo-ooooh-ooo-per — ele boceja.

Por que tudo está tão estranho? É como se eu tivesse tomado drogas alucinógenas ou algo assim...

— Molly? — Olho para Ryan, mas ele está bocejando também, seu rosto assumindo características edvardmunchianas conforme ele se curva, se vira e então... tudo fica preto.

Estamos sentados no consultório e estou tomando um chá bem forte e doce que Ryan segura para mim. Parece que eu desmaiei. Que vergonha. Uma enfermeira sorri gentilmente para mim, e o médico está sentado atrás da mesa.

— Desculpe — murmuro, para ninguém em particular.

— Não se preocupe — responde o médico.

Fico aliviada ao ver que agora existe um rosto ligado à boca e um corpo ligado à cabeça.

— Você escolheu o melhor lugar para desmaiar. Tem bastante gente aqui para ajudar!

A enfermeira sorri da piada fraca. O médico — dr. George Harper, diz a plaquinha — não está mais sorrindo. Seu rosto é sério, gentil, atencioso. *Benigno*, penso. E me censuro mentalmente. Por que essa palavra apareceu em meu cérebro para me atormentar?

— Então, sr. e sra. Cooper... — diz o dr. Harper.

Um riso irrompe de minha boca e ele olha para mim como se eu fosse desmaiar de novo.

— Ela sempre ri quando está nervosa — Ryan explica com um sorriso.

O médico anui com paciência.

— É que "sr. e sra. Cooper" nos faz parecer tão velhos! Mas nós não somos velhos! — solto. Ryan aperta minha mão. — Nós somos tão jovens... — sussurro.

De repente, penso que adoraria ver Ryan de cabelos grisalhos. Grisalho, velho, enrugado, quero desesperadamente ver isso. Sinto meu peito se apertar, minha respiração se encurtar e as lágrimas voltarem. Pisco furiosamente.

Ryan aperta minha mão de novo e sorri para ele debilmente.

— Então — diz o médico —, temos os resultados da sua tomografia e...

Pausa.

Nenhum ruído na sala, nem uma única respiração, nem um sussurro das árvores lá fora. Só se ouve o relógio de parede.

— Receio que não temos boas notícias.

Tique.

Ofego.

— O que isso significa exatamente? — pergunta Ryan. Sua voz é um sussurro. Ele está apertando minha mão.

Taque.

Agarrando-se à vida.

Tique.

— Não é estágio 3, como suspeitávamos; o exame mostrou que é estágio 4. Além da presença de melanoma nas glândulas linfáticas, o câncer metastático se espalhou — diz o médico com gravidade. Ele cruza as mãos em cima da mesa. Observo a foto sobre ela. A esposa, dois filhos. Um menino e uma menina. — As células do melanoma formaram um tumor metastático que causou uma intravasão... — Sobrancelhas se franzem. — Quero dizer que o câncer se espalhou através das paredes do pulmão e do fígado...

Penso em Ryan ofegante depois de uma corrida curta, sua barriga inchada que nem um monte de abdominais poderia mudar. Ele achava que era por causa da idade. Os temidos 3.0. O início da meia-idade. Eu brincava dizendo que era "expansão do casamento". Havíamos brincado com isso.

Havíamos. Brincado. Com. Isso.

Ryan agora me aperta, puxando-se para perto. Agarramo-nos um ao outro enquanto o médico continua falando. As palavras e frases que saem de sua boca são uma língua estrangeira para nós. A seguir, ele acena com a cabeça para a enfermeira, que dá sequência às más notícias, falando em termos mais simples que podemos compreender. Podemos tentar quimioterapia, eles podem oferecer alívio para a dor.

Alívio, não cura, observo. Ela vai nos pôr em contato com uma enfermeira especializada em câncer... plano de tratamento... cirurgia para retirar as glândulas linfáticas, quimio, se quisermos seguir esse caminho... para ganhar tempo... nos cercarmos de muito apoio.

— Quanto tempo? — pergunta Ryan. Sua voz parece sair de um velho LP tocado na velocidade errada.

A enfermeira responde gentilmente que não existe estimativa de tempo, que ele pode ter alguns meses, um ano. O médico diz que entende que é difícil de aceitar. A seguir, vêm as condolências.

— Sinto muito...

E a escapada.

Vão nos deixar sozinhos por alguns minutos. Assim vamos poder absorver tudo... Mas eu não estou mais ouvindo. Estou só olhando para meu marido. Estou só pensando em meu marido, meu incrível, bonito, ativo e jovem marido.

Meu marido à beira da morte.

A porta se fecha, e os lábios de Ryan encontram os meus em uma sequência de movimentos desajeitados que me fazem lembrar nosso primeiro beijo; literalmente sou transportada para aquele momento no The Grand, quando Ryan tentou encontrar meus lábios de um jeito tão indelicado. Agora fazemos a mesma coisa, nos agarrando sem fôlego entre lágrimas, nos beijando como se estivéssemos nos afogando, e me dou conta de que na verdade há um mundo de distância entre este e nosso primeiro beijo.

Esse beijo, agora, dá início à contagem regressiva para o último. É nosso primeiro último beijo. E, quando esse pensamento me ocorre, beijo Ryan com cada grama de amor que já tive por ele, um amor que às vezes foi grande demais para que eu pudesse lidar, um amor que vai além dos meus anos. E agora, parece, além dos dele também. Quando seu corpo começa a tremer e vem o tsunami de lágrimas, embalo sua cabeça em meu colo e acaricio seu cabelo dourado, e sussurro que vou fazer com que cada beijo, cada toque, cada momento dure uma vida. Vou saborear cada beijo a partir de agora, até o... até o fim não; até a eternidade.

15:27

Meus pais chegam quando a van está indo embora. Fico feliz em tê-los aqui. Eles ficam ao meu lado enquanto observamos o carro sair da garagem e pegar a estrada.

— Você está bem, querida? — minha mãe pergunta com uma mão em meu ombro e a outra em meu braço. — Isso deve ser tão difícil para você.

Concordo com a cabeça.

— É, mãe, mas eu também sei que é só uma van cheia de muletas sentimentais de que não preciso mais, porque as lembranças estão todas aqui, não é? — E indico a cabeça. Olho para os dois, que sorriem e anuem.

Sei que parece que falo da boca para fora, mas se tem uma coisa que o câncer de Ryan me ensinou é que as lembranças são o que permanece conosco para sempre, não as coisas ligadas a elas. Eu achava que tirar fotografias me faria enxergar melhor as coisas, congelar o momento, lembrá-lo para sempre. Mas percebo que a única maneira de fazer isso é viver o momento, não ficar atrás de uma lente. Nós não precisamos de fotos ou vídeos intermináveis, ou lembrancinhas, ou anéis de noivado para recordar esses momentos especiais, porque eles sempre estarão presentes. Mesmo que desvaneçam um pouco com o passar do tempo, um dia o sol vai brilhar no céu em certa manhã, de certa maneira, ou vamos encontrar algo há muito perdido, uma concha talvez, ou um cartão que vai chegar pelo correio... e tudo virá à tona. E as lembranças serão boas, e saberemos que somos abençoados por tê-las. E então nos sentiremos sortudos por ter tido a oportunidade de produzir mais lembranças...

— É melhor eu começar com a casa — minha mãe diz, lançando um olhar para meu pai que significa: "Vamos dar um tempo a ela".

Ele anui e, quando vai segui-la para dentro, se volta, me abraça e me dá um beijo na cabeça, como se estivesse me dando sua bênção.

— Continue colocando fotos no álbum, tudo bem, Molly? Sei que muitas outras, maravilhosas, virão.

Concordo com a cabeça, querendo dizer todas as coisas que não lhe disse por tanto tempo. Finalmente, consigo proferir quatro palavras:

— Eu te amo, pai.

Ele sorri e vai para dentro.

Pego meu celular, sentindo uma súbita vontade de ligar para ele. Só rezo para que ele atenda.

— Oi — digo docemente quando ele atende no primeiro toque. — Está tudo certo aqui. Você está pronto? Porque estou indo pegar...

— Adoro quando você fica toda mandona — ele ri.

Um lampejo de lembrança é rapidamente substituído, mas não sem um reconhecimento mental.

— É melhor ir se acostumando — rio, prendendo o celular debaixo da orelha enquanto visto o casaco e ponho a bolsa no ombro. — Eu não vou mudar. — Inclino as duas malas que estão a meu lado para poder puxá-las. — Chego ao hospital em meia hora, tudo bem?

O beijo de Constable

"O coração é um museu, repleto de exibições dos amores de uma vida."
— Diane Ackerman

Não é uma linda citação? Eu me deparei com ela recentemente e me peguei pensando sobre meus relacionamentos — não só com Ryan, mas com meus amigos e familiares também. Eu me imaginei curadora deles em meu coração. Ryan está em destaque, em fotografias de estilo jornalístico, uma série interminável de fotos dele correndo, pulando, chutando, mergulhando, velejando, rindo, piscando, pegando, olhando, sorrindo, beijando.

Casey é pop art — de uma beleza chamativa, vívida e instantânea. Minha mãe está ali de várias formas: como uma escultura, cuidadosamente cinzelada e posada, e também como um retrato. Um desses retratos afetados do século XIX, nos quais só se vê um vislumbre de sorriso em vestes engomadas. Meu pai é um Edward Hopper, algo do tipo: *Homem sentado a uma mesa diante de uma janela inundada de luz olhando pensativamente para um quadro na parede*. É como eu sempre o imagino.

Eu costumava imaginar o que ele estava procurando, e recentemente, em um dos dias ruins de Ryan (e, consequentemente, um dos meus), perguntei- -lhe. Ele abaixou os óculos e olhou para mim com seu olhar castanho suave. Pegou minha mão e disse:

— A verdade, Molly querida. Estou procurando a verdade.

Olhei para ele interrogativamente, sem entender direito. Ele tirou os óculos e os deixou sobre o notebook.

— É muito fácil perder a fé quando estamos presos nas engrenagens da interminável labuta da vida real. Mas há três lugares em que a verdade *sempre* pode ser encontrada: em Deus... — ele me olhou, sabendo que isso nunca significou muito para mim, e agora menos ainda —, no amor e na arte. — Em seguida apoiou os cotovelos na mesa e juntou a ponta dos dedos. — Sempre que quero saber por que estou sendo testado, e não consigo obter as respostas nos dois primeiros, eu as encontro na última. Isso me faz ver a vida como um cenário maior, e então tudo parece fazer sentido.

Para ser honesta, essa foi a primeira coisa que me disseram que fez sentido desde que Ryan foi diagnosticado com câncer terminal. Sem perceber, meu pai me deu a resposta para uma pergunta que eu nem sabia que estava fazendo.

Até esse momento, eu sinceramente achava que tinha perdido a fé no "para sempre", mas agora sei que tanto o amor quanto a arte podem durar para sempre, porque têm o poder de transcender *tudo* — o tempo, a idade e, de fato, a própria vida.

E que melhor maneira de capturar um do que valendo-se do outro?

<<REW 06/08/01

É o nosso primeiro encontro oficial. Estou sentada no Mercedes de seu pai, e tudo que sei é que Ryan está me levando para seu lugar favorito.
— Austrália? — brinquei, quando ele me telefonou no dia seguinte ao beijo em Covent Garden.
— Talvez no ano que vem — ele riu, e meu coração disparou de prazer.
Ano que vem? Ele acha que estaremos juntos no ano que vem?
— Estou pensando em algum lugar um pouco mais perto por enquanto. Você está livre no sábado?
— Talvez — respondi, evasiva, segurando o telefone do trabalho entre o ombro e a orelha.
— Bom, baby... — Ele riu e senti um calor em suas palavras. Por alguma razão, o jeito como ele disse *baby* foi tão sexy. Eu sou oficialmente uma baby agora. Molly Carter: adolescente proscrita, agora baby! — Se você *puder* reservar um tempo para sair comigo, me encontre em frente à estação de trem de Leigh às onze. Vou te buscar direto do treino de futebol.
Meu coração se apertou um pouco quando ele sugeriu sair em Leigh.
— Espero que tome um banho primeiro.
Notei que seu sotaque era mais acentuado ao telefone.
— Prometo que vai valer a pena — ele acrescentou, como se estivesse lendo meus pensamentos.

Dou um passo à frente e tento escalar as pedras e manter o máximo de dignidade possível, o que é complicado, uma vez que, infelizmente, permiti que Freya me vestisse para este encontro. Ela instantaneamente confiscou meu All Star e me deu de presente um par de sapatos de saltinho baixo com estampa de oncinha. Eu devia ter escutado meus instintos, que diziam que qualquer coisa com nome de animal não seria um traje adequado. Pele de leopardo, pelo de coelho, óculos de gatinho, estampa de oncinha... Estou furiosa comigo mesma por querer parecer o tipo de garota que ele geralmente namora. Eu queria ficar o mais longe possível do meu eu adolescente.

Pensei que íamos almoçar em um restaurante, mas vamos fazer um piquenique aqui, meu lugar favorito. E o lugar favorito dele também! Antes de Casey chegar para me libertar de minha lepra social, o Castelo de Hadleigh era meu melhor amigo. Como uma adolescente torturada, esse era o lugar aonde eu vinha para desafogar minha alma, para me livrar das frustrações e encontrar paz. Eu vinha aqui depois da aula quando não podia pensar em voltar para casa, e às vezes vinha quando não podia enfrentar a escola. Dos onze aos treze anos, antes de conhecer Casey, foi um período bastante sombrio para mim. Eu não me encaixava em nenhum lugar. Meus traços de personalidade, como indicavam os relatórios da escola, eram sempre: organizada, quieta, disciplinada, boa. Mas, por dentro, eu não era nada disso. Eu gritava para ser diferente, mas ninguém me ouvia.

Eu não sabia que meus pais queriam mais filhos, mas tinha dolorosa ciência de que eu era a única, e, com isso, vinha a responsabilidade de ser perfeita. Eu não me permitia errar, ser boba, imprudente, negligente. Me divertir. Eu sofria bullying por ser a menina arrogante de tranças estúpidas que se esforçava incansavelmente, lia sem parar e se esquivava pela escola com uma câmera na mão. Em casa, eu ficava sob a intensa vigilância de minha mãe, tão atenta para se certificar de que eu conhecia seus exigentes padrões que todo o resto — inclusive meu pai — parecia desaparecer. Eu só queria me esconder. Talvez por isso sempre me ocultava atrás de uma lente. Ou vinha para cá, para o Castelo de Hadleigh. Era o único lugar onde eu me sentia feliz e livre. Não sei o que eu teria feito se Casey não tivesse aparecido. Ela me ajudou a ter coragem para me encontrar, ou pelo menos para encontrar a pessoa que eu aspirava a ser, vendo os intermináveis filmes dos anos 80 com ela. Não percebi que essa era uma versão falsa de mim também. Pelo menos agora finalmente me encontrei. Levei só vinte e dois anos.

— Espero que valha a pena — digo quando olhamos para a colina que leva às ruínas. — Sei que você disse que a vista é de matar, mas só se a caminhada não me matar primeiro. Não esqueça que eu não estou tão em forma quanto você.

— Não sei, não; você me parece bem em forma — diz Ryan.

Sou arrancada de meus devaneios quando ele coloca a mão em minha bunda enquanto subo na pedra.

— Ei, tira a mão daí, Cooper! Nada de passar a mão antes de me alimentar.

— Isso sim é incentivo para chegar até a colina! — diz Ryan.

E salta sobre a pedra e começa a correr, apesar de carregar um cesto pesado. Começo a correr também, mas vacilo até parar depois de alguns metros, segurando as costelas, ofegante. Ryan volta e balança a cabeça para mim enquanto me abraça.

— Você precisa entrar em forma, Molly.

— Ei! — digo, dobrando os joelhos e segurando as costelas. — Achei que era para ser um encontro, não um treinamento militar. Além disso, se você não parar de correr um pouco, não vai poder apreciar a vista. A vida não tem a ver só com o destino, Ryan, tem a ver com curtir a viagem.

Ele inclina a cabeça, pensativo, como se absorvesse minhas palavras, e eu me levanto e pego a câmera, pendurada em meu pescoço. É nova. Eu a comprei para me dar os parabéns pelo novo emprego.

Faço uma pausa nas fotos, e sinto que Ryan está me encarando. Ele pula no lugar, claramente incapaz de ficar quieto.

— Que foi? — exclamo. — Para de ficar pulando, você está me deixando nervosa!

Ele levanta as mãos e congela na posição.

— Tudo bem, tudo bem, você venceu. Vamos mais devagar — diz. — Não quero te cansar. Bom, pelo menos não desse jeito.

Depois pisca e sorri de um jeito que me faz brilhar e aquecer. Não sei o que é, talvez sejam as lembranças vívidas banhadas de sol das nossas férias em Ibiza, mas estar com Ryan me faz sentir como se eu tivesse engolido o brilho do sol.

Levanto a câmera e vasculho o entorno através do visor. Começo a disparar, ajustando a lente e o foco para tentar captar a beleza da paisagem diante de mim.

Estou tão concentrada que não percebo que Ryan não está mais ali. Olho em volta, e de repente sinto pânico ao pensar que posso tê-lo chateado de alguma forma por ficar assim tão alheia. Não o vejo em lugar nenhum, mas então olho para baixo e rio. Há uma trilha ali. E outra. Obviamente, ele não queria me interromper, por isso deixou uma trilha que leva até nosso almoço. Sorrindo, coloco a tampa na lente e subo a colina, subitamente desejando ignorar as oportunidades fotográficas que me cercam e correr, correr para Ryan e não olhar para trás.

Chego ao topo do morro e o vejo ali parado, olhando para o estuário do Tâmisa, emoldurado pelas ruínas das duas torres. Pego rapidamente a câmera. Através dela, Ryan é um Adônis moderno, recortado sobre o fundo do histórico castelo do século XIII. Continuo disparando; minha garganta está áspera, como se o cascalho tivesse se infiltrado no ar e entrado em meus pulmões. Sinto que estou aqui, mas que não estou. Presente no momento, mas observando-o de cima.

Olho para baixo para trocar o filme. E então um sussurro atrás da minha orelha esquerda, uma mão afastando meu cabelo do rosto e do pescoço, a respiração em minha garganta e sobre meus lábios, delicada como as pinceladas de Constable. Em seguida um beijo, tão delicioso quanto o último e tão tentador quanto o próximo. Eu me rendo, e aqui, nesta colina, nossos lábios se encontram de novo. Dessa vez sem público, sem alarde. Ninguém além de mim, Ryan e a paisagem.

Estamos deitados sobre um cobertor, cercados pelos restos de nosso piquenique: uma garrafa vazia de chardonnay e um belo banquete caseiro que deixaria Jamie Oliver orgulhoso. O sol está se pondo numa mistura de cores gloriosas em nosso primeiro encontro. Ryan volta o rosto para mim.

— Então, o que achou?

— Do encontro, da vista ou do piquenique? — pergunto com um sorriso.

— De tudo.

— Quer que eu dê uma nota?

— Se você quiser... — Ele me olha com malícia, e eu lhe dou um tapa.

— Atrevido!

— E aí, qual é a minha nota?

Olho profundamente em seus olhos.

— Foi perfeito. Um dez perfeito.

Um sorriso paira em seus lábios, tão convidativos quanto um grosso edredom numa noite fria de inverno.

— Que bom. — Ele volta o rosto de novo para o céu e ficamos em silêncio por um momento. — Mas, claro, ainda não chegamos à sobremesa — murmura.

Engulo em seco quando seus dedos roçam os meus.

— O que você sugere?

Ele vira o corpo e olha para mim; seus lábios estão a centímetros dos meus.

— Uma coisa grande.

Coro.

— Grande e de dar água na boca...

— Uma coisa grande, de dar água na boca e cremosa... — Ele sorri, recolhe o cobertor do piquenique e os restos do almoço e joga tudo na mochila. Depois pega minha mão, me levanta e corremos morro abaixo.

— Sorvete? Você estava falando de SORVETE?!

Estamos em frente ao Rossi, no píer de Southend.

Ryan sorri e abre a porta.

— Sim! Por quê? O que você achou que eu estava oferecendo?

Puxo o cabelo sobre o rosto para esconder minhas bochechas coradas e o sigo.

— Qual é seu sabor favorito? — Ryan pergunta e olha para a imensa variedade de sabores.

— Cereja — respondo rapidamente. — Porque é doce e ácida. E você?

— Tutti-frutti, porque... porque sim. — Ele leva os lábios ao meu ouvido. — Vamos tentar colocar os dois juntos? Para ver se a combinação dá certo?

Concordo com a cabeça, principalmente porque: a) perdi a capacidade de falar; e b) estou ocupada demais pensando se ele está falando do sorvete ou da gente.

Sentamos com o pote de sorvete entre nós, levando a combinação (perfeita) de sabores à boca, enquanto conversamos com facilidade. Digo *com facilidade*, mas a única coisa que não é fácil nessa conversa é a quantidade de pessoas que reconheço aqui. Parece que estamos sendo observados, e digo isso a Ryan.

Ele ri e coloca um cardápio à nossa frente. Olho para ele.

— Você tem vergonha de mim, Cooper? — digo fazendo minha melhor voz de Sandy, enquanto me preparo para perverter uma fala de *Grease*. — O que aconteceu com o Ryan Cooper que eu conheci na praia?

Só me falta o suéter branco e o vestido amarelo. E os sapatos de salto alto. Eu sabia que não devia ter usado esses saltos baixinhos.

— Como é? — ele diz, confuso. — A gente não se conheceu na praia!

Ele deixa o cardápio de novo na mesa e eu rio, em seguida faço uma cara bem séria.

— Você é uma farsa e um impostor, e queria nunca ter posto os olhos em você!

Ryan está perplexo.

— Hein? O que foi que eu fiz?

Começo a rir quando percebo que ele acha que estou falando sério.

— *Grease*! É uma fala de *Grease*, o filme, Ryan!

Ele balança a cabeça, sem entender.

— Nunca vi.

–– O quê? — respondo. — Como é possível nunca ter visto *Grease*? É um clássico adolescente! Garoto conhece garota nas férias, eles se apaixonam, mas, quando chegam em casa, percebem que não têm nada em comum.

— De que ano é?

— Como?

— Se for de antes de 1977, eu não poderia ter visto.

Franzo a testa.

— Por quê?

Ele sorri.

— Eu não vejo nem ouço nada que tenha sido lançado antes de eu nascer.

Balanço a cabeça, sem poder acreditar.

— E mais uma vez: *por quê*?

Ele pega uma colherada enorme de sorvete e leva à boca.

— Porque eu gosto do presente, baby. Nada de olhar para trás.

E abre aquele sorriso de novo.

O beijo de "pode dar adeus a isso"

Em minha experiência, algumas amizades florescem na adversidade, mas outras se dobram e se quebram com a tensão, como uma árvore na tempestade. As raízes permanecem debaixo da terra, como um lembrete daquilo que um dia foi tão alto, mas não é mais uma parte visível da paisagem de sua vida. De certa forma é triste, porque a árvore já não lhe traz alegrias diárias, com sua força, sua presença e sua beleza. Mas também não pode mais lançar sombras.

FF >> 27/02/07

Nem sei dizer como é difícil quando a pessoa que você ama diz que quer que você vá embora. Eu não *queria* deixar Ryan, nem por um segundo. Depois que saímos do hospital, fomos andar pelo cais. Ele disse que queria tomar um sorvete no Rossi, e foi o que fizemos. Pedimos uma grande montanha multicolorida dos nossos dois sabores favoritos. Certa vez, comentei que meu sabor era muito ácido e o dele muito doce, mas que, juntos, eram perfeitos. Um pensamento agridoce agora. O sorvete derrete lentamente enquanto olhamos para ele e um para o outro. Não choramos, não falamos, só ficamos de mãos dadas sobre a mesa e observamos tudo derreter.

Nem precisamos falar sobre o que faríamos depois. Sabíamos que estávamos nos preparando psicologicamente para voltar para a casa de Jackie e Dave. E, quando finalmente voltamos, ficou claro que a melhor coisa que eu poderia fazer era voltar para nossa casa, na manhã seguinte, para deixá-los um pouco a sós com o filho, e pegar algumas roupas para que pudéssemos ficar lá por alguns dias. Jackie não deixou Ryan sair, de modo que eu tive de deixá-lo. Mesmo que não fosse o certo para mim.

Destranco a porta da frente e entro; parece que se passaram anos desde que estive aqui. Foi mesmo ontem de manhã que vi Ryan sair na direção errada para o trabalho? Encosto na porta, meus sentimentos esmagam meu corpo, e parece que sou arrastada por uma onda de tristeza. Entro cambaleando no apartamento. Tudo está exatamente como deixamos; os restos de uma vida juntos. Há roupas do Ryan espalhadas por todo lado, louça do café e um copo vazio do suco caseiro com o grosso resíduo de frutas vermelhas preso no vidro. Tudo largado na mesinha, onde ele comeu rapidamente assistindo às notícias antes de sair para o trabalho. Só que não era para o trabalho. E ali, no peitoril da janela, minha xícara de chá pela metade, porque eu estava ocupada demais espionando meu marido e me perguntando se...

Ouço um ruído vindo da sala e, logo depois, um chamado lamentoso.
— Molly, é você?
Claro, a Casey. Eu tinha me esquecido completamente dela, a excluíra de minha mente como uma fotografia digital ruim. Não respondo, só tiro

a mochila do armário do corredor e começo a enfiar ali as roupas jogadas e sujas do Ryan. Não me interessa quais são as peças; só quero pegar algumas coisas e ir embora.

Sinto sua presença atrás de mim, esperando que eu fale. Mas não falo. Não consigo. Não posso lhe contar, porque Ryan não quer que ninguém saiba; não ainda.

— Quer dizer que você não está mais falando comigo? — ela diz com petulância. — Bom, isso é meio imaturo. Achei que pelo menos você ia me dar uma chance de explicar...

Ela começa a chorar e dá um gemido de autopiedade que me irrita na hora. Dou meia-volta e respondo secamente. Não tenho tempo para dramas. Não agora. Nunca mais.

— Pelo que sei, não tem nada para você explicar — digo baixinho. — O Ryan me contou o que aconteceu. Eu entendi. Caso encerrado.

Quero que ela simplesmente aceite que não vou falar sobre isso. Ela vai superar, e eu também. Mas não agora.

— Ah, então você vai simplesmente ignorar a minha explicação? Aposto que não ignorou a do Ryan.

— Chega, Casey — digo perigosamente baixo, voltando-me para olhar para ela.

Ela está com as mãos nos quadris, projetando-os para o lado, como uma pré-adolescente arrogante.

— Ah, tudo bem, você não está a fim. Porque só o que importa é *você*, não é, Molly? Hein?

— Não, Casey. Não sou só eu que importo — rosno.

Ela sempre parece mais Essex quando está emotiva ou nervosa. Assim como Ryan. *Ryan*. Engulo em seco, fecho os olhos, respiro. Depois os abro. Tudo para me concentrar totalmente.

— Você não entende nada, então deixa para lá, tudo bem? — digo e lhe dou as costas de novo. — Não quero falar sobre isso agora, eu não posso...

— Bom, então eu falo, tudo bem, Molly? Quero que você me escute uma vez na vida! — Ela pega meu braço e eu o puxo com um tranco. Vejo seus olhos castanhos brilharem para mim com fúria reprimida. — Sim, eu dei em cima do Ryan e estou arrependida. Sim, ele me rejeitou, tudo bem? Foi só um momento de estupidez. Mas, ah, esqueci, a poderosa Molly nunca tem momentos de estupidez! — Ela faz uma pausa, mas só para respirar. — DESCULPA, TÁ BOM?! — grita.

É um método estranho para tentar obter o perdão de alguém, mas deixo passar. Em seguida ela cai no choro. É como ver uma criança fazendo birra. Ela funga dramaticamente.

— Desculpa por ter medo de dizer a verdade, Molly, porque eu *sabia* que você não ia entender. Você *nunca* poderia entender como eu me sinto. E-eu só queria um pouco do que você tinha. Eu queria tanto! Sei que sou uma burra, mas essa sou eu, não é, Molly? Eu sempre fui sua amiga burra, por quem você tinha que se justificar. Foi errado, eu sei disso agora.

Ela está chorando de soluçar.

— Casey, eu não tenho tempo para isso.

Passo por ela e entro no quarto. Começo a jogar aleatoriamente roupas minhas e de Ryan dentro da mochila. Ela me segue e bate a porta para fechá-la.

— Você não tem *tempo*, Molly? — grita, dando chilique agora. — Você não tem *tempo* porque está ocupada demais vivendo a sua vida perfeita para enxergar quão perfeita ela de fato é. Quer dizer... — isso sai como um grito estridente — a *maioria* das mulheres ficaria feliz em ter alguém como o Ryan. *Eu* ficaria feliz se tivesse alguém como o Ryan. Eu não teria arriscado uma relação como essa! Eu teria ficado em Leigh, teria feito o Ryan feliz, não teria desejado mais, mais, mais, o tempo todo! Mas você sempre quis mais, não é, Molly? Sempre achou que merecia mais, mesmo tendo TUDO. Você reclama dos seus pais, enquanto eu seria capaz de matar para que os meus ainda estivessem juntos; reclama do seu trabalho incrível, e depois reclama do Ryan!

Largo a mochila por um instante; suas palavras me paralisam, porque são verdadeiras. Casey balança a cabeça e seus cabelos escuros se agitam ao redor do rosto quando ela começa a chorar de novo.

— Mas o Ryan não me quis. — Ela desaba no chão. — Sempre foi você. Desde aquele primeiro momento no The Grand, quando eu me esforcei tanto para chamar a atenção dele, ele só via você. E depois de novo em Ibiza. Pensei que ele tinha ido até lá por minha causa. Passei meses, Molly, *meses*, enquanto você estava naquela porra de faculdade chique, tentando fazer com que ele me notasse. Eu até disse para ele que estava indo para Ibiza, na vã esperança de que ele fosse. Não atrás de *você*, atrás de *mim*. Mas, assim que ele te viu, pronto. Fim de jogo. Foi quando eu decidi que ia tentar me contentar com o irmão dele. Mas nem *ele* me quis.

Jogo a mochila por cima do ombro, abro a porta do quarto e saio. Já quase não ouço mais nada, embora Casey continue falando. Por que ela ainda está falando?

— Eu segui vocês naquela última noite, vi vocês dois se beijando. Eu teria feito qualquer coisa para trocar de lugar com você naquele momento, e faria qualquer coisa para trocar de lugar com você agora.

Eu me volto e olho para ela, com uma mão na maçaneta da porta e outra na mochila. Olho para minha melhor amiga, que de repente não sabe mais nada sobre mim. Ela está a um milhão de quilômetros de mim, apesar de estar bem aqui, na mesma sala.

— Não faria não, Casey. De verdade, não faria. — Abro a porta. — Tenho que ir agora. Acho que é melhor você não estar mais aqui quando voltarmos.

— O que você está dizendo, Molly? — ela pergunta, meio gritando, meio chorando. — Você está dizendo que acabou? Que uma amizade de quinze anos acabou por causa de um único erro idiota? Eu já pedi desculpa! ME DESCULPA!

Fecho a porta.

O beijo na frente de todo mundo

Pense nas demonstrações públicas de afeto mais românticas da história do cinema e provavelmente vai se lembrar destes beijos clássicos: o beijo "meu Deus do céu!" entre Katharine Hepburn e James Stewart em *Núpcias de escândalo*; o "me beije como se fosse a última vez" de Ingrid Bergman e Humphrey Bogart em *Casablanca*; o infame beijo à beira do mar entre Burt Lancaster e Deborah Kerr em *A um passo da eternidade*; o beijo épico de Clark Gable e Vivien Leigh diante de um céu laranja flamejante em *E o vento levou*; o beijo na chuva entre Audrey Hepburn e George Peppard em *Bonequinha de luxo*; sem esquecer o beijo de "eu me importo" entre Ally MacGraw e Ryan O'Neal em *Love Story*. Todos bonitos, comoventes, românticos, sinceros, apaixonados — e sem mostrar a língua.

Eles sabiam como beijar naquela época, não é?

Em meu trabalho, já recebi milhares de fotos de paparazzi, sempre contendo celebridades pondo a língua para trabalhar em uma balada, em público. Testemunhei fotos de Paris Hilton com os lábios (e as pernas) enroscados em vários homens (e mulheres), Pink e Carey se devorando, Britney fazendo qualquer coisa com qualquer um. Não admira que eu tenha abominado as demonstrações públicas de afeto por tanto tempo.

Mas os acontecimentos recentes me levaram a perceber que quero celebrar o amor em toda sua glória. Demonstrações públicas de afeto não precisam ser visões vulgares e constrangedoras. Porque, em sua melhor expressão, essas declarações íntimas de afeto são bonitas, um instantâneo do amor de um casal que faz o mundo ficar mais brilhante e melhor, de alguma forma. Pelo menos é o que eu penso.

Espero que você pense igual.

FF >> 19/04/07

Coisas a fazer!!!
1. ~~Comprar ingressos para a final de alguma copa?~~
   ~~(Quartas de final da Copa da UEFA em Glasgow, feito!!!!!)~~
2. Ingressos VIP para o show de retorno do Take That (Falei com o empresário deles. Ele me disse que existe uma possibilidade concreta. E entrar nos bastidores!!!)
3. Ver os campeonatos nacionais de surfe (Newquay? Ou no exterior, talvez????!! Falar com Susie, a editora de viagem e estilo de vida)
4. Mandar fazer um terno sob medida? Savile Row? Ele sempre quis um. Poderia usar em sua festa de trinta anos??
5. Conhecer David Beckham?!?! (Falar com a escola de futebol de DB sobre o trabalho que Ryan fez com as crianças em Hackney?)
6. Alguma coisa com Jamie Oliver? (Ou só ir jantar no Fifteen, talvez?!)
7. Criar um sabor especial de sorvete?!!
8. Ir à pré-estreia de um filme — uma comédia romântica, talvez?? (Falar com Cara)
9. Voltar a Nova Yo...

O metrô dá um solavanco ao parar e minha caneta escorrega e faz um grande risco na página toda. Estalo a língua e tento terminar minha lista. *Voltar a Nova York.*

Ao meu redor, as pessoas se espremem umas nas outras, como no clímax de uma orgia de gente vestida, e agora se acotovelam para sair enquanto o vagão se enche de novo; volto a estudar minha lista de coisas a fazer. A mais importante que já fiz.

É a lista do Ryan de coisas a fazer antes de morrer... Não, não, é a lista do foda-se. Foda-se, câncer! Você não vai levá-lo enquanto essa lista não estiver cumprida! E então talvez você o tenha esquecido e não o leve mais.

Bato rapidamente a caneta entre os dentes. Preciso de mais coisas aqui. Mais coisas, mais coisas, mais coisas.

Mais coisas significa mais tempo.

Encha a página, Molly. Que tal assistir a um Grand Prix? Ou dirigir em Silverstone? Ryan *adoraria* fazer isso! Anoto, animada. Que mais, que mais? Que mais meu marido pode fazer antes de morrer?

Ergo os olhos, com um impulso repentino e irresistível de dizer a todos ao redor que meu marido está morrendo. Ele está morrendo. De câncer. Câncer de pele. Ele tem vinte e nove anos.

Seria como a brincadeira do telefone sem fio, espalhando-se pelo vagão como a doença se espalhou. Assim talvez infecte a vida de todo mundo, não só a minha. Não, infectar não, isso não é legal. Quero dizer *afetar*. Quero que afete a todos. Que os comova, marque, sacuda, como o metrô treme nos trilhos neste momento.

Quero que a vida de todo mundo trema sobre os trilhos, como a minha.

E a de Ryan; *obviamente*, a de Ryan. Sei que não sou a principal afetada, mas às vezes parece que sou. É errado da minha parte dizer isso? Bem, em alguns aspectos, sim, sei que pensar isso é horrível, mas não posso evitar; de certa forma, tenho inveja dele. A dor do Ryan vai chegar ao fim, a minha não. A minha nunca.

As duas pessoas paradas à minha frente se afastam por um momento e vejo um homem de terno, folheando, distraído, as páginas de seu jornal. De repente, sinto ódio dele. Eu o odeio porque ele está bem e meu marido não. Tenho ódio por ele poder ler casualmente um jornal enquanto só posso me concentrar nesta lista. Não leio um livro, um jornal ou um artigo de revista há semanas. Não consigo. Nem os da nossa revista. Finjo ler, mas não consigo absorver nada. É como se meu cérebro transbordasse de informações. Desde que Ryan foi diagnosticado, sinto necessidade de me lembrar de *tudo*. Não só tudo dele, de nós, do dia a dia da nossa vida, mas dos seis anos do nosso relacionamento.

Estou ocupada tentando memorizar cada momento agora, cada olhar, palavra, piada, lágrima, beijo, assim como todos os outros que aconteceram antes. Estou salvando tudo em uma pasta chamada "Depois" na área de trabalho do meu cérebro. E também há todas as coisas que preciso fazer diariamente para mim, para ele, para o trabalho, mas principalmente para ele. Graças a Deus, sempre fui boa em fazer listas. Preciso delas mais do que nunca agora.

Não que Ryan pareça muito feliz com elas. Ele balança a cabeça quando pego outro pedaço de papel cheio do que escrevi e o penduro em algum lugar do apartamento.

— É a isso que a minha vida vai se reduzir? — ele disse com raiva, rasgando a lista de medicamentos que eu tinha pendurado poucos dias depois do diagnóstico. — A um monte de malditas listas? Por que os médicos não fazem listas de como realmente me fazer *melhorar*, em vez de só tentarem me fazer *sentir* melhor? Essas listas não vão me impedir de morrer, vão? E então? Vão?

Nós dois fomos alertados pelos médicos e enfermeiros a esperar esse tipo de reação, mas ainda assim foi difícil vê-lo tão diferente, oscilando entre a fúria e a depressão absoluta em questão de minutos. Mas não durou muito tempo, no máximo uma semana, e depois ele pareceu gradualmente voltar a ser o que era. Era como se ele precisasse se livrar daquilo, como uma grande purgação emocional. Mas ele ainda não gosta das listas. Só que eu preciso delas. Às vezes, parece que são as únicas coisas que me ajudam a encarar tudo. Tenho uma lista dos medicamentos dele: os remédios para enjoo para depois da quimioterapia que ele faz no hospital perto do nosso apartamento. (Ryan recusou a oferta de seus pais de um tratamento particular e uma mudança imediata para Leigh. Ele disse que queria ficar em casa, em Londres, comigo.) Há também vários analgésicos e laxantes para sua constipação.

Tenho outra lista de todos os seus compromissos; a agenda da químio. (Ele nem pensou em não tentar. Ryan disse ao médico que apostaria no milagre, que seria a estatística que vence as probabilidades. Odiei ver o rosto inexpressivo do médico.) Tenho o horário escolar de Ry (ele está determinado a continuar trabalhando, tanto quanto possível, pelo tempo que for possível), de modo que sei exatamente onde ele está, a qualquer momento, só por via das dúvidas; e uma lista de números de emergência para ligar se precisar de ajuda, de seu médico e da Crossroads, uma instituição de apoio a cuidadores que Charlie me aconselhou a procurar, já que não tenho ninguém da família por perto. Charlie é nosso enfermeiro oncologista e tem sido maravilhoso, um grande apoio. Sinceramente, não sei o que faria sem ele. E graças a Deus posso conversar com ele. Ninguém mais parece capaz de lidar comigo esses dias, além dos meus pais. Mas Charlie é o confidente perfeito; ele escuta, aconselha, organiza e dá apoio. Atua como intermediário entre mim e Ryan, nos faz rir e relaxar. Faz com que Ryan se sinta um homem jovem, não um homem jovem com câncer. Charlie conversa com ele sobre futebol, bandas, as notícias, o ensino, a vida. Mas eu sei que Ryan também lhe pergunta coisas que nunca vai discutir comigo. Como quanto tempo lhe resta. E eu? Eu converso com Charlie para descobrir exatamente como diabos lidar com a doença de Ryan, além de ser cuidadora do meu marido. É um papel para o qual não fui treinada ou preparada. Não sei o que estou fazendo, ou se o que estou fazendo está certo. Não sei o que virá depois. Isso é o que mais me assusta, na verdade. O que virá depois. Charlie está me ajudando a me preparar para isso. Para o dia, em um futuro não muito distante, em que terei de assinar uma ordem de não reanimação. Ele me fala de possibilidades, opções, de coisas a considerar. É compassivo, mas fala das coisas como realmente são — algo que poucas pessoas que eu conheço querem fazer.

Como a lista de pessoas para ligar e contar que Ryan está com câncer. Ele não quer fazer isso, então pedi a Jackie, mas ela se recusou também.

— Por que preocupar as pessoas por nada? — ela disse, toda animada.

Ouvi música ao fundo. Ela disse que estava se exercitando com o DVD da Davina McCall.

— Estou só tentando manter a forma, Molly querida! — Como se pudesse ficar em forma pelos dois. Eu entendo; essa é sua lista. — Vamos só convidá-los para a festa quando ele estiver curado!

Depois, tenho a lista das coisas diárias para fazer em casa, as tarefas domésticas normais: pagar contas, comprar comida, arrumar o apartamento. Tenho uma lista de telefones de faz-tudo para me ajudar quando Ryan não pode. Uma lista de corretores de imóveis, pois preciso começar a avaliar o apartamento. Nós não falamos muito sobre a próxima fase, pois Ryan está determinado a ficar em nosso apartamento o máximo de tempo possível. Tem sido muito difícil, para mim, saber que isso simplesmente não é possível.

Eu estava tão desesperada que convidei Charlie para tomar um drinque e falar sobre tudo. Senti necessidade de desabafar, como faria com uma amiga. É doloroso o fato de Ryan não falar sobre o futuro. Isso me deixa muito assustada, achando que vou ter de lidar com tudo isso sozinha, até o fim. E então eu me sinto terrivelmente egoísta. É claro que vou cuidar do meu marido, jamais faria diferente, mas Ryan não está pensando que as coisas vão piorar.

Levei Charlie ao bar local e falei sobre a teimosia de Ryan contra planejar o futuro. Ele me ouviu, como sempre, e me deu ótimos conselhos. E nesse momento eu, embaraçosa e muito publicamente, lhe dei um beijo no rosto. As pessoas devem ter pensado que era um encontro romântico ou algo assim, mas eu só queria lhe agradecer pelo grande apoio. Charlie não se incomodou; ele lidou com essa mulher assustada e agradecida usando seu charme natural, fácil. Nem Ryan nem eu saberíamos o que fazer sem ele. De qualquer forma, em sua visita seguinte, Charlie tentou com cuidado mostrar a Ry que viver em um apartamento no segundo andar poderia ser "difícil" em um futuro próximo, e apresentou algumas opções. Mas Ryan não quis ouvir.

Sei que a mudança de volta para Leigh não está longe. Idealmente, eu gostaria que tentássemos nos mudar para lá antes que seja tarde demais... Para um lugar onde ele possa ver o mar e estar perto de seus amigos e familiares. Queria que pudéssemos ir agora. Queria poder parar de trabalhar e dedicar minha vida ao restante da dele. Mas ele não vai pensar nisso ainda. Ele diz que quer que a vida continue normalmente e que seja o mais normal possível para mim. Mas parece que ele não percebe como isso é difícil. Minha vida já parou. Pode parecer normal, mas na verdade está em pausa permanente, pois estou tentando me preparar para os próximos meses de cuidados ao meu marido moribundo.

Não consigo me concentrar em mais nada, não consigo sair e me divertir, ficar bêbada, mergulhar de cabeça no trabalho, ouvir música sem morrer de tanto chorar. Não consigo sentar em um trem sem sentir ódio de todo mundo que não tem o câncer de Ryan. Não consigo parar de me odiar por não notar a pinta mais cedo.

E também não consigo parar de pensar em todas as coisas que fiz de errado durante nosso relacionamento.

Essa é a mais longa e mais deprimente lista de todas, e a que está constantemente em minha cabeça. A lista das minhas pisadas na bola. É a lista que me recrimina por ter fugido do Ryan naquela noite no The Grand e no *Bembridge*. Que me repreende por ter tido dúvidas sobre nosso relacionamento. Mentalmente me soca por cada reclamação e cada resmungo que já fiz para ele. Por não o impedir de ficar deitado naquelas malditas câmaras de bronzeamento artificial. Por deixá-lo se besuntar com óleo de bebê nas férias, em vez de protetor solar fator trinta. A lista grita comigo por todas as discussões que tivemos, cada beijo de desculpas que eu recusava, teimosa, e cada roçar de seus lábios que eu dava como garantido.

E, claro, tem aquele outro beijo. Aquele que nos separou. Essa é a lembrança purulenta no fundo da minha memória, que infecta todas as outras. E eu a odeio. Odeio porque me debilita. Ela me faz chorar no meio da noite, quando penso que Ryan está morrendo e que quero que ele nunca duvide, nem por uma fração de segundo, de que sempre o amei, muito. Então eu me odeio por chorar e ter de ir para a sala para que Ryan não me ouça, mas sei que ouve, porque na manhã seguinte ele sempre me diz para ficar tranquila, que está tudo bem, e que ele tem muita sorte por ter a mim como esposa. Que sempre se sentiu um sortudo por eu ser sua mulher.

Portanto, não importa o que Ryan ou qualquer outra pessoa pense, eu não consigo fazer nada para esquecer isso. Mas, ainda assim, toda noite ele me pergunta se não tem algum bar aonde eu possa ir, ou algum lançamento para a imprensa onde eu possa beber champanhe — como se isso pudesse me fazer esquecer por um momento.

Ele também me pergunta se falei com Casey, e eu digo que sim, mas sei que ele não acredita.

— Não deixe o que aconteceu estragar quase quinze anos de amizade, Molly, não vale a pena — ele disse outra noite.

Estávamos enroscados no sofá assistindo a um DVD atrás do outro e comendo algumas tranqueiras depois que ele voltou de sua terceira — que acabou sendo a última — sessão de quimioterapia. O médico disse que não fazia sentido continuar. Está no intestino agora também.

Eu sabia que Ryan queria acrescentar "A vida é muito curta", mas, felizmente, não o fez. Apenas disse:

— A Casey cometeu um erro bobo.

Eu assenti, mas ignorei do mesmo jeito. Não quero falar sobre ela, não mais, e especialmente não agora.

Estranhamente, o período pós-químio se transformou em um momento pelo qual espero ansiosamente. Uma oportunidade para retardar o tempo, desacelerar a vida. Não estou no trabalho e ninguém nos incomoda. Quando ele passa o dia no hospital, tomando soro depois da injeção de quimioterapia, ficamos ali, conversando durante horas, lendo revistas e fazendo o outro rir. Comecei a levar álbuns de fotos para ficarmos olhando, e sempre rimos de nós mesmos. Depois vamos para casa, pegamos um monte de petiscos (Ryan só tem apetite para beliscar) e voltamos a assistir aos nossos filmes favoritos, como fazíamos quando namorávamos.

A vida parece normal, por um tempo.

Mas o câncer é um parceiro silencioso em nosso relacionamento, esparramado com confiança no sofá entre nós, como Casey ficava. De muitas maneiras, substituímos uma doença venenosa por outra. Porque, do meu ponto de vista, Casey tentou matar nossa relação, e é por isso que não posso perdoá-la. Ou perdoar a mim por deixar que ela se infiltrasse entre nós. Por ignorá-la, assim como Ryan ignorou sua pinta.

Tudo o que quero fazer agora é desligar do resto do mundo e cuidar do meu marido. Mas, de acordo com ele, não estou *autorizada* a cuidar dele. É por isso que ainda moramos em nosso apartamento em Londres, em vez de nos mudarmos para Leigh, como Jackie e Dave querem. É por isso que ele ainda está lecionando — bem, meio período. Quero que ele pare, mas Ryan diz que ficar perto das crianças o faz se sentir melhor. E ele ainda consegue gritar e treiná-los em campo, mesmo sem poder mais correr. Ele diz que é meio como Tom Cruise em *Nascido em 4 de julho*, mas sem a cadeira de rodas (ainda) e com menos cabelo.

Assim, as listas, mas principalmente esta — a lista do foda-se de Ryan —, se tornaram a minha vida. Parece que essa é a única lista positiva que tenho, e isso me dá um motivo para trabalhar. Sei que eu não poderia organizar metade das coisas sem meus colegas. Ele não sabe que eu fiz essa lista, mas é minha maneira de obter o máximo dos últimos meses... do seu último verão... da sua *vida*, da melhor forma possível. Quero que ele sinta que teve tudo que sempre quis, quero guardar tudo o que for possível, para que ele sinta que não perdeu nada.

— Molly! Tenho uma coisa para você!

Cara vem até minha mesa com um sorriso estranho. Tiro os olhos da lista de Ryan e analiso seu rosto: dentes à mostra, olhos semicerrados, sorriso congelado.

Todo mundo faz essa cara para mim desde que lhes contei que meu marido está morrendo. As reações das pessoas que conheço são extremas — ou pesar em preto e branco, ou animação em technicolor. É isso mesmo que a vida e a morte suscitam? Essas duas máscaras teatrais?

É como se elas tivessem medo de que, se não se mostrarem otimistas, eu desmorone na frente delas, e, nesse caso, devem estar devidamente preparadas para se juntar a mim em meu sofrimento. A maioria dos meus amigos não sabe como falar comigo. Alguns nem falam mesmo... Bem, *eu* é que não estou falando com eles.

Mia me telefonou imediatamente. Ela não parava de chorar. Nunca a ouvi chorar antes. Foi muito estranho.

Meus pais disseram que iam rezar por ele. Eu não pensei em fazer isso, de modo que fico feliz que eles o façam. É estranhamente reconfortante.

Jackie... bem, Jackie não acredita no que está acontecendo. Está na fase que os terapeutas chamam de "negação", e que eu chamo de "desequilíbrio". Ela nem sequer pronuncia a palavra "câncer" e chama a químio de "a salvadora". Parece que ela não entende que não é um tratamento de cura, que só vai prolongar a vida dele pelo tempo que for possível.

Dave está perpetuamente quieto e sóbrio. Nunca usei nenhuma dessas duas palavras para descrevê-lo antes.

Carl não toca no assunto, e Lydia só fala sobre as férias; aonde vamos nas próximas e as que tivemos antes. É como se ela estivesse no modo cabeleireira radical. É seu jeito de não tocar no assunto: não dizendo nada.

Ninguém parece lidar com a doença de forma útil e prática, mas pelo menos isso significa que posso colocar todo meu foco em Ryan. Porém me sinto muito sozinha. Já.

Depois, há as pessoas que eu não conheço. Contei a elas também. Curiosamente, elas também não sabem o que dizer. Como o sujeito do call center, que estava tentando me vender um seguro de vida e compreensivelmente fugiu do roteiro quando comecei a chorar e lhe dizer que meu marido estava com câncer. Ah, e o homem da banca de jornal da estação de metrô, que perguntou se eu queria uma barra grátis de chocolate com minha revista e eu disse que não, só queria que meu marido não tivesse câncer terminal. Não é que eu quero contar, simplesmente sai. É como se a revelação estivesse sempre ali, na ponta da língua, na boca, na garganta, atrás dos olhos, debaixo das narinas, sob as unhas, na pele, entre os dedos, debaixo do couro cabeludo.

Eu vivo e respiro o câncer, e Ryan está morrendo por causa dele.

— Oi, Cara! — sorrio e me recosto na cadeira. Eu a giro e sorrio de novo. Seu sorriso ainda está congelado no rosto, e seus olhos ficam indo de um lado para o outro, como se procurassem uma rota de fuga. — Eu, há... posso, há... ajudar?

Franzo a testa. Meu Deus, pareço meu pai falando. É o tipo de coisa que ele diz, de um modo estranho. Cara engole em seco, olha em volta de um jeito esquisito, e em seguida o sorriso de desenho animado volta.

— Eu só queria te dizer que arranjei os ingressos de vocês para amanhã! Vão poder ir?

— SIM!!! — Dou um soquinho no ar, pego minha caneta e risco "Ir à pré-estreia de um filme". — Obrigada, Cara! Que demais!

Eu me levanto para lhe dar um abraço e depois olho para a tela do computador. A página do meu blog está aberta e, nela, uma foto que acabei de subir. Eu e Ryan nos beijando no topo da geleira Franz Josef, na Nova Zelândia.

O sol está nascendo atrás de nós e nos envolve com sua luz. Parecemos quase etéreos. Desde o diagnóstico de Ryan, tenho postado fotos nossas. Principalmente porque não ando com muita vontade de tirar fotos atualmente. Ponho uma pequena legenda em cada uma. A desta é: "O beijo no topo do mundo". Às vezes escrevo mais alguma coisa, uma lembrança nossa, um momento ou um pensamento sobre o amor que quero compartilhar. Eu quero que as fotos fiquem ali, no *éthos*; assim, quando Ryan se for, não serei a única a tê-las. São como minhas pequenas mensagens na garrafa. Não sei quem vai recebê-las ou o que vão pensar, mas, de alguma forma, isso me ajuda.

— Tenho certeza de que posso ajudar com mais! — diz Cara, radiante. — Falei com a Susie, e ela disse que pode arranjar ingressos para o campeonato de surfe, e a credencial de imprensa para o show do Take That já está certa!

Sinto meu coração vibrar de gratidão e... O que é isso? Pânico? Tantas coisas para riscar da lista! Isso significa que preciso pensar em mais coisas para fazer.

— Obrigada, Cara — digo, agradecida. — O Ryan vai ficar tão animado! Fomos às quartas de final da Copa da UEFA no fim de semana também!

— Uau! — ela exclama, empolgada. — Ele deve ter amado!

Penso naquela tarde. Ficamos em um camarote corporativo, com taças de champanhe nas mãos, uma manta nos joelhos, vendo o Sevilla jogar contra o Tottenham Hotspur. Eu ficava olhando Ryan, entusiasmada, e apertando sua mão, e ele se virava e sorria para mim. Mas depois eu o via olhar ao longe, para baixo, para a multidão, e o entusiasmo desaparecia como o sol encoberto por uma nuvem.

— Está se divertindo? — perguntei, animada.

— Ah, sim, Molly — ele respondeu educadamente. — É muito legal! Um sonho realizado! Não acredito que você organizou tudo isso!

Mas algo em sua voz me dizia que essa não era toda a verdade.

— Bom, você sabe, tenho amigos influentes.

Todo mundo sabe da lista, menos Ryan. É impressionante como meus colegas querem me ajudar e quanto estão dispostos a fazer. Christie não poderia ter sido mais solidária.

— Se quiser, posso lhe dar uma licença, Molly — ela disse suavemente —, com salário integral. Tudo o que precisar, pelo tempo que precisar. É só me avisar.

Balancei a cabeça com veemência.

— Não, obrigada, Christie, eu preciso estar aqui. Tenho tanta coisa para fazer. É uma lista enorme! E o Ryan quer que as coisas permaneçam normais. Ele vai para a escola quase todos os dias. Só preciso de folga nos dias em que ele faz químio, pode ser?

— Claro, o que você precisar... — Ela fez uma pausa. — Essa foto sua e do Ryan é linda.

Ergui os olhos e vi meu blog aberto em seu computador; era a foto em que Ryan e eu nos beijávamos em uma cabine automática de fotos em Lakeside.

— Foi depois que ele me pediu para morar com ele — falei, com as lágrimas queimando meus olhos. — Meu Deus, éramos tão jovens! Que roupa é *essa*? — Eu ri, depois bufei, e uma bolha de ranho saiu do meu nariz. Limpei rapidamente, envergonhada por fazer isso na frente da Christie. Ela rapidamente fechou a página.

Estamos em pé na Leicester Square lotada; a multidão verte para o local como massa em uma forma de bolo, tentando se posicionar o mais perto possível da borda do tapete vermelho. Estou segurando nossos ingressos gravados em relevo. Eu me sinto emperiquitada demais, com meu vestido metálico, brincos gigantes e sapatos prateados de salto alto. Ryan parece desejar ardentemente estar no sofá de casa. Achei que devíamos nos vestir em traje de gala, mas nenhuma outra não celebridade caprichou muito. É como se nos achássemos as estrelas do filme. É terrivelmente embaraçoso.

— Vamos acabar com isso, Molly! — diz Ryan, com a voz esganiçada pelo nervosismo e pela exaustão.

Olhamos o trecho do tapete vermelho à nossa frente que parecia incrivelmente excitante em nossa cabeça, mas que agora parece paralisante. É como se fôssemos forçados a andar na prancha de um navio.

— Não — digo, determinada, com um grande sorriso. — Vamos esperar um pouco mais.

Não vou mostrar a ele que estou com medo. Precisamos curtir isso ao máximo, o que significa esperar para garantir proximidade com algumas celebridades.

— Molleee, vamos embora — Ryan diz, apertando os dentes. — Estou me cagando aqui.

— Vocês, garotos de Essex! — censuro. — Só botam banca. — Pego sua mão. — Vamos lá, não há nada a temer!

— Neste momento, o câncer parece menos assustador do que esse tapete vermelho — responde Ryan, com a voz estranhamente baixa.

Nunca o vi tão desanimado, mas sei como ele se sente.

— Escuta — sussurro —, nós só vamos fazer isso uma vez, e vamos fazer direito, está bem? Agora, faça o que eu disser.

— Ah, claro, sua mandona — diz Ryan.

Olho para ele e dou uma piscadinha, tentando não demonstrar como estou perturbada com sua aparência debilitada. Olho para trás rapidamente e vejo chegar um carro preto, comprido e elegante. Então vejo uma perna emergir; uma perna curta, dentro da calça de um terno, com um corpo ligado a um sorriso.

E outro sorriso do gato de Alice, como o do dr. Harper. Mas esse é maior, mais luminoso. É um dos sorrisos mais famosos do mundo.

— É eleee — sussurro. — Tom Cruuuuise.

Ryan vira a cabeça, tentando captar um vislumbre de seu maior ídolo cinematográfico de todos os tempos.

— Não olhe agora! — digo. — Aja naturalmente. Faça o que eu fizer, tudo bem? Espera, espera... VAMOS!

Começo a andar, lenta e deliberadamente, pelo tapete vermelho, acenando para a multidão, segurando a mão de Ryan. Ele me aperta e olha para mim com os olhos esbugalhados, como se dissesse: "Que diabos você está fazendo?" Mas também porque seus olhos estão assim ultimamente, porque seu rosto está macerado. Ele perdeu muito peso desde a última sessão de quimioterapia — e a perda de cabelo não ajuda. Não que ele não seja mais bonito de cair o queixo, claro. Ele ainda é lindo para mim, só que... de um jeito mais etéreo. Mas sei que para os outros ele está horrível. Sua pele é pálida, como o amarelo-acinzentado da luz de um poste brilhando na névoa. Sua cabeça está nua e tem lesões. Suas roupas, que serviam há apenas uma semana, ficam penduradas no corpo. Até seus dentes parecem grandes demais para a boca.

— Ande devagar — sussurro. — Beeeeemmm devagaaaaar.

— Por quê? — Ryan sussurra para mim. — Todo mundo está olhando para a gente...

— Por isso mesmo, Ry — digo. — Nós dois, meu amigo, vamos ser fotografados pelos paparazzi ao lado do Tom Cruise!

— Você está *louca*? — ele diz, puxando meu braço para tentar me deter. — Todo mundo sabe que não somos ninguém. E você já viu os seguranças dele? São enormes!

Paro subitamente, bem no meio do tapete vermelho. Depois me volto e pego seu braço. Posso sentir seus ossos.

— Você, Ryan Cooper, não é um ninguém, nunca foi um ninguém e *nunca* será um ninguém, *está me ouvindo*?

As pessoas olham para nós. Dois fotógrafos afastam a câmera do rosto e nos olham com curiosidade.

— Você *não é* um ninguém, tudo bem, Cooper? — repito com firmeza, fazendo o máximo para não chorar.

Ryan olha para a multidão atrás de nós, para os fotógrafos que agora nos ignoram, porque celebridades de verdade estão passando ("Kelly! Kelly Brook! Aqui! Belo vestido, linda! Ah, e Fearne!!! Fearne Cotton! Podemos tirar uma foto? Diga xis, Geri, vamos lá, querida!"). Seco o nariz com a mão e ponho a bolsa debaixo do braço, e então Ryan se volta, fica de frente para mim e sorri, com os olhos brilhando. Ele me segura, me puxa para si, me inclina para trás e me dá um longo beijo, tão longo que mal consigo respirar. Flashes estouram; fecho os olhos, e não só para saborear o beijo, como prometi a mim mesma que faria, mas porque estou cega pelas luzes. ("Quem são aqueles dois? Ex-Big Brothers? Ah, sim, eu sabia que os conhecia! Como se chamam? Que tal outro beijo para as câmeras?")

Ryan solta meus lábios e me olha nos olhos, que brilham como estrelas nascendo quando o sol ainda está no céu.

— Acho que isso é o suficiente, hein, Moll? — ele diz.

Começo a rir. Então ele me endireita e nos beijamos e abraçamos. Mas, de repente, Ryan fica duro e vira lentamente a cabeça quando alguém lhe dá um tapinha no ombro.

— Ei, adorei o beijo cinematográfico, cara! Quase tão bom quanto o meu!

E Tom sorri; seu rosto cresce em nossa direção quando ele murmura, baixinho, e depois passa com seus acompanhantes, deixando só a lembrança de suas palavras e de seu sorriso. Ryan e eu nos entreolhamos. Ambos estamos de olhos arregalados agora, e começamos a rir.

No cinema, sentamos em nossos lugares e deslizo minha mão — que ainda está tremendo depois de nosso encontro tão próximo com Tom Cruise — na de Ryan, e me recosto para curtir o filme. Mas, cinco minutos depois, ele se inclina e sussurra:

— Podemos ir para casa, Molly? Acho que... acho que não estou me sentindo muito bem.

Nesta noite eu o coloco na cama e me deito ali até que sua respiração fica pesada e regular. Fico ali, abraçada a ele o máximo de tempo possível, desejando que o sono venha para mim também. Mas não consigo dormir. Deslizo para fora da cama e vou para a sala, chorando mais quanto mais me afasto de Ryan. Choro porque sei que o que estou fazendo não está impedindo nada. Estamos fazendo todas essas coisas incríveis que sempre sonhamos, mas não é o suficiente. Eu me sento no sofá, e só então vejo um pedaço de papel na mesa de centro, apoiado no flamingo. O maldito flamingo. Quer dizer que ele a encontrou... Minha lista. A lista do foda-se. Ele deve ter visto antes de sairmos hoje à noite.

Estendo a mão para pegá-la e ver se ele acrescentou alguma coisa. Olho o papel, confusa, e não acredito. Cada item foi riscado.

Embaixo, ele fez uma nova lista:

<u>Lista de ser/estar do Ryan</u>
- Eu quero <u>estar</u> com você
- Quero <u>estar</u> com minha família e meus amigos

- Não quero <u>ser</u> mimado pela Molly!!!!
- Quero <u>ser</u> capaz de viver a vida o mais normalmente possível com você
- Não quero que você <u>esteja</u> constantemente se punindo ou se sentindo culpada por coisas que não pode mudar, e que eu não ia mesmo querer mudar
- Quero <u>ser</u> capaz de olhar para trás, para tudo que já fiz na vida, e não tentar fazer de tudo
- Quero que você <u>seja</u> capaz de enxergar o que eu sinto: que sou um homem totalmente realizado. Tenho tudo que sempre quis, Molly, e não me arrependo de nada. Nem uma única coisa

E então, o seguinte:

- Eu não quero FAZER mais coisas, Molly, só quero <u>ser</u>

Mordo o lábio ao ler sua lista, balanço a cabeça e choro ao entender o que ele está tentando me dizer. Eu estava avançando cegamente, tentando fazer coisas que fizessem com que *eu* me sentisse melhor em relação ao fato de Ryan estar morrendo, sem levar em consideração o que *ele* quer. Porque eu não estou preparada para sua morte. Ele pode estar, mas eu não. Não sei como viver sem ele.

Sua lista se borra diante dos meus olhos e começo a enxergar dobrado. Então percebo que é por causa do que está escrito do outro lado do fino papel de carta A4. Não me lembro de ter escrito nada do outro lado. Viro a folha, e é quando começo a soluçar de verdade, porque ali Ryan fez outra lista. Uma só para mim. Leio cada linha lentamente, tentando gravar cada item na memória, acariciando com os dedos sua letra garranchada.

<u>Lista de ser/estar da Molly</u>
- Eu quero que você <u>seja</u> feliz!
- Eu quero que você <u>seja</u> otimista!
- Eu quero que você <u>seja</u> capaz de olhar para trás sem arrependimentos!
- Eu quero que você <u>seja</u> capaz de deixar o passado para trás e viva o presente!

- Eu quero que você <u>seja</u> fotógrafa. Você é brilhante no que faz. Por que parou de tirar fotos? Posso estar com câncer, mas você ainda tem olhos e mãos e, mais importante, sua visão
- Eu quero que você <u>seja</u> amada. O próximo cara que te amar vai te amar para sempre. Porque vai ser impossível não amar. Acredite, eu sei. E, se eu ainda estivesse aqui, ia cumprimentá-lo, porque sei que ele vai ser um homem de sorte
- Eu quero que você <u>seja</u> mãe. Você vai ser uma mãe maravilhosa. E não, Moll, eu não me arrependo de não termos tido filhos. Eu ia morrer (ha, ha!) só de pensar que os estaria deixando. Fico feliz porque fomos só eu e você, Moll, está me ouvindo? É sério
- Eu quero que você <u>seja</u> orgulhosa da mulher que é, e que saiba que eu tenho muito orgulho de ter sido amado por você. Você fez com que a minha vida fosse completa, e é por isso que não me importo de não envelhecer. Nós tivemos tudo tão novos, não é? Eu tive tudo tão jovem... O que mais um homem poderia pedir?

Finalmente tenho uma lista de coisas que realmente importam. A única lista com que vou me preocupar. Beijo o pedaço de papel, passando os lábios sobre sua caligrafia, tentando inalar suas palavras e sentimentos, engolir o amor com que ele fez a lista. Esse é o Ryan, um homem que nunca quis nada mais do que tinha, que viveu uma vida plena, de forma simples. Ele sempre teve claras suas prioridades; não só agora, quando enfrenta a morte, mas durante a vida inteira. Ele nunca correu atrás de sonhos ridículos ou priorizou outra coisa além de ser um bom amigo, um bom filho, um bom irmão, um bom namorado, um bom professor e um bom marido. Eu aprendi muito com o Ryan, e ele ainda me ensina muito. E sei que vai me ensinar por um longo tempo ainda.

Deixo o pedaço de papel em cima da mesa de centro, vou para a cozinha e ponho a chaleira no fogo. Sei que não vou dormir esta noite. Encosto na parede, olho para o nosso apartamento, para a nossa casa, e começo a construir algo em minha cabeça. Palavras, depois frases e, a seguir, um parágrafo.

Levo o chá para a sala, pego o notebook e entro no meu blog. Meus dedos pairam sobre as teclas; fico sentada olhando para a tela em branco. Não estou acostumada a expressar meus sentimentos de outra forma a não ser por fotos. Então, abro a pasta em meu notebook chamada "Casamento" e vou repassando as fotos, até que vejo a que quero. Ryan e eu, debaixo da cobertura de flores selvagens vermelhas, laranja e amarelas que eu escolhi. O sol estava prestes a mergulhar no mar atrás de nós, e estávamos ali parados, eu de branco, ele de azul-claro, como se estivéssemos no meio de um incêndio. Estamos com a cabeça inclinada um para o outro, nossos lábios sorrindo e pressionados uns contra os outros, as mãos no rosto um do outro, em nosso primeiro beijo como marido e mulher.

Fico olhando a foto um tempo e depois escrevo. Paro e sublinho o título.

<u>O beijo de "até que a morte nos separe"</u>

Para uma garota que achava que não acreditava em casamento, quando me acostumei com a ideia, eu me perguntei que raios havia me impedido por tanto tempo. Eu tinha medo da permanência da instituição, do caráter definitivo, absoluto.

Uma única pessoa pelo resto da vida.

Agora eu sei que isso nem sempre é possível.

Olho para a foto do casamento de novo, tomo um gole de chá e continuo a escrever. As palavras jorram dos meus dedos.

Porque, depois que finalmente encontrei o meu "felizes para sempre", recentemente descobri que meu marido lindo, atlético, engraçado, gentil, atencioso, fanático por academia e futebol, tem câncer terminal. Ele tem quase trinta anos, e eu vinte e oito. Nós nos conhecemos desde que éramos adolescentes. Nosso primeiro beijo foi quando eu tinha quinze anos, e ele dezessete, em um bar chamado The Grand (foi desastroso); nosso segundo (incrível) beijo foi aos vinte e poucos anos, quando nos cruzamos durante as férias em Ibiza (acho que ele me perseguia, mas ele nega!). Fomos morar juntos quando todos os nossos amigos ainda tinham transas de uma noite só, mas depois nos separamos por um tempo, só para perceber que pertencíamos um ao outro. Ficamos noivos em Nova York, no Central Park, no memorial *Imagine*, no Strawberry Fields, no dia 23 de novembro de 2005 (meu aniversário de vinte e seis anos). Foi um momento absolutamente mágico. E então nos casamos em Ibiza, em 22 de abril de 2006, e foi algo completamente fora deste mundo. Eu sinto que o amo desde sempre e, por causa disso, pensei tolamente que ainda tínhamos o para sempre.

Desde o diagnóstico, ando consumida pela necessidade de fazer com que cada momento seja marcante e que o que resta da vida de Ryan valha a pena. Até fiz uma lista de coisas a fazer, como uma maneira de ter certeza de que Ryan realize tudo o que sempre sonhou. Meus colegas de trabalho gentilmente me ajudaram a organizar algumas experiências incríveis para o Ryan, que vivemos uma a uma, mas então encontrei uma lista que ele fez para mim. Não é uma lista de coisas a fazer, e sim de coisas a SER. Ele ressaltou que não faria nada diferente, que sua vida é plena por causa das escolhas que fez, pelos amigos incríveis que tem, pela família maravilhosa que sempre foi invejavelmente próxima, por seu trabalho na escola que ele ama. Seus alunos são como seus filhos; ele lhes dá amor, tempo, paciência e compreensão, quando ninguém mais dá. Ele nunca desejou mais do que tem. Sempre foi feliz, às vezes de um jeito muito irritante (já tentou discutir com alguém que está sorrindo? É irritante!). E só o que ele quer a partir de agora é estar com as pessoas que ama. Ser, não fazer.

Sua mãe, Jackie, sempre brinca dizendo que ele nasceu sorrindo. Agora, ele brinca dizendo que vai morrer sorrindo também. Só rindo, mesmo. E é o que fazemos, mas às vezes é realmente difícil.

Passei horas desejando encontrar uma maneira de segurar o Ryan para sempre, e agora parece que este blog é isso. Nos últimos meses, dividi com vocês minha visão da vida e do amor através da lente de uma câmera; em minha viagem a Nova York, em meu caminho para o trabalho, em todos os lugares aonde o Ryan e eu fomos. Desde que ele foi diagnosticado, venho postando algumas fotos nossas.

Acho que é porque quero que outras pessoas compartilhem do maior amor que eu já tive. Gostaria de ter capturado cada beijo que Ryan e eu trocamos para postar aqui, para que vocês vissem tudo o que eu tive por ter o Ryan, e o que eu me tornei por estar com ele. Desejo que todos vocês beijem seus entes queridos agora e saboreiem o beijo, e todos os outros que se seguirem. Porque, quando você sabe que os beijos são finitos, que cada beijo que você dá o leva mais perto do adeus, fica imaginando por que perdeu tantos. Então, por favor, por mim, ouçam os conselhos de vida do Ryan, parem de fazer e comecem a *ser*. Sejam gentis um com o outro, sejam gratos um ao outro, sejam fiéis um ao outro. Não desperdicem seus beijos, nem um sequer. O futuro não está garantido para ninguém, portanto beijem até não poder mais, na rua, na frente de todos! Beijem como se cada beijo fosse o último. E depois salvem todos eles na memória, para que possam guardá-los para sempre. Assim como eu estou fazendo.

Bjs,

Molly

O beijo incontrolável

Você já se entregou a um beijo tão completamente, tão indiscutivelmente, que a sensação era de estar renunciando a uma parte de si e substituindo-a por uma parte da outra pessoa? Isso aconteceu quando voltei de Ibiza. Com aquele beijo, Ryan despertou minha metamorfose em borboleta. Social, física e psicologicamente. Ele soprou vida nova dentro de mim, acariciou minha alma com seus lábios. Foi impossível voltar para o meu casulo. Não agora, não com ele, nunca mais.

<<REW 30/07/01 18:00

— Meu Deus, esta é a segunda-feira mais longa da minha vida — Jo suspira quando nosso grupo se amontoa no elevador, pouco depois das seis horas da tarde. — Odeio semana de imprensa. Não importa quanto a gente se organize, sempre acaba sendo estressante. Preciso de um drinque. Alguém me acompanha?

Olho meu relógio. Tudo que realmente quero fazer é me instalar em meu novo apartamento, tomar uma taça de vinho e desencaixotar algumas coisas.

— Ah, vamos lá — Jo resmunga quando as portas do elevador se abrem para a recepção da Brooks, editora da *Viva*. — Quero ouvir mais sobre esse romance de férias...

Eu a ignoro. Não quero mais falar sobre Ryan. Tenho certeza de que não vou ter notícias dele de novo. Uma vez jogador...

As portas giratórias nos cospem para fora, um por um, na Long Acre, a rua principal de Covent Garden, que está absolutamente lotada nesta tarde amena de julho. Conversamos por alguns minutos, tentando descobrir a que bar ir. Finalmente decidimos pelo The Langley, virando a esquina.

— MOLLY! — ouço um chamado distante e me volto rapidamente, sem saber de onde veio e se é dirigido a mim.

O sol do fim de tarde, refletido nas vitrines das lojas, me cega temporariamente, e de repente somos engolidos por hordas de pessoas que saem da estação de metrô. Só consigo ver uma massa de cabeças.

— Você ouviu também ou estou ficando louca? — pergunto a Jo.

— Eu ouvi — ela afirma.

— MOLLY!

Olho em volta e dessa vez vejo um enorme buquê de flores atravessando a rua, fazendo as pessoas se afastarem e os carros frearem como num passe de mágica. Até os táxis pretos. A pessoa que parece ter um buquê de flores no lugar da cabeça se esquiva pela rua, gritando como se fosse uma questão de vida ou morte.

— Desculpe, com licença... eu preciso... MOLLY!

Ouço as meninas ofegarem e fico de queixo caído quando Ryan aparece diante de mim, sem fôlego e sorrindo largamente. Pequenas gotas de suor cobrem sua testa bronzeada, e os músculos de seus braços, totalmente expostos por baixo de uma camiseta azul com um colete de náilon vermelho por cima, estão definidos por conta do esforço. Seus olhos azuis brilham como o mar onde nadamos juntos em Ibiza.

— Ryan? O que você está fazendo aqui? Achei que ainda estivesse em Ibiza! — digo, pondo a mão acima dos olhos para protegê-los do sol ainda brilhante.

Não acredito que ele está aqui, parado na minha frente como uma miragem, banhado pela suave luz amarela do fim de tarde. Parece quase angelical com a aura de luz em torno dele.

Ele olha para o grupo de meninas da revista em volta de mim, todas visivelmente desfalecendo, e estende as flores para mim.

— Eu não podia passar nem mais um dia sem te ver — ele diz. — Encurtei as férias e peguei o próximo voo para casa, pouco depois de você.

Olho para ele em choque, estudando seu rosto para detectar sinais de que está brincando comigo. Olho em volta para ver se ele está com Alex, Carl ou qualquer um dos rapazes. Cruzo os braços — principalmente para encobrir o fato de que meu coração está querendo pular para fora do peito.

— Está falando sério, Cooper? — pergunto, levantando a sobrancelha para ele, como Casey me ensinou.

— Totalmente sério. — Sua linda boca forma uma linha firme. Olho para ele um momento, em seguida baixo os olhos, incapaz de sustentar seu olhar. Ele estende a mão para pegar a minha e aceito seu toque. Sinto uma força magnética que nos atrai. Estou começando a achar que ela existe há anos. — Eu me apaixonei por você no primeiro momento que te vi, Molly Carter — Ryan diz. — Agora, podemos parar de fingir que não é para acontecer?

Ele dá um passo em minha direção, e, apesar da multidão, de eu estar na frente do meu novo local de trabalho, com meus novos colegas, e de não estar acostumada com demonstrações públicas de afeto, me jogo de forma incontrolável em seus braços, incapaz de resistir a ele nem mais um segundo. Olho profundamente em seus olhos, nossos lábios se encontram de novo, e vejo sua expressão desarmada, o amor e a vulnerabilidade no lugar do falso machismo. E, assim como esse último desaparece, o mesmo acontece com minha pontinha de dúvida em relação a ele. Ryan Cooper é meu destino. Sei disso mais que qualquer coisa na vida. Enquanto nos abraçamos e continuamos nos beijando, ouço meus colegas festejarem e me afasto, envergonhada de repente. Mas ele me puxa para perto e começamos a rir, estremecendo juntos, de testa colada timidamente quando percebemos que Jo tirou fotos de nós.

Ela dá de ombros, levantando a câmera.

— Esse é um clássico momento Kodak!

— Mais um para dar sorte? — Ryan diz, sorrindo ao se inclinar sobre mim.

E, pela primeira vez na vida, eu realmente me sinto a garota mais sortuda do mundo.

O beijo de longa distância

Foi Blanche DuBois (bem, Tennessee Williams, na verdade) quem disse: "Eu sempre dependi da bondade de estranhos". Percebo hoje que nunca me permiti depender de ninguém além de Ryan. Mas preciso fazer isso agora. Preciso dos meus amigos e da minha família, mas também preciso disto. De você. De todos vocês. Tiro força e apoio das mensagens deste blog todos os dias. Fico impressionada com todas elas. Quero que vocês saibam que, não importa a distância que esses votos e orações gentis percorreram, todos eles foram aceitos com meus mais sinceros agradecimentos. Eles significam mais do que vocês podem imaginar.

FF >> 05/05/07

Meu telefone do trabalho toca; um som urgente, persistente, perfurante, que perturba qualquer pensamento criativo que resta em meu cérebro. Não consigo pensar direito nem nas melhores condições, que dirá quando sou interrompida a cada cinco minutos e ainda tenho de enfrentar o álbum perpetuamente alegre do Mika, *Life in Cartoon Motion*, estourando no aparelho de som, em flagrante contraste com meu obscuro monólogo interno.

Como o Ryan está? Será que ligo para ele? Ele tomou os remédios? O que devo fazer para ele comer hoje à noite? Tento pensar rapidamente em uma chamada para a edição da próxima semana — uma parte do meu trabalho que odeio —, e, apesar de isso poder ser visto como uma distração bem-vinda, também me impede de fazer coisas práticas, como procurar casas para alugar em Leigh-on-Sea.

Porque eu sei que está chegando a hora.

— Sim? — pego o telefone e atendo bruscamente, em um estilo não aprovado pela *Viva*, mas não me importo nem um pouco. Sou imune a regras ou críticas atualmente. E o estranho é que não consigo fazer nada de errado, mesmo que tente.

— Moll-eeee — Jackie trina ao telefone. — Como está minha linda norinha?

Penso em meu corajoso, doce e paciente marido, em como ele adora a mãe, e tento incorporar um pouco de sua bondade e me forçar a não responder simplesmente "Ocupada" e desligar o telefone.

Seja gentil, seja gentil, canto em minha cabeça. E então: *Não se esqueça de que isso é tão difícil para ela quanto para você.*

— Estou bem, muito bem, obrigada! — gorjeio com uma voz estranha e alta, tipo Alvin, o Esquilo, que sempre me pego adotando quando converso com ela ultimamente.

Não posso lhe dizer o que estou sentindo de verdade; que estou com medo, petrificada na expectativa do que cada dia pode trazer para Ryan. Que estou à espera do golpe da foice da morte, observando cada sinal, cada novo sintoma. Eu queria me dar ao luxo de ter a mesma negação que Jackie, mas ela ficou com minha parte também.

— Molly querida, estou ligando porque acabei de ler no jornal que parece que vinho tinto pode curar o câncer! Dá para acreditar? É uma desculpa ótima para o Ry desfrutar de uma bebida, não é? Hi, hi, hi!

— Ha, ha! — guincho automaticamente em resposta.

A voz de Jackie perturba meus pensamentos — de novo.

— Acho que talvez você possa comprar um vinho para o Ryan no caminho de casa, querida! Provavelmente é o medicamento mais agradável que ele vai tomar! O Dave está dizendo que já sabia disso, por isso bebe tanto. Hi, hi!

Portanto, se o câncer não o matar, provavelmente a insuficiência hepática vai fazê-lo.

Seja gentil, Molly.

Nem saliento o fato de que os antioxidantes presentes no vinho tinto servem para prevenir o câncer, não para curá-lo. Tampouco lembro a minha sogra que o Ryan odeia vinho tinto, sempre odiou. Ou que ele não pode beber muito, por causa de toda sua medicação. Quero dizer tudo isso, mas não digo. Quero que ela lide com tudo que estou aprendendo diariamente. Quero que Ryan diga à mãe para aceitar o fato de que ele está morrendo. Quero que ele perceba que eu preciso de ajuda. Não quero fingir que está tudo bem. Quero ir para casa. Quero minha mãe e meu pai. Ou os pais de Ryan. Quero que eles assumam a responsabilidade, que parem de cantar *lá-lá-lá* com as mãos nos ouvidos.

Porque, lá-lá-lá, não consigo tirar o câncer da cabeça, lá-lá-lá.

Vá embora, Kylie Minogue!

Esse é o legado que você está me deixando, Ryan? Uma vida inteira de música pop de merda na cabeça?

— Molly? Ainda está aí, querida?

— Sim, Jackie, ainda estou aqui.

Não a dispenso porque sei que ela precisa fazer isso, precisa pensar que ainda existe uma chance. Invejo esse otimismo, de verdade. Mas ela não teve de ouvir Charlie conversar sobre "o futuro". Ela não estava com Ryan quando ele tentou ir comprar um litro de leite e tivemos de voltar de ambulância porque ele teve uma convulsão. Já sou Cooper o bastante para saber que sua mãe merece se agarrar a toda esperança que puder. Já sou Cooper o bastante para ouvi-la e fazer o que puder para facilitar as coisas para ela — mesmo que isso as torne mais difíceis para mim. Aprendi isso estando com Ryan e fazendo parte de sua família.

Desde o diagnóstico, por Jackie, tenho dado a Ryan quantidades infinitas de:

1. Curry (Jackie: "Aumenta a eficácia da quimioterapia, Molly querida. E, aparentemente, ajuda a estimular a morte das células cancerosas!")
2. Alho ("Diz aqui, Molly, que aumenta a função imunológica. Isso só pode ser bom, certo, querida?")
3. Folhas verdes ("Elas são antioxidantes, sabia?")
4. Brotos ("A mesma coisa, querida!")
5. Grãos ("Fazem alguma coisa com os níveis de glicose e insulina!")

Obedeço, principalmente porque parte de mim espera que ela esteja certa.

Assim, por essa razão, guincho:

— Obrigada, Jackie, vou comprar! Talvez a gente tenha curry, brotos e uma garrafa de vinho tinto hoje no jantar!

— Por que você e o Ryan não vêm comer comida chinesa conosco, Molly? Vai ser tão divertido, querida! — ela diz num tom agudo. — É sempre tão divertido quando estamos todos os Cooper juntos! A família toda... Vamos, Molly querida! Por que vocês dois não pulam no trem e vêm?

Quero dizer que Ryan não consegue pular em lugar nenhum. Ele só consegue caminhar atualmente. Charlie está providenciando uma cadeira de rodas para os dias em que Ryan estiver exausto demais para andar — o que acontece cada vez mais frequentemente. Mas isso não resolve o problema com as escadas. Eu lhe pedi para falar com Ryan sobre isso de novo, porque ele não quer me ouvir. Parece que pensa que vai se sentir melhor amanhã. E o amanhã é meu medo. De tudo isso, o mais difícil é me acostumar com sua fragilidade. A perda de cabelo foi fácil — embora eu não imaginasse que ele perderia os cílios, as sobrancelhas e os pelos "lá embaixo" também. Ele se chama de Gollum agora.

— Então eu sou o quê? — eu ri, quando ele disse isso. — Um hobbit?

Enfim, ele começou a perder o cabelo duas semanas depois de começar a quimioterapia; umas falhas apareceram de manhã no couro cabeludo, um pouco de fios no travesseiro. Ryan me pediu para raspar sua cabeça com máquina um. Resolvi que devíamos nos divertir um pouco antes, de modo que peguei minha câmera e comecei a fazer diversos penteados malucos, listras na cabeça toda, depois uma grade, um moicano, uma escada, e tirei fotos de cada um para a posteridade — e para nossa diversão —, até que não sobrou nem um fio de cabelo.

— Ficou como David Beckham em 2001 — apontei, depois de observá-lo por um segundo. — Só falta dar um toque final aqui...

Raspei uma pequena linha diagonal em uma das sobrancelhas e, com um floreio, ergui um espelho de mão diante de Ryan. Ele pareceu realmente feliz. Então disse, pensativo:

— Moll, quantas horas você acha que eu perdi na vida arrumando o cabelo?

Ele ficou em silêncio por muito tempo, e achei que estivesse tentando contar as horas, assim como venho tentando contar nossos beijos. Tentei até elaborar uma fórmula.

Depois de franzir as sobrancelhas (raspadas) durante vários minutos, ele balançou a cabeça tristemente.

— Eu devia ter raspado anos atrás.

Poucos dias depois, as lesões começaram a aparecer.

— Você me ouviu, Molly? — A voz aguda de Jackie permeia meus pensamentos. — Eu perguntei por que vocês não vêm!

— Nós vamos no fim de semana, lembra, Jackie? — gorjeio, radiante. — E adivinha. Estou procurando casas para alugar. Talvez a gente se mude para aí mais cedo do que você pensa! — Erroneamente, acho que isso vai agradá-la.

— Para *alugar*? — ela funga. — Está tentando me ofender, Molly querida?

— Como? Não! Eu só...

— Por que alugar? Por que você e o Ry não ficam aqui, em sua antiga casa? É a CASA dele.

— Nós íamos, mas o Ryan não quer...

Eu ia dizer que Ryan não quer morrer na casa dela, mas: a) ela não me deixou terminar, e b) percebi que essa não é uma frase adequada para Jackie.

Ela ergue a voz várias oitavas, tentando parecer sonora e radiante, mas parece assustadoramente desequilibrada.

— Se você vai dizer que o meu filho não quer voltar para casa, querida, vou desligar o telefone na sua cara. O meu filho deve ficar aqui. Em casa. Com a família dele...

Eu sou a família dele.

Ouço um choro; é a primeira vez que a ouço chorar. Depois o som abafado do aparelho sendo passado, e Dave pega a linha. Mal reconheço sua voz; parece que faz muito tempo desde que o ouvi falar da última vez.

— Molly... — o ruído sai surdo ao telefone, como um trovão distante.
— Desculpe, a Jackie está um pouco chateada. Não se ofenda, ela só... está difícil para ela. Para todos nós...

— Eu sei, e quero voltar para Leigh, Dave, quero mesmo. Preciso de ajuda, mas o Ryan está determinado... — Estou chorando agora. — Preciso de ajuda...

Largo o telefone quando percebo que ele já desligou. Ergo os olhos, mas todo mundo está trabalhando diligentemente, de cabeça baixa. Olhando para qualquer lugar, menos para mim.

Às vezes acho que as pessoas têm medo de que o que estou passando seja contagioso. De que, se ouvirem muito ou falarem muito comigo, algo terrível vai acontecer a seus entes queridos. E parte de mim se pergunta se elas estão certas.

— Molly, pode vir à minha sala um instante, por favor? — Christie está com a cabeça para fora de sua sala, gesticulando para mim.

— Oi — digo, e ela indica a cadeira em frente à sua.

— Como o Ryan está? — pergunta.

É sempre a primeira pergunta que as pessoas me fazem ultimamente. Fico grata pela preocupação, mas nunca sei bem o que responder.

— Ah, você sabe — sorrio para Christie e decido lhe dar minha versão pré-fabricada, bem-humorada e otimista da verdade. — Ainda eternamente teimoso, incrivelmente vaidoso e irritantemente obcecado por futebol, mas bem, considerando tudo... Os médicos dizem que ele está indo muito bem.

Exceto pelas náuseas, a falta de ar, as dores de cabeça, a incontinência, os pesadelos e as dores, abstenho-me de acrescentar. Aprendi, da maneira mais difícil, que as pessoas não querem a verdade, só uma versão dela, coberta de marshmallow. Alguns (Jackie), nem isso.

— Ah, que BOM! — Christie vibra, como se acabasse de ouvir "ele está curado!". — Molly, te chamei aqui porque quero falar sobre o seu blog. Tem um post lá que me chamou a atenção...

Minha mente voa para a última foto minha e de Ryan no topo da página do blog, com o título "O beijo na frente de todo mundo", e, embaixo, a gente se beijando no tapete vermelho na frente de Tom Cruise. Sob a foto, escrevi: "Próxima parada... sofá da Oprah!" Quando mostrei a Ryan, ele achou hilário.

— Bom, já posso riscar da lista meus quinze minutos de fama — ele brincou. — Com isso e com a volta do Take That, já posso morrer feliz!

Estou me acostumando com suas piadas.

— Na verdade, é sobre a reação ao seu blog que eu queria falar com você — continua Christie. — Não só ao post mais recente, mas a todos eles. Já reparou em quantos comentários você tem recebido desde que começou a postar fotos suas e do Ryan se beijando?

Dou de ombros timidamente. Já reparei, e os acho incrivelmente comoventes. Tantas palavras impressionantemente gentis e edificantes escritas por pessoas que nem conheço... Mensagens de pessoas que escrevem para compartilhar suas próprias histórias de câncer, conselhos de mulheres — e homens — que estiveram, ou estão, na minha posição, e de pessoas que dizem como gostam de ver as fotos que eu posto, que se sentem comovidas com a nossa história de amor.

Ryan sabe o que estou fazendo, mas acho que não olha o blog. Sua única preocupação é como ele sai nas fotos.

— Só não poste nada meu em trajes suspeitos, Moll. Quero ser lembrado como um cara estiloso, não como uma vítima da moda — ele disse na noite passada.

— Mas você *é* uma vítima da moda, sempre foi! — eu ri, puxando o edredom e sussurrando, enquanto seus olhos começavam a se fechar. — Lembra daquele macacão?!

Ele dorme cada vez mais atualmente, por causa da morfina que começou a tomar. Nosso quarto está se transformando também em sua sala, seu sofá, seu cinema e sua biblioteca. Em alguns dias ele não tem forças nem para sair da cama. Nem para nada. É estranho ver um quarto que um dia foi um lugar de sexo e sono se transformar em algo tão clínico. Ao lado da nossa cama tem um balde e toalhas; uma jarra de água e um enorme porta-comprimidos (que eu nem sabia que existia, mas que Charlie me mandou comprar para colocar todos os comprimidos de Ryan) ficam em sua mesa de cabeceira. O recipiente está cheio de remédios, rotulados de segunda a domingo e café da manhã/almoço/chá/jantar, o que nos ajuda a lembrar exatamente o que ele precisa tomar e quando. Também fico tranquila sabendo que Ryan tomou os remédios quando não estou com ele. Comprei lençóis específicos para os pequenos acidentes que vêm acontecendo cada vez com mais frequência ultimamente. E agora temos um penico pela mesma razão, para quando ele está com muita dor para levantar no meio da noite.

— Ohhaaahhh — ele bocejou, fechando os olhos e me ignorando. — Estou tão cansado, esse tipo de câncer é muito desgastante, sabia?

E então debilmente me puxou para me abraçar e fingiu dormir comigo nos braços, para eu não poder sair. Não que ele fosse forte o suficiente para me impedir. Seus braços perderam todo o tônus muscular. Mal posso tocá-lo sem que ele estremeça, e passo a maior parte do tempo aplicando emolientes e óleos para ajudar a aliviar o desconforto.

O blog se tornou minha terapia, minha automedicação e minha maneira de celebrar nosso amor. Não quero que Ryan tenha nenhuma dúvida sobre quanto o amei. Amo. Tempo presente. Não passado. Ainda não. Nunca.

Christie se estica sobre a mesa e toca minha mão. Percebo que estou chorando. Mais uma vez.

— Molly, sinceramente, eu nunca vi uma reação tão apaixonada a um blog antes. Recebi e-mails de leitores que querem ouvir mais de você, querem seus conselhos ou só que converse com eles. As pessoas nos mandam mensagens com fotos delas beijando seus companheiros; algumas são mulheres na mesma situação que você, outras dizem que o que você escreve no blog encontra eco nelas. Olha aqui...

Christie abre uma pasta cheia de e-mails, todos com títulos que dizem simplesmente "Molly e Ryan" ou assuntos mais específicos, como "Fazendo cada beijo valer...".

Estou sentada com a mão sobre a boca, tentando conter mais soluços. Meus ombros tremem; são centenas de mensagens, e não param de chegar. Ergo os olhos e vejo outro e-mail em negrito. Reconheço o nome. É a editora da nossa revista em Nova York. O título é "Um beijo no Central Park" e tem a data de 23 de novembro de 2005.

— Pode abrir esse, por favor, Christie? — digo em voz baixa.

Ela olha para mim e depois para o e-mail. Clica no anexo, e de repente aparece uma foto de duas pessoas se beijando no meio do Central Park, sobre o mosaico *Imagine*.

— Ah, meu Deus. Somos eu e o Ryan, quando ele me pediu em casamento! — ofego. — Mas como... quem...

— A *Viva* americana pôs um link para o seu blog no site deles quando você foi para lá — diz Christie —, e parece que nunca o tiraram. — Ela lê o e-mail de Anna, a editora de Nova York. — Ela diz que teve resposta maciça no website deles. Estão todos extasiados com você e o Ryan, com seus belos posts e as fotos de vocês dois. — Christie pensa por um momento. — Você não gostaria de postar essa foto e fazer um apelo no site procurando pessoas que reconheçam você e o Ryan? Podem ser seus amigos ou sua família, pessoas que vocês conheceram. Elas podem ter fotos antigas que vocês nunca viram.

Ainda estou olhando para a tela do computador, completamente encantada com nossa foto em nosso momento mais feliz. Eu me inclino sobre a mesa de Christie e leio a mensagem, que diz:

> Eu estava visitando o Strawberry Fields, no Central Park, há alguns anos quando testemunhei um dos mais doces, engraçados, bonitos e sinceros pedidos de casamento que já vi. Eu o guardei na memória e, quando percebi que era o mesmo casal desse blog, precisei mandar a foto. Espero que Molly possa acrescentá-la à sua coleção de beijos e que a guarde para sempre no coração.
>
> Desejo muito amor aos dois.
>
> Sandra

Afundo na cadeira em frente a Christie. Agora eu entendo. *Essa* é uma maneira de manter Ryan comigo para sempre. Reunindo essas fotos e as postando em meu blog, Ryan e eu podemos viver para sempre. Na arte e no amor, como meu pai me ensinou.

O beijo de "não posso nem vou reclamar"

Esqueça aquela fala de um filme antigo: "Amar é nunca ter que pedir perdão" (*Love Story*, caso queira saber). Bem, na *minha* história de amor, o câncer significa nunca poder dizer que está irritada...

FF >> 19/05/07

Entro em nossa sala, passo sobre os sapatos de Ryan, jogados na frente da porta, como um animalzinho de estimação malcriado, pego suas meias espalhadas sobre a mesinha e levanto sua mochila, que vomitou todo seu conteúdo — inclusive a medicação — no sofá. Coloco sua próxima dose de comprimidos na mesa de centro, pego um copo de água, empilho todos os seus livros e papéis, jogo-os de novo dentro da mochila, vou até a porta da frente e a penduro no porta-casaco que instalei logo depois que nos mudamos, porque eu não aguentava ver os vários casacos de Ryan pendurados na porta, jogados no sofá, na cama, no banheiro. Então, penso que vou ter de começar a embalar tudo isso em breve. Já alugamos nosso apartamento, e em questão de semanas deixaremos nosso lar. Isso me deixa sem fôlego de tanta tristeza, mas não posso me permitir. Tenho muito que fazer. Estou desesperada para escrever sobre tudo isso para não enlouquecer de estresse, mas Ryan tem razão, e estou aprendendo a viver o momento, a lidar com as coisas conforme acontecem, em vez de encarar tudo como um exercício superficial e ficar riscando coisas de minhas intermináveis listas.

Observo nosso apartamento, transbordante de vida; coleções de coisas efêmeras que Ryan não joga fora: intermináveis programações de futebol, ingressos de cinema, de shows, pilhas de recibos de noitadas de anos passados — incluindo, surpreendentemente, o do nosso primeiro encontro adolescente, quando fomos tomar um café. Foi incrível vê-lo. (Curiosamente, parei de reclamar de todos eles quando ele me mostrou esse.) As prateleiras cheias de seus antigos CDs de boy bands, desconfortavelmente posicionados ao lado da minha coleção de músicas. Balanço a cabeça quando penso em Jeff Buckley espremido entre Boyzone e Backstreet Boys, e de repente não suporto pensar em um sem os outros.

Enfim, vai ser impossível nos mudarmos para algum lugar suficientemente grande para nossas coisas. Sei que nossa casinha de frente para o mar não vai acontecer agora. Seus dias ruins estão ficando cada vez piores; quando não está com dor física, está lutando mentalmente. Ryan ainda tenta fingir, mas, quando não consegue sair da cama, ou quando está enjoado ou com febre altíssima (por causa de uma infecção pulmonar, de acordo com o médico), não consegue disfarçar como é difícil tudo isso. Encontramos novas lesões diariamente em seu corpo, e ele perdeu tanto peso que brinca dizendo que parece mais a trave do gol do que um professor de educação física. Jackie está desesperada para que voltemos, e, por mais que Ryan proteste, sei que ele quer ficar em Londres por mim, não por ele. Ele quer que minha vida continue para que não seja um choque quando ele se for, mas sei que não vou ser capaz de voltar para cá.

Volto para a sala de estar quando Ryan está saindo da cozinha. Ainda está de agasalho, folgado demais em seu corpo quase irreconhecível. No entanto, para mim ele é lindo. Ele sorri e se concentra em carregar sua xícara de chá, que segura com uma mão, e um pratinho de linguiça e purê na outra. Ele me observa enquanto cuido da bagunça ao meu redor, sorrindo como uma criança rebelde. Não digo uma palavra. Só vou até ele e o beijo.

— Teve um bom dia? — pergunto descontraída, indo até a cozinha para pegar meu prato.

— Sim — diz Ryan. — Ótimo! Consegui trabalhar metade do dia — diz com orgulho. — E vi o sétimo ano acabar com o time da Dalston no campeonato de basquete!

— Não foi demais para você? — pergunto preocupada, saindo da cozinha com a comida que Ryan fez.

Ele ainda está tentando cozinhar todos os dias, mesmo sem conseguir comer. Diz que é terapêutico. E também que tem um bom incentivo, visto que a alternativa é comer minha comida.

— Não, amor. — Ryan revira os olhos carinhosamente para mim e se senta no sofá. Coloca sua xícara de chá em cima da mesinha de centro e apoia o prato no colo enquanto sintoniza a tevê em *EastEnders* e empurra a linguiça e o purê pelo prato. Dá para ver que não quer mais. Ele faz muito isso; tem vontade de comer alguma coisa, faz um esforço para preparar e depois não consegue comer. — Você sabe que eu te diria se fosse — ele diz, empurrando o prato e deitando no sofá.

Não, não diria, penso, mas não digo. Em vez disso, simplesmente pego um descanso de copo, coloco debaixo de seu chá e me sento ao lado dele. Acaricio sua cabeça. Ryan muda de canal. Está passando *Hollyoaks*. Isso me faz pensar em Casey. Assistimos por cerca de cinco segundos e em seguida ele muda de novo. Mordo o lábio e depois um pedaço de linguiça. Ele pede seu chá, eu o ajudo a se sentar, toma um gole e, quando vou colocar a xícara de volta, ele não deixa. Faz caretas enquanto tenta se curvar para frente e a coloca de volta na mesa, mas não em cima do descanso de copo. Fico piscando e olhando para a xícara, para o círculo que já posso imaginar marcando a mesa, e depois de volta para meu prato, um mar de purê, feijão e carne que de repente me faz enjoar. Ryan muda para *Friends* no E4, ri e muda mais uma vez. Pego outra garfada, mas não consigo engolir, então me levanto, raspo meu jantar na lixeira da cozinha e começo a encher a lava-louça com pratos sujos, tigelas e panelas que estão lá desde cedo. Respiro fundo e fecho os olhos. Vou me sentir melhor quando estiver tudo arrumado. Ryan não vai nem saber como estou mal. Vou me certificar de que não saiba.

Ninguém avisa que, quando você sabe que o seu amor está morrendo de câncer, nunca mais você vai querer gritar, criticar ou reclamar de novo. Desde que ele foi diagnosticado, nunca mais levantei a voz, aborrecida. Sou uma verdadeira santa por fora. Mas às vezes, por dentro, sinto que vou explodir. Estou fazendo meu melhor, mas, quando ele faz coisas que sabe que me irritam, como deixar a tampa do vaso levantada ou errar por pouco o cesto de roupa suja, volto à minha configuração reclamona de fábrica ("É só colocar as meias no cesto, Ry! Não é tão difícil!"). Parece horrível, não é? Mas não me importo por ele estar fazendo isso. Claro que eu entendo que o máximo que ele consegue fazer é tirar as próprias roupas ou chegar ao banheiro em alguns dias. Não consigo brigar com ele. Essa relação de conformismo que temos agora não é natural. Tivemos de assumir rapidamente esses novos papéis, agir um com o outro de um jeito ao qual não estávamos acostumados, e parece... falso. Eu não sou uma cuidadora natural, e Ryan não é melhor como paciente. Ele é homem, para começar, e um homem esportista, atlético, que nunca ficou doente na vida. Ele odeia tomar comprimidos, ser escravo dos medicamentos e da morfina, das convulsões que agora vêm do nada e que significam que ele não pode mais ir a lugar nenhum sozinho. Nada de escola mais. (Charlie o levou ao jogo do sétimo ano hoje como um agrado, porque eu tinha de ir trabalhar.) Ele odeia todas as consultas, e a única pessoa com quem se abre é Charlie. Às vezes acho que ele é a única pessoa que realmente sabe o que Ryan está sentindo. Ainda mais que eu. Mais uma vez, temos outra pessoa em nosso relacionamento. Mas Charlie é um acréscimo bem-vindo. Preciso dele tanto quanto Ryan.

Outro dia, ele chegou quando Ryan estava dormindo, e ficamos sentados conversando um tempão. Sobre tudo: como eu me sentia, como Ryan estava se saindo. E lhe perguntei o que queria perguntar fazia tempo, mas não tinha coragem:

— Charlie — falei, entregando-lhe a xícara de chá sobre o balcão da cozinha.

Ele ergueu os olhos, inclinando a cabeça, na posição "sou todo ouvidos" que ele faz.

— Sei que devem te perguntar isso o tempo todo, e sei que eu não devia, nem quero que você pense que estou em negação nem nada, mas...

— Você quer saber quanto tempo — disse Charlie, tomando um gole de chá.

Ele deixou a xícara sobre o balcão e entrelaçou os dedos. A musiquinha infantil sobre a igreja, que é sempre acompanhada de gestos com as mãos, me veio à mente. Em seguida, a imagem de um funeral brilhou em minha cabeça e comecei a chorar.

— Ei, escute, Molly — ele disse, pegando minha mão. — Eu não posso prever o futuro e não quero lhe dar más notícias ou falsas esperanças, mas acho que você precisa pensar na próxima fase muito em breve. Morar neste apartamento é demais para ele, e cuidar dele sozinha é demais para você...

Ryan vem para a cozinha, deixa o prato sujo no balcão e volta para a sala. Respiro fundo. Eu o ouço rir de alguma coisa e quero gritar: *Como você pode rir? Como pode rir de alguma coisa?* Mas não grito. Só giro os ombros para trás várias vezes, massageio o pescoço com a mão e me sirvo uma grande taça de vinho. Então, volto para a sala e me sento, aconchegando-me a ele em silêncio enquanto Ryan sintoniza em *A Question of Sport*, que ele sabe que eu odeio. Mas não digo nada. Não vou dizer a um moribundo que ele não pode assistir a seu programa de tevê favorito, não é? Na verdade, agora estou questionando todas as vezes em que reclamei disso antes. Que tipo de esposa de merda eu fui? Resmungando e reclamando e...

Seco uma lágrima e tomo um gole de vinho, mas Ryan me cutuca nesse momento e ri quando uma gota da bebida cai em minha camisa de seda.

— Merda! — exclamo, largando a taça (em um descanso de copo).

Vou até a cozinha pegar papel-toalha. Vou precisar mandar a blusa na lavanderia. É uma camisa de grife, paguei um absurdo nela. Uma quantia que agora parece terrivelmente inaceitável. Eu devia usar só roupa preta. Eu devia ficar em casa cuidando do Ryan, vestindo qualquer coisa, ou uma roupa de enfermeira, para fazê-lo rir. Não essa roupa estúpida de trabalho. Paro de tentar secar a mancha. Que importa se estragou, afinal? Que importa qualquer coisa? Eu me apoio no balcão da cozinha e deixo as lágrimas caírem no meu vinho. Ouço Ryan entrar na cozinha.

— Molleee — ele diz suavemente.

Ergo a cabeça e sorrio através das lágrimas, sem me virar.

— Está tudo bem — digo, começando a esfregar furiosamente de novo.

— Vai sair! Mas não tem importância. Eu nunca gostei muito dessa blusa idiota!

— Molleee — ele diz de novo.

Eu me volto e lhe dou um sorriso radiante.

— Por que você não grita comigo? — ele pergunta, desconsolado.

— Porque eu não quero! — digo animada, abstendo-me de acrescentar a palavra "querido". Eu não sou mãe.

Nunca vou ser mãe.

Nunca vou ser mãe dos nossos filhos.

— Mas eu estou sendo irritante, Molly.

— Não está, não!

— Estou. Sei que você quer fazer uma lista. Você está desesperada para fazer uma lista. Anda, me deixa fazer uma para você.

Observo em silêncio enquanto ele abre a gaveta da cozinha e pega um bloco de papel. Então escreve na parte superior:

<u>Lista de coisas irritantes que o Ryan faz</u>

Em seguida, fica dando batidinhas com a caneta em sua pobre cabeça nua e vai lendo em voz alta enquanto escreve. Sua voz vai ficando mais tensa a cada palavra que anota. Ele está tenso, irritado e frustrado. Não sei bem se é comigo ou com a situação. Seja o que for, odeio vê-lo assim.

— Coisa irritante número um: ele não usa descanso de copo para bebidas quentes. Ou frias. Mesmo que os descansos estejam na mesa de centro na frente dele! — Ele ergue os olhos. — Tem uma xícara de chá quente na mesa de centro. Fato. Você não reclamou. Outro fato.

Abaixa os olhos.

— Coisa irritante número dois: fica zapeando os canais sem parar. — Ergue os olhos. — *Hollyoaks, Friends...* — Faz uma pausa. — *A Question of Sport*... Você *odeia* esse programa. Não reclamou. Número três. — E aponta para o chão. — Sapatos e meias por todo lado.

— Ryan, para — digo. — Essas coisas não têm importância...

Ele joga a caneta no balcão e olha para mim.

— Têm sim! Elas importam porque você não está sendo normal. Eu preciso que você seja normal, Molly, por favor. Brigue comigo, grite, reclame quando for preciso. Seja chata, por mim, por favor!

Ele se aproxima, tenta me abraçar, mas eu o afasto furiosamente.

— Mas eu não quero que você se lembre de mim como uma chata, Ry, você não entende? Odeio o fato de que eu costumava reclamar de todas essas coisas idiotas, sendo que nada disso importa. Não importa, porra, tá bom? — grito.

O ranho escorre por meu nariz, a saliva voa da minha boca e gesticulo com os braços.

— Não me importa se você ficar vendo futebol pelo resto da vida, Ry, eu queria que você fizesse isso! Quero que você faça o que te faz feliz. Não quero gritar ou reclamar. Quero que você se lembre de mim como uma mulher meiga, amorosa. — Desabo no chão e choro. — Eu não quero ser uma megera resmungona, Ry, desculpa por ter sido... desculpa...

Ryan se ajoelha e segura minhas mãos. Depois pega meu pescoço e puxa minha cabeça para frente. Nossas testas se tocam.

— Mas você não entende? Eu só quero a garota com quem me casei. A garota que não tem medo de falar o que pensa, que sempre soube como me estimular e me fez encontrar o meu lugar. Adoro o fato de você ter me feito parar de ser obcecado comigo mesmo. A partir do momento em que nos conhecemos, você me mostrou que eu não era perfeito, que a minha vida não era perfeita, que eu poderia fazer mais, ser mais, explorar mais. Minha vida é muito melhor por sua causa! Você fez minha vida perfeita quando me mostrou que eu não era perfeito. Ninguém tinha feito isso antes. Essa é uma das muitas razões pelas quais eu me apaixonei por você, Molly. Então não mude agora, não mude nunca. Eu preciso que você continue brigando comigo, para me dar forças para continuar lutando. Entende, Molly? É você quem me faz continuar lutando... — Ele começa a chorar.

Nós nos sentamos abraçados e choramos na cozinha, enquanto *A Question of Sport* retumba ao fundo, até que eu digo:

— Você não vai desligar essa merda?

E Ryan solta uma risada e beija minha cabeça.

O fantasma dos beijos passados

"Não podemos mudar o passado. Não podemos mudar o fato de que as pessoas agem de determinada maneira. Não podemos mudar o inevitável. A única coisa que podemos fazer é jogar com a única coisa que temos, que é a nossa atitude. Tenho certeza de que a vida é dez por cento o que acontece comigo e noventa por cento como eu reajo a isso."

Um escritor chamado Charles R. Swindoll escreveu essa passagem. E eu gosto. Isso resume algumas coisas sobre as quais ando refletindo recentemente. Não posso mudar o diagnóstico de Ryan, mas *posso* controlar o modo como o encaro. Então, de agora em diante, vou ser positiva, positiva, positiva...

FF >> 26/05/07

É sábado, fim de tarde, e estou na cozinha fazendo um ensopado saudável e gostoso para Ryan e preparando sua medicação.

— Doutora — Ryan me chama, sonolento, do sofá, onde está deitado assistindo aos resultados do futebol.

Ele me chama de doutora porque, desde que me livrei das listas, de alguma forma decorei cada medicação — tanto as prescritas quanto as naturais — por nome e dosagem. Sou um prontuário ambulante.

— Vem aqui — ele chama.

Resisto ao impulso de correr para ele porque sei como isso o irrita. Ele diz que o faz sentir como se estivesse dando seu último suspiro, quando, na verdade, tudo o que ele quer é fazer xixi. Ergo a tampa da panela e tiro uma colher grande de um gancho onde ficam pendurados os talheres, atrás do fogão. Misturo, provo, faço uma careta e ponho um pouco mais de tempero. Não que eu ache que vai ajudar. Não importa quanto Ryan tente me ensinar (ele diz que é sua missão, para eu não morrer de fome depois que ele partir), nunca vou ser boa nisso.

Quando olho ao redor da cozinha, de repente me lembro do dia em que Ryan e eu carregamos todas as nossas coisas para cá. As máquinas e os aparelhos que Ryan foi comprando ao longo dos anos estão por todos os lados: a máquina de macarrão, o processador, a máquina de sorvete, o aparelho de fondue, até uma batedeira Kitchen Aid. E a centrífuga. Cada coisa boa que ele fez com esse treco. Há mais coisas que espaço. Ainda que alguns utensílios possam ser guardados em gavetas, como o conjunto de facas profissionais que dei ao Ryan no Natal, tudo fica à mostra, numa faixa metálica ao longo da parede. E ele insistiu em pendurar as panelas sobre o balcão da cozinha, apesar dos meus protestos por ficar batendo a cabeça nelas.

— Por você, teríamos só o micro-ondas e dois garfos — Ryan disse na época, sorrindo. — E provavelmente você guardaria os sapatos no forno e a maquiagem na geladeira.

Sou subitamente atingida por uma imagem de mim no futuro. Apoio a cabeça nos azulejos frios da cozinha e respiro fundo. Acho que nunca mais vou conseguir entrar nessa cozinha de novo quando ele se for. Tem muito dele aqui. Dizem que a cozinha é o coração da casa, com certeza isso é só quando existe alguém que pode fazer esse coração bater.

Vou até a sala e me sento no sofá.

— Acho que vou tirar um cochilo — Ryan suspira olhando para mim, em seguida sorri, fechando os olhos. — Por que você não liga para as meninas do trabalho para ver se elas querem sair? Ia ser bom para você. Eu vou ficar bem aqui.

— Não, obrigada — murmuro, tentando não me irritar por mais uma tentativa velada dele de me fazer ter vida social. — Tem muita coisa boa na televisão, e tenho umas coisas para fazer.

Ele abre os olhos e tenta se levantar.

— Eu acho que você devia sair. Faz tempo que não se diverte.

— Eu me divirto com você — digo com firmeza.

Ryan ergue a sobrancelha comicamente para mim.

— Ah, sim, porque ficar com uma pessoa com câncer é muito divertido. Você deve *amar* limpar minha bunda no sábado à noite e trocar os lençóis porque eu caguei na calça de novo.

Ele está tentando fazer graça, mas sei que fica arrasado quando não consegue chegar ao banheiro a tempo. E isso está acontecendo cada vez com mais frequência.

— Vamos lá, Moll — ele diz, abrindo um sorriso radiante. — Você precisa de uma folga de vez em quando. É importante, sabe, para depois...

Eu me levanto às pressas e me afasto para que ele não veja minhas lágrimas, mas sei que pode notá-las em minha voz. Não quero pensar no depois. Só quero agradecer por ele estar aqui agora.

— E é exatamente por isso que eu não preciso de uma folga — digo abruptamente, olhando para ele. — Estou aqui porque é o único lugar onde quero estar, Ry. Você pode tentar me dizer para sair e me divertir, e, se isso for te fazer muito mais feliz, eu vou fingir, mas você precisa saber que vou me sentir péssima. Eu odeio ficar longe de você, vou odiar ir a um bar, ou a uma balada, ou ao cinema, quando a única coisa que quero é ficar aqui com você.

Eu me afasto e levo a mão à boca para abafar os soluços que sei que são iminentes. Respiro profundamente três vezes e volto, pedindo-lhe que entenda.

— Eu sei o que você está fazendo, Ryan, eu sei, mas não consigo ficar longe de você. Por favor, não me obrigue...

— Tudo bem, tudo bem, shhh — ele diz, gesticulando para que eu volte para ele quando começo a chorar de verdade.

Eu me sento a seu lado, descanso a cabeça levemente em seu peito, e ele acaricia meu cabelo com suavidade.

— Pode ficar aqui, claro que pode. — Pausa. — Mas me faz um favor enorme, por favoooor?

Fecho os olhos para curtir seu toque.

— Claro, qualquer coisa!

— Pede uma pizza?

Ergo a cabeça e ele sorri. Por um momento fugaz, está como nos velhos tempos.

— Desculpe, Moll, mas tenho que ser honesto. Não consigo encarar mais um dos seus "ensopados". Estou com desejo de pizza, e teria comido uma escondido se tivesse te convencido a sair, mas não dei sorte. Eu devia ter escutado a sua mãe. Do que ela te chamava mesmo? Molly Controladora?

— Molly Do Contra — rio de seu erro deliberado, e ele enxuga minhas lágrimas.

— Faz sentido. Nunca consegui que você fizesse nada que eu falo, Moll. Não sei por que pensei que ia começar a fazer agora.

— É isso aí, Cooper. — Eu o beijo na boca e estreito os olhos, como se avaliasse seu pedido. — Muito bem, considerando que você está com câncer e tal, vamos de pizza!

Ryan levanta as mãos para o teto, fingindo rezar.

–– Obrigado, meu Deus, eu sabia que tinha um lado bom nessa doença!

Rio, mas só para disfarçar o nó que ainda sinto na garganta.

Cinco minutos depois, já feito o pedido da pizza, volto para a sala com uma taça de vinho para mim e uma Becks para ele. Ele não pode beber muito, mas gosta de uma cerveja de vez em quando; faz com que se sinta normal.

Ryan está dormindo, ainda exausto após o tratamento. Fico olhando para ele por um momento, contando suas respirações enquanto seu peito sobe e desce, hipnoticamente. Conto porque tenho medo de que parem. Sei que quando o Ryan dorme ele não sente dor, mas uma parte de mim odeia isso, porque sempre fico com medo de que ele não acorde mais. Mas, ao mesmo tempo, adoro ter um tempo só para mim. Ainda estou com ele, mas gosto porque, enquanto ele cochila, posso ser apenas sua esposa, não sua enfermeira.

Tomo um gole de vinho, um sauvignon blanc da Nova Zelândia. Toda vez que bebo, sou transportada de volta à nossa lua de mel. Digo a mim mesma que é por isso que bebo pelo menos duas taças por noite, todas as noites (uma por mim, uma por ele). É um conforto, não uma muleta. Como meu blog. Embora eu me pegue olhando o blog por tempo demais, não posso evitar. Ler todos os comentários é muito inspirador, ajuda mais do que conversar com meus amigos e familiares, de certa maneira.

Ligo o notebook e abro meu e-mail. Vejo a caixa de entrada cheia de novas mensagens de pessoas que não conheço, mas que compartilham essa jornada comigo. Estranhos que parecem tão familiares para mim, como meus próprios amigos, porque são muito solidários e dispostos a se abrir sobre suas experiências de amor e perda.

Abro um e-mail intitulado "Lembra disso?" e sorrio ao ver que é da Jo, minha antiga editora de fotografia, de quando comecei na *Viva*, que, estranhamente, agora trabalha com Mia. Mantivemos contato ao longo dos anos e a encontrei quando estive com Mia.

> Querida Moll,
>
> Como você está? Como está o Ryan? Perguntas tolas, eu sei, mas é difícil não começar com elas... Espero que ele esteja bem e que você esteja recebendo muito apoio. Não dá nem para imaginar o que você está passando. Eu... queria poder ajudar de alguma forma. Tenho certeza de que você ouve muito isso.
>
> Enfim, a vida aqui é boa. A Mia fala de você o tempo todo. Sei que ela gostaria de estar mais perto, para poder ajudá-la mais.
>
> Eu só queria dizer que sigo o seu blog e lembrei que tinha aquelas fotos que tirei de você e do Ryan, lembra? Quando você começou oficialmente na *Viva*, e ele apareceu depois do trabalho com um buquê de flores. Foi tão romântico, vocês não conseguiam se desgrudar! Bem, pensei que seriam um bom acréscimo para o blog. Mais um beijo para a sua coleção...
>
> Cuide-se, Moll; penso sempre em você.
>
> Bjs,
>
> Jo

Abro os arquivos que ela mandou anexos, ansiosa para ver as novas fotos do meu marido e de mim em tempos mais felizes. São quatro consecutivas, tomadas segundo a segundo. Grito de prazer quando cada foto preenche a tela do computador. Ryan está com aquele colete vermelho de náilon horroroso que usava sempre, mesmo no calor, e, pela minha expressão, dá para ver que ele acabou de me chocar com seu beijo no meio de Covent Garden. Na primeira foto estou chocada e meio horrorizada, enquanto seus lábios se aproximam, em seguida incrédula; depois vem a aquiescência, e então o puro e inalterado prazer.

"Pura paixão", lembro que foi como a Jo descreveu na época, e agora entendo o que ela quis dizer. Salvo as fotos no desktop e abro o blog.

Escrevo "O beijo de rendição" no topo do post e anexo as quatro fotos. Meus dedos pairam sobre o teclado para escrever, mas, de repente, se movem quase sem pensar.

O beijo de rendição

Você pode não acreditar (e, francamente, nem Tom Cruise acreditaria), mas, antes de ficar com Ryan, eu odiava demonstrações públicas (ou de qualquer tipo) de afeto.

Mesmo quando criança, nunca fui de andar de mãos ou braços dados com minha melhor amiga pelo pátio da escola. Nunca abracei espontaneamente minha mãe e sussurrei "eu te amo" antes de dormir. Um beijo forçado e um "eu também" era tudo o que eu estava disposta a dar a qualquer um. E então chegou Ryan, com sua afeição desarmada e desavergonhada, como um cachorrinho. Lembro que eu ficava espantada com o jeito como ele expressava seus sentimentos para todo mundo ver. Ele não tinha vergonha de beijar seu melhor amigo no rosto, ou de abraçar seu pai no meio da rua, ou de dizer à sua mãe que a amava na frente dos amigos, ou de me beijar na frente dos meus novos colegas de trabalho e de todo Covent Garden.

Como dá para perceber, tenho olhado muito para trás recentemente. O câncer faz isso com a gente, entende? Faz com que examinemos tudo; é como fazer uma tomografia computadorizada emocional da vida, ao mesmo tempo em que seu amado faz a física. Enfim, agora me pergunto o que me assustava tanto, e percebo que eu não queria que ninguém olhasse para mim e pensasse que sabia como eu me sentia. Eu não queria que as pessoas fossem testemunhas das minhas emoções. Quanto menos as pessoas vissem, menos poderiam me machucar. Mas, fazendo isso, eu nunca deixava ninguém entrar. Eu mantinha todo mundo, até minha melhor amiga, a uma distância segura, sempre fechada no que dizia respeito às minhas emoções e aos meus sentimentos reais (exceto por um diário adolescente tipicamente angustiado).

Mas Ryan mudou isso. E fico feliz por ele ter me mudado, porque, ao deixá-lo entrar, percebi que ele era aquilo que eu estava procurando o tempo todo. Um lugar quente, convidativo, onde imediatamente me senti confortável. Ele era a casa que eu passei a vida toda procurando. Um lugar que me abraçou sem expectativas. Ele abriu seu coração para mim e, ao fazê-lo, abriu a porta do meu coração também.

Por causa dele eu deixei sua família maravilhosa entrar, e a minha própria família, de quem eu tinha me desligado muito tempo antes. Fiquei mais próxima dos meus amigos e passei a adorar os dele. E agora estou feliz por precisar que todos saibam como me sinto. Estou com medo — não, estou *em pânico* todos os dias por causa dos horrores que isso pode trazer. E estou desesperadamente triste (mas tento arduamente não demonstrar!) e dolorosamente solitária. Ryan ainda está comigo, mas sei que realmente estou sozinha nisso. Ele só está aqui por pouco tempo, e preciso saber viver quando ele se for. E, honestamente, não sei se vou conseguir. Então, agora preciso chorar com meus melhores amigos, preciso que minha mãe me acalme com palavras gentis e abraços, preciso dizer aos meus colegas quando me sinto uma merda, quando me sinto arrasada porque meu marido está morrendo de câncer. Sim, morrendo. Preciso dizer isso. Muitas e muitas vezes, para que pareça real. Preciso chorar incontrolavelmente e rir histericamente quando eu quiser, em qualquer situação e em qualquer momento. Preciso poder fazer isso, e preciso que as pessoas entendam e não me julguem por expressar meus sentimentos, independentemente de como eles venham e de quão feios forem, porque viver com alguém com câncer terminal é feio. Não dá para pôr cobertura e confeitos nisso. Não dá para vestir um pretinho básico e salto alto e cair na noite pela cidade. Não dá para encobrir o fato com um sorriso. Isso precisa ser chorado e precisa de consolo. É preciso que as pessoas não se assustem quando seus olhos enxergarem isso. E que saibam que não dá para usar uma máscara para proteger todo mundo — inclusive o próprio câncer. Ele precisa vir a público.

Mas a ironia é que, agora que preciso dessas demonstrações públicas de afeto, ninguém parece capaz de me dar. Parece que estou sendo punida por meu comportamento pré-Ryan. Porque todo mundo à minha volta *se controla pra caralho*. Posso usar essa palavra aqui, editora? Desculpe se não puder. É que pareceu a mais apropriada. Parece apropriada por ser inapropriada, se preferir. Porque cada palavra que me dizem, cada expressão facial que meus amigos e familiares fazem para mim, cada conversa que sabem que vou ouvir, tudo é controlado. É como se eu editasse fotos para mostrar só a melhor imagem. As únicas pessoas que não fazem isso são os médicos e Ryan. E, na verdade, chego a pensar que talvez nem ele.

Porque eu não faço ideia de como o Ryan está controlando isso tudo. Tenho certeza de que ele esconde de mim o pior, mesmo tendo jurado, no dia em que foi diagnosticado, que seríamos sinceros um com o outro. Mas a verdade é que nos amamos demais para ser completamente sinceros. Por isso, rimos e brincamos, e fingimos que está tudo bem, para facilitar um para o outro. Mas sabemos que não podemos tirar a dor um do outro, porque estamos seguindo em direções diferentes. Em jornadas diferentes. Ele está diante do não futuro, e eu... diante de um futuro sem ele.

Qual você escolheria?

Eu sei, é uma decisão difícil, não é? Não, não coloque a máscara só porque eu fiz uma pergunta difícil. Sei que é isso que meus amigos, meus colegas de trabalho e minha família estão tentando fazer. Estão tentando controlar a quantidade de dor que vejo neles, porque já tenho bastante da minha própria com que lidar. E sei que eles também estão tentando se proteger de ver a enorme dor que eu sinto. Estão de máscara, assim como eu.

Mas sabe o que eu desejo? Desejo que em algum momento todos nós possamos soltar, soltar tudo, o grito, o choro, o riso, a porra do palavrão (desculpe, editora, de novo), chorar e lamentar incontrolavelmente na frente dos outros, como sei que todos nós queremos. Como é mesmo aquela frase famosa? "O luto é o preço que pagamos pelo amor." Bem, então vamos amar desenfreadamente e depois sofrer desenfreadamente. Neste momento, acho que é só o que posso fazer.

Bj,

M

O beijo de "acho que eu te amo"

Algo que não posso evitar nestes dias de câncer é me perguntar do que eu tinha tanto medo. Por que eu me preocupava por ter conhecido Ryan tão jovem? Porque agora, quando olho para trás, fica claro para mim que me apaixonei por ele muito antes do nosso primeiro beijo, muito antes de eu dizer isso ou até de pensar nisso. Agora sinto que eu o amava desde que nasci, o que significa que nunca seria cedo demais para conhecê-lo.

<<REW 11/10/01

Estou aninhada em Ryan em meu sofá de segunda mão, em meu apartamento arejado e mal mobiliado na Holloway Road. Desde que conheci seus pais, há duas semanas, Ryan pega o trem em Leigh, na Fenchurch Street, todas as noites e me encontra depois do trabalho. Vamos beber ou comer alguma coisa, ou às vezes só ficamos juntos em casa.

Desde o momento em que nos beijamos, tive a terrível, maravilhosa, assustadora e libertadora sensação de que poderia me apaixonar por Ryan. Pois é... isso vindo da garota que sempre disse que não acreditava no amor. Eu nunca disse "eu te amo" para nenhum namorado, nem ouvi também.

Sorrio alegremente e fecho os olhos enquanto inspiro seu cheiro reconfortante, e me pergunto como pude resistir a ele por tanto tempo. Assim como Ryan, a sensação é uma profusão de contradições: é sexy, mas seguro; tem cheiro de casa, mas também de aventura, de esporte; luz do sol e chuva; passado e futuro. Isso — ele — é absolutamente inebriante.

Quando não estamos juntos, trocamos mensagens de texto no trabalho, ele me telefona na hora do almoço para dizer o que fez e vai me informando onde está durante a viagem a Londres para me encontrar. Ele me diz o que está lendo, vendo, fazendo. E eu quero saber tudo. Pela primeira vez na vida, quero saber tudo sobre ele; e, de forma assustadora para mim, quero que ele saiba tudo a meu respeito.

Outra noite, Ryan e eu estávamos enroscados no sofá, com os membros entrelaçados um no outro — como os tentáculos de um monstro gigante de amor, segundo Ryan —, e ele passou o dedo pelo meu braço. Eu me ericei, como sempre soube que faria se um garoto falasse de amor, mas foi de emoção. Nós estávamos juntos havia três semanas, e eu sabia que estávamos prestes a falar *aquilo*.

Afastei o rosto, que descansava em seu peito, e desabotoei sua camisa, deslizando a mão por baixo para expor seu torso. Eu o observei por um momento, tentando memorizar cada pedaço de pele, cada sarda ou mancha. Era como se eu quisesse conhecer cada reentrância e saliência de seu corpo.

Passei o dedo sobre as pintas de três tipos diferentes que ficavam logo abaixo de seu mamilo esquerdo.

— Parecem confeitos de chocolate — anunciei solenemente, e Ryan levantou a cabeça do sofá e começou a rir.

— Molly Carter, como você sempre consegue ver coisas que ninguém mais vê?

Sorri e toquei seu mamilo com a ponta do dedo.

— Essa parece uma noz.

Então levei o dedo para baixo, até uma pintinha que parecia um disco.

— Essa aqui é um cookie, e essa outra — apontei para uma pequena pepita marrom-clara que ficava, orgulhosa, mais no centro do peito — é uma daquelas balinhas de caramelo.

Ryan pegou minha mão e a guiou para baixo, até pousar sobre sua virilha.

— Agora vou te apresentar o rei da confeitaria — ele disse com a voz rouca, não com humor, mas com desejo.

Não pude evitar. Comecei a gargalhar e rolei do sofá para o chão, segurando a barriga enquanto Ryan me atirava almofadas. Então ele me fez cócegas e rolamos juntos, até que ele me prendeu e me beijou suave e profundamente, com tal intensidade que eu sabia que não aguentaria nem mais um momento.

Esperamos até não poder mais. Nossos beijos ficaram tão urgentes, nossa pele tão desesperada, que descascamos as roupas um do outro como laranjas, camada após camada, arfando e nos agarrando, ofegando e pelejando, até que nos deitamos nus um ao lado do outro no sofá. Eu o queria desesperadamente. Então o beijei intensa e profundamente, minha língua explorando as profundezas de sua boca quente e acolhedora. Segurei suas nádegas, implorando que ele me penetrasse.

Mas ele se deitou suavemente em cima de mim, cobrindo-me com seu calor, seus fortes braços ladeando meu rosto e sustentando o peso de seu corpo, seus dedos lentamente acariciando meu cabelo. Ele olhou para mim pelo que pareceram horas. Seus olhos eram um prisma espelhado de azul. Um sorriso malandro, sexy, pairava sobre seus lábios, que sugeriam luxúria, experiência, confiança, paciência e... e... outra coisa, algo não muito distinguível. Amor? Eu não sabia bem, porque nunca tinha visto isso antes. Não queria pensar no assunto, mas era o que eu sentia. Eu experimentei aquele sentimento em seu olhar e na forma como ele rolou para o lado, sem tirar os olhos dos meus enquanto descansava a cabeça no braço e deixava que seus dedos passeassem da minha cabeça até meu pescoço, ombros, depois pelos contornos do meu corpo, irritantemente devagar, como se estivessem me marcando, até que gemi de frustração e desespero.

— O que está fazendo? — murmurei, querendo senti-lo sobre mim, dentro de mim.

— Estou escrevendo meu nome no seu corpo, para que você se lembre sempre — murmurou Ryan, em seguida cobriu meu ombro e meu pescoço de beijos dançantes enquanto seus dedos começavam a dançar em outro lugar.

— Por favor, não aguento mais. — Enterrei o rosto em seu pescoço. — Eu quero você — gemi.

— Eu já sou seu — ele respondeu suavemente. — Sou seu de verdade, Molly Carter.

E, quando ele entrou em mim, fiz o que toda garota moderna aprende a não fazer quando lhe ensinam sobre sexo. Mas as palavras subiram à minha boca, assim como meu coração, e eu disse. *Aquilo*.

— Acho que eu te amo, Ryan.

Ele não parou, não perdeu o ritmo, só sorriu e encostou a testa na minha enquanto seu corpo tocava cada parte de mim.

— Que bom, porque eu *sei* que te amo, Molly Carter.

E me beijou de novo com tanta ternura que, naquele momento, e a cada instante depois daquele, eu me entreguei. Eu me entreguei a ele, ao amor, ao meu destino.

O beijo de SOS

Há uma canção no atual disco favorito de Ryan, do Take That (obviamente!), chamada "Reach Out". Tem tocado bastante no rádio, literalmente toda vez que o ligo. Às vezes parece que alguém está tentando me dizer alguma coisa. Sabe, eu não sou boa em pedir ajuda, nunca fui. Sou muito orgulhosa, mas, quando ouço a letra, que fala que todos nós sofremos de maneiras diferentes e que só o amor nos leva adiante, me sinto tirada do mundo insular que criei aqui com Ryan, no qual, afora meu "trabalho" (para ser sincera, ultimamente só apareço para dar as caras e depois venho direto para casa de novo), sou sua cuidadora em tempo integral. Eu o deixo confortável, compro seus remédios, troco os lençóis, o levo para passear em sua cadeira de rodas. E, ao ouvir essa música, lembro que a questão não somos só ele e eu. Não sou só eu que está sofrendo. E que, ao pedir ajuda, eu poderia também ajudar outras pessoas — não só Ryan, porque ele e eu não somos as únicas pessoas que precisam de apoio agora. Nem tudo gira ao nosso redor. Portanto, este é meu SOS. Não só um grito de ajuda, mas um grito para ajudar também.

FF >> 20/06/07 11:48

— Oi, Moll — dizem os rapazes em uníssono.
Suas vozes são fracas, e eles estão pálidos e angustiados. Se Essex provasse a existência de vampiros em seu condado, tenho certeza de que seriam assim. Eles ainda são mais raiar do sol que *Crepúsculo*, mas fica imediatamente claro para mim que não estão aceitando bem o fato de Ryan estar se deteriorando tão depressa.
— E aí? Vocês parecem que estão morrendo! — brinco.
Os olhares horrorizados que trocam entre si me dizem que eles não estão prontos para esse tipo de piadinha. Acho melhor prepará-los. Ryan não vai se segurar, não importa como eles se sintam.
— Desculpem. É o que fazemos por aqui para lidar com isso. Piadinhas. O Ryan gosta. Ele ainda é o mesmo Ryan, viu? Apesar de tudo.
"Tudo" é o fato de que, no último exame de sangue dele, fomos informados de que o câncer se espalhou ainda mais. Ele vinha sofrendo cada vez mais com dores de cabeça, às vezes tão fortes que o faziam vomitar, e um dia acordou com a visão de um olho turva, e nós dois sabíamos o que isso significava. Quando o oncologista confirmou o que já imaginávamos, Ryan simplesmente disse que isso significava que agora tinha um time de cinco: pele, coluna, intestino, pulmões e cérebro.
Carl olha para mim, depois para longe. Quero abraçá-lo, mas tenho medo de que ele desmorone. Mas o abraço de qualquer maneira. Estou farta de ignorar o que minha intuição me manda fazer. Foi por isso que liguei para a Clínica Haven, em Leigh, ontem. Quero ter certeza de que, quando Ryan me der o aval, como combinamos, eles estejam prontos para recebê-lo. Sei que será em breve. Posso ver pelo jeito como Ryan olha para o apartamento e para mim. Ele está tentando absorver tudo, memorizar. Carl se agarra a mim como uma criança à mãe. Eu o abraço forte e lhe dou tapinhas nas costas, tentando lhe incutir um pouco de coragem. Ele olha para mim com tristeza e deixa a cabeça cair, como se fosse pesada demais para levantar. Pego sua mão e convido todos a entrarem, conversando o máximo que posso para deixá-los à vontade e pensando que não admira que Ry e eu gostemos de ficar sozinhos. Isso é que é trabalho duro.

— Entrem, rapazes! O Ryan vai ficar feliz de ver vocês! Ah, você trouxe cerveja? Obrigada! — Fico falando em pontos de exclamação e não sei como parar. — Vamos, subam, ele está lá em cima esperando vocês! Ah, ele está bem, obrigada! Vendo futebol, como sempre! Sempre sei que é sábado quando me torno oficialmente viúva por causa do futebol...

Percebo meu erro assim que as palavras saem da minha boca e a mão de Carl fica mole na minha.

Os outros rapazes ficam paralisados no meio do processo de tirar a jaqueta. Ryan não vai lidar bem com essa estranha atmosfera pesada. Vou ter de avisá-lo. Ou fazê-los entender antes que entrem.

— Desculpem, rapazes, mas vocês precisam tentar se mostrar animados. Sei que é difícil, mas o Ryan não vai deixar que fiquem tristes perto dele. Contem suas novidades, tratem o Ryan normalmente e não surtem se ele fizer piadas ruins. É só o jeito dele de lidar com isso.

Ninguém responde por um momento. Nenhum deles parece conseguir olhar para mim. Então, Carl ergue os olhos.

— Não, não é — diz lentamente. — É só que ele não consegue contar piadas boas. Nunca conseguiu.

O flash de um sorriso atravessa seu rosto cansado. Toco seu braço. Ele parece muito menor que o habitual, como uma versão tamanho infantil de si mesmo. Não é mais o Carl sarado. Agora é o Carl menino de sunga, sorrindo ao lado do irmão mais novo, mas com a consciência de que um dia vai ter de ir à praia sozinho.

— É isso aí, Carl — sorrio. — Eu sabia que vocês conseguiriam. Agora vão.

Eles se olham, respiram fundo e entram, conversando alto. Balanço a cabeça e encosto na parede um pouco, depois os sigo.

Estou na cozinha pegando garrafas de cerveja, servindo salgadinhos em tigelas e cortando fatias de limão. Estou curtindo ouvir as brincadeiras e risadas na sala enquanto eles veem futebol juntos. Dou meia-volta, segurando as tigelas de salgadinhos e os patês, e vejo Carl parado na cozinha, chorando baixinho. Grandes lágrimas escorrem por seu rosto e em sua camiseta. Largo as coisas rapidamente, abro os braços, e ele chora em meu ombro.

— Meu irmão — fica dizendo —, meu irmãozinho...

Ele funga, enxuga os olhos e tira um envelope de fotos do bolso de trás.

— Eu quero te agradecer, Molly, pelo que está fazendo por ele. Você é o mundo dele, e todos nós sabemos como é difícil... — ele faz uma pausa, e sua voz treme — como isso é difícil para você.

E me entrega o envelope.

— Eu e os rapazes, além dos meus pais, olhamos todas as nossas fotos e queremos que você fique com estas... para o seu blog. Todos nós lemos. Minha mãe principalmente. É uma coisa muito bonita, Molly, mesmo.

— Obrigada — sussurro.

Limpo as mãos em um pano de prato e abro o envelope. Dentro estão dezenas de fotos de mim e de Ryan nos beijando: nas férias com os Cooper em Portugal, nas noites em Southend, no casamento de Carl e Lydia, em nosso casamento, em vários aniversários, vésperas de Natal e Ano-Novo. Está tudo aqui. Praticamente todo o nosso relacionamento em fotos. Algumas eu nunca vi antes.

Abraço Carl e o deixo chorar por seu irmão mais novo, por si mesmo, por seus pais e seu filho, e por mim. Depois me afasto para enxugar seus olhos e uma foto cai no chão entre nós.

— De onde você tirou essa? — ofego ao me ajoelhar no chão da cozinha para pegá-la. Somos Ryan e eu adolescentes, no The Grand. Ele de lábios carnudos e cabelo escorrido, como um jovem River Phoenix; e eu... bem bonitinha, na verdade. O vestido longo com a camiseta era uma graça, e eu havia escondido meu cabelo terrível, que havia cortado sozinha, em um coque. Engraçado, eu sempre me achei feia... Agora quase posso entender o que Ryan viu em mim. Carl sorri ao olhar a foto.

— Nós estávamos tentando registrar o grande momento dele. Pena que o plano não deu muito certo; ele ficou com vergonha quando viu aquela técnica de beijo de merda registrada pela câmera.

Carl ri e chora ao mesmo tempo, enxugando o rosto com uma mão e esfregando os dedos debaixo dos olhos para se conter.

Balanço a cabeça, em lágrimas, ao olhar a foto: o olhar de horror em meu rosto enquanto Ryan quase me engole com entusiasmo e tenta sugar minha boca.

— Acho que ele treinou no braço durante meses antes de tentar com alguém de novo. Lembro que ele dizia que estava determinado a consertar as coisas com você um dia, te dando um beijo para recordar.

— Bom, ele definitivamente fez isso — digo baixinho.

— Molly! — A voz de Ry está rouca, e dou um pulo. Meu coração dispara com o pânico que sinto toda vez que ele me chama. Ou não chama.

Carl me abraça, pego os salgadinhos e os patês e volto para a sala, onde Ryan está cercado por seus amigos, garrafas de cerveja vazias e seu esporte favorito retumbando na tevê.

— Tudo bem? — pergunto, sorrindo.

— Vou ficar quando você chegar — ele responde.

Eu me sento no chão à sua frente e ele acaricia meu cabelo. Inclino a cabeça para cima e sorrio.

— Feliz? — murmuro.

Ele concorda com a cabeça, e tiro uma foto mental de sua expressão, de seus olhos iluminados, seu sorriso satisfeito. Pego um salgadinho e o levo à boca, e me viro a tempo de ver o atacante tentando chutar a gol.

— IMPEDIMENTO, juiz! Qual é, está cego?! — grito para a tevê, e a sala fica em silêncio. — Que foi?

Olho ao redor; estão todos boquiabertos, como se tivessem congelado, alguns com a garrafa de cerveja a meio caminho da boca. Ryan parou no meio da mastigação.

— Vocês acham que uma garota não pode entender a regra do impedimento, depois de seis anos com um professor de educação física fanático por futebol?

Ryan está na cama, e estou terminando de arrumar as coisas depois da tarde de visita dos rapazes, que se transformou em uma noite de delivery de comida indiana e filmes. Depois que conseguiram relaxar, dava para ver que eles curtiram estar aqui. E Ryan adorou.

Recolho o último prato e apago as luzes. Quando sigo para o nosso quarto, percebo que ele está chorando. Entro sorrateiramente, me arrasto para a cama e o tomo em meus braços. Passo as mãos por seu pobre corpo doente, suave e metodicamente, até que sua respiração fica mais lenta, então me deito ao seu lado, e meu corpo toca levemente o seu. Ficamos deitados, chorando e nos abraçando, até que Ryan sussurra que quer fazer amor comigo. Concordo, petrificada de medo de machucá-lo, mas desesperada para senti-lo mais uma vez. Talvez a última...

Foi o pior e o melhor momento desde o diagnóstico. Odiei vê-lo tão assustado, e, no início, ficamos os dois nervosos, como amantes inexperientes.

Houve muitos "Tudo bem assim?", "Assim não machuca, né?" e carícias tateantes. Passei as mãos sobre seu corpo, tocando levemente cada parte; meus dedos acariciaram suas cicatrizes e a pinta em seu peito. Era como se eu lesse uma versão dele em braile. Uma versão frágil. Mais tarde, depois de gritarmos até uma espécie de clímax, ficamos nos braços um do outro, nossa respiração se misturando, os corpos subindo e descendo juntos, as mãos dadas com força, os pés entrelaçados como um novelo de lã. Ficamos, talvez, uma hora assim antes de falar alguma coisa. E, quando conversamos, falamos sobre *tudo*. Do momento em que nos conhecemos, o que sentimos um pelo outro quando éramos adolescentes, nosso terrível primeiro beijo, o pedido de casamento, o incrível dia da cerimônia, nosso encontro no *Bembridge* quando voltei da faculdade, nossa lua de mel, nossas primeiras férias em Ibiza...

— Molly — ele murmura, fechando os olhos —, acho que é hora de ir para casa. Quero ir para casa agora.

Ryan entrelaça seus dedos nos meus e suspira, adormecendo.

— Como quiser — sussurro, apertando delicadamente sua mão.

Quando ele adormece, deslizo para fora da cama e vou para a sala. De pijama listrado, tremendo apesar do calor da noite, mando um e-mail para Christie — que passei semanas elaborando —, dizendo que vou me ausentar da revista no futuro próximo e tirar minha licença prolongada a partir de hoje.

Depois que o envio, noto um novo e-mail na caixa de entrada.

É da Casey. Olho para ele por um momento, sem saber se quero ler.

Franzo a testa enquanto leio o assunto. Diz "O primeiro beijo de verdade", e vejo que há um arquivo anexo.

Querida Molly,

Sei que você não quer falar comigo, mas tive que entrar em contato para poder lhe mandar essa fotografia. Eu a tirei na nossa última noite em Ibiza; segui você e o Ryan quando foram passear ao luar. Nunca a mostrei antes porque tinha vergonha de mim mesma. Eu me convenci de que não estava espionando, só "tomando conta de você". E estava com a câmera para tirar fotos da nossa última noite. Fiquei com tanto ciúme, Molly... Mas não quero falar sobre mim e minhas pisadas na bola, só quero que você fique com a foto para o seu blog. É o beijo que você deve sempre relembrar, o primeiro beijo de verdade de vocês dois. Parecia tão perfeito de onde eu estava. Acho que foi esse o problema...

Sinto muito, Molly, não só pelo que fiz, mas pelo que você está passando agora. Odeio não poder te ver, mas pode sempre contar comigo. Estou aqui se precisar de mim um dia.

Bjs,

C

Leio sem piscar, salvo a foto em meu desktop, entro no blog e começo a digitar.

O primeiro beijo de verdade... e o último

Eu não ia postar uma foto hoje. Não porque eu não tenha mais beijos, longe disso. Mas é que sinto que é hora de parar com as implacáveis demonstrações públicas de afeto. Tenho certeza de que existem mais fotos do Ry e de mim trocando saliva do que vocês podem aguentar!

Mas então, hoje, recebi das pessoas que amamos a mais maravilhosa seleção de fotos nossas. Esta, em particular, é a mais significativa, pois é do nosso primeiro beijo de verdade. Na época, achei que estávamos tendo um momento privado, mas acontece que alguém o testemunhou. Ela viu o momento em que minha vida mudou para sempre — e quis desesperadamente que a dela mudasse também.

E eu não a culpo, não mais. A vida é muito curta, certo?

Este blog tem me dado um apoio incrível no pior momento da minha vida. Vocês todos se tornaram meus amigos, e seus gentis comentários e conselhos me fizeram mais forte e capaz de lidar com cada dia do jeito que veio. Mas, agora, sinto que Ryan e eu só temos o presente. Não há mais tempo para olhar para trás. Quero concentrar toda minha energia no aqui e agora. Espero que vocês entendam.

Bj,

Molly

 Fecho o computador, pego o telefone para ligar para os pais de Ryan e lhes dizer que ele está voltando para casa. Nós estamos voltando para casa.

O beijo de "siga em frente"

Prometi a Ry que chega de listas, e a mim mesma que chega de blog (simplesmente não tenho força emocional), mas Charlie disse que, se escrever estava me ajudando, eu devia continuar, por mim. E acho que preciso registrar esses momentos com Ry de alguma forma. Assim, minha câmera ainda é minha companheira constante, e agora, meu notebook também.

FF >> 27/06/07

Da próxima vez que eles vêm, estão prontos para nós. Abro a porta da frente e vejo os rapazes sorrindo, completamente ridículos, mas com um largo sorriso.

— O que você acha, Moll?

Carl sorri, apontando para si mesmo e para os rapazes. Estão todos de macacão, sem camiseta, com uma alça aberta pendurada, no verdadeiro estilo do clipe "Do What U Like", do Take That (menos a gelatina). Gaz está com seu chapéu de sempre, mas os demais estão de boné de beisebol virado para trás.

— Que roupa é essa? — pergunto, contendo o riso.

— Somos o Take Flat, seu serviço de mudança estilo boy band de Essex!

Levo a mão à boca e grito:

— Ry, você precisa ver isso!

Eles entram juntos e sobem juntos as escadas até Ryan. Rindo, vou atrás deles, bem quando começam a fazer uma dancinha coreografada e terminam com um floreio, levantando Ryan do sofá.

Eu o vejo gargalhar e me sinto grata de novo por nossos amigos maravilhosos. Sei que ele estava ao mesmo tempo ansioso e temeroso pelo dia de hoje. Ele está pronto para se mudar — nós dois estamos; não saímos do apartamento há dias, e sei que Ryan sonha em descansar no jardim, ver o mar e estar perto da família. Mas ele também estava temeroso não só porque estamos dizendo adeus à nossa casa, mas porque não pode fazer nada para ajudar. Devíamos ter feito isso semanas atrás; a viagem vai ser difícil para ele, ficar em pé até por pouco tempo é impossível para ele agora; mas pelo menos Ryan está ansioso para ir para casa. Jackie e Dave estão alucinados; compraram a melhor cadeira de rodas, cadeira elevatória para a escada e todo tipo de coisa para deixá-lo o mais confortável possível. Por mais que seja difícil cuidar dele sozinha, acho que é mais difícil para eles o fato de não poderem ajudar.

Olho para nosso apartamento, que ainda transborda de vida, apesar de que já enchi uma centena de caixas mais ou menos.

— Muito bem, por onde começamos, chefe? — Alex pergunta, depois de descer Ry de novo.

Abro a boca para responder, mas Ryan me interrompe.

— Ei, como você sabe que eles não estão falando comigo? — protesta, amuado. — Posso muito bem ser o chefe.

Todo mundo cai na gargalhada.

— Certo, Ry! Como se algum dia você tivesse sido chefe dela! — diz Carl, esfregando a cabeça do irmão.

— Eu estou com câncer, sabia? — Ry faz biquinho — O que significa que vocês têm que ficar o tempo todo afagando o meu ego e dizendo que eu sou maravilhoso.

Eu me inclino para ele.

— Você é lindo, maravilhoso e *sempre* foi meu chefe — digo.

— Ah, você está falando sério, Molly? — ele diz, dramaticamente efusivo.

— Não. — Dou uma piscadinha e beijo suas mãos, em seguida bato palmas diligentemente e dou meia-volta. — Então, rapazes, vamos começar a trabalhar? Temos uma mudança para fazer. Podem começar com as caixas no quarto, por favor? As que têm um "D" vão para o depósito, e as que têm "J&D" vão para Jackie e Dave. Essas precisam ir com a gente na van. Não são muitas, mas dá para colocar as que têm a roupa de cama em cima, por favor? Quero arrumar a cama do Ry assim que chegarmos em casa. E se certifiquem de que a caixa no banheiro que diz "Meds" venha com a gente também. Está escrito "J&D" nela também, mas precisa ir na última viagem, para que eu saiba onde está. Depois vocês podem... é...

Minha voz falha ao perceber que me deu um branco. Penso na lista de coisas que decorei. Merda, não é hora de o meu cérebro travar. O que eu ia dizer? Merda, merda, merda. Esfrego a testa e resisto ao impulso de gritar de frustração. Então sinto Ryan apertar minha mão. Eu me volto, e ele está segurando um pedaço de papel na minha frente. Olho para ele, perplexa.

— O que é isso? — pergunto.

Ryan chacoalha o papel, como se dissesse "vem pegar". Vejo um título sublinhado com uma linha trêmula e os itens cuidadosamente relacionados. Sei que isso lhe exigiu um grande esforço, e que ele o fez porque não queria se sentir inútil; não queria que a mudança toda recaísse só em meus ombros. Por isso, estou lutando contra as lágrimas antes mesmo de ler o que ele escreveu.

Primeira lista (NA VIDA!) do Ryan de coisas a fazer para evitar que a Molly tenha um colapso mental no dia da mudança

Olho para ele, que sorri mansamente e dá de ombros.

— Sabe, Moll, às vezes só fazendo uma lista. Você devia experimentar um dia...

Ele pisca para mim, atrevido, e me curvo para beijá-lo nos lábios. Em seguida, eu lhe devolvo a lista.

— Acho que é hora de assumir o comando, professor. Leia o que quer que eu faça primeiro.

E enquanto espero suas instruções, totalmente dependente de meu marido pela primeira vez em meses, percebo que tivemos de reaprender nossa relação agora que o câncer está entre nós.

De repente, vejo que Ryan está segurando a luminária rosa de flamingo, que eu pensei que tivesse colocado em uma caixa marcada como "Depósito", mas secretamente marcada como "Lixo" em minha cabeça.

— Ry — advirto.

Ele olha ao redor da sala, assobiando inocentemente. Só que não consegue assobiar, e emite um som oco e estridente.

— O que está fazendo com isso? É melhor você não brincar comigo.

— Quero levar — diz Ryan, como se isso fosse resposta suficiente.

— Ah, fala sério, Ry, você sabe que não temos espaço para essas porcarias...

Vou pegar a luminária, mas ele a esconde embaixo do moletom.

— Isso não é porcaria — diz, fervorosamente.

Eu rio.

— É um pedaço de plástico rosa! Um pedaço de plástico rosa horroroso.

Ele balança a cabeça.

— Não, Molly, não é. — Faz uma pausa e respira fundo, olhando para mim. Suas pálpebras estão nuas, seus cílios se foram com o cabelo. Ele pisca, e vejo uma única lágrima cair do olho direito e escorrer pelo seu rosto.

— Este flamingo é tudo o que eu amo no nosso relacionamento...

Vou protestar, indignada, mas paro. Não é hora de brincadeira. Não temos mais tempo para brincadeiras.

— Este flamingo é você, minha desajeitada Molly, se esforçando para se destacar o tempo todo, muitas vezes dividida entre duas direções, entre o que acha que deve querer e o que realmente quer. Parada em um pé só o tempo todo! — Ele ri, e eu sorrio em reconhecimento a essa observação. Ele segura a luminária na frente do rosto, e ele e o flamingo ficam olhando um para o outro. — E sou eu também, um pássaro social que vive em colônias e que precisa de outros para sobreviver! Não é, companheiro?

Ryan faz o flamingo assentir e eu rio. Ele se volta para mim e sorri efusivamente.

— Ah, e eles comem camarão, Molly, é por isso que são cor-de-rosa, sabia? Camarão, Moll! Como o apelido do Southend United!

Seus olhos estão brilhando. Se alguém o ouvisse agora, acharia que ele está louco. Mas eu entendo. Finalmente entendo. Ele me estende o flamingo e eu o pego sem muita firmeza.

— E são de Ibiza — diz em voz baixa. — Vi alguns voando para longe naquela primeira noite em que eu te beijei. Esse flamingo é a única coisa que eu quero guardar, porque me faz lembrar de nós.

— Muito bem, então — digo, engolindo as lágrimas —, o maldito flamingo fica.

E o coloco em minha bolsa por segurança, de modo que sua cabeça sobressai de forma absurda. Então olho para Ryan, meu amor da adolescência, meu marido. Percorremos um longo caminho juntos, e é isso que me assusta. Significa que não há muito mais aonde ir.

Duas horas depois, embalamos tudo. Ryan está sentado em uma poltrona enquanto os rapazes, de iPod ligado, se reúnem em volta e a levantam, levando-o escada abaixo, todos cantando "Shine", do Take That, alto e desafinado.

Nesta noite, com Ryan confortavelmente dormindo em seu recém-adaptado quarto no andar de baixo, depois de uma agitação monumental de Jackie, estou sentada no sofá de sua casa, sentindo-me estranhamente distante. Estou aqui de corpo, mas não de espírito. Afundo no sofá e fecho os olhos, e ondas de exaustão dominam meu corpo. Percebo que não comi nada o dia todo. Os rapazes pararam no McDonald's a caminho de casa, mas eu só queria chegar aqui com Ryan. De volta à sua casa.

Abro os olhos ao sentir uma presença ao meu lado; Dave está olhando para mim. Ele coloca um prato de queijo quente e uma xícara de chá na mesa à minha frente. A seguir, põe um cobertor macio, de pele de carneiro, sobre minhas pernas, me dá um beijo na cabeça e liga a tevê. Depois se senta em sua cadeira de couro no canto da sala e segura sua xícara de chá. Está passando *Gavin and Stacey*, e ele ri baixinho de algo que Smithy diz.

E tudo o que posso pensar é que estou em casa.

15:48

Saio para o meu jardinzinho cheio de mato que tanto precisa de carinho e cuidados. Quero me despedir direito dele. Eu nunca fui boa para cuidar de plantas. A maioria dos seres vivos parece murchar sob meus olhos, mas uma coisa que plantei parece prosperar ano após ano. Está alto e rosa no meio dos canteiros desesperadamente negligenciados, acenando para mim na brisa, como se quisesse me lembrar de não o deixar para trás.

— Não acredito que quase esqueci o maldito flamingo!

Reviro os olhos para o céu e balanço a cabeça, dominada pela urgência de rir. Eu me curvo, gemendo um pouco pelo esforço, e ele olha para mim desconcertantemente consciente, e por um momento posso ver Ryan fazendo o mesmo.

— Sim, eu sei que preciso fazer exercício — digo a ele. — Mas tenho uma desculpa... tenho mesmo!

Penso em meu vício em biscoitos recheados. Tudo bem, não essa desculpa.

Ah, ótimo. Se eu fosse fazer uma lista (coisa que não vou) de sinais de princípio de loucura, poderia acrescentar "Conversar com um flamingo rosa de plástico".

E quem poderia dizer que esse símbolo rosa de esquisitice seria a única coisa que resta de minhas posses, dominando todas as outras memórias dos últimos vinte e tantos anos da minha vida? Sorrio, porque parece uma piada de mau gosto. O que provavelmente é.

— Vamos — digo, colocando-o debaixo do braço. — Encontrei um lar perfeito para você.

Meus pais me ajudam a pôr dentro do carro a bagagem, Harry e Sally, muito descontentes na caixa de transporte, e o flamingo. Nosso adeus é curto; não sem emoção, mas no verdadeiro estilo Carter. Principalmente porque sabemos que não vai demorar muito até nos vermos de novo.

Dez minutos depois, desço do carro. Caminho nervosa, como da primeira vez, há tantos anos. Bato na porta e espero que ela atenda. Vejo sua silhueta no vidro e inspiro fundo antes de ela abrir. De repente, percebo que não fui capaz de expirar em sua presença durante os últimos cinco anos.

— Molly — ela diz em voz baixa, e em seguida olha para mim sem dizer mais nada.

Fico parada sem jeito no degrau por um momento, segurando o maldito flamingo. Ela parece tão velha. Tão diferente da mulher que conheci há tantos anos. Não é mais perfeitamente torneada como era. Os extravagantes lábios rosados e as unhas ainda estão ali, assim como o cabelo escovado e as brilhantes roupas da moda, mas o que mais se nota nela é o manto de luto. Está ali para o mundo todo ver, não importa o que ela esteja vestindo. Está nas rugas profundas de seu rosto, em seus olhos azuis lacrimejantes, em seu sorriso manso e em suas mãos se retorcendo ansiosas. As joias abundantes foram substituídas por um medalhão de ouro simples, contendo a foto de seus dois filhos.

Ao contrário de mim, ela é magra — magra demais. Ela encolheu em estatura, tamanho e confiança. Sua voz é mais baixa e seus gestos mais contidos. Seu cabelo loiro agora tem o cinza pesado de um dia de janeiro. Combina com as nuvens em seus olhos.

Ela me observa por um momento, de seu jeito resoluto de sempre, penetrando-me ao me olhar de cima a baixo, parando deliberadamente em minha barriga crescida antes de olhar em meus olhos. Eu me sinto constrangida de repente, como se minha gravidez ostentasse o fato de que eu, de alguma forma — apesar de tudo —, segui em frente. Luto contra o desejo de desviar o olhar. Às vezes eu o vejo tão claramente no rosto dela que não suporto olhar. Deve ser difícil para ela se olhar no espelho. Talvez não se olhe. Eu não me olhei por um bom tempo. Como deve ser para ela?

— Eu não sabia se você viria — ela diz por fim.

— Nem eu — respondo honestamente.

É estranho quando penso que durante semanas eu não conseguia sair desta casa. Eu mal conseguia sair da cama. Virei a paciente, alguém de quem Jackie podia cuidar, e gostei. Nós duas gostamos, acho. Mas depois, lentamente, muito, muito lentamente, passei a ansiar por espaço e voltei para casa, a casa dos meus pais, e finalmente fui para minha casinha, dois anos depois que Ryan morreu.

— Eu não podia ir embora sem me despedir — digo simplesmente.

Ela anui rapidamente e me dá as costas.

— Venha — diz. Eu a sigo, sempre a nora obediente. — Aceita um chá? — ela oferece por cima do ombro.

— Sim, obrigada — respondo, lembrando automaticamente como isso logo se tornou a única coisa que fazíamos juntas confortavelmente.

Acho que tomamos litros de chá na companhia uma da outra naquelas primeiras semanas. O ato de fazer e beber chá disfarçava a estranheza do nosso novo relacionamento: a mãe de luto e a viúva.

Tentamos nos unir, de verdade. Continuamos tentando porque não fazia nenhum sentido que nos afastássemos quando mais precisávamos uma da outra. Ela era minha mãe substituta, uma mulher tão calorosa, amorosa e livre da minha própria falta de jeito que, quando a conheci, lembro que brinquei com Ryan dizendo que havia me apaixonado por ela. Como sua esposa, eu queria ser a mulher mais importante na vida de Ryan. Mas, compreensivelmente, como mãe, Jackie também. Travou-se uma batalha silenciosa entre nós, tão sutil e cheia de nuances que Ryan nem percebia o que estava acontecendo. Nem nós. Baixamos as espadas quando ele recebeu o diagnóstico de câncer e cuidamos dele juntas. Achamos que conseguiríamos partilhar nossa dor, nos ajudar, mas às vezes parecia que só piorávamos as coisas uma para a outra. Jackie se ressentia comigo por ter afastado Ryan dela. Eu me ressentia com ela por nunca soltá-lo. Nós duas o queríamos, mas, no fim, só nos restou a outra. E não era bom o bastante.

Agora, olho para essa mulher, essa *mãe*, e sinto vergonha. Ela deu à luz meu marido, ela o carregou e vai carregar sua perda pelo resto da vida. Quero abraçá-la, dizer que sinto muito, que sinto falta dela, mas sei que não vai ser reconfortante. Não é a mim que ela quer. Ela trocaria um milhão de abraços meus por apenas mais um de seu filho.

Enquanto ando pelo corredor até a cozinha, eu me obrigo a enfrentar o que não consegui por tanto tempo: a sensação de que ele está aqui. De que ele sempre esteve aqui. Lembro que voltei ao nosso apartamento em Londres depois que ele morreu para pegar o restante de nossas coisas e me perguntei várias vezes por que não podia senti-lo lá. Eu queria me sentir inundada pelas lembranças da nossa vida juntos. Então me deitei na cama, implorando a ele para me fazer sentir que ainda estava comigo. Mas ele não veio. Nem quando comprei a casinha geminada vitoriana — a casa à beira-mar à qual ele sempre sonhou em voltar — e a enchi com as nossas coisas, ele não estava lá. Mas viver à beira-mar em Leigh parecia o certo. Foi o lugar onde nos apaixonamos, o lugar que ele sempre amou. Porque eu percebi que esta cidade foi seu primeiro amor, tanto quanto eu.

Agora, aqui, nesta gloriosa casa com vista para o mar, em uma rua cara de uma cobiçada cidade litorânea, a casa que o pai dele construiu, o lugar onde ele cresceu, é onde o vejo. Meu Ryan. Ele sorri para mim em cada parede, no console da lareira, no armário da cozinha, na mesa onde ele passava horas corrigindo trabalhos, nas fotografias anuais da escola por toda a escada. Ele está no sofá da sala de estar, onde ficávamos quando éramos recém-casados, e onde ele ficou naquelas poucas semanas antes de Charlie nos avisar que era hora de ir para a clínica de cuidados paliativos. Ele está no jardim, onde jogava futebol com seu irmão antes de o câncer atingi-lo — e depois onde ele se sentava quando queria respirar o ar fresco do mar que tanto amava. Ele o chamava de "meu remédio especial".

— Melhor que toda a químio que eu fiz, Molly.

Ele sorria e segurava minha mão com força, inclinando a cabeça para trás, fechava os olhos e inspirava, expirava, para dentro, para fora. E eu fazia o que sempre fazia: contava cada respiração. Queria poder contá-las para sempre, mas sabia que, assim como nossos beijos, quanto mais vezes ele respirava, menos vezes lhe restavam.

Entro na cozinha, ainda segurando o flamingo, e lá está ela. Jackie, de costas para mim, enchendo nossas xícaras com água fervente. Sei que ela está chorando porque posso ver seus ombros tremendo. Vou até ela e a abraço. Seu corpo fica tenso.

— Sinto muito, Jackie — digo.

— Eu ainda sinto tanta falta dele, Molly — e se dobra em meus braços, soluçando como um bebê.

— Eu sei, eu sei — sussurro. — Queria poder fazer as coisas melhorarem, e me sinto tão culpada, Jackie, por não servir de conforto para você. Por ainda estar aqui, fazendo você lembrar...

— Não! — Ela segura meu braço com tanta força que dói. — Não se sinta assim, querida! O Ryan ficaria muito... furioso se ouvisse você dizer isso. E quanto a isto... — ela pressiona suavemente a mão em minha barriga — eu *estou* feliz por você, querida. Você vai ser uma mãe maravilhosa. É a melhor coisa do mundo. — Ela faz uma pausa e olha para mim. — Você tem uma foto? — pergunta baixinho.

Concordo com a cabeça e, hesitante, pego minha bolsa, abro-a e retiro cuidadosamente a foto em preto e branco, granulada, do meu bebê que tirei hoje da parede.

Ela pega a foto, e fico mortificada ao vê-la chorar de novo.

— Ele teria sido um pai maravilhoso — geme, e seguro suas mãos.

— Não, Jackie... não quero que isso te faça sofrer ainda mais.

Pego a foto, abraço Jackie e momentos passam; um monte de outras coisas passa. Estamos abraçadas, mas ao mesmo tempo soltando coisas.

— Jackie — digo por fim —, tenho algo que acho que deve ficar com você.

Ela franze a testa quando lhe entrego o flamingo. Então o pega, olha para mim e sorri. Mas também parece confusa e magoada.

— Mas eu dei isso para você, querida, é seu. Seu e do Ryan...

Coloco a mão sobre a dela antes que ela possa me entregá-lo de volta. E nós duas seguramos a feia luminária de plástico rosa. E, com minha mão ainda sobre a dela, começo a falar.

— Quero que fique com você, Jackie, porque o Ryan uma vez me disse que esse objeto era o que ele tinha de mais querido. Ele quis ficar com isso até o fim. E este é o fim dele, aqui, com você. Então, o flamingo tem que ficar com ele. Pensei que você poderia colocá-lo no jardim, onde enterrou as cinzas dele, aonde os dois pertencem...

Ela balança a cabeça e por um momento vejo um vislumbre da mulher que conheci há mais de uma década. E, quando a abraço uma última vez, sinto não só os braços dela em volta de mim, mas os dele também — ele está me abraçando, dizendo que está tudo bem. Que tudo bem eu ir embora.

O beijo Take That

Ryan diz que uma de suas maiores "vitórias" não foi no campo de futebol, e sim na semana passada, quando estávamos assistindo à MTV e eu finalmente admiti a derrota e assumi que Take That sempre foi a trilha sonora da nossa história de amor. Aqueles cinco garotos estiveram conosco o tempo todo. Eles até se separaram, assim como nós ("Love Don't Live Here Any More") e voltaram, mais fortes do que nunca ("Back For Good")!

<<REW 11/10/94

— MEU DEUS, Ryan Cooper é *tão* babaca — digo, preguiçosamente apontando dois dedos para o grupo de garotos que acaba de passar por nós na Broadway fazendo comentários lascivos.

Dou as costas para eles e ignoro o "frígida, frígida, FRÍGIDA!" que eles gritam em minha direção. Quanta maturidade. Todo o dinheiro que seus pais gastam com a escola particular os deixou tão eloquentes e eruditos que agora são praticamente Shakespeares modernos. Só que não.

— Eu acho ele *bem* gostoso — diz Casey, subindo um pouco a saia azul-marinho e brincando com o laço do uniforme enquanto espia por trás de mim e sorri lascivamente para eles. — Olha as pernas dele. Só ele ficaria sexy com esse calção esportivo. *Literalmente* todo mundo da escola acha ele um gostoso.

— Menos eu — digo com desdém. — Só porque ele é bonitinho, vai prestar vestibular, tem um Golf GTI e é bom em esportes, todo mundo trata o cara como se ele fosse o Brad Pitt de Leigh-on-Sea. Ele é tão... tão... — luto para encontrar um adjetivo de menosprezo adequado — ... *Essex*.

Casey arqueia a sobrancelha escura e delineada para mim. Sei que ela vem tentando aperfeiçoar essa expressão há anos, e sou obrigada a admitir: tem a quantidade certa de indiferença e sagacidade para fazê-la parecer descolada.

Casey e eu somos melhores amigas porque não somos as típicas garotas de Essex. Não nos encaixamos em estereótipos. Ela me fez perceber que eu pertenço a algum lugar. Com ela. E isso tornou a vida muito boa, na verdade. Somos irmãs de alma, fazemos tudo juntas. Ela é meu sistema de apoio, minha parceira no crime, minha confidente. Nós rimos, choramos e sonhamos juntas. Eu a protejo e ela me diverte. Somos inseparáveis. A vida seria *impensável* sem ela.

Neste momento, uma voz baixa, suave, como a familiar brisa de Essex, passa pelo meu pescoço, fazendo meus pelos se arrepiarem.

Ah, Deus, o Ryan está me encarando.

Ele inclina a cabeça e olha para mim, me avaliando.

— Vocês são da Westcliff, certo? — diz com um sorriso interessado.

— Uau, como você *sabe*? — diz Casey com entusiasmo, colocando as mãos nos quadris e empinando o peito.

Olho para ela, incrédula. Estamos de uniforme da escola, pelo amor de Deus! Reviro os olhos e pego Ryan Cooper olhando para mim com um sorriso irritantemente sexy.

— Molly Carter, não é? — ele diz.

Bem, agora estou meio impressionada. Nunca falei com o sujeito, e não faço ideia de como ele sabe meu nome. Todo mundo conhece Ryan Cooper, ele é praticamente uma celebridade por aqui. E todo mundo conhece Casey, graças a seu trabalho no café de sua mãe. Mas eu? Não sei por que uma aluna do décimo ano da Westcliff estaria no radar dele.

— Eu não vi você no Yacht Club? Com seus pais?

Ah, ótimo. Todos os adolescentes de Leigh-on-Sea vão ao Yacht Club, mas principalmente para ficar no deque superior do *Bembridge* dando uns amassos, não jantando com os pais. Pior, *pais professores do esquadrão de Deus*. Aarghh.

Casey abafa uma risadinha e eu cutuco suas costelas. Forte.

— Sua mãe foi minha tutora no ano passado!

Que maravilha. Imagino meus pés transformados em brocas, no estilo desenho animado da Hanna Barbera, me fazendo girar solo adentro.

— Que legal — murmuro, apagando o cigarro com a ponta da bota.

Ele se inclina para frente e minha respiração fica presa na garganta com a proximidade de seus lábios nos meus.

— Fica tranquila, ela não me contou nenhum segredo terrível seu.

— Porque eu não tenho nenhum — respondo, olhando para ele desafiadoramente. — Nós servimos a *Jesus* — acrescento com um floreio sarcástico.

Ryan olha para mim por mais tempo do que o absolutamente necessário e me perco momentaneamente em seu olhar. Suas íris têm o azul das geleiras, em constante mutação, e de repente me sinto uma exploradora solitária em perigo.

— Difícil de acreditar — ele murmura.

Seus lábios são puro Johnny Depp, seu rosto são nuvens fofinhas no horizonte. Olho para Casey; ela está encostada na parede olhando para ele com admiração desenfreada. Está com uma perna nua dobrada e encostada na parede, e Alex acende o cigarro dela enquanto olha para nós. Eu olho para Ryan. Ele sorri para mim de um jeito que me desarma.

De repente, eu me sinto muito exposta. Como se ele soubesse exatamente o que estou pensando.

— Sei o que você está pensando — ele murmura, roçando meu braço com a mão e fazendo uma onda de anseio percorrer meu corpo.

Me beija.

Merda, para com isso. Concentre-se, Molly, pelo amor de Deus.

— Eu não gritei aquelas coisas para você, viu? — ele sussurra com urgência, olhando para Alex, que está sendo atacado por Casey.

Nos segundos em que desviei o olhar, ela subiu a saia de forma ainda mais alarmante, à altura de Julia Roberts em *Uma linda mulher*. É o filme favorito dela atualmente, e tive de segurá-la várias vezes para que não comprasse botas de verniz até as coxas em uma ponta de estoque em Southend. Resisto ao desejo de esticar o braço e puxar a saia dela para baixo. Garotas como nós precisam usar a inteligência e a perspicácia para atrair os homens. Se isso falhar, teremos de esperar nosso momento de transformação, que pode estar a anos de distância.

— Eu briguei com eles por gritarem para você — continua Ryan. — Eles são meus amigos e tal, mas às vezes são uns idiotas.

Dou de ombros com desdém, cruzo os braços e olho firme para ele. Não posso deixar de notar que seus olhos se escureceram, ficando de um tom maravilhoso de jeans escuro.

— Então — ele diz, inclinando-se para mim —, vou ganhar uma recompensa por defender uma donzela em perigo? Acho que um beijo é a taxa normal, certo?

— E quem disse que eu estava em perigo?

Ele afasta os cabelos e abre os lábios carnudos.

— Ah, baby, não dificulta as coisas pra mim. Eu queria conversar com você um pouco — ele diz suavemente. — Vi você pela cidade, e você se destaca, sabia?

Eu me destaco. Humm, é um jeito de dizer "Você é uma aberração". Um jeito educado de dizer isso.

Olho para minhas botas de motociclista, esfrego a ponta no chão, puxo as mangas de meu suéter militar de segunda mão sobre os dedos quando ele olha em meus olhos e sorri. Abro a boca e a fecho de novo.

Merda, minha perspicácia desapareceu totalmente.

— Bom, eu... eu vou tomar isso como um elogio, acho — murmuro.

— Mas não sei se posso dizer o mesmo de você...

Não acredito que estou falando com *Ryan Cooper* desse jeito. Pelo menos uma garota dessa cidade não baba por esse cara, para variar.

— O que quero dizer é... — esclareço, examinando minhas unhas para acrescentar uma indiferença dramática — que você é só mais um garoto de Leigh-on-Sea, igualzinho aos outros. — Aponto para seu grupo de amigos, que estão parados formando uma rodinha, admirando seus Nikes Air, com seus cortes de cabelo idênticos, estilo boy band.

— Mas, Molly — ele protesta, balançando a cabeça para mim e me hipnotizando —, eu não sou como eles — diz com firmeza.

— HA, HA, HA! — gargalho, sem conseguir evitar.

Ele parece ofendido quando se afasta de mim, enfiando as mãos nos bolsos de seu calção Adidas.

— Qual é a graça? — diz na defensiva, balançando de um pé para o outro e mordendo o lábio até ficar vermelho feito uma cereja.

Dou de ombros, fazendo pouco caso.

— Você e seus amigos são todos iguais. Vocês usam as mesmas roupas, vão aos mesmos lugares, ouvem as mesmas músicas, gostam das mesmas meninas, fumam a mesma marca de cigarros...

— Eu não fumo — ele interrompe. Fazemos uma pausa, e ele me olha significativamente. — Nem gosto das mesmas meninas.

Pela primeira vez na vida estou sem palavras. Ryan Cooper está dando em cima de mim?

— Vai, Molly, não me faça implorar na frente dos meus amigos. Assim você vai acabar com a minha reputação! O que eu preciso fazer? Uma serenata ou algo assim?

Cruzo os braços e ergo a sobrancelha em expectativa, sabendo que ele não ousaria. Ele não faria um papel de bobo desses para mim.

— Bom — diz ele —, eu avisei...

Ele limpa a garganta e começa a cantar o refrão de "Sure", do Take That, com a clássica dancinha.

Casey observa atônita, mas Alex a distrai pondo a mão na bunda dela. Cruzo os braços, assistindo à performance de Ryan, rezando para não estar vermelha, e minha boca se contrai enquanto tento desesperadamente não sorrir.

— E aí? — ele arfa e sorri para mim no final do refrão.

Não sei o que está acontecendo aqui, ou por quê, mas conheço bem o tipo de garoto que ele é e o tipo de garota que eu sou, de modo que isso só pode ser uma aposta deles. E eu não vou entrar nessa. De jeito nenhum.

Penso por um milésimo de segundo e já sei exatamente o que fazer. Limpo a garganta e começo a cantar o refrão de "Loser", do Beck. Isso vai fazê-lo se calar. A parte da música que canto parece interminavelmente longa, mas, quando termino a dancinha na frente dele, ergo os olhos e ele está ali, sorrindo para mim (esse sorriso é *irritante*!). Em seguida, ele se inclina para frente e sussurra:

— Molly Carter, você é um desafio. E já vou avisando... eu não desisto fácil de desafios.

Depois dá meia-volta e se afasta, dá um tapinha no ombro de Alex e desce a Broadway em direção à Cliff Parade, sem olhar para trás.

— AI, MEU DEUS! — Casey fica dando pulinhos e gritando no meu ouvido, aparentemente alheia à minha raiva. — Dá para acreditar no que aconteceu? Você viu o Alex e eu? Ai, meu Deus, ele é LINDO! Parecia que eu estava em um filme. Tenho certeza que ele estava prestes a me beijar, Molly! Esse foi o melhor momento da minha VIDA!

Eu me concentro em Casey conforme caminhamos para minha casa, tentando não pensar no maldito Ryan Cooper nem mais um segundo.

Ou em como eu queria que ele me beijasse.

O beijo eterno

Dizem que não podemos mudar as pessoas, mas eu não acredito nisso. Eu não sou a mesma pessoa que era quando conheci Ryan (graças a Deus!), e não sou a mesma desde que ele morreu também. Eu sou melhor. Sou melhor porque o amei e fui amada por ele. Ele me ensinou a ser a melhor versão de mim.

Ryan deixou uma marca em mim que nada pode apagar, não importa quem ou o que venha depois. Eu a imagino como uma marca de seus lábios nos meus, o sussurro de um amor perdido que me faz lembrar que sou e sempre serei amada. Independentemente de qualquer coisa.

Nesse sentido, mais uma vez, Ryan fez, sem nem tentar, o que passei os meses de sua doença tentando desesperadamente fazer. Ele me deu um beijo que vai durar para sempre.

FF >> 14/07/07

A tenda se agita alegremente no The Green em frente à Cliff Parade; uma mancha branca grande e vistosa contra o fundo azul puro do céu e do mar.

— É perfeito — diz Ryan, e eu me curvo sobre sua cadeira de rodas e beijo suavemente sua cabeça nua, enfiando o cobertor debaixo da calça de seu terno, tão larga que fica sobrando, como se ele usasse pernas de pau. Não sabíamos se ele estaria bem o suficiente para fazer isso hoje. Ryan disse, enquanto estávamos todos reunidos ao redor de sua cama outro dia, que, se ele não estivesse bem, pelo menos a tenda não iria para o lixo: sua festa de trinta anos poderia se transformar em um velório. Ninguém riu, nem ele. Acho que ele finalmente percebeu que a piada estava desgastada.

A equipe da Clínica Haven, para onde ele se mudou há três semanas, disse para estarmos preparados, porque ele não chegaria ao fim da semana, mas Charlie disse o mesmo na semana passada — e um mês antes, quando estávamos em Londres e ele me pediu para assinar a ordem de não reanimação. Charlie não é mais oficialmente nosso enfermeiro desde que nos mudamos para cá, mas mantém contato e até veio ver Ryan ontem; foi muito gentil da parte dele. E eu sei que Ryan gostou, pois o vi literalmente lutando contra as lágrimas; seus olhos ficaram brilhantes e seu rosto assumiu aquela expressão determinada que eu sempre via quando ele estava no campo de futebol. Os médicos ficaram espantados, mas acho que aprenderam a nunca subestimar Ryan Cooper. Charlie disse que ele é um vencedor, tanto dentro quanto fora de campo.

A equipe tem sido maravilhosa com ele, e Ryan está muito mais feliz desde que se mudou para lá. Nós só conseguimos ficar duas semanas com Jackie e Dave. Não que eles não tenham feito um ótimo trabalho cuidando de nós; fizeram sim. Mas é que Ryan estava piorando rapidamente e foi tudo muito intenso; Jackie e eu disputávamos para ver quem era a melhor enfermeira. Eu sabia que devia ser uma pessoa melhor e deixar sua mãe cuidar dele, mas cuidar de Ryan se tornou uma parte muito importante de mim e do nosso relacionamento, algo difícil demais de abandonar, por mais que eu quisesse. E houve algumas batalhas estranhas sobre vegetais cozidos (que ele se recusava a comer, de qualquer maneira, fazendo o pai ir até o McDonald's) e disputas para ver quem pegava primeiro seus remédios no banheiro. Percebemos como estávamos sendo ridículas no momento em que nos pegamos brigando pelos comprimidos na frente da pia. Ambas olhamos simultaneamente para o espelho, para os rostos atormentados, desesperados, contorcidos em expressões cômicas, e caímos na gargalhada — e depois em lágrimas, então trocamos um grande abraço. Dali em diante, começamos a revezar.

Mas foi escolha de Ryan ir para a clínica, há três semanas. Ele resistiu por muito tempo, mas, ao saber que o câncer havia tomado o cérebro, de repente teve medo e disse que queria estar na melhor posição possível para o que ele chamou de "cobrança de pênalti". Esse é seu jeito de se referir ao fim, porque todas as manhãs era outra chance de permanecer no jogo. Vir para a clínica lhe devolveu seu espaço e sua dignidade — e seu apetite.

— Sem querer ofender, Moll — disse ele —, mas a comida daqui é como a de um hotel em comparação com a sua e a da minha mãe.

Eu não lhe disse que o apetite se deve, em parte, aos esteroides — dexametasona — que ele está tomando agora (eles o fazem implorar por doce). E eu não subestimo este lugar notável e os cuidados maravilhosos que lhe prestam. A equipe é fantástica, é um lugar incrível, lindo, com vistas deslumbrantes para o mar. Com ele aqui, posso ser só sua esposa, não sua enfermeira. Até Jackie parece mais descontraída, mais silenciosa e mais tranquila desde que ele está aqui. Acho que ela aceitou, finalmente, o que está acontecendo. E somos um time agora: ela, Dave, vovó Door, Carl, Lydia e eu. Não um time de cuidadores, mas um time familiar: "Cooper United", como Ryan nos chama. Rimos com Ryan quando jogamos jogos de tabuleiro em seu quarto, ou assistimos a filmes, ou jogamos videogames, e choramos juntos quando vamos pegar um café ou voltamos para casa para tirar uma soneca. Não que eu deixe Ryan com frequência. Eles permitem que eu durma aqui com ele, em uma cama que puseram a seu lado. Dormimos de mãos dadas todas as noites, como sempre.

E, quanto a esta festa, eu sempre soube que ele conseguiria. Ryan nunca perdeu uma festa na vida, e não vai começar agora. Ele nunca ia deixar o câncer estragar sua chance de sair por cima. E decidiu fazê-la aqui, no The Green, na Cliff Parade, porque ama a vista e queria que qualquer um que o conheça se sentisse bem-vindo a participar. Sei que a maior parte da cidade vai participar desse evento vespertino (Ryan fica muito cansado à noite), e não só por causa do open bar — como Ryan brincou comigo antes —, mas porque todos querem comemorar com ele em grande estilo. Toda vez que eu entro em algum lugar para comprar um jornal, ou comprar um café e seu bolo de cenoura favorito, me perguntam sobre ele. Ouço conversas em cafés, antigos alunos falando do sr. Cooper, que se calam quando me veem entrar. Sinto que a cidade inteira está prendendo a respiração, e só espero que todos nós possamos esquecer, por algumas horas, e lhe dar a festa da sua vida. Literalmente.

— Está pronto? — digo, e ele ergue os olhos e anui, inspirando profundamente o oxigênio do cilindro, que usa o tempo todo agora.

O entusiasmo é evidente em seus olhos. Sua cadeira de rodas foi enfeitada por Charlie e Carl com serpentina amarela, a cor do Southend United, e balões coloridos. É a cor perfeita para o meu Ry, ensolarada e brilhante. Ele disse que combina com seu novo tom de pele, amarelado, e a cabeça redonda (os esteroides causam algo chamado hipercortisolismo, alterando o formato do rosto, que ficou arredondado). Eu sempre disse que olhar para ele me faz sentir que o sol está eternamente no céu. Agora, ele diz que parece o próprio sol.

— Então vamos — digo e começo a empurrá-lo em direção à entrada da tenda.

É mais difícil do que parece, com saltos de dez centímetros cor-de-rosa e meu vestido de papel-alumínio, que usei naquela pré-estreia. Ryan insistiu que o tema do traje deveria ser "Essex Excessiva", e, a julgar pela quantidade de estampas de oncinha, rosa-choque, penas e branco que vejo, as pessoas abraçaram o tema — vestindo-se como no dia a dia.

Quando nos aproximamos da entrada, Ryan olha para mim, atrevido.

— É raro você ter que me empurrar para *dentro* de uma festa, hein, Moll? — ele diz.

Ponho a mão em seu ombro.

— Com a quantidade de champanhe que pretendo beber, espero que você me empurre para fora depois — respondo. — Portanto, pode ir guardando um espaço nessa cadeira de rodas para mim. — E lhe dou um beijo na cabeça.

Vou empurrá-lo, mas Ryan coloca as mãos sobre as rodas para detê-las e me olha.

— Obrigado por fazer tudo isso, baby.

— Sua mãe fez a maior parte, Ry — respondo com modéstia. — Você sabe que ela ama comandar um projeto. Essa festa de aniversário vai ser mais grandiosa que o nosso casamento!

— Não estou falando da festa — ele diz em voz baixa e sorri para mim, e sou atingida por uma onda de amor por meu valente marido. — Vamos lá, o que estamos esperando? — ele diz.

Engulo em seco, sorrio e começo a empurrá-lo para dentro.

A multidão silencia quando aparecemos na entrada. Como eu esperava, a cidade em peso veio por causa de Ryan. Deve haver pelo menos umas trezentas pessoas espremidas debaixo da bela tenda, como borboletas exóticas em uma caixa. Ryan desliza a mão por cima do ombro e eu a pego e aperto, enquanto ele levanta a outra e acena.

— Vamos logo com isso, cara! — vaia Carl. — Você não é a rainha!

A multidão reage ovacionando, gritando três grandes "Hip, hip, hurra!", estimulados pelo momento e pela emoção, e que parecem carregar meu marido para sua festa como se ele estivesse na crista de uma onda.

Sorrio para Jackie, que chega, e a deixo empurrá-lo e mostrar-lhe o que ela fez. Ele olha para trás e sorri para mim, para mostrar que ainda está comigo. A tenda está decorada com lindas flores pink (aos olhos dela, não existe outra cor). As grandes fotos de família da casa dela foram impressas e penduradas ao redor; as mesas à beira da pista de dança têm uma foto de Ryan de cada ano de vida, desde o dia em que nasceu. Há centenas de balões de gás na forma do número trinta por todos os lados. As crianças correm de lá para cá, o pessoal do bufê montou uma mesa de banquete digna de um rei, e o bar está agitado, com os barmen tentando servir champanhe mais rápido do que as pessoas conseguem beber — e descobrindo que isso não é humanamente possível. Estamos em Essex, afinal.

Sorrio e aceno com a cabeça, absorvendo tudo. Jackie fez um trabalho incrível. Eu já disse a mim mesma que este dia é dela, o momento de exibir seu filho, e ela merece curti-lo, de modo que resolvo recuar.

Sorrio quando meus pais chegam e ficam ao meu lado, segurando suas taças de champanhe e observando a festa. Adorei que eles tenham tentado seguir o código de vestimenta de Ryan. Minha mãe está usando seu suéter rosa do meu casamento. Não posso evitar pensar se ela substituiu as palavras bordadas "Mãe da noiva" por "Mãe da futura viúva". Mas, em seguida, me censuro e xingo Ryan mentalmente por minha incapacidade de parar de fazer piadas inapropriadas sobre a morte. O suéter está abotoado sobre um vestido fúcsia (atrevido para ela) na altura do joelho. Ela está até usando sapatos de saltinho brancos. Meu pai está com uma parka fechada, calça jeans (eu nunca o tinha visto de jeans, *nunca*) e tênis brancos, como tantos rapazes da cidade usam. Ele até puxou o cabelo para frente, para cobrir a testa. Mas ele ainda parece mais um nerd do que um garoto de Essex, que Deus o abençoe.

— Mãe, pai, vocês estão ótimos. São puro Essex! — digo com um sorriso.

— Que bobagem, Molly — minha mãe retruca. — Estamos parecendo a rainha e o príncipe Philip indo a uma festa dada pelo príncipe Harry com o tema *The Only Way is Essex*!

Rio e eles me abraçam. Parece que estão me ladeando para me dar forças. Minha mãe beija meu ombro; um beijo leve, mas é o suficiente. Meu pai balança nos calcanhares e olha para o teto de lona como se fosse uma bela obra arquitetônica. É gostoso ver minha pequena família unida. Percebo que nós três nos encaixamos. Apesar das minhas tentativas de ser diferente, de ver mais, fazer mais, sou mais filha deles agora do que nunca. E tenho orgulho disso.

Ficamos ali em nosso silêncio confortável, observando a festa de fora, como nós, os Carter, fazemos. Ryan continua olhando para mim, fazendo uma conexão com uma piscadinha, um aceno ou um sorriso, e mantenho o radar em alerta máximo para saber onde ele está a cada momento, com quem está falando e o que está fazendo. Sorrio rapidamente ao lembrar os primeiros dias do nosso relacionamento, quando eu era tão insegura que costumava fazer isso para checar a existência de meninas predadoras que pudessem estar atrás do meu namorado. Agora, tenho saudades dessa época. Eu preferia a Angelina Jolie flertando com ele às coisas que estamos tendo de encarar.

Lydia chega com Beau, que está com um terninho branco e mechas no cabelo espetado. Parece uma versão em miniatura de Carl no dia de seu casamento. Tão fofo. Lydia beija meus pais, que a apertam com força, depois vão buscar uma bebida no bar e sentar. Lyd descansa a mão sobre a barriga de grávida e suspira.

— Caramba, meus pés estão me matando! — geme. Então omite um gritinho e leva a mão com esmalte rosa à boca. — Ah, Molly, desculpa, falei sem pensar.

Seus olhos se enchem de lágrimas, e ela abana a mão na frente do rosto enquanto Beau corre alegre em volta de mim, gritando coisas de criança.

— Desculpa — ela diz, enquanto as lágrimas deslizam pelo seu rosto. — São os malditos hormônios.

— Tudo bem, Lyd. — Olho para Ryan, que está fazendo sucesso no meio da pista de dança. — De verdade, tudo bem.

— Você é incrível, Molly — ela diz entre lágrimas. — Eu queria ser metade da mulher que você é. Não sei como eu ia lidar com o que você tem enfrentado...

Vejo seu olhar em Carl, que está com o braço em volta do irmão, fazendo alguma piada a dois, como sempre fazem. Sei que ela está imaginando o marido na cadeira de rodas de Ryan. Assim como todas as esposas e namoradas aqui.

— Acho que eu não conseguiria.

— Conseguiria sim, Lyd — respondo com um sorriso. — Nós, os Cooper, somos feitos de um material forte, você sabe disso.

Ela olha para mim e concorda com a cabeça, sorrindo através de um véu de lágrimas.

— Você sabe que pode contar comigo e com o Carl sempre, não é? Sempre que... você sabe... sempre que precisar da gente, tudo bem? — Ela segura minha mão e a aperta. — Você é como uma irmã para mim, Molly, sempre será.

Não tenho palavras para lhe dizer que eu sempre quis uma irmã, então só anuo.

Ela guia gentilmente Beau para que ele corra em outra direção, e ambas ficamos em silêncio olhando para nossos maridos de longe. Lembro que quando eu era adolescente, até mesmo quando já namorava Ryan, ficava tão admirada com a confiança e a capacidade dele de conversar com qualquer pessoa, de comandar a atenção dos outros sem que parecesse fazer nada para isso. Agora ele está deslizando pelo salão com sua cadeira de rodas, parando para falar com cada convidado, fazendo com que cada um se sinta como se fosse o único ali com quem ele gostaria de estar, depois acena para alguém para que se junte a eles, e então vai até outro grupo. Sei que ele está determinado a conversar com todos, e pensar no porquê disso faz meu coração doer. Também me faz sentir como se já o tivesse perdido. Estou tão acostumada a sermos só ele e eu...

— Molly — Lyd sussurra e aponta com a cabeça em direção à entrada da tenda. — Acho que tem alguém aqui que veio ver você, querida.

Olho e vejo uma aparição cor de pôr do sol parada ali, hesitante, como a adolescente desajeitada que eu parecia conhecer melhor do que a mim mesma, tantos anos atrás. Seus olhos correm inseguros pelo salão, pelas pessoas dançando, pelos pais de Ryan, que estão fazendo um ótimo trabalho montando o "Show dos Cooper" no bar, depois por Lydia, até chegarem a mim.

Ficamos ali por um momento, olhando uma para a outra. Parece que existe uma enorme distância entre nós; não, distância não, tempo. Sei que ambas estamos rebobinando as lembranças de nossos tempos de escola, a primeira vez em que ela se sentou ao meu lado e nos tornamos melhores amigas, os anos passados praticamente morando uma na casa da outra, as noites que passamos acordadas sonhando com o que o futuro nos reservava. Aquela determinação obtusa da juventude de que nada nem ninguém, nenhum homem, amigo ou trabalho, *jamais* ficaria entre nós. Então procuro pelo salão e vejo Ryan olhando para mim. Ele sorri e acena com a cabeça, e sei que ele a convidou para vir aqui hoje. Sei que ele fez isso por mim.

E, neste momento, começo a caminhar. Ando devagar e deliberadamente em direção a ela e, quando chego perto, vejo que está chorando.

Fico parada na frente dela imaginando que diabos devo dizer, se é que devo dizer alguma coisa. Não posso abraçá-la ou falar algo para fazer com que se sinta melhor. Não tenho palavras, nem tenho certeza de que há algo para ser dito. Vejo Ryan com o DJ e então sei exatamente o que fazer. Ouço a introdução da música e chuto longe meus sapatos de salto, passo meu braço no dela e caminho em direção à pista de dança, com Casey pulando em uma perna enquanto tira um sapato e depois o outro. Vamos para o centro e começamos a pular com os braços levantados ao som de "Together in Electric Dreams", sem tirar os olhos uma da outra enquanto cantamos nossa própria letra, que escrevemos uma vida atrás.

E é aí que a festa realmente começa.

Estou do lado de fora, segurando minha taça de champanhe, observando o sol se pôr sobre a água e ouvindo a festa ali dentro quando Carl vem correndo.

— Aí está você, Moll! Preciso de você agora!

— O quê? — engasgo, jogando minha taça no chão e correndo para dentro.

Mas ele segura meu braço.

— Não se preocupe! Desculpa, o Ryan está bem. Você só precisa entrar. Vamos. Traga sua taça...

Voltamos para a tenda e vejo que Ryan está com um notebook diante de uma tela de projeção, segurando um microfone. Olho para Carl e ele balança a cabeça e me empurra para frente assim que Ryan começa a falar.

— Eu só queria agradecer a todos por terem vindo a esta festa hoje. Foi maravilhosa. E quero agradecer de verdade à minha incrível mãe, a incansável Jackie Cooper, por organizar uma festa tão legal. Ela é uma em um milhão, e a melhor mãe do mundo.

Todo mundo aplaude, e Jackie grita e cobre o rosto com as mãos quando Dave a abraça.

— Obviamente, amei o fato de esta festa ser para mim. Eu sou um garoto de Essex, de modo que ser o centro das atenções nunca foi problema para mim.

Uma onda de risos explode e Ryan inspira profundamente.

— Mas não posso deixar que todos voltem bêbados, tropeçando para casa — outra onda de risos —, sem lançar os holofotes sobre a minha linda esposa.

Abaixo a cabeça quando todo mundo se volta e olha para mim. Olha de verdade para mim, pela primeira vez em muito tempo.

— Vocês devem saber que a Moll e eu estamos juntos desde que éramos praticamente adolescentes. E se fosse por mim...

— E uma técnica melhor de beijo! — debocha Carl.

— Sim, valeu por isso, cara — responde Ryan. — Enfim, como eu estava dizendo, se fosse por mim, ela teria sido minha assim que não fosse mais considerado pedofilia. — Outra onda de riso explode. — Desculpem pela grosseria, John, Pat.

Meu pai acena e levanta as mãos, como se dissesse: "Tudo bem, filho". Minha mãe sacode o dedo para ele, e um rubor de vergonha sobe pelo pescoço dela.

— Mas eu só quero que todos saibam que essa garota, essa mulher incrível, roubou meu coração e minha alma com seu primeiro beijo. Ela me ensinou muito sobre o amor, a vida, a cultura... apesar de que ainda não me convenceu de que os Beatles são melhores que o Take That, John!

Meu pai ri e levanta a mão, e Ryan pega a minha.

— Ela também me ensinou uma maneira diferente de ver o mundo, e me mostrou que é um lugar lindo. No nosso primeiro encontro, ela disse: "A vida não tem a ver com o destino, tem a ver com curtir a viagem".

Olho para ele, espantada. Como ele se lembra disso?

— E eu não posso partir... — ele faz uma pausa e olha para mim, e sei que não se refere a ir embora da festa — ... não posso partir sem mostrar quanto eu amei fazer essa viagem com ela.

Ele acena para Carl, que aperta "play", e aparece na tela uma imagem da famosa escultura *O beijo*, com as palavras "O que há em um beijo?" embaixo.

Em seguida, os acordes de "Greatest Day", do Take That, saem dos alto-falantes enquanto uma foto do nosso primeiro beijo no The Grand enche a tela. A próxima é do quadro *O beijo*, de Gustav Klimt, depois os lábios caninos de *A dama e o vagabundo* se encontrando sobre uma tigela de espaguete, e corta para a foto minha e de Ryan uma noite no Ugo, na Broadway, recriando a cena do filme.

Rio através das lágrimas, maravilhada com o jeito como Ryan colocou em filme uma versão completa, linda, do que eu comecei no blog, mas não consegui terminar. Ele incluiu cada foto que eu coletei e misturou nossos beijos com outros mais famosos; em um quadro aparecemos ao lado de Audrey Hepburn e George Peppard em *Bonequinha de luxo*, e no próximo estamos em tela dividida, nos beijando no tapete vermelho ao lado de uma foto de Tom Cruise beijando Katie Holmes.

Enquanto o vídeo mostra essa materialização lindamente elaborada, inteligente, bela e engraçada de todo o nosso relacionamento, Ryan ergue os lábios para mim e nós nos beijamos, suavemente, docemente, como se transferíssemos um pedaço da alma de cada um para o outro. Ele afasta os lábios dos meus e aponta com a cabeça para a tela, e vejo a última fotografia, uma imagem congelada de Ryan Cooper, meu Ry, na praia, em nossa lua de mel, olhando diretamente para minha câmera e me mandando um beijo.

Posso ouvir os soluços atrás de nós, baixinhos, lágrimas controladas de nossos amigos e familiares, que estiveram de luto nos últimos cinco meses e sabem que esta festa é o jeito de Ryan de dizer adeus.

— Essa é para você — Ryan murmura para mim.

Dou as costas para a multidão e olho para ele, meu lindo marido, o amor da minha vida, e o resto do salão, as pessoas, a cidade, nosso passado, tudo se derrete. Eu me afundo em seu colo, e os braços da cadeira de rodas sustentam meu peso quando sento de atravessado nela, como se ele estivesse me carregando. Queria que ele pudesse me carregar com ele, para onde ele está indo. Choro com os braços em volta de seu pescoço, agarrada a ele, como se minha vida dependesse disso. Nossa vida.

— Eu sei que você reuniu todas elas para mim, Moll, e te amo mais do que nunca por isso. Mas, sabe, eu já tinha cada beijo. Cada um deles. Aqui em cima. — E dá um tapinha na cabeça. — Eu salvei todos eles. Ele me puxa para si. — Eu preciso que você saiba que eu não mudaria um momento sequer de tudo o que compartilhamos. Cada alto, cada baixo, fizeram o que somos.

Ele tira o DVD do drive e o entrega a mim, mas não consigo tirar as mãos de seu pescoço, de modo que o deixa em meu colo.

— Assista quando eu for embora, não só para se lembrar de mim, mas para lembrar como o amor é inesperado, como é mágico, como muda a vida. Promete que vai fazer isso?

Ele olha para mim e eu anuo. Passa o polegar debaixo dos meus olhos para secar minhas lágrimas, depois sobre meus lábios. Eu o beijo e fecho os olhos.

— E, quando o amor te encontrar de novo — ele diz —, porque eu sei que vai, não quero que você veja mais esse vídeo, tudo bem? Quero que você esteja pronta para começar uma nova coleção de beijos.

Enfio a cabeça na curva de seu pescoço e novas lágrimas escorrem como uma cachoeira.

De repente, Carl vem e nos leva para o meio da pista de dança. Ele nos empurra devagar, em círculos, de modo que parece que estamos dançando. Ergo a cabeça e olho fundo nos olhos tão azuis do meu marido, meu Ryan, afogando-me neste momento com ele.

— Eu fui mais feliz do que poderia ter imaginado, porque tive o seu amor, Molly — ele sorri.

E ali, na frente dos nossos amigos, da nossa família e de toda a cidade, fazemos nossa última e melhor demonstração pública de afeto. E sei que é um beijo que ninguém — especialmente eu — jamais vai esquecer.

16:35

Saio de Leigh-on-Sea totalmente certa de que vou chorar. Quando me mudei para cá depois que Ryan morreu, há cinco anos, precisava estar onde a essência de Ryan ainda estava, ficar perto de sua família, de seus amigos, em sua — não, em *nossa* — amada cidade natal. A casinha maltratada que comprei era exatamente como a que havíamos sonhado para criar uma família, e por isso dediquei o mesmo amor e cuidado para nutri-la que teria dedicado aos nossos filhos, passando os primeiros meses trazendo-a ternamente de volta à vida, da forma que não pude fazer com meu marido. Os gatos eram minha única companhia, mas eu estava tão feliz com eles. Ryan os havia comprado de presente para mim quando foi para a clínica de cuidados paliativos.

— Você quer que eu vire a louca dos gatos? — brinquei, quando as pequenas bolas de pelo saíram da caixa para o meu colo.

— Não, Moll — ele sorriu, pegando minha mão. Acariciei seus dedos, tentando não mexer em nenhum dos tubos. — O Harry e a Sally vão garantir que você nunca esqueça que o amor pode ser encontrado nos lugares mais inesperados.

Certo, como sempre.

Ryan pode nunca ter vivido na casinha que acabei de deixar para trás, mas nos primeiros dois anos ela parecia tanto dele quanto minha. Eu não conseguia doar as coisas dele (nem mesmo o maldito flamingo), então forrei meu novo ninho da mesma maneira que ele teria feito, com um monte de lembranças. Eu precisava delas perto de mim, simplesmente porque ele não podia estar. E, quando eu saía pela porta da frente, ainda o sentia ao meu redor, na familiaridade de estar no lugar onde crescemos e nos apaixonamos. Eu gostava do fato de que praticamente todo mundo por quem eu passava conhecia Ryan, ou pelo menos ouvira falar dele. Eles sorriam para mim, ou às vezes paravam e conversavam, e nesses momentos parecia que ele ainda estava aqui, e que, estando aqui, eu podia mantê-lo vivo mais um pouco. De muitas maneiras, esta cidadezinha me manteve viva também.

Durante o primeiro ano, eu saía de casa ao anoitecer todos os dias — independentemente do clima — e caminhava até seu banco favorito, com vista para o mar, situado logo abaixo do The Green, onde fizemos sua festa de trinta anos uma semana antes de ele morrer. Eu ficava olhando as nuvens violeta passarem, assim como os barcos, e ouvia o crocitar das gaivotas sobrevoando ("São gaivotas de Essex!", ele dizia). Era nosso momento de conversar. Eu contava a Ryan tudo sobre meu dia, o que estava fazendo na casa, o piso que eu havia arrancado, polido e envernizado, as cores que havia escolhido para as paredes, a mesa da cozinha dos anos 50 que havia encontrado em um leilão. Eu lhe falava das conversas que tinha com vovó Door, de como sua mãe estava lidando com a situação, e lhe pedia conselhos para lidar melhor com ela. Contava a ele sobre o grupo de apoio ao luto que eu frequentava, e sobre as últimas aventuras da Casey. Falava de Beau e Gemma, de como Carl estava enfrentando as coisas, contava-lhe os mais recentes resultados do Southend United, como o time estava no campeonato e contra quem ia jogar. Eu lhe dizia que sentia saudades e que, apesar de ainda achar que não poderia viver sem ele, estava fazendo o meu melhor.

Mas, ainda que aquele fosse o lugar onde eu mais falava com ele, na verdade Ryan não estava lá. Ele estava ao meu redor. Encontrei conforto no fato de que suas pegadas haviam ficado indelevelmente marcadas na praia de cascalho e na Broadway, em cada esquina, na verdade. Ele estava no rosto das crianças que passavam por mim voltando da escola e que nunca se esqueceriam do sr. Cooper, o professor legal. É reconfortante saber que o legado de Ryan vive em todos aqueles a quem ele lecionou, tanto aqui quanto em Hackney. Quem sabe o que eles podem conquistar na vida por causa dele? Os pubs tinham suas impressões digitais moldadas nos copos de cerveja. Sua habilidade com o futebol estava claramente marcada no campo de Leigh. A brisa do mar tinha seu espírito. E, claro, a casa de seus pais tem suas cinzas. Era o que ele queria, e eu entendi. Ele disse que não queria que eu me sentisse amarrada a um lugar só porque ele estava lá. Ryan queria que eu fosse livre para viajar pelo mundo, se quisesse. Mas ele sabia que seus pais viveriam naquela casa para sempre.

Mas foi difícil viver aqui também. Parecia que todos tinham expectativas inatingíveis a meu respeito. Viúvas devem ser velhas, se vestir de preto, manter a pose e soluçar em momentos esperados, como no funeral. Mas a única coisa que lembro do funeral de Ryan é que não chorei. Nem um pouco. Eu só olhava para o caixão, culpando Ryan pela ausência de lágrimas.

Ei, Cooper, eu disse em minha cabeça. *Olha só, sem lágrimas. Como você me fez prometer. Agora todo mundo está olhando para mim como se eu fosse uma megera insensível. Está feliz agora?*

Ah, Molly, mas você é a minha *megera insensível,* eu o ouvi dizer, o que me fez rir. O que também foi um comportamento inadequado para um funeral, diga-se de passagem.

Eu chorei todos os dias, *exceto* no funeral, durante todo o primeiro ano. E assisti ao filme que ele fez todos os dias. Frequentemente mais de uma vez por dia. E no segundo ano também. Em cada um desses setecentos e trinta dias, eu era atacada por uma lembrança que me fazia chorar a dor de perder o Ryan. E não só nos dias "difíceis", tipo nos aniversários e aos domingos. Todos os dias e a qualquer hora. No banheiro, no trem, na cama, no supermercado, sobre a tigela de cereais, no bar... não havia aviso de quando ia acontecer. Simplesmente acontecia.

E no dia em que o cremamos? Eu tinha prometido a ele que usaria a cor mais brilhante que pudesse (meu velho vestido amarelo, que usei na noite em que ele me beijou, em Ibiza. E não só porque era o favorito dele, mas porque é a cor do Southend United) e um sorriso. Passei um batom vermelho ousado, porque sabia que Ryan teria gostado (embora minha mãe não tenha). E também para não ter de beijar nenhum parente distante (ou próximo, para ser sincera). Eu só acenaria com a cabeça, sem nenhum contato real. Porque eu não queria beijar ninguém. Os lábios de Ryan foram a última coisa que os meus tocaram; se eu fechasse os olhos, ainda podia sentir sua boca na minha naquele último dia, quando ele por fim se foi, e eu queria que ficasse assim para sempre.

Dessa forma, naquele radiante dia de setembro de 2007, eu estava usando meu vestido cítrico de verão, de ombros eretos e cabeça erguida, e sorrindo. Eu sorria enquanto olhava para o vitral bem acima do caixão, imaginando como fotografar a luz solar cujo brilho se prolongava através dele, as cores brilhantes feito joias que dançavam em frente ao caixão onde seu corpo jazia. Sorri quando fiz minha homenagem e quando seu irmão e os rapazes puseram para tocar "Rule the World", do Take That, enquanto carregavam o caixão, como Ryan pediu. Nem sequer deixei o queixo tremer. Só juntei as mãos e sorri. Eu era como uma máquina de sorrisos. E sorri quando encontrei as centenas de pessoas em luto. Sorri, com o rosto doendo e o coração ferido. E então sorri um pouco mais. Eu cumprimentei todas essas pessoas, mas o tempo todo estava dizendo "adeus".

Sim, eu disse o adeus mais difícil há cinco anos. Mas hoje... hoje é o momento de dizer olá.

Chego ao Hospital Southend às quinze para as cinco da tarde, como prometi. E ele está me esperando, como prometeu, mais parecido com George Clooney do que nunca. Paro na frente da recepção, e seu olhar grave e ensombrado do plantão noturno se evapora quando ele abre um sorriso.

Sorrio também conforme abro a porta do passageiro e ele se inclina, com o braço apoiado na porta.

— Bom dia, mulher — diz, exagerando o sotaque australiano nativo.

— Táxi para Stansted para o dr. Prince? — digo com sotaque de Essex, e finjo mastigar um chiclete enquanto ele entra e me beija.

— Tudo bem? — ele pergunta suavemente, acariciando meu rosto. — Não andou exagerando, não é?

Chris me olha preocupado e leva as mãos até minha cintura, então se abaixa de repente, de modo que seu rosto paira sobre minha barriga de seis meses. Sorrio, passando as mãos nela, maravilhada com a gloriosa forma convexa, as bolinhas duras que fazem alusão a pezinhos, ou cotovelos, ou joelhos, os chutes constantes — e o novo peso — que nunca me deixam esquecer o que estou carregando.

— O que você está dizendo, Minnie? — ele pergunta.

Nós a chamamos assim porque Chris acha que ela vai ser uma mini--Molly. Ele apoia o ouvido em minha barriga, escuta atentamente e balança a cabeça.

— Eu devia estar cuidando da sua mãe? Ah, não se preocupe, eu pretendo fazer exatamente isso. Pelo resto da vida.

Penso no são Cristóvão que vovó Door me deu, guardado em segurança em minha bolsa, e sorrio. Chris beija minha barriga, depois a aliança pendurada em uma corrente em volta de meu pescoço, porque não cabe mais em meus dedos inchados de grávida, e então meus lábios.

E eu sorrio porque sei que ele vai cuidar de mim, mas também sei que, mesmo que estejamos indo para Sydney hoje para começar nossa nova vida juntos, ele aceitou esse plantão de emergência quando o chamaram ontem à noite porque é um cirurgião primeiro e meu marido depois, e por mim tudo bem.

Olho para Chris enquanto atravesso o estacionamento do hospital em direção à saída. O adorável, calmo, paciente, forte e intenso Chris, o príncipe que entrou em minha vida três anos depois que perdi Ryan, que alicerçou tudo o que aprendi estando com Ryan (e depois o perdendo), e que me fez perceber que existe amor após a morte. Muitas vezes as pessoas me perguntam se acho que foi uma decisão psicológica me casar com um médico depois de perder Ryan. Afinal, ele salva vidas, e os médicos nunca ficam doentes, não é? Mas eu simplesmente respondo que a única decisão psicológica que tomei no dia em que o conheci foi ir a um bar e ficar bêbada. Eu não estava procurando amor; acho que o amor foi me procurar. Ou isso, ou ele foi enviado...

Isso foi há um ano e meio, e eu tinha acabado de descobrir que minha coleção de fotografias chamada *O beijo eterno* havia recebido um convite para ser exposta na Gallery@Oxo. Eram fotos que tirei de casais jovens que haviam entrado em contato comigo por meio do blog e que viviam com um diagnóstico de câncer — e queriam fazer valer cada beijo. Choveram comentários depois que postei minha mensagem final e a foto minha e do Ryan, e perguntei a Christie se meu blog poderia ser continuado por leitores que estavam lidando com o câncer ou que tinham perdido um amor para a doença. Ela entendeu completamente quando eu disse que não voltaria ao trabalho depois da morte do Ryan. Eu não conseguiria. E, além disso, decidi que ia fazer o que tinha prometido a Ryan.

Eu ia *ser*: feliz, realizada e otimista. Eu não podia imaginar me apaixonar de novo, nem pensar em voltar ao trabalho, de modo que comecei pegando minha câmera e tirando fotos novamente. Foi no primeiro aniversário da morte de Ryan que tive a ideia. Eu queria agradecer ao centro de apoio a pacientes com câncer Macmillan e à Clínica Haven, de Leigh-on-Sea, por tudo o que haviam feito. Comecei a fazer retratos de qualquer um que me procurasse, fosse por meio do blog ou da clínica. Não fiz isso por dinheiro nem pensando em minha carreira, e sim porque queria dar a eles um pouco do que Ryan me deu: um beijo que durasse para sempre.

As fotos eram simples. Não havia cenários sofisticados, fundos bonitos, só os pacientes com câncer terminal beijando e sendo beijados; só eles e seu amor brilhando através da lente. Percebi que era isso o que eu amava na fotografia: tudo que não conseguimos encontrar palavras para dizer, ela capta. Tudo que sentimos, ela enquadra.

A exposição foi feita em conjunto com esses dois centros de saúde e contribuiu para a conscientização sobre a doença e para arrecadar recursos financeiros. Depois de Londres, viajou por todo o país. Ainda não posso acreditar como tem sido bem-sucedida, divulgada pela imprensa nacional e internacional, e agora com exposições internacionais também. É uma sensação maravilhosa finalmente fazer algo de bom, que dê sentido não só à minha vida, mas à de Ryan também. Acredito sinceramente que isso ajudou a curar meu coração e me deu confiança para fazer o que sempre sonhei. E então conheci o Chris.

Encosto no estacionamento quando ouço meu celular tocar aos pés dele. Ele o procura entre os passaportes, as passagens e os biscoitos de gengibre embrulhados em papel-alumínio que carrego sempre comigo. Minnie gosta.

— É sua BFF — Chris fala, entregando-me o telefone.

— Oi, Case. Tudo bem?

— Ainda de ressaca da sua festa de despedida ontem à noite, tentando fingir que você não vai embora e imaginando quanto tempo vamos levar para economizar o suficiente para ir para a Austrália, com o salário de merda de enfermeiro dele e o meu de RP. — Eu a ouço fungar. — Não sei quem está chorando mais porque vocês vão para Oz, eu ou o Rob.

Eu a ouço se afastar do telefone quando uma voz familiar a censura, e ponho no viva-voz para que Chris possa participar da conversa entre nossos dois amigos.

— Eu não estou chorando! Não deixe o Chris pensar que estou chorando — diz Rob, ranzinza.

Rob e Chris se conheceram no Hospital Southend, e, quando nós dois já estávamos juntos havia alguns meses, armamos um encontro entre Casey e Rob, convidando-a para um baile beneficente. Como havíamos previsto, eles se deram bem e acabaram se casando um mês depois de nós. Mia e eu fomos damas de honra. Penso na foto daquele dia feliz que tenho em minha bolsa e sorrio. Ele é um cara adorável, enfermeiro em começo de carreira, um pouco mais novo que nós — bem, oito anos, na verdade. Mas eles estão muito felizes. Quem disse que você não pode se apaixonar aos vinte e poucos anos? Eu não...

— *Claro* que ele está chorando — murmura Casey. — Escuta, Moll — ela diz entre lágrimas. — Eu só queria dizer que te amo, já estou com saudades, estou morrendo de ciúmes porque a Mia roubou você de mim e que, se você não voltar quando esse bebê nascer para que eu possa vesti-la com um monte de roupinhas espalhafatosas no estilo Essex, vou ter que fazer algo drástico e... ter um filho eu mesma! — Dou risada enquanto ela abaixa a voz para falar. — É *claro* que estou brincando! Eu já tenho um bebê para cuidar... Ops! — ela ri, e dou um gritinho quando ouço Rob dizer: "Podemos começar a praticar agora, Case?"

Ah, jovens apaixonados, penso com carinho. Chris e eu estamos um pouco além da primeira onda de paixão despreocupada. Nós somos assim juntos. Mais sérios, mais adultos. E eu gosto disso. Não, eu *amo* isso.

— Case, é claro que vamos voltar em breve. E a gente pode se falar pelo Skype o tempo todo, lembra?

— Tudo bem, mas eu não sei mexer nesse Skype, o Rob vai ter que configurar — ela suspira.

Rio. É demais para uma feminista.

— Agora vai, Molly. Mas não diga adeus, ou eu vou chorar, hein? Diz... sei lá, diz... até amanhã... Tarde demais, já estou chorando. Ah, não, vou ficar horrível!

— Até amanhã, Casey — digo, mas ela já desligou.

Quando pego a rodovia, o sol está começando a mergulhar no céu, tingindo as nuvens de um tom pastel rosa, idêntico à cor das lindas roupinhas que ganhamos para nossa menininha em nossa festa de despedida. Fiéis à tradição, meus pais nos deram livros.

— Para a viagem — minha mãe disse sorrindo quando me entregou o presente.

Franzi a testa.

— Mas nós já temos um monte de guias de viagem, e o Chris nasceu e foi criado em Sydney, de modo que não prec...

— Esses livros não são para *essa* viagem, querida — ela disse, rindo enquanto eu abria o presente.

No pacote caprichosamente embrulhado, estavam todos os manuais de cuidados com bebês que se possa imaginar, baixados em um Kindle.

— Mais fácil viajar com isso — explicou ela com orgulho.

— Finalmente uma tecnologia que você aprova! — dei risada e abracei meus pais.

— Bem, esses são para você ler até seu pai e eu chegarmos a Sydney. — Ela levou a mão à garganta, depois embaixo dos olhos, que enxugou com um lenço. — Vamos pegar um avião assim que ela nascer e ficar o tempo que você precisar de nós, não é, John?

Eles finalmente se aposentaram há alguns anos.

Meu pai assentiu.

— Ahh... claro! Ou pelo menos até a gente decidir que é hora de continuar nossa viagem! — ele disse, abraçando minha mãe. — Patricia e eu já planejamos nossa viagem à Nova Zelândia depois das férias prolongadas com vocês. E depois vamos para os Estados Unidos. Primeiro para Nova York, depois sua mãe concordou em irmos para Connecticut ver o *Castelo de Hadleigh* original de Constable, que está em exposição no Centro de Arte Britânica de Yale!

— Esse é o jeito do seu pai de levar a casa com ele nas nossas viagens — minha mãe disse.

Ela foi lhe dar um tapinha carinhoso no pulso, mas, em vez disso, o beijou suavemente nos lábios.

Ligo o rádio e sorrio enquanto piso fundo e rodamos pela estrada rumo ao aeroporto de Stansted. O céu se estende diante de mim e, através do para-brisa, observo distraidamente dois aviões cruzando o céu. Chris está dormindo ao meu lado, e sinto um arrepio me percorrer a espinha quando minha atual música favorita, "Paradise", do Coldplay, começa a tocar no rádio. Na primeira vez em que a ouvi, parecia que tinha sido escrita para mim; bem, para a garota que eu fui um dia. Que quis o mundo, que sonhou com o paraíso e enfrentou barras pesadas em alguns momentos. Ouço a música, engolindo as lágrimas enquanto a inconfundível voz de Chris Martin sai dos alto-falantes. E, em minha mente, o mesmo acontece com outra voz.

Conseguimos, então, ela diz. *Encontramos a felicidade, afinal.* Contra todas as probabilidades.

Conseguimos, respondo silenciosamente em minha cabeça, olhando para Chris e, em seguida, para cima.

A partir de agora é olhar para cima e para frente, como os dois homens da minha vida me ensinaram: Ryan é o amor com quem cresci, e Chris é o amor com quem vou envelhecer. Para cima e para frente...

Quando esse pensamento entra em minha cabeça, olho para o céu e vejo os mesmos dois aviões cruzando caminhos, um ascendente, rumo ao céu, o outro em linha reta, ambos deixando um rastro branco que cruza o do outro, como um beijo no céu.

FIM
E UM NOVO COMEÇO

Agradecimentos

Escrever este livro me ensinou muito; acima de tudo, a valorizar todas as pessoas em minha vida e tentar fazer valer cada beijo. Então, aqui vai.

Um beijo eternamente grato ao meu fabuloso amigo há dezoito anos, Nick Smithers, que apareceu em uma fria manhã de janeiro, quando eu estava à beira de um colapso, e ficou por três semanas para me apoiar, enquanto eu arrancava os cabelos (e o coração) para escrever os capítulos finais deste livro. Ele foi meu primeiro leitor, meu primeiro editor e meu salvador. Nick, você sabe que este livro não seria o que é sem sua incrível contribuição e sua confiança absoluta em mim quando a minha falhava. Sem você, eu nunca teria visto a luz no fim do túnel. Por isso, obrigada por ser meu *Starlight Express*. E obrigada também à sua mãe maravilhosa, Freda Smithers, por emprestar seus conhecimentos de enfermagem a meu manuscrito e me pôr em contato com Rupert Deveraux, que me deu uma grande compreensão de seu trabalho como enfermeiro oncologista, bem como do drama dos pacientes de câncer e de seus cuidadores.

Muito obrigada à Macmillan.org.uk pela inestimável ajuda e à Fundação WAY (www.wayfoundation.org.uk), uma organização que dá apoio a jovens viúvos, homens e mulheres, em sua adaptação à vida após a perda. Um agradecimento especial aos membros dessa fundação que tão generosamente compartilharam suas histórias de perda comigo. Fiquei admirada com a força e o astral de todos.

Enormes beijos de gratidão à minha incrível família e aos meus amigos, por suportarem meu estresse e minhas lágrimas durante um ano. Se notarem que abraço todos vocês um pouco mais apertado atualmente, já sabem por quê. Menção especial também à minha colega escritora e nova amiga, Paige Toon, pelos encontros semanais de brincadeiras com as crianças, que se tornaram o ponto alto da minha semana desde que me mudei para Cambridge. Muitos mais anos felizes de diversão juntas virão! Obrigada também a Rachel Bishop, por cuidar dos meus filhos tão maravilhosamente enquanto eu escrevia este livro, e por me aturar descendo as escadas o tempo todo para os afagos essenciais encharcados de lágrimas com eles!

Grandes beijos a Juliet Sear, por abrir sua casa (sem mencionar sua incrível confeitaria, Fancy Nancy) em Leigh-on-Sea para mim enquanto eu pesquisava e escrevia os capítulos finais deste livro, e pelo maravilhoso e divertido tour pela área que você, sua irmã e minha grande amiga da faculdade, Nancy Maddocks, fizeram comigo. Vocês ajudaram a dar vida ao livro que eu tinha na cabeça antes de eu escrever uma palavra sequer.

Beijos especialmente gratos à minha incrível e alucinante agente, Lizzy Kremer, e à minha maravilhosa editora, Maxine Hitchcock, por acreditarem que eu poderia escrever uma ótima história e me incentivarem a ir ainda mais longe. Ah, e também por estenderem meu prazo, quando percebi que não poderia escrever este livro naquele período de tempo específico (bebês, mudança de casa e escrever livros realmente não se misturam, não é?). Suas contribuições criativas foram inestimáveis, e me sinto abençoada por trabalhar com vocês duas; sem falar de suas equipes maravilhosas na David Higham e na Simon & Schuster.

E, finalmente, beijos sem fim ao meu marido, Ben, e aos meus filhos lindos, Barnaby e Cecily, por nunca deixarem de me inspirar e me encorajar, e por me fazerem rir e amar mais do que jamais imaginei possível. Vocês são o meu mundo.

Impresso no Brasil pelo Sistema Digital Instant Duplex da Divisão Gráfica da
DISTRIBUIDORA RECORD DE SERVIÇOS DE IMPRENSA S.A.